Gustave Flaubert

福 楼 拜 小 说 集

上海译文出版社

情感教育

L'éducation
sentimentale

[法]居斯塔夫·福楼拜 著
李健吾 译

目录

初版译者序*

一八六九年五月十六日，福楼拜完成了《情感教育》的五年的持续工作，就在七月十八日，他的最好的朋友诗人布耶（Louis Bouilhet）过世。然而伤痛还在心里，紧接着十月十三日，批评的权威圣佩甫（Sainte-Beuve）也死了。眼看十一月十七日，这部期待甚久的现代生活的巨著就要在书肆应世，福氏写信给朋友道：

> 又是一个去了！这一小队人马越来越少了！麦杜丝[1]木筏上的难得逃出性命的几个人也不见了！
>
> 如今和谁去谈文学？他真爱文学——虽说不就可以完全看做一位朋友，他的弃世让我深深地难过。凡在法兰西执笔为文的人们，都由他感到一种无可弥补的损失。

在文坛得到一位相知像圣佩甫那样深澈、明净、渊博而又公正、有分量，所以轻易也就不许给人，不是人人可以遭逢的机遇。他曾经把最高的评价许给《包法利夫人》和《萨郎宝》。对于前者，他唯一的指摘是“没有一个人物代表善良”，他举了一个他熟识的外省妇女，证明“外省和田野生活之中有的是这类好人，为什么不把她们写给大家看？这激发、这安慰，人类的形象因之而更完整”。对于后者，他嫌它的背景太远了，虽说“尊重艺术家的志愿，他的一时的喜好”，他要求作者“回到生活，回到人人可以目击的范畴，回到我们的时代的迫切需要，那真正能够感动或者引诱时代的制作”。所以临到一八六四年，开始从事于《情感教育》的写作，福氏牢牢记住前辈的指示或者热望，回到他们共有的相关的时代，同时从自己的经验另外发掘一个善良妇女作为参证。《情感教育》是作者虚心接受批评的出品。

但是圣佩甫偏巧早死了一步，所以福氏写信给他的外甥女伤心道：

> 我写《情感教育》一部分是为了圣佩甫。他却一行没有读到就死了。布耶没有听到我念最后两章。这就是我们的计划！一八六九年对于我真够残忍了！

那位善良妇女应当就是《情感教育》里的阿尔鲁夫人。她代表法国中产阶级大多数妇女，也象征我们三从四德的荆钗布裙。她识字，她也读书，不曾受过高等教育；她的品德是生成的，本能的，所以深厚；她有乡妇的健康、愿悫，和乡妇的安天乐命、任劳任怨。一个小家碧玉，然而是良家妇女。没有包法利夫人的浪漫情绪，也没有那种不识世故的非常的反动，她是一个贤内助，一个良妻贤母，而她的丈夫却是一个粗俗浅妄又极不可信赖的画商市侩阿尔鲁。她会忍受风雨的摧残，厄运的变易，和子女静静地相守，还

---

* 此文原载于上海《大公报》一九四七年八月十日、十七日、二十四日“星期文艺”栏四十四至四十六期，一九四八年四月上海文化生活出版社初次出版《情感教育》时用作译者序。——编者

① 麦杜丝（即美杜莎——编者）原是古代女妖之一，现为船名，一八一六年七月二日该船触礁沉没，临时成一木筏，载一百五十二人，随波漂浮。其后仅有十五人得救，且多半一息奄奄，余者都早已死于饥饿暑热。

要分心来慰藉男子的负疚的暴戾之气。她是中产阶级的理想，中产阶级妇德的化身。

她在最后接受了一个情人，只是一个，因为她的丈夫的颟顸伤害她的信心，她的尊严，因为她的年轻的情人是那样执着，那样懦怯，那样经久不凋，然而生性忠实，在不可能获致物质与精神一致的时候，爱情可以析而为二，死生如一：平静，没有危险性，不感到矛盾，因而也就异常强韧永恒。她可以原谅丈夫有情妇，不原谅他毁坏子女的前途，她可以原谅情人有情妇，因为他们谁也不会属于谁。男女之爱在这里具有更多的母爱、姊弟之爱和忠诚的友谊：只有灵魂在活动。物质的贪婪不息而自息，肉欲的冲动不止而自止，心在这里永久是洁净的。

福氏用不着到远地方寻找这样一位善良妇女，如圣佩甫在一封给他的信里所形容，和包法利夫人“同样真实的人物，而情愫却温柔、纯洁、深沉、蕴藉”。老早，老早就有一位阿尔鲁夫人密密护封在他的感情和生活之中。她的夫姓是施莱新格(Schlessinger)，父姓是福苟(Foucault)，名字叫做爱丽萨(Elisa)。施莱新格是一个德国人，在巴黎开了一家商店，专做音乐绘画以及其他艺术上的交易，为人正如小说里的阿尔鲁，可能比阿尔鲁还要恶劣，曾经盗印罗西尼(Rossini)的《圣母痛苦曲》(*Stabat Mater*)，福氏在上卷第五章为了点明时代(一八四二年一月)顺手拾来做为一个标记。福氏和他们相识，是在一八三六年八月，不过十五岁，随着父母在海滨的土镇(Trouville)消夏。土镇在当时是一个“荒凉的海滨，潮退下去，你看见一片广大的海滩，银灰的沙子，湿湿的和浪水一样，迎着太阳熠耀。左面有些山石，贴着一层水草，全变黑了，海水懒懒地打着；往远看，在炽热的日光之下，是蔚蓝的海洋，沉沉地吼号，好像一个巨灵哭泣”。他在这里遇见那所谓的施莱新格夫人，所谓，因为如翟辣·喀义(Gérard Gailly)所考据，她的真正的合法丈夫另有一个，不出面，也不抗辩，没有人清楚是为了什么不得已的苦衷。直到这位姓虞代(Judée)的神秘的缄默的丈夫在一八三九年死后，施莱新格夫妇才算有了正式的名分①。

但是昧于一切，福氏陷入初恋的痛苦。他发狂地爱着这位讳莫如深的少妇。她最先走进他的情感，也最后离开他的记忆。这是纯洁的：

> 我曾经爱过一个女人，从十四岁到二十岁，没有同她讲起，没有碰她一碰；差不多之后有三年，我没有觉得我是男子。②

这是命：二十年以后，施莱新格在巴黎站不住脚，去了故国，福氏在信里告诉施氏夫人：

> 命里注定，你和我的童年的最好的回忆连在一起。③

然而这是神圣的：

---

① 施莱新格太太的一生远比福氏所知道的还要残苦凄凉。她的儿子留在法国，普法战争之役，在法国这方面作战。她的女儿嫁了一位德国建筑师，恨法国，更恨母亲，因为生她的时候，母亲没有法律名义，出生证书上不具名姓。一八七一年，施莱新格去世，福氏经过三十五年的稽迟，开始用亲热的称呼代替疏远的客套，不再叫她“亲爱的夫人”。她的一生只是一串苦难，最后在疯人院度过她的余生。她比福氏大十二岁，比他晚死八年。他送她的著作全好好留在她的书架，仅仅《情感教育》不在……

② 一八四六年八月八日，致高莱(Louise Colet)女士书。

③ 一八五七年三月梢，致施莱新格夫人书。

> 我如今依然是怯怯的，如同一个少年，能够把蔫了的花藏在抽屉里面。我曾经在年轻时候异常地爱过，没有回应地爱过，深深地，静静地。夜晚消磨于望月亮，计划诱拐和旅行意大利，为她梦想光荣，身体与灵魂的折磨，因肩膀的气味而抽搐，于一瞥之下而忽然苍白，我全经过，仔仔细细经过。我们每人心里有一间禁室，我把它密密封起，但是没有加以毁坏。①

这间禁室他终于换了一个艺术方式启封，那就是他的《情感教育》。他从他的自身经验寻求真实，并不违背他对于艺术作品的一贯的无我的主张。他拿自己做材料，然而在小说里面，并无一行字句出卖他的隐私。如若不是因为他的造诣卓越，如若不是由于后人苦心钻研，我们止于表现本身的欣赏，这些加深了解的索引也许永远湮灭。这里是“一个青年的故事”，这个青年并不等于作者，但是含有若干成分，即使清醒如福氏，往往不一定就能够彻头彻尾加以分析。

毛漏的情感教育在本质上即是福氏的情感教育。但是毛漏不就是福氏。这是一个天性不纯，禀赋不厚，然而一往情深的习见的青年，良弱，缺少毅力。他追求理想，甚至于理想的憧憬，同时他可以纵情淫欲，这里是种种由反动而生的交错为用的心理。正如福氏所谓的“若干力”：

> 你不见她们全爱阿道尼斯(Adonis)吗？这是她们要求的永

① 一八五九年十一月梢，致包司盖(Amélie Bosquet)女士书。

> 久的丈夫。寡欲也罢，多欲也罢，她们梦想爱情、伟大的爱情；要想医好她们（至少暂时地），不是一个观念就可以见效，而必须是一种事实，一个男子，一个婴儿，一个爱人。你也许以为我太刻薄。然而人性不是我创造下来的。我深信最猛烈的物欲是由理想主义的飞跃于不知不觉之中组成，而最龌龊的肉的淫乱是由于一心指望不可能，仰望神贵的欢悦而产生。再说，我不懂（也没有人懂）这两个名词的意义：灵魂与肉体，一个在这里完结，另一个在这里开始。我们感到若干力，如此而已。①

相为因果，互为消长，精神与物质并非两种绝然不同的形体。所有福氏创造的男女主角，包法利夫人，萨郎宝，从这种心理的角度去看，环境个别，过程相同。毛漏属于同型。阿尔鲁夫人的指尖轻轻拂了他一下，毛漏立即盼望和他的妓女晤对，然而在一起了，心有所动，他马上想起他的伟大的爱情。属于常人，无论男女，活在“若干力”的迸击之上，终为火花销铄。福氏的朋友杜刚（Du Camp）有一部小说叫做《力的浪费》（*Les forces perdues*）同样可以移来作为《情感教育》的标题。毛漏是一个有血有肉的活人，理性和兽性只是他的存在的真实的两种应用。不是一个苦修僧精神全然向上，也不是纨绔子弟的纯物质的沉溺。这里是一个中产阶级的青年爱上一个中产阶级的妇人：缺乏毅力冲出社会的囚笼，更其缺乏毅力跳出自己的温情。他们接受人世的命运，念念不忘各自在人间应尽的职分。中产阶级的品德是自私，爱也是自私。

---

① 一八五九年二月，致尚特比（Chantepie）女士书。

福氏是一位理想主义者，所有大作家难得一个例外不是，然而深深打入他的时代和阶层，却又百分之百地现实，临到具体摄取形象、综合(不是象征，那可怜的没有血肉的稻草人)是他的颖特的成就。典型就是这样产生的，这样活在世纪之中而不朽的。哈穆莱特(Hamlet)、哈巴贡(Harpagon)、白特(Bette)、奥布劳冒夫(Oblomov)……都含有各自的作者，然而含有更多的人性。

了解毛漏这样的青年，等于了解中产阶级。自私，然而却不就是自私。毛漏一向慷慨，一向热衷。许多人慷慨而又热衷，具有经验以及从经验体会出来的处世哲理，并非毫无区别地兼善。毛漏不然，这是一块软面，随心所欲，由人揉搓。他没有鲜明的人格；他的人格富有弹性，像一张琴，人人可以弹出自己所需要的共鸣，然而不是毛漏自鸣。他会将别人的拨弄看做自主，天赋独厚的音籁。不认识自己，他以为认识；他把一时的习染误做天才的流露，因而自负过高。他逗留在事物的表皮，永久吸入现象，永久默默无闻，富有流动的接受性，没有比他易与的人，仿佛河床的污泥，一波一波流过，依然故我，在河床沉淀、淤积。他在急湍之中回旋，以为是自己波动：他或许有动的意识，他当然有，而且很多，然而从来没有形成一种意志，一种活力。他有计划，也高自期许。他写诗，因为他多少读了一些浪漫诗歌；他学画，因为阿尔鲁是画商；他想做新闻记者，因为戴楼芮耶向他借钱办报；他想做议员，因为党布罗斯怂恿。他"由于一种问心不过的荣誉观念，保持着他文学的计划。他想写一部美学史，这是他和白勒南谈话的结果；随后又想把法兰西大革命的各个时期写成悲剧，另外制作一出大喜剧，又是由于戴楼芮耶和余扫乃的影响"。东沾西染，似有所悟，未能深入，便又见异思迁。像一个票友，有票友的怯怯的骄傲；他东张张，西望望，来到人生尽头，发现自己一无所获，受尽情感的欺蒙。然而这样庸庸碌碌，旁观者一样放过花花绿绿的人生，于是和他的老朋友戴楼芮耶碰在一起，谈到他们过去得意的辰光，几乎只是一片空白。

狄德罗(Diderot)曾经在十八世纪创造了一个同样落伍的人物，然而和毛漏一比，拉摩(Rameau)[①]显然还有一点火气，他可以撕破面具，无所顾忌。毛漏只是一个中小产阶级，有廉耻，有虚荣，吃着小小的利息，决不忿而有所作为。他懑，然而他不忿，所以同是一事无成。拉摩近乎男性，阳刚、反抗，于是孤独；毛漏近乎女性，阴柔、顺受，不愁没有朋友。一个怨恨，一个爱，而且被爱。从这一点来看，虽说没有大观园加以隔离，他也只是一个贾宝玉。他得不到男子的敬重，他争到女子的眷顾：女子崇拜英雄，然而溺爱弱者。《红楼梦》实际只是一部情感教育。和拉摩相近的倒是包法利夫人，挽不住狂澜，然而追寻机会，失望、绝望、挣扎、自尽。毛漏不挽自住，失望、永久失望，但是无声无臭地活下去，福氏序布耶《遗诗》道：

> 幻灭是弱者的本色，不要信任这些厌世者，他们几乎永远无能为力。

毛漏不会寻死，正如贾宝玉，至多一走了之。死也要用力。还有悲剧比这更其沉痛的？

还有人物比这更其起腻的？

所有批评家对于《情感教育》的指摘和误解，几乎都和毛漏本

---

① 即狄德罗的小说《拉摩的侄儿》中的主人公。——编者

人有关。乔治·桑(George Sand)极力为作者辩护，仍然以为“错处就在人物缺乏挣扎。他们接受事实，从来不想据为己有”。后人如法盖(Emile Faguet)，便直截了当以为《情感教育》起腻，由于主要人物本身无聊。布雷地耶(Brunetière)的攻讦更为彻底：

> 如今正相反，你想绝对现实，如左拉先生所谓：“你投到生存的庸俗的行列。”——为了你的报章英雄，为了你的传记热狂的殉难者，你选了一个人物，我承认，“在日常生活的简单中，”我们一打一打地遇见，没有职业，没有地位，尤其是，缺乏个性；你选了这样一个人物以后，即令你精于观看与呈现，观察与描绘，掘发事物与运用语言：你令人起腻。一切持续不断的东西令人起腻。我用唯一光荣的例子来证明，只要念过福楼拜先生的《情感教育》的人们全都回忆一下就成了。你也许问，何以这种枝节的持续令人疲倦，何以不得不有这种选择的必要？回答在如今并不难：因为在人生之中，理应如是的事务实际并不如是。我们需要一点理想。①

这种传统的看法，把小说当做传奇，把主人公当做英雄，虽说在民间一直流行，毕竟过于陈腐。现代小说所含的本质几乎千百倍于《情感教育》的平凡，《情感教育》只是一个重要的开端。什么是现代小说的特征？以子之矛，攻子之盾，我们不妨借用布雷地耶的诠释：

---

① 参阅布雷地耶《实验小说》一文，收在《自然主义小说》一书内。

是人生，共同的人生，附丽于环境的人生的表现，“未经选择”的人生，假如我可以这样说的话，又不为任何学派的成见所限制；嵌在它的现实框架之中的人生，被观察、被研究、被表现于你可以叫做人生的无限琐细之中，犹如有时颠覆人生的重大危机之中；永久如一的人生，然而永远被自身的发展的唯一无二的效果所修正，就外表看来是，而且将长时间是，小说的独有的特殊的目标。①

假如布氏无以调和他的观察和观点，福氏在写作期间未尝没有体验到其间的矛盾：

这是一本关于爱情、关于热情的书；一种可以生存于今日的热情，这就是说，消极的热情。所想象的主旨，我自信是十分真实，唯其如此，不大解闷也难说。有点儿缺乏事变和戏剧；而且时间过长，动作未免松懈。总之，我很不放心。②

在另一个时间，福氏说起他的苦闷，并不因而改变他对于近代生活的认识：

这样的人物会引起我们的兴趣吗？伟大的效果需要简单的事物、明显的热情。然而在近代的世界，哪里我也看不见简单。③

---

① 参阅布雷地耶《巴尔扎克》一书第八章第三节。

② 一八六四年十月六日，致尚特比女士书。

③ 一八六七年十一月十日，致乔治·桑书。

他写了一个寻常人，一个复杂人，一个活在繁复紧张的大时代的无名小卒。毛漏不是英雄。福氏也不是在写传奇。他似乎已经预感《情感教育》不易于被同代人士所接受，然而艺术良心不许他作伪，没有第二条路可走，如若他必须忠实于人生，忠实于艺术，忠实于近代，忠实于自己。他为这个大感苦恼。他往前多走了一步；他也许没有想到这上面；然而他痛苦；然而他不认输：

> 把我的人物和一八四八年的政变穿插在一起，我很感棘手；我害怕背景吞下全书的结构，这也正是有历史性质的作品的毛病；和小说里的人物相比，历史上的人物更易于引人注目，特别遇到前者的热情不很激昂的时候；人家觉得拉马丁(Lamartine)比毛漏有趣多了。再者，在现成的事实中间，选择什么好呢？我简直是心烦意乱，也就真够苦的！①

不仅毛漏没有历史的圆光相衬，全部小说的人物都是平常而又平常，渺小而又渺小，然而属于时代，属于生活。

无论如何，福氏如圣佩甫所嘱望，在《情感教育》里，“回到生活，回到人人可以目击的范畴，回到我们的时代的迫切需要”。他为自己选下一段他年轻时候亲眼看见的第二次革命做背景，一个人人可以印证的昙花一现的浮动的大时代，对于法国有影响，没有成就。他曾经就《力的浪费》指出道：

> 这有好些地方类似我的书。他这本书极其老实，对于我那

① 一八六八年三月，致杜普兰(Jules Duplan)书。

一代人有一个正确的观念，因为我那一代人，和现在年轻人一比，变得真和化石一样。一八四〇年的反动，挖了一道深沟，将法国隔而为二。①

他采用这动乱的时代，不是由于同情二月革命，而是从一个艺术家的眼里看来，由于革命本身的进行的形式的瑰丽。我们明白，福氏不相信任何革命。因为往长里看。社会主义者往往陷入同样狭小、同样只是人类进展之中的一个形体。这种哲理观点，对于了解《情感教育》具有无比的重要性：

正因为我相信人类永久的演进与其无穷的形体，我恨所有的框架，拼命把它装镶进去；所以我恨一切限制它的程式，一切为它想出来的计划。奴隶制度不是它最后的形式，封建制度更不是，君主政体更不是，便是民主政体也不见得。人眼所望见的天边决不是尽头，因为在这天边以外，还有别的天边！这样以至于无穷。所以访求最好的宗教，或者最好的政府，我以为是一种蠢极了的举措。对于我，最好的也就是垂危的，因为要给别一个挪出位子来。②

悲观是福氏一切写作的基调。这不妨害他清醒，因为说到最后，理想主义的依据即是悲观，对于艺术家，重要更在方法和态度的选择。福氏的精神是谨严，选择客观和观察作为叙述的准则：

---

① 一八六六年十二月中旬，致乔治·桑书。
② 一八五七年五月十八日，致尚特比女士书。

你反对人世的偏私、它的卑鄙、它的暴虐，同生存的一切龌龊与猥亵。但是你认清它们了吗？你全研究过吗？你是上帝吗？谁告诉你，人的裁判不会错误？谁告诉你，你的情感不会欺骗你？我们的感觉是有限的，我们的智慧是有穷尽的，我们如何能够获有真与善的绝对的认识？我们会有一天晓然于绝对的存在吗？你要是打算活下去，无论关于什么，你就不用想有一个清晰的观念。人类是这样子，问题不在改变，而在认识它。①

这显然只是一个艺术家的立场，而且正和传统的带有虚伪意味的学院论调违忤。你没有权利删削，假如人类原来就有这种形象。对于艺术家，丑陋犹如美丽，本身含有美丽。你观察，你选择，不是因为你有道学家或者宗教家的热情，而是因为你活在现代，要有科学家的诚恳：

依照我，小说应理科学化，这就是说，追求或能的普遍性。②

政体摇动，物体瓦解，自然而然呈出一种复杂的崩溃局面，现象本身需要详密的分析，现象与现象之间的关联尤其重要。福氏自己曾有一个譬喻：

珠子组成项圈，然而是线穿成项圈；为难的，就在一只手

---

① 一八五七年五月，致尚特比女士书。

② 一八六七年二月，致马芮古（Maricourt）书。

要穿起珠子，不许一粒遗失，另一只手还要握住了线。①

艺术在这里和科学形成一个完美的整体。无善无不善，无大无小，在人类历史的进行上，合成一股澎湃的气势，木石不分，连水带泥，流向永生的大地。《情感教育》是在这样的美学观点之下切开的人类活动的片段，精神上永远只是一个。

这是科学带给我们的一种新的认识，一种对于浪漫主义的修正，把唯我心理从笔尖剔开，让宇宙以本来面目在文字之间和我们重新接识。《情感教育》之不为传统的批评所认可，这里划着一条理解人生的鸿沟。福氏自己分析它的失败：

> 这缺乏透视的虚伪。因为用心组合结构，结构反而消失。一切艺术品全有一个点儿，一个尖儿，和金字塔一样，或者叫阳光射在球的一点。然而在人生里面，就没有这回事。不过艺术不是自然。②

他的谦虚使他在最后驳斥自己。但是年轻人，一批又一批的后进，促成现代小说的大流，走出学院批评，正如他之走出传统观点，把《情感教育》看做他们进军的指南。邦维勒(Banville)③纪念福氏去世，首先指出它在现代小说里占有的重要地位：

> ……然而他走的还要远；在《情感教育》里，他必须先期

① 一八五三年八月，致高莱女士书。

② 一八七九年，致翟乃蒂(Roger des Genettes)夫人书。

③ 邦维勒(1823—1891)，法国帕纳斯派诗人，又译邦维尔。——编者

> 指出未来的存在：我的意思是说，没有小说化的小说，和城市本身一样地忧郁、迷模、神秘，而且和城市一样，以可怖的结尾为满足，唯其结尾并非物质上地戏剧的。①

它把小说带出一个陈旧的形体，走上另一个方向，一个现代小说共有的方向。这慢慢地，隐隐地，为现代开辟了一块新土地。甚于《包法利夫人》，后进把《情感教育》看做他们的圣书，尤其是自然主义者群。古尔孟(Gourmont)赞美它：

> 在艺术上，只有小孩子和不识字的人们对于主旨感到兴趣。什么是法国语言最美的小说——这部《奥狄赛》(*Odyssée*)——《情感教育》的主旨？②

没有主旨，他一语道破福氏的小说趋势，现代小说的趋势。这在一九〇二年。三十年后，赖翁·都德③(Léon Daudet)，一个并不太喜欢福氏的晚辈，自问自：

> 什么是法国语言写成的十九世纪小说，公认的杰作，美丽，而又有影响于文坛？

那是《情感教育》。它的名声逐日上涨，临到第二次世界大战前

---

① 参阅邦维勒的《杂论集》(*Les critiques*)。

② 参阅古尔孟的《风格问题》(*Le problème du style*)，第二节。

③ 赖翁·都德(1867—1942)，法国作家、记者、政治家，著名作家阿尔封斯·都德的儿子。——编者

后，处处虚伪狂妄，欺人又欺己，人人如逢故友，批评家把《情感教育》看做作者最高的成就。

在这一八四八年貌似伟大的时代，多少人小产、流产，或者无所产！吃苦，受气，没有名，缺钱用，谁不想做出什么来，谁又做出了什么来！谁又敢说高谁一等，不负当年的夸口，友朋的推许？这样、那样，临了还不都是一样！形形色色，几乎全有一个代表在小说里活动，一个一个，仿佛一堆漠不相干的群众：你推搡我，我推搡你；你利用我，我利用你；你闪在我的身后，我闪在你的身后；我推翻你，踏过你的背脊，你扳转我，登上我的胸脯；老实人被牺牲，狡黠者受拥戴。摔下来又爬上去，爬上去又摔下来；前赶后，后赶前，然而逃不出一个“踏步走”，动而不进。各人有各人的梦想，难得一个梦想成为事实。你想做这一件事，结果你做了另一件事。你爱这一个人，却不得不睡在另一个人的枕畔。你以为害他，反而成全了他；你以为成全他，反而害了他……“你相信这会有什么结果吗？不要做梦了，一天一天过去，几件事是有结果的？”人生不是一出圆满的戏。今天你在茶馆遇见他，再去你就遇不见他，隔些年你忘记了，偏偏你又遇见他。什么样平凡、幻丽而又正常的人生！怎样的巧合！怎样的巧离！肩摩肩，踵接踵，这一个从小巷溜出来，那一个从小巷溜进去，全又走在相同的单调而又喧豗的人行道上。

> 茫茫一片灰色，偶尔在这中间看见一点粉，一点绿。

福氏以一个艺术家的心情喜爱人群的骚动，因为这里有诗，有形象的美丽，有阔大的波澜。然而往里看，这是一种力量，并不就是一种可靠的智慧：

> 人类愚蠢的举动，同人类一样永久。我相信人民的教育与穷苦阶级的道德全是将来的事。致于群众的智慧，我否认到底，因为无论如何，这永久是群众的智慧。①

群众并不坚牢，甚于水性杨花的妇女，甚于人情世故的友谊，最是接近忘恩负义。活在今天，福氏或许要相当地修正他的见解，然而他和易卜生（Ibsen）属于同一时期，对于群众和社会主义具有不小的戒心。为了写作《情感教育》，他研读所有社会主义者的书籍，得到的印象仅仅是：

> 有一件事触目极了，把他们连在一道：就是憎恨自由，憎恨法国大革命与哲学。他们全是中世纪的老实人，陷于过去而不可自拔的人物。而且何等村学究气！学监气！好比道士喝醉了酒，掌柜乐晕了过去。如若一八四八年他们没有成功，全因为他们来在伟大的传统之流以外。②

如今让我们回到《情感教育》，我们将在这里遇到形形色色的人物，即使是在中国，也都熟熟的，似乎见过，听说过。

谁不是见异思迁的毛漏？孩子气十足的西伊？循规蹈矩的马地龙？我们难道没有戴勒玛尔，装模作样，貌若无人，永久是“一只手放在心上，左脚向前，眼睛向天，他的镀金桂冠套在他的风帽上，用力往他的视线放进许多诗意，来勾引贵夫人们”。小报回头捧成了救国明星。我们难道没有罗染巴，成天到晚，酒馆一坐，借

---

① 一八六六年一月，致尚特比女士书。

② 一八六六年，致翟乃蒂夫人书。

酒浇愁，满腹牢骚，问急了，便是他的“莱茵河”的口号。我们难道没有白勒南，开口艺术，闭口势利，一幅画三分不像人，七分活像鬼，高唱艺术革命，向临时政府请愿，成立一个类似交易所的艺术公会。我们难道没有余扫乃，浪子文人，专办短命的蚊子小报。我们难道没有法提腊斯女士，打起妇女参政的旗帜，捧无聊的戏子，而且睚眦必报，不愧一个妇女先进。像那摇身三变的老政客，老奸巨猾的党布罗斯，我们难道没有看够！革命的前一日还是保皇党，后一日连腮帮子都挂满了主义。和他相反，和他一样善变，我们难道没有看够比比皆是的赛耐喀，你可以骂他狼心狗肺，你可以夸他铁面无私，一朝人民嫌他独裁，踢他下台，他会成为皇室走狗，刺死大好人杜萨笛耶，唯一可以称为英雄的老百姓。

隔着万头攒动的人海，是贫贱与富贵两岸，虽说波浪滔天，人从卑微到发迹辟了两条航线，一个是金钱，一个是政治。承继遗产的毛漏，勿须株守乡间，勿须苦学博名，他可以回到都市，称心如意，为所欲为，黄金一直铺平党布罗斯的高石阶，笑脸和毛漏相迎。他有幸运不劳而获。这正是他和穷朋友分手的因由。他满足，他自足，革命对于他只是一首好听的短歌，然而对于别人，唯有政治斗争，唯有革命，才能补足命运的亏欠。是什么堵住了他们上进的道路，是谁这样霸道，这样残酷？

> 他们彼此同情。先不说他们对于政府的憎恨达到一种不容讨论的教义的高度。

他们不能不革命，这是他们唯一自救以救人的道路。我们看到赛耐喀，一个工头的儿子，戴楼芮耶，一个衙役的儿子，另外杜萨笛耶，一个无家可归的私生子，然而各不相同。毛漏承继了一笔产业，杜萨笛耶道喜，赛耐喀认为堕落，戴楼芮耶居为奇货，后两位有若干地方相同，嫉妒是其中之一。他们需要统治，同样失之于刻。得到我们敬爱的，只有一个，就是心地单纯、见义勇为的学徒，傻小子杜萨笛耶。他没有学问，尊重学问；他要革命，不是由于野心，由于欲望，是因为法国袖手旁观，不援助弱小民族。他知道感激，赛耐喀一流革命家缺乏的美德。毛漏的朋友当中，不打他的算盘的，只有这么一个人。他愿人人成功，从不居功。他属于《双城记》里的贾尔通(Sidney Carton)一类的英雄，死于他的所爱，不是一个有夫之妇，而是整个被压迫阶级。他不投机，别人爬上去再跌下来，再爬上去，他永远只是自己。他盼望革命，他支持革命，革命来了，停也不停变了质，又去了，他得到的只是一个支离破碎的梦想。赛耐喀变节了，戴楼芮耶变节了，这头脑简单的可爱的穷孩子陷入绝望，然而始终如一：

……长此以往，我会发疯的。我倒情愿人家杀了我。

他终于叫一个警官、他旧日的同志赛耐喀，杀了，直到死，他喊着：

——共和国万岁！

再版译者序

福楼拜写《情感教育》已在第二帝国最后阶段。书在一八六九年十一月十七日出版，不到一年，虚有其表的皇帝拿破仑三世就向蕞尔小国普鲁士宣战了。一八七〇年九月一日，他在色当向普鲁士投降，法国大乱了。没有人想到《情感教育》。小说写的是一八四八年二月革命，写到一八五一年十二月四日为止，也就是到第二帝国开始出现为止。在今天要找一部反映这一时期的动乱情况的小说，也就只有这么一部《情感教育》。这是唯一可以为马克思的《一八四八年至一八五〇年的法兰西阶级斗争》一文做出的具体说明。

这部小说的运气很不好。它赶上了普法之战。它的主人公是一被动性人物，在所有虚构的青年之中，他似乎令人最不感兴趣。他本人无光无色，唯一的成就是对付完了法学士考试。然而他有一颗心，他知道廉耻，他知道精神恋爱，尽管他活在四个不同类型的情妇世界，只有一个他最爱。从小说开始，到小说结束，他最多也就是和这位太太在相爱中亲过一次长吻而已。然而他却活在二月革命这样一个大时代，作者为他选择了一个他配不上的大动乱时代。时代压倒了他。读这部小说，我们不免心想：这么一个小可怜虫，搅和在这大时代里，有什么好看的、好说的！然而正是这样一个因人而异和因事而异的消极性人物，在这两三年的大变革中，才有可能让我们看到上层社会各方面的真正嘴脸与丑恶行径。这些都是作者所熟悉的。而他不熟悉的，他就用另外的笔墨掩盖了。他知道自己的长处和短处。长处是暴露资产阶级的原形，达到了毫发毕肖，淋漓尽致的地步。短处是他不熟悉另外一群人，这群人是他受生活限制而无法接触到的。

他写国民军，这是资产阶级和小资产阶级的队伍。他写他们抢劫杜伊勒里宫和这个青年被朋友推到智慧俱乐部去竞选而出丑的戏剧。国民军得意非凡，看看阿尔鲁、罗克、余扫乃……这些人扬扬自得的姿态！工人上当了，诗人拉马丁当权了，红旗变成三色旗。最后，拉马丁也丢脸了，换上了军人，而在静静中，一个过去的，庞大的人影在私底下活动着：拿破仑和他的后裔拿破仑三世靠不作声的农民登上了政治舞台。

马克思在他的文章中告诉我们说："在二月街垒战中产生出来的临时政府，按其构成成分必然是分享胜利果实的各个不同党派的反映。它只能是各个不同阶级间的妥协，这些阶级曾共同努力推翻了七月王朝，但他们的利益是互相敌对的。临时政府中绝大多数是资产阶级的代表。赖德律·洛兰和弗洛孔代表着共和主义小资产阶级，代表共和主义资产阶级的是《国民报》方面的人物，代表王朝反对派的是克莱米约、杜邦·德·累尔等。工人阶级只有两个代表：路易·勃朗和阿尔伯。最后，拉马丁在临时政府中本来是不代表任何现实利益，不代表任何一定阶级的；他体现了二月革命本身，体现了这次总起义及其幻想、诗意、臆想的内容和词句。可是，这个代表二月革命的人物，按其地位和观点看来是属于资产阶级的。"①

---

① 马克思：《一八四八年至一八五〇年的法兰西阶级斗争》，见《马克思恩格斯全集》，第七卷，人民出版社一九五九年版，第十七页。

《情感教育》表现了资产阶级的全部活动，但是它回避了工人，回避了农民，回避了被血腥镇压的六月革命。福楼拜把现代小说家当作科学家看待，他不能歪曲，他宁可回避。他不回避的是资产阶级整体，从小资产阶级流氓、无赖、娼妓、小知识分子、小商人，直到大资产阶级的企业家、少爷、夫人，他一五一十全告诉我们：事实俱在，他无所用其歪曲，然而，对比之下，却都令人厌烦、腻味、憎恶！

六月起义的场面不见了，我们看到的是高等娼妓罗莎乃特和她抓到手的情人福赖代芮克，到枫丹白露的蜜月旅游。文章忽然变得细腻了。绿色风景掩盖了巴黎的红色血流。然而最后福赖代芮克把他的情妇甩掉了，因为他听到小说中唯一的好人，一个店伙计还是私生子的杜萨笛耶在巷战中受了伤，他要不顾生死去看他。杜萨笛耶这个小资产者站错了队，站在共和国方面，他衷心拥护共和国，参预镇压六月起义，在巷战中自己也受了伤。识时务者为俊杰，他是一个不识时务的年轻小伙子。小说对他称赞道：

> “杜萨笛耶同样醉心共和国，因为它（他以为）意味着解放和普遍的幸福。有一天，——十五岁的时候，——在特朗斯诺南街，当着一家杂货铺，他看见有些兵，血淋淋的刺刀，枪柄胶着头发；从那时候起，政府好像不公道的化身，招他怨恨。他有点儿把凶手和宪兵看成一个东西；就他看来，一个侦探等于一个弑父的贼子。地上一切罪恶，他全天真烂漫地归罪于当道；他以一种必然的永久的恨，痛恨当道，这种恨占有他全部的心，敏化他的感受。赛耐喀的大话炫惑他。无论他有罪没有，他的图谋是否可恶，都没有关系！只要他是当道的牺牲者，就应当帮他。”（中卷，第四章）

这种称赞暴露了作者自以为公正的偏倚。赛耐喀被捕了，罪名是政治暗杀，后来由于没有实证，恢复了自由。杜萨笛耶在放他之前表示气忿，痛苦得不得了，他把过失全部归罪到七月政府方面。福楼拜讨厌极了这位严肃到了极点的赛耐喀。他的文字不免流露出来这种心情。后来放出来了，杜萨笛耶请了几个朋友到他家里喝五味酒庆贺：杜萨笛耶有一个书架，"上面放着《拉尚保笛寓言》、《巴黎的秘密》、劳尔万的《拿破仑史》，——在床头中央，镶着一个红木框，贝朗瑞的面孔在微笑！"（中卷，第六章）我们在这里又看到作者的偏见：他把他憎恨的诗人贝朗瑞放在床头红木框里！但是他写一个共和党、一个真正的共和党，一个共和党的义务党员。就是说：自愿为共和国献身的共和主义者。谁在这个时代，能不崇拜诗人贝朗瑞呢？在一个人人自危的时代，肯这样献身的到底是不多的。杜萨笛耶看见人人变节，他恨自己道："他也许应该加入另一方面，和工人在一起；因为，说到临了，人家答应了他们一堆东西，没有兑现。"（下卷，第一章）

工人灰心了。到第二帝国建立的关键时刻，福赖代芮克（一个没事人）问一个工人道：

"——怎么，不打吗？

穿工人衣服的答他道：

——为先生老爷们死，我们还不那样蠢！他们自个儿安排拉倒！

一位先生望着关厢的工人，唧哝道：

——全是流氓，社会主义者！这一次能够把他们收拾干净才好！"（下卷，第五章）

只有杜萨笛耶这个实心眼儿人，在街头群众队伍里：

> “他的高大的身材，远远就看得出来，和古希腊石像柱一样，一动不动。
>
> 一个领头的警察，三角帽子遮住眼睛，用剑威胁他。
>
> 于是，另一位，往前走一步，开始喊着：
>
> ——共和国万岁！
>
> 他仰天倒下去，胳膊交成十字。
>
> 群众起了一片恐怖的嗥叫。警察拿眼睛在他身上打量了一匝；福赖代芮克张着口，认出是赛耐喀。”

这就是他——杜萨笛耶热爱的好朋友，为他出狱而邀朋友喝五味酒所受的报应！杜萨笛耶被他长期钦佩，而今被成为警官的赛耐喀一剑砍死！福赖代芮克觉得人生完全失去了意义。他离开了这个把自己出卖给帝国的特务。于是下一章以最洁练的文笔写他的行踪道：

> “他旅行。
>
> 在商船上的忧郁，帐下寒冷的醒寤，对名胜古迹的陶醉，恩爱中断后的辛辣，他全尝到了。
>
> 他回来。
>
> 他出入社会，又有了别的爱情。”

人总要活着嘛，怎么能不“又有了别的爱情”呐。

这几行引起了读者的特别欣赏。这里概括了多少东西！然而就在这时，普鲁斯特一位现代小说家，却提出异议，认为这几行文字的好处在于空白：在没有说出来的那些话里。我们不想卷入这场争论，我们只指出一点来就行了，其实空白与否，全是一回事。

只是这特别夺目而已。你看，福楼拜怎么样给大投机家党布罗斯盖棺定论吧：

> “完了，这充满动荡的存在！他多少次走进公事房，排列数目字，筹划商业，听取报告！多少谎骗、微笑、巴结！因为他欢迎过拿破仑、哥萨克骑兵、路易十八、一八三〇年、工人、一切制度，如此爱慕权势，他花钱出卖自己。”（下卷，第四章）

难道有谁不同意福楼拜对这位上层人物做出的这个结论吗？在党布罗斯的老朋友当中，哪一个贵人不是这样过来的？“大多数在场的男子至少侍奉过四个政府；为了保全他们的财产，给自己解除艰难、困苦，或者甚至仅仅由于卑鄙、权力之本能的膜拜，他们宁可出卖法兰西或者人类。”（中卷，第四章）至少，我们看到这里成堆的好朋友出卖好朋友的事：金钱才是他们行动的准则。只有一个人，是个例外，然而这个店伙计也让铁面无“私”的赛耐喀给送了命。

这样一部小说，福楼拜对他的不成功总是念兹在兹。他寻找他艺术上失败的原因。他一时以为他缺一个尖尖头，他一时相信乔治·桑说的年轻人在这里寻不到安慰。这个情感教育未免太高贵！这个社会变动未免太无情！这个青年主人公太无出息！然而乔治·桑有一句话却说对了：“大家继续在贬你的书。这不妨碍它是一本既美又好的书。公道将随后完成，公道永远是公道。这显然还不是它出现的时辰，或者不如说，出世太早……”（一八七〇年一月九日与福楼拜书，引自《乔治·桑与居斯塔夫·福楼拜的通信集》）不久，她的预言就实现了。在他去世的那一年，邦维尔首先指出它的重要意义道：

> “……然而他走得还要远，在《情感教育》里，他必须先期指出未来的存在：我的意思是说，没有小说化的小说，和城市本身一样地忧郁、迷漠、神秘，而且和城市一样以可怖的结尾为满足，唯其结尾并非物质上的戏剧。”（引自他的《杂论集》）

它把现代小说带到一个没有戏剧的社会方面，现代小说的方向。古尔孟极端崇拜这部小说，把它说成是“法国语言最美的小说”（引自他的《风格问题》，第二节）。最反对福楼拜的莫过于都德的儿子赖翁·都德，然而他却认为《情感教育》是十九世纪一部美丽而又影响文坛的小说。（引自他的《愚蠢的十九世纪》）舆论开始变了。第二次世界大战之后，英译本被收入《万有文库》和《包法利夫人》并列。大家开始公认它以最有力的具体的典型形象证实马克思的《一八四八年至一八五〇年的法兰西阶级斗争》。而且这是唯一的一本伟大小说，写出这个资产阶级的各阶层，在这一动荡年月所完成的奇迹：原形毕现！这里只有一个可怜人值得同情，然而他是一个私生子，一个无父无母的苦孩子，一个店伙计，被他所尊重的人害死！

李健吾

一九八〇年四月

上卷

一

一八四〇年九月十五日，将近早晨六点钟，“孟特漏市”快要启碇，在圣拜尔纳码头前，正一团一团往上冒烟。

好些人喘着气赶来；好些桶，好些缆索，好些盛布的筐子妨碍行走；水手们任谁也不答理；大家挤做一堆；包裹高高积在两个明轮罩中间，水蒸气发出的嘘嘘响声溜出铁皮，一片灰白的雾包住了一切，蒸汽声淹没了喧嚣，同时钟在前面响个不停。

轮船终于开了；栈房船坞和工厂林立的两岸，好像展开的两条宽带子一闪一闪落在后面。

一个十八岁的年轻人，长头发，胳膊底下夹着一本画册，动也不动站在船舵附近。隔着雾，他打量着一些他不知道名称的钟楼、建筑；随后，他朝圣·路易岛、老城、圣母院望了最末一眼①。不久，巴黎消失了，他长叹了一口气。

福赖代芮克·毛漏先生，新近中学毕业，在进法科以前，回到劳让②，必须忍受两个月的罪。他母亲事先给了他一笔少到不可再少的路费，打发他到勒·阿弗尔去看一个叔叔，指望儿子有一天得到他的遗产；他昨天才从那边回来；因为不能够在京城逗留，他就选了最长的路线回到故乡，弥补他的遗憾。

骚乱平静下来，人人有了位子。有些人站着，围住蒸汽机取暖，同时，烟筒以一种迟缓有节奏的喘吼，吐出缕缕的黑烟；铜皮上面流着碎小的露滴。由于一种内在的微微震动，甲板颤栗着，两只轮子迅速旋转，打着水。

河岸两旁是些沙滩。一路遇见的是：一些载木的筏子，在浪花回旋之下，一上一下起伏着，一个男子在一条没有帆的船上坐着钓鱼；随后，漫无定向的雾散了，太阳出来，沿着塞纳河右岸的小山渐渐低了，同时对岸较近处又涌起一座小山。

绿树覆盖着山岗，一幢幢意大利式屋顶的低矮房舍隐没其间，屋子周围是一座座斜坡形的小花园，新砌的围墙、铁栅栏、草坪、花房和种着天竺葵的花盆把小花园互相隔开，这些花盆相间有序地摆放在肘子可以倚靠的花坛上。瞥见这些娇媚的居宅这样雅静，有些人未尝不想做做它们的主人，直到咽气的那天，始终有一个好台球桌、一只游艇、一个女人或者其他什么梦想。航行的崭新的愉

---

① 塞纳河自东而西流过巴黎。圣·路易岛和老城是河心两座小岛。老城较大，在西；圣·路易岛较小，在东。书中的青年是从船梢向后瞭望，船向东去，所以先看见圣·路易岛，后看见老城。两座小岛位在巴黎的中央，圣·路易岛“平淡无奇正似老城璀璨”。

老城是巴黎的发祥地，最先居住在这里的是高卢人的一支叫做巴黎西的，把它唤做吕泰司。其后罗马人把它改做“巴黎人之城”，缩引成现今老城。上面的胜迹有司法院，市立医院，圣堂和圣母院等。

圣母院位于老城的东角，所以青年看到它。基督教最大最美的礼拜堂之一，哥特式，一一六三年动工，一二三〇年左右落成。气象庄严，雕琢精致，钟楼方而不尖，花窗大而辉煌，为世界著名建筑之一。

② 劳让是作者福楼拜的原籍。根据他甥女的《回忆录》，作者和家人每两年去劳让看望亲族一趟，“给我舅父留下好些有趣的回忆。”作者给他的主人公取姓的时候，曾经写信给劳让一个亲戚，托他打听当地有没有毛漏的姓氏，回信说没有。四年以后，《情感教育》将近完成，亲戚发现真有毛漏这个姓氏，通知作者另换一个。福氏直然拒绝了，回信道：“掉回头再谈这个问题，不复是时光了。在一部小说里面，一个固有名词是一件极其重要的事情，一件主要的事情。一个人的姓之不复能更换，犹如皮之不复能更换。这是想把一个黑人涂白了。住在劳让的毛漏一姓人活了该！而且，他们将来不会埋怨我。因为我的毛漏先生是一个十分时髦的年轻人。”——参阅高纳书店的福氏书简第五册第四百二十七页。

快，容易引起披肝沥胆的言行。小戏子已经开始他们的诙谐了。许多人唱着歌。大家觉得快活。小杯的酒斟了上来。

福赖代芮克想着那边他要住的屋子、一出戏的梗概、若干图画的题材、若干未来的热情。他觉得那配得上他优越灵魂的幸福迟迟不来。他默诵一些忧郁的诗歌；他在甲板上快步走动；他一直走到头，来到钟旁边；——在一群船客和水手中央，他看见一位先生向一个乡下女人讲些风月话儿，一边拿手玩弄她戴在胸前的金十字架。这是一个四十岁左右，头发鬈曲的快活佬。他壮实的腰身撑满一件长黑绒上衣，在他细麻布的衬衫上闪烁着两颗碧玉，宽大的白裤垂向一双怪样的俄罗斯皮红靴，靴上面画着蓝花纹。

福赖代芮克的出现并不妨害他。他好几次转过身子望他，挤眉弄眼地问他；后来他拿雪茄送给周围所有的人。但是，不用说，他同这群人待腻了，他走向更远的地方。福赖代芮克跟随着他。

起先谈话只不过是烟草不同的种类，随后自自然然就转到女人身上。穿红靴的这位先生帮年轻人指点了好些路数；他搬出好些原则，搀上一些逸闻，拿自己做例，用一种老长辈的声调侃侃而谈，还带着一种逗人开心的放荡的天真。

他是共和党[①]；他出过远门；他熟识戏院、饭馆、报纸的内幕和

---

① 法国在路易·菲力普统治的时代，政治方面共有四党，两个反对党：一个是正统派，拥护长房王室，以为查理十世退位之后，应当由他的亲孙波尔多公爵承袭，远房路易·菲力普只是僭篡，他们的前身是一八三〇年七月革命以前的保王党，人数不多，过的全是贵族生活。另一个反对党是共和党，人数虽说同样不多，富有年轻勇毅之士、律师、记者、学生、工人，最后形成路易·菲力普最危险的敌人，和人民在一起生活，对于人民有很大的影响。共和党同样以为路易·菲力普是僭篡，因为第一，查理十世解散国会，国会便没有在七月二十六日以后开会的法律根据；第二，议员被选的使命是更换朝代，没有权利推举任何国王。人民的不满渐渐增厚共和党的声势，终于在一八四八年爆发，推翻路易·菲力普。但是，当时多数的却是 （转下页）

所有著名的艺术家，而且亲亲热热地叫起他们的名字；福赖代芮克不久就把自己的计划告诉他；他加以奖励。

不过他停住谈话去观察烟筒管，接着他很快就嘟嘟哝哝地说出来一个长长的推算，打算知道“活塞每分钟抽动若干次，每次应当有多少时间，等等”。——数目找到了，他就尽情来赞美风景。能够把事务丢在一边，他感到快乐。

福赖代芮克对他怀着一种敬意，非常想知道他的名姓。不识者一口气不停地答道：

——雅克·阿尔鲁，“工艺”的老板，孟马尔特大街。

一个便帽滚着一道金线的听差走来向他道：

——先生可以下去吗？小姐哭了。

他走了。

“工艺”是一种综合性的机构，包含一个画报和一家画铺。福赖代芮克见过这个名称，有好几次，在故乡书店陈列的大广告牌上，雅克·阿尔鲁的名字赫然显露。

太阳笔直射下，把桅杆的铁箍、船栏杆的包皮和水面全都照亮了；船头把水面切成两道纹路，一直伸展到田边。每到河拐弯的地方，就见一模一样的一排淡灰的白杨。田野全是空的。天上停着一小块一小块白云，——隐隐约约地散开，船的进行似乎也显得懒洋洋的了，旅客的容貌也越发无精打采了。

除掉头等舱的几位绅士，此外就是些工人、买卖人和他们的一

（接上页） 政府党，也有两个：一个是运动党，比较同共和党接近，以为七月革命是民主运动的开端，应当继续推行，支持各国民权的解放，所以叫做运动党。另一个政府党是抵抗党，以为七月革命应当以选出路易·菲力普作为一个结束，所以对外遵循和平政策，求得列强谅解，务以维持路易·菲力普为归。

家大小。当时旅行讲究穿着肮脏，所以他们几乎全都戴着旧的希腊瓜皮帽，或者褪了色的帽子，穿着在写字台边蹭来蹭去蹭破了的窄黑上装，或者店里披着太久因而纽扣绽了口的短大衣；这里那里，翻领的背心露出一件被咖啡弄污了的布衬衫；假金的别针结住褴褛的领带；鞋底缝上的皮带拢紧布鞋；两三个无赖拿着盘皮条的竹杖，乜斜着眼睛看人，有些家长睁大了眼睛，问东问西。他们站着或者蹲在他们的行李上面说话；有些人靠住角落睡觉；有几位吃着东西。胡桃壳子、纸烟头儿、梨皮、包在纸里猪肉的残余，把甲板弄脏了；三个穿着工人衣服的乌木匠人，逗留在酒阁子前面；一个衣衫褴褛的拉竖琴的，拄着他的乐器在休息；不时可以听见炉子里头煤的响声，一声呼喊，一声笑；船长站在驾驶台上，停也不停从这个明轮罩走向另一个。福赖代芮克打算回到他的座位，推开头等舱的栅栏门，惊动了两位携狗的猎户。

活像一座天神出现：

她独自一人坐在凳子当中；至少，他是眼花缭乱了，他什么人也看不清了。就在他走过去的时候，她抬起了头；他不由自已弯下肩膀；他走远了些，便站在同一方向，看着她。

她戴着一顶大草帽，上边的玫瑰色带子在她后面迎着风舞动。她那两边分开的黑头发绕着她长眉的尖梢，低低垂下来，好像多情地贴住她长圆的脸庞。她的印着豌豆的轻罗袍摊开着，有许多皱裥。她正在刺绣什么东西;她笔直的鼻子，她的下巴，她的全身，衬着碧空清清楚楚。

因为她老那样坐着，他就往右转转，往左转转，掩饰自己的行动；随后，他靠近她凳子旁边放着的小伞站住了，假装观看河上的货船。

他从来没有见过她棕色皮肤的那种光泽，她身段的那种诱惑，更没见过阳光透照着的她手指的那种纤丽。他凝目端详着她的针线筐，好像一件了不得的东西。她姓什么？她住在哪儿？她的生平？她的过去？他希望看看她房屋的家具，所有她穿过的袍子、她交接的朋友；在一种更深切的羡嫉之下，在一种无边无涯的痛苦的好奇之中，就是肉体的占有欲望也消失了。

一个黑女人，头上包着一条绸幅出现了，她牵着一个已然长大了的小女孩子。小孩子才醒来，眼里滚着泪。她把她抱在她的膝头。“小姐眼看七岁了，可是一点儿也不乖；她妈不会爱她了；大人过分纵容她淘气了。”听见这些话，福赖代芮克好不高兴，活像他有所收获，有所发现。

他心想她是安达卢西亚人①，说不定是殖民地的白种人；她从群岛②带来这个黑女人？

一条堇绦长围巾放在她背后船边包铜的栏杆上。一定有许多次，在海上，每当潮湿的夜晚，她用来围起她的腰，盖住她的脚，在里面睡觉来的！然而，流苏往下坠，一点一点滑着，眼看就要掉进水里去了。福赖代芮克跳过去，一下子把它截住。她向他道：

——谢谢你，先生。

他们的眼睛遇在一起。

阿尔鲁老爷在梯口出现了，喊道：

——太太，你收拾好了吗？

玛尔特小姐向他跑去，钩住他的脖子，摸着他的胡须。一架竖

---

① 安达卢西亚在西班牙南部一带，旧王国的一省，曾经长久为摩尔占据，妇女以美丽著名。

② 群岛即一四九二年哥伦布所发现的西印度群岛，位于南北美洲之间，分为大群岛与小群岛两组。

琴的声音响了起来，她要看演奏;不久，黑女人领着弹琴的人进了头等舱。阿尔鲁认出他是一个老模特儿来；他用单数第二人称招呼他，使在座的人大吃一惊。①最后，弹琴的人把长头发甩到肩膀后面，伸开胳膊，开始弹奏起来。

这是一折东方传奇，里面谈到匕首、花和星星。衣衫褴褛的男子尖声唱着这段传奇；琴的响声压过了不合调门的歌唱；他更加用力弹着：琴弦颤着，铿锵的声音仿佛一阵一阵的呜咽，就好像一种骄傲而被挫败了的爱情的哀怨。好些树木从河两岸，一直弯到水边；飘过一阵新鲜空气；阿尔鲁夫人茫然望着远处。音乐停住的时候，她动了好几次眼皮，好像她从梦里醒来似的。

弹琴的人柔声下气走到他们面前。就在阿尔鲁摸钱的时候，福赖代芮克把握紧了的手伸向便帽，然后，怪难为情地往里放下一块金路易。这不是虚荣让他当着她布施，而是一种他和她一同赐福的念头，一种类似宗教的心情。

阿尔鲁一边引路，一边热诚地请他下去。福赖代芮克声称他适才用过午饭;其实正相反，他饿得要死；不过，他口袋里连一分钱也没有。

随后，他想，他和别人一样，有权利在舱里停留。

围着圆桌，好些资产者在用饭，一个茶房捧着咖啡来来去去奔忙；阿尔鲁先生和夫人在右边紧底；他坐在天鹅绒长凳上，拣起上面一份报纸看着。

---

① 按照法国人的习俗，除非近亲熟友，或者小孩子，才用单数第二人称招呼，否则在礼貌上，或者在心理的距离上，都应当以复数第二人称应对。所以，阿尔鲁用单数第二人称招呼一个弹琴的，虽说在他是一个老模特儿，他的伧俚却惊住在座的人们。

他们应当在孟特漏换往沙隆的驿车。他们到瑞士的旅行说不定有一个月长久。阿尔鲁夫人责备她丈夫纵容小孩子。他在她耳边，不用说，低声说了两句讨好的话，因为她微笑了。随后，他起来拉好颈项后边窗户的帘子。

天花板低低的、白白的，反照下来一片强烈的光。福赖代芮克，面对面，辨出她睫毛的影子。她拿嘴唇浸在杯里，用手指夹碎了一点面包皮；腕子下面用一条金链拴着的青玉小牌，不时碰着盘子发出声响。不过，舱里的人全像没有注意到她。

有时候，从窗洞看见一只小船的侧身，小船滑过来靠近轮船，接送上下的旅客。围桌用饭的人们，凭着窗孔，说着沿岸的地名。

阿尔鲁埋怨菜饭不好；看见账单，他惊叫起来，想法子打了一个折扣。随后，他把年轻人领到前舱来喝甜柠檬酒。但是，福赖代芮克不久回到帘帐底下。阿尔鲁夫人已然又来这里坐下了。她读着一本灰封皮的薄书。她嘴的两角不时向上抽动，一道快乐的亮光映着她的前额。她完全被吸引住了，他妒忌那些创造这些玩意儿的人。他越端详她，越觉得她和他之间有着重重的深渊。他想着他马上就要和她分手了，没有法子挽回，没有和她对答一句话，甚至一点回忆也没有给她留下！

右边一片平原，左边一块牧场柔柔地连着一段小山，远远望见上面有些葡萄园、胡桃树、一座横在草地的磨坊，再过去有些小道，曲曲折折，穿过接着天边的白石。肩并肩走上去，胳膊围住她的腰，她的袍子扫着黄了的叶子，听着她的声音，看着她熠耀的眼睛，多么幸福！船可以停住，他们只要下去就成；然而，这种顶简单的事，比移动太阳还不见其容易！

再往远去，露出一座堡子，尖顶，方方的小塔。堡子前面铺着一片花畦；好像黑黑的穹顶，高大的菩提树。他想象她在矮小的榛树旁边行走。就在这时候，一位年轻女子和一位年轻男人，在淹没了林道橘子树丛中，在石阶上出现了。随后，全不见了。

小女孩子在他周围玩耍。福赖代芮克想吻她。她藏在她女用人后面；她母亲责备她不好好对待救下她围巾的先生。这是一种间接的开头？

他问自己：她终于要同我说话了？

时间不多了。怎样得到阿尔鲁一声邀请呢？他想不出什么好方法，只有引他注目注目秋色，加上一句：

——冬天不久就到了，该是跳舞和宴会的季节了！

然而阿尔鲁一心想着他的行李。徐尔维勒的堤坝出现了，两座桥靠近了，船走过一家绳索行，随着是一排低低的房舍；房舍往下，有一些柏油锅、一些木料；好些野孩子一边在沙子上跑，一边翻筋斗。福赖代芮克认出一个穿着带袖背心的男子，向他喊道：

——快点儿呀！

船到了。

他急急忙忙在搭客群里寻找阿尔鲁，另一位握着他的手，回答道：

——样样称心，亲爱的先生！

上了码头，福赖代芮克转回身子。她站在舵旁。他扫了她一眼；把他的全部灵魂贯注在他的眼神里，她一动不动地站着，好像他什么也没有做。

随后，睬也不睬他听差的问候，他问：

——你为什么没有把车一直叫到这儿来？

老实头找了个借口。

——真笨！拿钱给我！

他到一家客店吃饭去了。

一刻钟以后，他想装做偶然的样子，到停驿车的院子走走。说不定，他也许会再见她一面？

他向自己道：有什么用？

一辆“亚美利加”[①]载走了他。

那两匹马不全属于他母亲。她向税吏尚布芮永[②]先生借了一匹，和她自己那一匹套在一起。伊西道尔昨天动身，在布乃歇到黄昏，又在孟特漏睡了一夜，所以马憩过来了，轻轻快快地奔着。

收割了的田野一望无边。路旁栽着两行树木，接二连三的是成堆的石子；渐渐地他的全旅程——维勒洛夫·圣乔治、阿布龙、沙地雍、高尔拜伊和其他地方——回到他的记忆，如今他十分清楚地辨出新的细节，更亲切的特征：在她袍子下摆的花边下面，露出她的脚，登着一只栗子颜色，缎面的精致女鞋；布帐在她头上形成一顶大华盖，沿边的小红缕子迎着风，始终在飘动。

她活像浪漫主义的书籍里的妇女[③]。他什么也不要往她身上

---

① 亚美利加是一种四轮马车，后轮较高，前后座位(一个有车篷)可以调换。

② 这里的税吏尚布芮永（Chambrion），到了本卷第六章，作为尚毕永（Chambion），少了一个“r”。实际是一个人，因为不重要，所以没有人注意作者的笔误。

③ 福赖代芮克承受甚深的浪漫主义的影响。不幸不是最好的，而是作者所视为最坏的影响。关于爱情，浪漫主义的作者群，特别如拉马丁和缪塞，往往赋以宗教化，把妇女看做天仙，或者更恰当些，看做诗的泉源。拉马丁的妇女永远是纯洁如安琪儿。即或谈到失恋，尤其是缪塞，也是怨而不怒。浪漫主义者想到的只是自己，然而，犹如福楼拜所谓，“因为一心只有自己，所以痛苦。”（C’est de penser à soi qui rend malheureux.）(福氏书简第四册第二百七十七页)他们所认识的妇女，不过作成他们生存的一部，或者全部；妇女是一种形象化的情绪，说粗些，一剂创伤的膏药。她们没有人性，有的也就是母性，唯一的工作是安慰。福楼拜的现实的感觉容不下这种胡闹。实际这对于妇女是一种侮辱。因为这里的虚伪的尊敬是一种伤感的肉感而已。

添，什么也不要减。宇宙忽然就放大了。她是那闪光的一点，万物全在这里聚合；——车摇着他，眼皮半阖住，望着云彩，他浸沉在一种空想的无限的喜悦之中。

到了布乃，他等不及人拿荞麦喂马，就独自一个人走上大路。阿尔鲁曾经叫她“玛丽”。他高声喊着“玛丽”，他的声音在空里消失了。

一大块紫红色燃着西面的天空。许多粗大的麦秸堆，高高在麦秸根当中积起，投下庞大的影子。远远一条狗在一家田舍吠了起来。他打着冷战，一种无缘无故的不安在侵袭他。

等到伊西道尔赶上他，他就坐在前边吆车。他重新振作起来了。他决定了，不管用什么方法，也要拜会阿尔鲁夫妇，和他们来往。他们的家庭一定惹人爱。而且，他喜欢阿尔鲁；以后，谁知道？于是，一股血涌上他的面孔：他的太阳穴轰轰响着，他抽响他的鞭子，摇着缰绳，把马打着飞跑。老车夫不住重复道：

——慢慢！慢慢些！你要叫它们害气喘病了。

福赖代芮克渐渐平静下来，听着他的听差说话。

——家里等少爷等得十分焦急。路易丝小姐哭着要坐车来。

——那是谁，路易丝小姐？

——罗克先生的姑娘，你知道？

——啊！我忘掉了！

福赖代芮克随口答着。

马可跑不动了。两匹马全跛了；圣·楼朗敲九点钟的时候，他到了校场，母亲的家门口。

这所大房子，有一座毗连田野的花园，它提高了毛漏太太的身份。她是本乡最受人尊敬的夫人。

她生在一个缙绅世家，如今后嗣绝了。她父母强迫她嫁给一个平民。她怀孕期间，丈夫被人一剑扎死，给她留下一份拖泥带水的财产。每星期有三天她接见客人，不时还请一次客。不过蜡烛的数目老早就计算好了，而且她急急等着地租钱用。这种和罪恶一样瞒着的拮据，使她变得严肃了。然而，她平日为人决不矫情，决不尖酸。她顶小的施舍都像绝大的布施。人家向她讨教选择听差、教育少女、制造蜜饯，主教大人巡视教区的时候，总到她家坐坐。

毛漏太太对儿子怀有远大的奢望。由于一种预感的谨慎，她不喜欢听人指责政府。他先需要保护；随后，仗着他的才具，他会做到议员、大使、总长。他在桑斯中学的胜利证实了这种骄傲；他得到荣誉奖金。

他一走进客厅，大家乱哄哄站起来，和他拥抱；大家拉过大小椅子，围住壁炉，摆成一个大半圆形的圈子。

刚布兰先生立刻就问他关于拉法尔吉夫人[①]的意见。这轰动一时的案子，引起一场激烈的讨论；毛漏太太止住这场讨论，虽然刚布兰先生很不开心；他以为就年轻人未来的法学家的资格来看，是有益的，所以他一赌气，走出客厅。

是罗克老爹的一位朋友，大家用不着惊奇！说到罗克老爹，大家不免讲起党布罗斯先生，他新近把佛尔泰勒的地产弄到手。可是

① 拉法尔吉夫人的姓名是玛丽·卡派勒（一八一六年——一八五二年）。丈夫是一个铁工厂老板，带她住在格朗笛耶乡间。她被控于一八四〇年一月十四日下毒把他害死。九月二日，她在高赖司法院受审，经过十二天热烈的辩论，判定有罪，终身监禁。她始终坚持自己冤枉，写了一部《牢狱日记》。十二年之后，释放出来，不久就死了。

税官把福赖代芮克扯到一旁，想知道他对于基佐先生[①]最近作品的见解。人人想打听一下自己的事；白鲁洼太太的做法顶巧妙，知道了他叔叔的消息。这位贵亲怎样了？他好久没有音信了。他在美洲没有一房远亲吗？

女厨子报告，少爷的汤盛好了。客人们知趣，告辞。随后，在饭厅，就剩下他们两个人，母亲低声向他道：

——怎么样？

老头子招待他非常热诚，不过没有透出自己的心思。

毛漏太太叹着气。

他心里想：如今她在什么地方？

驿车走动着，不用说，她裹在围巾里头睡着了，拿她美丽的头靠在车垫上。

他们走进卧室的时候，十字天鹅的一个茶房送来一张便条。

——什么事？

---

① 基佐一七八七年生于尼穆，一八七四年死于喀勒法道司。他是新教徒，小时候在日内瓦读书，一八〇五年来到巴黎，先攻法律，其后改习文学。一八一二年，被荐在巴黎大学担任现代史教授，是当时最年轻的。一八一四年，拿破仑帝国崩溃，王室复辟，基佐出任路易十八的内政部秘书。次年，拿氏卷土重来，基佐随王室奔往比利时，不久，随王室再归，出任司法部秘书。基佐属立宪王党，一八二一年因思想自由解职，重返大学任教；次年，政府中止他的讲授。他开始发表《英国革命史料》的前两卷，陆续成书，共二十五卷。一八二八年，重返大学，任教文化史，发表所授为《现代史讲义》，名声大著。一八三〇年，当选为国会议员，形成反对党，间接促成七月革命。他是抵抗党的领袖之一，数次出任各部部长。在这部小说开始的时候，一八四〇年九月，他正在伦敦做驻英大使，同时在筹备他的《华盛顿传》，于一八四一年出版。小说的开始是九月十五日，恰好一个月以后，十月十五日，基佐被路易·菲力普召回，名义上担负外交部长，实际上是做内阁的首脑，这样直到一八四七年九月十九日，他正式升为内阁总理。次年，就是小说的下卷所描写的年月，革命爆发，他逃往伦敦，努力组织王党，希望有所作为，但是，一八五一年政变，拿破仑三世登基，他放弃政治，以历史的著述隐居终老。

他说道：

——戴楼芮耶要我和他谈谈。

毛漏太太轻蔑地冷笑道：

——啊！你的学伴儿！挑的多是时候，真是的！

福赖代芮克迟疑了一下。不过友谊显然更重要。他抓起他的帽子。

母亲向他道：

——无论如何，早点回来！

二

查理·戴楼芮耶的父亲，原先是常备军的队长，一八一八年辞职，回到劳让结婚，然后拿陪嫁的钱，买了一个执达吏差事，几乎不够他敷衍日子。长远的不公道让他忿懑，他旧日的创伤让他痛苦，永久想念皇帝①，他把梗噎自己的怒气吐向他的近亲。没有小孩子比他的儿子捱打捱得再多的了。任凭拳打脚踢，孩子并不屈服。母亲想法子居中调停，便和他一样遭殃。最后，队长把他安插在事务所，一天到晚伏在书几誊抄法院的记录，结果他的右肩膀比另一肩膀显然结实多了。

一八三三年，因院长先生的邀请，队长卖掉他的事务所。他女人害癌肿死了。他来到第戎过活；其后，他在特鲁瓦做招兵的掮客；他给查理弄了一个半官费，送到桑斯中学读书，福赖代芮克在这里认识他的。然而，一个十二岁，一个十五岁；再说，还有性格和门第的万千差别把他们分开。

福赖代芮克的柜子有种种应用的东西，好些讲究的物什，例如，一套梳洗匣子。他喜欢早晨晚起，看燕子，读剧本，而且，留恋家庭的舒适，他觉得中学生活严苦。

执达吏的儿子倒觉得好。他十分用功，临到第二年末尾，他就升到第三年级。不过，由于他穷，或者由于他脾气坏，一种无声的恶意围住了他。有一次，一个茶房在中等科的院子叫他小叫化子，他跳过去掐住他的咽喉，要不是三位级任教员干涉的话，他会弄死他也难说。福赖代芮克钦佩他，把他抱在怀里。从这一天起，他们变成知己。不用说，一个“高年级”的友爱扇起低年级的虚荣，而高年级也就把这种送上来的忠尽看做一种幸福来接受。

放假的时候，父亲把他留在中学。他偶尔打开一册柏拉图的译本，引起他的热心。于是，他爱上了形而上学的研究；他的进步是快的，因为，他用他少壮的力量从事学习，带着一种自行解放了的理智的骄傲；茹福卢瓦、库辛、拉罗米给耶尔、马勒柏朗士、苏格兰学者②图书馆收藏的书籍，他全看了。为了把书弄到手，他需要

---

① 这里的皇帝指拿破仑而言。戴楼芮耶的父亲应当是拿破仑的老兵，自从一八一五年拿破仑战败被囚，路易十八复辟之后，一般军人不满于怀，不安于心，正如这里的叙写：“长远的不公道让他忿懑，他旧日的创伤让他痛苦，永远想念皇帝……”一八一五年，巴黎降顺，联军应允宽赦拿破仑的信从，但是联军卵翼的路易十八和他的王党却要报复。五十八个人被流放，三个人被枪毙，在法国南部造成惨无人道的“白色恐怖”。在“白色恐怖”之下，众议员是清一色的王党，宣布停止个人自由的保障，并于同年九月，通过法律，组织特别法庭，惩处共和党人与拿破仑随从。喊“皇帝万岁”口号的，戴三色标帜的，一律放逐出境。不过几个月，有九千人触犯刑章，大部分被判死刑。人民自然暗地越发思念他们的皇帝了。各国君主唯恐激成政变，劝告路易十八改换政策。一八一六年九月，白色国会宣告解散。

② 茹福卢瓦(一七九六年——一八四二年)是哲学家库辛的弟子，生在汝拉省的彭代。一八三〇年在巴黎大学讲授哲学，自一八三一年到一八三八年，当选为众议员。他把苏格兰哲学介绍到本国，作品有《哲学杂论》(一八三三年)，《自然法讲义》(一八三五年——一八四二年)，《美学讲义》(一八四三年)等。

库辛(一七九二年——一八六七年)是哲学家，生在巴黎，一八一五年在大学讲授，介绍苏格兰哲学。一八一七年游历德国，结识黑格尔等哲学家，因思想自由于一八二〇年被政府停止讲授。一八二四年，他二次游历德国，被人目为烧炭党，拘禁半载放回。一八三〇年，革命爆发，他以基佐的力量插入政治活动。他是参议员、国家学会会员；一八四〇年，就在这部小说的开始，他做教育部部长。他赞助一八四八年革命，次年退出政治生涯，以讲学终老。在哲学方面，他的主张是折衷的，一种笛卡儿、康德与苏格兰学派的拼凑。他要他的哲学具有实际价值，反对物质的看法，恢复唯心论。这里是选择的，实际是妥协的、让步的，和当时的政治相为表里。他的渊博和热情激起哲学的研讨。他的才学是多方面的，主要的著述有一八二六年的《哲学摘录》，《哲学史讲义》和他著名的《真美善论》(一八五三年)等。他和他的(转下页)

偷图书馆的钥匙。

福赖代芮克的消遣就不那么认真了。他描绘那刻在三王街一根柱子上的基督谱系，随后又描绘礼拜堂的门道。读完中世纪戏剧，他就着手那些实录：弗鲁瓦萨尔、科曼热、彼得·艾杜瓦耳、布朗道穆。①

（接上页） 弟子茹福卢瓦完全不同，后者是严肃的、沉穆的、偏于内心的。

拉罗米给耶尔（一七五六年——一八三七年）早年在高等师范学校讲授逻辑，著述有《形而上哲学原素观》（一七九三年），《哲学讲义》（一八一五年——一八一八年）等。作品以语言正确，风格纯洁见称。他不赞同当时盛行的生理的心理解释。据说库辛做学生的时候，去听他的讲演，深为感动，立即献身于哲学研究。

马勒柏朗士（一六三八年——一七一五年）生于巴黎，身体残弱，从事私人研究神学，无所成就。一六六四年，他无意中读到笛卡儿的《论人》，转向哲学，十年之后，发表他著名的《真理的探讨》。他把笛卡儿的理论介绍到神学里面。

苏格兰学者的主脑是赖德（一七一六年——一七九六年），著述有《人类心灵的探讨》（一七六四年），《理智力》（一七八五年）等。他把外在观察用在内在观察，一八二八年，茹福卢瓦把他的全集译成法文印行。给常识寻找一个哲学的根据。承继他这一学派的，有司徒瓦特（一七五三年——一八二八年）和汉密顿（一七八八年——一八五六年）全是苏格兰人。一八二九年，后者曾经在《爱丁堡杂志》发表文章，批评库辛的“无限”学说。他们的先驱是哈切孙（一六九四年——一七四六年），最重要的作品是《道德哲学的体系》（一七五五年），同样有影响的是他的《美与道德的观念的来源》（一七二〇年）。苏格兰学派，犹如苏格兰的小说家司各脱，在法国十九世纪前半叶具有甚大的影响。

① 弗鲁瓦萨尔（一三三七年——一四一〇年左右）是法国十四世纪著名的《编年史》作者。同时他模仿时尚，写了若干诗歌。他是中产出身，然而酷嗜武士的作为，欢喜贵族的烜赫，所以终年旅行，出入各国宫廷，陆续写成他的四卷《编年史》。兴趣和生活集中在各国君主之间，虽说自己是一个平民，他并不注意人民的情况。

科曼热（一四四七年左右——一五一一年），他是路易十一的宠臣，对政治外交有深切的体验。他的《记事》（*Mémoires*）大部分记载路易十一，小部分记载查理八世，着眼在事变的前后因果。

彼得·艾杜瓦耳（一五四六年——一六一一年）生于巴黎，著有《日记》，是一五八四年到一六一一年之间巴黎的重要史料。

布朗道穆（一五三五年左右——一六一四年）和弗鲁瓦萨尔一样，放弃僧侣生涯，随军出入于各国之间，晚年从马上坠下，退养家中，开始他的著述事业。他写了若干部《传记》，有的关于军人，有的关于命妇，全是在他死后问世的。

这些著述引起的种种意象，把他的心灵牢牢占住，他感到有表现它们的需要。他的野心是有一天做法兰西的瓦尔特·司各脱①。戴楼芮耶思考一种浩大的哲学体系，无往而不可。

休息的时候，他们在院子里面对钟底下着色的校训，谈着这一切；他们在小教堂，当着圣·路易②的胡须，低声说着这个；他们在对着一座坟茔的寝室，梦着这个。散步的日子，他们排在别人后面，不断地谈论。

他们谈论将来离开中学的时候，他们要做什么事。他们先来一趟遥远的旅行，用福赖代芮克法定年龄③提出来的钱。随后，回到巴黎，他们会在一起用功，并不分手；——工作疲倦，他们的消遣会有：在

---

① 瓦尔特·司各脱(一七七一年——一八三二年)，英国十九世纪初叶的文豪；他的历史小说仿佛狂风暴雨扫过法国，一下子征服了老少读者。从一八二〇年到一八三〇年，法国没有一位文豪抵得住这位外国小说家的名声。年轻的雨果把他看得比本国的勒萨吉还高，部部小说值得赞美。一八二一年，《蜜蜂》(*L'Abeille*)记载司各脱小说的出版道："瓦尔特·司各脱的小说！瓦尔特·司各脱的小说！快呀，先生们，特别是你们，太太们；是神奇，是新颖；快呀！初版卖完了，二版预定完了，三版还没有出就要不见了。跑吧，买吧；好或坏，管它哪！上面有瓦尔特·司各脱的名字，就够了……英吉利和英吉利人万岁！"司各脱把法国人迷住了，诗人歌颂，批评家恭维，剧院改编他的小说上演，画家从里面寻找材料，木器衣服全是"司各脱式"。模仿他的小说是平常而又平常。历史小说成了一时的风尚。巴尔扎克在他的《人间喜剧》的序言，指出他们的联系。司汤达比较理智，说司各脱的作品是小孩子的读物，但是也承认"法国爱疯了瓦尔特·司各脱"。在这样热狂的膜拜之下，我们也就难怪福赖代芮克想做"法兰西的瓦尔特·司各脱"了。

② 圣·路易(一二二六年——一二七〇年)，亦即路易九世。法国古代最贤良的国王，仁和廉正，信教笃诚，曾经组织第七次十字军远征，为土耳其人所俘，赎回之后，组织第八次十字军，半路死于瘟疫。巴黎老城的圣堂就是他建筑的。法国教堂往往见到他的雕像。

③ 法国的法定年龄当时是二十一岁，有时候因为结婚关系，可以缩短。这就是说，福赖代芮克到了二十一岁，就算成人了，母亲(或者保护人)应当把他名下的财产向他交代，由他自己管理。

张挂缎子的内室和公主们谈情说爱或者同名妓们举行辉煌的宴会。疑惑继热烈的希望而来。谈吐淋漓畅快，之后，又坠入深沉的缄默。

夏天黄昏，沿着紧挨葡萄园的石子小道，或者旷野的大路，他们漫步行了许久，麦子迎着太阳荡漾，同时当归的芬芳在空间散开，一种窒息的感觉侵袭他们，他们仰天躺倒，晕了，醉了。别人脱掉衣服，不是在做赛跑的游戏，就是在放风筝。学监呼唤他们。他们走回来，沿着小溪流过的花园，随后沿着老墙荫住的马路；荒凉的街巷在他们步子下面响着；栅栏开了，大家走上楼梯；他们是忧郁的，好像大大荒唐了一阵。

学监先生以为他们在互相誉扬。其实，福赖代芮克在高级班用功，全靠他的朋友鼓舞；在一八三七年的假期，他带他来见母亲。

毛漏太太不喜欢这年轻人。他吃得特别多，他拒绝参加礼拜日的祈祷，他发些共和党的议论；最后，她相信他把儿子领到些不名誉的地方。她监视他们来往。他们因而越发要好了；第二年，戴楼芮耶离开中学，到巴黎研究法律，他们难分难舍。

福赖代芮克计划好了在那里和他相会。他们有两年没有见面了；抱吻完了，他们走到桥头，为的更好倾心谈话。

队长如今在维耳路克斯开了一所弹子房，听到儿子要清算他保护中的财产，他气得脸也红了，甚至老实不客气，断了他的生活费。他愿意以后竞考到一个法科教授的讲座，不过，没有钱，戴楼芮耶就接受了特鲁瓦一个律师的首席见习生的位置。拼命省钱，他总会积出四千法郎的；即使他不动用母亲的遗产，他挣来的钱也该够他自自由由用上三年功，谋一个位置的。所以他们必须放弃他们往日要在京城一同过活的计划，至少目前必须放弃。

福赖代芮克低下了头。这是他的第一个梦崩溃。

队长的儿子道：

——宽心吧，生命长着呐，我们年纪还轻。我会找你来的！不要再往这上头想了！

他摇着他的手，同时，为了排遣他的苦闷，问他一路的情形。

福赖代芮克没有多少话讲。但是，一想起阿尔鲁夫人，他的悲痛也就消失了。因为不好意思出口，他没有说起她。他拿阿尔鲁来找补，讲起他的语言、他的举止、他的故事；戴楼芮耶鼓励他和这位朋友好好来往。

福赖代芮克最近什么东西也没有写；他文学的见解改变了：他如今最重视的是热情；维特、勒内、弗兰克、拉腊、莱莉亚①和

---

① 维特是歌德的《少年维特之烦恼》的主人公。在这部书札小说里面，维特恋爱朋友的未婚妻绿蒂，悒郁多感，终于失望自杀。这部小说盛行于十八世纪末叶，据说拿破仑时常带在身边。一七七六年，博纳维尔译成法文，收在一个选集里面。一七九七年，由欧布里正式译出，分两册印行。一八〇〇年，无名氏重译。同年，德·萨斯重译，次年德柔尔重译。一八〇四年，又有两种重译本。

勒内是法国文人夏多布里昂的同名小说的主人公。《勒内》原来是他一八〇二年发表的《基督教真谛》二卷的第四章，一八〇五年剔出，单独印行。犹如维特，勒内是一个天生孤独的青年。他唯一的爱姊阿梅丽，撇下他，入了修道院。就在她入院的时节，他听见她皈依宗教的秘密——恋爱她的兄弟。他离开法国，在美洲流浪。勒内的寂寞忧郁，无所为而为，变成此后浪漫主义作者的圭臬，结晶而为所谓“世纪病”的典型。

弗兰克是缪塞的剧诗《杯与唇》的主人公。查理·弗兰克是一个年轻的猎户，早年和一个天真的少女戴伊大米亚相爱，中途遇见一个妇人白尔考劳尔，因醉心功名，弃乡他适。不久他厌倦了，回来仍然和在等候的戴伊大米亚团聚。白尔考劳尔却在暗中把她刺死了。

拉腊是拜伦的同名故事诗的主人公。拉腊是一个武士，多年在外，忽然带着一个叫做喀莱德的书童，回到家堡。在邻居奥陶的夜宴上，有一位叫艾斯林的人，识破他们的隐秘，说在第二天当众宣布。到时他失踪了。奥陶为他的客人复仇，纠众把拉腊射死。大家发现他的书童是一个女孩子。他们爱情的经过，喀莱德不说，因而始终是一个谜。

莱莉亚是乔治·桑的同名小说的女主人公。莱莉亚是一个性格奇特的美女子，没有人清楚她的举措。一位年轻的诗人斯泰尼奥爱她，遭了她的拒绝。他一生气，和她的妹妹皮耳谢里来往。他染上喝酒的习惯，最后自杀了。莱莉亚进了修道院。她违法把他埋掉，因而入了监狱，死掉。

其他比较凡庸的人物，几乎同样引起他的热心。有时候，他觉得只有音乐能够表现他内心的纷乱；于是，他梦想制作交响乐；或者事物的外表抓住了他，他愿意画画。不过，他写了些诗；戴楼芮耶觉得这些诗美极了，然而没有再要一首看。

至于他自己，他不再弄形而上的哲学了。他专心于社会经济和法国大革命。如今他是一个二十二岁的大小伙子，瘦瘦的，一张大嘴，果敢的模样。这一晚，他穿着一件粗糙的毛呢大衣；尘土把鞋染白了，因为他一路从维耳路克斯走来，特意为看福赖代芮克。

伊西道尔走到他们旁边。太太请少爷回去，怕他着凉，把他的一件披风也送了来。

戴楼芮耶道：

——停一停好了！

他们继续散步，从架在河同沟渠形成的窄窄小岛上的两座桥的这头走到那头。

走到劳让这边，他们对面是一堆有点儿倾斜的房屋；往右，在好些水门关了的木头磨房后面，露出教堂；往左，沿着河岸，灌木篱笆伸向好些望不清切的花园。不过，在巴黎那边，大路一直往下伸开，草地在夜雾之中远远隐掉。夜是沉静的，发出一种淡白的光辉。湿叶子的气味一直冲上他们的鼻端；百步以外，汲上田塍的河水，呢呢喃喃，应着黑暗之中波浪的沉浊柔和的声音。

戴楼芮耶止住步，道：

——这些大人先生静静在睡，多滑稽！忍耐些吧！一个新的“八九”[1]在准备着哪！宪法、约法、巧言、谎语，全招人厌！

---

① 所谓“八九”，系指一七八九年法国大革命爆发而言。戴楼芮耶，一个穷苦的青年，深有所憾于他的时代，预感革命将来到。

啊！我要是有份报纸或者一座讲台，看我不把你们这一切摇晃下去！可是，不管做什么事，全得有钱！做一个店家的儿子，把青春浪费在糊口上，多大的不幸！

他低下头，咬住自己的嘴唇，在他单薄的衣服下面打冷战。

福赖代芮克拿他披风的一半扔在他的肩上。两人裹在披风里，搂住彼此的腰，并肩走着。

福赖代芮克(他朋友的辛酸重新引起他的忧郁)道：

——没有你，你怎么能够要我住在那边？有一个女人爱我的话，我也许做得出点儿事来……你为什么笑？爱是天才的粮食，或者好比说空气。激情能产生卓越的作品。至于寻找我所需要的女子，我放弃！而且，就是我找得到她，她也会拒绝我的。我属于那继承权被剥夺了的子孙，我要用一件宝物毁掉自己，是假金刚石，是真金刚石，我就不知道了。

一个人的影子伸到石路，同时他们听见这句话：

——有礼了，先生们！

说这话的人是一个矮个子，穿着一件宽大的棕色外衣，戴着一顶便帽，帽檐底下露出一个尖鼻子。

福赖代芮克道：

——罗克先生吗？

声音接着道：

——正是！

这位本地人，解释他走过的缘故，说他才到水边查看他花园里面的狼阱回来。

——你又回到咱们家乡了吗？好得很！我的小女孩子告诉我知道的。我想你身子一向好吗？你不再出门了吧？

但是他走开了，不用说，福赖代芮克的应对扫了他的兴。

说实话，毛漏太太不到他家走动的；罗克老爹和他的女仆姘着住，他虽说是选举的助理，党布罗斯先生的管家，人人看不起他。

戴楼芮耶继续道：

——住在昂茹街的银行家？你知道你应当怎么样做吗，我的好朋友？

伊西道尔又来打断他们。他奉命把福赖代芮克领回去，一定要领回去。太太不放心他在外头。

戴楼芮耶道：

——好了，好了！就来了；他不会在外头过夜的。

听差走开了，他接着道：

——你应该请这老家伙把你介绍给党布罗斯；没有比到一个阔人家走动走动更有用的了！既然你有一身黑礼服，一副白手套，就得利用利用！你必须到这个社会走走！以后你还要领我见识见识。一个有百万家私的人，试想想！想法子讨讨他的欢喜，还有他太太。做她的情人好了！

福赖代芮克喊了起来。

——我给你讲的也不过是些古话，不是吗？你想一下《人间喜剧》里面的拉斯蒂涅！你会成功的，我相信一定会成功的！①

福赖代芮克极其信从戴楼芮耶，他觉得自己动摇了，于是忘掉

---

① 拉斯蒂涅是巴尔扎克的《人间喜剧》之中的一个重要人物。他是一个有野心的穷学生，一七九七年生在法国的南部，一八一九年来到巴黎，考入法科，以他的才胆混入上等社会。他是纽沁根夫人的情人，一八三五年和她断绝关系，娶了她的女儿。七月革命以后，参加政治活动，一八四五年做到部长，被选为参议员。他早年的事迹，多见于《高老头》（一八三四年——一八三五年），晚年多见于《纽沁根银行》（一八三八年）和《贝姨》（一八四六年）。戴楼芮耶所说的拉斯蒂涅，决不会在《贝姨》里面，因为这里的年月限定是一八四〇年。

阿尔鲁夫人，或者把她算进另一位的预言里面，他禁不住微笑了。

见习生继续道：

——末一个忠告：考试要及格！有个头衔总是好的；而且，老老实实，放下你那些天主教和撒旦诗人，他们的哲学见解，再进步也进步不过十二世纪那点儿玩艺。你的绝望只是愚蠢。好些了不得的伟大人物，开端还要艰难，米拉波就是一个例子。①再说，我们的别离不会太长。我有法子叫我那扒手父亲吐出他吞没的东西的。如今是我回去的时候了，再见！你有一百苏给我付饭钱吗？

福赖代芮克给了他十个法郎，早晨向伊西道尔要来的剩下的钱。

左岸离桥二十杜瓦思②，有亮光从一所低房子的天窗映出来。

戴楼芮耶望见了。于是，他一边摘下帽子，一边繁文缛节道：

——维纳斯，诸天的女皇，有礼了！不过贫穷是智慧之母。慈悲吧，你为贫穷没有奚落够了我们！

---

① 戴楼芮耶劝福赖代芮克放下他的浪漫派诗人，说：“你那些天主教和撒旦诗人，他们的哲学见解，再进步也进步不过十二世纪那点儿玩艺。”这里指的是那些十九世纪初叶的浪漫派诗人。

米拉波伯爵（一七四九年——一七九一年）是米拉波侯爵的儿子。父亲是一个农学家，主张以农立国，著有《人民之友》，外号叫做“人民之友”，实际是家庭的暴主。米拉波一脸麻子，黑头发，从小表示强烈的性格。十七岁，他进了骑兵队，放荡不羁，被他的父亲拘在监狱。出来之后，被派到科西嘉岛，随后他离开，结了婚，欠了债，父亲又把他下到牢狱。他同一位贵族夫人逃到荷兰，用笔墨维持生活，写了一篇惊人的《专制论》。他在荷兰被捕，递解到巴黎，坐了三年半的监牢。出来之后，他以各种方式苦苦度日。他有许多爱情故事。一七八九年，议会改选，他被贵族拒绝，参加第三阶级（资产阶级），竞选胜利。他激昂的演说受到群众热烈的拥戴。一七九一年，他当选为议会主席。他的政治主张比较倾向王党，但是，因为他对革命有功，所以死后，议会通过盛大的殡典。

② 杜瓦思是法国一种旧尺度，合一米又九四九。

这段话点到一段共同的奇遇，把他们逗乐了。他们在街上放开嗓子大笑。

随后，算清他客店的账，戴楼芮耶重新把福赖代芮克送到公共医院的十字街口；——长长抱了一阵，两位朋友这才分手。

三

两个月以后，福赖代芮克有一早晨，突然来到了鸡鹭街，想立刻就拜访那位要人。

机会先成全了他。罗克老爹给了他一卷纸，托他本人交给党布罗斯先生；他另外附了一封敞口的信笺，介绍他年轻的同乡。

毛漏太太似乎意想不到这种举措。福赖代芮克瞒住这件事所给他的快乐。

党布罗斯先生的真名姓是昂布罗斯伯爵；然而，自从一八二五年以来，他就渐渐抛开他贵族的头衔和他的党派，转而经营实业；所有的事务所都瞒不过他，所有的企业他都插手，等着上好的机会，他像希腊人一样精明，像奥弗涅省人一样勤苦，他聚了一笔好大的财产；而且，他是铨叙局的职员，欧布省议会的议员、众议院的议员，有一天也许做到法兰西的参议院的议员。虽说殷勤，但是，不断要求援助、十字勋章、烟草专卖所，他烦透了部长；和当局怄气，他倾向中左派。他的太太，那位时装杂志宣扬的漂亮的党布罗斯夫人，是若干慈善会的主席。她阿谀公爵夫人们，息住贵族关厢的怨恨，叫人相信党布罗斯先生还会忏悔，还会效劳。①

这位年轻人心惶意乱地去拜谒他们。

——我应该穿礼服才对。不用说，他们会请我赴下星期的跳舞会？他们要同我说些什么呢？

想到党布罗斯先生不过是一个资产者，他放心了，快快活活，从他的“卡布里奥莱”②跳到昂茹街的走道。

他推开两个车门的一个，穿过院子，登上台阶，走进一间铺着花大理石的过廊。

一座双排的楼梯，铺着一条小铜棒揿住的红毡，贴住亮晶晶的花大理石的高墙。台级底下有一棵芭蕉，宽大的叶子搭在栏杆的天鹅绒上。两只古铜烛台，挂着好些小链子悬起的磁球。热气管的风眼敞开，呼出一股沉重的气；一座大钟立在过廊尽头的一套武器下面，滴答滴答响着。

铃响了；一个仆人出来，把福赖代芮克领进一间小屋，里面有两只保险箱，和若干摆满了纸夹的书架子。党布罗斯先生在中央一张活动写字台上写字。

他读着罗克老爹的信，拿小刀裁开包扎文件的帆布，然后用心看着。

因为身段瘦削，远远看去，他还像年轻的样子。但是，他稀零

---

① “党布罗斯先生的真名姓是昂布罗斯伯爵，”应该这样解释：昂布罗斯是他的采邑，所以，通常以土地为姓，表示有来历，有产业，身份高贵。直译应当是“昂布罗斯的伯爵”，“的”字在法文是 de（“德”），“德”和“昂”拼成一个字音，便成了“党”。本来党布罗斯先生可以留下贵族的征志，把 de 的母音取消，另用一撇表示（d'Ambreuse），但是，他为了发展实业，列身资产阶级起见，索性连那一撇也不用，成为 Dambreuse 了。

希腊人的精明近乎有口皆碑。法国人甚至于用来代替拐骗。福楼拜曾经在《萨郎宝》里面创造了一个叫做司攀狄的希腊奴隶，正好说明希腊人的狡猾。

奥弗涅是法兰西旧省，十九山岳，地瘠民穷，以勤劳著称。

中左派是议会抵抗党的一派，另一派是中右派。抵抗党是绝对拥护路易 · 菲力普的，当时有两位理论的领袖，一位是梯也尔，一位是基佐。

所谓“贵族关厢”即巴黎的圣 · 日耳曼关厢，在塞纳河的左岸，拉丁区的西边。这里是贵族宅居的地方，高楼大厦，阀阅所在。

② 卡布里奥莱是一种有篷的二轮或者四轮马车。

零的白头发，他无力的四肢，特别是他面孔异常的苍白，证实他虚弱的气质。他海青色的眼睛，比琉璃眼睛还要冷，含有一种残酷的力量。他有突出的颧骨，关节打结似的手。

最后，他站起来，问年轻人许多关于他们相识的人、劳让、他的功课的话；随后一弯腰，把他打发掉。福赖代芮克从另一个走廊出来，发现自己来到院子紧底，靠近车房。

一辆蓝颜色的“顾白”①，驾着一匹黑马停在阶前。车门打开了，一位贵妇走上去，马车发出沉重的响声，开始在沙子上面滚动。

福赖代芮克从另一边过来，和她同时来到车门底下。地方不怎么大，他不得不等着。那位年轻夫人探出车窗外面，低低和门房说话。他只看见她的背，披着一件紫罗兰色的披风。不过，他扫了一眼马车内部，蓝绒里子，坠着好些丝带子和流苏。贵妇的衣服搁满了一车；从这铺着垫子的小盒子，逃出一股鸢尾的馥香，仿佛一种女性风韵的暧昧气息。车夫放松缰绳，马骤然一拂墙角的界石，全不见了。

福赖代芮克顺着马路，步行回来。

他懊悔没有看清党布罗斯夫人。

走到一个比孟马尔特街高的地方，他扭回头看挤在一处的马车；就在对面另一边，在一块大理石板上，他读道：

雅克·阿尔鲁

何以他没有早些想到她呢？全是戴楼芮耶的过错。他走向那家铺子，然而，他不进去，他等“她”出来。

---

① 顾白是一种斩式四轮马车，通常仅有两个座位。

透明的高玻璃窗，以一种巧妙的安排，推呈出若干小像、素描、版画、目录、各期的《工艺》；门上写好预定的价目，中间装点着发行人名姓的第一字母。往里望，墙上挂着若干釉光闪闪的大画，然后，紧底，两个柜橱，摆着好些瓷器、古铜器、动人心目的希罕东西；一座小楼梯把它们分开，梯口挂着一个毛绒帘子；一座老萨克司①的挂灯，一块绿地毡，一张镶嵌细工的桌子，把内部衬得不像一家商铺，倒像一个客厅。

福赖代芮克装做研究素描。迟疑了许久许久，他进去了。

一个伙计掀起帘子，回说东家五点以前不会“在公司”的。不过，事情要是能够转达的话……

福赖代芮克柔柔和和答道：

——不啦！我回头来。

接着几天全用在物色住所；他决定要一间三楼的屋子，在圣·伊亚散提街，一家供给家具的旅馆。

胳膊底下夹着一个崭新的吸墨纸笔记簿，他上课来了。三百个光头的年轻人，挤满一间圆形的讲堂，一个穿着红袍的老头子用一种单调的声音讲解；钢笔在纸上沙沙响着。在这大厅，他重新发现教室的尘土气味，一张式样相同的讲桌，同样的无聊！他足足听了十五天课。但是，先生没有讲到第三节，他就放弃了民法，《法律纲领》②听到“人之分类”他就不听了。

---

① 萨克司是德国东部的自由邦，以瓷器、金器等产物著名。

② 《法律纲领》是东罗马帝国茹斯提尼大帝（四八三年——五六五年）在五三三年二月三十日颁布的法学初阶。最初，他颁布了一部《法律全典》，因初学者不易攻习，另编《法律纲领》，列为教科书，指明有法律效力。这部书的开端指出：“吾人所见之私法全体，或关于人，或关于物，或关于诉讼。”所以，首谈人法：“法律既皆为人而设，故吾人宜先明了人为何物。”人有自然人与法人的差别。自然人不必即是法人，例如奴隶。

他许给自己的欢悦并不来；他把一家阅书报处的书报全读完了，看遍了卢佛宫[①]的收藏，一连听了好几次戏，跌进一种无底的懒散的境地。

万千新麻烦加重他的忧郁。他必须点清他的衬衣，忍受门房，一个看护模样的粗人，早晨带着酒意，一边唧哝，一边收拾他的床铺。他的房间装潢着一座白玉摆钟，不中他的意。板壁太薄了；他听见学生们喝五味酒、笑声、歌声。

他厌倦这种寂寞，找到一个叫做巴狄斯特·马地龙的老学伴；他发现他在登·雅克街的一家资产阶级公寓[②]，面对一个煤炉子，死啃他的诉讼法。

他的对面一个穿印花布袍的女人在补缀袜子。

马地龙是所谓的美男子：身量高大，两颊丰盈，面貌端正，一双凸出的蓝眼睛；他的父亲，一个富裕的地主，指望他来日做官，——他想显得外貌严肃，把他的胡须剪成项圈样式。

福赖代芮克的无聊没有合理的原因，他又指不出什么大不幸，所以，马地龙一点不明白他对生存的悲哀。他呀，天天早晨去上课，随后在卢森堡公园散步，黄昏照例半杯咖啡，一年一千五百法郎，还有这个女工的爱情，他觉得自己很快乐。

福赖代芮克心里呼道：多么幸福！

他在学校另外交识了一位朋友西伊先生，一位贵家子弟，看他举止温柔，仿佛一位小姐。

---

① 卢佛宫是世界著名的美术博物馆。相传这里最早是猎狼者聚合的地方，所以叫做 Lupara，或者 Louverie，音译即卢佛。一二〇四年，卢佛宫堡开始建筑，历经修增，成为现今宏壮的面目。大革命时代，卢佛改为国家博物馆公开于众。

② 这里所谓公寓在组织上不完全相当于中国的旧公寓。它更其近乎一种家庭的形态，有时候，还负着一种保护的责任，类似一种寄宿学校。

西伊先生专心素描，爱好哥特①建筑。好几次他们一同去赞美圣堂和圣母院。但是贵公子的名望盖着一种最最可怜的智慧。他倾倒一切；一点点取笑就让他大笑，显出一种十足的天真，福赖代芮克起初把他当做一位滑稽家，最后把他看成一个傻子。

所以同任何人倾吐积愫，全不可能；他总在等待党布罗斯的请帖。

元旦那天，他给他们送去拜帖，但是他没有收到一张回片。

他重新来到工艺社。

到这里第三次的时候，他终于看见阿尔鲁，正在五六个人中间争吵，差不多没有回答他的敬礼；福赖代芮克感到不快。他并不因而少去寻找接近“她”的方法。

起初他想常常去，争讨画的价钱。随后他想往报馆的信箱投些“惊人的”文章，也许会发生点儿关系。或者不如一直奔向目的地，宣布他的爱情？于是他写了一封十二页的信，充满了呼唤和抒情的节奏；不过他撕掉它，什么也不做，什么也不试，——失败的恐惧把他禁住了。

阿尔鲁铺子上面，第一层楼有三个窗户，每天晚晌有灯亮。好些影子在后面来回走动，特别有一个，一定是她的影子；他不嫌麻烦，远远望着那些窗户，端详着这个影子。

---

① 哥特是北欧著名的野蛮民族日耳曼的一支，从三、四世纪起，自北而南，向西者为西哥特，占据法国西南部与西班牙，四一八年以图卢兹为京城，向东者为东哥特，占据奥地利与巴尔干，侵入意大利，建立王国，五五二年为茹斯提尼大帝覆亡。但是，所谓哥特建筑，发祥于巴黎的老城吕泰司，和哥特民族缺少关联，是法兰西的。这种建筑的特征在它门窗和穹隆的“奥吉如”型，点线平行斜着向上，在正中相会，成为尖形，盛行于十二迄十六世纪，是教堂特有的建筑。老城的圣堂和圣母院是它最好的代表，特别是后者。所以，哥特建筑是一种张冠李戴的名称。

有一天他在杜伊勒里宫[①]碰见一个黑女人，手里牵着一个小女孩子，他想起阿尔鲁夫人的黑女人。和别人一样，她应该到这里来的;每次他穿过杜伊勒里宫，心就跳着，希望遇见她。有太阳的日子，他散步一直散到爱丽舍大街的尽头。

好些女人，在“喀莱实”[②]随便一坐，面网随风动荡，在他旁边结队而过，马的步子硬硬朗朗，不知不觉发出一种摆动，上了釉的皮也在唧喳。马车越来越多，一过圆口就慢了，占住全部道路。鬣靠着鬣，灯靠着灯；在短裤、白手套，和搭在车门徽记上的毛皮之间，这里那里，钢镫、银勒、铜环放出好些亮点子。他觉得自己好像遗失在一个遥远的世界。他的眼睛留连在妇女头上；朦胧的相似让他想起阿尔鲁夫人。他想象她在别的妇女当中，坐着一辆小“顾白”，和党布罗斯夫人的“顾白”一模一样。——但是太阳下去了，寒风卷起一团团的尘土。车夫把下巴缩进他们的领巾，轮子转得更快了，碎石子轹轹响着；车马加快奔下长林道，你蹭着我，我赶过你，你闪着我，我躲着你，随后，在协和广场，分散了。杜

---

① 杜伊勒里宫紧贴塞纳河的右岸，分宫殿与花园两部。宫殿肇基于十六世纪，但是直到法国大革命以后，从拿破仑起，才正式迁入居住。一八七一年，普法战役之后，宫殿尽毁。花园由勒·诺特设计，自卡卢塞耳广场开始，到协和广场为止。过了协和广场，一直下去，便是著名的爱丽舍林道。它的尽头是巍然峙立的凯旋门。爱丽舍林道在中间圆口的地方，截然分成两种情景：往协和广场去是宽大的林道，往凯旋门去是富丽的公馆和商店，下一段说：“马车越来越多，一过圆口就慢了，占住全部道路。”因为道路实际是窄了。

协和广场是世界最大最美的广场之一，四围是八座雕像；象征八座城市，中间是埃及馈赠的方尖碑。原来叫做路易十五广场，中间是路易十五的雕像，大革命以后，雕像废除，改为革命广场，从一七九三年起，竖立断头台，路易十六夫妇便死在上面。

② 喀莱实是一种轻巧的四轮马车，前面是有靠背的座位，后面是有活动篷的座位。

伊勒里宫后面的天，变成青石颜色。花园的树木形成两大堆，顶尖发出淡堇颜色。煤气灯亮了；塞纳河的幅面呈出浅绿颜色，触着桥柱，裂成若干银花纹。

他走到哈尔浦街一家饭铺，吃四十三苏[①]一餐的饭。

他轻蔑地望望桃花心木旧柜台、污饭巾、垢腻的银器、挂在墙壁的帽子。他四周是和他一样的学生。他们谈着他们的教授、他们的情妇。他关心什么教授不教授！他有一个情妇嘛！为了回避他们的欢悦，他尽量晚来。残剩的菜饭盖着张张桌子。两个茶房累了，在角落困觉；一种厨房、油灯和烟草的气味充满空空荡荡的饭厅。

随后他慢慢走上街去。街灯摇摇摆摆，射下浅黄的长的光线，在泥上颤抖。好些影子撑着雨伞沿走道溜来溜去。石道是滑的，降着雾，他觉得湿润的黑暗，包住他，朦胧一片，渗进他的心。

他感到懊恼。他重新去听讲。不过，听不懂讲解过的字句，十分简单的东西也把他难住。

他着手写一部小说，题目叫做：《渔夫的儿子席尔维奥》。事情发生在威尼斯。英雄，是他自己；女英雄，是阿尔鲁夫人。她叫做安陶妮亚；——为了把她弄到手，他暗杀了几位绅士，烧了城的一部分，在她的阳台底下唱歌，上面随风飘荡着孟马尔特马路的红锦缎做成的窗帷。他发觉切身的记忆太多了，灰了心；他写不下去了，他愈加懒散。

于是他求戴楼芮耶来和他同居。他们想法子用他两千法郎的津贴过活；一切胜似这种不可忍耐的存在。戴楼芮耶还离不开特鲁瓦。他让他寻找排遣的方法，和赛耐喀来往。

---

① 一个苏等于五分，一法郎分成二十苏。

赛耐喀是一位数学补习教员，头脑极其冷静，信奉共和，见习生说他是一位未来的圣·朱斯特[①]。福赖代芮克上了三次他的五层楼，不见他回拜一次。他不再去了。

他想娱乐一下子。他参加歌剧院的跳舞会。一进大门，那些乱叫乱闹的欣快就寒了他的心。而且，害怕被钱窘住丢脸，自以为和一个化装成有风帽穿黑衣长外套的人吃一顿晚餐，难免一笔大开销，是一个巨大的冒险。

无论如何，他觉得人家应该爱他。有时候，他醒了，心里充满希望，赴幽会一样用心打扮自己，不停脚地在巴黎走动。看见一个女人在他前面走，或者迎面来，他就向自己道："就是她了！"每次全是一个新的欺罔。因为想念阿尔鲁夫人，他的欲望更强了。他或许在路上遇见她；为了和她接近，他想出好些错综的机缘，好些他救她的非常危险的事。

就这样，日子一天一天过去，重复着无聊和习染。他在奥带翁剧院游廊下面翻着小册子，到咖啡馆读着《两世界杂志》，走进法兰西学院一座讲堂，听一个钟点的中文或者政治经济。[②]每一星

---

① 圣·朱斯特（一七六七年——一七九四年）是法国大革命时代国约议会最年轻的议员，后来做到议员主席。他是罗伯斯庇尔的心腹，"火一样的灵魂，冰一样的心"，一时只说一句话，这一句话刀子一样刺人，花一样销魂。他的热情是数学推求的结果。他把人人看做罪人，比他的党魁还要冷静，还要干练，而又那样姣美。他死在断头台上。

② 奥带翁剧院是巴黎第二国家剧院，建于一七九七年，所演多非歌剧，而为古典名剧。剧院在一高台上，四周是宽大的游廊，经常摆的全是书摊。

《两世界杂志》创于一八二九年，仅仅几个月便夭折了。一八三一年，由比洛兹（一八〇三年——一八七七年）接办，重起炉灶，独立经营垂四十年。它是一个折衷者，丢开古典主义的狭隘，指斥浪漫主义的放诞。一八九三年，它的主笔由著名批评家布雷地耶（一八四九年——一九〇六年）担任，永远和新兴的文学作对，例如左拉的自然主义，法郎士的印象主义。这是双月刊，起初仅限于文学，渐渐搀 （转下页）

期，他给戴楼芮耶写一封长信，不时和马地龙吃一顿饭，有时看望看望西伊先生。

他租了一架钢琴，谱了一些德意志回旋舞曲。

有一晚晌，在王宫剧院[1]的一间花楼，他瞥见阿尔鲁靠近一个女人。那是她吗？绿塔夫绸[2]帷帘扯在包厢边沿，挡住她的脸。幕终于升起来；帷帘扯开了。这是一个瘦长女人，残败了，年纪在三十上下，笑的时节，她宽大的嘴唇露出闪闪有光的牙齿。她和阿尔鲁亲密地谈话，用扇子打着他的手指。随后，一位金黄头发的年轻姑娘，好像才哭过，眼皮有点儿红，坐在他们中间。从这时候起，阿尔鲁半倚着她的肩膀，同她滔滔谈话，她听着，不回答。福赖代芮克绞尽脑汁，打听这两个朴朴素素，穿着深颜色衣服，压平的翻领的女人是什么身份。

戏一完，他奔到过道。观众挤满过道。阿尔鲁在他前面，扶着那两个女人，一级一级走下楼梯。

忽然，一盏煤气灯照亮了他。他的帽子滚着一圈黑纱。难道她死了？

这个念头苦坏了福赖代芮克，第二天，他跑到工艺社，急忙付

（接上页） 有哲学科学，后来索性连政治也包含在内了。成为自由保守党的机关杂志。

法兰西学院创建于一五三〇年左右，弗朗索瓦一世依照比代的建议，在巴黎大学之外，另立一独立学院，名为王家学院，设希腊文和希伯来文两讲座。大学方面把它看做异端。为了减轻外在的压迫，添设拉丁文讲座。当时称为“三语言学院”。一五四五年，扩为七讲座。大革命时代，改为国家学院。现在有四十二讲座，全部公开，没有考试。

① 王宫剧院附设在王宫旁边，建于一七八三年，初名保尧莱剧院，中间停办，经过若干变化，最后重新翻修，于一八三一年以王宫剧院名称建立，专演小歌剧。

② 塔夫绸是一种纯净有光的绸缎，轻而坚实。

了钱买下一张陈列在玻璃橱里的版画，一面问铺子伙计，阿尔鲁先生怎么样了。

伙计回道：

——很好呀！

福赖代芮克苍白着脸，又道：

——太太呢？

——太太，也好呀！

福赖代芮克忘记带走他的版画。

冬天完了。春天他不大忧郁了，着手准备他的考试，马马虎虎把它对付过去，动身回劳让去了。

为了避免母亲说闲话，他不去特鲁瓦看望他的朋友。随后，开学了，他回掉他的住所，在拿破仑码头租了两间屋，自己置备家具。

他已经不希望党布罗斯邀请；他对阿尔鲁夫人的伟大激情也开始淡下来了。

四

十二月有一早晨，去听诉讼法，他注意到圣·雅克街比平常热闹多了。学生们急急忙忙从咖啡馆出来，或者，由敞开的窗户，他们互相呼唤，从这一家呼唤到另一家；店铺人不安的模样，在走道中央张望着；窗板关上了；走到苏福楼街，他望见一大群人集合在先贤祠[①]四周。

好些年轻人，少的五个，多的一打，结成一气，臂挽臂，踱向这里那里停住的更多的人群；广场紧底，靠住栅栏，好些穿工人衣服的人们在讲演。同时，耳朵上戴着三角帽，手交在背后的警察沿着墙徘徊，他们沉重的靴子打着石地在响。全带着一种神秘惊奇的神情；显然大家在等什么东西；人人唇边留住一句疑问。

福赖代芮克发现自己靠近一个金黄头发的年轻人，面目和蔼，有髭，口下留着一把小须，好像路易十三时代[②]的一位雅人。他问他骚乱的原因。

另一位回答道：

——我什么也不知道，就是他们也不知道！这是他们的时髦花样！挺开心的滑稽戏！

他大笑起来。

在国民军军部签字的“改革”请愿书，加上徐曼的户口政策，还有别的事变，六个月以来，在巴黎引起了好些解说不清的骚乱；骚乱时时发生，就是报纸也不谈了。[③]

福赖代芮克的邻居继续道：

---

① 先贤祠在塞纳河左岸最高的坡顶，由苏福楼(一七〇九年——一七八〇年)设计，于一七六四年动工；路易十五盖来献给圣·吉内维耶弗的，大革命时代改为先贤祠。Panthéon 是希腊字，意思是诸神之庙。复辟时代，改为教堂；到了路易·菲力普(就是这部小说)的时候，改为“光荣之庙”；第二帝国时代，它又改成教堂。最后到了共和政府，雨果殡葬的时候，仍然恢复大革命时代的名称。

② 路易十三(一六〇一年——一六四三年)在九岁即位，由母后摄政，一六一七年亲政，性嗜狩猎，一六二四年将国事交于黎希留主教(一五八五年——一六四二年)。这时代流行的胡须，例如黎希留主教，是“有髭，口下留着一把小须”。

③ 国民军是一七八九年大革命爆发之后的一种义勇组织，由议会制定宪法，认为合法。健康公民自十六至六十岁，全有参加的权利。一八〇五年，军官改由拿破仑皇帝任命。每次政变，国民军出而左右。一八三〇年，他们站在路易·菲力普这边；一八四八年，他们站在革命的民众这边；一八五一年，又倾向拿破仑三世。大部分是资产者，他们只关心个人的实际利害。一八三一年以后，国民军改组把服役期间改为二十到六十岁，义务的。“改革”请愿书在国民军军部签字，显然军部是赞同“改革”的。

“改革”是就基佐腐化议会而发起的一种政治运动。从一八四〇年十月起，基佐执掌大权，为了求得议会的多数，他不惜出以贿赂。当时选民很少，而且十之九是现任官吏。选民的票和议员的票，全由政府购买了去。议员大多是官吏兼任，自然唯政府之命是听。于是反对党要求“改革”。这是双层的，议会和选举的双层改革。关于议会方面，“改革”提出官吏不得兼做议员，在议员期间不得升擢。选举方面，“改革”要求选举资格减为一百法郎，至少也要扩大选民资格。基佐把反对党的“改革”请求放在一边，以为法国只有十八万选民，一个不肯让步。同时，激烈的反对党不以“改革”为满意，进而要求废除资格，建立普选。他们的领袖是赖德律·洛兰,在一八四三年八月二十六日，创办《改革报》，鼓吹普选运动。反对党为了推进“改革”，从一八四〇年六月二日起，在巴黎第十区开始“宴会”运动，公开争取人民的援助。这种“宴会”运动几乎走遍法国的重要城市。

徐曼(一七八〇年——一八四二年)是一位富商，一八二〇年，当选为议员。一八四〇年十月，基佐出任外交部长，徐曼担任财政部部长。因为国库短绌，又不敢增加新税，徐曼主张整理旧税。一八三八年七月十四日，法令规定从一八四二年起，田地赋税每隔十年甄订一次。徐曼利用这条法令，训令先行调查户口。纳税人哗然。各大城市如波尔多，里尔等纷纷反对，以为政府要重新分配田地。图卢兹发生暴动，国民军也参加，文武官吏自动停止调查工作；官吏撤职，民众包围衙署，不许新官上任，最后，依靠军队的弹压，政府解散参加的国民军，重新建立秩序。这种纷乱起初还在外省，渐渐蔓延到巴黎，街头时时发生示威运动。

——这没有轮廓，也没有颜色。阁下，余以为吾人退化矣！在路易十一盛时，即在邦雅曼 · 孔斯当时，[①]学生间之暴动固更猖獗者。余今觉彼等温顺似绵羊，愚蠢如痴呆，至多亦不过开杂货铺子人耳，嗟夫！此之谓学子！

他把胳膊伸开，好像饰罗伯尔 · 马凯尔的弗雷德里克 · 勒美特尔。[②]

——学生，我祝福你啦！

随后，看见一个拾破烂的在一家酒店的界石旁边搅动一堆牡蛎壳子，他便呼唤道：

——你说，你也算学生吗？

老头子抬起一张丑脸，在一把灰胡须中间，辨出一个红鼻子，两只喝多了酒的发呆的眼睛。

——不对！我觉得你倒像“大家在各色人群中看见的一个长着上绞架的脸模样的人，满把满把散着金子……”噢！散吧。我的老家长，散吧！拿阿耳毕永的宝藏贿赂贿赂我吧！Are you English?

---

① 路易十一(一四二三年——一四八三年)是法国一四六一到一四八三年的国王。他是一个实际的外交家，甚至他的妻子都是他政治的工具。他是严酷的，然而他是宽和的。他结欢士民，争取各地的诸侯，最后形成统一的强大的法国。

邦雅曼 · 孔斯当(一七六七年——一八三〇年)生在瑞士，祖先是法国出亡的新教徒。一七九五年，他来到巴黎，恢复国籍，当选为议员。他是斯塔尔夫人的好友，一八〇二年，因为指斥拿破仑，一同被逐在外。百日帝国时代，他做拿破仑的部长。二次复辟之后，他赞成立宪自由，一八一九年重新当选为议员，是反对派自由党的领袖。他最著名的作品是一部心理小说《阿道弗》，在一八一六年问世。

② 罗伯尔 · 马凯尔是《阿德雷客店》(一八二三年)的两个主要人物之一，另一个是白尔唐。

弗雷德里克 · 勒美特尔(一八〇〇年——一八七六年)把这个角色演出了名。他和道法娜夫人是浪漫主义戏剧的著名男女演员。

我不拒绝亚达薛西的礼物的！让我们谈谈关卡联合吧！①

福赖代芮克觉得有人碰他的肩膀；他扭回身。原来是马地龙，一点血色没有。他大叹了一口气，道：

——好呀！又闹事了！

唯恐被牵连进去，他在自怜自怨。穿工人衣服的人们，属于秘

---

① 阿耳毕永是古代大不列颠的名称，通常专指英吉利。

Are you English？的翻译是“你是英国人吗？”

亚达薛西是波斯古代的王号。这里指的大约是亚达薛西一世，绰号“长手”，从纪元前四六五年到四二五年，做波斯国王。根据《旧约·以斯拉记》第七章，亚达薛西登基第七年，降诏给犹太教祭司以斯拉，准许以色列人民（在巴比伦做俘虏的）自由返里，携带所有随身金银牲畜，献与他们的上帝。“你上帝殿里，若再有需用的经费，你可以从王的府库里支取。”所谓“礼物”，想即指此而言。亚达薛西并不信奉耶和华，然而，打开他的国库，送给他的俘虏修葺耶路撒冷的大庙。

“关卡联合”是德国国家主义苏醒的一个初步然而胜利的表现。一八一五年，联军战胜拿破仑的时候，德国还是各自为政的小诸侯。从一八一八年起，以普鲁士为领袖，开始推行一种关卡联合的贸易政策。这个所谓 Zollverein 的运动，原意企图打破不相为谋的关税，代以一种统一的共同的税收，繁荣各地的商业。虽说直到一八四四年，才达到完全联合的目的，然而它的政治意义（无形之中造成一个统一的国家），实际更在经济之上。同时，法国自来采取保护贸易政策，国内经济恐慌，十分羡嫉北方的繁荣。而关卡联合，壁垒森严，更其减损法国的出口贸易。从一八三五年起，法国开始注意这种联合的效律。一八三七年三月一日，《两世界杂志》发表福歇的文章，主张团结比利时、西班牙、瑞士与法兰西，组成一个“南方联合”关卡，对付德国的北方联合。法国政府计划法、比关卡联合。但是，英国政府不赞成，一八四二年十月，向法国大使宣称，关卡联合妨害比利时的独立性，有违一八三一年各国承认它中立和独立的条约。唯恐招惹战祸，法国放弃这个联合的计划。从大革命以来，法国的海外贸易受尽英国优势海军的打击。英国自始至终是共和国与帝国的死敌。拿破仑一生可以说做和英国战争。英国以地理和海军的优越避免本身遭受蹂躏。自从复辟以来，法国企图解除俄、奥等强国的压迫，英国敌视法国的政策逐渐变更，双方虽说力求接近，但是，法国处处让步，格外造成人民的忿懑。英国消除这种憎恨的心理，据说私下贿赂了巴黎若干重要人员。基佐是廉洁的，然而，不幸的是，他是亲英政策的主持者。维持这种不为国人欢迎的政策，他不惜一再改选议会。

这段讽刺的独白，夹三夹四，其实只是反英的心理的表示。

密会社，特别惹他不安。①

有髭的年轻人道：

——真有秘密会社吗？这是政府一种老把戏，吓唬吓唬资产者罢了！

唯恐警察听见，马地龙请他低点儿声说话。

——你还相信警察，你？说实话，先生，你怎么知道我就不是一个密探？

他怪样地看看他，马地龙起初一点不明白是玩笑，十分惊恐。群众推动他们，三个人全叫挤上一座小楼梯，一个过廊连到新讲堂。

不久，人群自行分开，露出好几个头；大家向著名的教授萨缪艾耳·龙德闹致敬。他披着他宽大的外衣，银眼镜举在空里，因为气喘而咻咻着，他迈着平稳的步子，向前走去上课。他是十九世纪的司法光荣之一，萨卡里埃和路道尔夫之流的匹敌。②他的新爵位，法兰西的参议员，并未改变他的姿态。大家晓得他穷，十分尊

---

① 秘密会社是路易·菲力普时代的一种政治组织，并不极端秘密。共和党为了坚定扩大自己的共同信仰，和王党持久相争，依照不同的目标，组织了若干会社，拿巴黎做中心，分布在外省各大城市。最早的有“立宪社”（Société constitutionnelle），创于七月政变以后，目的是废除参议员世袭，一切须以民意为归。比较积极的有“人民之友社”（Amis du peuple），拥护共和，反对君主。一八三二年末梢，“人民之友社”的一组分化为“人权社”（Droits de l’homme），不久争到共和党的支配力量。它在巴黎有四千社员，各地全有分支要求普选、选举监督所、合理化的新教育系统、国债组织、陪审一般化、工人解放、物产分配等等。这些秘密会社最初的目的是政治的，渐渐由于社会主义者加入，社会改良成为主要目标之一。例如较后而力量更大的“家庭社”。

② 萨卡里埃（一七六九年——一八四三年）是德国的法学家，一七九八年，任教威顿贝格大学，一八〇七年以后，任教海德贝格大学。

路道尔夫（一八〇三年——一八七三年）是德国的法学家，一八三二年发表《保护法》，一八三三年为柏林大学教授。

敬他。

同时，广场紧底，有些人嚷道：

——打倒基佐！

——打倒浦里沙尔！

——打倒卖国贼！

——打倒路易·菲力普！①

群众前推后拥，挤到关住的院门；这拦住教授往前再走。他在楼梯前面停住。不久，大家瞥见他站在三个梯级的最末一层。他说话了；一片喧豗盖住他的声音。虽说大家方才爱他，可现在恨他了，因为他代表政权。每次他提高声音，呼喊就又开始了。他用力

---

① 路易·菲力普(一七七三年——一八五〇年)是奥尔良公爵的长子，法国大革命时期，和他父亲(放弃贵族的名衔，改称菲力普·平等，当选为议员，投票赞同路易十六处死)参加革命，最后父亲死在断头台，他自己逃往奥地利。在外漂泊多年，他的采邑随一八一五年的复辟收回。王室厌弃他，但是，因为他曾经入伍参战，服役于革命政府，人民表示好感。一八三〇年，王室推翻，他被推为法国国王。他把自己叫做“公民国王”，表示他出身资产阶级。他用种种方法博取上层资产者的欢心。他有一个目的，不假院部，大权独揽。从一八四〇年起，得到基佐顺心应手的合作，他渐渐露出专擅的面目。他的压迫政策激起一八四八年的二月革命。他以司密斯先生名姓，寄寓伦敦。

一八三〇年的七月革命倾覆了同盟各国拥戴的君主。路易·菲力普的登基等于攘夺。为了抵抗同盟各国如俄、奥等，他从最初就低首下气争取英国的友谊。基佐的外交政策恰好和路易·菲力普吻同。但是，事事让步的结果，不仅滋长英国的气焰，更其掀起国民的反感。

浦里沙尔是英国一个药剂士，传教士，一八二六年，来到大洋洲的一座叫做塔希提的小岛，一边传教做生意，一边建立英国的势力，一八三七年被任命为当地的领事。一八三八年，法国军舰驶赴塔希提，和土酋订约，以天主教代替新教。一八四四年，浦里沙尔煽惑土人作乱，为法军捕逐出境。伦敦把他当做殉教者欢迎，报纸要求赔偿。基佐唯恐开罪英国，迅即向英国政府表示歉忱，否认海军行动，赔偿浦里沙尔的个人损失。基佐虽说在议会得到八票的多数，然而人民引为奇耻大辱，视为有伤国家尊严。

浦里沙尔事件发生在一八四四年三月。福楼拜用在一八四一年，年月显然错误。

做了一个手势，叫学生随他进去。一阵普遍的谩骂回答他。他蔑视地耸耸肩膀，走进过廊。马地龙利用他的地位，同时消失了。

福赖代芮克道：

——懦夫！

另一位却道：

——他是小心呀！

群众大声喝彩。教授的逃避变成他们一种胜利。好奇的人们就着所有的窗户张望。有些人唱着《马赛曲》；有些人提议到贝朗瑞家里去。

——到拉菲特家里去！

——到夏多布里昂家里去！

留着金黄髭的年轻人喊道：

——到伏尔泰家里去！①

---

① 《马赛曲》是法国现今的国歌。作者是卢皆·德·李勒（一七六〇年——一八三六年），法国大革命时代，在莱茵军团担任队长。一七九二年四月二十日，法国对奥地利宣战，他随军在法国东北的斯特拉斯堡驻扎。二十五日，消息传到，市长设宴饯别，劝勉德·李尔写一首战歌，因为大家晓得他是一个有名的歌人。第二天，他写好了词，谱好了曲，起了一个《莱茵军之战歌》的名字，交给当地一家书店印行。同年六月，这首动人的战歌，传到法国南部遥远的马赛。当时马赛有一队义勇军预备开往巴黎，转赴前线作战。一位义勇军在饯别的宴席唱成功了。第二天，一家报馆刊出歌词，送给义勇军每人一份。他们一路唱到巴黎。大家便把这叫做《马赛曲》，风行一时，成为革命者爱国的表示。拿破仑曾经说：“《马赛曲》是共和国最伟大的将军，它所做的奇迹是未之前闻。”复辟之后，《马赛曲》不许唱了，但是，每次革命爆发，不其然而然，必然是热情汹涌的《马赛曲》。第一节是：

起来，祖国的孩子们，
光荣的日子到了；
强暴竖起了血旗，
一心要和我们作对。

（转下页）

警察想法子来来往往，尽他们的力量把话放温和：

（接上页）

你们没有在田野听见
那些野蛮的兵士吼号？
他们一直扑向你们
杀了你们怀里的儿子，你们的伴侣！

贝朗瑞（一七八〇年——一八五七年）是法国十九世纪最著名的民歌作者。十三岁的时候，他在印刷所工作，后来在他父亲的银行做书记，破了产，来到巴黎学文学，过苦日子。直到一八〇七年，他才算在教育部谋了一个小事，但是，一八二一年，因为诗歌嘲讽复辟的王室，解了职。他被罚五百法郎，三个月的监狱。一八二五年，他的第三部歌集出版，政府罚锾一万法郎，九个月的监禁。他用他通俗的形式歌唱自由，追念拿破仑，自从两次下狱之后，他的名声越发大了。雨果没有他的名望高，一八一五年到一八三〇年，他成了法国的国家诗人。一八四八年，当选为议员，他辞掉不做。革命是他的诗歌促成的，第二帝国是他意外的收获，但是，拿破仑三世的酬庸，他始终谢绝，隐居不出。贝朗瑞是革命农工抒情的偶像，《情感教育》中卷第六章，描写杜萨笛耶的房间，"在床头中央，镶着一个红木框，贝朗瑞的面孔在微笑！"他早年的诗歌是伤感的、轻佻的，大都关于男女的爱情，犹如一般十八世纪的传统。他反抗的倾向，爱国和社会的诗歌，越到晚年越明显。他缺乏渊厚的修养，深彻的思想，虽说吻合时代的潮流，形式的明浅容易接触各方面的读者，他在文学上的地位并不优越。福楼拜就厌憎他，因为他诗歌里面有资产气息，特别由于他的资产读者。福氏对于他的庸俗，犹如对于拉马丁的雅洁，同样具有反感。一时他说："而且，诗人的价值由他们的赞美者看得出来；一切法国最低的才分，就诗的本能而言，三十年以来，晕倒在贝朗瑞的胸怀。他同拉马丁和他们所有的赞美者非常惹我生气。"（《福氏书简》第三册一百八十二页）一时他说："你最近一封信和我谈起贝朗瑞。依照我，这位先生的巨大光荣是读众愚呆的最显著的证明之一。莎士比亚、歌德、拜伦，总之，没有一位大人物曾经如此普遍地为人赞美。截到现今为止，这位诗人没有一个驳斥者，他的名誉简直连太阳的斑点也没有。资产阶级的星宿，我敢说，要在后世黯无光色。"（第四册二百三十二页）

拉菲特（一七六七年——一八四四年）是一八一四年法国银行的总理。一八一七年，巴黎二十区全体选他做众议员，站在反对方面。一八三〇年七月，他的府邸成为革命的总司令部，供给大部分必需的款项。一八三〇年十一月二日，他受命组阁，政见不合路易·菲力普，一八三一年三月十三日辞职。政府的保守色彩越来越浓厚，他也越来越反对政府。一八四三年，他当选为众议院议长。

伏尔泰（一六九四年——一七七八年）是法国大革命的先驱。真名姓是阿罗内。他是《百科全书》的领袖之一，主张一切应以理智为归。在文学上，他可以说做一个成功的古典主义者；但是，在思想上，他反对宗教，嘲骂政治，永远站在感伤的对面。他和夏多布里昂是两个极端。所以，这里提议"到夏多布里昂家里去"，固然可笑，却不如"到伏尔泰家里去"更其胡闹。这"金黄髭的年轻人"显然在拿群众开心。

——散开吧，先生们，散开吧，走开好啦！

有人嚷道：

——打倒屠户！

自从九月暴动[①]以来，这成为一种咒骂的口头禅。大家重复着这句话。有的笑骂着，有的喝着公共治安维持者的倒彩；他们的面色开始苍白了；有一位忍不住，看见一个矮个的年轻人走到他面前冲着他的鼻子笑，他粗鲁一推，一直把他推到五步以外，在酒店前面，仰天摔了下去；然而差不多马上他自己也倒下来，让一个赫丘利[②]似的汉子翻在地上。后者的头发，好像一捆麻絮，蓬散在一顶打了蜡的帆布便帽底下。

几分钟以前，他走到圣·雅克街的犄角停住，为了跳向警察，他很快扔下他拿着的一本大纸夹，把他压在自己下面，使劲用拳头捶他的脸。别的警察奔过来。这煞神似的小伙子非常结实，少说也得四个人制他。两个人抓住领巾摇他，两个人揪住他的胳膊，第五个人用膝盖顶住他的腰，大家把他骂做强盗、凶手、暴徒。他胸口裸着，衣服被撕烂了，他否认自己有罪；他不能看人打一个小孩子，无动于衷。

——我叫杜萨笛耶！住在克莱芮街的瓦兰萨尔兄弟公司，一家

---

① 所谓“九月暴动”，指的是一八四一年九月各地反抗徐曼的户口政策而起的骚乱。同月十三日，巴黎发生盖尼塞暗杀事件。奥马尔公爵（路易·菲力普的第四子）从非洲远征归来，率领他的第十七队轻骑兵，经过圣·安东关厢，在欢迎的人群中，一个叫做盖尼塞的忽然朝他放出一枪。盖尼塞是秘密会社的社员，和他两个预谋的同伴，被捕判处死刑，嗣由国王赦免。《人民报》的编辑杜包提是盖尼塞的朋友，被判处五年监禁。这种似无理由的政治暗杀，可以说是多少受了徐曼的户口政策的影响。

② 赫丘利是希腊罗马神话之中最著名的英雄。他还是婴儿时，就搯死了两条巨蟒，长大完成十二奇迹，最后被人暗算，中毒而死。

卖花边跟时髦货色的铺子。我的纸夹子在什么地方？我要我的纸夹子！

他重复着：

——杜萨笛耶！……克莱芮街，我的纸夹子！

不过，他平静了，带着一种不挠不屈的神气，让人押往笛卡儿街的分所。

一群人随着他。福赖代芮克和有髭的年轻人紧走在后边，对这伙计充满了赞美，对于当局的残暴起了反感。

越往前走，群众越来越少。

警察不时凶狠的样子转回身；叫嚣的人们没有事可做了，好奇的人们没有东西可看了，全渐渐走开。路上遇见的行人，一边打量杜萨笛耶，一边高声诠释着，侮辱着。一个老婆子，站在门口，甚至嚷他偷过她一块面包；这种不公道的情形加重两位朋友的忿怒。大家终于来到警察分所前面。剩下的只有二十来人。一看有兵，大家也就散掉了。

福赖代芮克和他的同伴，斗起胆，要求释放那个下了牢狱的囚犯。值班的恐吓他们，要是他们坚持的话，把他们也扔进牢狱。他们要见所长，说出他们的名姓和他们法科学生的资格，宣称囚犯是他们的同学。

他们被传进一间空空的房子，有四条长凳子靠着烟熏了的粉墙。紧底有一个小窗户打开。于是杜萨笛耶壮实的面孔露出来了。他头发乱乱的，眼睛小而诚恳，鼻子临梢方方的，不由让人匆匆想起一条好狗的容颜。

余扫乃（这是那有髭的年轻人的名字）道：

——你不认识我们了吗？

杜萨笛耶口吃道：

——不过……

另一位接下去道：

——别再装傻了；人家知道你跟我们一样是法科学生。

虽说他们挤眉弄眼，杜萨笛耶猜不出他们的意思。他似乎在凝神思索，随后忽然道：

——有人找见我的纸夹子了吗?

福赖代芮克仰起眼睛，觖了望。余扫乃回答道：

——啊！你放你笔记的那个纸夹子？可不，可不！放心好啦！

他们加工表演他们的哑剧。杜萨笛耶终于明白他们是来帮他忙的；他不说话了，唯恐牵连他们。而且，看见自己升到学生的社会阶级，和这些手那样白的人们平摆，他感到一种羞愧。

福赖代芮克问道：

——你有话对谁讲吗?

——没有，谢谢，没有人!

——可是你的家呢?

他低下头，不作声；这可怜的孩子是个私生子。看他不开口，两位朋友只有惊奇。

福赖代芮克接着道：

——你有烟抽吗?

他摸了摸，随后，从口袋紧底拿出一管残破的烟斗，——一管滑石雕的美丽的烟斗，一根乌木管子、一个银盖子和一个琥珀嘴子。

他用了三年工夫，辛辛苦苦把它修成一件杰作。他小心翼翼地拿一个羚羊皮套子，时时刻刻包住它的烟斗；尽可能地慢慢吸用，从来不往大理石上放；每晚把它挂在他的床头。如今，在他指甲流血的手里，他摇动着它的碎屑，下巴垂在胸口，眼睛定定的，嘴张了一半，带着一种表达不出来的忧郁的视线，端详着他欢乐的残余。

做了一个要拿出来的样子，余扫乃低声道：

——我们给他些雪茄，怎么样？

福赖代芮克已经拿一个装满雪茄的烟盒放在小窗户的边沿。

——拿着吧！再会啦，振作些吧！

杜萨笛耶扑向伸过来的两只手。他疯狂地握住它们，声音被呜咽堵住。

——怎么？……给我！……给我！……

这两位朋友避开他的感激。走出来，一同到卢森堡公园前面塔布乃伊咖啡馆用饭。

一边切牛排，余扫乃一边告诉他的同伴，他帮好些时装报纸工作，还给《工艺》社编制一些广告。

福赖代芮克道：

——雅克·阿尔鲁出版的杂志？

——你认识他吗？

——也认识！也不认识！……这是说，我看见他过，我碰到他过。

他随随便便问余扫乃，有时看见他太太没有。

无赖接下去道：

——有时候。

福赖代芮克不敢追问下去了；这个人如今在他的生命之中占了一个绝大的地位；他付了午饭的账单，另一位连一点点争着要付钱的意思也没有。

同情是相互的；他们交换他们的住址，余扫乃热诚地邀他一直把他伴到福勒吕街。

走到花园中央，便见阿尔鲁的雇员屏住气，把他的面孔扭成一团可憎的鬼脸，开始学公鸡叫唤。于是四邻的公鸡全咯咯地应了他好半晌。

余扫乃道：

——这是一种记号。

他们在包比鲁剧院[①]旁边一家由弄堂穿进去的房子前面停住。从鸽楼的小窗户，介乎旱金莲和香豌豆之间，显出一个年轻女人，光着头，露出抹胸，拿两个胳膊拄着水霤的边沿。

余扫乃一边向她飞吻，一边道：

——日安，我的天使，日安，小乖乖！

他一脚踢开栅栏，消失了。

福赖代芮克等了他整整一星期。他不敢看他去，避免显出急忙要人回请午饭的样子；但是他在全拉丁区[②]寻找他。有一晚晌他遇到他了，把他带到他拿破仑码头的屋子。

他们倾心相与，谈了许久。余扫乃的野心是剧院的名与利。他同人合作一些未经采用的歌舞剧，“有成堆的计划”，写制曲白；他唱了一些。随后，发现书架上有一本雨果和一本拉马丁[③]的书，他

---

① 包比鲁剧院或者叫做卢森堡剧院，一八一六年设在卢森堡花园之北的夫人街。这是一个小剧院，一八六八年便不存在了。

② 拉丁区是巴黎的学校区，含有第五、第六两区，从十二世纪起，这里就成了法国文化的中心。

③ 雨果(一八〇二年——一八八五年)是法国浪漫主义运动的领袖。一八二二年，他发表诗集，路易十八因为里面的王党和天主教的情调，颁给他一千法郎津贴，次年改增为二千法郎。从此以后，他渐渐转向浪漫主义，一八二七年，他的《克伦威尔序言》问世，成为运动的经典。截到一八四三年他的剧作《毕尔格拉弗》失败为止，他指挥浪漫主义的运动。同年，他丧失他的长女，搁笔达十年。一八四五年，路易·菲力普任命他为参议员。父亲是拿破仑的军官，他曾经写了不少诗章 （转下页）

肆口挖苦浪漫派。这些诗人没有常识，不正确，而且，尤其是，不是法国的！他自命知道语言，于是带着那种悻悻的严酷、那种诙谐成性之士谈论严肃的艺术时所特有的学院式的赏鉴，把好些最美丽的词句剔拣了一个干净。

福赖代芮克的爱好受了伤；他想决裂。为什么他不冒一下险，马上说出他的幸福所在的话呢？他问这位文学青年能否介绍他去见阿尔鲁。

容易得很，他们约好了明天。

余扫乃失了信；他另外还失了三次信。有一天星期六四点钟光景，他出现了。然而，他利用马车，先在法兰西剧院[①]停下，买了一张包厢票；他吩咐马车绕到一家成衣铺，一家女衣店；他在若干门房写了一些短笺。最后，他们到了孟马尔特大街。福赖代芮克穿过铺面，走上楼梯。阿尔鲁就他写字台前的镜子认出他；他一边继续写字，一边从肩膀上把手伸给他。

窄窄的房间，只有一个开向院子的窗户照亮，被五六个站着的

（接上页） 歌颂拿破仑，无形之中助成一八五一年第二帝国的建立。然而，他的政治思想却是前进的，主张报章自由，废除死刑。一八五〇年以后，他完全变成共和党，反对拿破仑三世复辟，自动流放在外达十九年。法国十九世纪的形形色色，可以说是反映在他长寿的一生。

拉马丁（一七九〇年——一八六九年）没有雨果深厚的才情，是一个纯粹抒情的诗人。他的《思维初集》比雨果诗集的发表要早两年。他娶了一位英国夫人。他是王党，并不赞成七月革命。一八三三年，他当选为众议员，初无所属，渐渐倾向自由，一八四三年便完全转向政府的反对党。一八四七年，他著名的《吉伦特派史》问世，益发激励革命者的心志。次年，革命爆发，他被推为临时政府的外交部长，实际主持全国的政务。一八五一年帝国复辟，结束他的政治生涯。

① 法兰西剧院或者叫做法兰西喜剧院，占有王宫的西南部，是法国的第一国家剧院。一六八〇年，莫里哀的寡妇率领他遗下的演员，由路易十四指定在这里演戏。现今的组织肇始于大革命时期，而由拿破仑于一八一二年明令规定。

人塞满；一张棕色的花毛缎沙发，介乎两个同样质料的门帘，占满房间紧底一个凹入的地方。盖着废纸的壁炉上面，有一座维纳斯①的铜像；两枝插满玫瑰色蜡烛的烛台，平行地掩护着她的两侧。右面，靠近一个纸夹架子，一个人坐在沙发椅读着报纸，头上戴着帽子；木刻、油画、珍贵的板画或者当代名家的素描盖住了墙壁，上面点缀着献词，全向雅克·阿尔鲁表示最真诚的情谊。

他转向福赖代芮克道：

——一向总好？

不等回答，他低声问余扫乃道：

——你怎么称呼他，你的朋友？

随后高声道：

——纸夹架子上，匣子里，有雪茄抽。拿好了。

工艺社位置在巴黎的中心，是一个聚会方便的地方，一个争执常来常往的中立地带。在这一天，这里看到的有昂泰牢尔·布赖甫，帝王像的画家；虞勒·毕里欧用他的速写，开始让人人熟习阿尔及利亚的战争②；讽喻画家宋巴斯、雕刻家屋尔达，此外还有许多人，没有一位符合大学生的成见。他们的举止是简单的；他们的

---

① 维纳斯是希腊爱美的女神，相传由海水泡沫化生。

② 阿尔及利亚在非洲的北部，濒临地中海。法国征服阿尔及利亚极其艰辛。法国派遣远征军，在一八三〇年七月五日，占领阿尔及利亚的京城。七月二十九日，巴黎驱逐王室，迎接路易·菲力普登基。战争似乎中止了。但是，阿尔及利亚出了一位民族英雄，阿布德·艾勒·卡代尔(一八〇七年——一八八三年)，率领回教士兵，不屈不挠，与法军抗战十四年(一八三三年——一八四七年)，终以友邦出卖，力竭而降。路易·菲力普继位之后，一般臣民并不注重阿尔及利亚，甚至于一位议员宣称，“殖民是一件可笑的事。法兰西不愿意再承荷这种重负了，尽快摆脱它吧。”最后，阿尔及利亚全境平靖，路易·菲力普又想拿这件武功给自己解围，然而第二年，革命还是爆发了。

语言是自由的。神秘主义者闹法里亚讲着一个猥亵的故事；近东风景的创造者，著名的狄提梅尔，坎肩底下穿着一件编织的女衬衣，回去的时候搭公共马车。

起初谈论的是一个叫做阿坡闹妮的老模特儿，毕里欧在大街看见一辆“斗孟”[①]，以为里面坐着的有她。

余扫乃解释这个变化，一个一个说起她的相好。

阿尔鲁道：

——这家伙多清楚巴黎的姑娘！

无赖行了一个军礼，摹仿榴兵把水葫芦献给拿破仑的姿势，回口道：

——陛下，您领头，有剩下的话，才轮到我。[②]

随后大家讨论用阿坡闹妮的头做模特儿的一些画。大家批评着没有来的同仁，惊奇于他们作品的定价，诉说自己没有赚够了钱，就在这时候，进来一个人，中等身量，衣服只有一个纽子扣住，活泼的眼睛，神气有点儿疯。

他道：

——你们全是一群资产者！这有什么关系，老天爷！老辈子的

---

① 斗孟是一种富丽堂皇的马车，四马，两车夫。奥蒙公爵在复辟时代第一个乘用，所以通常把这种马车说做“奥蒙样式”，其后索性叫做“斗孟”，把介词和姓拼成一个字。

② 榴兵创自一六六七年，身高体壮，抛掷手榴弹，分配在各营使用。嗣后逐渐扩大，特为提选，成一独立组织。拿破仑的榴兵，戴着一顶熊皮帽，帽顶绣着一个着了火的榴弹。榴兵是他选拔的精兵，大都是他的卫军。拿破仑向来和他的士卒同甘苦，共起居，深得士兵的爱护。一八〇九年四月二十二日，拿破仑占领雷提斯堡，论功行赏，亲自给一个老兵悬挂奖章。老兵问他认不认识他。拿破仑不记得了。老兵回说：“是我在叙利亚沙漠，在你顶饥顶渴的时候，把我的一份儿东西分给你用。”

大画家从来不在乎钱不钱的。高雷吉、缪里娄要……①

宋巴斯道：

——添上白勒南。

然而，由人挖苦，他继续热烈地讲演，热烈到阿尔鲁不得不向他重复了两次：

——我太太跟你有话说，星期四。别忘记了！

这句话把福赖代芮克的思想重新牵向阿尔鲁夫人。不用说，到她的房间，要走沙发旁边的小屋？阿尔鲁取一条手绢，正好把帘子掀开；福赖代芮克瞥见小屋紧底有一个脸盆架。然而，从壁炉犄角发出一阵唧哝；这就是坐在沙发椅读报纸的那位先生。他有五尺九寸，眼皮有点儿下坠，灰头发，庄严的模样——叫做罗染巴。

阿尔鲁道：

——什么事，公民？②

——政府又新干了一件混账事！

一个小学教员让人革了职；白勒南重新比较米开朗琪罗和莎士比亚。狄提梅尔走了。阿尔鲁抓回他，往他手里放了两张银行支票。于是，余扫乃相信时机到了：

——你能不能够先支我点儿钱，我亲爱的东家？……

可是阿尔鲁又坐下了，数说着一个戴蓝眼镜，面孔龌龊的老头子。

---

① 高雷吉（一四九四年——一五三四年）是意大利文艺复兴时期的大画家。比米开朗琪罗小二十岁，早死三十岁，承受他的影响，而能青出于蓝，光影优柔，不伤于过分的雕刻成分。

缪里娄（一六一八年——一六八二年）是西班牙的大画家，题材有风俗与宗教两种，以光色柔丽著称。

② 从一七九二年十月起，革命者拿“公民”的称呼代替“先生”的称呼。

——啊！你可真叫漂亮，伊萨克老爹！三张画，张张挨骂，白费力气！人人小看我！人家现在全看出来了！你要我拿它们怎么着？我巴不得把它们打发到加利福尼亚！……见鬼去！少说废话！

这可怜虫的专长就是给油画下幅添上古代名家的签字。阿尔鲁不答应给他钱；粗野地辞掉他。随后，换了模样，他向一位围着白领巾，戴着勋章，有髯而傲慢的先生致敬。

肘子拄着窗户的铁梗，样子甜蜜蜜的，他和他谈了许久。最后他表白道：

——哎！用几个经纪人，在我算不了什么，伯爵大人！

那位贵人让了步，阿尔鲁付了他二十五路易①，然后，一等他走出去：

——多么烦，这些大人先生！

罗染巴呢喃道：

——全是坏蛋！

时候越来越紧促，阿尔鲁手头要做的事也加倍了；他分好了文章，拆开了信件，排好了账目；听见栈房锤子的声音，走出去监视打包；随后，接着干他手头的事；一边用钢笔在纸上写来写去，一边还说着玩笑话。他晚晌得和他的律师用饭，明天还要到比利时去。

别人谈着目前的事：盖吕比尼的画像，美术学校的半圆形礼堂，下次的博览会。白勒南攻击研究院。②诽谤、议论、互相交错

---

① 路易是路易十三起始铸造的一种金币，值二十四法郎，后合二十法郎。

② 盖吕比尼(一七六〇年——一八四二年)是佛罗伦萨人，一七八八年来到巴黎，大革命时代改入法籍。他是一个著名的作曲家。这张画像是油画，他坐在中间，后边是文艺女神与谐和女神，持着一顶桂冠。如今挂在卢佛宫，是当代古典派大画家安格尔(一七八〇年——一八六七年)的杰作。（转下页）

着。房间，低低的天花板，挤满了人，没有法子走动；玫瑰色蜡烛的光亮，透过雪茄的烟云，好像穿过浓雾阳光。

靠近沙发的小门打开，一个瘦高女人进来，——带着急促的手势，她表链的玩艺儿碰着她的黑塔夫绸袍子发出声响。

这是去夏在王宫剧院瞥见的那个女人。

有好几位叫着她的名字，和她握着手。余扫乃终于抢了五十法郎到手；挂钟敲了七点钟；全告退了。

阿尔鲁告诉白勒南停一停，把法提腊斯女士邀到小屋。

福赖代芮克听不见他们的话；他们耳语着。

不过女人的声音高起来了：

——自从这半年事成了以来，我总在等着！

一阵长长的沉静。法提腊斯女士重新出来了。阿尔鲁又许了她点儿东西。

——噢！噢！缓两天，我们再看！

她一边走，一边道：

——再会啦，幸福的人！

阿尔鲁赶忙又走进小屋，往髭上搽了油膏，提高裤带，弄紧鞋

（接上页） 美术学校是一八二〇年就一所寺院改建而成。一八三三年，由建筑师杜邦（一七九七年——一八七〇年）继续翻修，迄一八六一年结束。半圆形礼堂是他设计的。

所谓“下次的博览会”应当在一八四四年举行。这种鼓励实业的博览会，在路易·菲力普时代，举行过三次，在一八四一年之前，有一八三四年与一八三九年两次。

研究院的全名是法兰西研究院，统辖五个国家最高学术机关：一个是法兰西学院，会员四十，一六三四年设立，主要任务是编纂字典；一个是考古学会，会员四十，一六六三年设立，从事古代研究；一个是政治学会，会员四十，大革命时代设立，探讨哲学、法律、政治经济等问题；一个是科学学院，会员七十二人，外有秘书二人，一六六六年设立，从事物理、化学与数学等研究；一个是美术学院，会员四十人，外有秘书一人，由画家、音乐家、雕刻家等组成。

底的套带，一面洗着手道：

——你得给我画两扇门屏，一扇二百五十，布谢的样式[①]；同意吗？

画家红着脸道：

——就这样吧。

——好！别忘记我太太！

福赖代芮克一直把白勒南伴到兰瓦索尼埃郊区，请他允许有时候过去看望他，白勒南温文尔雅地答应了他。

为了发现"美"的真正原则，白勒南阅读所有美学的著作，自以为寻到它，就可以弄出一些杰作。他给自己的四周布满了一切想象所及的辅助物、素描、石膏像、模特儿、版画；他一边物色，一边苦思；他埋怨时间、他的脑筋、他的画室，走到街上寻找灵感，一旦有了，激动地浑身颤抖，随即丢下他的作品，梦想另外一件应该更美的作品。就是这样，光荣的贪心煎迫着，把日子在讨论之中消磨掉，他相信万千胡闹的事情，什么体系呀、批评呀、艺术的规律或者改革的重要呀，他已经五十岁了，还没有做出什么东西，要有也就是一些草图罢了。他的强烈的骄傲拦住他忍受任何灰心，然而他总是烦躁，总在喜剧演员特有的那种人为而又自然的激越之中。

走进他的房间，引人注目是两幅大画，初次上的油色，东一块，西一块，给白布涂了好些棕色、红色和蓝色的点子。上面展开一个粉笔的线网，好像一个鱼网重结了二十次的线头；简直没有法子了解上面是些什么东西。白勒南用拇指画着那些空的部分，解释这两幅构图的主旨。一幅应该表现"尼布甲尼撒的疯狂"，一幅应

---

① 布谢（一七〇三年——一七七〇年）是法国十八世纪的宫廷画家，色丽而线柔，富有装饰意味，缺乏真实之感。

该表现“尼罗纵火罗马”。[①]福赖代芮克赞美它们。

他赞美头发散乱的妇女的裸体素描、富有暴风雨扭曲的树身的风景，特别是随笔，卡洛、栾布兰提或者高雅的回忆，虽说他认不出原来的面目。白勒南依然不重视他这些年轻时候的工作；现在，他欣赏高古的风格；他滔滔不绝地宣讲费笛亚斯和温开尔曼。[②]他周围的东西加重他语言的力量；你看见一个死人头在一条踠凳上，几把土耳其弯刀，一件僧袍；福赖代芮克拿僧袍披在身上。

有时候来早了，他遇见他睡在他的破帆布床，挂一条绣帷遮住；因为白勒南去剧院去得勤，睡得迟。一个褴褛的老女人服侍他。他没有情妇，在小饭铺吃饭。他的学识胡乱拾在一道，议论也就乖谬有趣。他对庸俗和资产者的憎恨，以一种异常的抒情姿态，

---

① 尼布甲尼撒大帝，或者尼布甲尼撒二世，是古代巴比伦的国王，纪元前六〇五年登基，前五六二年薨。他打败埃及，征服犹太，成为一代雄主。他的史迹多见于《旧约·列王纪》与《但以理书》。古代世界七奇之一的空中花园是他安慰王后的大建筑之一。现今掘发的巴比伦花砖，几乎没有一块没有他的名字。相传耶和华怒他暴虐无道，收回他的理性，罚他和牲畜为伍七年，然后恢复他的人形。所谓“尼布甲尼撒的疯狂”，即指丧失他的人性与人形而言。

尼罗是罗马帝国五四年到六八年的皇帝。荒淫无道，暗杀他的母后，赐死他的皇后，几乎是无恶不为。六四年七月，罗马发生大火，烧去全城三分之二。相传他在远处瞭望火势，搜寻诗的灵感。他把放火的罪名（是他放的）假给基督徒，处以酷刑。然后抢掠全意大利，重建罗马。

② 卡洛（一五九二年——一六三五年）是法国十七世纪初叶的大版画家。他的素描是现实的，战争贫苦是他最爱的材料；十七世纪的风俗反映在他的版画中。

栾布兰提（一六〇六年——一六六九年）是荷兰的大画家。他留下六百张油画，是光与阴的创造者；同时留下三百张版画，使人欣赏他的线条，风趣和对于贫苦的同情。

高雅（一七四六年——一八二八年）是西班牙的大画家。他把他的优越的技巧运用在现实的风物。他的版画，犹如他的油画，具有尖锐的讽刺和戏剧性。

费笛亚斯（纪元前五〇〇年——前四三二年）是古代希腊最大的雕刻家。闻名世界的巴尔泰龙神庙是他的杰作。

温开尔曼（一七一七年——一七六八年）是德意志人，著名的考古学者；他第一个以科学方法研究古代美术。他的《古代艺术史》（一七六四年）是一部划时代的巨著。

洋溢成种种讽刺，同时他对于大师们宗教似的崇拜，差不多把他提到和他们一样高。

可是为什么他从不谈起阿尔鲁夫人呢？至于她的丈夫，一时他把他夸做好人，一时又把他骂做走方郎中。福赖代芮克盼他讲解。

有一天翻阅他一本画册，他觉得一个波希米亚女人的画像有点儿像法提腊斯女士，于是，因为这女人引起他的兴味，他想知道她的地位。

白勒南以为她先在外省做小学教员；如今，她随便教几个钟点书，想法给小型报纸写点儿东西。

福赖代芮克以为，依照她和阿尔鲁的样子，别人很可以把她看做他的情妇。

——啊，才不！他有的是情妇！

于是年轻人转开因为思想卑鄙而羞红了的脸，脱口道：

——他女人闹得他这样子，不用说了？

——一点不对！她是个规矩人！

福赖代芮克起了疚心，去杂志社越发去得殷勤。

组成阿尔鲁名字的大字，刻在商店之上的石匾，好像一本圣书，他觉得十分特别，富有意义。宽走道向下便利不少他走路，门差不多自己开；门扶手，碰上去光溜溜的，握在手心，有一只手的温柔和感应。不知不觉，他变成和罗染巴一样准时必到。

罗染巴每天坐在壁炉犄角他的沙发椅，霸住《国民报》①，再不放手，用惊叹或者耸耸肩膀来表示他的思想。他不时拿他的手绢

---

① 《国民报》是路易·菲力普时代著名日报之一，主笔是卡雷尔（一八〇〇年——一八三六年），创办于一八三〇年一月三日，反对查理十世的设施，主张自由民主。卡雷尔死于决斗，一八三六年由另一共和党马拉斯特接办，反对路易·菲力普的政令。

拭他额头的汗。他把它卷成大肠模样，塞在胸口，他绿外衣的两颗纽扣之间。他穿着一条打折的裤子，短筒靴子，一条长领巾；他的卷边帽远远就叫人在人群当中认出他来。

早晨八点钟，他走下孟马尔特的坡顶，到胜利·圣母街喝白葡萄酒。吃过午饭打上若干盘台球，消磨到三点钟。然后他奔向全景巷，去喝茴香酒。到阿尔鲁的商店走一趟之后，他就走进包尔德莱烟酒馆，去喝韦尔穆[①]；随后，欢喜一个人用晚饭，不回去和他的女人在一起，时常到喀永广场的一家小咖啡馆，要人家给他做点儿"家常菜！天然风味"！最后，他来到另一家台球场，在这里一直待到半夜，一直待到早晨一点钟，一直待到煤气灯熄了，窗扇关了，掌柜累透了，求他走出去。

其所以把罗染巴公民吸到这些地方来的，并非因为嗜酒如命，而是往日在这里谈论政治的习惯；年纪大了，他的兴致差了，他有的只是一种沉郁。看见他的面孔严肃，你也许说世界在他的脑内转动。没有东西从里出来；没有人，甚至他的朋友，清楚他干什么营生，虽说他摆出的模样活像有事经手。

阿尔鲁仿佛一百二十分地敬重他。有一天他向福赖代芮克道：

——信不信，没有他不知道的！这是一个了不得的人！

有一次，罗染巴往他的书桌摊开一些关于布列塔尼的陶土窑的纸张；阿尔鲁凭自己的经验考虑。

福赖代芮克待罗染巴越发礼貌了，——甚至有时候请他喝一杯茴香酒；虽说觉得他愚蠢，他同他一待就是整整一个钟头，完全因为他是雅克·阿尔鲁的朋友。

---

① 韦尔穆是一种强烈的白葡萄酒，内搀若干药剂，据谓可以提神开胃，然而喝久了，是有危险的。

画商提拔过好些同代的大师(在他们的初年)，与时俱进，一边竭力保持艺术家的风度，一边设法扩张他金钱的利益。他渴望艺术的解放，廉价的崇高。所有巴黎关于奢侈生活的工业，全受到他的影响，对于小事影响还好，对于大事却就坏透了。自来热于谄媚舆论，他把有才干的艺术家诱出正路，败坏那些强壮的，耗尽那些脆弱的，宣扬那些凡庸的；他用他的杂志和交际支配他们。年轻画家的野心是看见自己的作品在玻璃窗陈列，干家具这行业的人到他这里来拿家具的样本。福赖代芮克把他看做百万富翁、艺术爱好者、事业家。然而许多事让他吃惊，因为阿尔鲁老爷一谈交易便十分狡猾。

他从德意志或者意大利的内地收到一张一千五百法郎在巴黎买去的画，然后，标价四千，以三千五百法郎重新卖掉，说是为了讨好的缘故。他对付画家的一个常技，就是买进他们的画的时节，借口发表它的版画，要求他们减低价码，当做赏他的小账；他总是照原价卖出，然而版画不见影子。有人埋怨他占便宜，他拍拍肚子算回答。而且非常慷慨，他不在乎雪茄，“您”呀“您”呀称呼不识者，热衷于一件作品或者一个人，同时固执到底，不顾利害，增加出差、通信、广告。他自信极其廉正，如鲠在喉，天真烂漫地讲着他寡廉鲜耻的行径。

有一次，为了苦恼一位另外创立一种图画杂志，举行盛大筵会的同行，在筵会前一刻，他求福赖代芮克在他眼边写些辞谢宾客的帖子。

——这不碍名誉的，你明白?

年轻人不敢拒绝帮他这个忙。

第二天，和余扫乃走进他的公事房，福赖代芮克看见门(开向楼梯的门)边露出一件袍子的下摆，随即消失了。

余扫乃道：

——对不住之至！我要是早知道这儿有女人……

阿尔鲁接下去道：

——噢！这呀，这是我太太。她打这儿路过，顺便上来看望看望我。

福赖代芮克不由道：

——怎么?

——是的！她打这儿回去，回家里去。

四围东西的美好立刻消散了。凡他这里所感觉的乱纷纷的现象统统消灭了，或者不如说，就从来没有存在过。他感到无限的惊讶，仿佛一种叛离的痛苦。

阿尔鲁一边翻拣他的抽屉，一边微笑着。他在讥笑他吗？伙计往桌子放了一卷潮湿的纸张。

商人叫道：

——啊！广告！今天晚晌我没有法儿用饭了！

罗染巴拿起他的帽子。

——怎么，你丢下我走吗?

罗染巴道：

——七点钟了！

福赖代芮克随着他。

走到孟马尔特街的拐角，他转回身望着第一层楼的窗户；回想带着怎样的爱情，他有多少时辰端详它们，他可怜自己，又会心地笑着自己！她到底住在什么地方？如今怎样会见她呢？他的欲望，比往日越发大了！周围一片寂静。

罗染巴道：

——你要它吗?

——要什么?

——茴香酒!

禁不住他缠，福赖代芮克由他带到包尔德莱烟酒馆。他的同伴拄起肘，端详着酒瓶，他却拿眼睛往左右瞥着。他望见走道上白勒南的影子；他用力敲了一下玻璃，画家没有坐好，罗染巴就问他，为什么不见他到工艺社来。

——宁可死掉，我也不去！这家伙是一个蠢货，一个资产者，一个小人，一个坏蛋！

这些咒骂和福赖代芮克的忿怒正好衬合。不过，他受了伤，因为他觉得它们有点儿触到阿尔鲁夫人。

罗染巴道：

——他到底怎么对你来的?

白勒南用脚打着地，不回答，使劲儿呼了一口气。

他干些不便为人道的工作，例如大师们的两色铅笔画像或者拟画，来骗那些不大内行的名士；因为这些工作辱没他，通常他也就采取缄默的态度。然而“阿尔鲁卑鄙的行为”气苦了他。他骂骂他出气。

当着福赖代芮克，他应他的请托，交来两张油画。货交来了，商人竟然加以批评！他挑剔结构、颜色和线条，特别是线条，总之任何价钱他也不肯出。然而，逼于一张到期的借票，白勒南只好把它们让给犹太人伊萨克；两星期之后，阿尔鲁自己把它们卖给一个西班牙人，卖了两千法郎。

——一个苏也不少！多下流！他干的下流事多了，真是的！我们看吧，总有一早晨，他要上法院的。

福赖代芮克怯声怯气道：

——你说得也太过分了!

画家用拳头使劲敲着桌子，嚷道：

——怎么！好！我过分！

这种激烈的样子唤起年轻人所有的正直。自然阿尔鲁还可以客气些；不过，要是阿尔鲁觉得这两张画……

——坏！说出口吧！你也识货吗？你也在行吗？可是，你知道，我的小孩子，我，我就不承认那些，那些玩儿票的人！

福赖代芮克道：

——哎！好在这跟我没有关系！

白勒南接着冷冷地道：

——那么你替他辩护有什么好处？

年轻人口吃道：

——可是……因为我是他的朋友。

——替我吻吻他吧！再见！

画家忿然而去，不用说没有提到他的酒费。

福赖代芮克替阿尔鲁一辩护，也就信以为真了。在他口才的激昂之中，他不由爱上那颖慧良善的人，他的朋友诽谤他，而他如今，人所共弃，一个人在工作。他抵不住立刻再看看他的奇怪的需要。十分钟以后，他推开商店的门。

阿尔鲁同他的伙计筹备一个绘画展览，在计划一些巨大的广告。

——呀！谁把你拉回来的？

这句十分简单的问话难住了福赖代芮克；不知道如何回答是好，他问他有没有凑巧发现他的手册，一本蓝皮的小手册。

阿尔鲁道：

——你放你写给女人们信的本子？

福赖代芮克，脸红得和一个姑娘一样，否认这种推测之词。

商人回道：

——那么，你的诗？

他一边搬弄着陈列的画幅，一边讨论着它们的形式、颜色、框子；他思维的模样，特别是他接触广告的手，——大手有点儿绵软，平板的指甲，越来越惹福赖代芮克心烦。阿尔鲁终于站起；一边说："成啦！"他一边拿手伸到他的颔下，亲狎的样子。这种放肆的举动引起福赖代芮克的反感，他往后一退，随即一脚跳出经理室的门限，他想，他平生末一回了。阿尔鲁夫人、她本人，也好像让她丈夫的鄙俚降低了身份。

就在同一星期，他接到戴楼芮耶一封信，说他下星期四要到巴黎来。于是他拼命扑向这更坚固更高尚的情谊。这样一个男子比得上所有的女人。他用不着罗染巴、白勒南、余扫乃任何人！为了让他朋友居住舒服，他买了一张小铁床，添了一把沙发椅，把他的被褥分做两份；星期四早晨，他穿好衣服，预备去迎戴楼芮耶，忽然门铃响了。阿尔鲁进来。

——只一句话！昨天，有人从日内瓦给我送来一条上好的鲈鱼；我们盼着你来，今天下午七点整……在实洼涩勒街，乙二十四号。别忘掉了！

福赖代芮克不得不坐下来。他的膝盖打颤了。他向自己重复道："到底来了！到底来了！"他随即写条子通知他的裁缝、他的帽商、他的鞋商；他打发三个不同的差人送这三个条子。钥匙在锁眼转动，门房露了面，肩头扛着一卷行李。

瞥见戴楼芮耶，好像一个奸妇在丈夫的视线之下，福赖代芮克哆嗦起来。

戴楼芮耶道：

——你到底是怎么回子事？按理你应当收到我一封信，没有吗?

福赖代芮克没有力量撒谎。

他张开胳臂，投入他的怀抱。

接着，见习生谈起他的事。父亲不愿意告诉他以保护人资格代理的账目，以为代理的期间是十年。然而，精于诉讼法，戴楼芮耶终于提出他的母亲所有的遗产，七千法郎整，如今带在身边，放在一个旧皮夹子。

——这是一笔准备金，防备灾殃的。从明天早晌起，我就得好好存起，给自己也寻个住所。至于今天，整天的假期，随你处置，我的老朋友!

福赖代芮克道：

——噢！用不着关心我！你要是今儿晚晌有什么要紧事……

——得了！那我倒成了一个大小人了……

这个字眼儿，无心无意地滑出口，好像一种刺心的暗示，一下子打到福赖代芮克的心。

门房往火旁桌子上放下一些排骨、肉冻、一只龙虾、一盘水果、两瓶波尔多酒。这样讲究的招待感动了戴楼芮耶。

——说实话，你待我跟待一个王子一样!

他们谈到他们的过去，未来；不时他们在桌子上空握住手，激动地彼此端详一分钟。然而一个差人送来一顶新帽子。戴楼芮耶注意到帽里多么亮骚，大声说着。

随后，裁缝把礼服烫好，亲自送来。

戴楼芮耶道：

——人还以为你要结婚去哪!

一小时以后，第三位先生来了，从一只大黑袋子，抽出一双上了釉的靴子，亮晶晶的。福赖代芮克试着鞋，鞋商又狡猾又侮蔑的样子，端详着外省人的鞋。

——先生不用点儿什么？

见习生把他用绳子结住的破鞋塞进他的椅子，回道：

——不用！

这阵屈辱倒难住福赖代芮克了。他延缓他的招供。最后，他发了一声喊，好像忽然想起一个念头：

——啊！妈的，我忘掉了！

——什么事？

——今儿晚晌，我在市里[①]用饭！

——在党布罗斯家里？为什么你信里从不提起他们来呢？

不在党布罗斯家，是在阿尔鲁家。

戴楼芮耶道：

——你该先通知我一声！我就可以晚来一天了。

福赖代芮克急急回道：

——不可能！人家今天早晌，才刚一会会儿请我。

为了补救他的过失，不要他的朋友往这方面想，他解开他行李上交错的绳子，把他所有零碎的东西放在抽屉，还把自己的床给他，自己睡在木板小屋。随后，从四点钟起，他就开始预备他的装束。

另一位道：

——你还有的是时候！

最后，他穿停当，走了。

---

① 此地所谓“市里”，是指塞纳河右岸的商业区域而言，即环绕歌剧院的最繁华地段。并非巴黎之外，别有什么“市”。实际把“市里”译做“外”也可以，因为习惯上拿它和“家”对比。

戴楼芮耶心下想："这就是所谓阔人哟！"

他到圣·雅克街一家他认识的小馆去用晚饭。

福赖代芮克在楼梯停了好几次，心跳得太厉害了。他有一只手套太紧，裂了；就在他把裂口塞在他衬衫袖子下面的时候，阿尔鲁从背后上来，抓住他的胳膊，请他进去。

前厅的陈设是中国式①，天花板垂着一盏着色的灯。四角有些竹子。走过客厅，福赖代芮克绊在一块虎皮上。蜡烛没有点，只有内室紧底点着两盏灯。

玛尔特小姐出来说，她妈妈在穿衣裳。阿尔鲁把她举到和嘴一样高来吻她；随后，要亲自下窖选几瓶酒，他把福赖代芮克和小孩子留在一起。

自从孟特漏旅行以来，她长大多了。她棕色的头发，挽成鬈鬈的长环环，下来搭在她光光的胳膊。她的袍子，比一个舞女的裙裾还要膨胀，露出她的玫瑰色腿肚子，可爱的形体和一捧花一样发出清新的味道。带着妖媚的神气，她接受大人的誉扬，拿深深的眼睛看定他，然后，溜在家具中间，猫一样消失了。

他不再感到任何骚乱。灯球蒙着一张花边纸，射出一种牛乳似

---

① 这种中国的爱好是法国十八与十九世纪之间的风尚，例如邦古客夫人（世业印书）的客厅，歌德曾向艾克尔曼特别提起，又如女伶德鲁艾的客厅，由她的情人大文豪雨果亲手布置。十七世纪末叶，传教士开始介绍中国文物，引起法国朝野的注意。十八世纪出来一批农学者，热烈地研究中国的井田制度，其后又是一批哲人，所谓《百科全书》派，赞美孔子的实际哲学、政治的科举制度。伏尔泰的《风俗论》是一个显著的例证。一七六六年，一个不大热衷中国的《百科全书》派，以为一切是传教士的编排，格林曾经道："在我们现时，中华帝国变成理论、探讨、研求、注意的一个特殊目标。"来到十九世纪，中国的介绍渐渐从政治哲理转到诗歌剧曲，行起浪漫主义者的向往。学习中国语言，成了一种时尚，戈蒂耶给他女儿们请了一位中国人做教师。福楼拜的知己布耶便是一位有名的模拟中国格律的诗人。而家庭的装饰中国化，更是比比皆然。

的光亮，缓和住覆着锦葵缎子的墙壁的颜色。穿过大扇子一样的炉挡的铁片，他灼见壁炉里的炭块；紧挨挂钟，放着一只银关门小盒。这里那里，丢着一些亲切的东西：二人沙发当中一个囡囡，一张椅背搭着一条围巾，女红桌子放着一件羊毛衣裳，两根象牙针，尖头向下，挂在外面。这是一个全然和平、诚实、亲切的地方。

阿尔鲁重新进来；就在另一座小门，阿尔鲁夫人出现了。因为她站着的地方全是阴影，他起先只辨出她的头。她穿着一件黑绒袍子，头发里面，一个阿尔及利亚的红丝长网袋，盘住她的篦子，下来垂在她的左肩。

阿尔鲁介绍福赖代芮克。

她回道：

——噢！先生我完全记着的。

随即客人都来了，差不多就在同时：狄提梅尔、闹法里亚、毕里欧、作曲家罗桑瓦尔德、诗人戴奥菲勒·闹里斯、两位余扫乃的同事艺术批评家、一位造纸商人，最后是著名的彼得·保罗·曼西屋斯，古典画派的最后一位代表，快快活活，承受着他的光荣，他的八十岁和他的大肚子。

走进饭厅的时候，阿尔鲁夫人挽着他的胳膊。一张空椅留给白勒南。虽说打他的算盘，但阿尔鲁爱他。而且，他怕他可畏的舌头——所以，为了软化他，他在《工艺》社发表他的像片，外加几句言过其实的誉扬；白勒南好名甚于好钱，将近八点钟的光景，喘着气，露面了。福赖代芮克心想他们早已言归于好了。

宾主、馔肴，他全欢喜。饭厅，仿佛一间中世纪的会客室，挂着有图的兽皮；一座荷兰古玩橱对着一个摆土耳其长管烟斗的架子；围着桌子，一圈波希米亚杂色玻璃杯，摆在花同水果中间，好像花园里一片灯火。

单只芥末就有十种供他挑选。他吃的东西有达斯巴几奥、咖喱、生姜、科西嘉的乌鹌、罗马的拉萨涅，他喝的也不是平常的酒：里浦·福拉奥里[①]和匈牙利金黄色烧酒。说实话，阿尔鲁以款客为荣。心在食品上，他和所有的驿车夫要好；他交结名门贵阀的厨师，他们传他些酱油的秘方。

然而谈话特别让福赖代芮克感到兴趣。狄提梅尔说起近东，抚育他对于旅行的喜好；听罗桑瓦尔德谈论歌剧院，餍足他关于粉墨生涯的好奇；余扫乃叙述他只有荷兰干酪当饭吃，怎样过了一整冬季，说来有声有色，衬着他的欣快，福赖代芮克觉得浪子惨痛的存在好玩。随后，闹法里亚和毕里欧之间，起了一场关于佛罗伦萨画派[②]的辩论，启示了他好些杰作，开阔了他的眼界。他正在无从抑止他的热情，便见白勒南嚷道：

——别拿你们丑恶的现实扰乱我了吧！什么意思，现实？有的人看做黑的，有的人看做蓝的，群众看做愚呆。没有再比米开朗琪罗自然的了，再高的了！关心外在的真实表示现代的卑鄙；长此以往，我不知道艺术会变成什么滑稽东西，就诗而论，比不上宗教，

---

① 达斯巴几奥是一种用香油拌的意大利菜。

拉萨涅是一种意大利面条，宽大波形。

里浦·福拉奥里是一种意大利葡萄酒。

② 佛罗伦萨画派是意大利文艺复兴运动的主流。将近一二六〇年，佛罗伦萨出了一位天才画家，齐玛布艾，开始抛弃外来影响，从现实汲取新生命。然而，真正创始佛罗伦萨画派的，却是大画家乔陶(一二六七年——一三三七年)。早期的文艺复兴大师，几乎没有一位不是出自他的门下。从十五世纪到十六世纪，佛罗伦萨给人世呈献了数不清的天才，震撼后世的心灵，其中如达芬奇与米开朗琪罗，更非绘画所能限制。根据奈纳赫教授，佛罗伦萨绘画在两个极端之间激荡：神秘的温煦与愁苦的力量，它是当时骚乱的社会的反映，一方面是痴迷的宗教信仰，一方面是宫廷的近乎异教的言行。一颗中古世纪的灵魂徬徨在五光十色的现实。

就利害而论，比不上政治。你们不会达到它的目的，——对了，它的目的！——它的目的就在用些小东西，引起我们一种无我的激越，不管你们制作时候瞎捣什么乱。譬方说，请看巴骚里耶的油画：可爱、妖媚、精饬、不沉重！你可以放进口袋，带了旅行去！公证人花两万法郎来买；思想在这里也就值三个苏；然而，没有思想，就说不上伟大！没有伟大，就出不来美！奥林匹亚是一座山！最雄伟的建筑，永久是金字塔。激情赛过雅致，沙漠赛过一条走道，一个野蛮人赛过一个理发匠！

福赖代芮克听着这些话，一边看着阿尔鲁夫人。这些话掉进他的精神，好像五金掉进熔炉，和他的热情加在一起，形成爱的资料。

他和她坐在同一边，在她下手，相隔三个座位。她不时斜出一点儿身子；转过头和她的小女孩子说两句话；同时她一微笑，颊上就露出一个酒窝，面孔也就显出一种分外优雅的良善的神情。

临到喝酒的时候，她不见了。谈话变得非常随便；阿尔鲁先生称雄了；福赖代芮克惊于这些人语言的猥亵。不过，他们对于女人的关切，倒形成他们和他的平等，提高了他对于自己的敬重。

回到客厅，表示举止如常，他拿起丢在桌子上的一本画册。当代的大艺术家有的插上几笔速写，有的来点儿散文，诗歌，或者仅仅签一个名；在有名的人名当中，他发现许多无名的人名，而那些珍贵的思想，也不过是一种糊涂的逾量的表征。全都多少直接含着一点慕维阿尔鲁夫人的意思。福赖代芮克真还害怕在旁边也写一行。

她走到内室，寻找他方才在壁炉上看到的银关门小盒。这是她丈夫送的一件礼物，一件文艺复兴时期的作品。阿尔鲁的朋友恭维他，他的太太谢他；他感动了，当着大家吻了她一下。

随后，分成群，这里那里，全谈着话；曼西屋斯老头子和阿尔鲁夫人在一道，坐在一张二人沙发，挨近火；她斜向他的耳朵，他们的头碰在一起；——为了一个著名的人名和几丝白头发，或者只要弄到那点儿把他放进这种亲密情形的随便什么东西，福赖代芮克就是变聋、变弱、变丑，也情愿。他啮着自己的心，忿恨他的青春。

然而她来到他停的客厅的角落，问他认识几位客人，爱不爱绘画，在巴黎读书有多久了。每个字从她口里出来，福赖代芮克全觉得新颖，无不臣服于她的生命。他凝神看着她头上的流苏，它们的端梢抚着她裸露的肩膀；他移不开他的眼睛，把他的灵魂沉入这女性肤肉的白色；然而，他不敢抬起他的眼睑，面对面，往高里看她。

罗桑瓦尔德打断他们，请阿尔鲁夫人唱点儿东西。他试了试琴，她等着；她的嘴唇张开一半，一个纯洁、悠长、回环的声音，升在空里。

福赖代芮克一点儿不懂意大利的辞句。

开始是一种沉重的节奏，仿佛一种教堂的歌唱，随后，渐渐高起来，活泼了，响亮的音调多了，便忽然缓和下来；声音回来了，多情地，带着一种宽大而慵逸的摇曳。

她挨近键盘站着，胳膊向下，眼光浮散。有时候，为了读乐谱，她眏眏眼睛，额头向前伸出一时。她的女低音，和着幽沉的琴弦，发出一种寒冷的凄凉的声调，同时她有长眉的美丽的头，俯向她的肩膀；她的胸口鼓起，她的胳膊伸开，她的颈项向后柔柔一扬，好像空里有谁吻她；好些旋滚的声音逃出她的颈项；她抛出三个尖尖的声音，重新落下，拔出一个还要高的声音，然后一阵沉静，她悠悠地煞了尾。

罗桑瓦尔德没有离开钢琴。他弹给自己开心。不时总有一位客人辞行。临到十一点钟，最后离开的，是阿尔鲁同白勒南，阿尔鲁借口送他回去。有些人，晚饭后没有“散散步”，便把自己说做病了，他就是其中之一。

阿尔鲁夫人走到前厅，狄提梅尔和余扫乃向她鞠躬，她把手伸给他们；她同样把手伸给福赖代芮克；他觉得好像什么东西钻进他皮肤所有的分子。

他离开他的朋友；他需要一个人走。他的心溢出来了。为什么这只手献上来？是一种未加思虑的动作，还是一种鼓励？“算了吧！我疯了！”管它呐，好在他如今能够自自在在看望她，活在她的身边。

街是空的。有时候一辆沉重的货车过去，震着石道响。灰色的正墙，关闭的窗户的房舍，一家一家接连下来；想到所有睡在墙后的人们，活着没有见到她，甚至没有一个人臆想到她的存在，他不由加以蔑视！他不复意识到环境、空间、一切；脚跟打着地，手杖打着铺面的窗板，他总是往前走去，没有目的，兴奋过度，不由自主。一种湿润的空气包着他；走到码头跟前，他醒了过来。

气灯照耀着，分成两条没有尽头的直线，长长的红焰，在水深处荡漾。水是青石颜色，天清亮多了，好像由河两岸升起的大团影子撑住。好些看不清的建筑，加深黑暗的成分。远处房顶上，飘着一片明晃晃的雾；一切音响溶成一个单调的呢喃；一阵微风吹来。

他在新桥当中停住，光着头，敞着胸，呼吸空气。不过，从他生命的深处，他觉得有什么不干不涸的东西升上来，一阵温情的充血麻痹住他，仿佛眼睛下面波浪的荡漾。一座教堂的钟敲着一点钟，慢慢地，好像一个呼唤他的声音。

于是，一种灵魂的颤栗，让人觉得自己被送到一个更高的世界的颤栗，擒住了他。一种非常的官能降临了，虽说他并不明白它的目的。他严肃地问自己，他会不会成为一位大画家，或者一位大诗人；——他选定了绘画，因为干这一行，有些事会让他接近阿尔鲁夫人。那么，他寻见他的职业了！他生存的目的如今了然了，未来在握了。

关上他的门，他听见有人在卧室旁边的黑屋打鼾。这是那一位。他不再想到他。

他照了照镜子觉得自己美；停了一分钟来端详自己。

五

第二天正午以前，他已给自己买好了一匣颜色、好些毛笔、一副画架。白勒南答应教他画画，福赖代芮克把他请到他的住室，看他的画具是否还缺少什么东西。

戴楼芮耶已然回来了。一个年轻人占着第二把沙发椅。见习生指着他道：

——就是他！他在这儿！赛耐喀！

福赖代芮克不欢喜这位先生。他的头发剪得和刷子一样齐，前额越发显得高。他灰色的眼睛射出一种坚硬、寒冷的光线；他的黑长礼服、他全身的衣饰，透出塾师和教士的气味。

最初大家谈着时事，其中如罗西尼的《圣母痛苦曲》[①]；问到赛耐喀，他说他从来没有去过剧院。白勒南打开颜色匣。

见习生道：

——这些东西，全是你的？

——那还用说！

——有你的！多邪门儿！

于是他弯向桌子，数学教员正在翻弄上面路易·布朗的一本书[②]。书是他自己带来的，有些段落他低声读着，同时白勒南和福赖代芮克一块儿检查调色板刀子、包袋，随后彼此渐渐扯到阿尔鲁家的晚宴。

赛耐喀问道：

——那个画商吗？漂亮家伙，真够瞧的！

白勒南道：

——他怎样来的？

赛耐喀回道：

——用政治的卑劣手腕来捞钱！

他开始谈起一张著名的石印画，上面画的是皇室一家大小做些有益于世道人心的工作：路易·菲力普拿着一本法规，王后拿着一本祈祷书，公主们在刺绣，内穆尔公爵在佩剑，茹安维耳先生拿一份地图指给他的兄弟们看；紧底可以瞥见一张两开的床榻。这张题为《一个善良的家庭》的图画，曾经得到资产者的喜爱，却使爱

---

① 罗西尼(一七九二年——一八六八年)是著名的意大利作曲家。他制作了不少歌剧，一八二九年发表他的杰作《威廉·退尔》，沉默十二年，最后在一八四一年发表他的《圣母痛苦曲》，风行一时，有施莱新格者，未得作曲家同意，擅自将其出版，于一八四二年一月被控败诉，成为当日艺坛谈话资料。

② 路易·布朗(一八一一年——一八八二年)是路易·菲力普时代的一个最重要的社会运动领袖。一八三九年，他在巴黎创办了一个《进步杂志》，发表他的巨著《工作的组织》，一八四〇年单行本问世，给社会党和贫苦的工人指出一条奋斗的道路。解释一八三九年工人骚动的原因，他说："巴黎工人的变乱不是为了掀起内战，而是为了要求正义。把成千的枪刺摆在他们的眼前，是幼稚而且过时……创伤是深的；这需要一副迅速的救药。"若干年来，政府一无所为，造成最大的错误。他主张人人有权利工作，社会有责任去寻工作给他们。政府代表社会，应当是穷人的银行家。他把必需的资本献给工人，组织各行的社会工场，由工作者亲自管理，于薪金之外，年享四分之一的红利。就在同年，他开始发表他的《十年史》(一八三〇年——一八四〇年)，于一八四四年完成。这本书是路易·菲力普受到的一个致命伤，事后他自己承认"这像一架攻城机，轰毁法兰西忠君的堡垒"。一八四七年，他开始发表他的另一巨著《法国大革命史》，中间因为革命爆发停止，直到一八六二年方才完成。一八四八年二月政变，他被推为临时政府的阁员，因为同僚掣肘，计划一无实行。同年五月十五日，工人暴动，指斥他是不谋人民福利的共犯。他逃往比利时，以记者生涯避居英国，直到一八七〇年普法之战，他反对巴黎公社方才回国，协同组织政府。

国之士感到痛苦。[1]好像他是画画的人，白勒南用一种激恼的声调回答：是意见就有价值；赛耐喀提出抗议。艺术应当完全致力于群众的道德化！只有推进道德的行动的题材可以使用；此外全有害。

白勒南喊道：

——可是这不全仗制作吗？我就能够拿它们弄成杰作！

——活你的该，你要弄的话！一个人没有权利……

——怎么？

——不！先生，你没有权利让我注意我不赞成的东西。那些玲珑小巧的东西，一点儿利益也没有，譬如说吧，那些维纳斯，还有你画的什么风景，我们有什么需要？我看不出这儿有什么民众的教育！倒不如，拿他们的贫苦情形指给我们看！激起我们对于他们的牺牲！唉！好天爷，题材有的是：农村、工厂……

白勒南由于生气结巴上来，随后自以为寻到一个论点：

——莫里哀，你接受他吗？

赛耐喀道：

——就算接受！我赞美他，因为他是法国大革命的先驱。

---

① 内穆尔公爵（一八一四年——一八九六年）是路易·菲力普的次子。

茹安维耳（一八一八年——一九〇〇年）是路易·菲力普的第三子。

二次复辟以后，路易·菲力普重新回到巴黎，表面似乎从不过问政治。他把儿子全送到亨利四世中学。资产者以各自的子弟和公子们来往为荣。生活严肃而简单，和悦而诚恳，引起资产者的好感。路易十八曾经谈他道："他不动，可是，我看见他在走。"甚至做了国王，他还是挟着雨伞，在街上步行；他停住同工人说话，握手，有时候碰杯。他把杜伊勒里宫叫做"堡"，不叫做"宫"。穿着国民军军官的制服，不用请，可以自由出入"堡"。在若干场合，王后玛丽·阿梅利做着针线，四周是她的儿女和命妇。他的家庭是第一个资产家庭。资产者把他看做同伴。国民军是资产者的武装形体，所以路易·菲力普早期得到国民军拥护是自然的。

——啊！大革命！什么样艺术！从来没有比时代更可怜的了！①

——更伟大的了，先生！

白勒南交起胳膊，看定他的脸：

——我觉得你的样子活是一个有名的国民军！

他的对方，习于论战，回道：

——我偏就不是！我跟你一样讨厌他们。可是，有了那样的原则，一个人教坏群众的！这倒成全了政府，而且，要不是他那样一群流氓推波助澜，政府不会那样坚固的。②

画家替商人辩护，因为赛耐喀的意见惹他生气。他甚至坚持雅克·阿尔鲁是一个真正好人，忠于他的朋友，爱惜他的太太。

——噢！噢！人要是送他一大笔款，他不会拒绝拿她去做模特儿的。

福赖代芮克的脸色苍白了。

——难道他有地方对不起你吗，先生？

---

① 法国大革命是热情汹涌的动荡时代，然而在艺术上完全是冷静的、古典的。素描最重要，颜色最不相干。“古代是艺术的第一块基石”，是艺术家们的口号。建筑照抄希腊的庙宇，例如玛德兰教堂，交易所。绘画方面，一反十八世纪流行的风俗画，“鉴赏的最大的颓废”。新艺术要的只是“英雄风格，崇高的”；达到崇高只有“赤裸与襞褶”。一八〇四年，给拿破仑造像，雕刻家一致以为“裤子和靴子出不来好东西”，雕了一座赤身像，斜披着一件罗马人的袍子，挂着一把小刀。画家的材料要从古人的著述寻找。穿现代衣服的人物是猥琐的，配不上“伟大的艺术”。他们最好的代表是大卫，大革命时期的艺术权威，拿破仑的画臣。他的油画是平静的，线条清晰，活似一幅浮雕。白勒南这时候正热衷于暴风雨的浪漫主义的艺术，自然要贬斥大卫一派缺乏生命感觉的形象。

② 工人、社会主义者，大都厌恶国民军。国民军由资产者组成，是社会的中坚分子。七月革命，他们拥护路易·菲力普；临到一八四八年，关心切身的利害，他们帮助人民，推翻路易·菲力普。但是不久，他们又丢弃人民，另去寻找他们的权益。没有比这些资产者再反复无常的了。

——对不起我？没有的事！我有一次看见他同一个朋友在咖啡馆。也就是那么一回。

赛耐喀说的是真话。可是天天看见工艺社的广告，他不免激烦。他以为阿尔鲁代表他所谓迫害民主政治的一个世界。严正的共和党，他把一切文雅疑做腐恶的势力，而且自己毫不需要，属于一种刚毅的正直性格。

谈话没有法子赓续下去了。画家不久想起他的约会，教员想起他的学生；等到他们走了，静默了许久，戴楼芮耶打听阿尔鲁的底细。

——你随后把我引见给他，好不好，我的老朋友？

福赖代芮克道：

——当然。

他们随即用心部署他们的一切。戴楼芮耶不费气力，得到一家律师的副书记的位置，到法科报上名，买了些非买不可的书籍，——他们梦想了许久的生活开始了。

生活是可爱的，由于他们青春的美丽。戴楼芮耶没有说起任何银钱的契约，福赖代芮克也就没有说起。他供给一切开销，整理衣橱，管理家务；要是必须教训一下门房的话，见习生便引为自己的责任，和在学校一样，继续他保护者和老大哥的角色。

白天一整天分手，晚晌他们重新聚在一起。各自坐在他炉子角落的位子，开始工作。他们不久中辍了。接着便是些没有完结的肺腑之言，没有原因的欣快，有时候不免争论，为了灯冒烟，或者为了一本书没有下落，生气一分钟，大笑一阵就平静了。

木板小屋的门敞着，他们远远在床上聊天。

早晨，他们穿着衬衫，就在他们的阳台散步；太阳升起，薄薄的雾浮过河面，邻近花市传来尖锐的吠声；——纯洁的空气吹苏他们还在浮肿的眼睛，他们烟斗的烟在空里旋转；他们呼吸空气，觉得一片宏大的希望在体内弥漫开。

星期天，逢不下雨的时节，他们一道出去；胳膊交在一起，他们沿街踱着。他们差不多总是同时想到同一思想，或者彼此谈话津津有味，四周什么也没有看见。戴芮楼耶的野心是发财，因为发财是统制别人的方法。他想支使许多人，叫许多人知道他的名声，有三个秘书听他差遣，每星期举行一次盛大的政治宴会。福赖代芮克给自己装潢了一个摩尔式内宫，一辈子的过活便是躺在开司米[①]睡榻，听着一股喷泉呢喃，小黑僮服侍着；——这些梦想的东西最后变得十分明确，惹他难受，就和他已经丢了它们一样。

他不由道：

——谈这一切有什么用，既然我们永久弄不到手？

戴楼芮耶接着道：

——谁知道？

他的意见虽说属于民主政治，他督促他去晋见党布罗斯。另一位不赞成，拿他先前的尝试做借口。

——笑话！再去试试！他们会请你的！

临到三月中旬，他们接到一大叠账单，其中有给他们送饭的饭馆的账单。福赖代芮克钱不够，向戴楼芮耶借了一百艾居[②]；两个星期以后，他重复同样的要求，见习生责备他不该到阿尔鲁那边乱花钱。

其实，他也的确漫无节制。一幅威尼斯的风景，一幅那不勒斯的风景，还有一幅君士坦丁的风景，占据三面墙壁的中心，阿勒福

---

① 开司米是一种羊绒织物，来自克什米尔高原，或者西藏。法国有仿制品。

② 艾居是法国旧铸的一种银币，通常值三法郎，也有值六法郎的。

奈·德·都渥的马到处全是，壁炉上有一堆浦拉笛耶的雕刻，[①]钢琴下有好些期《工艺》，角落靠地放着些画稿，总之，堆满一屋，别人就没有法子摆一本书，动一动肘子。福赖代芮克以为画画必须有这些东西陪衬。

他在白勒南那边工作。然而白勒南时常不在家，——习惯于参加一切见于报纸的殡丧以及其他事宜；——福赖代芮克一个人在画室停好几个钟头。大房间非常宁静，可以听见老鼠的奔驰，天花板落下来的阳光，甚至火炉的响声，这一切起初都使他沉浸在一种精神的快适。随后，他的眼睛离开他的制作，转向墙上的介壳，架子的小摆设，积满尘土，活像披着褴褛的天鹅绒的半身像；仿佛一个旅客在一座树林当中迷了路，而所有的道路全奔向同一的地点，继续不断，在每个观念的底层，他重新寻到阿尔鲁夫人的回忆。

他给自己定好日子拜访她；来到二层楼，当着她的门口，他拿不定主意揿铃。步子走近；门开了，“太太出门啦，”听见这话，简直是一种解救，心头仿佛少了一捆东西。

然而他遇见她。第一次，有三位女子同她在一起；另一次，在下午，玛尔特小姐的写字先生忽然来了。而且，阿尔鲁夫人接见的男子并不拜访她的。怕人说话，他不再去了。

但是每逢星期三，他一定照常来到工艺社，一次不差，为了人家邀他参加星期四的晚餐；别人全走了，他还停在这里，比罗染巴

---

① 阿勒福奈·德·都渥（一八一〇年——一八六〇年）是巴黎社会享有盛名的马画家，死于决斗。素描欠佳，颜色匀和，而马的形态十分正确，极受巴黎人士爱好，流行一时。

浦拉笛耶（一七九二年——一八五二年）是法国的雕刻家，作品优丽而柔荏，他的客厅是当时文艺家的一个聚合之所。浦拉笛耶也是福氏家族的朋友，给他的父亲和他的妹妹雕过像。

还要长，一直停到末一分钟，假装端详一幅版画，看着一张报纸。临了，阿尔鲁向他道：

——你有空吗明天晚晌?

不等话说完，他就接受下来。阿尔鲁好像欢喜他。他教他怎样鉴别酒，怎样热五味酒，怎样烧烤山鹬；福赖代芮克柔柔顺顺地照着他的话做，——爱一切属于阿尔鲁夫人的事物，她的木器、她的仆人、她的房屋、她的街。

每逢这些晚餐，他一句话不说；他端详她。她的右太阳穴有一小粒痣；她包头的带子比她其余的头发还要黑，靠边总像湿润润的；她不时抚弄一下，只用两个手指。他认准她每个指甲的形象，他乐于听她走近门时丝袍的窸窣，他私下吸着她手帕的香气；对于他，她的梳子、她的手套、她的戒指全成了特别东西，和艺术品一样重要，差不多和人一样有生气；一切擒住他的心，增加他的激情。

他没有力量向戴楼芮耶掩饰。从阿尔鲁夫人家里回来，好像出于无心，他弄醒他，为了能够谈她。

戴楼芮耶，睡在小板房，靠近水龙头，打出一个长呵欠。福赖代芮克坐在他的床脚。起初他讲晚餐，随后他说起成千不关紧要的琐碎，据他看来，不是表示厌憎，就是表示喜爱。有一次，例如她拒绝他的胳膊，拿起狄提梅尔的胳膊，福赖代芮克觉得难过。

——啊！傻瓜！

或者她曾经把他称做她的“朋友”。

——那么，上点劲儿追好了！

福赖代芮克道：

——可是我不敢。

——好了，别再往那上头想了！晚安。

戴楼芮耶翻身向里，睡着了。他一点不了解这种爱情，把它看做青春时期最后的一种弱点；不用说，他的友谊不够满足他的，他决定他们共同的朋友每星期聚合一次。

星期六将近九点钟的时光，他们来了。颜色显著的有道道的绒帘，小心拉好；灯和四支蜡烛燃着；在桌子当中，在啤酒瓶、茶壶、一坛甘蔗酒和若干糕点之间，陈列有烟盒子，上面摆满了烟斗。大家讨论灵魂不朽，拿教授来比较。

余扫乃，有一晚晌，介绍来一位高大的年轻人，穿着一件袖子不到手腕的外衣，透出一脸的杌陧。这是去年他们到警察分所要求放出的伙计。

他在骚乱之中丢掉的花边样本，他没有能够寻还他的师傅，后者说是他偷掉了，拿法院恐吓他；如今，他在一家运货公司做伙计。余扫乃早晨在一条街角遇见他；把他领来，因为杜萨笛耶，由于感激，想见一见“那一位”。

那个雪茄盒子，他用心保存着，希望有一天还给原主，所以如今捧给福赖代芮克里面还是满满的。这些年轻人邀他再来。他没有失信。

大家彼此同情。先不说他们对于政府的憎恨，这种憎恨达到一种不容讨论的教义的高度。只有马地龙打算帮路易·菲力普辩护。大家拿常见于报纸的材料攻击他：巴黎的巴士底工事、九月法律、普里查尔、基佐勋爵，①——吓住了马地龙，开口不得，唯恐

① 巴黎的巴士底工事，意思是把巴黎改成巴士底那样的堡垒监牢。从一八三三年起，法国政府便想坚固巴黎的防御，在四周兴筑堡垒。一八四〇年七月十五日，英国纠集俄奥普三国在伦敦签订四强协定，摈除法国，不令参加。当时法国的内阁总理是梯也尔，为了表示不惜出于一战起见，积极进行巴黎的防御建筑。九月十三日，开始工作。同年十月，基佐组阁，继续巴黎设防的计划，于十二月十二日，向国 （转下页）

得罪了谁。上了七年中学，他没有受罚做课外功课，来到法科，他会讨教授的欢心。平常他穿着一件油灰的宽大外衣，一双橡皮套鞋；然而有一晚晌，他却打扮的和一位新郎一样：翻领的绒背心、白领带、金链子。

等大家晓得他从党布罗斯先生家里出来，越发惊异了。说实话，银行家党布罗斯才从老马地龙手头买下一大片树林；后者把他的儿子介绍给他，他便两个人一起请来晚餐。

戴楼芮耶问道：

——席上香菌多吗？你没有在两个门当中，搂一下他老婆的腰，Sicut decet？①

（接上页）会建议发行十四万万法郎公债，以梯也尔之力，勉强得到通过。从一八三四年起，左派便把这看成一种威胁、压抑政治和思想的自由。路易 · 菲力普希望把这些堡垒变成炮台，应付任何暴动。德马尔塞将军把这些堡垒叫做“巴士底狱，至少一半是用来对付巴黎的人民的”。右派把这看做一种承继好战的政策的表示。实际，基佐的希望却在巴黎坚强的防御，可以辅助外交方面不屈不挠地进行。

巴士底原是军事砦堡的意思，位于圣 · 安东门。一三七〇年修造，防御英国侵略。自黎希留首相起，改做国家监牢。被拘禁的多是贵族、文人、教徒、较有身份者。人民把它看成帝王权威的征象，一七八九年大革命爆发，七月十四日，黄昏五点钟，民众攻打巴士底狱，释放被拘禁的囚犯。这一天是现在法国的国庆纪念日。

“九月法律”是政治暗杀事件的恶果。一八三五年七月二十八日，路易 · 菲力普依照每年惯例，检阅国民军，路经神庙马路，被一个叫做费耶斯基的科西嘉人扔了一颗炸弹，死了十八个人，中间有毛尔地耶元帅。凶手的两个同党是“人权社”的社员。三个人一同判处死刑。为了应付紧急的变乱，内阁总理布洛伊艾在九月公布三条法律。第一条把陪审官（十二人）的决定权由八人减至七人，不公开投票。第二条司法部长有权创设新法庭，承审紧急案件。最重要，也最为一般人讨论的，是关于检查报纸的第三条。一切侵害国王与政府的言行，无论出以何种方式，罚缴损失费一万到五万法郎；报纸、戏剧以及讽刺画，必须经过检查。这条法律具有两大意义，一个是借此摧毁左翼刊物，一个是明定路易 · 菲力普万世一系的合法性。

“lord 基佐”具有讽刺基佐的意味。lord 是英文，贵人的尊称。

① Sicut decet 是拉丁的成语，意思是：“照例”，“如此这般”，或者“按着平常的情形”。

于是，谈话转向女子。白勒南否认有美的女子(他以为老虎好些)；而且，在美学的品级上，女性是一种下等东西：

——其特别引诱你的，就观念来看，正是让她堕落的；我的意思是说，奶子、头发……

福赖代芮克反对道：

——可是，长长的黑头发，大大的黑眼睛……

余扫乃叫道：

——噢！算了吧！草地上的安达卢西亚美人儿够多的了！古代的东西？不劳驾！因为，最后，让我们看，用不着夸口！一个摩登女子比米洛的维纳斯好玩儿多了！让我们做高卢人，看上天的面子！学学摄政时代，只要我们能够！①

流啊，美酒；女人啊，愿一笑！

我们应当丢开棕色头发，来看金黄色头发！——你不是这样意思，杜萨笛耶老爹？

杜萨笛耶不回答。大家逼他说，全想知道他的欣赏力。

---

① 米洛的维纳斯现由卢佛宫保藏。米洛是希腊东南角的一个小岛，一八二〇年在这里发现著名的维纳斯石像，庄严而高贵。

高卢人是欧洲北部的一个民族，南下占有莱茵河、多瑙河以及法兰西全部与西班牙北部等广大区域。然而不到纪元前三世纪末梢，高卢便全被罗马征服。高卢人性强好战，并喜于战胜之后，举行盛大宴会，叙述他们的战绩。

“摄政时代”通常指的是奥尔良·菲力普的摄政时代(一七一五年——一七二三年)。路易十四薨后，路易十五才五岁，母后又已逝世，便由路易十四的侄子奥尔良公爵兼摄。他一反前王的政令，厌恶礼节，漠视宗教，仅仅爱好艺术。他不问国事，易感厌腻，然而，寻欢取乐，荒淫无所不至。在他摄政的时期，国家财政破产，民怨沸腾，种下大革命的恶因。

他红着脸道：

——好，我呀，我倒愿爱一个人，老是一个人！

他把话说得那样诚恳，大家一时静了下来，有的惊于这种坦白，有的或许从话里发现他们灵魂的隐秘的渴望。

赛耐喀把他的啤酒杯放在壁炉架，独断地宣称，娼妓是一种暴政，婚姻是一种不道德的制度，最好的办法是两不参预。戴楼芮耶把女人看做一种消遣，不能够再高了。西伊先生对于她们一百二十分畏惧。

在一位虔诚的祖母的眼下长大，他觉得这些年轻人的聚会，诱惑犹如一个坏地方，益人知识犹如一所索邦[①]。大家把他当学生教，并不吝啬；他十分热心，烟也要学，不顾恶心每次一定引起的难受。福赖代芮克用心照料他。他羡慕他领带回回不同，他大衣上的皮，特别是他的靴子，手套一样薄又显目，又细致，活像带着一副凌人的气势；他的马车在下面街上等着他。

有一晚晌，他才出去，雪落了，赛耐喀开始可怜他的车夫。随后他宣言反对黄手套，反对骑士俱乐部[②]。他以为一个工人比这些先生们要重要得多。

——我呀，至少，我工作！我穷！

福赖代芮克不耐烦了，临了道：

——还用说，谁也看得出来。

为了这句话，教师记恨他。

---

① 索邦是巴黎大学文理两院的校址，得名于创办人索邦（一二〇一年——一二七四年）。他是圣·路易的教士，为贫苦子弟设立专校，研究神学。学校渐渐变成著名的神学权威机关，成为文化的中心。

② 骑士俱乐部是英国绅士组织的一种事务所，专门经营改良马种、跑马等事宜。一八三三年，法国贵族模仿英国，也组织了这样一个俱乐部。

然而，罗染巴说他有一点儿认识赛耐喀，福赖代芮克要向阿尔鲁的朋友表示敬意，便邀他来参加星期六的聚会。两位爱国志士遇在一起，彼此全很高兴。

不过他们不完全一致。

赛耐喀——脑壳是尖的——只问原则。正相反，罗染巴只在事实之中看见事实。他最不放心的，是莱茵河疆界。他自以为娴习炮术，衣服要交给军工学校的裁缝做。①

---

① 依照法国人民的意愿，他们北方的边界是自然早就安排好了的，那就是莱茵河。但是，一八一五年，拿破仑战败后，联军在维也纳开会，规定法国的边界以大革命前的国土为准。莱茵河的两岸全归了普鲁士。法国人的愤懑不言可喻。他们自始至终把一八一五年的条约看做屈辱，有机会便想废除。一八三一年，埃及和土耳其因为叙利亚问题冲突，法国站在埃及方面，英国站在土耳其方面。一八四〇年七月十五日，四强签订伦敦协定，强迫埃及让出叙利亚。因为法国袒护埃及，事前保守绝对秘密。消息传到巴黎，朝野骚然。大部分法国人民以为这是一个废除一八一五年条约的机会，酝酿成为欧洲战争，法国便好收复它的莱茵河疆界。内阁总理梯也尔积极进行战争准备。因为路易·菲力普反对动员，梯也尔辞职，改由亲英派基佐组阁。战争虽说消灭了，人民却并不因而少所忿恨。文豪吉纳发表《一八一五与一八四〇》，鼓吹雪耻，报纸不断刊载激烈的言论。普鲁士领袖的德意志联邦，接受法国朝野的挑衅，加强统一运动，努力提高军事准备。就在一八四〇年，一个叫做白克尔的德国人，写了一首爱国的《莱茵歌》。立刻便有二百多位作曲家谱曲。第一节是：

> “他们拿不走，德意志的自由的莱茵，虽说他们要它，像贪婪的乌鸦一样叫唤。”

同时，另一个叫做施乃悬布尔吉的德国人，发表一首战争的国歌：

> “到莱茵去，到德意志的莱茵去！谁愿意做河守？——放心吧，亲爱的祖国，河守是忠心的，坚定的。”

另一个叫做沙恩豪斯提的德国人，宣称：“法兰西代表不道德的原则；必须把它消灭；否则，上天就没有眼了。”直到一八四一年五月，法国诗人拉马丁读到那首挑战的《莱茵歌》，便在《两世界杂志》发表《和平的马赛曲》，虽说庄严 （转下页）

第一天，人家端点心给他的时候，他蔑视地耸耸肩，说这对女人相宜；嗣后每次，他也不见其更其彬彬有礼。大家谈到一个相当热烈的时候，他就呢喃道："噢！用不着乌托邦，用不着做梦！"谈到艺术（虽说他常去画室，有时候献好，他还教人舞剑），他的意见并不高超。他拿马拉斯特先生的文笔和伏尔泰的文笔相比，拿法提腊斯女士和司塔尔夫人相比，因为一首关于波兰的诗，"那里头有尚武精神。"①总之，罗染巴把人人惹厌了，特别是戴楼芮耶，因为这位公民是一位和阿尔鲁有来往的人。其实，见习生的野心出入于这所家宅，希望在这里结识一些有用的朋友。他常问，"什么时候你领我去？"阿尔鲁不是事务纷繁，就是要动身旅行了；随后，

（接上页） 瑰丽，却不及缪塞六月一日的《德意志的莱茵》的辛辣、轻快，更其为人称道。第一节是：

> "我们拿到过，你们德意志的莱茵；也用我们的杯子盛过。两行随意歌唱的诗，就洗掉我们留在你们血里的马蹄的高傲的痕迹？"

笔战虽说不停，炮火终于没有燃起。德国大诗人海涅，同情法兰西人，曾经屡次警告法国留神德国人的仇恨。普法之战证实他的忠告。

军工学校（L'Ecole polytechnique）创建于一七九四年，由国约议会通过设立，原名为公共工程学校，一七九五年改为现名。一八〇四年，拿破仑改为纯军事学校，校长由将军担任，专门造就工炮两方面的军事人材。校址在拉丁区。

① 马拉斯特（一八〇一年——一八五二年）是共和党的新闻记者，一八三六年继加莱尔主持《国家日报》，一八四八年革命爆发，被推为临时政府委员。

司塔尔夫人（一七六六年——一八一七年）是法国浪漫主义的另一个先驱。她是路易十六的首相瑞士人乃克尔的小姐，嫁给一位老耄的瑞典大使，晚年再醮，嫁给一位年轻的瑞士军官。拿破仑厌恶有才华的妇女，特别是气概不可一世的司塔尔夫人。他们变成不相原宥的政敌。拿破仑流放了她三次。她利用这些期间，观察异土文物，先后荐给法国。她第一个把德国介绍进来，用她的名著《德意志论》（一八一〇年）。她用意大利做她小说的背景。她把自己写做每部小说的女主人公。虽说是一个女子，她是理智的，也许正是她这种超人的理智，加上她的一副男相，替她吓回许多同情。

犯不上去了，晚餐要结束了。

万一有必要为他的朋友牺牲性命的话，福赖代芮克会干的。然而平时讲究外表，他用尽力量往好里做，留心自己的语言、仪态和衣饰，甚至去《工艺》事务所，手套戴得总是无疵可寻，如今戴楼芮耶，一身的旧黑西服，讼师的姿势，自命不凡的讲演，福赖代芮克真还怕他不讨阿尔鲁夫人欢喜，连累了他，让她看不起他。他不拒绝别人，可是这位先生妨碍他的手脚，一千次怕都不止。见习生觉察出来他不肯践约，他觉得福赖代芮克的沉默加重侮辱。

他愿意独自一个人领导他，看他依照他们少年时代的理想发展下去；他的懈怠引起他的反感，仿佛一种反抗，仿佛一种叛逆。而且，福赖代芮克一心一意全是阿尔鲁夫人，时常说到她的丈夫；戴楼芮耶腻烦了，开始一种令人不堪忍受的“挖苦”，一天重复一百遍他的名字，在每一句话的末尾，仿佛白痴的一种可笑的习惯。有人一打门，他就回道：“进来，阿尔鲁！”在饭馆里面，他要一块布利的干酪，“阿尔鲁式的；”晚晌，假装做了一个噩梦，他一边喊醒他的伴侣，一边号道：“阿尔鲁！阿尔鲁！”终于，有一天，福赖代芮克支不住了，用一种可怜的声音向他道：

——别拿阿尔鲁吵我了！

见习生笑道：

——决不！

永久是他！到处是他！滚烫也好，冰冷也好，阿尔鲁的形象……

福赖代芮克举起拳头，喊道：

——闭住嘴！

接着他缓和下来道：

——提起这事，我就难过，你不是不知道。

戴楼芮耶一躬到地，作答道：

——噢！对不起，我的好人，从今以后，大家要尊敬小姐的脾气！真是的，对不起。一千个饶恕！

就是这样，结束了取闹。

然而，三星期之后，有一晚晌，他向他道：

——好呀，我方才看见她，阿尔鲁太太！

——在什么地方？

——在王宫那儿，同律师巴浪达尔；一个棕色皮肤的女人，中等身材，不是吗？

福赖代芮克做了一个同意的记号。他等着戴楼芮耶说下去。只要他说半个赞美的字样，他就会倾心相与，准备好了疼他；另一位总不开口；最后，忍不住了，不在乎的模样，他问他对于她的看法。

戴楼芮耶觉得她“不坏，可也一点儿没有什么了不起”。

福赖代芮克道：

——啊！你觉得！

八月，他第二次考试的时期到了。依照通行的见解，十五天应该足够预备考试的材料。福赖代芮克凭信自己的力量，一口气咽下诉讼法的前四章、刑法的前三章、若干节的刑事诉讼法、一部分的民法，还有彭思莱先生的注解。前一天，戴楼芮耶让他从头到尾默讲一遍，一直弄到早晨才算完事；他利用末一刻钟，一边走，一边继续在走道盘问他。

因为同时举行好几个考试，院子里有许多人，其中如余扫乃和西伊都在；临到这些考试关系着伴侣的时候，大家不会错过的。福赖代芮克披上传统的黑袍：随后，他同另外三个学生，跟着一群人，走进一间大厅，没有帘子的窗户放进阳光，沿墙摆着好些凳子。几把皮椅围住当中一张蒙着绿毡的桌子。桌子把考生和考师分开。考师穿着红袍，肩膀全有鼬皮带子，头上戴着镶金线的瓜皮帽。

福赖代芮克发现自己位次很坏，倒数第二名。第一个问题，关于约和契的区别，他下的定义恰好相反；教授，一位好人，向他道：——“你别心惶，先生，静静心！”随后，问了两个容易的问题，他马马虎虎答了答，他终于等到了第四个问题。然而这恶劣的开端灰了福赖代芮克的心。对面的戴楼芮耶，在人群中间，向他做手势，还没有完全失败；第二遭轮到一些关于刑法的问题，他算勉强对付过去。不过，来到第三遭，关于密封遗嘱的问题，考师自始至终不动声色，他的焦灼加了一倍；因为余扫乃合起两手仿佛夸赞，同时戴楼芮耶却一味在耸肩膀。最后，到了必须回答诉讼法的时辰了！问题关于第三者的反对。教授听见和他的原则相反，恼了，粗声粗气地问他道：

——那么，先生，你的意见如此？你怎么样调解这种意外的攻击和民法一三五一条的原则？

福赖代芮克已经一夜没有睡觉，感到一阵剧烈的头痛。一道阳光，从一扇百叶窗的空当进来，正好射着他的面孔。他站在椅子后面，摆动身子，抽着他的髭。

戴金瓜皮帽的先生接着道：

——我总在等着你回答哪！

不用说，福赖代芮克的姿势激恼了他。

——你在胡子里头找不着你的答案！

这句挖苦话引得全堂大笑起来；教授得了意，自己满足了自己。他又问了他两个问题，一个关于限期投案，一个关于速决的案件，随后低了低头，表示赞同；口试告终了。福赖代芮克回到过廊。

就在校役脱下他的袍子，随手给另一个人穿的时候，他的朋友围住他，谈论他考试的结果，意见分歧，他头晕脑涨。在讲堂入口，不久就有一个洪亮的声音宣布了结果："第三名……展期！"

余扫乃道：

——发落了！我们走吧！

在门房前，他们遇见马地龙，脸红红的，很激动，眼里是微笑，额头是胜利的圆光。他恰才平平安安把他最后的考试对付过去。就剩下论文了。要不了两星期，他便可以算做学士了。他家庭认识一位部长，他面前展开的是"前途光明"。

戴楼芮耶道：

——这家伙总算超过你了。

同一事业，看见自己失败，而妄人成了功，没有比这再屈辱的了。福赖代芮克，一肚子气，回了一句他不在乎。他的志向还要高；看见余扫乃做出要走的样子，他把他揪到一旁道：

——不要提起我的考试，到了他们那边，千万！

秘密容易守的，因为阿尔鲁，第三天，动身要到德意志旅行去。

黄昏，回来的时候，见习生觉得他简直变了：他打旋旋，吹口哨；另一位诧异他脾气怎么了，福赖代芮克宣布他不到他母亲那边去了；他要拿他的假期用功。

听见阿尔鲁出门的消息，他感到喜悦。他能够到那边拜访去了，安安适适，不用害怕半路有人打搅。自信绝对安全，他有了勇气。总之，他不远走，不和"她"分开了。比一条铁链子还要强的东西把他拴在巴黎，一种内在的声音叫他停留。

好些困难和他作对。为了消除困难，他给母亲写信；他先忏悔他的失败，由于程次的颠倒，——一种偶然，一种冤枉；——再说，大律师（他写下他们的名字作证）全不曾通过考试。不过他决意九月再试一次。可是，时光没有多少了，今年他不回家去了；除去他一季的钱，他另外要二百五十法郎，用在补习法律上，十分有益；——全信伴了些懊恼、慰藉、阿谀和孝顺的保证。

毛漏太太，第二天在等他，加倍伤心。她藏住儿子不幸的遭遇，吩咐他"仍以返家"为是。福赖代芮克不让步。母子因而失和了。不过，一个星期的末尾，他收到一季的钱，和要用在补习上的数目。他拿这笔款买了一条珠灰色的裤子，一顶白色的毡帽和一根金头的灵巧的手杖。

等他有了这一切，他思索道："我起的也许是一个理发师的念头吧？"①

他大为踌躇。

为了决定他去不去阿尔鲁夫人家，他拿些钱往空里扔了三次。每一次预兆全吉利。那么，命里注定他去。他雇车来到实洼涩勒街。

他急急忙忙奔上台阶，拉动铃索；铃不见响；他觉得自己快要瘫了。

---

① 他的意思大约是说自己起了一个下流念头，因为法文 Coiffer（"理发"）有"欺骗"的意思，通常女人给丈夫绿头巾戴，便是"给她的丈夫梳头"（Coiffer son mari）。福赖代芮克起了不良的心思，打扮好了，要去勾引阿尔鲁夫人。理发师是法国十七世纪一种新兴的男子职业，专为上流妇女梳头。普通男子用剃头匠或者辫匠，妇女用侍女。理发师把梳头弄成一种艺术，例如给路易十六的王后梳头的"伟大的莱奥纳尔"。中间有一时期，反对男子给妇女梳头，改用女理发师。

他随即使起猛劲，摇了一下那沉重的红绒结子。一串儿铃声响了起来，渐渐静了，什么音响也听不见了。福赖代芮克害了怕！

他把耳朵贴在门上；一口嘘息没有！他把眼睛放在钥匙窟窿，只瞥见客室墙上，在好些纸花之中；两根芦苇尖儿。最后，他正要扭回身子，改了意思。这一次，他轻轻地敲了一小下，门开了；阿尔鲁本人出现了。他站在门槛，头发乱蓬蓬的，脸红通通的，神气很不快活。

——嗐！什么家伙叫你来的？进来！

他把他引进来，不到内室，不到他的寝室，却到饭厅，桌上就是一瓶香槟酒，两只杯子；然后，粗声粗气道：

——你有什么事问我，亲爱的朋友？

年轻人寻找一个拜访的借口，口吃道：

——不！没有事！没有事！

最后，他说他来打听一下他的消息，因为听余扫乃讲，他以为他在德意志。

阿尔鲁接着道：

——就没有去！这孩子多浮躁，什么也听了个差！

为了掩饰他的机陧，福赖代芮克在屋里左右走着。他碰到一只椅子腿，弄掉放在上面的一把阳伞；象牙柄折了。

他喊道：

——我的上帝！碰折了阿尔鲁太太的阳伞，我真难受。

听见这句话，商人仰起头，怪样地微笑着。福赖代芮克利用这献上来的谈她的机会，怯怯地问道：

——我能不能够看她？

她在她的家乡，和她病了的母亲在一起。

他不敢问起她出门要出多久。他仅仅问了问阿尔鲁夫人的家乡是什么地方。

——夏特勒！你觉得怪吗？

——我？不！为什么？一点也不！

随后，他们简直一句话也找不出来说了。阿尔鲁给自己卷了一枝香烟，一边出气，一边围着桌子转。福赖代芮克站直了，靠住炉子，端详墙壁、古玩架子、花砌地板：好些可爱的意象在他的记忆中间排队走过，差不多就在他的眼前。最后他告辞了。

一张破报纸团成球，扔在客室的地上；阿尔鲁把它拾起；然后，脚尖耸起，他拿它塞进门铃，他说，为了继续他中断的午睡。随即，握住他的手道：

——劳驾告诉门房一声，我不在家！

他朝着他的背，使劲把门一关。

福赖代芮克一级一级走下台阶。根据这第一次尝试的挫折，他可以推想此后的机遇。他灰了心。于是三个月的无聊开始了。一无所事，他的闲散加强他的愁闷。

好些点钟，他从平台望着流在浅灰色码头中间的河水；阴沟的缺口，这里那里，弄黑了码头；一座漂洗女人的拨船系在岸边；有时候好些野孩子站在岸边泥里，捺住一头毛毛狗洗澡，彼此起哄开心。他的眼睛离开左侧的圣母院石桥和三座悬桥，总是转向榆树码头，望着一大堆老树，活像孟特漏码头的菩提树。在交混的屋顶之中，迎面立起圣·雅克塔、市政府、圣·皆尔外、圣·路易、圣·保罗——七月柱的神像，好像一颗金制的大星，在东方熠耀着，同时在另一端，杜伊勒里宫的圆屋顶，在天上摊开它沉重的、蓝蓝的一大堆。[1]就在后面，在这方向，应当是阿尔鲁夫人的住宅。

---

① 圣·雅克塔在利沃里街和塞瓦斯托波尔马路的交口。这是一座一百九十尺高的哥特式塔，有二百九十一级，可以上去。 （转下页）

他回到他的房间，随即，躺在沙发上，沉湎在一种无头无尾的思维：写作的计划、行为的筹算、对于未来的向往。最后，为了摆脱自己，他走出去。

他漫步在拉丁区，这地区平时十分骚乱，这时期却荒凉了，因为学生全回家去了。学校的高墙，仿佛由于静也长了起来，面目显得越发阴惨；他听见各式各样和平的声音，笼子里翅膀的搧扑、一架旋剜机的鼾声、一个补鞋匠的锤声；卖估衣的商人，在街中心，白用眼睛打量每个窗户，没有人光顾。在寂寞的咖啡馆的紧底，介乎满满的瓶子，司柜的女人打着呵欠；阅书室的桌子上，报纸一丝不紊地摆着；熨衣服的厂家里面，一阵一阵热风吹着衬衫摇摆。他不时停住浏览一家旧书店的陈列；一辆公共马车，擦过走道，惹他扭转身子；走到卢森堡公园前面，他不再往远里去了。

有时候，一阵消遣的希望把他引向马路。穿出好些吐送湿冷的嘘息的阴沉小巷，他来到荒凉的大广场，阳光灿烂，高大的纪念物在马路边投下齿形的黑影。然而又是货车，又是商店，一群群人让

(接上页) 圣·皆尔外教堂，在市政府宏大的新建筑(旧建筑于一八七一年为巴黎公社纵火焚毁)后面。这是十五六世纪的建筑，掺有文艺复兴的风格。

圣·路易和圣·保罗原来是两座教堂，一七九六年圣·保罗教堂(在圣·保罗街)不复存在，与圣·路易教堂合为一座。位于圣·安东街梢头，更在圣·皆尔外教堂之南。

再往南去，便是巴士底广场，著名的巴士底监狱的旧址。中间立着“七月柱”，纪念一八三〇年七月革命，一八四〇年落成。白大理石基座，高一百五十四尺，柱是铜的，直径十三尺，分为五层；尖顶为都孟雕刻的自由神像，站在圆球上，一手持着照明的火把，一手握着折断的铁链。

福赖代芮克住在拿破仑码头，塞纳河的左岸，他是向东望，同时由北而南，自然而然，便如作者所给的次序。

他心烦，——特别是星期天，——从巴士底狱到玛德兰[①]，在尘土之中，在地沥青上，在一种不断的吼号里，荡漾着一大群行人；卑鄙的容貌，无识的语言，汗淋淋的额头流露出的愚蠢而满足的样子，让他觉得恶心！不过，意识自己比这些人优越，减轻了观看他们的厌倦。

他天天到工艺社去；——为了知道阿尔鲁夫人什么时候回来，他打听她的母亲，详细而又详细。阿尔鲁的答复并不更换；“现下好点儿了，”他的太太和女孩子下一个礼拜可以回来了。她越迟迟不回来，福赖代芮克越表示关切，——临了，感于他的盛情，阿尔鲁有五六回带他到馆子用晚饭。

在这些长久的谈话当中，福赖代芮克发现画商并不十分聪明。阿尔鲁或许看出这种冷淡；再说，如今也该是还点儿礼的时机。

所以，想要事情十分像样儿，他把他的新衣服统统卖给一家旧货商人，弄到八十法郎的数目；然后和手头的另外一百法郎拼在一起，他去把阿尔鲁邀出来吃晚饭。罗染巴也在那儿。他们一同到普罗旺斯三兄弟。

公民脱掉他的外衣，知道另两位一定赞同，他就点起菜来。然而，他到厨房亲自和大师傅说话，下到每个角落他都熟识的地窖，把掌柜叫上楼来教训一顿，菜、酒侍候他全不满意！端上一盘新菜，捧上一瓶不同的酒，才吃了一口，喝了一口，他就放下他的叉子，或者往远里一推他的杯子；然后，拿他的整个胳膊在台布上一横，他喊道，人没有法子再在巴黎用饭了！最后，不知道想吃什么

---

① 玛德兰教堂在一七六四年动工，直到一八四二年，始告落成。朴素威严，古代希腊的神庙风格。拿破仑打算用它纪念为国效劳的军人，然而，最后还是改做教堂。四周空地是玛德兰广场。

东西才好，罗染巴给自己要了一碟家常菜，油拌豇豆，虽说只有一半成功，他也就马马虎虎平静下来了。随后他和伙计谈起馆子旧日的伙计：“安东怎么样了？还有一个叫做欧皆的，怎么了？还有戴奥道尔，总在楼底下服侍的小家伙？那时候酒菜讲究多了，布尔高涅[①]别提多好！”

随后，谈到关厢地皮的价钱，阿尔鲁一种投机的经营，不会失败的。可是他的利息一直在损失。既然凭什么价钱他也不肯卖，罗染巴会帮他找买主的；两位先生拿着一管铅笔，一直计算到用完果点。

他们来到叟孟夹道一家开在楼下的咖啡馆喝咖啡。福赖代芮克站着打了记不清次数的台球，喝了不知道多少杯的啤酒；——他停在那里，一直停到半夜，不知道为什么，由于怯弱，由于糊涂，晕头晕脑地希望有什么事发生，成全他的爱情。

什么时候他才看见她？福赖代芮克觖了望。然而有一晚晌，将近十一月末尾，阿尔鲁向他道：

——我女人昨天回来了，你知道！

第二天，五点钟，他走进她家。

她的母亲十分病重，他先庆贺她复原。

——就没有病！谁告诉你的？

——阿尔鲁！

她轻轻“啊”了一声，接着就说，起初她十二分担心来的，现在不怎么样了。

她坐在炉子旁边的彩毡靠背椅上。他坐在安乐椅上，帽子介乎

---

① 布尔高涅是法国东部的地带，原来是一个公国，一四七七年并入法国。这里的布尔高涅是指它出产的各种葡萄酒而言。犹如香槟之产于香槟地方。

他的膝盖；谈话不起劲，她的心就没有一分钟是在应对上；他找不到机会介绍他的情感。可是，临到他埋怨在读什么破法律的时候，她就回答："是的……我明白……有些事……"低下头，忽然凝神思索起来。

他急于知道她想些什么，甚至于别的心思也不想了。黄昏聚下影子围着他们。

因为要到外面去买些东西，她站起来，随后，戴上一顶绒帽，披上一件灰鼠皮镶边的小小的黑披风又出现了。他大着胆子说要陪她。

什么也看不见；天是冷的，一片浓雾罩住屋宇的正面，往空里放出恶臭的味道。福赖代芮克幸幸福福地吸着；因为，隔着衣服的棉絮，他觉得出她胳膊的形体；她的手，套在一只有两个扣子的羚羊皮手套，他愿意吻遍这只小手，放在他的袖子上。由于街道滑，他们有点儿摇曳：他觉得他们两个人，全像在一块云当中，随风摆动。

大街上的灯光把他重新唤到现实。机会难逢，时光紧促。他决定走到黎希留街宣布他的爱情。然而，差不多一转眼的工夫，当着一家瓷器铺，她骤然停住了，向他道：

——我到了，多谢！星期四，照常，不是吗？

例餐重新开始；他越常去阿尔鲁夫人家，他的颓丧也越增加。

好像闻到一种过强的香味，端详这个女人只有让他麻痹。这降到他性情的深处，差不多变成一种感觉的寻常的样式，一种生存的新的情态。

他在煤气灯底下遇见的妓女，喊着滚调的歌女，骑着快马的马戏班的女艺员，步行的资产阶级妇人，窗口的工女，由于相似或者由于强烈的差别，所有的妇女让他想起另一位来。沿着商店，他望着毛织品、花边和宝石耳环，想象它们罩着她的腰围，缝进她的胸衣，在她的黑头发里发光。卖花妇女的篮子的花，为了她路过挑选而开放；在鞋商的门面，天鹅羽毛走边的小缎拖鞋仿佛等着她的脚；条条街通到她的住宅；车停下来只为更快地去她那里；巴黎与她有关联，这座大城和它所有的声音好像一个大乐队在她的四周喧嚣。

来到植物园，看见一棵棕榈树，他神往于遥远的国度。他们在一起旅行，在骆驼背上，在象帐下，在蓝色岛屿之间的游艇舱里，或者并排，骑着两匹有铃铛的骡子，骡子碰着草里的断柱，失了足。有时候，他当着卢佛宫的古画停住；他的爱情把他一直带到消失的世纪，他拿她替换画里的人物。她戴着一顶圆锥形女式高帽，跪在一座花铅窗后面祈祷。好像是卡司地叶或者弗朗德尔的贵妇人，她端端正正坐着，披着一条浆硬了的皱领，身子像鲸鱼，衣服的褶子虚虚蓬起。随后她走下宽大的云石楼梯，在好些元老当中，在一座鸵鸟羽毛的天盖下面，穿着一件绣锦袍。有时候，他梦想她穿着黄绸裤子，坐在穆斯林内院的褥垫；①——一切美丽的东西，星宿的闪烁，音乐的某种音调，一个句子的样式，一道轮廓，不知不觉，忽然之间，就让他想起她来。

至于设法让她变成他的情妇，他明白任何尝试全没有用。

有一晚晌，狄提梅尔来了，吻着她的额头；闹法里亚一边同样吻着，一边道：

---

① 卡司地叶是西班牙中部的高原，古时候的一个独立王国。

弗朗德尔是欧洲西北沿大西洋一带的沼泽地域，荷兰、比利时与法国一小部分全是。古时候属于弗朗德尔伯爵，自有语言。

内院是摩尔妇女生息之所，禁止男子出入。通常富人可娶四妻，并妾若干，合居一宅，由阉人主持。

——你允许，不是吗，依照朋友的特权？

福赖代芮克口吃道：

——我觉得，我们全是朋友？

她回道：

——不全是老朋友！

这是事先加以拒绝，间接地。

而且，怎么办？告诉她，他爱她？不用说，她会谢绝了他；或者，一生气，把他赶出她的家去！可是，他宁愿忍受一切痛苦，也不愿失掉看不见她的可怕的机会。

他妒忌钢琴家的才分，兵士的伤口。他盼望一场危险的病，希冀用这种方式兜起她的兴趣。

有一桩事让他惊异，就是他不妒忌阿尔鲁；他不能够想象她没有穿衣服，——他的羞耻心好像是自然的，自然到把他的性别收进一个神秘的影子。

然而，他梦想和她同居的幸福，亲昵地称呼她，把手放在她包头的带子，一放就放老半天，或者贴住地跪着，两个胳膊围住她的腰，从她的眼里饮着她的灵魂！为了享受这一切，他颠覆命运也甘心；不能够行动，诅咒上帝，斥责自己怯弱，他旋转于他的欲望之中，犹如一个囚犯在他的牢狱里面。一种永生的焦灼噎窒住他。好几个钟头他动也不动，要不然，眼泪流了下来；有一天，他没有力量克制自己了，戴楼芮耶向他道：

——家伙！你怎么啦？

福赖代芮克头痛。戴楼芮耶并不相信。不过，当着这样一种痛苦，他觉得他的情谊苏醒了，用力安慰他。像他这样一个男子，随自己颓唐下去，多糊涂！年轻的时候，还勉强，可是等到年纪一大，简直是糟蹋辰光。

——你害了我的福赖代芮克！我要旧福赖代芮克。孩子，永久是老样式！我欢喜他！来，抽一斗烟，浑虫！提点儿神上来，你叫我觖望！

福赖代芮克道：

——真的，我傻透了！

见习生继续道：

——啊！老行吟诗人[①]，我清楚什么叫你难受！还是那点儿爱作祟？招了吧！得啦！去一个，来四个！正经女人弄不到手，还有的是女人开心。你愿意我带你见识见识这些女人吗？你只要到阿朗布拉[②]来就成。（这是新近在爱丽舍高坡开的一所公共跳舞厅，但是这类营业，穷奢极侈，所以一到第二季，便破产了。）看样子，有乐可寻。去吧！你可以约你的朋友去，你要是高兴的话；就是约罗染巴，我也听你！

福赖代芮克没有邀公民。戴楼芮耶牺牲了赛耐喀。他们仅仅带去余扫乃、西伊和杜萨笛耶；一辆街车把这五位送到阿朗布拉门口。

两座摩尔式的游廊向左向右，平行分开。迎面一堵房墙占去靠底的全部，第四边（饭馆所在）仿佛一所镶着有色的花玻璃窗的哥特式的道院。一种中国式的房顶盖住乐师奏乐的台子；四周的地打着地沥青，好些威尼斯灯挂在柱头，远远在舞男舞女上空，形成一个多色的火冠。或远或近，有些座子，托着一个石盆，中间涌起一股细流。树叶中间，可以看见些石膏雕像，许多青春之神和小爱神，

---

① 行吟诗人是中古世纪法国南部诗人的称呼。他们沿着堡子走，一处一处唱着他们的歌曲。

② 阿朗布拉原来是西班牙格洛纳德著名的伊斯兰教王宫。这里借做娱乐场所。

拿油彩抹了一身；无数小径，铺着一层仔细压好的深黄色沙砾，把花园衬得比实际大了许多。

好些学生领着他们的情妇散步；好些时髦商店的伙计，指头中间夹着一根手杖，孔雀似的走来走去；好些中学生吸着上等大号雪茄；好些老童男用梳子抚弄他们着色的胡须；有英吉利人、俄罗斯人、南美洲人、三位戴着红帽的近东人。好些摩登女子、好些工女、好些妓女来到这地方，希冀找见一位保护人、一位情人、一块金币，或者单为跳舞的快乐而来；她们的袍子罩着一件上衣，有的水绿色，有的蓝色，有的樱桃色，或者堇色，来来去去，在乌木树和紫丁香花之间飘拂着。差不多男子全穿着方格衣料，夜晚虽说清凉，有些人穿着白裤。煤气灯点着。

余扫乃仗着他同时装杂志和小戏园的关系，认识许多妇女；他用指尖向她们飞些吻，不时离开他的朋友，去同她们谈谈。

戴楼芮耶看见这些做作，妒上心头。玩世不恭的样子，他走近一个穿南京黄布，金黄头发的高个儿女人。她透出一种不愉快的瘟神气，端详了他一下，道："不！用不着情话绵绵，我的好好先生！"

他重新靠近一个棕色头发的粗大女人，不用说，她疯了，因为听见头一句话，她就跳起脚，恐吓他，他要说下去的话，就叫巡警去。戴楼芮耶做出大笑的模样；随后，发现一个矮小的女人独自坐在一盏煤气灯底下，他向她提议跳一次舞。

乐师栖在台子上，一副猴子姿势，拼命地拉着吹着。乐队队长站直了，机械地打着拍子。人堆在一起，追寻开心，散了的帽结蹭着领带，靴子陷在裙裾下面；一切谐着音节跳掷；戴楼芮耶搂紧胸前的矮小女人，跳失了理性，好像一个高大的傀儡，在舞男舞女中间乱发疯。西伊和杜萨笛耶继续在散步；这位年轻的贵族偷偷向女孩子们飞眼，那位伙计白鼓舞，他不敢同她们说话，以为那些女人家里总有“一个男人拿着一管手枪，藏在衣橱里，走出来逼你在汇票上署名”。

他们回到福赖代芮克旁边。戴楼芮耶已经不跳了；大家商议怎样结束这一夜，便见余扫乃嚷道：

——看！阿玛艾古伊侯爵夫人！①

这是一个肤色苍白的女人，翘鼻子，口袋式的手套长到肘子，大黑耳环沿着脸庞垂下来，像两只狗耳朵。余扫乃向她道：

——我们应当在你那儿来一个小热闹，一个近东式的宴会，好吗？想法子给这些法兰西骑士弄几位你的女朋友，啊？得了，你有什么不方便？你等着你的伊达尔苟②？

这位安达卢西亚女人低下头；她知道她的朋友的不大方习惯，怕他要下消夜的酒菜，归她算账。最后，听她吐出钱字，西伊献出五块拿破仑③，他身上所有的现款；事情决定了。可是福赖代芮克又不见了。

---

① 阿玛艾古伊侯爵夫人是缪塞的《安达卢西亚美人》一诗的女主人公。诗由孟浦谱曲，风行一时。第一节是：

> “你可曾在巴塞闹看见一个胸脯发棕的安达卢西亚美人儿？
> 秋天美丽的黄昏一样灰白！
> 那是我的情妇，我的好人儿！
> 阿玛艾古伊侯爵夫人！”

原来做阿麦奥妮侯爵夫人，缪塞和雨果取闹，故意改做阿玛艾古伊。比较难听的声音。

② 伊达尔苟是西班牙字，意思是“公子”。伊达尔苟有两种，一种是“袭”，一种是“封”。只有伊达尔苟才配称为骑士。

③ 拿破仑是纪念拿破仑的一种金币，值二十法郎。

他相信听出阿尔鲁的声音，他瞥见一顶女人的帽子，赶快投向旁边的小树林。

法提腊斯女士单自和阿尔鲁在一起。

——对不住！我打搅你们吗？

商人答道：

——一点儿也不！

从他们谈话的末几个字，福赖代芮克明白他来阿朗布拉，为了寻法提腊斯女士谈一件要紧事；不用说，阿尔鲁还不完全放心，因为他向她不安的样子道：

——你拿稳了吗？

——稳极了！人家爱你！啊！看你这人！

她噘起嘴，往前一伸她的厚嘴唇，红到差不多像涂了血。可是她有可爱的眼睛，褐色，瞳仁当中闪着金星星，充满了精神、爱情和肉感。和灯一样，它们照亮她瘦脸的有点儿黄的肤色。阿尔鲁仿佛以她的竣拒为乐。他歪向她那边，向她道：

——你真好，亲亲我！

她抓住他的两只耳朵，吻着他的额头。

就在这时候，跳舞停止了，在乐队队长的地位，出来了一个美丽的年轻人，太肥了，和蜡一样白。他的头发又长又黑，基督式样分开，一件天青绒背心，绣着大金棕榈，神气骄傲像一只孔雀，愚蠢像一只火鸡：向观众致过敬，他唱着一首小歌。一个乡下人亲自叙说他在都会的旅行；歌者的口音是下·诺曼底[①]，装做一个醉鬼；唱到叠句：

---

① 诺曼底是法国西北沿海一带的通称。诺曼底在古时候是一个公国，一二〇四年并入法国。现在分成五省。塞纳河以北称做上·诺曼底，以南称做下·诺曼底。

啊！我笑你，我笑你，
在那大坏蛋的巴黎！

引起热狂的顿脚。戴勒玛，“富于表情的歌手”，太狡诈了，不会这样听其冷下去的。有人急忙递给他一把六弦琴，他哼唧着一首题做《阿尔巴尼姑娘的哥哥》的曲子。

词句让福赖代芮克想起汽船上明轮罩之间衣着褴褛的歌人所唱的词句。不由自已，他的眼睛盯着摊在面前的袍子的下摆。每两句以后，便是一个长久的停止，——树林里风的响动像极了波浪的声音。

法提腊斯女士，用一只手把挡住她看台子的水蜡的树枝拨开，端详歌手，定定地，鼻孔张开，眉聚在一起，好像遇到一种真正的欢悦，魂叫吸了去。

阿尔鲁道：

——得！我明白你为什么今晚来阿朗布拉了！你喜欢戴勒玛，我亲爱的。

她不肯招认。

——吓！还害羞呐！

他指着福赖代芮克道：

——因为他吗？你错了。没有比他再口紧的孩子了！

另外几位，寻觅他们的朋友，走进草厅。余扫乃介绍大家。阿尔鲁送雪茄给大家吸，还请大家喝骚尔拜①。

瞥见杜萨笛耶，法提腊斯女士脸红了。

---

① 骚尔拜是一种辛烈的果汁配合的半冰的甜酒。

她随即站起，向他伸手道：

——你没有忘掉我，奥古斯提先生？

福赖代芮克问道：

——你怎么认识她的？

他答道：

——我们从前住在一幢房子！

西伊拉了拉他的袖子，一同出去了；他们刚走，法提腊斯女士就开始恭维他的为人。她甚至于说他“天赋多情”。

随后，大家谈起戴勒玛，以为他做滑稽丑角，会在剧院有成就的；接着便是一阵讨论，莎士比亚、出版物检查、风格、民众、圣·马丁门的收入、亚力山大·仲马、维克多·雨果和都麦尔桑，①全成了资料。阿尔鲁认识好几位有名的女戏子；这些年轻人用心听他讲。可是他的词句让嘈杂的音乐掩住；四对舞或者波兰舞一停，大家便倒向桌子，喊叫伙计，大笑着；啤酒同嘀嘞水瓶子在树叶里爆响着，好些女人母鸡一样叫唤，有时候，两位先生想打架；抓住了一个小偷。

---

① 圣·马丁门是纪念路易十四的凯旋门，相离不远，便是圣·马丁门剧院。一七八一年，歌剧院焚于火，筑了这座剧院使用，随后便荒了不用。一八〇二年，改成现在的名称。在哈奈勒指导（一八三二年——一八四〇年）之下，它是浪漫主义戏剧的大本营。但是，在高泥阿兄弟指导（一八四〇年——一八四八年）之下，上演的多属神仙剧。

亚力山大·仲马（一八〇三年——一八七〇年）是法国的小说家兼戏剧家。他的历史小说如《三个火枪手》等，以想象丰颖，紧张见称。他的戏剧犹如他的小说，缺乏历史的正确，心理的观察。他制作大量通俗的戏剧，第一个建立法国的浪漫主义戏剧，用他的《亨利三世和他的宫廷》，一八二九年二月十一日上演。

都麦尔桑（一七八〇年——一八四九年）是当时一位著名的小歌剧作者。从一七九八年起，他写了二百三十八种剧本，但是，传到今日的，仅仅只有一出《走江湖的》。他同时是一位著名的货币学者。

和奔马一样，舞客侵入小径。喘着，微笑着，脸红红的，他们聚成一队旋风，掀起礼服的下摆和袍子；两管喇叭吼的更凶了；节奏加快了；在中世纪的道院后面，听见毕毕剥剥的响声，爆竹燃放了；好些太阳开始旋转；孟买烟火的光彩，碧玉颜色，有一分钟照亮了全花园；——看到最后的旗花，群众呼出一口大气。

旗花慢慢熔掉。空里飘着一片火药云。福赖代芮克和戴楼芮耶一步一步在群众中间走着，但是看到一个景象，停住了：马地龙在存伞的地方取伞；他陪着一个五十岁左右的丑女人，衣着华丽，社会地位不明。

戴楼芮耶道：

——这家伙不像我们想的那么简单。可是西伊哪儿去啦？

杜萨笛耶指给他们看咖啡馆，就见那位骑士后裔，当着一碗五味酒，和一顶玫瑰色帽子在一起。

余扫乃不见了五分钟，在同时出现了。

一个年轻姑娘倚着他的胳膊，高声叫他“我的小猫猫”。

他回道：

——别这样叫！别叫！别当着人叫！倒不如叫我子爵！那么一叫，你就有了我喜欢的骑士，路易十三和软皮靴的风度了！是的，我的好弟兄，一位旧日的闺秀！她不可爱吗？——他托起她的下颌。——向这些先生们致敬！他们全是法兰西参议员的少爷！我同他们来往，要他们任命我做大使！

法提腊斯女士呻吟道：

——你简直疯了！

她请杜萨笛耶把她送到她的门口。

阿尔鲁看着他们走开，然后，转向福赖代芮克道：

——你喜欢她吗，法提腊斯？再说，你在这上面从来不开诚布公！我相信你瞒着你的爱情不说，不对吗？

福赖代芮克，面色灰白，发誓他一无所隐。

阿尔鲁接着道：

——人家就没有看见你有情妇。

福赖代芮克恨不得随便说一个名字。可是诳话说不定会传到“她”的耳朵。他回答，他真是没有情妇。

商人责怪他。

——今儿晚晌，机会正好！为什么你不跟别人一样做，带一个女人走？

福赖代芮克，不耐烦这样纠缠，回道：

——好啦，你呢？

——啊！我！我的小伙计，这另是一回事了！我回到我女人那儿去！

他叫来一辆“喀布芮奥莱”，消失了。

两位朋友步行回去。一阵东风吹来。他们谁也不言语。戴楼芮耶懊悔没有当着一家杂志的经理显耀他的才具，福赖代芮克陷进他的忧郁。最后，他说，他觉得跳舞场没有意思。

——谁的错儿？你要不丢下我们，寻你的阿尔鲁就好了！

——得啦！随我做什么，全没有用！

可是见习生有些原则。要想得到什么东西，只要加强想望就够了。

——不过，你自个儿，方才……

戴楼芮耶打断典故道：

——我一点儿没有放在心上！叫女人来钳制我！

于是他指斥她们的做作，她们的愚呆；总之，他不喜欢她们。

福赖代芮克道：

——别装腔!

戴楼芮耶不言语。随后，忽然道：

——你愿意打一百法郎赌，我“干”头一个过来的女人?

——好！我接受!

第一个过来的女人是一个奇丑的女叫化子；他们以为没有指望了，然而就在芮渥立街的中央，他们瞥见一个高个儿姑娘，手里拿着一本小纸夹。

戴楼芮耶走到游廊底下同她打招呼。她骤然往杜伊勒里宫那边一转，不久走向校场；她往左往右了望。她奔向一辆街车；戴楼芮耶追上她。他走在她的身旁，一边和她说话，一边做出明显的手势。她终于接受他的胳膊，他们沿着码头走下去。随后，来到沙特莱[①]的高坡，至少有二十分钟，他们在走道上散着步，好像两个水手在守望。可是，他们忽然走过交易所桥，花市，拿破仑码头。福赖代芮克随在他们后面。戴楼芮耶让他明白，他打搅他们，最好学他的办法也来一个。

——你还有多少钱?

——两个一百苏!

——足够用了！再会!

看见一出滑稽戏竟然成了功，福赖代芮克深深感到惊异；他思维道：“他拿我开心。我再跟上去?”戴楼芮耶说不定以为他妒忌他这种爱情?“好像我没有爱情，其实一百倍希有、高贵、热烈！”一种忿怒推着他。他来到阿尔鲁夫人门口。

外边的窗户没有一个属于她的住宅的。然而，他拿眼睛盯着正

---

① 沙特莱是简陋的军事砦堡，八七七年防御诺曼人侵入，在巴黎塞纳河两岸分筑大小二堡。其后全部改做监狱。大堡在右岸，前为沙特莱广场。

面，——好像这样一看，他相信能够把墙裂开。现在，不用说，她安息了，平静犹如一朵睡了的花，美丽的青发披在枕头的花边之间，嘴唇半闭，头压着一条胳膊。

阿尔鲁的头向他来了。他走开逃避这个幻觉。

戴楼芮耶的劝告来到他的记忆；他只有厌恶。于是，他在街巷流浪着。

一个步行人走近了，他想法辨识他的面容。不时一道光射在他的腿当中，就石路平平画出一个四分之一的大圆圈；影子里面忽而出来一个人，背着筐子，拿着灯。有些地方，风在摇动一家烟囱的铁管；响起一些辽远的声音，和他的头鸣搅在一起，他相信听见空里跳舞的蒙漠的音乐。他走路的动作支持着这种酩酊；他发现自己站在协和桥头。

于是他想起去年冬天的同一夜晚，——走出她家，因为是第一次，他必须停住歇歇，在希望拥抱之下，他的心跳得快极了。如今一切死了！

有些乌云驶来遮住月亮的面孔。他一边端详月亮，一边思维宇宙的广大，人生的卑微，一切的虚无。天亮了；他的牙齿轹轹作响；一半儿朦胧，雾打湿了衣服，他满脸眼泪，问自己，为什么不了结这一切？只要动一下子便成！他额头的重量牵动他，他看见他的尸身浮在水面；福赖代芮克倾过身子去。栏杆有点儿宽，由于懒，他没有试着跨过去。

他害怕了。他重新走上马路，倒向一张凳子。巡警把他喊醒，以为他胡闹了一夜。

他开始走动，不过，觉得自己十分饥饿，饭馆又都上了门，他来到菜市一家酒店用饭。吃完了，一看时候还嫌太早，他在市政府四周踱着，一直踱到八点一刻。

戴楼芮耶早已辞掉他的街头女人；他在屋子中间桌子上写东西。将近四点钟，西伊先生走进来。

仗着杜萨笛耶，他昨天晚晌勾上了一位太太；甚至他用车把她送走，还有她的丈夫，一直送到她的门首，然后她给了他一个约会。他走出大门。可是不晓得她的名姓！

福赖代芮克道：

——你要我怎么办呢？

于是这位公子不三不四地乱扯起来；他说到法提腊斯女士、安达卢西亚女人，和所有别的女人。最后，比拟了半晌，他露出他拜访的目的：相信朋友的谨慎，他来求他帮他完成一桩事，此后他就断乎把自己看做一个大人了；福赖代芮克没有拒绝他。他把这个故事告诉戴楼芮耶，仅仅关于他本人的一节他没有提起。

见习生觉得“他现在的作法很好”。这种听他劝告的表示提高他的兴致。

也就是由于这种兴致，从第一天起，他勾搭上了克莱芒丝·达维屋小姐，给军衣绣金的女工，世上最温柔的人了，苇子一样瘦，大蓝眼睛，不断在惊异。见习生欺负她老实，甚至让她相信他得过勋章；逢到他们私下相会，他给他的外衣装潢上一条红带子，可是一到人群，他就取下来，说是免得他的上司难堪。而且，他不同她亲近，好像一位土耳其省长，尽她谄爱，同时玩笑的样子，把她叫做“民家女子”。她每次给他带来些小捧紫罗兰。福赖代芮克不想望这种爱情。

可是，他们一出门，臂交臂，走向班松或者巴芮要的书报室，他感到一种奇怪的忧郁。福赖代芮克却不知道，一年以来，每逢星期四，到实洼涩勒街晚餐以前，刷净指甲，他要让戴楼芮耶难受多少回！

有一晚晌，站在平台，他才望着他们走掉，远远看见余扫乃在阿尔考勒桥头。这位浪子开始打手势喊他，等他下了五层楼，他便说：

——有桩事：下星期六，二十四号，是阿尔鲁太太的生日。

——怎么一回事，她的名字不是玛丽吗？

——也叫昂皆勒，管它哪！大家在他们圣·克路的乡下房子要热闹一番；我奉了命来通知你一声。下午三点钟在杂志社门口，有一辆车等你！就这么说好了！打搅你！对不住。可是我得跑好些地方！①

福赖代芮克还没有转回脚后跟，他的门房就交给他一封信：

“党布罗斯先生，夫人敬请福赖代芮克·毛漏先生于下星期六二十四日光临晚餐。——祈复。”

“太晚了，”他想道。

不过，他还是拿信给戴楼芮耶看，后者叫起来了：

——啊！到了儿！可是你的样子不见得满意。为什么？

福赖代芮克迟疑了一下，说他同天另有一个邀宴。

——请你发发慈悲，打发实洼涩勒街滚蛋吧。别糊涂！你嫌麻烦，我来替你答复。

---

① 阿尔鲁太太，犹如通常天主教徒，每就基督教的先圣命名。基督教把三百六十五日分配给它已往的先圣，而生在某日的男女，便用某日的先圣命名。玛丽在《新约》里面有三位，其后还有许多成圣的玛丽。圣·昂皆勒是十五世纪圣·弗郎索洼教派的一位女尼领袖。她的忌日应当是十二月二十二日。

圣·克路在巴黎西郊塞纳河的左岸，是一个著名的游息的地方。沿着山坡是一片葱郁的公园。

见习生用第三人称写了一封收帖。

从者没有见过上流社会(除非是凭借他的贪婪的热狂)，他想象它是一种人工的创造，以数学律活动。一次城市的晚餐，一个有职业者的邂逅，一位佳人的微笑，连成一串儿动作，动作又一个一个推演下去，可以发生绝大的结果。巴黎的若干沙龙，就像那些机器，拿起原料，还它的百倍价值。他相信帮外交家出主意的妓女，由阴谋弄到手的富婚，流犯的天才，强力之下机运的柔顺。他以为和党布罗斯来往非常有用，而且说来头头是道，福赖代芮克简直不知道如何方好。

然而既是阿尔鲁夫人的生日，他至少也得送她一件礼物；他自然想到一把阳伞，补还他那次的失手。同时，他发现了一把鸽子咽喉色的缎伞，雕琢的象牙小柄，从中国来的。可是这要费一百七十五法郎，他一个苏没有，甚至在拿下一季的接济赊账过活。不过他想买它，一心一意要买，他只得向戴楼芮耶求救，心里虽说不情愿。

戴楼芮耶回答他没有钱。

福赖代芮克道：

——我等钱用，急于等钱用！

听见另一位用原话推托掉，他恼了起来：

——你有时候，也不见得不……

——怎么样？

——不怎么样！

见习生明白了。他从他的存款提出需要的数目，一块钱一块钱数给他，然后道：

——我不跟你要收据，反正我靠你过活！

福赖代芮克跳过去，搂住他的脖子，说着万千亲热的好话。戴楼芮耶只是冷冷的。随后，第二天，瞥见钢琴上的小伞：

——啊！原来为了这个！

福赖代芮克懦怯地道：

——我也许送回去。

机运帮了他的忙，因为就在黄昏，他接到一封黑边的短笺，党布罗斯夫人向他报告一位长亲去世，不得不把结识他的愉快延缓，请他原宥。

他两点钟就到了杂志社。阿尔鲁没有等他，拿车接他走，先一天就动了身，他迫不及待地需要新鲜空气。

每年，逢到叶子新长上来，一连好几天，他早晨离开家，远远穿过田野，在农村喝牛奶，和乡下女人寻开心，打听收获，用手绢包些生菜根带回来。最后，实现了一个旧梦，他给自己买了一所乡下房子。

正当福赖代芮克同伙计说话，法提腊斯女士来了，不见阿尔鲁，她失望了。说不定他还要在那边停留两天。伙计劝她“到那儿去”；她不能够去；写一封信吧，她害怕信丢掉。福赖代芮克说他本人给带去。她赶忙写了一封信，求他转信的时候，务必不要叫第三者看见。

四十分钟以后，他在圣·克路下了船。

房子离桥一百步远，坐落在山半腰。两排菩提树隐住花园的墙，一块大草地一直铺到河边。栅栏门开着，福赖代芮克走进去。

阿尔鲁躺在草上，和一堆新生的小猫玩耍。这个娱乐好像完全把他吸住。法提腊斯女士的信把他从昏沉之中提醒。

——糟糕，糟糕！麻烦死人！她说的对：我得去一趟。

随即，把小条子往口袋一塞，他高高兴兴领他来看他的田产。他什么都让他看，马厩、车棚、厨房。客厅在右面，靠巴黎那边，有一顶盖满了铁线莲，挂着帘子的瓦朗格[①]。不过，他们的头上，响起一阵滚调；阿尔鲁夫人，以为只有自己一个人，在唱歌取乐。她练习高低的音阶，急调，一个调子里面的种种声音。有些悠长的音符，好像把自己悬在空里；有些音符落下来，急急的，好像一个瀑布的小水点子；她的声音穿过百叶窗，打破广大的沉静，升向蔚蓝的天空。

她忽然停住，吴坠先生和夫人，两位邻居，进来了。

随后，她自己在台阶上出现了；她走下台级的时候，他瞥见她的脚。她穿着敞口小鞋，金光闪闪的红棕皮，三条横带子，在她的袜子上排成一个金炉壁子。

宾客全到了。除去律师勒浮余先生，全是星期四的客人。人人带来些礼物：狄提梅尔是一条叙利亚肩巾，罗桑瓦尔德是一本传奇的画册，毕里欧是一张水彩画，宋巴斯是他自己的讽刺画，白勒南是一张炭画，画的是一种鬼舞[②]，幻想丑陋，制作庸常。余扫乃不带任何礼物。

福赖代芮克等别人送完了，再献上他的礼物。

她多谢他。然后，他道：

——不过……这差不多是一个债！我真抱歉。

她接着道：

——抱什么歉？我不明白！

阿尔鲁抓住他的胳膊，道：

---

① 瓦朗格本来是船舱的一种房间，中间撑住，两翼向外展开。这是一个斯堪狄那维亚字。这里应当类似外朗达，一种阳台式的房间，类似走廊，有玻璃窗。

② 鬼舞是中世纪传下来的一种寓言艺术，或绘或刻，不分男女老少，贫富贵贱，环环作舞。死神拿着一具骷髅当琴，一根骨头当弦，指挥这不可逃免的死之进行。

——入席！

然后，对着耳朵道：

——你一点儿也不机灵，你！

没有再比饭厅中意的了，饭厅涂了一种水绿色。一端摆着一座石雕的仙女，脚拇趾浸在一个壳形的水盘。穿过打开的窗户，可以看见全部花园和长草地，草地一边是一棵皮脱了四分之三的苏格兰老松；好些花堆参差不平地凸在草地；河那边，布洛涅、勒伊、赛物尔、墨东的树林①往开里展成一个大半圆形。对面栅栏前，一只帆艇随着风荡漾。

大家起初谈着眼边的景色，随即谈着一般的风景；就在谈论开始的时候，阿尔鲁吩咐他的听差在九点半钟光景，把“亚美利加”套好。他的司账有信来叫他。

阿尔鲁夫人道：

——你愿意我跟你一块儿回去吗？

他向她深深致了一个敬礼：

——那当然了！你知道，太太，没有你我活不了！

大家向她道喜，说她有这样好的一位丈夫。

她指着她的小女儿，柔柔地回道：

——啊！这因为我不是一个人！

随后，谈话转到绘画，大家说起一位吕斯达艾勒②，阿尔鲁希

---

① 石雕的仙女是希腊神话之中的女仙，山林溪泉是她们栖息的地方。

布洛涅和勒伊在塞纳河的右岸，紧贴巴黎。勒伊更在布洛涅之北。赛物尔在圣·克路正南，不远便是闻名世界的瓷器厂。赛物尔和墨东全在塞纳河的左岸，而墨东更在赛物尔之南。每逢风和日暖，这些近郊的树林，便成了仕女如云的所在。

② 吕斯达艾勒（一六二八年——一六八二年）是荷兰的大风景画家，活着的时候不为人知，死在贫老院，直到十九世纪才为人发现。

望借他赚一笔大款，白勒南就问他，伦敦的名人萨余勒·马提亚斯上月来向他做两万三千法郎的买卖，是不是真的。

——没有再比这真的了！

然后转向福赖代芮克：

——那一天同我在阿朗布拉散步的，就是这位先生，我告诉你，我并不愿意陪他，这些英吉利人才叫没有意思！

福赖代芮克疑惑法提腊斯女士信里有什么女人故事，羡慕阿尔鲁轻易就寻到一个好借口脱身；可是他新撒的诳话，绝对不需要使他睁大着眼睛。

商人带着一种老实的神情，接着道：

——你怎么称呼他，那个高个儿年轻人，你的朋友？

福赖代芮克赶忙道：

——戴楼芮耶。

为了补救他感到的那些对不住他的地方，他夸他具有一种优越的理智。

——啊！真的？可是他不像另一位，货车伙计，那样忠厚。

福赖代芮克诅咒杜萨笛耶。她要以为他和下流人在一起鬼混。

随后，问题转到都会的装潢、新市区，吴坠老头子举了好些大投机家，其中一位是党布罗斯先生。

福赖代芮克抓住这提高身价的机会，说他认识他。不过，白勒南忽然攻击杂货商起来；卖蜡烛的，或者卖银子的，他看不出差别。随即，罗桑瓦尔德和毕里欧谈论瓷器；阿尔鲁和吴坠夫人谈论园艺；宋巴斯，老派的诙谐家，自己寻开心，瞎恭维她的丈夫；他把他叫做奥坠，好像一个戏子，说他应当是画狗的画家吴坠的后裔，因为走兽的凸脊背可以从他的额头看出。他甚至想摸摸他的颅骨，另一位，怕他的假发掉下来，只是不许；大家一边大笑，一边用完了水果。

大家在菩提树底下用咖啡，吸烟，在花园转了几遭，然后沿河去散步。

一群人当着一个渔夫停住了。他在一只鱼槽洗鳗鱼。玛尔特小姐想看看。他把他的盆子倒在草上；小女孩子跪在地上要捉它们，快活地笑着，害怕地叫着。鳗鱼全跑了。阿尔鲁拿钱贴给他。

随后，他想到坐船玩玩。

天的一边开始黯淡下来，同时另一边，一大块橘色在天心展开，峰峦完全是黑的，顶梢越加发紫了。阿尔鲁夫人坐在一块大石上，后面衬着这片火光。别人这里那里踱着；余扫乃站在堤底打水漂。

阿尔鲁回来了，后面随着一条旧小艇，不顾最合理的谏正，他把他的客人堆上去。它沉了；大家还得上岸。

客厅已经燃起蜡烛。客厅四面挂着名为波斯的印布，墙上装着水晶烛台。吴坠太太在一个睡椅上安稳地睡着了，别人静静听勒浮佘先生讲解律师的光荣。阿尔鲁夫人一个人靠近十字窗户，福赖代芮克拢向她。

他们说着别人讲的事。她羡慕演说家；他嘛，他偏爱作家的光荣。她接着就说，可是一个人自己直接感动群众，看见他把自己灵魂的情绪透过他们的灵魂，应该感到一种更强的快意。这些胜利一点引不动福赖代芮克，他丝毫没有野心。

她道：

——啊！为什么？一个人应当有一点点野心！

他们挨在一起，站直了，隐在十字窗户的洞口。他们眼前的夜，好像一张嵌了银的绝大暗网，展开了。这是第一次他们不谈些无足轻重的事。他甚而渐渐知道了她的爱恶：某些香味让她难过，历史书引起她的兴趣，她相信梦。

他开始谈论感情的遇合。她怜恤热情的祸害，然而厌憎那些虚伪的无耻行径；这种心思的方正和她面容正常的美丽那样谐和，好像她就是它的化身。

她有时候微笑一下，眼睛在他的身上留连一分钟。于是他觉得她的视线穿过他的灵魂，好像那些强烈的阳光，一直射到水底。他爱她，没有二意，不希望报答，绝对地；在这些缄默的兴奋之中，犹如出于感激的热诚，他真愿一阵雨一样吻着她的前额。可是，一种内在的嘘息把他牢牢地攫住了；这是一种牺牲自己的意欲，一种立即誓忠的需要，因为得不到满足，愈发强烈了。

他没有和别人一同走。余扫乃也没有。他们要坐车回去；“亚美利加”在台阶底下等着，阿尔鲁却到花园采玫瑰去了。花捧用一根丝线捆着，因为枝子长短不齐，他掏摸他满是纸张的衣袋，随便取了一张，把它们包住，用一个硬别针把他的花捧扣牢，然后多少带着点儿情意，献给他的太太。

——瞧，我亲爱的，原谅我把你忘了！

可是她轻轻喊了一声；别针乱七八糟扣着，扎了她；她回到她的寝室。大家差不多等了她一刻钟。她终于出来了，抱起玛尔特，投进车里。

阿尔鲁道：

——你的花呢？

——不！不！犯不上去拿！

福赖代芮克跑了去拿；她向他喊道：

——我不要了！

可是他不久取来了，说他把它装在一个纸封，因为他看见花扔在地上。她把花插在靠座后面的皮篷。车开了。

福赖代芮克坐在她旁边，看见她直在哆嗦。随后，过了桥，阿尔鲁向左吆车，她就道：

——不对！你弄错了！那边，右手！

她好像受了什么刺激；大小事全折磨她。最后，玛尔特合住眼睛，她抽出花捧，从车门扔出去，随即抓住福赖代芮克的胳膊，用另一只手做记号，叫他绝口不要说起。

随后，她拿手绢捧住嘴唇，坐稳不动了。

靠座的另外两位谈着印刷、订户。阿尔鲁吆车不留神，在布洛涅树林迷了路。于是，车陷进小道。马一步一步走着；树枝蹭着车篷。在影子里，福赖代芮克仅仅瞥见阿尔鲁夫人的两颗眼睛；玛尔特躺在她的身上，他托着她的头。

她的母亲道：

——她累坏了你！

他回道：

——不！噢不！

尘土慢慢卷起来；车穿过欧特伊；房子全关了门；或远或近，一盏街灯照亮一堵墙的犄角，车随即回到黑暗里；有一次，他瞥见她在哭。

这是一种疚心？一种欲望？到底是什么？这种他不知道的悲伤，好像一件切身的事，引起他的关切；如今，他们之间，有了一副新链子，一种同谋的情态；他用他最温柔的声音向她道：

——你难受吗？

她答道：

——是的，有点儿。

车滚着，溢出花园垣墙的忍冬和山梅花，往夜里送出一阵一阵的清香。她袍子的许多褶叠盖住她的脚。他觉得躺在他们中间小孩的身子传来她的全部存在。他俯向小姑娘，分开她美好的棕色头发，轻轻吻着她的前额。

阿尔鲁夫人道：

——你真好！

——为什么？

——因为你爱小孩子。

——不见其全爱！

他没有说下去，但是把左手伸向她那边，完全摊开，——想象她也许要和他一样做，他会碰到她的手的。他随即害了羞，把手缩回去。

车不久到了石路。车走得更快了，煤气灯越来越多，是巴黎了。当着公用库①，余扫乃跳下车。福赖代芮克等车到了院子才下来；他随即埋伏在实洼涩勒街的犄角，瞥见阿尔鲁慢慢走上马路。

从第二天起，他拿他全副的力量用功。

他看见自己站在一座法院，冬季一天黄昏，将要辩护完结，法官的面色苍白了，喘吁的群众挤着法院的隔板响，他自己已然说了四个钟头，撮述他所有的证据，一边还发现新证据，每一句，每一字，每一手势，全让他感到断头台的刀，悬在他的身后，吊了上去；随后，看见自己成了演说家，站在议院的讲坛，嘴唇挂着全民族的幸福，把他的敌手沉在他意拟的词句之下，一句话把他们驳倒，声音忽而霹雳如雷，忽而抑扬如音乐，反嘲、动情、激昂、壮丽；她就在那里，在什么地方，在别人中间，面网之下藏着她赞美的眼泪；他们随即重新聚在一起；——失望、诽谤和咒骂全击不中

① 公用库在巴黎第七区，校场右旁，面对塞纳河与欧特伊。从前是王室的库房，拿破仑把这里改做海军部。

他，只要她说："啊！这真美呀！"用她的小手抚摸他的前额。

这些意象好像灯台，闪烁在他生命的天边。他的精神受了激奋，越发变的轻快、强壮。他把自己一直关到八月，最后的考试通过了。

戴楼芮耶原以为十二月第二次的考试，二月第三次的考试，还得要他再三苦苦教导，如今倒惊奇于他的热衷了。于是，往日的希望回来了。十年以内，福赖代芮克一定会当议员；十五年以内，当上部长；为什么不？拿着他不久就可以到手的遗产，他先能够办一份报；这是一个开端；随后，看着走好了。至于他自己，他总希望弄到法科一个讲座；他的博士论文做来十分引人注目，替他争到教授们的庆祝。

三天之后，福赖代芮克的论文也通过了。在放假分手以前，他想举行一次野餐，结束星期六的聚会。

他当时很是快活。阿尔鲁夫人如今在沙尔特，她的母亲那里。不过他不久会遇到她，最后会成为她的情人的。

就在同日，戴楼芮耶加入奥尔塞的演说练习会①，发表了一篇演说，彩声半晌不断。他虽说有节制，可也半醉了，用水果的时候向杜笛萨耶道：

——你人忠厚，你！等我阔了，我用你做我的总管。

全都快乐；西伊没有了结他法科的功课；马地龙去继续他在外省的实习，看着就要任命做检事了；白勒南打算弄一张大画，象征《革命的天才》；余扫乃下星期得给戴拉斯芒②的经理读一出戏的

---

① 奥尔塞的演说练习会是年轻的律师练习辩论之所。奥尔塞是第七区沿塞纳河的码头。

② 戴拉斯芒剧院在神庙马路，一八四一年建，专演神怪剧。另有一同名剧院，在同一马路建于一七八五年，不久失火重建，专演歌舞喜剧，一八〇七年以后即废弃不用。

梗概，相信要成功的：

——因为戏剧的结构，谁也要让我一招儿！激情呀，我在里头滚来滚去，这是我的拿手好戏；至于警句，那是我的本行！

他往上一跳，落下地，两手一拄，腿在空里，围着桌子走了些时。

这种野孩子的玩法解不开赛耐喀的皱纹。他新近让他的私塾赶出来，因为他打了一个贵族的儿子。他的贫苦加重了，他要社会的阶层负责，诅咒有钱的阔人；他把自己的苦情说给罗染巴听，后者越来越幻灭、悲痛、厌倦。公民如今转向预算问题，攻讦卡马里拉在阿尔及利亚糜费了好几百万。①

不到亚力山大咖啡馆驻驻脚，他不能够睡觉，所以一到十一点钟他就不见了。别人分手还要晚；福赖代芮克向余扫乃告别，知道阿尔鲁夫人应当在前一天回来。

于是他到旅行社把定好的位子改到第二天，然后将近下午六点钟的时候，过去拜访她。门房告诉他，她的归期往后推了一个礼拜。福赖代芮克独自用过晚餐，在马路上漫步踱着。

好些肩巾一样的玫瑰色的云，在屋顶以外延散开；商店的天幔开始往回卷；水车给尘土洒了一阵雨，一种意想不到的清新和咖啡店的气味揉在一起，店门敞开，介乎金银器皿，露出一些映在高镜

---

① 卡马里拉是一个西班牙字，御书房的意思。到了法国，加上一点恶意，专指一个王公的亲信人员而有影响者，类似中国的幕府。

阿尔及利亚的战争是艰苦的，花钱多，费时长，而且毫无把握。兵士厌倦和漂泊无定的游牧民族作战。每年耗费四千万法郎。每年谈到预算，特别是国债的时候，就有议员指斥糜费，不如放弃殖民地的征略。其中反对最烈的是一位叫做戴铙拜的议员，一八三七年，把他的意见聚集在《阿尔及利亚问题》。四千万法郎不如用在修筑国内的铁路。一八三四年四月，议院讨论战费，迟迟不决，临到讨论殖民费四十万法郎，议院减到十五万法郎。政府设了一个北非占领区长官，试验政治经济的效能。

子里的花束。街上人慢慢踱着。走道中央有些男子成群在谈话；有些妇女过去，眼里透出一种慵软，带着酷热添给妇女皮肤的那种山茶颜色。有什么茫漠的东西流散出来，包住房舍。他觉得巴黎从来没有这样美过。他在未来之中仅仅瞥见一串无终无了的充满爱情的岁月。

当着圣·马丁门剧院，他停下来看广告；因为无事可做，买了一张票。

演的是一出旧神怪剧。看客很少；阳光穿过最高级厢的天窗，把自己交割成蓝色小方块，只有台前的脚灯形成一道黄黄的光线。台上的戏是北京一座奴隶市场，有铃、有锣、有土耳其王后、有尖顶帽和双关语。随后，幕落了，他孤零零地在休息室徘徊，羡慕台阶底下马路上一辆绿油油的大“朗斗”，驾着两匹白马，守着一个穿短裤的车夫。①

回到他的座位，便见回廊迎台的第一座包厢，进来一位贵妇同一位绅士。丈夫是一张苍白脸，绕着薄薄一圈灰胡须，挂着官员的玫瑰章，还带着外交家应有的那副冷冰冰的面孔。

他的太太，至少要比他年轻二十岁，不高也不低，不丑也不美，金黄色头发梳着一种英吉利式的螺旋样子，穿着一件上身平整的袍子，拿着一把黑花边的大扇。像这样身份的人会在这种季节来看戏，一定是由于机会，或者由于感到黄昏对语的无聊。贵妇轻轻咬着她的扇子，绅士打着呵欠。福赖代芮克记不起他在什么地方见过这个面孔。

---

① 北京会有土耳其王后，北京会有奴隶市场，实在是想入非非。但是，中国读者应当明白，当时一般法国人根本就弄不清楚北京在什么地方。

朗斗是一种四轮马车，前后车篷可以活动。

临到下一幕的休息时间，他穿出一条过道的时候，恰好碰见他们两个人；看见他漠然致敬，党布罗斯先生认出他，走过去，立即说起他的疏忽不可饶恕，请他原谅。这暗暗指着福赖代芮克听从见习生的劝告，送去的许多拜帖。不过他弄错了时期，以为福赖代芮克还是法科第二年级的学生。随后他羡慕他到乡间去。他也需要休息，可是有事把他留在巴黎。

党布罗斯夫人倚着他的胳膊，轻轻点了点头；她面孔的灵动和悦，和她方才愁苦的表情正好比照。

听到她的丈夫末一句话，她道：

——不过这儿也找得见开心的玩艺儿！这出戏真不带劲！不是吗，先生？

于是三个人全站着，谈些剧院和新戏。

福赖代芮克习于乡下资产妇女的矫揉造作，没有见过一个女人这样举止自如；这种单纯实际就是一种精到，心地天真的人会看做一种转瞬即逝的同情的表示。

他一回来，他们盼望见到他；党布罗斯先生托他致候罗克老爹。

回到屋子，福赖代芮克自然而然把这声邀请告诉了戴楼芮耶。

见习生接着道：

——妙呀！别叫你妈把你纠缠住了！马上就回来！

到了家的第二天，用过午饭，毛漏太太把她的儿子领到花园。

看见他有了资格，她说她快活，因为他们并不像人家所信的那样富有；地里收成不多；佃户缴款的情形坏；她甚至于逼到卖掉她的马车。最后她向他说明他们的情境。

在她寡居的初年艰窘之中，一个刁滑人，罗克先生，借给她些钱用，不由自主，就续下去，延长了。他忽然讨债来了；她接受了他的条件，以一种可笑的价钱，把浦奈勒的田地折给了他。十年以后，她存在墨暖一家银行的本钱，因为银行破产，活活不见了。厌憎抵押，为了维持外表，有利于她儿子的未来起见，罗克老爹第二次露面的时候，她又听他的话，借了一次钱。不过如今她还清了。总之，他们一年大约还有一万法郎的进款，其中两千三百法郎是他的，他所有的遗产！

福赖代芮克喊道：

——这不可能！

她的头动了动，表示这太可能了。

不过叔叔也许给他留下点儿东西吧？

没有比这再不可靠的了！

他们绕了一圈花园，不言语。最后她把他挽到她的胸口，声音有眼泪堵住，道：

——啊！我可怜的孩子！我得扔掉许多梦！

他坐在凳子上，在刺槐树的阴影底下。

她劝他去做的是，到律师浦哈路朗先生那边当名书记，他也许把他的事务所卖给他的；要是他好好干的话，他可以把它再卖掉，另谋一桩好事做。

福赖代芮克不再听了。他机械地看过篱笆，望着对面另一家花园。

一个十二岁左右的小女孩子，红头发，一个人站在那边。她用棠梨的小果子给自己串了些耳环；她的灰布紧身衣露出她的肩膀，让太阳晒得像镀了金；好些糖果点子污了她的小白裙子；她的全身仿佛具有一种幼小的野兽的风致，有力而又纤弱，一个生人的出现吓住了她，因为她陡然停住，手里拿着洒壶，眼珠发出晶亮的蓝绿色，朝他射来。

毛漏太太道：

——这是罗克先生的女儿。他新近娶了他的女用人，正式承认了他的孩子。

六

破了产，遭了劫，毁了前程！

他待在凳上，仿佛受了震动，头脑错乱了。他诅咒命运，他想同谁打一架；仿佛要加强他的绝望，他觉得身上压着一种欺凌、耻辱；——因为福赖代芮克自以为他父亲的财产会有一天高到一万五千法郎的年息，他曾以一种间接的方式透给阿尔鲁知道。从今人家要把他看成一个吹牛的、一个坏蛋、一个无名无姓的流氓，硬把自己介绍给他们，希望有什么所得！而且她，阿尔鲁夫人，如今怎么样和她再见面呢?

再说，这完全不可能，只有三千法郎的年息！他决不能够永远住在四层楼，用人只有司阍的，拜客戴着梢头发蓝的破黑手套，一顶油污的毡帽，穿了一年的旧礼服。不，不！决不！然而，没有她，生存就没有法子忍受。许多人没有财产也活着，例如戴楼芮耶；——他觉得自己那样重视一些琐碎东西，未免怯懦。忧患也许百倍加高他的才能。想到那些在鸽子窝工作的大人物，他兴奋了。像阿尔鲁夫人那样的灵魂，看见这种景象，一定会受感动，心软下来的。所以临了一看，这场灾殃倒是一种幸福；好像曝露宝藏的地震，这给自己露出他本性的隐秘的富饶。不过，世上只有一个地方完成它的价值：巴黎！因为，就他看来，艺术、科学和爱情（白勒南也许要说：上帝的三种面相）完全依赖京城。

晚晌他告诉母亲，他要回巴黎去。毛漏太太想不到，生了气。

这是一种疯狂，一种可笑的行径。顶好还是听她的话，就是说，在她身边的事务所做事。福赖代芮克耸耸肩：“笑话！”觉得这个提议侮辱他。

于是这位好心好意的太太另用一种方法。柔柔的声音，零碎的呜咽，她开始向他说起她的寂寞、她的老年、她的牺牲。如今她更不幸了，他扔下她不管了。随后，暗示她就要死：

——忍一忍吧，我的上帝！待不久你就自由了！

这些伤心话一天重复二十遍，足足重复了三个月；同时，家庭种种的讲究腐化了他；他喜欢有一张比较柔软的床，没有裂痕的饭巾；临后，疲倦了，麻痹了，终于被温柔的、可怕的力量战胜了，福赖代芮克由人带到律师浦哈路朗那边。

他在这里显不出他有才学。直到如今，大家把他看做一个才华英俊的年轻人，一定是全县的光彩。现在大家觉得上当了。

起初他向自己讲：“应当通知阿尔鲁夫人一声，”足足一星期，他思索一些热烈的信，短简，出以壮丽的碑体。他没有写，害怕说破他的境遇。随后他想，倒不如给她的丈夫写。阿尔鲁接识生活，或许能够了解他。最后，经过十五天的迟疑：

“算了吧！我不应当再见他们了；让他们忘掉我吧！至少，在她回忆之中，我还没有没落！她也许相信我死了，哀悼我……说不定。”

过度的决心破费不了他什么，所以他发誓再也不回巴黎去，甚至决不探听阿尔鲁夫人的消息。

然而，他甚至惋惜到煤气灯的味道、公共马车的喧哗。他缅想她曾经对他说过的一切词句、她声音的轻重、她眼睛的亮光，——把自己看做一个死人，他什么事也不做，一点也不做了。

他起床非常晚，从窗户望着来往的货车人马。前六个月特别可憎。

不过有些日子他也自相恼怒。于是，他走了出去。他走到牧场，冬天有一半被泛滥的塞纳河淹没了。成行的白杨把牧场分开。或远或近，凸起一座小桥。他一直漫步到黄昏，脚底下滚着黄叶子，吸着雾，跳着沟渠；他的动脉越跳越厉害，跳到他禁不住直想狂暴的动作；他想在美洲做猎户，侍候一位近东的省长，上船当一名水手；他给戴楼芮耶写些长信，吐出他的忧郁。

后者拼了命往上挣扎。朋友的懦怯的行径和他永远的申诉，他觉得无聊。不久，他们的通信差不多停止了。福赖代芮克把他的木器全给了续住他房子的戴楼芮耶。母亲有时候提起这些木器；终于有一天，他说他送给他了，她正在责备他，他接到了一封信。

她道：

——怎么了？你哆嗦起来了？

福赖代芮克回道：

——我没有什么！

戴楼芮耶告诉他，他邀了赛耐喀；半月以来，他们在一起住着。那么，如今，赛耐喀躺在那些来自阿尔鲁的东西中间！他会卖掉它们，加以评骘，取笑。福赖代芮克觉得自己受了伤，一直伤到灵魂的深处。他走进他的屋子。他直想寻死。

母亲呼唤他，和他商议花园一桩栽种的事。

这座花园，英吉利公园的式样[①]，中间用一排棍子隔开，一半属罗克老爹，他另外在河边还有一座菜园。这两家邻居，绝了交，

---

① 欧洲的公园通常分做两种，一种是法国式的，人工的，修整而平匀；一种是英国式的，自然的，不求雕琢的美丽。浪漫主义的先驱卢梭，第一个歌颂英国式的园囿。

设法不在同一钟点在花园露面。不过，自从福赖代芮克回来，老头子在这里散步的次数越发多了，对毛漏太太的儿子并不吝惜礼貌。他觉得他不该住在一个小镇市。有一天，他讲党布罗斯先生打听他的消息。又有一次，他扯到香槟的风俗，说母亲是贵族，儿子就可以算贵族。

——在那时候，你原可以做一位贵族，因为你母亲叫德·福网。不管人怎么说，你瞧！有名有姓总比无名无姓强！①

一副狡黠的神情看着他，他接着道：

——其实临了，全看司法部长一句话。

这种觊觎贵族的念头，和他的身体奇怪地不衬。因为人小，他的栗色大外衣扯长了他的上身。摘掉便帽，可以瞥见一个差不多女性的面孔，和一个极其尖突的鼻子；他黄色的头发活像一根假辫子；他靠近墙，低低向人行礼。

直到五十岁，他满意加德林的服侍，一个和他一样年纪的洛林②女人，长了满满一脸的小麻子。可是，临到一八三四年，他从巴黎带回来一个金黄色头发的羊脸“皇后姿态”的漂亮女人。不久，人就见她戴着大耳环，摇来摆去的，后来生了一个女孩子，起了一串儿名字，艾利萨白提·奥兰普·路易丝·罗克，才把事揭穿了。

加德林怀了妒忌的心思，自以为要憎恨这女孩子。正相反，她爱她。她待她又小心，又注意，又柔和，存心夺掉她的母亲，叫人觉得她可恶。事情容易得很，因为艾莱脑尔女士完全不管小孩子，

---

① 法国人表示自己是贵族，有产业，有门第，往往把他的采邑或者田地当做姓，放在名字后面，中间用“德”（de）这个字（“属于”的意思）来联系。

② 洛林在法国东北，与德国比邻，一八七一年，一部分割让给德国，第一次世界大战之后，仍然归还法国。

一味喜欢在商店谈天。结婚的第二天，她去拜访了一下县衙门，不再和女用人们亲近，学上流人，以为应当对她的小孩子严厉。她陪着她上课；先生，县里一个老职员不知道怎么应付。女学生不听话，挨了巴掌，就靠着加德林的膝头哭；加德林认定她有道理。于是，两个女人吵闹起来；罗克先生镇压住她们。他结婚为了爱护女儿，不愿意有人折磨她。

她时常穿着一件撕破了的白袍子，一条加花边的裤子；逢到大节气，她出门穿得犹如一个公主，为了羞辱一下那些资产人家，因为他们以为她是私生，不许他们的孩子和她来往。

她一个人在花园过活，打打秋千，追追蝴蝶，随即忽然停住，端详花潜虫在玫瑰丛上搧扑。不用说，正是这些习惯，给了她脸上一种胆大、玄想的表情。而且，她的身材和玛尔特一样，像极了，不由福赖代芮克第二面就向她道：

——你肯让我亲亲你吗，小姐?

小女孩子抬起头，答道：

——我自然肯!

可是棍子篱笆隔开他们。福赖代芮克道：

——得上来才成。

——不用，举起我来好了!

他把身子横过篱笆，提起她的胳膊梢，吻着她的两颊；随后，用同样的方法，他把她放回她那边。以后这样来了好些回。

和一个四岁孩子一样不矜持，只要一听见朋友来，她就跑去迎他，或者藏在一棵树后，学犬吠吓唬他。

有一天毛漏太太出去了，他把她带到他的屋子。她打开所有香水瓶，拼命往她的头发上洒；随后，一点不在意，她全身平平躺在床上，睁着眼睛。

她道：

——我想我是你的太太。

第二天，他瞥见她满脸的眼泪。她说“她为她的罪孽在哭哪”，他追问是什么罪孽，她低下眼睛答道：

——别再多问我了！

原来是第一次的圣体瞻礼近了；人家早晨领她忏悔去了。

圣体瞻礼一点没有让她格外驯良。她有时候真会生气个没完；家人得请福赖代芮克先生平她的气。

他时常带了她一道散步。他一边走一边梦想着，她沿着麦田采野罂粟，看见他比平时更加忧郁了，她就用好听的话竭力来安慰他。他的心，没有爱情，便投向这小孩子的友谊；他给她画些好玩的老头子，说说故事，讲讲书。

他说讲的书是《浪漫年鉴》，一本诗文集子，当时很有名。随后，忘记她的年龄，惑于她的理解力，他接连不断地给她读《阿达拉》、《散马》、《秋叶集》。可是，有一夜（当天黄昏，她听他读《麦克佩斯》，勒·杜尔勒尔朴实的翻译）①，她叫唤醒来：“血！

---

① 《浪漫年鉴》盛行一时，从一八二三年出到一八三六年，共得十二册。内容有当代名家的诗文。

《阿达拉》是夏多布里昂的著名小说，一八〇一年四月三日问世，轰动一时。故事是美洲两个野蛮的年轻男女的恋爱，因为宗教不同，终于一死一生。文字富丽，情景宛然，为浪漫主义的开山杰作。

《散马》是维尼的历史小说，一八二六年问世，叙述路易十三时代。散马是路易十三的宠臣，因为反对首相黎希留，勾结西班牙，死在断头台上。

《秋叶集》是雨果的抒情诗集，一八三一年问世。

《麦克佩斯》是莎士比亚的四大悲剧之一。勒·杜尔勒尔（一七三六年——一七八八年）第一个把莎士比亚全集译出问世，共二十册，从一七七六年出到一七八二年。他的翻译得到盛大的胜利。他的序文贬损法国戏剧，引起伏尔泰和他一场笔战。《麦克佩斯》一七八四年另有都西斯的翻译。

血！”她的牙齿响着，她哆嗦着，眼睛受了惊，盯着她的右手，同时她摸着它道：“老是一滴血！”最后医生来了，吩咐她回避情感的激动。

资产人家把这看做一个伤风败俗的预兆。人家说“毛漏家的孩子”打算以后把她弄成一个女戏子。

不久又出了一桩事，就是叔父巴尔代勒米来了。毛漏太太把她的卧室让给他，甚至宽厚到斋日也给他肉吃。

老头子并不怎么可爱。他永久在比较勒·阿弗尔和劳让，后者不是气闷了，就是面包坏了，街铺得不好了，吃的东西差了，居民懒惰了。“你们这儿买卖多不成！”他责备亡兄浪费，他呐，他聚了两万七千法郎的年息！最后，住到一星期末尾，他走了，临上车凳的时候，透出话来并不叫人放心：

——知道你们情形好，我总宽心了。

回到客厅，毛漏太太道：

——你什么也不会有的！

他来只是由于她的恳请；一星期来，她设法请求他说出他的真意，也许太明显了。她坐在沙发椅，低下头，闭紧嘴唇。后悔自己多此一举。福赖代芮克在对面望着她；两个人全不言语，犹如五年前，从孟特漏回来。情境的符合，自动来到他的思想，让他记起阿尔鲁夫人。

就在这时候，窗户底下有鞭子在响，同时有人喊他。

这是罗克老爹，独自坐着一辆敞车。他要到佛尔泰勒的党布罗斯先生家里过一天，特意来邀福赖代芮克领他一同去。

——跟我去，你用不着邀请；别怕！

福赖代芮克真想接受他的提议。不过怎么解释他在劳让的久居？他缺一套适宜的夏衣；最后母亲难保不说什么。他拒绝了。

从这时候起，他的邻居不大和善了。路易丝长大了；艾莱脑尔女士的病严重了；毛漏太太唯恐和那样人来往妨害儿子的事业，看见关系断绝了，十分高兴。

她思索给他买下法院的文案；福赖代芮克并不过分摈拒这个意思。如今，他陪她做弥撒，晚晌他加入她斗牌的场合，他习惯于外省的生活，沉了进去；——甚至于他的爱情也仿佛具有一种悲恸的缓和，一种安息的情趣。由于他把痛苦泻入他的翰札，把它掺进他的诵读，一同在乡间散步，在各处散开，他差不多汲干了它，汲到后来，阿尔鲁夫人对于他简直像一个死人，奇怪的是不知道她的坟在什么地方，这种情感变得多么平静而安适。

有一天，一八四五年十二月十二日，早晨将近九点钟，厨娘拿一封信走到他的屋子。封皮的住址，大写字体，是一个不识者的手笔；福赖代芮克没有睡醒，并不急于拆看。他最后读道：

> “勒·阿弗尔调解厅，第三区。
>
> “先生，
>
> “令叔毛漏先生故去，ab intestat……”①

他要承继遗产了！

好像一片大火在墙后烧了起来，他从床上跳下来，赤着脚，穿着衬衫：他用手摸摸他的脸，不相信他的眼睛，以为他还在做梦，为了坚定他在现实之中的心情，他把窗户打得开开的。

雪在下着；房顶是白的；——他甚至认出院里一个小硷水桶，

---

① ab intestat 是拉丁文，“未立遗嘱”的意思。

昨天晚晌绊了他一下。

他一连重新读了三次信；没有更真实的了！叔父全部的财产！两万七千法郎的年息！——想到重晤阿尔鲁夫人，一种疯狂的喜悦撼动他。他以一种幻觉的清切，瞥见自己在她旁边，在她家里，用丝纸包了些礼物送给她，同时门口停着他的“提勒玻里”[①]，不，简直是一辆“顾白”！一辆黑“顾白”，一个穿棕色制服的听差；他听见他的马在跑地，马勒的响声和他们亲吻的呢喃混在一起。每天如此，永久如此。他在他的屋子，在他的家里接待他们，饭厅用红皮铺，内室用黄缎铺，到处都是睡椅！多少样古玩搁架！中国瓶子！地毡！这些意象纷纷而来，他觉得他的头也在旋转。于是，他想起母亲；他走下楼，手里一直拿着那封信。

毛漏太太用力收敛她的情绪，晕了过去。福赖代芮克把她抱在怀里，吻着她的前额。

——好母亲，你如今可以买回你的马车了；笑吧，不用哭了，快活吧！

十分钟以后，这消息一直传到关厢。于是，白鲁洼老爹、刚布兰先生、尚毕永先生，所有朋友全赶来了。福赖代芮克溜出一分钟，给戴楼芮耶写信。别人又来拜访。下午就在贺喜之中过去了。大家因而忘记罗克老婆，虽说她的出身“微贱”。

夜里只有他们两个人，没有别人了，毛漏太太告诉儿子，劝他在特鲁瓦立业做律师。在本乡比在外乡有名气多了，他比较容易在这里寻到有利的主顾。

福赖代芮克喊道：

---

① 提勒玻里是一种轻便的两轮两座马车，英国人提勒玻里创用，故名。

——啊！太难了！

他的幸福刚刚到手，就有人要从他的手里抢走。他表示他居住巴黎的正式的决心。

——在那儿做什么？

——什么也不做！

毛漏太太不明白他的作法，问他愿意做什么。

福赖代芮克回道：

——部长！

他说他一点不是说笑，他打算投身外交界，他的学业和他的本能都要他往这条路走。有党布罗斯先生保护，他也许先进国务院。

——你认识他吗？

——可不是！罗克先生介绍的！

毛漏太太道：

——真怪气。

他唤醒她往常的野心。她随他做去，不再谈起别的事了。

要是听自己任性的话，福赖代芮克马上就要动身的。第二天，驿车的座位全卖掉了；他只好熬到第二天下午七点那一趟。

他们坐下来用晚饭的时候，听见教堂长长敲了三下钟；听差进来说，艾莱脑尔女士方才去世了。

其实，她的去世对谁也不是什么不幸，甚至于对她的女儿也不是。小女孩子以后也许觉得更好。

因为两家是比邻，他们听见忙乱出入的脚步，说话的嘈杂；想起尸首就在他们旁边，他们的分别不由加上了悲惨的景象。毛漏太太揩了两三回眼泪。福赖代芮克的心是沉沉的。

用完饭，加德林在两道门中间把他拦住。小姐一定要见他。她在花园等他。他走出去，跨过篱笆，身子一边撞着些树，一边走向罗克先生的房屋。二楼一个窗户有灯发亮；随后黑地露出一个影子，低声道：

——是我。

他觉得她比平时高多了，不用说，由于她的黑袍子。不知道用什么话和她接近，他仅仅握起她的手，叹息道：

——啊！我可怜的路易丝！

她不回答。她含着深意看他，看了他半晌。福赖代芮克唯恐错过马车；他相信听见远远有辚辚的声音，结束道：

——加德林告诉我你有些事……

——是的，是真的！我想告诉您……

这个“您”字给了他一惊；然而，看见她还不作声：

——嗯，好，什么？

——我不知道。我忘记了！是真的你要走吗？

——是的，马上就走。

她重复道：

——啊！马上？……一定？……我们再也见不着了吗？

呜咽堵住她。

——再会！再会！跟我吻吻！

她带着热情把他搂在她的怀里。

中卷

一

他在“顾白”靠里他的座位坐好，五匹马同时拖起驿车出发，他感到一阵酩酊淹没他。仿佛一个建筑师设计一座宫殿，他预先安排他的生活。他对未来充满了美好灿烂的设想；这座生活之宫高到和天一样齐；宫里金碧辉煌，他深深陷入沉思之中，四外的东西全消失了。

在苏尔顿山坡下面，他看出他们到了什么地方。他们最多不过走了五公里！他忿然了。他放下车窗来看路。他问售票员问了好几次，用多少时间，他们准到。可是他静下来了，待在他的角落，睁开着眼睛。

灯挂在车夫座位旁边，照亮辕马的屁股。往前看去，他只瞥见别的马的鬣毛；马像白浪一样动荡；它们的呼吸把两辕吐成一片雾；铁链子响着，玻璃在架子里颤索着；沉重的车，以一种匀整的步伐，在石道上滚转。或远或近，他们看出一堵仓墙，或者一家小店，孤零零的。有时候走过村子，一家烘面包的炉灶射出好些火光，光的庞大身影在对面别家房舍奔驰。临到换马卸马的时候，有一时寂静极了。有人在上面车篷底下顿脚，同时一个女人站在门口，用手护着蜡烛。随后，售票员跳上脚凳，驿车又起程了。

来到毛尔芒，听见钟敲一点一刻。

他思索道：“那么今天，就在今天，就要看见了！”

可是，他的希望和他的回忆、劳让、实洼涩勒街、阿尔鲁夫人、母亲全渐渐混在一起。

一阵木板沉重的声音震醒他，驿车穿过沙朗东桥，巴黎到了。于是，他的两个伴侣，一个摘下他的便帽，一个摘下他的围巾，戴上他们的毡帽，谈起话来。第一位，一个红脸大汉，穿着天鹅绒外衣，是一个商人；第二位到都会来请教一位医生；——福赖代芮克害怕夜里委屈了他，自动向他道歉，他的灵魂已经让幸福变温柔了。

车站的码头一定是被水淹了，驿车一直向前走，乡野又在眼边了。远处，好些工厂的高烟筒冒着烟。随后，车转进伊勿里。他们上了一条街；他忽然瞥见先贤祠的圆顶。

翻过土的田地，乱七八糟，好像荒野的废墟。其中砦堡的围墙，活似一条地平线上的肿瘤；路旁的土走道，有些没有枝子的小树，用插满钉子的板条护住。好些化学制造所和木料厂交比为邻。好些高门，仿佛田舍的大门，半掩半开，露出满地粪便的破院落的内部，中间还有成摊的污水。好些牛血颜色的长长酒馆，在第一层楼的窗户之间，挂着两根十字交叉的弹子棒，插在一顶彩色的花冠上；或远或近，有些破灰房，盖了一半，就不要了。随后，两排房不再断断续续的了；赤裸裸的正面，隔若干远，便挂着一根绝大的马口铁的雪茄，表示出卖烟草。好些助产婆的招牌画着一个戴帽子的老婆婆，摇着一个裹在滚花边被窝里的胖娃娃。好些广告覆着墙角，有四分之三撕烂了，迎风飘动着，活像一些破布条罗。过来好些穿着工人衣裳的工人、运酒的货车、送漂洗衣服的榻车、屠夫的肉车；天空落下一阵细雨，寒气袭人，天灰白一片，可是两只他以为等于太阳的眼睛，在雾后辉耀着。

驿车在关口停了许久，因为这里挤了一堆卖鸡蛋的、运货的和一群羊。哨警翻下大衣的帽子，在他的岗位前，走来走去取暖。税吏爬上车顶，吹起了一支小喇叭。驿车达达奔下马路，车轭敲打着，皮带子飘舞着。长鞭子在潮湿的空里噼啪响着。售票员高声喊着："车来啦！车来啦！噢嗐！"扫地的人闪在一旁，走路的人往后一跳，泥溅着车窗，驿车和垃圾车、轻马车、公共马车交错着。植物园的栅栏终于在眼前了。

浅黄的塞纳河差不多涨到桥身。河水散出一阵清新的气息。福赖代芮克使全力吸着，欣赏着这似乎含有爱流和理智放射的巴黎的宜人空气。看见第一辆街车，他感动了。他甚至爱那点缀着谷梗的酒店的门限、揩皮鞋的和他们的匣子，杂货铺的伙计摇动他们烧咖啡的用具。有些妇女在雨伞底下小步急走；他斜出身子分辨她们的面孔，阿尔鲁夫人也许有事出外走走。

商店排成队，行人加多了，声音越发强了。走过圣·白尔纳码头、杜尔内勒码头和孟特贝洛码头，驿车走向拿破仑码头；他想看看他的窗户，可是太远了。随后由新桥过了塞纳河，一直下到卢佛宫；然后，穿过圣·奥劳赖街、小场十字街和布路洼街，他们来到雄鹭街，进了旅馆的院子。

为了使他的愉快持久些，福赖代芮克尽可能地慢慢穿衣服，他甚至步行到孟马尔特马路；想到回头就看见石匾上所爱的名字，他微笑了；他抬起眼睛，玻璃窗没有了，画没有了，什么也没有了！

他跑到实洼涩勒街，阿尔鲁先生和夫人不在这里住了，一个街坊女人在看门；福赖代芮克等着门房；他临了露面了，不是原来那个人。他一点不知道他们的住址。

福赖代芮克走进一家咖啡馆，一边用午饭，一边翻阅《商业年鉴》。有三百阿尔鲁，可是没有雅克·阿尔鲁！他们到底住在什么地方？白勒南应当知道。

他一直奔上浦洼骚尼耶关厢，他的画室。门上没有铃也没有环，他只得用拳头使力捶，呼唤，喊叫。回答他的只有空洞一片。

他随即想到余扫乃。可是到什么地方寻找那样一个人？有一次，他一直陪他陪到他情妇的房子，福勒吕街。来到福勒吕街，福赖代芮克发觉自己不晓得那位小姐的名字。

他向警察厅求救。他一个楼梯一个楼梯跑，一个公事房一个公事房问。问询处关了门。人家叫他明天再来。

随后他走进所有他能够发现到的画铺，问他们认识不认识阿尔鲁。阿尔鲁先生不做这行生意了。

最后，又失望、又疲、又病，他回到他的旅馆睡下。临到把身子伸进被窝，一个念头让他欢喜得跳了起来：

“罗染巴！我多傻，就没有想到他！”

第二天，从七点钟起，他就到了胜利圣母街一家烧酒铺子前面，罗染巴常爱在这里喝白酒的。铺子还没有开门；他在附近踱了一遭，过了将近半小时，又走来看看。罗染巴从里面出来。福赖代芮克赶向街心。他甚至相信远远瞥见他的帽子；一辆柩车和一些送殡的马车拦住他。好容易障碍过去了，幻象也消失了。

幸而他想起公民每天十一点整在喀永广场一家小饭馆用午饭。问题在忍耐；他从交易所漫步到玛德兰，从玛德兰漫步到吉穆纳斯剧场溜来溜去溜个没完，然后十一点整，福赖代芮克走进喀永广场的饭馆，以为一定在这里寻见他的罗染巴。

掌柜傲声傲气道：

——不认识！

福赖代芮克一定说有；他接着道：

——我不认识他，先生！

横眉往上一扫，头摆了摆，显出神秘的样子。

不过，他们最后相晤，公民曾经提到亚力山大咖啡馆。福赖代芮克吞了一块布芮奥实[1]，跳上一辆街车，问车夫知不知道，在圣·热勒维耶勿坡上什么地方，有一家亚力山大咖啡馆。车夫把他领到福朗·布尔日洼·圣·米晒耳街，一个叫做这个名字的铺子；听到他问："请问，罗染巴先生，有吗？"咖啡馆老板带着一种例外殷勤的微笑回答他道：

——我们还没有见他来，先生。

同时向他那柜台里坐着的太太使了一个眼色，便立即转向钟道：

——不过我们会见到他的，我希望从现在起，十分钟，顶多一刻钟就成了。赛勒斯旦，快点儿，报纸！——先生想用点儿什么？

虽说什么也不想吃，福赖代芮克吞了一杯甘蔗酒，随后又是一杯樱桃酒，又是一杯橘皮酒，又是各式各样的橙汁甜酒，冷的热的全有。他读完当天的《世纪报》[2]，重读一遍；他考校《沙芮法芮》的讽刺画，考校到纸面的粗细；最后，广告他也背出来了。不时走道有靴子响，一定是他了！某个人的形影的侧面投在玻璃上；然而总又过去了！

为了解除无聊，福赖代芮克换换位子；他去坐到紧底，坐到右面，坐到左面；他坐在凳子中央，两只胳膊伸开。可是一只猫轻轻蹂着椅背的天鹅绒，忽然跳起来，去舔盘子上面的酒渍，吓了他一跳；主人的孩子，一个四岁的惹人厌的小东西，在柜台的台阶拿着一个木铃玩耍。他的母亲，面色略带苍白的矮小女人，一嘴烂牙，

---

① 布芮奥实是一种牛油鸡蛋面粉制成的点心，味美而不甜。

② 《世纪报》创于一八三六年，主笔是都塔克。这是"王系左翼"的机关报。"王系左翼"的前身是"运动党"，搀有正统派，具有共和党的倾向，站在政府的反对方面。领袖是财阀拉菲特。

蠢蠢地微笑着。罗染巴到底干什么去了？福赖代芮克等着他，勾起一阵无边无涯的窘闷。

雨打着车顶，雹子一样在响。扯开纱帘，他看街心可怜的马比一匹木马还要发呆。水聚大了，在轮子的两辐中间流着，车夫避在车篷底下打着盹；可是，唯恐他的雇主溜掉，他不时推开一半铺门，淋得就和一条河一样；——假如视线能够破坏东西的话，福赖代芮克倒真想拿眼睛盯住钟，就此把它熔了。然而它走着。那位亚力山大前后踱着，重复着："他就要来了，看吧！他就要来了！"为了分他的心，向他演说，谈论政治。他甚至殷勤到对他提议玩多米诺骨牌。

最后，四点半了，福赖代芮克从午时就在这里，他一跃而起，说他不再等下去了。

咖啡馆的老板天真的模样回道：

——我自己也有点儿莫明其妙，这是第一回勒都先生不见来！

——怎么，勒都先生？

——可不是，先生！

福赖代芮克气急道：

——我说的是罗染巴！

——啊！真对不住！你弄错了！——不是吗，亚力山大太太，先生说：勒都先生？

于是，转问伙计道：

——你也听见了，跟我一样，你没有吗？

不用说，为了报复他的东家，伙计仅仅微笑了一下。

福赖代芮克重新叫车夫上路，气自己糟蹋时间，恨公民恨到牙痒痒，求他出现又像求一尊神出现，他下了决心要把公民从最远的洞底揪出来。他的马车使他感到难受，他把它打发掉：他的思维纷乱了；随即，所有他听见那蠢东西说起的咖啡馆的名字，一下子全跃上他的记忆，好像千百烟火的碎屑：嘉斯喀咖啡馆、格峦拜咖啡馆、哈勒布咖啡馆、包尔德莱烟酒店、哈法乃、哈勿赖、摩登牛肉、德意志酒铺、毛赖勒母亲；他一家一家全光顾了。可是，来到一家，罗染巴才出去；另一家，他也许就来；第三家，半年没有看见他了;有个地方，说他昨天订了星期六一只羊腿。最后，来到卖柠檬水的渥提耶，福赖代芮克一开门，和伙计碰在一起。

——你认识罗染巴先生吗?

——怎么，先生，我认识他吗？就是我，天天伺候他老先生。他在楼上哪；他吃完了晚饭!

胳膊下面夹着饭巾，掌柜自己拢近道：

——先生，你打听罗染巴先生？他方才还在这儿。

福赖代芮克咒骂了一声，可是老板说他会在布特维兰寻到他，百无一失。

——我给你担保他在！他比平时早走了一刻，因为他跟别人约好了有事商量。不过，听我说，你会在圣·马丁街九十二号，布特维兰那边找得见他的，院子紧里，靠左，第二个台阶，底层，右门!

他最后看见他了，隔着烟斗的烟云，一个人，在台球桌子后边末一个饭间紧里，面前一杯啤酒，下巴低着，思维的姿态。

——啊！我寻你寻了好久，你!

无动于衷，罗染巴只向他伸出两个指头，好像昨天才看见他，就国会开幕说了几句无足轻重的话。

福赖代芮克打断他的话，尽他的力量做出自然的样子，向他道：

——阿尔鲁好吗?

回答来得慢悠悠的，罗染巴用他的饮料漱着口。

——是的，不坏!

——他住在什么地方，现在?

公民诧异道：

——就在……渔妇天堂街。

——多少号？

——三十七号，还用说，你真可笑！

福赖代芮克站了起来：

——怎么，你这就走？

——是的，是的，我得跑一趟，有一桩事我忘了！再会！

福赖代芮克从烟酒店奔往阿尔鲁那边，好像一阵热风卷起他，带着梦中感到的奇特的轻适。

他不久就来到二层楼一家门前；铃响着；一个女仆出现了；第二道门打开；阿尔鲁夫人坐在炉火旁边。阿尔鲁跳起来，吻着他。她的膝头有一个三岁左右的男小孩子；女儿如今和她一般高，站在壁炉的另一侧。

阿尔鲁从腋下提起他的儿子道：

——让我给你介绍一下这位先生。

他逗儿子玩了一会儿，把他往空里高高一扔，用手把他接住。

阿尔鲁夫人喊道：

——你要摔死他！啊！我的上帝！别闹了！

可是，阿尔鲁赌誓没有危险，继续扔着，甚至用他家乡马赛的方言，说些疼他的话。“啊！好乖乖！我漂亮的小莺儿！”随后他问福赖代芮克，为什么他许久没有给他们写信，他在那边有什么可做的，他为什么回来。

——我呐，现在，亲爱的朋友，我是瓷器商。不过谈谈你！

福赖代芮克的借口是一桩拖久的案子，母亲的健康；他特别说是由于后者，为了引人注意自己。总之，他在巴黎住下了，这次住定了；他没有提起承继财产一个字，——唯恐伤害他的过去。

窗帘犹如木器，是栗色羊毛的锦缎；靠着长枕，有两个小枕贴在一起；炭上烧着一把小水壶；灯放在柜子边沿，罩子弄暗了房间。阿尔鲁夫人穿着蓝的厚西班牙细羊毛便服。眼睛转向灰烬，一只手搭在小孩子的肩膀，她用另一只手解着他的小袄；小东西穿着衬衫，一边哭，一边摇头，倒像小亚力山大先生。

福赖代芮克原先期待一见面会感到十分喜悦；——不过人一离开乡土，热情就萎谢了，看见阿尔鲁夫人不复在他所熟识的环境之中，他觉得她丢了点儿什么东西还纷纷零零，就仿佛堕落了，总之不是原来的人了。他为自己的心的平静感到惊奇。他打听一些老朋友，例如白勒南。

阿尔鲁道：

——我不常见他。

她接着道：

——我们不像从前那样招待客人了！

这是关照他，他们不再邀请他了吗？不过，阿尔鲁一腔热诚，责备他不随时来和他们一同用饭；他解释他为什么改变营业。

——在我们这样一个颓废时期，你想干得出什么？古典画派过时了！再说，什么地方都可以安插艺术！你知道，我，我爱“美”！随便哪一天，我一定带你到我厂里来。

他立刻就要指给他看他底层存放的若干产品。

盘子、锅、碟子和盆摆满了地板。靠墙立着些浴室和梳妆室用的大方石砖，上面有文艺复兴风格的种种神话的故事，当中是一对架子，顶着天花板，摆满了盛冰的坛子、花瓶、烛台、小花盆，和一些多色的高大的小像，不是一个黑人，便是一个蓬巴杜式的牧羊女孩子。阿尔鲁的讲解让福赖代芮克腻烦。他是既冷且饿。

他跑到英吉利咖啡馆，阔阔气气地叫了一份晚餐，一边吃，一边向自己道：

——我在家乡白白痛苦了一场！她差不多连我认都不认识！不愧是一个老板娘！

于是，他突然高兴起来，下了些自私的决心。他觉得他的心和他的肘子靠着的桌子一样硬。那么如今，他能够投身人海，不用害怕了。他想到党布罗斯夫妇；他要利用他们的；随后他想起戴楼芮耶。“啊！随他去，活该！”然而，他打发人给他送去一封短笺，约下明天王宫见面，在一起用午饭。

至于这位先生，命运并不怎样好。

参加教授资格甄别，他呈上一本“关于遗嘱法”的论文，他主张立遗嘱要尽量加以限制；——他的对方激他说了好些傻话，他说了许多话，但没有改变考试员的态度。随后轮到讲解，机运给他安排的一课是“时效”。讲到这上面，戴楼芮耶发挥了一些可怜的理论；旧证应当和新证同样提出；为什么不满三十一岁，所有者就不能够提出他的名义，财产就要被剥削掉？这是把忠厚人的安全交给暴富的窃贼的承继者。一切不公平都由于引用了这种权利，这种权利其实是专制，是滥用暴力！他甚至于喊道：

——让我们把它废掉；然后法兰克人①就不凌压高卢人，英吉利人不再凌压爱尔兰人，美国人不再凌压红种人，土耳其人不再凌压阿拉伯人，白人不再凌压黑人，波兰人……

主席拦住他道：

——好啦！好啦！先生！我们过问不着你的政治意见，你随后写来好了！

---

① 法兰克人是日耳曼民族的一支，从第五世纪起，侵入高卢，衍成今日的法兰西。

戴楼芮耶不肯缴上去。然而这不幸的民法第三部的第二十章，成为他一座山一样的障碍。他草拟了一部巨著，《时效为人民自然权与法权的基础论》；他钻研都鲁、罗皆芮屋斯、巴勒布斯、麦尔兰、法柴叶、萨维尼、陶浦龙，和若干其他作者，[①]头也晕了。为了钻研更方便起见，他辞掉书记长的位置。他的生活全仗给人补课，制造论文；平时练习讲演，他激烈的言论吓住保守党，也吓怕了所有信奉基佐先生的年轻的理权派[②]，结果在某一社会，他居然有了名声，但其中多少搀着点儿对于他本人的不信任。

---

① 都鲁(一六七九年——一七五二年)是法国的法学者，一八二〇年开设贝藏松大学的民法讲座，一七二五年发表《承继资格诠解》。

巴勒布斯有两位，一位是 Lucilius Balbus，一位是 Octavius Balbus，全是古代罗马的法学者，和大演说家西塞隆(纪元前一〇六年——前四三年)同时。

麦尔兰(一七五四年——一八三八年)是法国的法学者，同时参加大革命，当选为国约议会议员。拿破仑封他为伯爵。一八一五年，亡命国外，迄一八三〇年返国，为政治学会会员。

萨维尼(一七七八年——一八六一年)是德国的法学者，一八〇三年发表他的名作《所有权论》，一八四二年受命为普鲁士的法相。他用历史的眼光研究法律，不光是罗马法的权威而已。

陶浦龙(一七九五年——一八六九年)是法国的法学者，从一八三三年起，发表名作《民法观》。一八四〇年，当选为政治学会会员。

② “理权派”是路易十八时代纠正极端王党的一种政治运动。一八一七年，“理权派”这个名词用在少数的立宪王党，基佐便是其中之一。他们没有共同的理论。依照基佐，这是自然而然的组合，没有经过事先的筹划，并非抱有什么了不得的系统或者观念。他们的政策是支持复辟，反对白色恐怖。王权制裁众议员的野心，但是，旧贵族的报复必须防止。他们另外一个观点，就是政治必须有道德合作。雷缪萨，另一位理权派，说：“道德是政治的重要成分。我们必须告诉极端王党，他们的道德是肤浅而且腐败的，他们的宗教仅是形式主义。”同时他把夏多布里昂的《基督教真谛》看做坏书，因为不把福音解成政治道德、自由与文化的来源。基佐把法国社会看做世纪的结果，并非大革命的结果。合法的王室、人民的自由，全不俯拾即是。健康的哲学是必要的基础。说实话，“理权派”是资产者再加外国哲学的影响。然而，他们没有形成一个统治的政党，彼此观点不一致，也就难以凝为一种决定的力量。基佐是“理权派”中唯一久于权位者，然而他的理论，犹如当时流行的哲学论调，不过是折衷而已。

他来到约好的地方，穿着一件加红法兰绒条子的宽大衣，和赛耐喀从前穿的那件一样。

因为行人过往，他们顾虑礼貌，没有长久在一起吻抱；他们臂挽臂，眼底含着泪，快快活活笑着，来到外福尔。看到就剩他们两个人了，戴楼芮耶喊道：

——啊！家伙！如今我们要好好过了！

福赖代芮克不欢喜他这种立即和他的财产结合的姿态。他的朋友对他们两个人过分表示欢悦，对他一个人却没有表示够。

随后戴楼芮耶讲起他的失败，渐渐说到他的工作、他的生活；谈到自己，他是艰苦卓绝；谈到别人，他是刻薄忿懑。他全不中意。没有一个在职的人员不是一个傻瓜或者一个流氓。为了一个没有洗干净的杯子，他向伙计大发脾气；福赖代芮克稍微责怪了他一句，他就道：

——这些东西一年赚你六千到八千法郎，是选举人，也许有被选的可能，家伙，我会为他们麻烦我自个儿！啊！不！不！

随即和颜悦色道：

——不过我忘记我在同一位资本家谈话了，一位孟道尔，因为如今你是一位孟道尔了！①

谈到遗产，他的意见是：旁系的承继(本身不公平，虽说他为他的承继高兴)，临到下一回革命，有一天要废掉的。

福赖代芮克道：

——你相信就要革命吗？

---

① 孟道尔的真名姓是菲力普·吉拉尔。他是十七世纪著名的江湖郎中，在巴黎的新桥(当时的热闹场所)做骗钱的勾当，一六四〇年放弃这行生意，成了名，有了钱。

他回答道：

——准没有错儿！这不能够持久下去的！大家太受罪了！我一看有些人受苦受穷，例如赛耐喀……

福赖代芮克想道："老是赛耐喀！"

——可是，有什么新的？难道你还照样儿爱阿尔鲁太太！过去了，嗯？

福赖代芮克不知道怎么回答，闭住眼睛，低下了头。

说起阿尔鲁，戴楼芮耶告诉他，他的杂志现在归余扫乃办；他把它改了，叫做：《艺术》，"文学社，合股公司，每股一百法郎；公司资本：四万法郎"，每一股东有权在这里披露他的稿件；因为"公司目的在发表新进作家的作品，减除才能或天才者痛苦的危机之压抑，等等"，你看他多荒唐！不过有些事倒可以干，就是提高这个杂志的语调，然后，编辑不换，杂志总说出下去，冷不防给订户改成政治杂志送去；花钱不会大的。

——你怎么想，来！你不想插一手儿进来？

福赖代芮克不拒绝这个提议。不过必须等候他把事安排停当。

——到了那时候，你要用钱的话……

戴楼芮耶道：

——谢谢，我的孩子！

随后，他们吸着西班牙雪茄，肘子拄着天鹅绒窗台。太阳熠耀着，空气温和，成群的飞鸟落在花园里；铜像和石像经雨洗过闪闪发亮；好些披饭巾的女仆坐在椅子上谈天；他们听见小孩子的笑声，喷泉不断在潺湲作响。

福赖代芮克觉得戴楼芮耶的辛酸乱了他的心；不过，受制于周流在血管里的酒力，半睡、麻木、全脸承受阳光，他仅仅感到一种无边迷离、恍惚的适意——就像一棵吸饱了热量和水分的植物。戴楼芮耶半合住眼皮，茫然往远里望着。胸脯胀起，他开口道：

——啊！从前好多啊，站在那边一张桌子上，喀米叶·戴穆南[①]鼓动人民朝巴士底狱进军！人在那时候才叫活着，能够表白自己，证明自己的力量！律师统帅将军，叫化子鞭打帝王，如今……

他收住口，随即忽然道：

——得了！未来大得很！

他在玻璃上敲着冲锋的节奏，诵着巴泰勒米的几行诗：

> 巨灵以有力的步伐，毅然前进，
> 四十年后，搅乱你的脑壳，
> 她要重新出现，那可怕的议会。[②]

---

① 喀米叶·戴穆南（一七六〇年——一七九四年）是法国大革命的中坚分子。一七八八年，他发表《人民的哲学》；次年，他的《自由的法兰西》，在他指挥攻焚巴士底监狱的后一日发表。他的《灯之演说》给他惹来一个象征意味的绰号："灯之高等检查官"。他的《法兰西革命》日报（一七八九年——一七九一年）受到盛大的欢迎。八月十日，攻打杜伊勒里宫，屠杀王室的瑞士禁军，全有他从中策划。当选为国约议会议员，他投票路易十六死刑。他是丹东的挚友。一七九三年十二月，他刊行《老高尔德里耶》日报，转而主张温和。不容于罗伯斯庇尔，他和丹东一同被捕，死于断头台。

法国大革命虽说成了陈迹，却有无数的后人在向往着。史家的笔墨重新燃起先烈的灰烬。一八二四年，米涅发表《法国大革命史》，稍后，米实莱和路易·勃朗分头筹划各自的《法国大革命史》。最受人欢迎的，要推拉马丁一八四七年发表的《吉伦特派史》。这里是诗和热情，虽说深受批评者指摘，但是它煽起了革命的火焰。拉马丁说得好："我有妇女和青年，此外不在我的心上。"这些史家，全是共和党，掘发前代的革命，正好针对目前的现实。每个失意的青年可以从大革命寻到他的表率："律师统帅将军，叫化子鞭打帝王"，如丹东，戴穆南等。

② 巴泰勒米（一七九六年——一八六七年）是法国南部马赛人。他是当时一个著名的讽喻诗人，反对复辟，发表他的拿破仑三部曲：《拿破仑在埃及》（一八二八年），《人之子》（一八二九年）与《滑铁卢》（一八二九年），被判罚锾拘囚。（转下页）

——其余的我不知道了！可是天晚了，我们分手好吗?

在街上，他继续宣讲他的理论。

福赖代芮克没有听他，注意铺子门面适于他布置房间的布帛和木器；或许因为想到阿尔鲁夫人，他在一家洋货店陈列的商品前，当着三个瓷碟，停住脚。它们上面煊染着曲线的黄花纹，射出金属的光亮，每个值一百艾居。他把它们放在一边。

戴楼芮耶道：

——我，要是你的话，我倒要买些银器，让人看见我爱身外之物，好因此知道我出身贫寒。

一看只有他一个人了，福赖代芮克就到著名的包玛戴尔，订了三条裤子、两件上衣、一件皮大衣、五件背心；随后，上一家鞋店，一家衬衫铺子，一家帽店，到处吩咐他们尽力往快里赶。

三天之后，黄昏，从勒·阿弗尔回到寓所，他看见他的衣服齐备了；急忙穿上试试，他决定立时拜访党布罗斯去。不过时候太早了，八点钟还不到。

他向自己道："我到哪一家呢？"

阿尔鲁一个人站在镜子前面，正在动手刮胡子。他向他提议，领他到一个他会开心的地方；听他说起党布罗斯，他接着道：

——啊！那再好没有了！你会在那儿见到他的朋友的；来吧！好玩得很！

福赖代芮克辞谢，阿尔鲁夫人听出他的声音，隔着板壁问他日

（接上页） 他歌颂七月革命，但是不久便刊行《复仇女神》周刊（一八三一年三月——一八三二年三月），反对路易·菲力普，最后被政府收买，不作声响了。其后，发表《大革命的十二日》（一八三三年——一八三五年），虽有佳句，少人注目。

"那可怕的议会"即指大革命时代的国民公会，判决路易十六王室死刑，向奥地利宣战，建立强大的陆军，终而自行残杀，造成恐怖时期。

安，因为她的女儿不舒服，她自己也在难过；他听见一个调羹碰着杯子的声音，以及病人屋子里轻轻搅动东西的颤响。随后，阿尔鲁进去同他的女人告别。他举了一堆理由：

——你明白事情严重！我非去不可，我必须走一趟，他们在等我。

——去，去，我的朋友。开心去吧！

阿尔鲁唤来一辆马车。

——王宫！孟邦西耶画廊，七号。

然后，倒在垫子上：

——啊！我真累，我的亲爱的！我会累死的。好在，我可以对你讲，对你。

他俯向他的耳朵，神秘地：

——我打算研制中国紫砂。

他随即解释什么叫做釉和文火。

来到实外商店，伙计给他提上一只大篮子，他叫放在车上。然后他为“他的可怜的太太”选了些葡萄、菠萝蜜、各种新奇的食品，吩咐明天一早送去。

他们随后来到一家戏装店；他们要的是跳舞的服装。阿尔鲁选了一身蓝绒衣裤，一条红辫子；福赖代芮克选了一件带风帽的长外套。他们走下拉法勒街，来到一家二楼有彩灯照耀的房子前面。

一到楼梯底下，他们就听见小提琴的响声。

福赖代芮克道：

——你把我带到什么鬼地方？

——看一个好姑娘！别害怕！

一个小厮给他们打开门，他们走进前厅，椅子上扔满了大衣、披风、围巾。一个年轻女人，穿着路易十五时代的新式服装，正在这时穿过前厅。这是女主人罗丝·安乃特·布隆小姐。

阿尔鲁道：

——怎么样?

她回道：

——成了!

——啊！谢谢，我的天使!

他想吻她。

——留神呀，糊涂虫！你要弄坏我的化妆!

阿尔鲁介绍福赖代芮克。

——往里请，先生，欢迎你来!

她掀开她后面一条门帘，大声大气地喊道：

——阿尔鲁老爷，烧饭的，还有一位大少爷，他的朋友!

先是灯光照花了福赖代芮克的眼睛；他只看见绸缎、天鹅绒、赤裸的肩膀，一大堆颜色随着音乐摇摆；乐队用花木遮住，排在挂着黄缎子的墙壁之间；墙上这里那里，有些铅笔画像，和路易十六时代格式的水晶火炬架。好些高灯，褪了光泽的圆球活像雪球，照着角落墙几上的花篮；——对面，穿过一间更小的屋子，辨出第三间屋子的床，盘绞的床柱，床头一面威尼斯镜子。

跳舞停止了；看见阿尔鲁顶着他的篮子进来，响起好些喝彩的声音，一片欢呼；篮子里面的食品在中央高高凸起。——“小心头上的灯！”福赖代芮克抬起眼睛：这是装潢工艺社的老萨克斯挂灯；往日的回忆来到他的脑子；可是一个便服常备军步兵，带着新兵自来有的那种傻里傻气的模样，直挺挺立在他的面前，张开两条胳膊表示惊异；虽说一片可怕的特别尖的黑髭改了他的面相，他认出是他的老朋友余扫乃。一半阿尔萨斯[①]的方言，一半黑人的土话，浪子不住同他道喜；把他唤做他的联队长。大家你一言我一语，福赖代芮克张皇失措，不知道怎么样回答才是。一条弦弓在一张小书桌敲了敲，跳舞的男女各自站好了。

他们有六十人左右，女人大半扮做村妇或者侯爵夫人，男子差不多全是年富力强的，穿着货车夫、脚行或者水手的衣裳。

福赖代芮克依墙而立，看着他面前的四人对舞。

一个老花花公子，扮威尼斯首席官，穿着一件紫缎长袍，和罗莎乃特[②]跳舞。她穿着一件绿上衣，一条绒线裤衩，脚登金马刺软靴。迎面一对，一个插了好些土耳其弯刀的阿尔鲁提人[③]，和一个蓝眼睛的瑞士女人，牛奶一样白，鹌鹑一样肥，露出衬衫和红抹衣。一个歌剧院金黄头发的高个儿舞女，头发一直垂到腿弯，为了引人注意，扮做野蛮女人；她的棕色紧领上衣，只有一条皮带裹腰，腕上戴着好些琉璃镯子，头戴一顶夺目的假金冠，上面插着一把高高的孔雀羽。她前面是一位浦里沙尔，穿了一件大到可笑的黑衣服，用他的肘子敲着他的鼻烟盒打拍子。一个瓦多式[④]的小牧童，眼睛像蓝天一样蓝，皮肤像月光一样银白，拿他的牧杖碰着一个装扮希腊酒神女祭司的酒神杖；后者戴着葡萄冠，左胸披着一张豹皮，蹬着一双金带子的厚底靴。在另一边，一个波兰女人，穿着

---

① 阿尔萨斯在法国东北，接壤洛林，居民德法兼有，自成一种方言。产铁位于世界第二。

② 罗莎乃特即罗丝·安乃特·布隆小姐。

③ 阿尔鲁提人是土耳其人对于阿尔巴尼亚人的称呼。

④ 瓦多(一六八四年——一七二一年)是法国的画家。十八世纪法国画的主流是反古典主义；题旨是田野、游宴、风俗，一切动情的材料。玲珑、柔媚是这可爱的画派的作风。瓦多是它的圭臬。他回到真正的自然，然而往里面放些矫揉的宫廷人物，扮做乡农牧童。有诗，有感，有色，缺的是伟大画家具有的生命的认识。

一件粉红天鹅绒短衫，一双白皮绕着的玫瑰色小靴紧紧扣住她的珠灰丝袜，上面飘拂着她的纱裙。她微微笑向一个四十岁的大肚子，扮做一个合唱队的小孩，高高蹦跳，一只手挽起他的白教衣，另一只手揪住他的小红帽。然而皇后、明星，要算球球小姐，公共舞厅的著名舞女。因为如今她阔了，她穿着一件纯黑的天鹅绒上衣，镶着一圈宽花边领子；她的罂粟色宽大绸裤，贴住她的屁股，用一条毛线带子束在腰上，沿着线缝有些真的小白茶花。她的苍白面容，有点儿虚肿，高鼻子，加上她的假辫子的零乱，一顶歪扣在右耳朵的男灰毡帽，显得越发气势凌人；她每跳一下，她镶着金刚石小环的舞鞋差不多就碰上她的邻人的鼻子。一位中世纪的高大子爵，全身裹在一副铁甲之中。还有一个天使，手里握着一把金剑，背上扎着两只天鹅翅膀，一来一去，时时丢掉装扮成路易十四时代的骑士，男舞伴，闹不清楚位次，一直搅乱人家跳舞。

看着这些人，福赖代芮克感到有一种遗弃的情绪，一种杌陧。他依然思念阿尔鲁夫人，觉得自己在参加什么于她不利的阴谋。

四对舞结束，罗莎乃特女士走到他面前。她有点儿气喘；她的肩胛镜子一样光泽，轻轻在她的颔下涌起。

她道：

——你，先生，你不跳舞？

福赖代芮克谢罪，说他不会跳舞。

——真的！不过跟我呢？一定吗？

于是，一条腿拄着地，一个膝盖往里一弯，左手抚着她剑柄的珍珠托手，她端详了他一分钟，一半请求，一半嘲弄的神气。最后她说了一句“晚安”，打了一个旋，不见了。

福赖代芮克不满意自己，不知道怎么做才好，开始在跳舞厅走来走去。

他走进内室，墙上挂着野花捧的暗蓝缎子，同时天花板有一个镀金的木圈，里面的碧空露出好些小爱神，在羽绒似的云霞上玩耍。这些精致的布置，今日罗莎乃特那样的女人也许看不上眼，却摄住了他的心目；他赞美一切：假牵牛花装潢着镜子的边缘，壁炉的帘子，土耳其的睡椅，和墙凹处一座挂着玫瑰色缎子的白罗顶帷帐。好些嵌铜的乌木家具点缀着寝室，在一个覆着天鹅皮的低坛，立着鸵鸟羽装潢的挂幔子的大床。好些针垫插着宝石头的针，盘子上拖着些戒指，一个三根小链挂着的波希米亚坛子发出光，照亮阴影里镶着金圈的小盒和银匣。从一座半开的小门，望见一座花房，占了一个平台的全幅面积，末端是一座鸟房。

这里正是一个寻欢的地方。他的青春骤然叛离了，他发誓要加以享受，抖擞起精神来；随后，回到客厅。如今人越发多了（全仿佛在一种明光闪闪的尘埃之中骚动），他站直了，端详人家跳舞，眏着眼睛往细里看，——吸进妇女浓郁的香气，仿佛一个散开的巨吻在周流。

可是在门的另一边，白勒南靠近他；——盛装的白勒南，左臂插在胸口，右手拿着他的帽子和一只撕破的白手套。

——喈，好久没有看见你了！家伙你在什么地方？旅行去了，意大利是不是？俗气，嗯，意大利？不像人吹的那样玄吧？管它哪！随便哪一天，把你的素描带给我看，怎么样？

不等他回答，画家就说起自己来。

他大有进步，完全承认“线条”胡闹。在一件作品里面，我们不应当过分追求“美”和“一致”，要追求也只有人物的性格和差异。

——因为一切生存在自然之中，所以一切是正当的，一切是造型的。问题只在抓紧了色符，诀窍全在这儿。我发现了这个秘密！

他用肘子碰他一下，重复好几遍道：

——我发现了这个秘密，你看！现在请看这个跟一个俄罗斯车夫跳舞，梳着斯芬克司头的小女人，整饬、干枯、固定、全是棱面[①]，全是生硬的色调：眼睛底下是靛青，脸颊是一层朱砂，太阳穴上是深灰；噼！拍！

他用拇指在空里来了几刷子。一个女鱼贩子，穿着一件樱桃色袍子，脖子挂着一个金十字架，背上结着一件细麻布围巾——他指着她，继续道：

——至于这个胖女人，只是圆弧而已；鼻孔张的跟她帽子的翅膀一样，嘴角向上吊起，下巴往下一拉，全是肥胖、消溶、丰盈、平静、显赫，一幅真正的卢本斯[②]画！不过，她们是完美的！典型在哪儿呢？

他越说越来劲：

——什么叫美人？什么叫做美？啊！美！请你告诉我……

福赖代芮克打断他的话，向他打听一个雄山羊面孔的小丑，他正在向跳牧羊舞的人们赐福。

——平凡之至！一个鳏夫，三个孩子的父亲。他连裤子也没有给他们穿，成天在俱乐部混，跟女用人睡觉。

——那位穿十八世纪法官衣服，在窗口同一位庞巴杜侯爵夫人谈话的是谁？

——那位侯爵夫人是旺达尔太太，吉穆纳斯剧院从前的女戏子，威尼斯首席官巴拉曹伯爵的情妇。他们在一起有二十年了；谁

---

① “棱面”是画学的名词，一幅画分成若干单位，颜色厚薄，线条深浅，各不为谋，然后拼凑而观，成一立体形象。

② 卢本斯（一五七七年——一六四〇年）是福朗德画派伟大的画家。色泽煊丽，形态丰盈，缺乏平静与深沉的想象，如米开朗琪罗等大师。

也不知道为什么。从前她的眼睛美，这女人！至于她旁边的公民，大家把他叫做海尔比尼队长，老家伙的一个老朋友，他全部财产也就是他的十字宝星跟他的恤金，给举行大典的工女充叔叔，安排决斗，在市里用晚饭。

福赖代芮克道：

——一个坏蛋？

——不！一个老实人！

——啊！

画家还给他讲论别人，便见一位先生，和莫里哀的医生一样，穿着一件黑十字毛呢大袍，可是从上到下敞开，露出他所有不值钱的珠宝：

——你看这家伙是戴·罗吉医生，气自个儿没有名，写了一本医学的性书，甘愿在人群给人揩鞋，偏又慎重将事；真还有那些贵夫人崇拜他。他跟他的女人（那个穿灰袍子的瘦领主夫人），不管是哪儿的大小公共场所，全一道挤了进去。别瞧家里费用不够，他们也有“一天应酬”，——读诗的艺术茶会。——小心！

说实话，医生到了他们面前；不久，他们三个人把客厅门口形成一个谈话的地方，余扫乃过来参加，随即是野蛮女人的情人，一个年轻的诗人，披着一件弗朗索瓦一世式样①的短大衣，露出他的最窳弱的骨骼，最后又来了一个聪颖少年，扮做边疆的土耳其人。不过，他的黄袖章的军衣在游方牙医的背上旅行太久了，他打褶的肥裤的红颜色褪得太厉害了，他的鞑靼式的包头巾缠得犹如一条鳗鱼，也太寒伧了，总之他全副行头如此可怜而又如此成功，妇女决

① 弗朗索瓦一世（一四九四年——一五四七年）继路易十二之后，于一五一五年而为法国的国王。

不掩饰她们的厌恶。医生为安慰他，大大恭维了他的情妇卸货女人一顿。这位土耳其人是一位银行家的少爷。

在两次四对舞之间，罗莎乃特走向壁炉。其间一张沙发坐着一个臃肿的小老头，穿着金纽扣的栗色礼服。他的两颊虽说萎了，下垂在他高而白的硬领上，他的头发还是金黄颜色，自然鬈曲，仿佛一只卷毛小狗的毛，把他衬轻佻了。

她俯向他的脸，听他说话。随后，她给他倒了一杯果子露；他的花边袖子比绿上衣的袖口还要长，没有东西再比底下的手可爱了。老头子喝完了，吻着她的手。

——这是吴坠先生，阿尔鲁的街坊！

白勒南笑道：

——他教坏了他！

——怎么来的？

一个龙玉冒的车夫搂住她的腰，回旋舞开始了。于是，坐在客厅四周小凳的妇女，全翩然顺次站起；她们的裙裾、她们的肩巾、她们的头饰，开始旋转。

她们在他身旁旋转，福赖代芮克辨出她们额头的汗珠；——这个回旋的动作越来越快，协调，令人晕眩，使他神魂颠倒，产生了好些别的意象，同时她们来来去去，令人眼花缭乱，按照各自的美丽，每人呈出一种特殊的刺激。那位波兰女人，懒洋洋地慵逸的模样，引起他胸贴胸，两个人全在雪地跑冰车的欲望。那位瑞士女人，挺直身子，低下眼皮，在她回旋的步伐之下，展开一幅，在一座湖畔，在一所小木屋里消闲作乐的景象。随后，那位女祭司，忽然把她的头连棕色的发向后一仰，让他梦想到那些活活把人吞下去的爱抚，在夹竹桃的林子，赶上一个狂风暴雨的天气，听着凌乱的鼓声。那位女鱼贩子，随不上太快的节奏，喘着气，大笑着；他倒愿意同她在包尔实隆喝酒，两手揉搓她的围巾，犹如当年承平时节。可是那位卸货女人，脚趾轻飘飘的，差不多连地板也不蹭，好像把近代爱情（有一种科学的正确，一只鸟的灵活）所有的精巧窝藏在四肢的柔活和面孔的严肃之中。罗莎乃特旋转着，拳头拄着屁股；两个结头的长辫在她的硬领上跳掷着，向她的四周放射鸢尾的粉末；每一旋转，她的金刺马距的尖尖险些点着福赖代芮克。

临到回旋舞的最后一段和乐，法提腊斯女士出现了。头上蒙着一块阿尔及利亚帕子，额前垂着好些皮阿斯特①，眼边涂着锑，一件黑毛呢大衣兜住她发亮的包银箔的裙子，手里拿着一个扁鼓。

她背后走着一个高个儿少年，穿着但丁的古装；他是（她如今不再有所隐藏了）阿朗布拉从前的歌手，——原来名字是奥古斯特·戴拉玛尔，其后根据他增高的荣誉，先叫做安泰老尔·戴拉玛尔，又改做戴勒玛，改做白勒玛尔，临了是戴勒玛尔；因为他离开小舞场，来到剧院，甚至初次在昂比居剧院露面，演《渔夫卡斯巴尔道》，大出风头。②

瞥见他，余扫乃皱紧眉头。自从人家拒绝了他的剧本，他就憎恨戏子。他说，大家想象不出那些先生们的虚荣，特别是这一位！——“大模大样，请看这份儿神气！”

戴勒玛尔向罗莎乃特微微一鞠躬，便倚着壁炉，动也不动，一

---

① 皮阿斯特是埃及等国家的银币。

② 昂比居剧院一七六九年由喜剧演员奥第诺建于神庙马路。初演木偶剧，后改为小儿剧，最后专演闹剧。一八二七年剧院焚于火，改建在圣·马丁马路。勒麦特在这里演剧，造成它的名气。

一八三八年，昂比居剧院上演《卡斯巴尔·奥塞》，故事取自麦利的小说：卡斯巴尔是德国某贵族的私生子，被囚十八年，无意中为人放出，重与父母会合，但终因社会地位，服毒自杀。所谓《渔夫卡斯巴尔道》，不过把人名的尾音南欧化，窃其余辉而已。

只手放在心上，左脚向前，眼睛向天，他的镀金桂冠套在他的风帽上，竭力使他的目光含有许多诗意，来勾引贵夫人们。大家远远围住他兜成一个大圈子。

法提腊斯吻了许久罗莎乃特，走去求余扫乃就风格的观点，重新看一遍她想发表的一本教育著作《少年花环》，一本文学和伦理学集子。这位文人答应帮忙。然后，她问他能不能够在他接近的报章随便捧一下她的朋友，甚至将来邀他演一个角色。余扫乃一听这话，竟忘了取一杯五味酒喝了。

酒是阿尔鲁拌的；后面随着伯爵的小厮，捧着一个空盘，他心满意足地把酒献给大家。

等他走过吴坠先生前面，罗莎乃特止住他。

——怎么样，那桩事？

他脸红了红；最后向老头子道：

——我们的女朋友告诉我，你会帮……

——怎么了，我的街坊！随便什么忙，全成。

党布罗斯先生的名字出了口；他们彼此低下声谈话，福赖代芮克听不大清楚；他踱向罗莎乃特和戴勒玛尔一同说话的地方，壁炉的另一个角落。

戏子长了一张俗脸，就像剧院里专为人远看的布景；另外还有一双厚手，大脚，一个肥大的下巴；他毁谤最有名的演员，把诗人看做他的下属，一来就说："我的声调、我的容貌、我的才赋，"并在他的演说上涂些他自己不大了然，而又心爱的字句，例如"颓废、相似与同质"①。

---

① "颓废、相似与同质"的原文是：Morbidesse，analogue et homogénéité。

罗莎乃特听他讲，头微微点着，表示赞同。她的粉颐上，可以看见叹赏笑容；同时她的亮眼睛，有什么形容不出的颜色的湿东西，网一样悬着。那样一个人怎么能够把她魔住？福赖代芮克心里激起蔑视的念头，也许由于克制自己对于他的羡忌，越发蔑视他了。

法提腊斯女士如今和阿尔鲁在一起；一边不时纵声大笑，一边飞一眼望着她的女朋友，同时吴坠先生也用眼睛兜着她。

随后，阿尔鲁和法提腊斯不见了；老头子过来和罗莎乃特低低说话。

——好吧，是的，就那么办了！让我安静一下子。

她求福赖代芮克到厨房看一下阿尔鲁在不在。

一大排盛满一半的玻璃杯盖着搁板，坛子、锅、比目鱼鳌、煎炒镬，全在跳跃。阿尔鲁不分上下地呼唤听差、压芥末酱、尝汤、同女仆开玩笑。

他道：

——得，告诉她全齐了！我就吩咐上菜。

大家不跳舞了，女人方才坐下，男子散着步。挂在客厅中间一个窗户的帘子，被风吹臌了；那位狮身人面不顾大家的劝告，把她汗淋淋的胳膊当着风眼摆开。可是罗莎乃特在什么地方？福赖代芮克往远处找，一直找到内室和寝室。有些人，要单自一个人，或者两个人在一起，逃到这些地方。影子和呢喃揉在一起。手帕下面掩着小声地笑，抹胸边沿恍惚瞥见扇子的颤索，慢悠悠的，好像受伤的鸟在摇晃翅膀。

走进花房，他看见靠近喷泉，在一棵杯芋的大叶子底下，戴勒玛尔平平伏在帆布安乐椅上；罗莎乃特坐在旁边，手放在他的头发里面；他们彼此端相着。就在同时，阿尔鲁从另一边，鸟房那边进来。戴勒玛尔一下子跳起，随后头也不回，放平步子，走出去；甚至在门边停住，掐下一朵木槿花，点缀他的钮孔。罗莎乃特俯下了脸；福赖代芮克看着她的侧面，瞥清她在哭泣。

阿尔鲁道：

——瞧！你怎么了？

她耸耸肩，不回答。

他接着道：

——是为了他吗？

她伸出胳膊搂住他的脖子，吻着他的前额，缓缓道：

——你明白我永久爱你的，我的大小子。我们别往这上头想了！去用夜饭吧！

一盏燃着四十支蜡烛的铜挂灯，照亮饭厅；四壁消失在挂着的旧瓷器下面；这片强光，笔直射着小菜和水果，把摆在桌布当中的一条绝大的比目鱼也越发映白了，桌布四边是盛满了蝲蛄汤的盘子。布帛窸窣在响，女人敛起她们的裙子、她们的袖子和她们的肩巾，一个挨一个坐下；男子站在各犄角。白勒南和吴坠先生靠近罗莎乃特；阿尔鲁在对面。巴拉曹和他的女朋友方才离开。

她道：

——一路平安！我们动手吧！

合唱队的小孩，喜欢滑稽，大大画了一个十字记号，开始饭前的祈祷。

妇女们嫌他亵渎，尤其是那位女鱼贩子，有一个女儿，要她长大了做一个正经女人。就是阿尔鲁，也“不爱这个”，以为人应当敬重宗教。

一座装着一只公鸡的德意志自鸣钟，叫着两点钟，引起大家就这木制的叫钟开了一大阵玩笑。各式各样的话继之而起：双关语、小故事、吹牛、打赌、信以为真的诳话、靠不住的肯定，你一言我一语，乱了一阵，便各自谈起切己的事。酒顺斟下去，菜一道一道上来，医生切着。远远投来一只橘子，一个塞子；有人走开和别人谈话。罗莎乃特时时转向身后不动的戴勒玛尔；白勒南在瞎吹瞎扯，吴坠先生在微笑。法提腊斯女士差不多一个人吃掉了所有的蝲蛄，硬甲在她的长牙底下响着。那位天使坐在钢琴的小杌子（唯一可以容纳他的翅膀的座位）上面，安安静静，一直嚼着没有中断。

合唱队的小孩十分惊奇，再三道：

——多能够吃！多能够吃！

那位狮身人面喝着烧酒，放开喉咙叫唤，手之足之，仿佛一个魔鬼。她的两颊忽然膨胀了，止不住血往上涌，她拿她的饭巾堵住嘴唇，随即扔在桌子底下。

福赖代芮克看见她的作为。

——没有什么！

他劝她回去将养一下，她慢慢答道：

——得了！有什么用？全不一样！生命原来就不那样好玩的！

听到这话，他打了冷战，心头一阵冰冷的忧郁，就像他瞥见种种惨苦觖望的世界，一盆炭火靠近一张帆布床，皮围襟兜着太平间的尸首，旁边有龙头放冷水，流过他们的头发。

但是，余扫乃蹲在那位野蛮女子的脚边，哑着嗓子，模仿演员格辣扫在乱唱：

——不要残忍，噢，赛吕达[①]！可爱呀这小小的家庭宴会！用

---

① 赛吕达是夏多布里昂的小说《纳采》的女主人公，罗乃的情人。纳采是北美洲的一个土著民族。小说发表于一八二六年，述罗乃在野蛮民族所闻所见。

欢乐把我陶醉吧，我的爱情！让我们快活！让我们快活！

他开始吻着女人们的肩膀。他的髭扎着她们打颤；随后，心想拿他的头碰碎一个盘子，他轻轻用力试了一下。别人模仿他；瓷器的碎屑活像一阵大风吹起的石瓦在飞。那位卸货女人喊道：

——你们不用在乎！砸了不碍事！烧瓷器的老爷送我们的！

眼睛全望着阿尔鲁。他回答：

——啊！对不住，有发票开！

不用说，他以为自己不是或者不复是罗莎乃特的情人了。

可是有两位怒声吵骂起来：

——笨蛋！

——流氓！

——你说怎么办！

——我听你的！

原来是那位中世纪的骑士和那位俄罗斯的车夫在争吵；后者坚持穿铠甲的人不勇敢，前者把这看做一种侮辱。他要打架，大家在中间拦住；那位队长，设法在骚乱之中，让人听他讲话。

——先生们，听我的话！一句话！我有经验的，先生们！

罗莎乃特用刀子敲着一个玻璃杯，好容易得到了平静；先向戴盔的骑士发话，随后转向戴长毛帽子的车夫道：

——先放下你的罐子！一看，我就生气！——你哪，那边，你的狼头！——你要不要服从我，家伙！看看我的肩章！我是你的女元帅！

他们照办。大家喝彩喊道：

——女元帅万岁！女元帅万岁！

然后，她从炉子上取了一瓶香槟酒，从高处倒进大家伸给她的杯子。桌子太宽了，客人，特别是女人，全站在她这边，踮起脚尖，蹬着椅子的横梁，足有一分钟，形成一队头饰、赤肩、舒臂、斜身的金字塔；——长长的酒泉亮晶晶地喷在这一切之间，因为小丑和阿尔鲁，在饭厅的两角落，每人打开一瓶酒，溅着大家的面孔。鸟房的门打开，小鸟飞进饭厅，受了大惊，围着挂灯翱翔，贴着玻璃窗，碰着木器；有些落在头上，把头发当中看做大花朵。

乐师全走了。钢琴从前厅移到客厅。法提腊斯坐在钢琴那边，伴着那个打扁鼓的合唱队的小孩，她狂野似的奏起对舞的音乐，把键子打得仿佛一匹马奔，上身摆来摆去的，打着拍子。

女元帅揪着福赖代芮克跳舞，余扫乃孔雀一样开了屏，卸货女人马戏班的丑角一样脱了臼，小丑一动一动仿佛猩猩，野蛮女人摊开胳膊，模仿一条小船的摇晃。最后，全不行了，只好停住；有人打开一扇窗户。

日光和清新的晨氛进来。大家惊奇到叫唤了，接着是一阵沉静。黄焰闪烁着，烛座不时来一下爆响；地板抛着些绦带、花和珠子；桌子粘着些五味酒和果子露的渍点；帷帐脏了，衣服皱了，沾了些土；辫子搭在肩膀；汗流乱了脸上的化妆；露出些苍白的面孔，红眼皮一眨一眨。

女元帅的颐是玫瑰色，眼睛发亮，刚刚洗完澡一样地精神。她把她的假发远远扔开；她的头发垂在她的四周，好像一片羊毛，盖住她的衣服，仅仅露出她的裤子，那种情形真是又可笑又可爱。

那位斯芬克司发了烧，牙也在响，需要一条围巾。

罗莎乃特跑到她的寝室寻找围巾；斯芬克司跟过去，她照准她的鼻子急急关上了门。

那位土耳其人高声点破，说没有人看见吴坠先生出来。大家累极了，没有人接下去挖苦。

随后，大家胡乱披上风帽和外衣，等候马车。七点钟响了。那位天使一直在饭厅，坐在一碟牛油拌的沙丁鱼果酱前；女鱼贩子靠近她，吸着香烟，给她出些过日子的主意。

马车终于来了，客人走了。余扫乃在一家外省特约通信社服务，必须在午饭前读五十三份报纸；那位野蛮女人到她的剧院排戏，白勒南有一个模特儿要画，那位合唱队的小孩有三个约会。不过天使被消化不良的初兆所困，站不起来。中世纪的子爵一直把她抱到车上。

卸货女人在窗口喊道：

——当心她的翅膀！

大家来到梯头，法提腊斯女士向罗莎乃特道：

——再见啦，亲爱的！好极了，你的夜会。

随后俯向她的耳朵：

——看好了他！

——看到时机好转。

元帅一边回答，一边慢慢转回脊背。

阿尔鲁和福赖代芮克一同回去，如同他们来的时候。瓷器商的神气十分黯淡，他的同伴以为他不大舒服。

——我？一点也不！

他咬住髭，皱紧眉；福赖代芮克问他是否在忧虑他的生意。

——没有的话！

随后，忽然道：

——你认识他，吴坠老头子，不是吗？

于是，带着一种忿恨的表情：

——他有的是钱，老浑蛋！

其后，阿尔鲁说起一件重要的瓷器，他的工厂今天应当烧好。他想看去。一小时之内就有火车。“不过我得吻吻我太太去。”

“啊！他太太！”福赖代芮克想道。

他随即躺下去，后脑勺子痛到不堪忍受；他饮了一瓶水止渴。

他起了另外一种渴望：女人、奢侈、一切巴黎生存的需要。他觉得他有点儿茫然，好像一个人走下船；在最初朦胧的幻觉之中，他看见女鱼贩子的肩膀、卸货女人的腰、波兰女人的腿肚子、野蛮女人的头发，不断来来往往。随后两个大黑眼睛，不在跳舞会的，出现了；蝴蝶一样轻盈，火把一样炽热，它们去了，来了，颤着，上到飞檐，一直下到他的口上。福赖代芮克执意要认出这对眼睛，然而没有认成。不过梦已然擒住他；他觉得他靠近阿尔鲁，套在一辆马车的车辕上，而女元帅，骑在他身上，用她的金刺马距扎破他的肚子。

二

在乐佛尔街的犄角，福赖代芮克看妥一所小公馆，买了些家具，同时买下“顾白”和马，另外从阿尔鲁的铺子取了两个盆架放在客厅门的两个角落。在这房间后面，是一间卧室和一间小屋。他想起让戴楼芮耶住在里面。不过他怎么接见她，“她”，他未来的情妇呢？有朋友在，到底是一种麻烦。他打开隔墙，放大客室，把小屋改成一间吸烟室。

他买下他心爱的诗集、游记、地图、字典，因为他有无数工作的计划；他催促工人，奔走店铺，而且急于享受，不讲价钱，就拿走东西。

一看商家的账单，福赖代芮克晓得他眼前要支付四万法郎光景，还不算承继产业的手续费，就要超出三万七千数目；他的财产是地产，所以他写信给勒·阿弗尔的公证人，卖掉一部分，清偿他的债务，自己也好有点儿钱使用，最后想结识一下这朦胧、炫目而难以形容的东西——所谓“上流社会”，他给党布罗斯送去一封短笺，问他们可否接见。太太回信，说她盼他明天下访。

这是会客的日子。好些马车停在院子。两个听差赶到门廊底下，第三个站在楼梯高处，开始在他前面行走。

他穿过一间前厅，一间屋子，随后一间高窗户的大客厅，庞然大物的壁炉顶着一座球形的摆钟，另外有两个奇大的瓷瓶，里面满满插了两捆烛盘，好像两堆金色荆棘。墙上挂着些小西班牙人[①]画风的画；沉重的毡门帘庄严地垂着；所有的家具，帝国风格[②]的沙发、几子、桌子，全带着威严和外交的景象。福赖代芮克不由自主高兴地微笑了。

他最后来到一间卵形的房间镶着松香板壁，摆满了玲珑的家具，一个开向花园的玻璃窗照亮屋子。党布罗斯夫人靠近炉子，有一打人左右围着她，形成一个圆圈。吐了一个可爱的字，她做手势请他坐下，可是并不显出长久没有看见他的惊奇模样。

他进来的时候，大家正在赞扬修道院院长葛尔的口才。随而谈起一个贴身用人偷东西，大家慨叹听差不道德；诽谤开始了。骚穆芮老夫人害感冒，杜尔维骚小姐结了婚，孟沙龙一家在正月梢以前不会回来，布洛当古尔一家也不会，如今人在乡间一住就住长了，谈吐的无聊好像因四周摆设的奢华加甚了；可是比起说话的样式，没有目的、没有次序、没有精神所说的话倒有意义多了。不过，其中也有些男子通达事故的，一位前任部长、一位大教区的教堂堂长、两三位政府的高级官吏；他们的话不外乎些极其陈腐的常谈。有些人类似疲倦的阔寡妇，有些人带着马贩的腔调；还有些老头子，伴着他们的太太，倒可以做她们的祖父。

党布罗斯夫人温文尔雅，一一接待。人家说到一个病人，她就把眉痛苦地皱住；假如说到跳舞会或者夜会，她就换上一副快活的模样。不久她势必要取消这些跳舞会、夜会，因为她要从寄宿舍接

---

① 小西班牙人是西班牙画家里贝拉（一五八八年——一六五六年）的绰号。早年即赴意大利，从文艺复兴各大师习画，后来住到那不勒斯，娶一画商女，老死于此。由于他的素材，特别由于他的诠释，他具有强烈的现实主义的情调。他欢喜画受刑和殉教等等残忍的素材；乞丐与耄耋是他垂爱的人物。他在法国有许多模拟者，最出色的是里保（一八二三年——一八九一年）。

② “帝国风格”指拿破仑帝国时代，一切艺术制作具有复古的倾向。

出她丈夫的一个侄女，一个孤女。大家颂扬她的忠悫；她做得真像是个母亲了。

福赖代芮克端详着她。她黯淡的脸皮仿佛绷得开开的，亮出一种没有光辉的鲜妍，活像一个放久了的果子。不过她的头发，挽成英吉利式的螺旋模样，比丝还要精细；她的眼睛属于一种熠耀的天蓝；她的姿态全是雅致。坐在靠里的二人椅上，她抚弄着一张日本屏风的红结子，为了显出她的手，不用说，纤纤的长手，有一点儿瘦，手指尖梢往上翘着。她穿着一件织花的灰袍，高领，仿佛一个女清教徒。

福赖代芮克问她今年来不来佛尔泰勒。党布罗斯夫人不晓得。其实，他也了解这层道理：劳让会把她腻死。客人越来越多。地毡上，袍子不断在窸窣；夫人们坐在椅子边沿，迸出些轻松的冷笑，吐出两三个字，不过五分钟，带着她们年轻的女儿就走了。不久，谈话没有法子继续了。福赖代芮克告退的时候，党布罗斯夫人向他道：

——每个星期三，不是吗，毛漏先生？

她用这一句话赎回她方才冷淡的表示。

他满意了。然而，在街心，他吸了一大口气；需要一个不大虚伪的场合调剂，福赖代芮克想起他欠拜访女元帅一趟。

前厅的门敞着。两只哈瓦那长毛小狗跑过来。一个声音呼道：

——戴勒芬！戴勒芬！……是你吗，费力克斯？

他站住没有往前去；两只小狗总在汪汪。罗莎乃特最后出来了，裹着一件沿花边的白纱梳肩，赤着脚，穿着一双平底皮拖鞋。

——啊！对不住，先生！我把你当做梳头的了。一分钟！我就回来！

他一个人留在饭厅。

百叶窗关着。福赖代芮克用眼睛向屋里浏览，想着前一夜的喧器，同时注意到桌子中央一顶男人帽子，一顶发瘪、油腻、龌龊的旧毡帽。这帽子是谁的？帽里绽了线，它好像厚着面皮道：“随它去，我不在乎！我是主子！”

女元帅忽然来了。她拿起它，打开贮藏室，往里一扔，把门合住（同时好些别的门，开了又关上），然后让福赖代芮克绕过厨房，她把他领到她的更衣室。

马上看得出，这是房屋里客人最常到的地方，活像是它真正的道德中心所在。一幅画着大树叶的波斯彩布蒙着墙，沙发和一张有弹性的大睡椅；一张白大理石桌，上边放着两个蓝瓷大面盆；若干水晶板拼成的架子堆着些小玻璃瓶、刷子、梳子、胭脂棒、香粉盒；炉火映进一座高大的活动镜；一条毛巾布搭在浴盆外面；杏仁浆和安息香的气味发散着。

——你原谅这个乱劲儿！今天晚晌，我在市上用饭。

一转脚后跟，她差点儿压着一只小狗。福赖代芮克说它们可爱。她举起两只小狗，把它们的黑脸举到和他一样高：

——来，好好笑一笑，亲亲先生。

一个男人，穿着一件皮领的脏外衣，忽然进来了。

她道：

——费力克斯，我的好孩子，下星期天你的钱包管有。

男人开始给她梳头。他向她报告她女朋友的消息：罗实桂太太、圣福劳浪旦太太、龙巴尔太太，全都和在党布罗斯公馆一样高贵。随后他们谈论剧院；晚晌昂比居剧院要演一出特别的戏。

——你去吗？

——真的，不去！我待在家里。

戴勒芬露面了。她责备她没有她的允许就出了门。另一位发誓说她“从菜市回来”的。

——好啦，拿你的账本子来！——你答应，不吗？

低声念着那小簿子，罗莎乃特念一项挑剔一项。总数不对。

——还我四个苏！

戴勒芬把钱还给她；她把她打发掉：

——啊！圣母娘娘！跟这些人在一起够多受罪！

福赖代芮克听不下去这种怨詈。这太让他想起另一家的怨詈，给两家立下一种痛苦的平等。

戴勒芬折回来，挨近女元帅，在她耳边低低说了一句话。

——不！我不要见她！

戴勒芬重新回来。

——小姐，她一定要见。

——啊！真叫厌烦！把她赶出去好了！

就在同时，一个一身黑的老太太推开了门。福赖代芮克什么也没有听见，也没有看见；罗莎乃特奔进寝室，迎住她。

出来的时候，她的脸红了，坐在一张沙发上不作声。一颗眼泪滴在她的面颊；随后，转向年轻人，悠悠地道：

——你的名字叫什么？

——福赖代芮克。

——啊！费戴芮高！我这么叫你，你不讨厌吗？①

她以一种阿谀，差不多钟情的姿态望着他。忽然，看见法提腊斯女士，她喜欢了，喊着。

女艺术家没有时间奉陪，六点正要主持她的会餐；她喘着气，累得不行了。她先从篮子里取出一条纸包住的表链，随后拿出买来

① 女元帅故意把他的名字改做西班牙读法，表示热情、亲热。

的各式各样东西。

——你知道，在茹拜尔街，有瑞典手套卖，三十六苏，才叫好呐！你那家染坊还要八天。说到花边，我告诉你，他们就要烫的。毕牛收了那笔款。我全说了，我想？你欠我一百八十五法郎！

罗莎乃特到一个抽屉里面取十块拿破仑。两个抽屉全没有钱，福赖代芮克把自己的钱送给她。

法提腊斯把十五法郎塞进她的钱包，道：

——我改天还你。不过，你是一个淘气虫，我不爱你，你一回也没有邀我跳舞，那一天！——啊！我的亲爱的，我在伏尔泰码头一家铺子发现了一个做标本用的蜂鸟架子，才招人爱呐！我要是你的话，我把鸟儿送了去。看呀！你觉得怎么样？

她露出一幅玫瑰色绸子旧零头，她在庙街买的，预备给戴勒玛尔做一件中世纪紧身衣。

——他今天来过，不是吗？

——没有！

——这就怪了！

一分钟之后：

——你今晚到哪儿去？

罗莎乃特道：

——到阿耳封新家去。

这是她要怎么样消磨夜晚的第三个说法了。

法提腊斯女士接着道：

——山上的老头子，有什么新消息吗？①

① “山上的老头子”指吴坠先生而言，因为他在圣·克路的山林有房子，曾经是阿尔鲁的邻居。

可是，女元帅急忙丢了一个眼风，叫她收住口；她送福赖代芮克，一直送到前厅，为了知道他是否不久就会看见阿尔鲁。

——请你告诉他来一趟；别当着他太太，记住了！

在梯级上，挨住一双雨鞋，贴墙放着一把雨伞。

罗莎乃特道：

——法提腊斯的胶皮鞋。多大的脚，嗯？粗壮得很，我的小女朋友！

用一种闹剧的声调，滚着末一个字音道：

——别相信她，她，她！

福赖代芮克，感激这种信托，斗胆要吻她的颈项。她冷冷道：

——噢！香吧！这损不了什么！

他轻飘飘地走出这里，相信女元帅不久会变成他的情妇的。这个欲望唤醒另一个欲望；别瞧他对她有点儿恨意，他还真想看看阿尔鲁夫人。

而且，他应当为罗莎乃特的嘱托，去那边。

他思索（六点钟响了）道："不过，现在，阿尔鲁一定在家的。"

他延到第二天拜访。

和第一天一样，她坐在那里，缝一件小孩子的衬衫。小孩子在她脚边和一群木制的禽兽玩耍；玛尔特在远一点点的地方写字。

他先恭维她的孩子。她的回答不带任何母性愚骙的夸大。

屋子呈出一种安详的容貌。一片晴好的阳光穿过玻璃，木器的犄角发着亮，阿尔鲁夫人靠近窗户坐，一大幅阳光落向她后颈的头发，一道金液透过她的琥珀色皮肤。他当时道：

——想不到三年工夫，一个年轻女孩子就变得很高了！——小姐，你还记得，你睡在我的膝盖头，在马车里吗？——玛尔特不记得了。——有一晚晌，从圣·克路回来？

阿尔鲁夫人的目光特别显得忧郁。这是禁止他提起任何他们相同的记忆吗？

她的眼膜熠耀着；她的美丽的黑眼睛，在它们有点儿沉重的眼皮下面，轻轻动着；在她的瞳孔的深处有一种无限的善良。他重新让爱情擒住，比以往更强了，简直无边无垠：单是注视就让他麻痹了，他挣扎出来。怎么叫她看重自己？用什么方法？寻思了许久，福赖代芮克觉得最好的方法，也就只有金钱。他开始谈到天气，在勒·阿弗尔暖和多了。

——你从那边来的？

——是的，为了一件家……事……承继财产。

——啊！我真高兴。

她说话时候，快乐的神情极其真实，他感动到好像受了她一次大恩大惠。

随后她问他想做些什么，一个人应该有一定的事业才是。他想起他的谎话，说他希望在国务院谋事，仗着议员党布罗斯先生帮忙。

——你也许认识他吧？

——也就是听人说过。

随后，放低声音道：

——“他”领你到跳舞会去来的，那一天，不是吗？

福赖代芮克不作声。

——这就是我想知道的，谢谢。

接着，她有分寸地问了两三句他的家庭和他的省份。在那边住了那么长久没有忘掉他们，真难得。

他抢过来道：

——可是……我能够吗？你不相信吗？

阿尔鲁夫人站起来。

——我相信你待我们的情谊又好又牢固。再会吧，……回头见！

她把手伸出去，样子坦白、坚决。这不是一种契约，一种期许吗？福赖代芮克感到活下去的欣快；他强自收敛不唱出来，他需要发泄、周济、布施。他望望自己的四围，看有没有人要他援救。没有一个穷人过来；他献身的意志消失了，因为他就不是那种到远处寻找献身机会的人。

他随后记起他的朋友。他第一个想到的是余扫乃，第二个是白勒南。杜萨笛耶卑下的地位自然要加以注意；至于西伊，他高兴让他看一眼他的财产。于是他给四个人写信，请他们下星期日准十一点钟来用午餐，庆贺他的乔迁。他吩咐戴楼芮耶带赛耐喀来。

这位教员，因为他把颁奖看做妨害平等的习俗，不肯同意，已然被他第三个寄宿学校辞谢了。如今他在一个制造机器的那边做事，和戴楼芮耶有半年不在一起住了。

他们的分手并不怎么难堪。赛耐喀在最后期间招待些穿工人衣服的人，全爱国，全做工，全是好人，不过和他们在一起，戴楼芮耶感觉厌烦。而且，他朋友有些见解，用做武器虽说优越，他不欢喜也是真的。出于野心，他不发话，指望收下他给自己开路，因为他焦切地期待世道大乱，好给自己打出路，谋位置。

赛耐喀的信奉比较不带私心。每晚工作完了，他回到他的鸽子窝，从书里寻找材料辩护他的梦想。他注释过《民约论》。他往脑袋塞满了《独立评论》。他熟悉马布里、摩莱里、傅立叶、圣·西

门、孔德、卡贝、路易·勃朗，①可以装满一车的社会主义作家，

---

① 《民约论》是卢梭的杰作，一七六二年问世，临到法国大革命的初期，几乎成了家传户诵的经典。一个著名的演说家，从一七九一年起，把这本小书称做“自由的信条”。

《独立评论》创刊于一八四一年十一月一日，到一八四八年二月二十四日停刊。合作者有勒鲁、乔治·桑等。他们站在民主的立场，评论日常发生的事故。

马布里(一七〇九年——一七八五年)是法国哲学家亚克的长兄。早年从事政治，其后感到厌倦，一心著述。他反对专制，倾向于共产主义。他的著作有《罗马人与法国人的比较》(一七四〇年)，《质农学者》(一七六八年)等。

摩莱里(一七二七年——一八一九年)是法国十八世纪的哲学家，身世不详。他的著作对于共产主义具有影响，如《自然法则》(一七五五年)。

傅立叶(一七七二年——一八三七年)是法国一位社会主义的理想家。他承继父亲的遗产十万法郎，用在里昂经营商业，在恐怖时期(一七九三年)，财产被没收，他险些死在断头台上。从监狱出来，他度了两年军队生涯，缺乏兴趣，重理他的商业。一八〇八年，他发表《四种运动的原理》，以为宇宙有四种运动：物质的、有机的、动物的与社会的。社会的吸力是爱，爱是社会运动的法则。一八二二年，他发表《家庭农业组合论》；一八二九年，发表《工业新社会》。所谓“文化”，实际是一种压抑，或者过程。理想的社会还在后面。人性需要谐和的必然的发展，人有八百一十种热情，选择一千六百二十人，便可以代表一切可能的活动形态。这种理想的生活场合，他称之为法郎吉(Phalange，希腊字，军队的意思)，或者“共产舍”。一个法朗吉包含四百家，或者一千八百人，住在三方英里以内，根据各自的才能喜好，选择交换工作。生产所得，除去个人最低的生活费用，分做十二份，五份归工作，四份归资本，三份归才分。通常的婚姻制度必须废除。社会的个人应当以夫妇为单位。他的著述最初缺乏读者，直到一八三一年之后，他才渐渐有了若干信徒。其中最知名的要推孔西代朗，纠合两三同志，在一八三二年六月一日，办了一个刊物，宣传他们的理论，名之曰：《工业改革》或《法朗斯泰尔》。临到一八三三年，刊物告终的时候，已有二百同志。在组织上，傅立叶的理论失败了，但是在精神上，却始终持续下去，一八四〇年左右，这成为工人之间谈论的主题。

圣·西门(一七六〇年——一八二五年)是法国空想社会主义的创始者。他生在贵族家庭，投入华盛顿的军队，参加美国的独立战争。大革命时代，他一度曾被拘囚，但是投资得宜，他发了十四万四千法郎的财。他晚年的生活非常困窘，有一次自杀，仅仅瞎了一只眼。他的著述有：《工业论》(一八一七年)，《组织者》(一八一九年)，《工业制度》(一八二一年)等，而最重要的是他一八二五年的《新基督教》。圣·西门以为社会的阶层应该让位给普遍的组合，人类的等级应当依照这个著名的原则：“各尽所能，各取所值。”废除产业的遗传制度，一切财富由国家统治，(转下页)

有的为人类要求撤除兵营，有的宁愿人类在一家妓院开心，或者俯在一张柜台消磨时日；他从这一切混淆中，为自己立下一种道德的民主政治的理想，一是租田，一是纱厂，一种美利坚式的斯巴达，人在这里活着只为侍奉社会，比大喇嘛和尼布甲尼撒还要全能、绝对、不移、神圣。他十分相信这种观念会在最近实现；凡他认为和它敌对的，他就以几何学家的理论和宗教承审官的热诚坚持到底。贵族的品级、十字勋章、羽翎，特别是奴仆的服装，甚至过分响亮的名声，他全不以为然，——他的研究，犹如他的痛苦，每天增高他对一切阀阅或者任何优越情况的必然憎恨。

（接上页） 依其所能所值，再做公允的分配。他最知名的弟子有两位，昂方旦（一七九六年——一八六四年）和巴札尔（一七九一年——一八三二年）。特别是昂方旦，努力把圣·西门偶像化，当做新的救世主。他们被尊为“圣父”，以“家庭”的方式，纠合若干信徒，于一八三一年十二月二十七日接办《地球日报》，反对政府的政策，宣传社会革命的主张。但是谈到妇女问题，昂方旦主张新宗教的教士夫妇同位，巴札尔以为增加混淆，是退化而非进化的表征。政府利用他们的分裂，禁止信徒聚会。一八三二年四月二十日，《地球日报》缺乏资本停刊。继而昂方旦被捕，释放之后，亡命埃及。于是圣·西门宗教瓦解。但是，直接承受圣·西门的影响的，却多属当时的名士，例如史学家狄耶芮，开凿苏伊士运河的莱塞浦斯等皆是。法国大革命是消极的、破坏的，而且最后是纷乱的，圣·西门和傅立叶身受大革命的荼毒，一腔救世的热忱，是积极的、建设的。圣·西门的宗教色彩成为一般人揶揄指摘的把柄。

孔德（一七九八年——一八五七年）是实证哲学的创建者。一八一八年，他结识圣·西门，做了六年的信徒，最后因为目的方法不同，宣告决裂。平日以家庭数学教员维持生活，虽曾任教大学，终因思想新特，不为所容。他最大的著述是六册的《实证哲学讲义》（一八三〇年——一八四二年）。他的目的是把我们对人世的知识合理化。一切人类的概念是从神学、形而上学走进实验或者实证的阶段。社会的发展是从武力方面向工业方面演进。美满的生活有赖于美满的知识。

卡贝（一七八八年——一八五六年）是法国一个理想的或者神秘的共产主义者。一八四〇年，他发表《伊卡里旅行记》。做议员，办日报（一八三四年到一八三五年的《通俗报》），他生平的政治活动全拿建设伊卡里（他的乌托邦）为依归。一八四七年，他选定美国的得克萨斯作为他乐园的基地，率领一百五十信徒前往。他换了几个地点，信徒渐渐星散，截到一八八五年为止，仅仅余下二十六名。

——我欠下这位先生什么，要去给他致敬？他要是有求于我的话，叫他自己来！

戴楼芮耶硬把他拖了去。

他们发现他们的朋友在寝室。活动帘、双料帷幔、威尼斯镜子，无所不备；福赖代芮克穿着天鹅绒的内衣，躺在一只靠背椅上，吸着土耳其烟草的纸烟。

赛耐喀的脸上起了一层云，好像那些执拗的信士，被人领进作乐的场所。戴楼芮耶仅仅一眼，看清了一切；随即，向他一躬到地道：

——大人！我前来伺候！

杜萨笛耶扑上去搂住了他。

——你真阔了，如今？啊！阔了正好，家伙，阔了正好！

西伊出现了，帽子上围着一块黑纱。自从他祖母去世，他享有一份不小的财产，他不大寻乐，用心提高身价，不和一般人见识，总之，显他“有来历”。这是他的口头禅。

正午到了，大家都打着呵欠，福赖代芮克在等一个人。一听阿尔鲁的名字，白勒南做了一个鬼脸。自从前者放弃艺术以来，他把他看做一个叛徒。

——不等他怎么样？你们赞不赞成？

全赞成。

一个扎着长护腿的听差把门开开；大家瞥见饭厅，围墙的橡木板条，高高的、嵌着金，两个柜橱放满了碗碟。酒瓶烫在火炉上；靠近牡蛎，新刀的刃子在发亮；细玻璃杯的乳白色调仿佛含有一种诱人的甘美，桌子上摆满了野味、水果、奇异物品。这些张罗对赛耐喀不起作用。

他先要家用面包(硬到不能再硬)，然后就此谈起毕让塞的暗杀事件和食品的恐慌。①

这全不至于发生，只要保护好农业，只要不任一切自相竞争，陷于骚乱，遵守可怜的“容其自便，通行无阻”的格言！金钱的封建制度就是这样组成的，比封建制度坏多了！可是大家要小心！人民临了要厌倦的，要叫侵占资本的人们偿付我们的痛苦的，不是流血放逐，就是抢掠他们的府邸。

福赖代芮克在一霎那，瞥见一群赤臂男女打进党布罗斯夫人的大客厅，用枪砸碎镜子。

赛耐喀继续道：工人，因为工资不够维持生活，比斯巴达的俘虏、黑人和印度贱民还要不幸，特别是有小孩子的话。

——难道要像马尔萨斯②的信徒：一个我不知名英国博士，教工人的法子用闷死孩子来摆脱穷困吗?

于是转向西伊道：

——难道我们真就得听从卑鄙的马尔萨斯的劝告吗?

---

① 一八四五年，法国北部谷麦歉收，同时番薯生病，蔓延全欧。法国从外国购买大量小麦平粜，平均每百公升须价二十三法郎。次年，水旱交加，麦价愈高。货币又因修筑铁路缺乏，农工陷入苦境，引起大小城镇的骚乱。从一八四六年八月到一八四七年七月，烧掠富有人家，拦劫水陆商旅，成了一种普遍的现象。幸而不久便是丰收，结束了这场祸殃。政府事先没有阻止或者减轻荒旱，事后却严处叛乱的农民。

毕让塞是安德省的一个小镇市，饿莩结队驱散巡警，烧毁田庄，抢掠粮食店，造成绝大的骚乱。一八四七年一月十三日，他们杀死一个叫做徐阿尔的地主。几天以后，一个白拉布尔小镇市的地主，叫做达杨的，又被群众杀掉。政府采取严厉手段，拘捕三十暴徒，五名判决死刑，四名无期徒刑，十八名有期徒刑。一八四七年四月十一日，政府在毕让塞执行被判决者死刑。

② 马尔萨斯(一七六六年——一八三四年）是英国社会经济学者。一七九八年，他用笔名发表他的《人口原则论》，一八〇三年修改扩大，正式印行。他认为卢梭等的乐观是没有根据的，因为人口以几何的比例增加，物产以代数的比例增加，所以人口过剩，将有危险的结局。唯一的限制是房屋和粮食。他的学说当时引起很大的争论。

西伊不知道马尔萨斯的卑鄙行为，甚至他的存在也不知道，只好答了一句：不过大家也救了许多穷人，上等阶级……

社会主义者冷笑道：

——啊！上等阶级！先不说没有上等阶级；只有心才让人上等！你听明白，我们用不着施舍！我们要的是平等，物产的公正的分配。

他所要求的，是工人能够变成资本家，犹如兵可以升到团长。商会公断所，至少，限制学徒的数目，可以防止工人拥挤不堪，博爱的情绪可以用联欢会和旗号维持。

余扫乃是诗人，惜恋旗号；白勒南亦然，其所以钟情，是在达纽咖啡馆听法朗斯泰尔一派学者谈话的结果。他宣称傅立叶是一个伟大人物。①

戴楼芮耶道：

——算了吧！一个老糊涂！把国家的覆亡看做上天的报应！他跟圣·西门和他的教堂差不了许多，憎恨法兰西大革命：一堆小丑儿，想替我们重安排一下天主教！

西伊先生，不用说，为了彻底了解，或者引起一番好印象，开始柔柔地道：

——这两位学者难道不跟伏尔泰一样看法吗？

赛耐喀接下去道：

——这家伙，随你处分好了！

——什么？我，我还以为……

——没有的话！他不爱老百姓嘛！

谈话随即转到现代事：西班牙的婚姻、罗实佛尔的舞弊、

---

① 参阅第一八四页注①。

圣·德尼的新教会，①说不定这要造成赋税加倍。依照赛耐喀的看法，大家实在付不起税！

——为了什么，我的上帝？为了给博物馆的猴子盖宫住，叫烜赫的参谋在我们的广场夸耀，要不也就是维持宫监之间的一种哥特仪式！

西伊道：

——我在《时髦》杂志读到一段，说圣·斐迪南节那天，杜伊勒里宫的舞会，人人扮做实喀尔。②

---

① 西班牙的婚姻实际是英法在西班牙争霸的问题。一八三三年，西班牙国王斐迪南七世薨，公主伊沙贝尔继位，由母后摄政。一八四三年十一月，公主宣布及笄，因而揭起婚姻的政治问题。英国主张她嫁给女王维多利亚的母族萨克司·高布尔，法国以为西班牙的王位应该依照向例，属于波旁（法国王族）一姓。经过长时期勾心斗角的争逐，不顾英国（当时法国唯一的友邦）的反感，路易·菲力普决定坚持到底：西班牙女王下嫁给弗朗索瓦，而将女王的妹妹路易莎嫁给孟邦西耶公爵（路易·菲力普的幼子）。假如女王没有儿女便由孟邦西耶公爵的后裔承继。一八四六年十月十日，在马德里同时举行婚礼。路易·菲力普外交胜利。但是，英法的邦交却被牺牲了，一八四三年九月，维多利亚女王曾亲来不为列强所重的法国，证实路易·菲力普的承继合法。一八四四年十月，路易·菲力普回拜，前往英国做客。基佐把这看做他个人的胜利，现在不然了，维多利亚女王把他骂做："基佐的行为超过人世一切卑鄙。"

罗实佛尔在法国的西境，沙朗特河的下游，濒临大西洋，是往日一个重要的军港。关于海军的学校、工厂、库房，大都在此。一八四六年，一位叫做桑松的监察告发海军厂库有吞没公款情事，海军部与当地长官不加可否。结局，桑松向法院提出公诉，提出三十六雇员审讯，一八四七年一月十三日，判处五人有罪。粮秣库的总管自杀。反对党指摘政府软弱。

圣·德尼礼拜堂在巴黎北郊圣·德尼镇，是法国古代帝王的坟陵所在。一八〇六年，组织教会，祈祷帝王冥福。一八四七年初，参议院通过一个重新组织圣·德尼教会的计划。然而直到一八四八年，政府并未转交众议院，列入议程。

② 《时髦》是吉辣旦于一八二九年十月创办的周刊，最初的名字是《时髦杂志》、《风俗走廊》、《沙龙画册》，特约卡法尔尼插图。一八三一年，改由内特芒等主持。这是正统派的激烈刊物，反对路易·菲力普，数被惩罚。

圣·斐迪南即西班牙国王斐迪南三世（一一九一年——一二五二年），一六七一年，晋封为圣，节日为五月三十日。

实喀尔是狂欢节的一种奇特装束：长筒靴、紧贴身裤、长羽盔。

社会主义者表示厌恶，耸肩道：

——多无聊！

白勒南喊道：

——还有凡尔赛美术馆！让我们也来谈谈！那些蠢东西缩短了一幅德拉克洼，放长了一幅格罗！他们在卢佛宫修了修，抓了抓，把画全瞎收拾了一番，十年之内，也许没有一幅留得下来。①至于目录上的错误，一个德意志人曾经写了一本书。外国人，我敢说，看不起我们！

赛耐喀道：

——是的，我们是欧罗巴的笑柄。

——这因为艺术做了王室的臣妾。

——只要你永久得不到普选……

画家因为二十年来被所有的画展拒绝，恨透了当局：

——听我说！哎！但求他们不跟我们捣乱就成了。我呐，我别的什么也不要！唯一的是，议会应当照顾艺术，定几条法律。必须立一个美学讲座，承讲的教授是一个实行家，同时又是一个理论家，我希望能够把群众聚在一起。——余扫乃，你在你的杂志提那么一句就好了。

---

① 德拉克洼（一七九九年——一八六三年）是法国十九世纪浪漫主义画派的大师。一反古典主义的作风，他的题材取自中世纪与同代，线条生动，颜色显明，热情洋溢。他在凡尔赛王宫留下一幅杰作，就是“战争画廊”的壁画《塔耶布尔之战》。四周大都是平庸的壁画。

格罗（一七七一年——一八三五年）是法国的画家，开浪漫主义画派的先河，所画多系拿破仑时代的战争画，留在凡尔赛者很多。晚年失意，自沉于塞纳河。

一八四二年七月二十六日，福楼拜给他的妹妹写信，指斥路易·菲力普道：“现在，谈到路易·菲力普，我为凡尔赛博物馆正在生他的气。你试想想，真的，这猪竟以为格罗的一帧画不够大，盖不满一面墙，打算取下一边画框，叫一个无名无姓的画家补上二三尺长。我真还想看看这画家的脸。”

戴楼芮耶气冲冲道：

——可是杂志自由吗？我们自由吗？在河里驶一条小船，要经过二十八种手续，我一想到这儿，就恨不得跟吃人的野蛮人过活去！政府活活吞了我们！什么全成了它的，哲学、法律、艺术、天上的空气；法兰西软弱无力，在巡警皮靴和牧师道袍之下咽着气！

这位未来的米拉波大口倾出他的忿恨。最后，他拿起他的玻璃杯，站起来，拳头拄着屁股，眼睛放光道：

——我喝这杯酒，庆祝现行治安的全部毁灭，就是说，一切所谓优先权、垄断、管理、品秩、权威、国家！

然后，声音越发高了：

——我愿跟这杯子一样摔碎了它！

把华美的有脚的玻璃杯往桌子上一扔，裂做千万的碎屑。

全拍手赞成，特别是杜萨笛耶。

看见不公道的事，他的心就跳起来。他担心巴尔贝斯①；他是那类身子投在车底下，搭救跌倒了的马匹的人。他的学问仅仅限于两部著作，一部的题目是《帝王的罪恶》，另一部是《教廷的秘密》。他张开嘴，神往地听着律师演说。终于忍不住了：

---

① 巴尔贝斯（一八〇九年——一八七〇年）是法国一个激烈的共和党。他是“人权社”的社员，因为一八三四年四月的暴动被捕，次年七月，费耶斯基的暗杀事件发作，他第二次被捕下狱。一八三六年，又因私下制造火药，拘禁一年。一八三九年五月十二日下午二时，巴尔贝斯率领“四季社”六七百社友，乘政府不备，占领市政府，冀图进攻警察厅。然而不到黄昏，他就被捕，最初被判死刑，大赦之后，判处无期徒刑。一八四八年，革命爆发，他被释出狱。次年重新下狱，一八五四年出狱，即远渡重洋，死于异域。浦鲁东把他称做“民主的巴亚尔”。巴亚尔是法国十五六世纪间的著名军人，勇敢而慷慨。绰号为“无畏无瑕的骑士”。

——我呐，我怪罪路易·菲力普，是他中途丢下波兰人不管！①

余扫乃道：

——且慢！先说，波兰就不存在；这是拉斐特的一种编排！就一般规则看来，波兰人完全是圣·马尔叟郊的货色，真正的波兰人都跟包尼阿陶斯基淹死了。②

---

① 一八一五年，拿破仑失败，维也纳会议决定重新瓜分波兰，设立瓦萨大公国，隶属俄国。一八二五年，尼古拉登基，对待波兰人民尤为严酷，激起秘密团体的组织，进行革命工作。巴黎七月革命爆发，尼古拉决定进兵讨伐，怂恿普鲁士偕同出兵。听见俄国要移兵西征，波兰革命团体在法国民主领袖鼓励与比利时革命爆发刺激之下，决定于一八三〇年十一月二十九日举事。革命政府要求欧洲列强援助。普鲁士保持中立。奥地利和英国口惠而实不至，最后索性拒绝了。一八三一年十月，经过数次英勇的抗战，波兰不敌强俄兵士的数量，终于覆亡。

波兰革命的领袖是克劳皮基，一位拿破仑的将军。拿破仑远征莫斯科，波兰人民组军以从。贝朗瑞曾经咏道：

> “是波兰和他忠心的人民，
> 为我们打了多少次的仗。”
> ——《我的爱献给波兰人》

临到波兰向法国请求援救，人民几乎一致要求援应波兰。但是，路易·菲力普方才继位不久，希图结欢列强，换到列强的承认，所以一面敷衍人民，提出不干涉政策，向俄国做“精神不干涉”的建议（俄国的回答是：“我们做得了自己的主”），在议会表示“波兰国家不会覆亡的信心”，然而一面却卖好将波兰的计划透给尼古拉知道。一八三一年九月七日，俄军攻入华沙，在巴黎引起绝大的纷扰。民主党把这看做出卖民主原则的懦怯结果。

② 拉斐特侯爵（一七五七年——一八三四年）是法国著名的军政人物。早年投效华盛顿，率领一师作战，回到法国，成为民主的象征，改革的领袖。恐怖时期，革命政府不满意他的温和主张，他逃往国外，复被奥地利拘禁。拿破仑设法让他自由。复辟后，他在议会做反对党的领袖。一八三〇年，路易·菲力普登基，利用他国际间的声望，任命他做国民军总司令。但是，过河拆桥，不久便又解职。拉斐特鼓励波兰人民起义，同时在议会，再三催促政府援助波兰。所以，浅见如余扫乃之流，便以为波兰是拉斐特编造出来的。

包尼阿陶斯基（一七六二年——一八一三年）是波兰的亲王，多年从事（转下页）

总之，“他不再相信那个了”，他“不受这一切的骗了”！南特诏令的废止和“这圣·巴泰勒米的老笑话”，全同海里的蛇一样！①

赛耐喀，不替波兰人辩护，诃斥文人临尾几句话。大家诽谤教皇，其实他们一直在保护人民，他把联盟唤做“民主政治的曙光，一种反对新教个人主义的平等观的伟大运动”。②

（接上页） 于复兴工作，率军辗转作战；一八〇七年，华沙公国成立，被任命为陆军部长与总司令。一八一二年，拿破仑远征莫斯科，他统领波兰军队作战。莱浦西克之战，他在最后掩护法军退却，桥断不得过河，淹死水中。拿破仑回忆他道：“包尼阿陶斯基是一位高贵的人物，勇敢、富有荣誉。假如我在俄罗斯战胜了的话，我就要他做波兰的国王。”法国人民念念不忘他的忠勇，送他一个绰号：“波兰的巴亚尔”。

① 临到一五五五年，宗教革命在法国有了很大的进步。甚至王室的亲贵，有不少皈依了新教。新旧教的竞争越来越激烈，最后引起三十六年的长期宗教战争（一五六二年——一五九八年）。新教有英国做靠山，天主教有西班牙做后援。双方各以最残忍的手段应付对方，暗杀、屠杀数见不已。其中最著名的屠杀事件，便是所谓圣·巴泰勒米。一五七二年，双方签订第三次和约，信仰新教的纳瓦尔的新王亨利前来巴黎，迎娶国王查理九世的妹妹（天主教）。婚典给巴黎引来了无数贺客，新教方面的军政领袖差不多全来了。就在行礼的第二天，八月二十三日（圣·巴泰勒米的节日）的夜晚，查理九世奉母后之命，下令屠杀所有新教教徒。内战重新开始。

纳瓦尔的新王却逃走了。他就是法国波旁王族的创始人，著名的亨利四世。一五八九年，他继亨利三世之后而为法国国王，因为信仰新教，不为天主教徒拥戴。亨利四世能兵善将，以少胜多，终于打败西班牙军队，包围巴黎。经过了四五年的围困，不见巴黎投降，亨利四世决定改奉天主教（一五九三年），结束法国的惨苦的内战。巴黎欢迎他，全国统一，西班牙撤兵，亨利四世唯恐再有类似的宗教战争发生，一五九八年，颁布南特诏令，允许新教自由信奉（巴黎与宫廷除外），并以政治上种种方便赠与新教人士。

路易十四厌憎新教，一六八五年，撤销该令，宣布宗教统一，严惩新教信徒（大多经营实业商业），造成法国空前的贫弱。当时柏林还是一个烂泥塘，人口不过一万，从法国移过去五千新教信徒，立刻为之改观。法国有识之士把南特诏令的废止看做路易十四铸成的大错。

② 这里所谓“联盟”，指一五七六年天主教徒反对新教成立的政治组织。主持者是基斯公爵，名义上反对新教，实际是企图篡取亨利三世的王位。亨利三世杀了他。同时，亨利四世改奉旧教，“联盟”不得人心，便瓦解了。

福赖代芮克有点儿被这些见解惊倒。西伊或许因而觉得无聊，因为他转过话题来谈吉穆纳斯剧院的活动布景，这在当时哄动了许多人。①

赛耐喀隐忧了。这类戏败坏无产者的女儿们；因为它们摆出一种凌人的奢侈。所以他赞成巴维耶尔的学生侮辱劳娜·孟泰斯。犹如卢梭，他看一个煤商女人比一个帝王的外室还要重要。②

余扫乃庄严地答道：

——你这叫不识货！

他为这些贵夫人辩护，赞扬罗莎乃特。白勒南，因为他谈起她的跳舞会和阿尔鲁的服装，便道：

——有人讲他撑不下去了，可是真的？

这位画商，为他白勒维耳的田地，才打过一场官司，如今他和好些同类的流氓在一家下·布列塔尼的陶土公司。

杜萨笛耶知道得比较详细；因为他自己的主人，穆西闹先生，曾经向银行家奥斯喀尔·勒费如尔打听过阿尔鲁。银行家晓得他有些期票改期，以为他不大牢靠。

果点用过；大家走进客厅。犹如女元帅的客厅，四壁挂着黄绵缎，布置成路易十六时代的风格。

白勒南嫌福赖代芮克没有选择新希腊风格；赛耐喀在帷幔上划

---

① 吉穆纳斯剧院最初多演小歌剧，后来上演喜剧，一八二〇年，建于巴黎好消息圣母院的旧茔地。中间一度（一八二四年——一八三〇年）曾经改称王妃剧院。

② 巴维耶尔是往日一个王国，都会是慕尼黑，在莱茵河左岸，现在并入德意志。

劳娜·孟泰斯（一八二四年——一八六一年）是一个爱尔兰的流浪女子，来到巴维耶尔，见宠于国王路易一世，封为兰斯费德伯爵夫人，出入宫廷。后来民众暴动，驱她出境，强迫国王退位。她最后来到美国，在各地演剧，死于纽约。

洋火；戴楼芮耶不表示任何意见。看到书架，他发话了，把这叫做一个小女孩子的书架。大部分现代文学家的作品全有。谈论他们的作品是不可能的，因为余扫乃立刻讲起他们私人的逸事，批评他们的面孔、他们的习好、他们的衣着，誉扬第十五等的才智，嘲笑第一等的才智，同时不用说，哀怜近代的式微。例如某首村歌，本身含有的诗意，就比十九世纪所有的抒情诗多；巴尔扎克名过其实，拜伦铲除掉了，雨果一点不懂戏剧，等等。

赛耐喀道：

——可是为什么你没有我们劳工诗人的集子？

同时西伊先生，从事文学，奇怪在福赖代芮克的桌子上看不见“那些新生理学，吸烟者、渔翁、税关人员的生理学”。

他们最后把他啰唆到恨不得捺着肩膀把他们推搡出去。“我简直变成骇货了！”他把杜萨笛耶拉到一旁，问他能否帮他一点儿忙。

老实孩子感动了。他现在做司库，什么也不需要。

随后，福赖代芮克把戴楼芮耶领进他的寝室，从他的写字台取出两千法郎：

——得，我的好朋友，收起来吧！这是我旧债的残数。

律师道：

——可是……杂志呢？你晓得，我已经跟余扫乃谈过了。

福赖代芮克回答他“如今有点儿紧”，另一位冷笑了笑。

喝过里各尔，大家喝啤酒；啤酒喝罢，又喝格罗格，[1]大家重新装上烟斗。最后，下午五点钟，全动身了；不声不响，一个挨着

---

① 里各尔是含有高度酒精的酒。
格罗格是含有糖水橙汁与酒精的酒。

一个走出去，还是杜萨笛耶末了说，福赖代芮克的款待十分周到。大家都同意。

余扫乃宣布他的午餐有点儿太油腻。赛耐喀批评他的陈设绝少意义。西伊一样想法。这完全缺乏“特色”。

白勒南道：

——我呐，我以为他满应当约我画一幅画。

戴楼芮耶不言语，握住他裤袋里的银行支票。

福赖代芮克独自留下。他想到他的朋友，觉得他和他们之间，好像有一道充满了影子的鸿沟，把他们隔开。可是他向他们伸手来的，他们没有回应他赤诚之心。

他记起白勒南和杜萨笛耶关于阿尔鲁的话。不用说，这是一片胡诌，一种诽谤吧？可是为什么？他瞥见阿尔鲁夫人破产了，哭着卖掉她的木器。这个念头折磨了他一整夜；第二天，他看望她去了。

不知道怎么样说出他知道的事，他闲谈的样子问她，阿尔鲁还有没有他在白勒维耳的田地。

——是的，总有。

——他如今在一家布列塔尼陶土公司，我相信？

——是真的。

——他的制造厂进行得很好，不是吗？

——可不是……想必是。

看见他迟疑，她问道：

——你有什么事吗？你叫我害怕起来了！

他告诉她期票改期的故事。她低下头道：

——我想是真的！

说真的，阿尔鲁想做一桩投机的好生意，拒绝把地卖掉，用它抵借了大批款项，可是寻不到买主，自以为办一所工厂可以抵补。开销超过了工料的预算。此外她就不知道了；他回避一切问话，不断地肯定道：“情形很好。”

福赖代芮克努力安慰她。这也许是暂时的困难。而且，他要听到什么消息，他会通知她的。

她合起两手，带着一种可爱的祈求模样道：

——噢！是的，不吗？

那么，他能够对她有用了。如今他走进她的存在，她的心了！

阿尔鲁出现了。

——啊！赶来拖我出去用晚饭，你真好！

福赖代芮克不说是，也不说否。

阿尔鲁说些不相干的事，随后告诉太太，他同吴坠先生有一个约会，回来很晚。

——在他家里吗？

——自然啦，在他家。

他一面走下楼梯，一面吐出实情，女元帅自由了，他们要到红磨房去快活一下子；因为他总得有一个人听受他的倾吐，他要福赖代芮克一直伴他伴到门口。

他不进去，在走道散步，瞭望着二楼的窗户。窗帷忽然扯开了。

——啊！好！吴坠老爹不在了。再见！

那么是吴坠老爹养着她吗？福赖代芮克如今不知道怎么样想了。

从那天起，阿尔鲁比从前还要亲热；邀他到他的情妇那边用晚饭，福赖代芮克不久就同时走起两家来了。

罗莎乃特的家让他开心。晚晌从俱乐部或者看戏出来，他来到这里；品一杯茗，玩一会儿填格游戏；星期天，猜猜谜；罗莎乃特比别人都嚷得厉害，独出心裁，发明了好些可笑的玩艺儿，例如四条腿跑，或者戴一顶软布帽逗人笑。为了从窗户观看过往行人，她备了一顶熟皮帽；她用土耳其长管烟斗吸烟，唱些提罗山歌①。下午没有事做，她拿一小块波斯布剪成好些花，亲自把它们贴在玻璃上，拿胭脂乱涂她的两只小狗，焚上些香锭，或者用牌算算命。克制不了一点点欲望；看见什么她心爱的无谓的东西，连累她不睡觉，跑去买了来，拿去再调换一个，糟蹋了衣料，丢了她的珠宝，乱花钱，宁可卖掉她的衬衫，也要买到正面的包厢。她时常让福赖代芮克给她解释一个她念过的字，可是不听他回答，因为她很快就跳到另一个念头，问题越提越多。发上一阵欣快的狂劲儿，便生着孩子似的气；要不然，她梦想着，坐在地上，当着炉火，低下头，两手抱住膝盖，比一条昏沉沉的水蛇还要没有生气。她当着他穿衣服，慢慢揪起她的丝袜，一点不在意，随后用大量的水洗她的脸，身子往后一仰，好像一个颤栗的纳伊阿；同时她露出白牙的笑，她的眼睛的光芒、她的姣丽、她的欣快，让福赖代芮克眼花缭乱，心头跳动。

差不多他总看见阿尔鲁夫人在教她的小孩子认字，或者在玛尔特的椅后，看她练习钢琴；她做针线活的时候，他有时候帮她拣拣剪子，算他莫大的幸福。她每个动作全含着一种平静的庄严，她的小手仿佛生来为了施舍，为了揩她的眼泪；她的声音，自来有点儿

① 提罗位于东阿勒帕司山的两侧，分属于意大利、奥地利与瑞士三国。提罗山歌于一八一八年传入巴黎，风行一时。音调自成一格，三拍，第二拍最强，进行平缓。最后一句急促，唱者由胸音提到最尖的脑音，然后重返胸音，呢呢喃喃，别有韵致。

沉，含着爱怜的腔调，好像微风那样轻柔。

她并不热衷文学，然而，用些简单透彻的字句，她的智慧足可以把人媚住。她喜爱旅行，林里的风声，光着头在雨下散步。福赖代芮克愉快地听着这些事，以为看出她开始对他有意了。

和这两个女人来往，好像两种音乐在他的生命当中：一个轻狂、激昂、好玩，一个庄重，差不多信教一般；她们同时颤动，总在增加，渐渐混在一起；——因为，要是阿尔鲁夫人仅仅用手指轻轻碰他一下，马上另一个的面目就迎着他的欲望来了，因为他在那方面的机会比较不大遥远；和罗莎乃特在一起，只要他的心一动，他立即记起他伟大的爱情。

这两家有若干相同的地方引起这种混淆。从前在孟马尔特马路看见的雕花箱子，有一只如今点缀着罗莎乃特的饭厅，另一只点缀阿尔鲁夫人的客厅。这两家上菜的道数一样，甚至靠背椅上扔着同样一顶小绒帽；此外，一堆小礼物、屏风、匣子、扇子，在情妇和太太两边来来往往。而且，丝毫不觉得难堪，阿尔鲁时常把已经送给她的东西，拿去献给另一位。

女元帅和福赖代芮克都笑他行径拙乱。有一星期，用过晚饭，她把他领到门后，叫他看他大衣里面的一袋点心，是他从饭桌偷摸下来的，不用说，拿回去供他的小家庭用。阿尔鲁先生专做些近乎无耻的小把戏。对他而言，漏税是一种责任；他从来不肯花钱看戏，拿了一张二等票，总要设法挤到头等去；到冷浴室，习以为常，他往伙计的收钱匣子扔进一个裤纽子，替代一枚十苏的铜币；他亲自说来仿佛一桩顶好的开心事，一点不碍女元帅爱他。

不过，有一天，谈到他，她发话了：

——啊！他活活腻死我，今儿个！我受够了！真是的，活该，我另找一个男人！

福赖代芮克以为“另一个”已经找着了，他叫做吴坠先生。

罗莎乃特道：

——好啦，那济得了什么事?

随后，声音里带着泪：

——不过，我很少冲他要过东西，他不愿意，畜牲！他不愿意！说到他应下的那些话，噢！又是一回事了。

他甚至许下给她，他著名的陶土矿的得益四分之一；没有一点益处露过面，就是他半年以来哄她的毛围巾也没有影子。

福赖代芮克立即想到送她一条毛围巾。阿尔鲁说不定把这看做一种教训，要生气的。

不过他是好人，他的太太自己这样讲。可是那样傻！现在他不每天约人到家里用晚饭，改在饭馆招待他的朋友。他买些完全没有用的东西，例如金链、挂钟、家用的物什。阿尔鲁夫人甚至领福赖代芮克到走廊看一大堆的小水壶、小脚炉、小汤罐。最后，有一天，她说出她不安的心情：阿尔鲁让她签一张借票，到期还给党布罗斯先生的。

不过，福赖代芮克由一种问心不过的荣誉观念，保持着他文学的计划。他想写一部美学史，他和白勒南谈话的结果，随后又想把法兰西大革命的各个时期写成悲剧，另外制作一出大喜剧，这是戴楼芮耶和余扫乃的影响。在他工作中间，时常这个女人或者那个女人的面孔在他的眼前闪过；他抵抗看她的欲望，却又很快熬不住了；从阿尔鲁夫人那边回来，他越发忧郁。

有一早晨，他在炉边咀嚼他的忧郁，戴楼芮耶进来。赛耐喀的煽惑性的言论引起他的主子的不安，他如今又走投无路了。

福赖代芮克道：

——你要我怎么办?

——不怎么办！你没有钱，我知道。不过，替他找一个位置，随便是党布罗斯先生那边，要不就是阿尔鲁也好，不至于为难你吧？

阿尔鲁的工厂总该需要工程师。福赖代芮克灵机一动：赛耐喀也许能够通知她丈夫出门、递信、帮他利用万千送上手头的机会。人和人之间，总免不了这些帮忙。再说，他可以想方法用他，不起他的疑心的。机运送给他一个助手，这是好兆头，应该抓住才是；他假装不在意，答了一句事情也许可以做，他留心就是了。

他马上留了心。阿尔鲁在他的制造厂十分辛苦。他寻找中国紫砂；不过他的颜色一烤全挥发掉了。为了避免他的瓷器龟裂，他拿石灰搀进陶土；不过，大部分的瓷器碎了，陶器上图画的釉药起了泡，他的大盘子鼓了起来；他把这些错误的计算加在制造厂恶劣的工具身上，打算另外研磨，另外做些晒台。福赖代芮克记起若干这些事；他走去告诉他，他发现了一个十分了不得的人，能够找到他著名的红。阿尔鲁一听跳了起来，随后，听完他的话，回答他不需要人。

福赖代芮克颂扬赛耐喀的不可思议的知识，同时是工程师、化学家、会计师，因为他还是第一等的数学家。

陶器商人答应和他见面。

讲到薪水，两个人争得很厉害。福赖代芮克插在中间给他们说合，用了一星期，才算有了定夺。

不过，厂址在克乐伊，赛耐喀一点帮不了他的忙。一想到这非常简单的事实，他失了勇气，仿佛他触了霉头。

他思索，阿尔鲁越和太太暌离，他在她的身旁也越有机会可乘。于是，他开始不断替罗莎乃特辩护；他把他对不住她的地方一一譬解给他听，谈起前些日空泛的恫吓，甚至说到毛围巾，连她骂他吝啬的话也照实托出。

阿尔鲁，架不住吝啬这种字眼儿刺激(而且，也感到不安)，把毛围巾带给罗莎乃特，责备她不该向福赖代芮克诉苦；她讲她提醒他有一百次了，他回了一句他事情太多，记不起来。

第二天，福赖代芮克过来看她。虽说两点钟了，女元帅还没有起床；戴勒玛尔坐在她的床头，就着一张独腿圆桌，正在吃最后一片肥肝。她远远喊道："我有了，我有了，"然后，揪住他的耳朵，她吻着他的前额，再三向他道谢，称呼也亲昵了，甚至要他坐在她的床上。她多情的眼睛闪烁着，她的湿嘴微笑着，她的两只圆胳膊探出她没有袖管的衬衫；隔着细麻布，他不时感到她身体坚实的轮廓。就在这时候，戴勒玛尔的眼珠直在转动。

——可是，说真的，我的朋友，我亲爱的朋友！

其后全是同样的情形。福赖代芮克一走进来，她就在垫子上站直了，好让他吻她吻得舒服，把他唤做乖乖、宝宝，给他钮孔插上一朵花，打好他的领结；戴勒玛尔在那里，这些娇媚的动作总是加倍的。

难道她对他有意吗？福赖代芮克以为是的。至于欺骗朋友，要是阿尔鲁在他的地位决不会顾及的！他有权利用不着同他的情妇规矩，他已然和他的太太规矩够了；因为他相信自己和她规矩，或者倒不如说，他有意叫自己相信如此，好来辩解他不可思议的懦怯。可是他也觉得自己蠢，决定和女元帅断然来一下子。

所以，有一下午，她正当着她的儿子弯下腰，他靠近她，姿势表现得十分明白，她红涨着脸站直了。他重新做出怪模样；于是，她哭了，说她真正不幸，可是这也不应当就是人家轻蔑她的一种理由。

他重复他的尝试。她另采了一种方式，总在笑。他以为用同一的情调还击才算聪明，也就分外夸张起来。不过他做得太快活，她不相信他恳切；他们的交情妨害任何严肃情绪的披露。终于有一天，她回答她不接受另一个人的残余。

——哪一个人?

——哎，是的！寻阿尔鲁夫人去!

因为福赖代芮克时常谈到她；阿尔鲁那方面也有这种癖好；她最后不耐烦了，总听人在恭维这个女人；她的嫁罪是一种报复。

福赖代芮克记恨她。

而且，她开始激起他强烈的反感。有时候，自命有经验，她一面说着爱情的坏话，一面玩世不恭地笑着，把他笑得手心痒痒，想给她一记耳光。一刻钟以后，这成了人世唯一的事，胳膊交贴住她的胸口，好像搂紧什么人，她呢喃道："噢！是的，这好！这那样好！"眼皮半掩，简直要醉了过去。没有法子认识她，例如她爱不爱阿尔鲁就没有法子知道，因为她不拿他搁在心上，却又透出吃醋的模样。甚至于提起法提腊斯，她一时叫她女流氓，一时又唤做她顶好的女朋友。总之，她的全身，甚至她的头髻的高耸，都带有什么表达不出的东西，类似一种挑衅；——他想望她，特别是为了克服她和占有她的喜悦。

怎么办？因为她时常打发他走，一点礼貌没有，在两座门当中露一分钟面，向他耳边道："我不得闲；晚晌见！"要不然，就是他发现她在十二个人中间；临到他们独自在一起了，倒像有人赌了誓和他捣乱，障碍一个跟着一个出现。他请她用晚饭，她总是拒绝；有一次，她接受了，但是不来。

他脑子里涌起一个诡诈念头。

他由杜萨笛耶方面晓得白勒南在埋怨他，他想约他给女元帅画一张像，原人一样大小，这会让她陪坐好些次的；他一次不错过；画家不按时到的习惯会撮合他们的秘谈的。于是他劝说罗莎乃特给自己画一张像，把她的面孔献给她的亲爱的阿尔鲁。她接受了，因为她想象自己摆在大宫[①]中央最惹眼的地方，一群人当着她，报章谈着她，会立刻把她“捧”起来的。

至于白勒南，他饿狼一般抓住这个提议。这张人像一定是一幅杰作，要让他成为大人物的。

他记起了一幅一幅著名的肖像，最后决定采用提香的画法，加上委罗内塞的装潢，就会烨烨夺目了。[②]那么，他实现他的计划，不用人工的背影，只拿一个调子，用一道强光，就照亮了肤肉，同时映出一些小摆设。

他思索道：“我给她穿上一件玫瑰色绸袍，披上一件东方的斗篷，好不好？噢，不！斗篷糟透了！倒不如我给她穿上一身蓝绒，衬着一个灰底子，艳艳的？同时也许可以给她添上一圈白花边的小领，后面来上一把黑扇子，一幅朱红幔子？”

这样搜索下去，他每天扩大他的构思，惊叹一阵。

看见福赖代芮克陪着罗莎乃特来到他这边，举行第一次绘画，他的心跳了起来。他让她站在房屋当中一个台子样式的搁板上；他

---

① 大宫在爱丽舍林道西侧，每年有种种画展。

② 提香（一四八八年——一五七六年）是文艺复兴时期威尼斯画派的领袖。颜色富丽，生命丰盈，技巧超越，主旨不为宗教所限，旨在表示他天才的深厚，范围的广大。他的画像，例如《戴手套者》、《弗朗索瓦一世》、《查理五世坐像》等，不仅是精美的画像，也是深沉的心理研究。

委罗内塞（一五二八年——一五八八年）是威尼斯画派的画家。他的画具有美好的背景，画面生动而平静，装潢而和谐。一切陪衬得宜，善用银色，透明而不沉着。

一边埋怨光线，怜惜他从前的画室，一边让她拄着一个柱座子，随后又改坐在一张沙发椅；他一会儿离开她，一会儿靠近她，用手指头纠正她袍子的褶纹，半合住眼皮端详着她，和福赖代芮克偶尔商量一句。

他喊道：

——哎，好啦，不！我还是回到我的老念头！我给你画成一个威尼斯女人！

她应该穿一件鲜红的绒袍，扎一条金银细工的带子，她的宽袖滚着一道鼬毛，露出赤裸的胳膊。胳膊靠着一座竖在她后面的楼梯的栏杆。她的左边是一根高大的柱子，一直顶到画布的尽头，和好些建筑连在一块，形成一条弧线。在下方，迷迷濛濛，可以瞥见一丛一丛，差不多黑乌乌的橘子树，中间透出一片蓝天，漂着一块一块白云。覆着毡子的小柱头，放着一个银盘，里面盛着一捧花、一串琥珀念珠、一把刺刀、一个溢出威尼斯金币的有点儿发黄的老象牙小箱；甚至还有些金币，落在地上，远远近近，形成一串亮晶晶的斑点，把眼睛引向她的脚尖，因为她站在第二梯级，行动自然，全身洒满了阳光。

他去寻了一个画箱，放在台子上，权充梯级用；随后他拿一个杌子当做栏杆，往上面放了些代替零件的东西，他的粗毛衫、一面盾牌、一个沙丁鱼盒子、一捆钢笔、一把刀子，然后他往罗莎乃特前面撒了一打多的大个儿苏，吩咐她摆好姿势。

——你就当那些东西是宝贵东西、华贵的礼物。头向右偏一点点！好极了！别再动了！这种庄严的姿态正配你这种美丽。

她穿着一件花格袍，带着一个皮手筒，用力忍住不笑出声来。

——至于头，我们往上面加一顶珠冠：这跟红头发配在一起，效果总是好的。

女元帅叫了起来，说她没有红头发。

——糊涂！画家的红不是资产者的红！

他开始描拟全画的部位；满脑子文艺复兴时期伟大的画家，他不由谈着他们。整整一小时，他高声梦想着这些庄严的存在，充满了天才、光荣和豪华，凯旋似的入城，烛光辉煌的盛宴，介乎一些天仙一样美丽的半裸的女人。

——你就该活在那个时候。像你这样的孩子真配得上一位大人先生！

罗莎乃特觉得他的恭维十分可爱。他们订好下一次画像的日子；福赖代芮克答应带来那些零件。

因为炉子热得她有点儿头晕，他们由巴克街步行回去，来到宫桥上。

美丽的天气，寒冽而晴好。太阳向下沉落；老城有些屋宇的玻璃窗，金片子一样，远远闪烁着，同时后面向右，圣母院的塔在蓝天形成两个黑影，天边柔柔地浴在灰色的水汽里面。起风了；罗莎乃特讲她饿了，他们走进英吉利点心铺。

好些年轻女人，带着她们的孩子，靠住大理石的食桌，站着吃东西，食桌拥着小点心碟，上面兜着些玻璃罩。罗莎乃特咽了两块奶油糕。砂糖给她的嘴角染了些胡须。不时为了揩掉，她从皮手筒取出她的手帕；她的面孔罩在绿绸帽子底下，仿佛一朵玫瑰在它的叶子中间开放。

他们重新上路；走到和平街，当着一家首饰店，她站住端详一只镯子，福赖代芮克想买下来送她。

她道：

——不，留着你的钱吧。

这句话伤了他。

——怎么了，咪咪？愁了起来？

谈话续了下去，犹如往日，他最后再三说他爱她。

——你明白这不可能！

——为什么？

——啊！因为……

他们并肩走着，她倚住他的胳膊，她的袍子的边幅打着他的腿。于是，他想起冬天有一个黄昏，在同一走道，阿尔鲁夫人也是这样在他旁边走着；这场回忆完全把他吸住，他不再瞥见罗莎乃特，也不想到她了。

她随意往她前面看，有一点儿迟迟不前，好像一个懒孩子。这是散步回家的时刻，干硬的石道奔过好些马车。不用说，白勒南的谄媚回到她的记忆，她叹息了一声。

——啊！有些女人多快活！我天生就得嫁一个阔人，天主！

他粗声粗气回道：

——可是，你也有一个！据说吴坠先生有三个百万之富。

她所要的莫过于摆脱掉他。

——谁拦着你？

于是他倾出好些辣而且苦的玩笑话，拿这戴假辫子的老资产者开心，指给她看，这样一种关系不值得，她应当决裂才是！

女元帅好像自言自语，回道：

——是的。我临了免不了这一步的，还用说！

这种不自私的看法诱住了福赖代芮克。她放慢步子，他以为她疲倦了。她坚持不要马车，她在门前辞谢了他，用指尖给他送过一个吻去。

“啊！多可惜！想想有些蠢东西还把我当做阔人！”

他闷闷不乐地回到家。

余扫乃和戴楼芮耶等着他。

浪子坐在他的桌子前面，画着一些土耳其人脑壳，律师蹬着一双泥泞的靴子，在睡椅打盹。

他叫唤道：

——啊！到底你来啦。可是神气多发滞！你能够听我讲吗？

他做教员的名声大不如前，因为他给学生装了些不适宜考试的理论。他辩护了两三次，失败了，每次遇到新的不如意，他就越发想起他的旧梦：一份杂志，他可以在这里显扬自己、报复、吐出他的怨毒和他的见解。再说，财产和名誉会随着来的。抱着这种希望，他笼络住浪子，因为余扫乃有一份杂志。

如今，他用玫瑰色纸印行他的杂志；他造了些谣言，制了些灯谜，努力从事笔战，甚至（不顾地点大小）要举行音乐会。订阅一年，“可以享有巴黎一著名剧院前厅座位之一；凡有关艺术以及其他外国人所欲得之指导，编辑部更可义务供给”。然而印刷所有所恐吓，欠付房东三季房租，种种麻烦应运而起；要不是律师劝阻，天天鼓舞他，余扫乃倒想听任《艺术》毁灭。戴楼芮耶把他带来，好给自己的措置增加力量。

他道：

——我们为了杂志来的。

福赖代芮克心不在焉地回道：

——瞧，你还想着这个！

——自然啦我想着！

他重新陈说他的计划。借着刊登交易所的报告书，他们可以和财政家发生关系，因而弄到不可少的十万法郎保证金。然而，为了杂志改成政治的刊物，必须先有一大批读者，同时，为了达到这个目的，必须决定若干开销，例如纸张、印刷、办事处的费用，总之，一笔一万五千法郎的款子。

福赖代芮克道：

——我没有资本。

戴楼芮耶交起两臂道：

——那么，我们怎么办?

他的态度伤了福赖代芮克，所以回答道：

——这是我的错儿吗? ……

——啊！好得很！人家的壁炉里有柴火，桌子上有香菌，人家有一张好床、一个书架、一辆马车，所有的舒适！然而另一个人，在青石板底下打冷战，吃二十苏的晚饭，囚犯一样卖苦力气，不用想半步迈出穷困！这是他们的错儿吗?

他重复着“这是他们的错儿吗”，带着一种西塞罗[1]的嘲弄口气，还夹着法院的味道。福赖代芮克想说话。

——再说，我明白，人家有些贵族的……需要；因为不用说……什么女人啦……

——好啦，就是真的又怎么样? 我不自由吗? ……

——噢！非常自由！

然后，沉静了一分钟：

——空口许人，那么方便！

福赖代芮克道：

——我的上帝！我不否认我许了来的！

律师继续道：

---

① 西塞罗（纪元前一〇六年——纪元前四三年）是古代罗马最著名的政治演说家。他的散文达到拉丁最高的造诣。因为想象丰富，文字精湛，他的讽刺也就格外入骨三分。

——在中学，大家立下誓，大家要组织一个法朗吉，大家要模仿巴尔扎克的《十三人》①！随后，大家再聚首了：再见，我的老伙计，上你的路去！因为那位能够帮忙的朋友把一切珍藏起来，留给他自己用。

——怎么样？

——是的，你连党布罗斯都没有给我们引见！

福赖代芮克看着他；穿着他的破外衣，戴着他的夹子褪光的眼镜，脸色发白，他觉得律师十分像一个村学究，嘴唇忍不住露出一种轻蔑的微笑。戴楼芮耶觉察出来，脸红了。

他已经戴好帽子要走。余扫乃，充满杞忧，尽力用祈求的眼光打动他，随后看见福赖代芮克把背转给他：

——得啦，我的小先生！做做我的麦塞勒②！保护保护艺术！

福赖代芮克，忽然表示退让，拿起一页纸，往上涂了几行，递给他。浪子的面孔豁亮开了。随后，把信递给戴楼芮耶：

——赔罪好啦，大人！

他们的朋友吩咐他的公证人给他急速送一万五千法郎来。

戴楼芮耶道：

——啊！这才是你！

浪子加话道：

——说良心话，你是一个大好人，人家要把你放到急功好义之

---

① 《十三人》总共包含三个短篇，《费拉居斯》，《朗皆公爵夫人》与《金眼姑娘》。所谓《十三人》，属于巴黎帝国时代的一个秘密会社，类似兄弟会的组织，复辟以后，便在不可知的情形之下瓦解。这十三人，心同志合，患难相助，虽死不辞，所以戴楼芮耶才说年轻人把他们看做榜样。

② 麦塞勒是罗马奥古斯特大帝的朋友，死于纪元八年。他利用他的力量，保护文艺，当时文人全受到他的好处，他的名字成了文艺保护者的同义词。

士当中的！

律师接下去道：

——你不会损失的，这是一种顶好的投资。

余扫乃喊道：

——家伙！我把头搁上断头台，也要叫它成功。

他说了许多荒唐话，应下许多不可置信的事（他自己也许相信的），福赖代芮克临了简直不知道他在取笑别人，还是在取笑自己。

当晚他接到母亲一封信。

她一面有点儿取笑他，一面奇怪还不见他做部长。她随后谈起她的健康，告诉他，罗克先生现在到她这面走动了。“自从他死掉太太以后，我相信招待他没有什么不方便。路易丝变了许多，变得越发好了。”她在信尾附言：“你一点没有和我讲起你的好相知，党布罗斯先生；我要在你的地位，我会利用他的。”

为什么不？他的文艺的野心已然离开了他，他的财产（他看得清清楚楚）是不够用的；因为，还掉债，应下的款项交给别人，他的收入至少就要减少四千法郎！再说，他也感到要摆脱目前的生活，需要找一个靠山。所以，第二天，在阿尔鲁夫人那边用晚饭，他说母亲折磨他，要他谋一个职业。

她回道：

——可是我相信，党布罗斯先生总该给你在国务院谋事吧？这跟你很合适。

既然她要这样做，他就服从了。

同第一次一样，银行家坐在他的书桌前面，做了一个手势，请他等几分钟，因为一位先生背向门，同他谈些严重的事。这与煤和若干公司应当合并有关。

富瓦将军[①]和路易·菲力普的画像挂在镜子两旁；靠着板壁，好些盛纸的盒子，一直积到天花板；六把谷梗椅，党布罗斯先生办事用不着一间更美的屋子；这仿佛那些制造盛大宴会的阴沉的厨房。福赖代芮克特别注意竖在墙犄角的两只绝大的箱子。他问自己这里面能装多少百万。银行家打开一只箱子，铁板转开，里面看到的只是些蓝纸簿。

那位先生终于从福赖代芮克面前走过去。这是吴坠老爹。两个人全红着脸，彼此致敬。党布罗斯先生好像奇怪他们会认识。而且，他的谈吐十分可爱。把他年轻的朋友荐到司法部没有更容易的事了。部里有他，他们要太快活了；最后，情礼有加，他邀他参与他不久举行的一个夜会。

福赖代芮克坐上"顾白"预备赴会，接到女元帅一封短笺。借着灯光，他读道：

"亲爱的，我依从你的劝告。我方才撵走我的奥萨吉[②]。从明天晚晌起，自由了！你说我勇敢不勇敢。"

没有下文了！然而这是请他补那空位子。他喊了一声，把短笺放在衣袋里动身了。

街上有两个骑马的保安警察站岗。两边车门上燃着一排油灯，好些听差在院子里呼喊，让马车一直吆到当门石阶底下。一到过廊，喧嚣立即停止了。

---

① 富瓦将军(一七七五年——一八二五年)，一七九一年从军，转战各地，创痍满身，最后在滑铁卢重新受伤。一八一九年，他当选为议员，主张立宪自由，坦白而热烈，赢得全国人士的敬爱。去世之后，人民募集恤金，几个礼拜便得到一百万法郎。

② 奥萨吉是美国的河名，同时是聚居在两岸的印第安人的族名。这里用做古老的野蛮人的意思。指吴坠先生而言。

好些高大的树木填满楼梯的空地；瓷球泻下一道光，白缎的光芒一样，在墙壁荡漾。福赖代芮克欣欣怏怏，走上台级。一位招待员传进他的名姓：党布罗斯先生向他伸手；差不多立即，党布罗斯夫人就出来了。

她穿了一件滚花边的锦葵色袍子，头发的小环比平日还要厚密，一件首饰没有戴。

她抱怨他不常来，寻点儿话同他谈。客人来了；他们致敬的姿态，有的欠欠身子，有的一躬到地，有的仅仅把脸一低；接着一对夫妇，一个家庭过来，全消失在已然满了的客厅。

在客厅中央，挂灯底下，一个老大的石块支着一个花盆架，上面的花，羽翎一样，斜斜搭在四周团团而坐的女人头上，同时，沿着镀金楣框的高门洞和浅红天鹅绒的大窗帘，靠背椅形成两条对称的不断的直线，上面也坐着些女人。

男人站在花地板上，手里拿着帽子，远远望去，黑压压的一片，钮孔的勋章这里那里露出些红点子，把领巾单调的白色衬得越发阴沉。除去一些新长胡须的年轻人，全显得无聊；有些神气不愉快的花花公子，颠着脚后跟摇摆。灰色的头发、假辫子，全很多；相隔不远，总有一个秃顶发亮；憔悴的面容，有的发紫，有的十分苍白，透出极度疲劳的痕迹，——这些先生，有的是政治人物，有的是商业人物。党布罗斯先生还请了些学者、官吏、两三位名医；他以谦虚的态度拒绝大家对于他的夜会的颂扬，关于他的富裕的表示。

一队宽金袖章的仆役四处走动。高大的火炬架，好像一捧一捧的火花，映在帷幔上开放；它们在镜里重复着；在挂着一条茉莉花帘子的饭厅紧底，碗橱活像礼拜堂的一张祭坛或者一排金银细货的展览，——有数不清的盘子、罩子、刀叉、镀银杓子和银杓子，夹杂着好些多面的水晶东西，在肉上交相发出虹光。另外三间客厅布满了艺术品：墙上有大师的风景画，桌边有瓷器和象牙器，几上有些中国古董；窗户前面展开些朱漆的屏风，簇簇茶花向壁炉里伸探；远远颤动着一片轻柔的音乐，好像蜜蜂嗡嗡在响。

跳舞的男女并不多，就男子拖动薄底鞋的懒洋洋的姿态看来，他们好像在了结一种义务。福赖代芮克听见这类的问答：

——您参加过朗拜尔府①最近的慈善大会吗，小姐？

——没有，先生！

——这儿眼看就要热起来了！

——噢！真的，闷死人！

——这种波喀舞是谁兴的？

——我的上帝！我不知道，太太！

在他后面，三位老荒唐，靠近一个窗口，唧哝些猥亵话；另外有些人谈论铁路、自由贸易；一位运动家叙说一桩打猎的故事；一位正统派和一位奥尔良派在辩论。

踱过一群人又一群人，他来到赌徒的客厅，在一圈老成持重的人物之中，他认出马地龙，“如今在京城法庭行走”。

蜡颜色的大脸，端端正正，填满他的绕腮胡须，而胡须的黑毛，匀匀整整，望去颇似一种奇迹；介乎他年龄所需的风雅和他职业所要的尊严之间，他保持一种中庸之道，一时依照纨袴子弟的时尚，他把拇指挂在他的腋窝，一时模仿理权派，他把胳膊放进他的背心。他的靴子虽说搽的雪亮，他刮净他太阳穴的头发，给自己修成一个思想家的额头。

---

① 朗拜尔府在巴黎圣·路易岛昂茹码头，建于一六四〇年，一八四二年为亡命在巴黎的波兰革命领袖查尔陶芮斯基亲王购有。

同福赖代芮克冷冷应酬了几句，他回身走向他的秘密会议。一位地主道：

——这是一个梦想社会倾覆的阶级！

另一位接下去道：

——他们要求劳工组织！你能够想象这个吗？

第三位道：

——你要怎么着！连德·翟怒德先生也跟《世纪报》合作！①

——有些守旧党，把自个儿称做进步党！什么？给我们带来共和国！这在法兰西行得通吗！

大家都说共和国在法兰西不可能。

一位先生提高声音道：

——有什么用？人家太关心革命；人家就革命发表了一堆历史，书！……

马地龙道：

——倒不说也许有些更严重的题目研究！

一位部员谴责剧院的播弄是非：

——所以，譬方说，《玛戈王后》这出新戏，简直超出了界限！同我们谈瓦卢瓦有什么必要？②这一切还不是要给国王难堪！这跟你们的报纸一模一样！九月法律，你白说，真是太，太轻松

---

① 德·翟怒德（一七九二年——一八四九年）是保王党的一位新闻记者，一八二五年主编《法兰西日报》，于七月革命以后，反对路易·菲力普，宣称正统派将与共和党合作。他不断地要求普选。

② 《玛戈王后》是大仲马一八四五年的长篇历史小说，一八四七年，他和马该合作，改编为剧本，庆祝史剧院开幕。

剧情是关于十六世纪瓦卢瓦王室的宫廷生活。瓦卢瓦是法国往日诸侯的封邑，从一三二八年起，不断出而承继法国王位。

了！我呐，我真想设些军事裁判所，把新闻记者的口封住！只要有一点点蛮横，就把他们拖到军法处！还不完结了！

一位教授道：

——噢！小心点儿，先生，小心点儿！不要攻击我们一八三〇年宝贵的胜利！尊重我们的自由。我们必需的倒是地方分权，把剩余城市平均分给乡间。

一位天主教徒喊道：

——可是乡间的风俗坏透了！想法子巩固宗教势力才成！

马地龙急忙道：

——真的，这是一种控制！

高踞于本阶级之上，追求享乐，这种现代人的欲望是万恶之源。

一位实业家反对道：

——不过，享乐对商业有利。所以我赞成讷穆尔公爵要人穿短裤子赴他的夜会。

——梯也尔先生去可穿着长裤子。你晓得他的怪话吗？

——是的，怪好玩儿的！不过他转到民权派那边去了，他关于不兼职问题的演说，对于五月十二的叛乱，不是没有影响的。①

——啊，别说了！

——哎！哎！

一个听差端着一个盘子，打算走进赌徒的客厅，这圈人只得分

① 一八三九年，梯也尔联合左翼推翻内阁，强迫总理毛莱（一七八一年——一八五五年）下野，自三月八日迄五月十二日，组阁无人，一切陷于混乱，最后议会请求国王执行权力，而巴尔贝斯领导的四季社在五月十二日下午暴动，促成紧急内阁的成立。

开让他过去。

在蜡烛的绿罩底下，成排的纸牌和金币盖着桌子。福赖代芮克在一排纸牌前面停住，输了他衣袋里的十五拿破仑，打了一个旋，发现自己站在一间内室的门限，党布罗斯夫人正在里面。

内室挤满好些女人，一个挨近一个，坐在没有靠背的椅子上。她们的长裙，在她们四围涨起，好像粼粼的波浪，从里浮出她们的身子，新月样的衣口托出她们的胸乳。差不多人人手里拿着一捧紫罗兰。她们手套黯澹的光泽把胳膊的皮肤衬得越发白；流苏花草垂向她们肩膀，有时候看见她们颤索，你真还以为袍子要掉下来。不过面容的端正减轻服色的挑逗；有几位简直呈出一种差不多走兽的安静，这些半裸女子的聚合叫人想到摩尔人内院里的情况；福赖代芮克想起一种更粗野的比较。说实话，各式各样的美人全有：好些侧面如精装书的英吉利女子，一位黑眼睛闪电如维苏威火山的意大利女子，三位蓝色衣着的姊妹，三位诺尔曼第女子，鲜妍如四月的苹果树，一位戴着一种紫宝石装饰品的赭色头发的高大女子；——头发当中鸟羽一样颤索的金刚石的白色的闪烁，胸上陈列的宝石的亮点子，贴脸的珠子的柔光和金戒指、花边、粉、羽、小嘴唇的朱色、牙齿的珠色的反射混在一起。天花板，穹隆一样圆，赋给内室一种花篮的样子；一阵一阵香风周流在扇子的摇摆之下。

福赖代芮克戴上他的单眼镜，站在她们后面，觉得她们的肩膀并非全无可议的地方；他想到女元帅，因而抑住他的诱惑，或者因而有所安慰。

不过他端详着党布罗斯夫人，嘴虽说有点儿大，鼻孔虽说裂得太开，他觉得她还可爱。她的风韵是特别的。她的发环好像具有一种热情的慵倦，她玛瑙石颜色的前额好像包含许多东西，显出一副有胆有识的头脑。

她给自己身边摆下她丈夫的侄女，一个相当丑的年轻人。她不时站起欢迎进来的妇女，女性声音的呢喃，越来越多，活像鸟在唧杂。

她们在谈论突尼斯的大使和他们的服色。一位夫人曾经参加国家学会新近的欢迎会；另一位讲起莫里哀的《堂·璜》[①]新近在法兰西剧院上演。可是，射了侄女一眼，党布罗斯夫人拿一个手指放在她的嘴边，不过滑在外边的微笑，却否认了这种严谨的作为。

忽然，马地龙在对面另一座门底下出现了。她站起来。他向她献上他的胳膊。福赖代芮克，为了看他继续取媚的行径，穿过赌桌和他们在大客厅会在一起；党布罗斯夫人立即撇下她的保镖，陪他亲密地谈话。

她明白他不赌博，不跳舞。

——在青年时代，人是忧郁的！

随后，向跳舞会扫了一眼：

——再说，这一切并不可笑！至少有些人是这样子！

她当着沙发椅停住，这边那边，分配些可爱的字句，同时好些戴眼镜的老头子，过来向她献好。她把福赖代芮克介绍给若干位。党布罗斯先生用肘子轻轻碰了他一下，把他领到外面平台。

他见过部长了。事情并不容易。要做国务院的助理，先得经过一番考试；福赖代芮克，怀着一种不可解的信心，回答他晓得考试的内容的。

财政家常听罗克先生誉扬他，并不引以为奇。

听到这个名字，福赖代芮克重新看见小路易丝，她的房舍、她

---

① 《堂·璜》是莫里哀一六六五年的散文喜剧，叙写堂·璜一生勾引妇女的事迹。在正经人看来，莫里哀这出喜剧当然是有伤风化，不该在女孩子们面前谈起。

的屋子；他想起好些夜晚，他靠住她的窗户，谛听过往的货车夫。他这些忧郁的回忆让他想起阿尔鲁夫人；他不言语了，继续在平台散步。十字窗户在黑夜当中竖起好些长长的红板；跳舞会的喧嚣减弱了；马车开始往外走动。

党布罗斯先生接着道：

——你为什么非国务院不可？

他以一种自由党的声调，宣告做官没有什么好处，他晓得其中甘苦的；经商好多了。福赖代芮克回说学起来困难。

——啊，有什么难！用不了多少时候，我会让你会的。

难道他要他加入他的企业吗？

福赖代芮克，好像电光一闪，瞥见一份绝大的财产要来。

银行家道：

——我们进去好了。你跟我们一同用饭，不吗？

这时候三点钟，客人离开了。饭厅摆好一张桌子等候熟朋友。

党布罗斯先生瞥见马地龙走近太太，低声问道：

——是你请他来的吗？

她冷冷回道：

——可不是！

侄女不在这里。大家拼命喝酒，笑声非常高；好些冒险的玩笑话并不唐突，全感到那种拘束有点儿长久之后的轻适。只有马地龙一个人露出严肃的神气；他表示规矩，拒绝喝香槟酒，而且和顺，十分彬彬多礼，因为党布罗斯先生胸口逼窄，说他觉得压抑，他探问了好几次他的健康；他随即把他浅蓝的眼睛望向党布罗斯夫人那边。

她问福赖代芮克，想探出他欢喜什么样的女孩子。他没有注意到任何女孩子，而且，他欢喜的是三十岁的女人。

她回道：

——你也许有理！

随后，大家穿外氅和大衣，党布罗斯先生向他道：

——随便哪一早晨看我来，我们仔细谈谈！

来到楼梯底下，马地龙燃起一枝雪茄；他吸着烟，呈出一个十分肥厚的侧面，他的同伴不由口里溜出这句话：

——说真的，你的头不坏！

带着一种确信而又苦恼的神气，年轻的官员回道：

——它引得好些人发狂！

临睡的时候，福赖代芮克撮述一下夜会的一切。先是他的衣着（他在镜里照了好些次），从礼服剪裁的样式到薄底鞋的结扣，没有一点容人挑剔的地方；他曾经和若干要人谈话，曾经就近看到好些阔绰的女人。党布罗斯先生情意良好，党布罗斯夫人差不多情意殷殷了。他一个一个掂度她无关宏旨的字句、视线，只能意会不能言传的事。弄到那样一位情妇，当得自豪！然而，有什么不可以？他和别人有什么两样！也许她不那么难于弄到手？他随后记起马地龙；他一边睡觉，一边可怜那傻孩子，微笑着。

女元帅的念头惊醒了他；她短笺的这句话："从明天晚晌起，"显然约会的是今天。他一直等到九点钟，奔往她的住所。

有人在他前面上了楼梯，把门关住。他拉铃；戴勒芬过来开门，说小姐不在家。

福赖代芮克执意要进去，求她放他进去。他有非常重要的事同她讲，只一句话就好。最后，他塞了一百苏的辅币才成功了，女用人把他一个人留在前厅。

罗莎乃特出来。她穿着衬衣，头发蓬散开；她摇着头，远远就用两只胳膊做了一种显明的姿势，表示她不能够招待他。

福赖代芮克慢慢地走下楼梯。这回她的任性比哪一回都过分。他一点也不明白。

走到门房前面，法提腊斯女士拦住他。

——她接待你吗？

——没有！

——你碰了钉子？

——你怎么知道？

——那还不显然！不过，来！我们出去走走！我闷死了！

她把他领到街上。她喘着气。他觉得她的瘦胳膊在他的胳膊上面发抖。她忽然发作了道：

——啊！混账东西！

——谁？

——就是他！他！戴勒玛尔！

揭露反而让福赖代芮克难堪；他接着道：

——你拿稳了是他吗？

法提腊斯喊道：

——我告诉你，我一直跟着他的！我看见他进去的！你现在明白了吗？再说，是我自个儿招来的报应；是我自个儿，糊里糊涂把他带到她家。你要知道，我的上帝！我怎样收留他，我怎样喂他，我怎样打扮他；跟我在报章方面一切的活动！我爱他爱到跟一位母亲一样！

接着冷笑道：

——啊！因为老爷得穿天鹅绒袍子！他投机来的，你不用想！还有她！我早就认识她，一个布铺的女裁缝！不是我，足有二十回，她跌进烂泥坑里去！可是，我要把她扔进烂泥坑的！噢，是的！我要她在慈善医院咽气！戳破她的底细！

好像船里流出的一股夹着脏东西的污水，她一生气，把她情敌的丑事，乱七八糟全倒给福赖代芮克听。

——她跟茹密雅克睡觉，跟福拉古尔，跟小阿拉尔，跟白尔提鲁，跟圣·法莱芮，麻子脸。不！另一个！他们是两弟兄，管它呐！她一有麻烦，全归我安排。我赚了点儿什么？她吝啬得要死！再说，我们不是一个社会的人，你得承认，我去看她原是一番好意，客气！难道我倒是一个下流女人，我！我倒卖过自个儿！还不用提她跟棵白菜一样蠢！她把類字的"頁"旁写成"贝"旁。[1]再说，他们配在一起正好；正好一对儿，别瞧他自称艺术家，自信有天才！可是，我的上帝！他只要有点儿悟性，他也不至于做出这种见不得人的事！人不为一个女流氓丢下上流女人的！说来说去，反正我不在乎。他变丑了！我厌恶他！我要是碰见他，你看，我会唾他的脸的。

她唾着：

——是的。我现在就这样看他！还有阿尔鲁，嗯？不可憎吗？他原谅她原谅了多少回！你想象不出他的牺牲！她应当亲他的脚才是！他那样慷慨，那样好！

听她谩骂戴勒玛尔，福赖代芮克快活。他早已承认阿尔鲁的权利。罗莎乃特这次背信，他觉得反常，不公道；同时，老姑娘的情绪打动他，他不由对她起了好感。忽然，他发现自己来到阿尔鲁门前；他不留神，法提腊斯女士已经把他带到浦洼骚尼耶关厢。

她道：

——我们到了。我呐，我不便上去。可是你，不妨事吧？

---

① "她把類字的'頁'旁写成'贝'旁。"原文的例子是 Catégorie 一字写成 Cathégorie，多了一个"h"。

——做什么去?

——把事全告诉他，还用说!

福赖代芮克仿佛陡地惊醒，明白她要他干多么不名誉的事。

她追问道:

——哎，怎么样?

他举起眼睛望着二楼。阿尔鲁夫人的灯亮着。实际没有事妨他上去。

——我在这儿等着你。去好了!

这种吩咐反而造成他的冷静。他道:

——我在上面会待得很久的。你顶好还是回去。明天我看你来。

法提腊斯女士顿着脚，回道:

——不，不!领他去!拉他去!叫他捉住他们!

——可是戴勒玛尔早不在那儿了!

她低下了头。

——是的，也许当真?

她不言语，站在街心马车中间;随后，拿她野猫的眼睛盯住他:

——我可以托靠你，不吗?如今就是我们两个人知道，老天在上!听凭你好了。明天见!

穿进过廊，福赖代芮克听见两个声音应答。阿尔鲁夫人的声音道:

——别撒谎!别撒谎好啦!

他走进去。不作声了。

阿尔鲁东南西北乱走，太太坐在炉旁小椅，脸色极其苍白，眼睛直直瞪着。福赖代芮克打算退出去。阿尔鲁抓住他的手，高兴有人来救驾。

福赖代芮克道：

——不过我怕……

阿尔鲁向他耳语道：

——停下好了！

太太接着道：

——您要谅解才是，毛漏先生！家里有时候免不掉这些事的。

阿尔鲁嬉皮笑脸道：

——那是因为有人在家里闹的缘故。你不知道女人有多古怪的念头！所以，譬方这位吧，并不坏。不，才好呐！可是，有一个钟头了，她拿一堆没有影儿的事，跟我开心怄气。

阿尔鲁夫人不耐烦了，回道：

——全是真的！因为，你敢说，是你买的。

——我？

——是的，你亲自！在波斯商店！

福赖代芮克不由想道："毛围巾的事犯了！"

他觉得自己犯了罪，害怕起来。

她接下去道：

——是上一个月，一个星期六，十四号那天。

——啊！那天，正好，我在克乐伊！所以，你瞧。

——一点儿不对！十四号那天，我们在白尔旦那边用的晚饭。

阿尔鲁举起眼睛，仿佛搜寻一个日期道：

——十四号吗？……

——就是那天，卖给你的伙计是金黄头发！

——我记得起他什么伙计！

——可是他听你说，写下这个地名的：拉法街，十八号。

阿尔鲁惊呆了道：

——你怎么知道的？

她耸耸肩膀。

——噢！还不简单：我去修补我的毛围巾，一位伙计头儿告诉我，他们新近给阿尔鲁太太家里也送了这样一条。

——要是一条街上还有一位阿尔鲁太太，那是我的错儿吗？怪得着我吗？

她抢下去道：

——是的！可不见得就是雅克·阿尔鲁。

听见这话，他乱抓话讲，咬定他冤枉。这是一种错误，一种凑巧，一种不可解的常有的事。仅仅因为怀疑，抓住点儿暧昧不明的把柄，就把人家判了罪，才不应该；他举倒霉的勒徐尔克做例。①

——总之，我敢说你错了！你要我给你发誓吗？

——用不着！

——为什么？

她看着他的脸，一句话不说；随后，伸出手，取下壁炉上的小银盒，打开一张账单给他看。

阿尔鲁一直红到耳朵，脸上的纹路也改了，膨胀起来。

——哎，怎么样？

他慢慢答道：

——可是……这顶得了什么事？

带着一种含有痛苦和讥诮的奇怪的声调，她仅仅道：

---

① 勒徐尔克（一七六三年——一七九六年）是法国一个著名的替死鬼。一七九六年四月二十七日，有一个里昂的邮差在半路被人谋害，勒徐尔克涉有嫌疑，被判死刑。然而，处决之后，发现另有所谓真凶者在，和他的容貌相似。

——啊！啊！

阿尔鲁两手夹着账条，来回翻弄，眼睛不离开，好像他要从上面发现出来一道难题的答案。

他最后道：

——噢！是的，是的，我想起来了。这是人家托我做的事。——你当然晓得这个，你，福赖代芮克？

福赖代芮克不作声。

——别人托我做的一桩事……是……是吴坠老爹托我的。

——为了谁？

——为了他的情妇！

阿尔鲁夫人站起来，喊道：

——为了你的！

——我赌咒……

——别来那一套了！我全晓得！

——啊！好得很！原来，有人侦察我！

她冷冷答道：

——这也许伤了您什么吗？

阿尔鲁寻找他的帽子道：

——人在发脾气的时候，就没有法子理论的！

随后，大叹一口气：

——你别结婚，我可怜的朋友，别结婚，听我的话！

他抽身走掉，说需要吸吸外面的空气。

留下的是一大片沉静；房里一切越发像是不动了。卡索灯①上

① 卡索灯是一八〇〇年法国铜匠卡索（一七五〇年——一八一二年）发明的油灯。

面一道明煌煌的圈子漂白了天花板，同时影子在角落伸开，好像一层一层垒上去的黑纱。挂钟滴滴答答，杂着火哔哔剥剥在响。

阿尔鲁夫人在壁炉的另一个犄角的沙发椅重新坐下；她颤颤索索，咬住她的嘴唇；她举起两只手，滑出一声呜咽，她哭了。

他坐在小椅；好像安慰一个病人，他柔声柔气道：

——你相信我在里头有份？……

她一句话也不回答。然而，继续高声说出她心里想的：

——我给他好些机会！他用不着撒谎来的！

福赖代芮克道：

——当然啦。

不用说，这是他习染的结果，他没有往这里想，也许遇到更严重的事……

——你见到什么更严重的？

——噢！没有事！

福赖代芮克俯下身，发出一种服从的微笑。可是阿尔鲁也有好的地方；他爱他的孩子。

——啊！他做来都为害他们！

——这由于他的脾气太好；因为，总之，他是一个好人。

她喊道：

——不过那是什么意思，好人？

他这样为他辩解，尽他的力量寻找不着边际的话，他一边可怜她，一边觉得愉悦，心里快活。由于报复或者需要友情，她逃向他。他的希望大见增加，他的爱情也因而越发执着。

他觉得她自来没有这样销魂，这样深沉地美丽。她的胸口不时因为出气涨高了；她的两只发呆的眼睛仿佛看着一种内在的幻象，看得扩大了；她的嘴张开一半，好像要吐出她的灵魂。有时候，她用力压住她的手绢；他倒想做这块眼泪沾湿了的小小麻纱。不由自主，他望着靠里的床，想象她的头睡在枕头上；他的想象十分活跃，他好容易忍住没有用胳膊搂她。她闭住眼皮，平静了，不动了。于是，他再往前拢近些，身子朝她斜过去，贪切地端详着她的面孔。过道响起一阵靴子的声音，另一位来了。他们听见他在关他的卧室的门。福赖代芮克做了一个手势，问阿尔鲁夫人他可不可以过去。

她同样答了个“是”；这种哑声交换他们的思想活像一种认可，一种奸情的开始。

阿尔鲁在脱他的外衣，预备睡觉。

——哎，她怎么样了？

福赖代芮克道：

——噢！好多了！这会过去的！

然而阿尔鲁觉得难过。

——你不知道她！她如今一来就生气！……蠢蛋伙计！这就是做人太好了的报应！我不送给罗莎乃特那条该死的围巾才好！

——没有什么后悔的！她感激你感激到了万分！

——你相信？

福赖代芮克以为当然。证据，她新近打发掉吴坠老爹。

——啊！可怜的母鹿！

阿尔鲁一动情，简直想跑到她那边去。

——用不着去！我刚从那边来。她病了！

——越发该去了！

他急忙披上他的外衣，端起他的烛盘。福赖代芮克诅咒自己胡闹，向他譬解，按道理他今晚应当陪他的太太才是。他不能够扔下她不管，那就说不下去了。

——不瞒你说，错处在你！用不着着急，那边！你明天去好了！得啦！算为了我。

阿尔鲁放下他的烛盘，抱住他道：

——你真好，你！

三

于是，福赖代芮克开始了一种可怜的生活。他变成这一家的食客。

有人不舒服了，他一天三趟来探听消息，去寻找调理钢琴的，百般地殷勤；他带着一种满足的神气，忍受着玛尔特小姐的脾气和小欧皆的抚弄，后者总拿他的脏手摸他的脸。他和他们一同用晚饭，老爷太太面对面，一句话不交谈：要不然就是，阿尔鲁拿些可笑的话激他的太太。用完饭，他在屋子里和他的儿子玩耍，藏在家具后面，或者把他驮在背上，四只脚走路，和那位白阿恩人①一样。他终于走了；她立刻提出抱怨的永久的主题：阿尔鲁。

并非他的行为失检惹她生气。不过她的骄傲似乎受了伤，看得出她对于这位不文雅，不尊严，不名誉的先生起了反感。

她常说：

——要不就是他疯了！

福赖代芮克用心探听她的身世。不久，他全知道了。

她的父母属于夏特勒的小资产阶级。有一天，阿尔鲁在河边速写（当时他自信是画家），瞥见她从教堂出来，向她求婚；看见他有财产，家人很快就答应了。而且，他发疯地爱她。她接着道：

——我的上帝，他现在还爱我！他有他的爱法！

头几个月，他们到意大利旅行。

阿尔鲁虽说热恋着眼前的风景和杰作，做到的可只是抱怨酒，同英吉利人举行野餐排遣。有些买来的画，重新高价卖掉，他便趁热做起艺术的生意。随后他又醉心于制造瓷器。如今，别的投机事业又打动了他；于是，他越变越庸俗，他染上粗野糜费的习气。与其说她怪他荒唐，倒不如说她埋怨他所有的举措。任何改变不用妄想来临，她的不幸不会有救了。

福赖代芮克以为他的存在同样是一种失败。

不过他还年轻得很。为什么觖望？她给他出主意道："工作！结婚好啦！"他的回答是苦涩的微笑；因为，他不想说出他痛苦的真正原因，他另造了一个理由；悲壮的、有点儿仿佛安陶尼②、不走运的，——而且，话不完全歪扭他的思想——的理由。

有些人，欲望越强举措也就越不实际。他们的杌陧由于缺乏自信，他们的惊恐由于害怕得罪；再说，深沉的热情好比正经女人；她们害怕为人发现，一生低着眼睛。

他同阿尔鲁夫人越熟识（因为这个也难说），比起从前，他也就越发懦怯。每天早晨，他立誓要果敢。一种克制不住的羞耻之心把

---

① 白阿恩人即亨利四世（一五五三年——一六一〇年）。亨利四世小时候受到严格的教育，和白阿恩（法国往日属于纳瓦尔的地方）的山野的儿童一同嬉戏，练成艰苦和易的身体性格。十五岁便入伍，最后一直做到新教的领袖。勇敢、轻快、和悦、永远有话引人发笑。往往在命令之中，忽然加上两句请求，使人无从拒绝他正当的要求。经过数十年的内战，他重新振作法国，富强有余，成为法国有史以来的第一贤君。财政大臣反对他创设丝厂，养育蚕茧，以为人民可以不着绸缎。他回说，那样一来，他就变成妇女的敌人了，"我宁愿跟西班牙国王打三次大战。"法国十九世纪大画家安格尔（一七八〇年——一八六七年）有一幅画，绘亨利四世匍匐地面，上负小儿为乐。

② 安陶尼是大仲马一八三一年同名爱情悲剧里面的主人公，神秘的身世，不知道名姓，无父无母，然而有的是高傲的意志、热情和忧郁。他爱一位有夫之妇，阿代勒，她拒绝他，然而爱他。最后，他要求她一同出奔，她应允了，可又迟疑不决，就在决定出动的刹那，丈夫回来，用力摇撼门户。她哀求他杀死她，保留她清白的名声和她女儿的幸福。丈夫进来，发现她被安陶尼刺死，倒在地上。

他拦住;他没有任何例证参考，因为这位太太和别人并不一样。他用他的梦的力量，把她放在人类的条件以外。在她旁边，他觉得他在地上的重要，还不及溜出她的剪子的碎绸条子。

随后，他想到些无法无天的可笑的事，例如夜晚，用麻醉药同配好的钥匙偷情，——他觉得一切比面承她的轻蔑容易。

再说，小孩子，两个女用人，房间的安排，全是克服不了的困难。所以，他决定一个人占有她，一道到远方荒无人烟的寂寞所在过活；他甚至访求什么湖相当蓝，什么海滨相当温和，是在西班牙、瑞士还是近东；他特意选择她仿佛更烦激的日子，告诉她，她应当走开，想一个方法，他看到的方法只有离婚。但是，为了孩子们的爱，她决不肯走这种极端的路。她的品德只有增加他的尊敬。

他的下午用来回忆昨夕的拜访，盼望当夕的拜访。不到他们那边用晚饭的时候，将近九点钟，他就在街头拐弯的地方守望；一看阿尔鲁把大门带上，福赖代芮克急忙跑上二楼，天真烂漫的神气，问女用人道：

——先生在家吗?

不见他在，他随即装出惊奇的模样。

阿尔鲁时常冷不防地回来。这时候，他就得随他到圣·安娜街的一家小咖啡馆，如今罗染巴光顾的地方。

公民先找些新借口挑剔王室一顿。随后他们闲谈着，彼此不伤感情地咒骂；因为瓷厂老板把罗染巴看做一位超异的思想家，看见他乱用自己的才分，觉得难受，不免挖苦他的懒惰。公民以为阿尔鲁有的是热情和想象，可就是太不道德；所以他待他丝毫不宽假，甚至于拒绝到他家用晚饭，因为“他嫌礼节无聊”。

有时候，临到作别，阿尔鲁忽然饿了。他“需要”吃一块炒鸡蛋，或者烤苹果；馆子从来没有这些食品，他打发他们找去。大家等着。罗染巴不走，临了唧唧哝哝吃上一点儿。

然而他悒悒不乐，因为一连好几点钟，他对着原来半满的杯子。上天不照着他的见解处理事，他变得乖张抑郁了，甚至连报纸也不要看，听人提到英吉利就吼号。有一次，因为一个伙计没有好好伺候他，他喊道：

——我们的外侮还不够！

除去这些发作，他总是静静的，思索“一种必胜之道，一下子毁掉全个儿铺子”。

他这样出神思索的时候，阿尔鲁用一种单调的声音，带着有点儿酩酊的视线，说些由于他的坚定，永远出人头地的不可置信的故事；福赖代芮克（不用说，由于深厚的类似）对他感到某种吸力。他斥责自己荏弱，觉得正相反，应当恨他才是。

阿尔鲁当着他伤叹他的太太的脾气、她的执拗、她的不公道的成见。从前她不是这样子来的。

福赖代芮克道：

——我要是处在你的地位，给她一笔生活费，我一个人过活。

阿尔鲁不回答；过了一时，开始颂扬她。她善良、忠诚、聪明、贞嫕；然后，谈起她肉体的好处，他泄漏了许许多多，就像有些人，不假思虑在客店亮出他们的财宝。

一件意外的不幸乱了他的平衡。

他在一家陶土公司做监察委员。然而，相信别人同他说的话，他签了好些不正确的报告，不加调查，就同意经理假造的年账。然而，公司倒了，阿尔鲁负有民事上赔偿的责任，和别人一同被判担保受害的权益，这就是说，他损失三万法郎左右，还不算法院的费用。

福赖代芮克从报纸读到这个消息，急忙奔向天堂街。

他们在太太的卧室接见他。这是早点时辰。好些碗咖啡牛奶摆满了靠近炉火的一张圆桌。旧拖鞋丢在地毯上，衣服搁在沙发椅上。阿尔鲁穿着短裤和毛线衣，眼睛红红的，头发乱蓬蓬的；小欧皆为了他的腮核炎哭着，一边慢慢嚼着一块小糕；他姐姐安安静静地吃着；阿尔鲁夫人在伺候他们三位，脸色比平时还要苍白些。

阿尔鲁叹了一大口气，说道：

——哎，你知道了吧！（福赖代芮克做了一个同情的手势）——你瞧！我受了我太自信的害！

他不作声，十分难过，推开他的早点。阿尔鲁夫人仰起眼睛，耸耸肩膀。他把手放在额头。

——无论如何，我没有罪。我没有什么责备自己的地方。这是一种不幸！我会洗雪自己的！啊！真的，活该！

尽管如此，他还是应了太太的请求，切了一块奶油圆球蛋糕。

晚晌，他要一个人同她吃饭，在金屋餐厅订了一间雅座。阿尔鲁夫人不懂这种情感作用，甚至气他把自己当做摩登女郎看待；其实在阿尔鲁那方面，正相反，倒是一种恩爱的表示。随后，因为无聊，他到女元帅那边遣愁解闷去了。

直到现在，看他为人憨厚，大家有许多事原谅他。他的官司把他贬入下流人。一种寂寞围着他的住宅。

福赖代芮克，维持面子，以为越发应当过往亲密。他在意大利剧院赁了一个楼下包厢，每星期约他们看戏。然而，他们到了这种时期：在参差的结合之中，一种克服不了的懒散，走出相互的让步，使日子不堪忍受。阿尔鲁夫人忍住不发作，阿尔鲁是沉郁的；看见这对不幸的夫妇，福赖代芮克愁苦。

因为她信托他，她派他调查他的业务。然而他惭愧，他难受于用人家的饭而想望人家的太太。不过，他继续下去，给自己找寻借口，说他应当保护她，机会一到，就为她用命。

舞会一星期之后，他曾经去看望党布罗斯先生。当时财政家送了他煤矿方面二十多股的股票；福赖代芮克还没有给他一句回话。戴楼芮耶写信催他；他搁在一边不理。白勒南曾经约他来看那幅画像；他总设法辞掉。可是，西伊缠住他要认识罗莎乃特，他迁就了。

她招待他十分周到，不过不和从前一样，跳过来搂住他的脖子。他的同伴是快活的，见到一个不正经女人，特别是同一个戏子谈话；戴勒玛尔正好也在。

曾经有一出戏，他在里面扮演一个农夫，教训路易十四，预言一七八九年，引起观众对于他的注意，大家便不断给他制造同样的角色；如今他的职务，就在嘲笑所有国家的君主。他扮英国的啤酒商人，谩骂查理一世；他扮萨拉曼卡的学生，诅咒菲力浦二世；或者，他扮多情的父亲，斥责庞巴杜，算最成功了！野孩子们为了看他，在后台门口等他；他的传在休息时间出卖，写他照料他的老母、读《福音》、援助穷人，有声有色，仿佛一位圣·万桑·德·保罗，还搀着布鲁图和米拉波的成分。大家说："我们的戴勒玛尔。"他有一种使命，他变成基督了。①

---

① 查理一世(一六〇〇年——一六四九年)是英国的国王，娶了一位信仰天主教的法国公主，深为清教徒的臣民厌恶，君臣之间时起争端。最后，内战爆发，克伦威尔得国会之助，战败查理一世，组织法庭把他判处死刑。

萨拉曼卡是西班牙的省与省会，十三世纪设有著名大学一所。

菲力浦二世(一五二七年——一五九八年)是西班牙的国王，自命为天主教的领袖，严厉执行宗教惩罚，解散自由研究机关，激成新教徒的叛变、国内的穷困。

圣·万桑·德·保罗(一五七六年——一六六〇年)是法国的热诚的天主教徒，亨利四世王后的教士，创立妇孺救济会、传教教士会等慈善机关。

布鲁图有两位，全是罗马的英雄，这里指的似是罗马共和国的开国元勋 Lucius Junius Brutus。父亲是一位富商，死后，皇帝攘夺他的产业，杀死他的长兄，他自己以装痴逃免。"布鲁图"的意思即是傻瓜。王室倾覆，他当选为二执政之一(纪元前五〇九年)。他有两个儿子勾结暴君，企图复辟，他把他们判处死刑，亲自执行。最后，叛党作乱，他死在战场。他可谓大义灭亲，忠勇为国。

这一切魇住了罗莎乃特；她打发掉吴坠老爹，不贪钱，什么也不在乎。

阿尔鲁晓得她的脾气，曾经长期利用，不破费什么养着她，傻老头子来了，他们三位心照不宣，不往明白解释。随后，以为她辞掉另一位是为了他一个人，阿尔鲁增加她的生活费。然而她的要求，接二连三，多到不可解释；她甚至卖掉毛围巾，用来还她的旧债，她讲；他永久贴钱，她蛊惑他，欺骗他，并不怜惜。所以，账单、发票雨一样洒满了家。福赖代芮克觉得危机快了。

有一天，他去拜望阿尔鲁夫人。她出门了。老爷在下面铺子做活。

说实话，阿尔鲁站在他着色的瓶罐当中，用力在“唬”一对新婚的年轻人，外省来的资产者。他谈着旋劘和雕琢、花白和釉光；别人不愿意露出不懂的样子，做些赞同的表示买东西。

主顾出了门，他说他早晨和太太小闹了一场。为了预先防备她说他糜费，他宣布女元帅已然不是他的情妇。

——我甚至告诉她那是你的。

福赖代芮克生了气；但是，责备就要透露消息；他唧哝道：

——啊！你不应该，大不应该！

阿尔鲁道：

——这有什么关系？做她的情人，有什么不名誉？我就是，我！做她的情人你不体面吗？

她说什么来的吗？这暗中有所指吗？福赖代芮克急忙回道：

——不！一点也不！正相反！

——哎，怎么样？

——是的，是真的！这没有什么关系。

阿尔鲁接着道：

——为什么你不再到那边去了哪?

福赖代芮克答应他去。

——啊！我倒忘了！你倒应当……谈到罗莎乃特……透给我女人点儿……我也不晓得什么，你临时想好了……反正让她相信你是她的情人。你算帮我一个忙，我求你了，怎么样?

年轻人不回答，做了一个模棱两可的鬼脸。这种诽谤害了他。当晚他就过来看她，发誓道，阿尔鲁的谣言是假的。

——真的?

他仿佛诚实；于是，宽宽吸了一口气，她告诉他："我相信你，"带着一种美丽的微笑；她随即低下头，不看他：

——再说，谁也没有权柄过问你！

那么，她什么也没有猜到，她厌恶他，因为她就不想他能够爱她，爱到忠心的地步！福赖代芮克忘记他对另一个女人费过的心力，觉得她的许可是一种侮辱。

随后，她求他有时候也去去"这女人家里"，看看那边的情形。

阿尔鲁忽然回来了，五分钟以后，要拉他到罗莎乃特那边去。

情形变得不堪忍受了。

公证人的一封信分了他的心，他明天要给他汇一万五千法郎来，为了补救他忽略戴楼芮耶起见，他马上去告诉他这个好消息。

律师住在三玛丽街，望着天井的第五层楼。他的小房子，石头铺的地，冷冷的，墙上裱着一种浅灰纸，主要的装潢是一枚金质奖章，他的博士学位的褒奖，镶在一个对着镜子的乌木架子里面。一张有玻璃门的桃花心木书架关着一百本左右的书。铺着羊皮的书桌占据屋子的中央。四张绿绒的旧沙发椅占着各角落；壁炉燃着些刨下来的木屑，另外永远摆着一捆木柴，只要一捺铃，就有人来点。现在是他备人咨询的时间；律师挽着一条白领巾。

一万五千法郎（不用说，他早已不想望了）的宣布，把他快活得咯咯笑了起来。

——真好，老兄弟，真好，好极了！

他拿木柴扔进火里，重新坐下，立即谈起杂志。第一件要做的事是摆脱余扫乃。

——这傻家伙烦死我！说到主张，最公平的，按着我，而且最强的，是没有主张。

福赖代芮克表示诧异。

——那还用说！现在该是科学地讨论政治的时候了。十八世纪的老辈才开始这样做，就来了卢梭，文学家们往里搀了些博爱、诗、跟别的梦话，好叫天主教徒个个欢天喜地；其实，是自然的结合，因为近代的改革家（我能够证明的）全相信启示。不过，你要是给波兰做弥撒，你要是放下多米尼克教派的刽子手上帝，拿起浪漫主义者的做毡子的上帝；总之，你要是对于“绝对”的概念不比你的祖先宽大，君主政体就要混进你的民主政体，你的小红帽临了也不过是一顶司铎的瓜皮帽！不同的是，分房监禁的制度代替拷打，侮辱宗教代替亵渎神圣，欧罗巴音乐会代替神圣同盟；人人赞扬这美丽的程序，其实还不是路易十四的残余，伏尔泰的废墟，涂上一道宫粉，片段的英吉利宪法；在这美丽的程序，我们会看见市议会想法子和市长捣乱，省议会和它们的省长捣乱，众议院和国王捣乱，报纸和当局捣乱，统治和人人捣乱！可是老实人全爱戴民法，就不知道制定民法的时候，说得多好听，不外乎一种卑鄙、专制的精神；因为立法者，责任在把风俗规律化，然而不好好干，偏要学李古尔格，妄想揉造一下社会！[①]人家家长写遗嘱，跟法律有什么关系，为什么要麻烦人家？人家房产不得不出卖，为什么它要加以阻挠？就说流浪吧，警章犯也没有犯，为什么它要办人家的罪！有的是例子！我全晓得！所以我要动手写一本小小说，题目叫做《正义观念史》，那才好玩儿呐！可是我渴得要死！你怎么样？

他探出窗户，喊门房到酒馆取些格罗。

——总而言之，我看见三派……不！三组，——没有一组关心的：有的人们，没有的人们，和打算有的人们。可是蠢里蠢气地膜拜权势，又全一致！举例来看：马布里要当局阻止哲学家发表他们的学说；渥仑斯基先生，几何学者，用他的术语把出版物检查叫做“思理自发之批评的压抑；”昂方旦圣父感谢哈布斯布尔皇室，因为他们“把一只有力的手伸过阿尔卑斯山，压制意大利”；比耶尔·勒鲁[②]想强迫你

---

① 多米尼克教派是圣·多米尼克（一一七〇年——一二二一年）一二一六年在法国南部创立的教派，黑袍，以穷苦著名，与行乞僧无别。一七九二年曾为革命政府禁止，但是，到了一八四三年，重新由拉高尔代尔（一八〇二年——一八六一年）树立。

“神圣同盟”指俄奥普三国战拿破仑，进占巴黎，由三国帝王签字的同盟而言（一八一五年九月二十六日）。除英国外，其他各国陆续参加签字。

李古尔格有两位，这里指的是纪元前九世纪的斯巴达人，相传周游列国，归而制定法律，以军法统治全国。

② 渥仑斯基（一七七八年——一八五三年）是波兰数学家，富有神秘倾向，语多不可解。

昂方旦圣父是圣·西门的信徒，参阅第一八四页注①。

哈布斯布尔皇室即奥地利的统治者。一一五三年，哈布斯布尔（在瑞士境内）伯爵阿尔贝尔开始向外发展，迄一二七三年，后裔卢道尔夫当选为日耳曼皇帝，并有奥匈各地，传至一九一八年，被逐出国。意大利长久是奥地利、西班牙与法国相争的俎肉，特别是奥地利，始终把阿尔卑斯山之南的北意大利看做它的势力范围。

比耶尔·勒鲁（一七九七年——一八七一年）是法国一位社会主义者，早年是圣·西门的信徒，其后从事新闻，印刷，政治，反对专制，主张工作时间减少，物产平等分配，以为个人应当自由发展，而不为家庭，国家，产业所吸没。一八四八年二月革命之后，他当选为议员。一八五一年，帝国再现，他和他的党徒流放在外，全仗热情的朋友维持生活。

听一位演说家演说，路易·勃朗有意把国家变成一种宗教，这群臣子多想抓到政权！然而没有一个人合法，别瞧他们原则无穷。可是，“原则”的意思是“根原”，我们总得参照一下革命、暴行、临时的事变。所以我们的原则就是国家的主权，出以国会的形式，虽说国会并不相宜！可是人民的主权在什么地方还比神权更其神圣？二者全荒诞不经！形而上学，够了，鬼话，用不着！扫街就扫街，用不着什么教义！人家也许说我要倾覆社会！得了，就算我这样做，有什么害处？它倒真叫干净，你那社会。

福赖代芮克倒有许多话驳他。不过看他离赛耐喀的理论远，他宽容了。他仅仅驳了他一句，这样一种主张会招人恨的。

——正相反，我们给每派一个保证，说我们憎恨它的邻居，全会凭信我们的。你呐，你也要参加，帮我们写点儿高深的批评！

他们必须攻击既成的观念、国家学会、高等师范学校、音乐学院①、法兰西剧院、一切类似学院的组织。这样一来，他们可以给杂志一个一致的理论。随后，等杂志稳定了，便忽然改成日报；那时候，他们任谁情分也不欠了。

——他们要敬重我们的，你爱信不信！

戴楼芮耶回到他的旧梦：总编辑的职位，这就是说，那种指挥别人，腰斩他们的文章，吩咐他们写文章，拒绝他们的文章没有法子表达的幸福。他的眼睛在他的眼镜下面闪闪发光，他热狂了，一小杯一小杯，机械地饮着酒。

——将来你应当每星期请人吃一次晚饭。不可少，哪怕花你一半收入也得请！大家都愿意来的，这对别人是一个中心点，对于你

---

① 音乐学院创立于一七九五年，附设于歌剧院，为国家组织。

是一种工具；把握住这两点，文学和政治的意见，不用半年工夫，你看吧，我们会成巴黎头等人物的。

听他这样讲，福赖代芮克感到一种重新年轻的感觉，好像一个人在一间房子住了许久，迁到露天底下。他兴奋起来。

——是的，我一向是一个懒货，一个糊涂虫，你有道理！

戴楼芮耶喊道：

——好啦！我重新寻见我的福赖代芮克！

然后，把拳头放在福赖代芮克颔下：

——啊！我为你难受来的。管它哪！我还是爱你。

他们站直了，你看着我，我看着你，动了情，预备搂在一起。

一顶女帽在前厅的门限露出。

戴楼芮耶道：

——谁要你来的？

这是克莱芒丝小姐，他的情妇。

她回说，偶尔从他的房子前面走过，她挡不住要看他的欲望，为了在一起用点儿东西，她给他带来些点心。她把点心放在桌子上。

律师接下去酸酸道：

——留神我那些纸张！再说，我禁止你在我会客的时候来，这是第三次了。

她想搂搂他。

——得啦！走开！出去！

他推开她，她呜咽着。

——啊！你腻死我，临了！

——因为我爱你！

——我不要人家爱我，我要人家听话！

这句话，那样无情，止住克莱芒丝的眼泪。她立在窗前，动也不动，额头顶住玻璃。

她的态度和她的喑哑刺激戴楼芮耶。

——你哭完了，叫你的马车去，是不是？

她跳转来。

——你赶我走！

——不错！

她的大蓝眼睛盯住他，不用说，做末一次请求，随后叠起她花方围巾的两端，又等了一分钟，这才走掉。

福赖代芮克道：

——你应该叫她回来。

——哪儿的话！

戴楼芮耶有事要出门，走进他的厨房。这同时是他的洗脸屋。在石地上，挨近一双靴子，是一顿菲薄的午餐的残余。一张褥子和一条被窝卷在一个犄角的地上。

他发话道：

——这告诉你，我并不接待什么侯爵夫人！没有她们，人也不难过活，你瞧！别的女人也一样。那些不破费你的女人，占了你的时间；这还不是钱，换一个样子罢了；可是，我并不阔！她们呀，可全都那么蠢！那么蠢！难道你能够跟一个女人谈话，你？

他们在新桥的拐角分手。

——那么，定准了！明天你一有钱，就给我送来。

福赖代芮克道：

——定准了！

第二天他一醒来，他接到邮局转来的一张一万五千法郎支票。

这个纸条子他觉得代表十五大袋的银子；他向自己道，拿着这样一笔款，他可以：先把他的马车保留三年，用不着逼他不久就把它卖掉，或者买两件他在伏尔泰码头看见的嵌金镶银的美丽的铠甲，此外还有许多东西，图画、书和多少花束、礼物送阿尔鲁夫人！总之，一切胜似拿那么许多钱办杂志，冒了险，一场空！他觉得戴楼芮耶太自负，他昨天的寡情让他寒心。福赖代芮克正在这样懊悔，就见阿尔鲁进来(使他一惊)，——坐在他的床沿，沉沉地，好像一个累极了的人。

——怎么啦?

——我完了。

一个叫做瓦卢洼的曾经借给他一万八千法郎。就在今天，他得交到圣·安妮街公证人保米耐的事务所。

——一种没有法子解释的不幸！我给了他一件抵押的东西，按理他也该放心了！不过，我要是今天下午，眼前，交不出这笔款，他要挟我，说要法办！

——然后呢?

——然后，还不简单！他要叫人没收我的房产。告示一贴，我就毁了，如此而已！啊！只要我寻见谁借给我这笔该死的钱，他来做瓦卢洼，我就有救了！你有没有这笔款，凑巧?

汇票放在床几上，一本书旁边。福赖代芮克拿起书，把它压住，回答道：

——我的上帝，没有，亲爱的朋友！

不过，拒绝阿尔鲁，他并不好受。

——怎么，你寻不见一个人愿意……?

——就没有一个人嘛！试想一想，再有一星期，我就有了进项！人家也许欠我……赶到月底总有五万法郎！

——你不能够求一下欠你的人们先还你？……

——啊，没有用！

——可是你也该有点儿值钱的东西，股票什么的？

——什么也没有！

福赖代芮克道：

——那怎么办？

阿尔鲁接着道：

——这正是我要问我自己的。

他不言语了，在屋里左右乱走。

——这不是为我，我的上帝！是为我的孩子，为我可怜的太太！

随后，一个字一个字分开：

——总之……我还要干的……我什么也不留，全带走……我去发财……我不晓得哪儿去！

福赖代芮克喊道：

——不可能！

阿尔鲁安静的样子回道：

——如今你要我在巴黎怎么活下去？

长长一阵静默。

福赖代芮克开始道：

——你什么时候还它，这笔款？

并非他有钱；正相反！不过看看朋友，出出力，也没有什么不可以的。他按铃叫听差帮他穿衣服。阿尔鲁再三向他道谢。

——你要一万八千法郎，不是吗？

——噢！有一万六千，我就够满意的了！因为我还可以拿我的银器调换两千五百到三千，只要瓦卢洼答应我延到明天就成；我再跟你讲，你可以告诉借主，发誓说一星期之内，也许只要五六天，就可以把钱还过去。再说，有抵押的东西担保。所以，不落空，你明白了吧？

福赖代芮克说他明白，他马上就出门。

他没有出门，在家里诅咒戴楼芮耶，因为他想守信，又要搭救阿尔鲁。

“我何不求求党布罗斯先生？可是用什么借口去要钱？正相反，轮到我送钱给他买他的煤矿股票才是！啊！他跟他的股票走开一边儿去！我不欠他们的！”

福赖代芮克赞美自己独立的地位，活像他已经拒绝了帮忙党布罗斯先生。

他随即向自己道：

“得啦，既然我在这方面有损失，就损失好了，因为我拿一万五千法郎，本应赚回十万的！在交易所，这有时候有的……那么，我既然失了一方面信用，不就自由了吗？……可是，戴楼芮耶在等着也难说！——不，不，这不对，去好了！”

他看着他的挂钟。

“啊！用不着着急！银行五点钟才关门。”

四点半钟，他取出他的钱：

“没有用，现在！我不会找到他的；我今天晚晌去！”就是这样，他给自己安排下改变决心的方法，因为良心之中已经灌了点儿诡辩进去，便永远扎下了根，好像一杯坏酒，发出怪味道。

他在马路上散步，独自在饭店用晚饭。随后他到渥德维耳剧院①听了一幕戏消遣。不过他的钞票折磨他，活像它们是偷来的。

---

① 渥德维耳剧院是一七九二年喜剧作家皮伊斯建于夏特勒街（邻近王宫）的剧院，一八三八年焚毁，一八四〇年重建于交易所广场。

丢了他倒许开心些。

回到家，他看到一封信，有这几句话：

“有何新消息？”

“余妻亦不胜其翘盼，等等。切切。”

然后一个花押。

“他太太！她求我！”

就在同时，阿尔鲁进来打听，他拿到没有那笔紧急的款项。

福赖代芮克道：

——看，这儿是！

二十四小时以后，他回答戴楼芮耶：

——我什么也没有收到！

律师一连来了三天。他催他给公证人写信。他甚至愿意自己到勒·阿弗尔去一趟。

——不！用不着！我要到那边去一趟！

过了那一星期，福赖代芮克怯怯地问阿尔鲁要他的一万五千法郎。

阿尔鲁推到明天，然后推到后天。夜深了，福赖代芮克还在外面晃荡，怕叫戴楼芮耶抓住。

有一晚晌，有人在玛德兰的拐角和他碰在一起。正是他。

他道：

——我就去取。

戴楼芮耶一直陪他到浦洼骚尼耶关厢一家门口。

——等等我！

他等着。最后，经了四十三分钟，福赖代芮克同阿尔鲁走出来，向他打了一个手势，多忍耐一刻。瓷器商和他的伴侣挽着胳膊，走上高市街，然后转进沙布罗勒街。

夜黯黯的，刮着一阵一阵热风。阿尔鲁缓缓走着，一边谈着“贸易走廊”：一串有顶的过道，打算从圣·德尼马路修到夏特勒，一种不可思议的投机事业，他很想参加；他不时站住，就着铺子的玻璃窗，看看漂亮的女伙计，然后接着议论下去。

福赖代芮克听着后面戴楼芮耶的脚步，好像一声一声的责备，好像一下一下的捶打，敲着他的良心。然而他不敢开口索债，由于一时的羞涩，而且害怕没有效果。另一位走近了。他横下心。

阿尔鲁声调十分自在，说他没有收回账，他如今还不了那一万五千法郎。

——你不需要，我想？

就在这时候，戴楼芮耶靠近福赖代芮克，把他揪到一边。

——别骗人，你拿到没有，有还是没有？

福赖代芮克道：

——好，没有！我把钱丢了！

——啊！怎么丢的？

——赌丢了！

戴楼芮耶不答一句话，低低鞠了一个躬，走掉了。阿尔鲁利用这个机会，到一家烟店燃起一枝雪茄。他回来问这年轻人是谁。

——没有什么！一个朋友！

三分钟以后，当着罗莎乃特的门口，阿尔鲁道：

——上去好啦，看到你，她会高兴的。你现在多孤独！

对面一盏街灯照亮他；雪茄夹在他的白牙中间，快乐的神气，他的模样有些不堪让人忍受。

——啊！说正经的，我的公证人今天早晌到你的公证人那边，去登记抵押的东西来的。是我太太提醒我的。

福赖代芮克机械地回道：

——一个有头脑的女人！

——敢情是！

阿尔鲁重新开始颂扬她。谈到精神、情感、节俭，没有一个女人比得上她；他低下声，转着眼睛，接着道：

——还不说她的身子！

福赖代芮克道：

——再会！

阿尔鲁往前一步。

——嗐！为什么？

手向他伸出一半，他端详他；看到他一脸怒容，把他急了一个不知所措。

福赖代芮克冷冷回了一句：

——再会！

他走下布乃达街，好像一块石头在滚，恼恨阿尔鲁，立誓不再看他，也不看她，又伤心，又悲恸。他盼他们决裂，如今不仅不决裂，另一位反而加意爱她，从头到尾，从头发梢一直爱到灵魂的深处。这家伙的粗俗气透了福赖代芮克。一切属于他，属于这家伙！他重新在摩登女郎的门限遇到他；他的无能为力已经够他郁结了，如今又添上决裂的无望。再说，阿尔鲁的正经劲儿(拿东西保证他的钱)挫辱他；他倒想掐死他；不算他的气闷，横在他的良心上，好像一片雾，还有他对不住朋友的情感。眼泪噎住他。

戴楼芮耶走下殉难街，一边生气，一边高声发誓；因为他的计划，仿佛一座倒了的方尖碑，他如今觉得奇高。他以为自己等于失窃，好像他遭逢了一种大损害。他对福赖代芮克的友谊死掉了，他因而感到喜悦；这是一种抵补！他心里弥漫着一股仇恨阔人的情绪。他趋俯赛耐喀的见解，许下为它们用命。

就在同时，阿尔鲁舒舒服服地坐在一只靠背椅，挨近火炉，吸着他的茶，膝头上拥着女元帅。

福赖代芮克再也不到他们那边去；为了排遣他的祸殃似的激情，他采用第一个涌上心头的题旨，决定编一部《文艺复兴史》。他往桌子乱七八糟地堆了许多书籍：人文学者、哲学家和诗人；他到版画馆去看马可·安东的铜刻；他用力了解马嘉外里。①工作的静穆渐渐安绥住他。他投入别人的存在，忘记自己的存在，这或许是唯一祛除痛苦的方法。

有一天，他正安安静静地记笔记，门开开，听差让进阿尔鲁夫人。

可不是她！一个人？不！因为她手里牵着小欧皆，后面跟着他的穿白围巾的看妈。她坐下来；她咳嗽过后：

——很久了，你没有到我家来。

福赖代芮克找不出借口，她接下去道：

——这是你高尚的地方！

他问道：

——什么高尚的地方？

她道：

---

① 版画馆是国家图书馆的第三馆，藏有珍贵版画。

马可·安东的姓是雷孟第(一四七五年——一五三〇年)，意大利一位著名的铜刻家，一五一〇年以后，来罗马，结识大画家拉法艾尔，刻出他的油画。

马嘉外里(一四六九年——一五二七年)是意大利文艺复兴时期著名的政论家、史家兼喜剧作家。在喜剧方面，他有一出划时代的制作，《拉·芒特拉高拉》。但是，他的名声(或毁或誉)几乎完全在他一本政治著述——《帝王论》。他主张为了维持一个强有力的国家，需要一切权威，不惜一切计谋。他这本书是有所感当时的外患而作。虽说教皇下令禁止，一般人承认他第一个建立近代政治学，使其成为一种有系统的科学。

——你帮了阿尔鲁的忙呀！

福赖代芮克做了一个手势，表示："我才不在乎他呐！那是为了你！"

她打发她的小孩子同看妈到客厅去玩。他们交换了两三句关于他们健康的话，便住了口。

她穿着一件棕色绸袍，一种西班牙酒的颜色，披着一件镶着貂皮的有袋的黑绒大衣；貂皮惹人想把手放上去，同时她的长头带，光光的，引动人的嘴唇。但是一种情绪在激动她，把眼睛转向门那边：

——这儿有点儿热！

福赖代芮克猜出她的视线的谨慎用意。

——对不住！那两扇门原来是关着的。

——啊！是真的！

她微笑着，好像是说："我什么也不怕了。"

他立即问她为什么事来。

她用力说道：

——我丈夫要我到你这儿来，他自己不敢同你讲。

——什么事？

——你认识党布罗斯先生，不是吗？

——是的，一点点！

——啊！一点点。

她不作声了。

——不要紧！你说好了。

于是，她说，阿尔鲁前天付不出四张银行家的一千法郎支票，上面有他叫她签的她的名字。她后悔连累到孩子们的财产。不过什么也比不名誉强；只要党布罗斯先生停止追究，他们不久就会付清，一定付清；因为她要到夏特勒卖掉她一所小房子。

福赖代芮克呢喃着：可怜的女人！

——我就去！交给我办好了！

——谢谢！

她立起辞行。

——噢！没有事逼着你回去！

她站着检视天花板上挂着的一排蒙古箭、书架、精装书、所有的文具；她举起古铜的铅笔盒；她的脚后跟踩到地毯若干不同的部位。她曾经看过几趟福赖代芮克，但是总同阿尔鲁在一起。如今，只有他们两个人，——只有他们两个人，在他的家里；——这是一桩了不得的事，差不多一种好运。

她想看看他的小花园；他向她献上他的胳膊，领她去看他的家园，三丈大小的地方，圈在房舍当中，四角点缀着灌木，中间一个花畦。

这时是四月初旬。丁香树的叶子已经绿了，一种纯洁的嘘息在空里流转，好些小鸟在啁唧，它们的歌唱和远远一家车厂打铁的声音轮流在响。

福赖代芮克去找来一把火铲；他们并着肩散步，小孩子在走道聚起好些沙堆。

阿尔鲁夫人不相信这孩子将来会想象丰富，不过他的脾气倒招人爱。姐姐正相反，生性寡情，有时候惹她伤心。

福赖代芮克道：

——这会改的。凡事不该觖望。

她应道：

——凡事不该觖望！

他觉得这种机械地重复他的话是一种鼓励；他摘下一朵玫瑰，

园子仅有的一朵。

——你还记得……一捧玫瑰，有一晚晌，在马车上？

她的脸微微红了；然后，带着一种嘲笑的同情：

——啊！我那时候还年轻呐！

福赖代芮克低声道：

——这朵，也受同样的待遇吗？

她的手指一边旋着花茎，仿佛一根纺锤的线，她一边答道：

——不！我要留着它的！

她用手招了招看妈，后者抱起小孩子。随后，走到靠街的门限，阿尔鲁夫人吸着花，头斜向她的肩膀，视线柔柔的和吻一样。

回到他的书房，他望着她坐过的沙发椅，所有她碰过的东西。有什么属于她的东西在他的四周流动。她的温柔的情意还在继续。

他向自己道："她到了这种地步！"

一片汪洋无限的柔情淹没了他。

第二天，十一点钟，他去拜见党布罗斯先生。他在饭厅接见他。银行家同他的夫人面对面用午饭。他的侄女挨近她，另一边是家庭教师，一个英吉利女人，一脸小麻子。

党布罗斯先生邀他年轻的朋友坐在他们中间，看见他拒绝，就道：

——我有什么可帮忙的地方吗？我听你讲。

福赖代芮克做出不在意的样子，说他来调查一个叫做阿尔鲁的。

银行家露出他的牙龈，不出声地笑着：

——啊！啊！那位旧画商。从前吴坠给他担保，现在闹翻了。

他开始浏览他刀叉旁边放着的信札报纸。

两个听差伺候着，走来走去，地板一点没有声音；饭厅有三个毡门帘，两座白大理石的喷泉；它的高度、火锅的光泽、小菜的布置，这一切华贵的适意的生活，在福赖代芮克的思想当中，和阿尔鲁家的午餐恰好形成一个相反的比照。他不敢打断党布罗斯先生。

夫人看出他的机陧。

——你有时候看见我们的朋友马地龙?

那位年轻姑娘急忙道：

——他今天晚晌来。

婶母泠泠地盯了她一眼，问道：

——啊！你知道吗?

随后，有一个听差斜向她的耳边回话；她听完道：

——你的女裁缝，我的孩子！……约翰小姐！

女教师顺顺从从，和她的学生出去了。

椅子的移动惊醒党布罗斯先生，他问有什么事。

——是罗染巴太太来了。

——什么！罗染巴！我晓得这名字。我见过他签的字。

福赖代芮克最后说出他的来意：阿尔鲁值得同情；他甚至要出卖他太太一所房子，就为保持他的信用。

党布罗斯夫人道：

——听说她很漂亮。

银行家做出一种老实人的模样问道：

——你是他们的熟……朋友吗?

福赖代芮克没有回答清楚，仅仅说他加以考虑，他会十分感激他的……

——好啦，既然这让你欢喜，就那么办好了！我等着！我还有的是时间。我们到公事房坐坐，你愿意吗?

午餐用完了；党布罗斯夫人微微弯了弯腰，露出一种怪样的微笑，充满了礼节和讥诮。福赖代芮克没有时间往这上面用心；因为党布罗斯先生一见只有他们两个人，便道：

——你没有来领你的股票。

不许他道歉：

——好啦！好啦！你多知道点儿眉目，是公道的。

法兰西煤矿协会已经组织成功；如今所候的也就是立案的问题。这样打成一气，监督和人工的开销减少，利息就提高了。再说，协会想出一桩新事，就是叫工人对于他的事业发生兴趣。它给他们盖些房屋，合乎卫生的住宅；总之，它供给它的雇工的需要，一切用原价卖给他们。

——他们会得到便宜的，先生；这是真正的进步；也正好堵住某些共和党员的叫嚣！我们的董事会有（他取出一张大纲）一位法兰西参议院的议员，一位国家学会的学者，一位退职的工兵方面的高级官员，全是些名人！有了这样的分子，畏缩的资本安定了，灵活的资本也就来了！公司可以弄到国家定货，其后铁路方面、汽船方面、冶金厂、煤气公司、住家方面定货。那么，我们供给热，我们供给灯，我们一直钻进最贫苦的家庭的炉灶。不过，你一定问我，我们怎么可以担保推销？仗着若干保障的条例，亲爱的先生，我们可以弄到手的；这全看我们自己！而且，我呐，我公开主张保护贸易主义论者！国家重于一切！

他们推他做总理；不过，他没有时间经管若干细目，特别是编纂。“我有点儿搞不清我那些作家，我忘掉我的希腊文了！我正需要一个人……能够翻译我的意思的。”他忽然道：“你愿意做这个人吗？总文案的名目？”

福赖代芮克不晓得怎么回答。

——得啦，谁拦着你？

他的职分限于每年给股东写一份报告。他可以天天和巴黎最有名的人们厮混。在工人方面，他代表公司，自然会叫他们崇拜他的，这样赶到后来，他就可以列身省议会，做国会议员。

福赖代芮克的耳朵响着。从什么地方来的这种恩情？他再三向他道谢。

不过，银行家道，他不应当依赖任何外人。最好的方法是入股，“而且是再好不过的投资，因为你的资本保障你的位置，如同你的位置保障你的资本。”

福赖代芮克道：

——大概要一个什么样的数目才成？

——我的上帝！随你欢喜，我想，四万到六万法郎也就成了。

这个数目就党布罗斯先生看来如彼其小，而他的权势又如彼其大，年轻人立即决定卖掉一所田产。他接受了。党布罗斯先生可以定一个会面的日子，结束他们的手续。

——那么，我可以告诉雅克·阿尔鲁……？

——一切听你好了！那可怜的孩子！一切听你好了！

福赖代芮克写信给阿尔鲁，叫他宽心，打发他的听差送过去，回信是：

——甚佳！

然而，他的举措的酬庸不应即此而已。他等候一次拜访，一封信，至少。没有谁见访。任何书信没有来。

是他们忘却，还是故意如此，阿尔鲁夫人既然来过一次，谁拦着她再来？她留给他的那种意会，那种口供，难道都是根据利害关系而实施的一种策略？“他们是要我吗？她也同谋吗？”他想看望他们，一种羞赧的心情拦住他去。

一天早晨（他们会见三星期之后），党布罗斯先生写信给他，他当天候他，一点钟以内。

路上，他重新想起阿尔鲁夫妇；寻不出理由解释他们的行为，他感到焦忧急虑，一种悲惨的预感。为了摆脱心头的不安，他叫了一辆“喀布芮奥莱”，奔往天堂街。

阿尔鲁旅行去了。

——太太呢?

——在乡下，在厂里!

——老爷什么时候回来?

——明天，没有错儿!

他去看她，她会就是一个人的，时机到了。有什么不可抗拒的东西在他的意识之中喊叫。“去好了!”

可是党布罗斯先生呢?“哎，活该了! 我就说我病了。”他跑到车站；随后，到了车厢里面：“我错了，也许吧? 啊! 管它哪!”

绿油油的平原在左右展开；车滚着；车站的小房像戏景一样闪过，火车头的烟总向一边倾出一团一团的白烟，在草上飞舞片刻，然后消散了。

福赖代芮克一个人坐在他的小凳上，由于无聊，望着外面的烟云，同时，烦躁过度，反而慵倦上来。然而好些起重机，好些工厂出现了。到了克乐伊。

城建在两座矮小的山坡(第一座山光秃秃的，第二座山的峰顶郁起一片树林)，露出教堂的塔、不平整的房宇和它的石桥，他觉得搀有欣快、慎重和善良的成分。一只大的平船顺水而下，风打起水的浪花；髑髅地[①]上，好些母鸡啄着谷梗；一个女人过去，头上

① 髑髅地或叫做 Golgotha，是耶稣被钉死在十字架的地方，是耶路撒冷附近一座小山。通常基督教徒，象征耶稣殉难，在任何岗阜顶端立一个十字架，称之为髑髅地。

围着一块湿布。

过了桥，他来到一座岛，右手是一堆修道院的遗址。一家磨房跨着洼兹河，轮子旋转着，它的宽大正好堵住第二支流。这座建筑的重要极其震慑福赖代芮克。他因而越发尊敬阿尔鲁了。三步开外，他转进一条小巷，紧底是一道栅栏。

他走进去。门房女人把他喊回来：

——你得到允许了吗?

——为什么?

——为了参观工厂!

福赖代芮克，用一种粗野的声调，说他是来看阿尔鲁先生的。

——阿尔鲁先生是谁?

——头儿，主子，东家，还有什么!

——不，先生，这儿是勒剥夫和米黎耶先生的工厂!

不用说，傻女人在开玩笑。有些工人来了；他过去问了两三位；他们的回答一样。

福赖代芮克走出院子，蹒蹒跚跚，好像一个醉汉；他的神气十分惶乱，来到屠户桥，一位正在抽烟斗的先生不由问他寻找什么。这个人晓得阿尔鲁的工厂。它设在孟达泰尔。

福赖代芮克打听马车有没有，只有车站才有。他回到车站。一辆脱臼的四轮敞车，驾着一匹老马绽线的鞍鞊垂在两辕当中，寂寂寞寞，停在行李房前。

一个野孩子说他能够寻见“俾龙老爹”。等了十分钟，他回来了；俾龙老爹用午饭呐。福赖代芮克等不下去，便出发了。可是走道的栅栏关上了。他得等两列火车过去。他终于跑进田野。

单调的绿地活像一块浩大的台球毡。道路两旁摆着铁渣子，仿佛成堆的碎石。再往远去，好些工厂的烟筒挨在一起冒烟。他面前一座圆圆的小山上，立着一座小堡，有塔，还有一座教堂的方方的钟楼。下面树当中，好些堵长墙形成若干不规则的线条；紧靠山底，展开村舍人家。

它们是一层楼，梯子是三级，石头垒成的，不用水门汀。他不时听见一个杂货商人的铃铛。沉重的步子陷进黑泥，下起一阵毛毛雨，把灰天截成万千的线影。

福赖代芮克循着石路中间走；随后，在他左手，在一条小道的进口，他遇见一个木制的大圆门，上面写着金字：陶器。

雅克·阿尔鲁挑选一个和克乐伊邻近的地点，不是没有目标的；他把他的工厂尽量靠近另一家工厂（久已信用彰著），在顾客中可以鱼目混珠，对他有利。

主要的建筑倚着一条穿过草原的河岸。东家的房宇和别的不同，四周有一个园子，台阶装潢着四个瓶子，里面长着些仙人掌。棚房底下晾着成堆的白土；空地里也晾着些白土；院子当中站着赛耐喀，永远披着他那件夹红的蓝大衣。

前任教师伸出他的冷手。

——你为老板来吗？他不在这儿。

福赖代芮克不知所措，傻里楞怔回道：

——我晓得。

不过，立即改正道：

——我来为一件关于阿尔鲁夫人的事。她可以见我吗？

赛耐喀道：

——啊！我有三天没有看见她了。

他接着来了一串儿埋怨。他接受东家的条件，意思是说住在巴黎，并非隐匿在这乡下，离开他的朋友，看不到报纸。管它啦！他全忍下来了！不过阿尔鲁好像一点不注意他的功绩。而且他浅薄、守旧，没有一个人比得上他的无知。与其在艺术方面求什么完美，倒不如设备些煤和煤气的燃料。这位资产者“在下沉”；赛耐喀说定了这句话。总之，他不欢喜他的职业；他差不多恐吓福赖代芮克，替他说一句好话，提高他的薪水。

另一位道：

——你安心好了！

他在楼梯没有遇见一个人。他的头探进第一层楼，是一间空屋；这是客厅。他用了十分高的声音呼唤。没有人回应；不用说，烧饭的娘姨出去了，女仆也出去了；最后，来到二楼，他推开一扇门。阿尔鲁夫人一个人，当着一个镜橱。她半开的袍带垂向她的屁股。她整个一边的头发披在她的右肩，仿佛一片黑水；她伸出她的两只胳膊，一手托出她的头髻，一手往里插进一个别针。她喊了一声，不见了。

随后她穿齐整了回来。她的身段、她的眼睛、她的袍子的声音全引诱着他。福赖代芮克恨不得吻遍她，他忍住了。

她道：

——我求你原谅，不过我不能够……

他斗胆打断她的话道：

——可是……你很好来的……方才。

不用说，她觉得这种恭维有点儿粗野，因为她的两颊红了起来。他唯恐得罪她。她只说：

——什么好风儿吹你来的呀？

他不晓得怎么回答才是；他笑了一小阵，给自己腾出思索的工夫。

——我要是告诉你，你肯相信我吗？

——为什么不相信？

福赖代芮克说他昨天晚晌做了一个可怕的梦。

——我梦见你病重，眼看要死了。

——噢！我，我丈夫，从来没有病过！

他道：

——我只梦见你。

她安静的模样看着他。

——梦永远不会应验的。

福赖代芮克结结巴巴寻话说，终于来了一大段议论，发挥灵魂的息息相关。世上有一种力量，能够穿越空间，让两个人发生关联，晓得彼此的感情，结合起来。

她听他讲，低着头，露出她美丽的微笑。他高高兴兴，从眼角打量她，利用一种老生常谈的滥调，更其自由地倾吐他的爱情。她提议领他去看看工厂；因为她坚持，他答应了。

她打算先找点儿有趣的东西引他开心，领他去看装潢楼梯的所谓的博物馆。墙上挂的或者架子上放的样品证明阿尔鲁向来的心力和嗜好。在寻找中国紫砂之后，他又要造马若里卡、法恩萨、艾土司克、东方的瓷器，最后，还尝试了些后期的优良的出品。所以，在陈列的货色里面，有中国官场人物的瓶子、晶莹的闪金的棕色碟子、刻着阿拉伯文的坛子、文艺复兴的方格的毕伊尔，①还有些画

---

① 马若里卡是意大利瓷器，特别指文艺复兴时期的瓷器，相传制造这种瓷器的方法来自马若里卡岛（在地中海西班牙附近），其后用做瓷器的通称。

法恩萨得自同名的意大利城邑，从十四世纪以来，便以陶器著名。

艾土司克得自艾土芮（古代意大利的一个优秀民族，来自小亚细亚，纪元前十五世纪，组成一个十二共和国的联邦政府，独具一种现今无人通晓的语言），工艺方面以陶器著名，多承希腊影响。

毕伊尔是一种细颈的长瓶，有把，斜口，十六世纪以后，多充摆设之用。

着两个人物的大盘子，好像用红铅描出来的，透出一种玲珑朦胧的情调。他如今在烧招牌上用的字，酒的标记；不过他的智慧，高不足以达到艺术，俗不足以完全注重实利，结局人人不讨好，他倾了他的家产。他们两个人正在看着这些东西，玛尔特小姐过来了。

母亲向她道：

——你不认识他了吗？

她一边行礼，一边道：

——才不呐！

同时她澄明而怀疑的视线，她处女的视线仿佛在呢喃着："你到这儿来干什么，你？"她往上走，头微微向后转着。

阿尔鲁夫人把福赖代芮克领到院子，用一种严肃的声调给他解释怎么研土、清土、筛土。

——要紧的是，预备底子。

她带他走进一间全是红的屋子，一个有横杆的直轴在里面上下旋转。福赖代芮克悔恨他刚才没有干脆拒绝她的提议。

她道：

——这是碾子。

他觉得这个名字滑稽，不像她应当说的话。

好些宽皮带从天花板这一头滑到另一头，在好些鼓上绕来绕去，以一种不断的、数学的、烦激的样式在动。

他们走出这里，经过一间倾圮的草房，从前搁放些园艺用的农具。

阿尔鲁夫人道：

——这已经没有用了。

他以一种颤索的声音回道：

——幸福可能在这儿的！

抽水机的嘈杂声盖住他的话。他们走进模型制造室。

好些男人围坐在一张长条几，各自往面前一张转盘上摆下一堆底子；他们的左手刮着它的内部，右手摸着它的浮面，就见好些瓶子揉出来，和花在绽放一样。

阿尔鲁夫人叫人摆出制造更难的东西的模型。

在另一间屋，有些人在做细丝、脖颈、凸出的线条。楼上，有人在平掉裁割的痕迹，用石膏堵住早先留下的小窟窿。

窗台上，角落里，走廊当中，没有一个地方不摆着陶器。

福赖代芮克开始腻烦上来。

她道：

——你也许厌烦了吧?

唯恐他的拜访到此为止，他反而装出十分欣赏的模样。他甚至后悔他没有献身于这种实业。

她觉得奇怪。

——真的！我早就可以挨近你了！

因为他寻找她的视线，阿尔鲁夫人为了闪避他，就从一张几子取了些填补剩下的小块底子，摊成一张饼，拿手印了上去。

福赖代芮克道：

——我可以带走这个吗?

——你多够小孩子气，我的上帝！

他正要回答，赛耐喀进来。

副理先生一站在门边，便发觉一种触犯规章的行为。制造室应当每星期清扫一遍；当天是星期六，看见工人什么也没有弄，赛耐喀宣布，他们得多留一小时。

——你们自讨的，活该了！

他们俯向他们制造的东西，没有唧哝；不过，听他们胸口出气的沙哑的声音，可以猜出他们的气忿。再者，他们是那家大工厂撵出来的，原来就不容易管理。这位共和党人严厉地统治他们。他是理论家，仅仅着重群众，并不怜恤个人。

福赖代芮克讨厌他和他们在一起，低声问阿尔鲁夫人有没有法子看一看烧窑。他们下到底层；她正要解释匣子的用处，赛耐喀尾随他们，插在他们当中。

他自动继续讲解，谈到种种的燃料、入窑、热度表、窑道、容器、釉光和金属物，一口的化学、氯化物、硫化物、硼酸、碳酸的名词。福赖代芮克一点不懂，一分钟一分钟转向阿尔鲁夫人。

她道：

——你就不听。其实赛耐喀先生十分清楚。这些东西他懂的全比我多多了。

数学家经不起这句恭维，提议去看着色。福赖代芮克忧急地看着阿尔鲁夫人。她无所表示，不用说，不愿意独自和他在一起，可也不愿意离开他。他向她献上他的胳膊。

——不！多谢了！梯子太窄！

来到楼上，赛耐喀打开一间全是妇女的屋子。

她们拿着些刷子、瓶子、介壳、玻璃碟。沿着柱头，靠住墙，排着好些刻花的木板；有些薄纸在飞动；一个调色炉发出一种令人作呕的热气，搀着树脂的气味。

这些女工，差不多全穿着龌龊的衣服。其中有一位，穿着印度丝棉细布，戴着长耳环。身子又细长又丰盈，长着一个黑女人的大黑眼睛和肥厚的嘴唇。她饱满的胸部顶起她的衬衫，她的裙带就腰绑住衬衫；一只肘子倚住工作桌，另一只垂下去，她惘然望着远远的田野。她旁边摊着一瓶酒和些熟肉。

规章禁止在制造室吃东西，一种为了工作清洁和工人卫生采取的步骤。

赛耐喀由于责任的情感或者专横的需要，指着一个有框子的告示，远远喊道：

——嗐！那边，那个波尔多女人！大声念第九条给我听。

——哎，过后呢？

——过后吗，小姐？你要付三法郎的罚金！

她厚起脸皮看着他的面孔。

——那有什么关系？东家回来了，就会取消你的罚金的！我不在乎你，我的好先生！

手交在背后散步，好像一个学监在一间自修室，赛耐喀仅仅微笑了笑。

——第十三条，不服从，十法郎！

波尔多女人继续她的工作。阿尔鲁夫人由于礼貌，一言不发，但是她的眉皱了起来。福赖代芮克呢喃道：

——啊！你还算一个民主党，可够严厉的了！

另一位傲然答道：

——民主政体不是个人主义的泛滥。在法律、工作分配、秩序之下同一水平！

福赖代芮克道：

——你忘记了人道！

阿尔鲁夫人挽起他的胳膊；赛耐喀走开，也许这种沉默的赞同得罪了他。

福赖代芮克却因而大大感到一阵安适。从早晨以来，他就在寻找机会，说他爱她；现在来了。再者，阿尔鲁夫人的自然动作，他觉得含有若干期许；仿佛为了暖暖脚，他要求回到她的屋子。但是，等他在她旁边坐下，他的杌陧开始了；他缺乏借口。幸而他想起赛耐喀。

他道：

——没有再比这种惩罚胡闹的了！

阿尔鲁夫人却道：

——有些严厉的处置是不可少的。

——怎么你那样好心的人也这么说！噢！我错了！因为你有时候也喜欢让人家难受！

——我不明白您隐晦的话，我的朋友。

她的视线，比话还要严正，止住了他。福赖代芮克决定说下去。柜上恰好放着一本缪塞。他翻了几页随即说起爱情、它的觖望和它的激奋。

依照阿尔鲁夫人，这一切不是犯罪，即是造作。

这种否定的看法使年轻人感到伤心；为了驳她，他引证自杀的案件，报纸上常常可以看见，称扬文学方面伟大的典型，费尔德、狄东、罗米欧、戴·格里欧。[①]他牵连到自己。

壁炉的火不燃了，雨打着玻璃窗。阿尔鲁夫人动也不动，两只手搭在沙发椅的扶手；她的帽带向下垂，好像斯芬克司一缕一缕的

---

① 费尔德是古代希腊神话里面一个激情妇人，爱上丈夫与前妻所生的儿子，被他拒绝，羞恼之下，留下一封诬控的信，自缢而死。

狄东是古代文学另一个热情妇人，事迹见于大诗人维吉尔的史诗《艾乃伊德》前四章。狄东是迦太基创始的女王，爱上过路的亡命者艾内亚，留不住他，怨恨他的谎骗，举火自焚而死。

罗米欧是莎士比亚悲剧里面的英雄，爱上本族世仇的小姐朱丽叶，双方私订终身，然而不为父母认可，相互殉情而死。

戴·格里欧是卢梭一七六一年的书翰小说《朱丽》或者《新艾脑伊丝》中的英雄，和他的女学生朱丽相爱，然而因为阶级悬殊，贫富差异，朱丽遵守父母之命，另嫁他人。

头发；她的纯洁的侧面，在阴影当中，迷迷漠漠地显衬出来。

他恨不得跪到她的膝边。过道有东西咔嚓在响，他不敢。

再者，一种宗教的畏惧阻住他。那件和黑暗混在一起的袍子，他觉得无涯、无限、无从掀起；正也因为这个，他的欲望加倍增高。然而，举止过分和举止不及的恐怖，去掉他所有的鉴别力。

他想道："我要是惹她生气的话，她会赶走我的！她要是要我的话，她会鼓励我的！"

他叹气道：

——那么，你不承认男子可以爱……一个女人吗？

阿尔鲁夫人回道：

——她要是该当结婚，男子求婚好了；她要是另有所属，男子走开好了。

——如此看来，幸福就不可能了吗？

——不是的！然而在撒谎、忧虑和懊恼之中，是永远也寻不到幸福的。

——管它呐！只要有无上的喜悦就成。

——经验教训太惨重了！

他想用玩世不恭的话驳她。

——那么，道德岂不成了一种懦怯吗？

——你不如说做有见识。凡忘掉责任和宗教的女人，仅仅有常识就够了。自私为贞洁奠定了一种坚固的基础。

——啊！你的格言多资产气！

——我没有夸过嘴，说我是一位命妇！

就在这时候，小孩子跑来了。

——妈妈，你来吃饭吗？

——好，就来了！

福赖代芮克站起；同时玛尔特走进来。

他拿不定主意告辞；带着一种充满了吁求的视线：

——那么，你所说的那些女人，都麻木不仁吗？

——不是的！不过到了必要的时候，都是聋子。

她直直站在她的房门口，一边一个孩子。他弯下身子，没有说一句话。她静静还他的礼。

他最初感到的，是一种无边无涯的痴呆。这种让他理会他希望的无望的方式压倒了他。他觉得自己完了，好比一个人跌进一座深渊的紧底，清楚没有人救他，准死无疑。

他总算走了下来，然而什么也不看，信步行去；他碰着石头；他迷了路。一阵木屐的响声在他的耳边震动；是工人从冶金厂出来。于是他清醒了。

铁路的灯在天边画出一条火线。他到的时候，一列火车正在开动，人家把他推进一辆车，他睡着了。

一个钟点以后，站在马路上，巴黎欣快的夜晚忽然把他的旅行投进一个已然遥远的过去。他不示弱，用些辱骂的辞句安慰自己，讥笑阿尔鲁夫人：

"她是一个傻鳖、一个笨蛋、一个畜生，用不着再想她了！"

回到家，他在书房看见一封信，八页长，发蓝光的纸，印着罗莎的名字。

开首是和蔼的责备：

"你怎么样啦，我的亲爱的？我简直无聊。"

字体十分可憎，福赖代芮克正要一古脑儿扔掉，瞥见信尾的附言：

"我要你明天领我看赛马去。"

这邀请是什么意思？难道又是女元帅作弄他吗？不过，什么也不为，一个人不会开两次玩笑的；他起了好奇心，重又仔细读信。

福赖代芮克辨出：“误会……误入歧途……幻灭……我们全是可怜的孩子！……好比两条合流的河水！”等等。

这封信和摩登女郎平日的语言并不相似。究竟发生了什么变故？

他的手指夹了半晌信纸。信纸发出鸢尾花的味道；同时字体和行列不规则的空当，好像一种凌乱的装梳，扰乱他的心情。

“为什么我不去呀？”他最后向自己道。“可是阿尔鲁夫人知道了怎么办？啊！知道好了！更好！随她吃醋去！那我才痛快！”

四

女元帅打扮好了在等他。

她的秀眼盯着他，又温柔，又快活，她道：

——你来啦，这才叫乖呐！

她挽好她的帽结，坐在睡椅上，静静的。

福赖代芮克道：

——我们走吧？

她看着挂钟。

——噢！不呐！一点半以前不出门。

好像她在心里给她的犹疑立下这个界限。

最后钟敲了：

——好啦，Andiamo，Caro Mio！①

她最后收拾一次她头上的绦带，嘱咐戴勒芬几句。

——小姐回来用晚饭吗？

——做什么回来？我们一块儿到什么地方用晚饭，到英吉利咖啡馆，随你喜欢的地方！

——好吧！

她的小狗围着她吠。

——我们可以带它们去，不成吗？

福赖代芮克亲自把它们抱上马车。这是一辆出租的“柏林”②，驾着两匹快马，随着一个车夫；他让他的听差站在座位后面。女元帅似乎满意他的殷勤；她一坐下，就问他最近到阿尔鲁那边去了没有。

福赖代芮克道：

——有一个月没有去了。

——我呐，我前天碰见他的，他今天说要来的。可是他样样倒霉，又是一场官司，我也不知道怎么一回子事。这人多好笑！

——可不！非常好笑！

福赖代芮克做出不关心的模样接着道：

——倒说，你还跟……你怎么称呼他的？……那个先前唱歌的，戴勒玛尔来往吗？

她冷冷地回道：

——不！吹了。

那么，他们的破裂无疑了。福赖代芮克觉得自己有了希望。

他们缓缓走下布乃达区；因为是星期日，街是荒凉的，好些资产者的面孔露在窗后。马车渐渐走快了；轮子的响声引动过往行人扭回身子，车篷放下了，皮闪耀着，听差弓起身，两只长毛小狗靠在一起，仿佛两个鼬皮手筒，放在垫子上。福赖代芮克随着车带摇摆。女元帅向左向右转着头微笑着。

她的珠光草帽绕着一道黑花边。斗篷的风帽随风荡漾；一把丁香紫的缎伞，顶子尖尖活像一座宝塔，给她遮住太阳。

福赖代芮克轻轻拿起她另一只手，左手上戴着一个表链样式的金镯，道：

——小手指头多招人爱！呀，真玲珑；从哪儿来的？

---

① Andiamo, Caro Mio！是意大利语，意为：“我们走吧，我亲爱的！”

② 柏林是德国京都柏林兴起的一种马车，四轮、轿式、玻璃窗、前后有座。

女元帅道：

——噢！我早就有了。

年轻人一点不反驳这句虚伪的答话。他着眼在“利用环境”。他一直握着她的腕节，在手套和小袖之间，把他的嘴唇搁上去。

——完了吧，人家要看见我们的！

——得啦！这有什么要紧？

穿过协和广场，他们沿着会议码头和毕利码头走，其中一座花园有一棵柏树。罗莎乃特以为里邦在中国；[①]她笑自己没有知识，求福赖代芮克教她一点地理。随后，把陶喀代罗丢在右手，他们走过叶纳桥，最后在校场中央停住，靠近别人已经在跑马厅排好的马车。

草岗上站满了穷人。有些好奇地站在军官学校的阳台；骑手重量检定处外面的两座棚，附近的两座看台，还有国王看台前面的一座看台，挤满了一群时髦装束的男女，从他们的风度可以看出他们对这种不过时的娱乐还有敬心。那时节，看赛马的人比较有限制，外表不像如今这样粗俗；那是鞋套带、绒披肩和白手套时代。妇女穿着长袍，颜色煊丽，坐在台阶，仿佛大堆的花，中间夹着男人深色的衣服，这里那里，仿佛好些黑点子。不过，所有的视线转向那位著名的阿尔及利亚人，布·马萨[②]，介乎两位参谋，脸上一点表情也没有，坐在一座特别看台。Jockey-Club 的看台全是一些严肃的先生。

---

① 里邦是叙利亚的大山，以出产柏树著名。

② 布·马萨，约生于一八二〇年，是阿尔及利亚的一位宗教领袖，一八四五年，激励本地人，反对法国的远征。一八四七年四月十三日，战败出降，他被囚禁在巴黎。一八四八年，脱逃未成，不久为拿破仑三世赦放，入土耳其，死于军伍。

最热心的观众，坐在底下，紧邻马道，有两排架绳的小柱拦着；在这条走道圈成的卵形大场子中间，卖可可的摇着他们的木铃，有的卖节目单，有的吆喝雪茄，兜起一大片嗡嗡的响声；军警踱来踱去；一架挂在全是号码的柱子上的钟响了起来。五匹马露了面，大家回到看台。

然而，对面，好些盘旋的厚云块拂着榆树的梢头，罗莎乃特害怕要下雨。

福赖代芮克道：

——我有雨伞。

随后举起箱子，里面一只篮子盛着好些吃食，他接着道：

——还有一切消遣的东西。

——好极了，我们谁也懂得谁！

——将来懂得还要深，不对吗？

她红了脸道：

——也许吧！

穿着绸衫的骑手打算排齐他们的马，双手挽住它们。有人落下一面红旗。于是五位骑手俯在马鬣上，出发了。起初他们挤做一堆；不久，放长了，你离开我，我离开你；穿黄衫的在第一遭险些跌倒了；许久，大家看不出费里和提毕谁占先；随后，陶穆·浦斯在领头；然而，自初落后的克老布·司提克，追上它们第一个到，把查理先生丢了两匹马的距离；谁也想不到它第一；大家呼喊着；脚顿得木板房子直摇晃。

女元帅道：

——多开心！我爱你，我的宝宝！

福赖代芮克不再怀疑他的幸福；罗莎乃特的末一句话证实一切。

离他一百步远，在一辆“米老尔”[①]里面，露出一位夫人。她探出车门，随即赶忙缩进去；这样来了好几次；福赖代芮克辨别不出她的面模。一种疑心兜住他，他觉得这是阿尔鲁夫人。不可能，真的！她为什么来？

他走下马车，推托到骑手重量检定处闲溜溜。

罗莎乃特道：

——你简直不懂得服侍女人！

他不理她，向前走开。那辆“米老尔”转过头，走了。

就在同时，西伊抓住福赖代芮克。

——好呀，亲爱的！怎么一个好法？余扫乃在那边！你听我讲！

福赖代芮克打算甩开身，赶上那辆“米老尔”。女元帅做记号叫他回到她身边去。西伊瞥见她，执意要问她一句好。

祖母的丧服满期之后，他实现了他的理想，“有了来历”。苏格兰的花背心、短上衣、薄底鞋面结着大花，帽带里插着入场券，他所谓的“时髦”花样，一种模仿英吉利和枪手的花样，可谓一样不缺。他先埋怨校场，跑马的草地可憎，随后谈起尚狄伊的赛马和发生的好笑的事，发誓他能够在半夜十二点钟一下一下敲的时节喝十二杯香槟酒，提议和女元帅打赌，轻轻抚摸她的毛毛狗；另一个肘子拄着车门，他继续谈些无聊的事，他手杖的托手噙在嘴里，腿叉开挺直了腰。福赖代芮克在他旁边吸着烟，用心发现那辆“米老尔”的下落。

钟响了，西伊走开；罗莎乃特盼他走开，说他十分惹厌。

---

① 米老尔是一种马车，四轮、两座、有篷。这原来是英文，“大人”的意思。

第二次竞赛没有什么特别，第三次也平常，只有一个人叫舁床抬了出去。第四次比较有趣，八匹马在抢巴黎市的奖品。

看台的观众爬上凳子。有的站在马车当中，手里拿着小望远镜，瞭望骑手忽前忽后的变化；就见他们排得活像好些红点子、黄点子、白点子、蓝点子，和靠近跑马厅楼塔的群众一样长。远远看去，他们的速度并不厉害；跑到校场的另一端，他们简直像是放慢了，不是往前跑，倒是溜下去，马肚子碰到地，不过腿伸直了，并不弯曲。但是他们很快就跑过来，变大了；他们一阵旋风扫过去，地面颤着，石子飞了起来；空气钻进骑手的衣衫，把它们弄得帆一样在动；他们连连挥起皮鞭，打着马，奔向终点的柱子。号码摘下来，新的吊上去；在拍掌欢呼之中，胜利的马一直踱到骑手重量检定处，一身的汗，直着腿，垂下脖子，同时骑它的人，活像要在鞍子上咽气，兜住自己的两胁。

一场争辩稽迟了末一次的出发。观众感觉无聊，散开了。成群的男子在看台底下闲谈。话很随便；有些上流妇女看见自己邻近的摩登女郎，怕人毁谤，便走了。

这里还有舞场的舞星、街头的女戏子；——最受赏识的可不就是最美的。一个滑稽剧作家唤做娼妓的路易十一的老娇尔吉娜·欧拜尔，脸涂成鬼样子，不时发出一种类似哼唧的笑声，倒在她长长的“喀莱实”里面，披着一条貂皮围巾，和在大冬天一样。打官司打出了名的罗穆叟夫人，霸住一辆“布赖克”[①]的前座，和好些美利坚人在一起；还有戴乃丝·巴实吕，摆出她哥特处女的神气，十二条花绦塞满一辆“艾司喀尔高”[②]，没有护篷，倒有一个栽满了

① 布赖克是一种敞车，四轮，前有高座，后为两排长凳。

② 艾司喀尔高是一种轻巧马车。

玫瑰的盆架。女元帅妒忌这些风头；为了招人注目，她做出强烈的姿势，声音提得十分高。

有些上流人认识她，远远向她致敬。她一边回答，一边把他们的名字告诉福赖代芮克。全是些伯爵、子爵、公爵、侯爵；他把头扬起，因为四外的眼睛对他的好运都表示一种相当的敬意。

西伊站在他周围中年人的圈子，显出同样快活的神气。他们骑在马上微笑，仿佛在取笑他；最后他打了一下最老的同伴的手心，向女元帅这边走来。

她假装饿疯了，在吃一片肥肝；福赖代芮克由于听话，学她，膝头放着一瓶酒。

那辆“米老尔”又出现了，正是阿尔鲁夫人。她的脸色非常苍白。

罗莎乃特道：

——给我香槟喝！

她尽量往高里举她的满杯酒，喊道：

——噢嗐！看那边！正经女人，我保护人的太太，噢嗐！

笑声在她的四周响着，那辆“米老尔”不见了。福赖代芮克揪住她的袍子，预备大发脾气。可是西伊站在面前，姿势和方才一样；他带着一种加强的信心，邀罗莎乃特就在当夕去用晚餐。

她答道：

——不可能！我们要一块儿到英吉利咖啡馆去。

福赖代芮克好像什么也没有听见，不作声；西伊露出一副失望的神情，离开女元帅。

就在他靠住右边车门站着同她说话的时候，余扫乃忽然在左边出现，听到了英吉利咖啡馆这句话：

——这是一个漂亮地方！到那边用点儿便饭，怎么样？

福赖代芮克道：

——随你便好了。

他跌进“柏林”的角落，望着天边那辆“米老尔”消失，感到适才发生了一件不可挽救的事，丢掉了他伟大的爱情。另一位在这里靠近他，欣喜而容易的爱情！不过，倦了，充满了矛盾的欲望，简直不清楚他要什么，他感到一种广泛的忧郁，一种想死的心情。

他抬起头，响起一大阵嘈杂的步声和语声；野孩子们跨过小柱的绳索，过去端相看台；人散了。雨点落下来了。车辆行进的困难增加了。余扫乃不见了。

福赖代芮克道：

——哎，倒更好！

女元帅把手放在他的手上，接下去道：

——你欢喜一个人？

同时，他们面前过来一辆华丽的“朗斗”[①]，亮晶晶的铜钢，驾着四匹马，“斗孟”样式，两个穿着金缕子绒上装的骑手吆着。党布罗斯夫人靠近丈夫，马地龙坐着对面另一条凳子；三个人全显出惊奇模样。

福赖代芮克向自己道：“他们认出我来了！”

罗莎乃特还要停一停，看看过往的车马。阿尔鲁夫人也许会再露面。他向车夫喊道：

——走呀！走呀！往前去！

那辆“柏林”奔向爱丽舍林道，杂在别的马车当中：“喀莱实”、“布芮司喀”、“屋尔特”、“汤代穆”、“提勒玻芮”、狗车、

① 朗斗是德国朗斗地方兴起的一种马车，四轮、身长，篷有两个，起落随意。

有酒意的工人唱着歌的皮帘货车、家长亲自小心驾着的“半福”。塞满了人的“维多利亚”里面，有些男孩子坐在别人的腿上，两条腿搭在外边。呢座的大“顾白”拖着些打盹的老寡妇散心：要不然，过来一匹名贵的“司陶泼”，挽着一辆谢斯，又简单，又妖媚，活像一个花花公子的黑礼服。①然而雨越发大了。大家打开雨伞、阳伞、雨衣；大家远远喊着：“好呀！——怎么样？——是啦！——不呐！——回头见！”你去了，我来了，中国影戏一样快。福赖代芮克和罗莎乃特不言语，看见那些轮子不断在身边旋转，感到一种呆滞的心情。

有时候，马车前后太挤了，好几行全同时停住。于是，你靠近我，我靠近你，彼此打量。好些不关心的视线从徽板的边沿投向群众；好些妒忌的眼睛在车厢发亮；好些讥讪的微笑回应头部骄傲的姿态；好些张大的嘴表示痴骇的赞美；这里那里，有些在路当中溜达的人，往后一跳，闪避一位从马车中间驰出的骑士。随后，一切重新开始行动；车夫松开缰绳，放低他们的长鞭；马有了生气，摇着它们的马衔索，往四外丢沫子；湿淋淋的屁股和鞍鞯在夕阳穿过的水汽之中冒汽。走过凯旋门，就见露出长长一排，人一样高的发着赭色的灯光，照着轮子的毂轴、车门的扶手、车辕的末梢、鞍子的背环熠耀；在大林道——活似一道河，荡漾的是马鬣、衣服、人

---

① 布芮司喀是一种俄罗斯马车，轻灵、敞开。
屋尔特是一种英国马车。
汤代穆是一种英国敞车，驾两马，前后成一直行。
狗车是一种英国马车，专备装运猎犬之用。
半福是一种四轮马车，驾一马。
维多利亚是一种轻便敞车，四轮。
司陶泼是一种名贵的马，英国种。
谢斯原本是椅子的意思，又有轿子的意思，现在指轻便的马车而言。

头——两侧，树像两堵绿墙，立在雨里发亮。上面蓝蓝的天重新在若干地方出现，如同缎子一般柔滑。

福赖代芮克不由想起那些已然遥远的日月，他妒忌那不可言表的幸福，坐在这样一辆马车里，挨着这样一位女人。如今他有了这种幸福，并不因而更愉悦。

雨已经不下了。在公用库柱子中间避雨的，全走掉了。在王街散步的，重新走向马路。外交部衙门前面，台阶上站着一排看热闹的。

上到中国浴室的顶端，马路有了窟窿，“柏林”放慢了。一个披着灰赭色大衣的男人沿着走道边走路。轮子底下激起来的泥水溅到他的背上。他扭转身，大生其气。福赖代芮克的脸苍白了；他认出是戴楼芮耶。

到了英吉利咖啡馆门口，他打发掉马车。罗莎乃特先走上去，他付钱给车夫。

他在楼梯遇见她和一位先生谈话。福赖代芮克挽起她的胳膊。不过，在走廊中间，又有一位先生拦住她。

她道：

——你先走吧！我是你的！

他一个人走进房间。从两扇打开的窗户，瞥见对面店铺十字窗边的男女。在要干的地沥青上，大块的光色颤栗着；阳台边沿放着一棵木兰，熏香了整个房间。这种馥郁和这种清新的空气放松他的神经；他倒在镜子底下的红睡椅上。

女元帅回来了；她吻着他的前额道：

——难受呐，可怜的咪咪？

他回道：

——也许是！

——不就是你一个，算了吧！

这句话的意思是："让我们忘掉各人的难受，在一起快活吧！"

随后，她拿一片花瓣放在她的嘴唇中间，伸给他吻吻。这种雅致、差不多淫荡的温柔的动作，打动福赖代芮克的心。

他想着阿尔鲁夫人道：

——为什么你给我苦吃？

——我，给你苦吃？

她站在他前面，看着他，锁住眉，两手放在他的肩头。

他的道德、他的怨恨统统陷进一片无底的懦怯。

他把她搀到他的膝上，接下去道：

——因为你不要爱我嘛！

她由他做去；他用两只胳膊围住她的身子；她丝袍的窸窣燃起他的情欲。

余扫乃的声音在走廊响着：

——他们在哪儿？

女元帅急忙站起，过去坐在房间的另一头，拿背向着门。

她要了些牡蛎；彼此就座。

余扫乃并不快活。由于每天做各式各样的题目，读许多报纸，听许多议论，发表许多炫人的不三不四的见解，他临了丢掉事物正确的观念，他微弱的火花弄瞎了他自己。往年舒适，然而如今艰窘的生活的烦难，把他丢在一种永远骚动的情态；他的无能为力(他不肯承认)让他爱闹气，好讥讽。因为《奥萨伊》，一出新舞剧，他攻讦跳舞，因为跳舞，他攻讦歌剧院；随后，因为歌剧院，他攻讦意大利人，如今换了一队西班牙戏子，"活像大家还没有尝够喀斯地耶！"福赖代芮克对西班牙浪漫的爱好起了反感；为了打断谈话，他探听法兰西学院的消息，艾德嘉·吉乃和米茨凯维奇新近被排挤出来。然而余扫乃，赞赏德·麦斯特先生，拥护当道和唯心论。不过，他又不相信最有凭证的事实，否认历史，非驳最确实的东西，甚至听见几何学这个名词，就嚷起来："几何学，瞎说八道！"一边模仿戏子的谈吐举止。散维耳特别是他的样本。①

这些废话腻透了福赖代芮克。一不耐烦，他的靴子踢到桌子底下的毛毛狗。

两条狗全讨厌的样子吠着。

他骤然道：

——你应该把它们打发回去才是！

罗莎乃特没有可托的人。

于是，他转向浪子。

——瞧，余扫乃，该你尽忠了！

——噢！是的，我的小人人！那就真可爱了！

余扫乃不等央求，就出去了。

他用什么还他的好意呢？福赖代芮克想也不想。他正要开始享

---

① 艾德嘉·吉乃(一八〇三年——一八七五年)是法国的诗人、哲学家兼史家。一八三二年，他曾经预言普鲁士将代奥地利而在德意志得势，结局必为法兰西摧毁。一八三三年，他发表他的宗教诗剧《阿哈斯外吕斯》，一八四二年在法兰西学院主讲，助史家米实莱攻击耶稣教，甚至天主教，纠纷时起，一八四六年被政府中止讲授。一八四八年，参加革命，推翻路易·菲力普，当选为极左派议员。拿破仑三世复辟，流放国外，直到普法之战，重返祖国。

米茨凯维奇(一七九八年——一八五五年)是波兰的大诗人；一八三四年，发表他的民族史诗《塔杜施先生》；一八四〇年，被聘担任法兰西学院的斯拉夫讲座；一八四五年，因政治关系，政府解聘。

德·麦斯特(一七五三年——一八二一年)是法国的著名宗教论者。他的年月大半在俄罗斯度过。一八一九年，发表《教皇论》，他主张教皇是人间权威的中心和泉源，挽救社会和宗教的纷乱，唯一的方法是拥护宗教阶层。一八二一年，他的遗著《圣彼得堡夜语录》问世。他反对唯物观，拥护国家主义，否定革命。

散维耳即毛赖勒(一八〇〇年——一八五四年)是王宫剧院的喜剧演员，善于模拟种种愚骇人物。

受，一个伙计进来了。

——小姐，有人要见你！

——怎么！还有人？

罗莎乃特道：

——我还是看看的好！

他渴望她，需要她。他觉得这种离弃仿佛一种渎职，几乎是一种粗野的举止。她究竟要怎么着？难道还没有凌辱够阿尔鲁夫人？至于这位呐，活该！如今，他恨所有的妇女；呜咽噎住他，因为他的爱情不为人赏识，他的肉欲又受了骗。

女元帅回来了，给他引见西伊：

——我请了先生来。我做得对，不是吗？

——还用说！当然啦！

福赖代芮克，带着一种被处决的囚犯的微笑，做手势请公子坐下。

女元帅开始浏览菜单，看见怪名目就停住。

——我们吃，我想，黎希留缠头家兔和奥尔良布丁，怎么样？

西伊嚷道：

——噢！不要奥尔良！

他是正统派，以为自己说了一句漂亮话。

她接着道：

——你喜欢尚保尔比目鱼吗？

福赖代芮克厌憎这种礼貌。

女元帅仅仅给自己要了一份切现成的牛排、蝲蛄、地菌、菠萝蜜生菜、香花骚尔拜。

——我们回头看好啦。总有得吃。啊！我倒忘掉了！给我一盘大肠！不要带蒜的！

她把伙计叫做“小伙子”，用她的刀敲玻璃杯，拿她的面包屑子扔向天花板。她要马上就喝布尔高涅酒。

福赖代芮克道：

——一般开始是不喝这酒的。

按着子爵的意思，有时候也这样喝的。

——没有的话！从来没有过！

——哪儿的话，我敢说有！

——啊！你看！

伴着她这句话的视线表示：“这是一个阔人，这位，听他讲好了！”

同时，门每分钟全在开动，伙计们嚷着，隔壁房间一架坏透了的钢琴，有人在弹回旋舞。随后，说到赛马，大家谈起骑法和两种敌对的学说。西伊辩护博谢，福赖代芮克辩护奥尔伯爵，罗莎乃特耸肩膀。①

——够了，我的上帝！他比你内行多了，算了吧！

她咬着一颗石榴，肘子拄着桌子；她面前的蜡烛迎着风打颤；这道白光透进她珠色的皮肤，把她的眼皮映成玫瑰色，映着她的眼球发亮；水果的红和她嘴唇的红合在一起，她玲珑的鼻孔翕张着；她全身子有什么粗野、酩酊、沉溺的东西郁窒福赖代芮克，同时激起疯狂的欲望。

随后她用一种平静的声音，问那辆大“朗斗”（用人的制服是

---

① 博谢（一八〇五年——一八七三年）最初在一个马戏班工作，出而为人骑师，自创一种骑术，著有《新骑术》（一八四二年）等。

奥尔伯爵（一七九八年——一八六三年）是路易十八与查理十世的骑师，后充叟穆尔骑兵学校的教官，著有《骑术论》（一八三四年）等。他的理论虽说不及博谢那样普遍采用，他被推为十九世纪最典型的骑士。他是子爵，福楼拜把他误为伯爵。

栗色）属于谁。

西伊回道：

——是党布罗斯伯爵夫人的。

——他们很阔，不是吗？

——噢！很阔！虽说党布罗斯夫人也不过是一个布特隆姑娘，一个县长的女儿，财产平平而已。

她的丈夫，正相反，一定承受了好几份遗产，西伊一份一份数着；他和党布罗斯来往，晓得他们的历史。

福赖代芮克要他不快活，一意反驳他。他坚持党布罗斯夫人的母姓是德·布特隆，证明她是贵族。

女元帅倒向沙发道：

——管它呐！我真想弄她那样一辆马车！

袍子的袖口往上滑了滑，她的左腕露出一只镶着三颗玛瑙的镯子。

福赖代芮克瞥见了。

——瞧！可是……

他们三位互相望着，脸全红了。

门轻轻开了一半，露出一顶帽子边沿，随后余扫乃的半个身子。

——对不住，打搅了你们，情人儿！

但是，他收住口，想不到会看见西伊，还占了他的座位。

伙计另拿了一份刀叉；他饿极了，随意就残肴中间，从一个盘子抓起肉，从一个篮子抓起水果，一只手拿酒喝，另一只手拣菜吃，一边还讲着他的使命。两只狗送回去了。家里没有什么事。他发现女厨子和一个兵在一起，假故事，纯粹造来耸人听闻的。

女元帅从钩子上取下她的帽子。福赖代芮克奔过去捺铃，远远向伙计喊道：

——一辆车！

子爵道：

——我的车在哪。

——可是，先生！

——不过，先生！

他们看进彼此的瞳孔，两个人的脸色全白了，手哆嗦着。

最后，女元帅拿起西伊的胳膊，指向桌边的浪子道：

——你看管着他吧！他要撑死了。我不忍心看他为我的小狗尽忠，连命也赔到里头！

门合住了。

余扫乃道：

——哎，怎么回子事？

——哎，怎么回子事？

——我先以为……

——你先以为怎么？

——你不……？

他用手势补足他的话。

——不！没有的事！

余扫乃不再坚持了。

他邀自己来用饭，有一个目的。他的杂志已经不叫做《艺术》，而叫做《勒·福朗巴尔》了，带着这句："炮手，是你们的！"一点不起色，他有意把它改成一个周刊，独自经营，不要戴楼芮耶帮忙。他谈起旧安排，披露他的新计划。

福赖代芮克，不用说，听不明白，回了一些不着边际的话。余扫乃从桌子上抓起好几枝雪茄，道："再会，我的好朋友，"走掉了。

福赖代芮克要账单来看。账单很长；胳膊搭着揩布，伙计等他付钱，就见另外一个伙计，一个活像马地龙的雪白面孔的人，过来向他道：

——对不住，柜台忘记添上车钱了。

——什么车?

——方才那位先生送小狗用的车。

伙计的脸拉长了，好像哀怜这可怜的年轻人。福赖代芮克真想给他一记耳光。他把找下来的二十法郎当小账给了他。

拿揩布的伙计，鞠了一大躬道：

——谢谢，老爷!

福赖代芮克第二天用来咀嚼他的忿怒和他的挫辱。他怪罪自己没有给西伊一记耳光。至于女元帅，他发誓不再看她去了；和她一样美的女人另外有的是；既然弄这些女人得有钱，他打算拿他的地价在交易所赌一下子，他会阔的，他要用他的华贵压倒女元帅和所有的人。临到黄昏，他纳罕自己没有想到阿尔鲁夫人。

“更好！有什么用？”

第三天，才八点钟，白勒南就看望他来了。起初他赞美家具，说了些阿谀话。随后，忽然道：

——你看赛马来的，星期天?

——是的，哎!

于是画家指斥英吉利马的解剖，恭维翟芮苟的马，巴尔泰龙的马。①“罗莎乃特跟你在一起来的吗?”他开始巧妙地誉扬她。

---

① 翟芮苟(一七九一年——一八二四年)是法国的画家，所画富有动作情感，素描用色均以胆大见称。他在英国研究马的姿态，第一个把奔驰的行动介绍到法国的绘画。

巴尔泰龙是古代雅典著名的女神庙，现已残毁，所余精华多在英国博物馆保存。浮雕之中，有一幅为若干骑士御马状。

福赖代芮克的冷淡让他感到尴尬。他不晓得怎么样提起画像才好。

他原先第一个意思是画提香那样一张画像。然而，模特儿的复杂的颜色渐渐迷诱住他；他便一块浆子、一刷子光，信手加上去。起初罗莎乃特还热衷；她和戴勒玛尔的幽会中断了画像，给白勒南留下洋洋自得的时间。随后赞美平息了，他问自己，他的画是否还可以放大。他重新去看提香的画，明白距离，承认自己错误；他开始把他的轮廓又描简单了些。随后一点一点，他把头部和背景的色调这里去掉一块，那里搀上一块，脸显得坚定了，阴沉的地方也有了力量；一切似乎遒劲了。女元帅终于又来了。她擅自提出异议；画家自然不肯让步。他嫌她胡闹，大生其气，回头他向自己道，说不定她对。于是产生了疑惑，思绪纷繁的时期，胃痉挛、失眠、发烧、厌憎自我，全来了；他鼓起勇气又画了几笔，然而，不上劲儿，觉得他的工作十分没意思。

他如今仅仅埋怨展览会不该拒绝，随后怪罪福赖代芮克不来看看女元帅的画像。

——我管她什么女元帅不女元帅！

这样一句宣言鼓起他的勇气。

——你相信这蠢家伙如今不关心那幅画了吗？

他所没有说的，是他向她要一千艾居来的。其实女元帅根本不关心将来谁付钱，指望从阿尔鲁那边弄到更切要的东西，没有同他谈过这幅画。

福赖代芮克道：

——好，阿尔鲁呢？

她打发他去见他来的。旧画商不认账。

——他坚持这属于罗莎乃特。

——说实话，这是她的。

白勒南回道：

——怎么！是她打发我来找你的！

要是他信得过他作品的优良，他也许不会想到打他的算盘。可是一笔款(一笔大款)总该打消批评，重新坚定他的信心。福赖代芮克怕麻烦，客客气气，问他价钱多少。

数目不近情理惹起他的反感，他回道：

——没有的话，啊！没有的话！

——无论如何，你是她的情人，是你要我画的！

——对不住，我是中间人！

——可是，我不能够替人守它一辈子！

画家发了脾气。

——啊！我不信你这么贪钱。

——你那么吝啬！再见！

他刚出去，赛耐喀就来了。

福赖代芮克慌了，举止不安起来。

——有什么事?

赛耐喀讲起他的故事。

——星期六，将近九点钟，阿尔鲁夫人接到一封信，叫她到巴黎去；凑巧手边没有一个人到克罗伊喊一辆马车来，她心想叫我去走一趟。我拒绝了，因为这不是我的职务。她去了，星期天晚晌就回来。昨天早晨，阿尔鲁忽然来到工厂。那个波尔多女人诉冤了。我不晓得他们怎么商量来的，不过他当着大家摘下她的罚金。我们吵了一顿。总之，他算清我的账，我到了这儿！

随后，一字一字地道：

——再说，我不懊悔，我尽了我的责任。不管怎么样，这全由于你。

福赖代芮克害怕赛耐喀猜出他的心事，喊道：

——怎么？

赛耐喀什么也没有猜到，因为他接着道：

——这就是说，不是你的话，我也许找到更好的事。

福赖代芮克感到一种疚心。

——如今我能够怎么样帮你的忙？

赛耐喀要他给自己谋一个随便什么职业，一个位置。

——这在你是容易的。你认识那么多人，听戴楼芮耶讲，你认识党布罗斯先生。

提到戴楼芮耶并不引起他的朋友的好感。自从校场遇见党布罗斯夫妇以来，他没有去看他们的意思。

——我在这一家子还不够熟到举荐人。

民主党人咽下这个拒绝，静了一分钟道：

——这一切，我相信来自波尔多女人，也来自你的阿尔鲁夫人。

这个“你的”从福赖代芮克的心头剔去他留下来的那点点儿好意。不过，由于礼貌，他把手伸向他写字台的钥匙。

赛耐喀止住他。

——谢谢！

随后，忘记他的穷苦，他谈起国家大事，国王诞日滥发的十字勋章、内阁的变更、当时物议纷纭的诸亚尔和白尼耶事件，攻击资产阶级，预言革命要来。①

---

① 诸亚尔是巴黎的一个银行家，用了十五万法郎，进行贿选，一八四七年二月十七日被法院检举，判处有罪。

白尼耶是一个高级军需官，一八四五年五月三十一日去世，被人发觉吞没三十万法郎公款。次年六月五日，有朗玉乃者，向政府告发，众议员组织委员会调查，结果下属两名撤职。

一把挂在墙上的日本的波状快刀引起他的注意。他摘下它，看看它的把子，然后带着一种厌恶的神气，把它拿到安乐椅。

——好啦，再会！我得到劳赖特圣母院去一趟。

——怪气！做什么去？

——今天是高德福洼·卡芬雅克的周年死祭。[①]他死于工作，他！可是全没有完……谁知道？

赛耐喀毅然伸出手。

——我们也许永远不会见面了！再会！

这句重复了两遍的再会、他端详刺刀时节的皱眉、他的容忍，尤其是他严肃的神气，不由引起福赖代芮克的思虑，不久他不往这方面想了。

就在同一星期，勒·阿弗尔的公证人给他送来他的田价，十七万四千法郎。他分成两份，第一份拿去做公债，第二份交给证券买卖经纪人在交易所冒险。

他在时髦的酒馆用饭，到剧院走走，想法子消遣，同时余扫乃给他写来一封信，快快活活地讲起：女元帅在赛马的第二天就打发掉西伊。福赖代芮克觉得痛快，并不追问浪子为什么告诉他这个故事。

机会要他三天之后遇见西伊。这位公子满不在乎，甚至请他下

---

① 高德福洼·卡芬雅克（一八〇一年——一八四五年）是法国一个热诚的民主党，参加七月革命，其后不满意路易·菲力普的设施，组织各种革命团体，积极推展行动。一八三四年被捕，拘囚监牢，次年设法逃往英国。一八四一年返国，与《改革日报》合作，一八四三年，当选为人权社主席，为人人所公认的理想领袖。一八四五年五月五日，他不幸死于肺病，送殡者不可以数计，政府极力防范，唯恐酿为暴动的行列。他的坟冢在孟马尔特，纪念雕像于一八四七年建成，纯朴动人，为吕德的杰作。

星期三吃饭。

那天早晨，福赖代芮克接到执达吏一件照会，查理·约翰·巴狄斯特·吴坠先生告诉他，根据法院的判决，坐落白勒维耳的一所房产，原先属于雅克·阿尔鲁先生的，如今归他所有。他准备偿付售价二十二万三千法郎。但是，同一公文指出，原不动产的抵押价超过售价，福赖代芮克的债权因而完全丧失。

毛病全在没有按时去重新登记一下抵押。阿尔鲁原说亲自办理，随后忘掉了。福赖代芮克恼怒上来。等他怒气消了：

"得啦，过后……什么！这要能够搭救他，便宜他！我不至于为这饿死！别想它了！"

可是，翻动他桌子的纸张，他碰到余扫乃的信，瞥见信后的附言，他第一次没有看见。浪子要五千法郎，不多不少，好叫杂志发展。

"啊！这家伙麻烦死我！"

他写了一个便条，老实不客气地拒绝了。写完了，他穿好衣服到金屋去。

西伊介绍客人，先从最受敬仰的一位硕大的白头发先生开始：

——吉勒拜尔·代·欧勒乃侯爵，我的教父。

他随后道：昂塞勒穆·德·佛尔尚保先生(这是一个金黄头发纤弱的年轻人，头已经秃了)；其次，指着一个行动单纯，有四十岁的人："约瑟·包福乐，我的表兄；这一位是我从前的先生，外苏先生，"模样一半仿佛车夫，一半仿佛修道院学生，一把大髯，一件长外衣，只有一粒钮子在下面扣住，就像胸口搭着一条围巾。

西伊还在等一位高曼男爵，"他也许来，没有一定。"他似乎有些不安，每分钟出去看看；最后，临到八点钟，他们走进一间灯火辉煌，对于来客的数目太大的饭厅。西伊特意为了排场选的。

依照法兰西的旧时尚，桌上排满了银盘，当中放着一个盛花果的镀银托架；沿边四周全是咸肉调味的小碟；相隔不远，便是些冰冻的玫瑰酒坛子；五个高低不同的玻璃杯摆在各人的盘子前面，还有好些不知道用法的东西，千百件玲珑的佐餐用品；——单说头道菜就有：蘑菇汁鲟鱼头、匈牙利金黄色烧酒、约克火腿、熏画眉、烤鹌鹑、白沙麦勒[1]肉点心、煎红竹鸡，同时在这一切的两梢，还有拌着地菌的马铃薯片。一盏挂灯和若干烛架照亮这挂红锦缎的房间。四个穿黑礼服的仆役站在羊皮椅背后。一看这种景象，客人叫喊起来，特别是那位教员。

——我们东道的作法，说实话，真叫疯了！这太美了！

西伊子爵道：

——这？得了！

调羹一动，他就道：

——哎，我的老代·欧勒乃，你到王宫剧院，看《父亲和门房》了吗？

侯爵答道：

——你晓得我没有时间！

他的早晨用来听一课种植学，晚晌在农耕俱乐部消磨，下午在农具制造厂研究。一年有三季住在散东吉，他利用京城的旅行来学点儿东西；他的宽边帽放在一个几上，盛满了小册子。

但是西伊瞥见佛尔尚保先生不肯喝酒：

——喝吧，娘的！你连你这么一顿童子饭也没有胆子对付！

---

① 约克是英格兰北部最大的一郡，以火腿著名。

白沙麦勒即路安泰勒侯爵，一七〇三年去世，司理路易十四的御膳。他发明一种白汁，浇灌菜肴，有浓淡两种，即以人名。

听见这话，大家鞠躬向他道喜。

教员道：

——那位姑娘可爱，我相信？

西伊喊道：

——可爱之至！反正他不对；糟透了，结婚！

欧勒乃回道：

——你说随便了些，我的朋友。

同时，想起他死去的女人，一颗眼泪在他的眼睛里滚动。

佛尔尚保一连重复了好几次，嘲笑道：

——你自己也有这一天的，你也有这一天的！

西伊不承认。他更爱自己寻乐，“和在摄政时代一样。”他想学学踢人的本领，去拜访老城的下流酒店，如同《巴黎的秘密》中的罗道尔夫亲王；①他从衣袋拿出一管泥烟斗，粗声恶气地指使仆役，拼命喝酒；他要人夸他识货，诋毁所有的菜。他甚至回了地菌，教员虽说爱吃，却卑声媚气道：

——这顶不住令祖母大人的雪花蛋！

他随即和他的农学者邻居闲谈，后者以为乡居有许多好处，仅仅为了教养他的女儿，让她们嗜好简单也值得。教员赞美他的见

---

① 《巴黎的秘密》是法国通俗小说家欧仁·苏（一八〇四年——一八五七年）的名作，一八四二年开始在《世纪日报》发表，一八四三年登完，成书问世，是所谓报章小说的典范。内容为巴黎的下层社会，人物或善或恶，异常夸张，一言一行，无不反映社会的乖戾。情节紧张如闹剧，揭露社会罪恶，促成一八四八年革命如乔治·桑，而文笔粗疏。一八四三年，改编为五幕剧，在圣马丁门剧院上演，轰动一时。马克思、恩格斯对这部小说有批判文章。

罗道尔夫亲王是里面神秘的英雄，援善惩恶，救苦救难有如菩萨。没有人知道他的来历，美好而英武，品德高贵而出语鄙俚。他在贫民窟遇见他的私生女（沦为女丐，以卖歌为生），救回宫廷，她却心碎而死。

解，逢迎他，以为他对他的学生有影响，私下希望做他的管家。

福赖代芮克来的时候，就对西伊一肚子不高兴；他的傻模样消了他的气。不过他的姿态、他的面孔、他的全个儿身子让他想到英吉利咖啡馆的晚餐，越来越刺激他；他听着那位约瑟表兄低声的贬词，一个没有产业的小伙子，喜欢打猎，在校是免费生。西伊为了取笑，好几次把他叫做“打鸟儿的”；随后，忽然喊道：

——啊！男爵！

于是进来了一个三十岁，有说有笑的人，面相有些粗，四肢轻捷，帽子歪在耳朵上，衣服插着一朵花。他是子爵的理想人物。他请到他，打心里高兴；他的光临刺激他，他甚至尝试一句双关语，例如端上一盘布吕耶尔鸡，他就说：

——这是拉·布吕耶尔的顶好的人物！①

随即，关于社会上若干不熟识的人物，他向高曼先生提出一堆问话；其后，忽然想到一桩事：

——说呀！你想到我了吗？

另一位耸耸肩膀。

——你还不到岁数，我的小孩子！不可能！

西伊曾经求他介绍他加入他的俱乐部。不过男爵，不用说，怜恤他的自尊心，便道：

——啊！我倒忘了！给你道喜，你打赌赢了，我亲爱的朋友！

---

① 拉·布吕耶尔（一六四五年——一六九六年）是法国十七世纪的大文豪。他的杰作是《性格论》（一六八八年），前部为希腊作家戴奥福拉斯特的《性格论》的翻译，后部为创作，叙写当时各色人物的风俗。“布吕耶尔”是灌木林与草原的意思。布吕耶尔鸡即松鸡。

西伊打趣，把“布吕耶尔”看做大文豪拉·布吕耶尔，把鸡看做《性格论》之中的人物。

——什么赌?

——赛马时候，你说当天晚晌到那姑娘家去的赌。

福赖代芮克觉得好像挨了一鞭子。不过，一看西伊杌陧的面孔，他平静了。

说实话，女元帅第二天就后悔了，凑巧阿尔鲁，她第一个情人，她的人，那天来了。两个人全叫子爵明白自己“碍眼”，一点礼貌没有，把他撵到外头。

他装做没有听见。男爵接着道：

——她变得怎么样了，那标致的罗莎?……她的腿还那样秀丽吗?

用这句话证明他熟识她。

这种发现不让福赖代芮克快活。

男爵继续道：

——没有什么可脸红的；这是一件好事!

西伊捩转舌头。

——哪儿的话!不怎么好!

——啊!

——我的上帝，可不是!先说，我不觉得她有什么了不得；再说，那样的女人，你要多少有多少，因为，说来说去……她是出卖的!

福赖代芮克酸酸地道：

——不见得逢人就卖!

西伊回敬道：

——他以为自己跟别人不一样!多滑稽!

全桌人笑了起来。

福赖代芮克觉得他的心跳闷住了他。他一口气喝了两杯水。

然而男爵牢牢记住罗莎乃特。

——她不总跟一个什么阿尔鲁在一起吗?

西伊道:

——我不晓得。我不认识这位先生!

可是他又说，他是骗子一类的东西。

福赖代芮克喊道:

——住口!

——不过，他的确是! 他甚至打过一场官司。

——这不是真的!

福赖代芮克开始帮阿尔鲁辩护。他保证他正直，临了相信他正直，编造了些数目、证据。子爵一肚子的怨毒，加以喝醉了酒，坚持他的说法，福赖代芮克不得不严肃地问他道:

——你有意折辱我，先生?

他看着他，瞳仁有他的雪茄一样亮。

——噢! 一点儿不! 我甚至承认他有点儿绝妙的东西: 他的女人。

——你认识她吗?

——再熟不过! 骚菲·阿尔鲁，人人晓得!

——你说?

西伊站起来，结结巴巴重复道:

——人人晓得!

——住嘴! 你来往的不是她们那类人!

——那我倒走运了!

福赖代芮克拾起他的盘子，照准他的脸扔出去。

盘子闪电一般飞过桌子，带倒两个瓶子，打掉一个蜜饯碟，碰着花果架; 碎成三块，打到子爵的肚子。

大家起来拦他。他挣扎着，叫唤着，和疯了一样；欧勒乃先生重复道：

——平平气！看！亲爱的孩子！

教员叫嚣道：

——这还了得！

佛尔尚保哆嗦着，面色青灰犹如李子；约瑟大声笑着；伙计搽掉酒，拾起地上的碎片；男爵过去关住窗户，因为吵闹也许压住车马的响声，传到马路。

盘子扔出去的时候，因为人人同时说话，所以就没有法子发现侮辱的原由，不清楚是为了阿尔鲁、阿尔鲁夫人、罗莎乃特，还是另外一个人。确实的是，福赖代芮克的古里古怪的粗暴行为；他拒绝表示懊悔。

欧勒乃先生设法劝他息怒；约瑟表兄、教员，连佛尔尚保也来劝。就在同时，男爵鼓舞着西伊，他架不住一阵神经衰弱，流下泪来。福赖代芮克正相反，越来越激动；要不是男爵为了结束这场风波说话，大家会在这里停到天亮：

——先生，子爵明天打发他的证人到府上来。

——什么时间？

——正午，可以的话。

——好极了，先生。

福赖代芮克一到外面，呼了几口大气。许久以来，他就压住他的情感。他方才终于得到满足；他感到一种男性的骄傲，一种麻醉他的内在力量的过剩。他需要两位证人。第一个他想到的是罗染巴；他立即奔向圣·德尼街的一家酒店。铺板已经关了。然而门上一块玻璃还闪着亮光。他推开门，低低弯下腰，从护檐底下走进去。

柜台沿边放着一枝蜡烛，照亮空了的客间。凳子全脚朝天，摆在桌子上。东家夫妇和他们的伙计在靠近厨房的犄角用夜饭；——罗染巴戴着帽子，分吃他们的饭，不管妨害不妨害人家伙计，吃一口饭，就得转过去一点儿。福赖代芮克把事向他简短说明，请他帮忙。公民起初什么话也不回答；他旋转眼睛，思索的模样，在客间绕了好几趟，最后道：

——成，我愿意！

听说对方是一个贵族，他顿时容光焕发，露出一种杀气腾腾的微笑。

——家伙有他好看的，放心好了！起初，……用剑……

福赖代芮克反对道：

——不过，也许我没有权利……

公民粗声粗气回道：

——我告诉你，一定要比剑！你会不会？

——会一点儿！

——啊！一点儿！看他们全到了什么地步！他们还拼了命寻事！有什么用，讲武堂？听我讲：离开远远的，总把自己关在圈子里，来回闪他！闪他！这是许的。想法子叫他累！然后，老实不客气，给他一下子！千万别存坏心，别学拉·福皆尔的打法！不！仅仅一二，回锋就成了。瞧，你看见了吗。

他捩转腕子，仿佛要开一把锁。

——渥狄耶老爹，拿你的手杖给我！啊！这就成了！

他抓起燃煤气灯的小棍，兜圆左胳膊，曲起右胳膊，对着隔板冲击起来。他顿着脚气势汹汹，甚至假装遇到了困难，一边喊着："你在哪儿，那边？你在哪儿？"他高大的影子投在墙上，他的帽子像要碰到天花板。东家不时说着："好！真高！"他的太太虽说着慌，同样钦佩他；至于戴奥道尔，一个老兵，而且膜拜罗染巴先生，简直惊呆了。

第二天一早，福赖代芮克跑到杜萨笛耶的公司。一连好些房间、架子、桌子全盛满了、横满了衣料，同时，这里那里，木架搭着些披肩。他穿过这些房间，瞥见他在一种有铁栏杆的笼子里面，四周全是账簿，站在一个书几前边写东西。一个正直的伙计马上丢下他的工作。

正午以前，证人来了。福赖代芮克出于细致，觉得自己无需参预会议。

男爵和约瑟先生说，最简单的道歉会满足他们。然而罗染巴的原则是决不退让，执意要卫护阿尔鲁的名誉(福赖代芮克没有向他说起别的)，要求子爵道歉。这种题外的苛求引起高曼先生的反感。公民不肯收回他的主张。一切调停变成不可能，只有决斗。

其他的困难来了；因为，依照法律，选择武器属于西伊，被侮辱者。可是罗染巴坚持，既然打发人来挑战，他就成为侮辱者了。他的证人叫道，无论怎么看，一个耳刮子是最凶的侮辱。公民吹毛求疵道，一个耳刮子不是一个巴掌。最后，大家决定去请教一下军人；四位证人走出去，到一个什么营盘找军官商量。

他们在奥尔塞码头的营盘停住。高曼先生招呼住两位队长，向他们说起争论的原由。

公民从旁插进些话，搅得队长一点听不明白。临了他们劝这些先生们写一份节略；看过之后，他们会决定的。于是，大家转到一家咖啡馆；甚至为了缜密起见，他们用 H 代替西伊，用 K 代替福赖代芮克。

随后大家回到营盘。军官不在。他们后来露面了，宣布选择武器显然属于 H 先生。大家从这里走到西伊的寓所。罗染巴和杜萨笛耶停在走道。

子爵一听解决的情形，心乱到一百二十分，叫人给他重复了好几遍；高曼先生说到罗染巴的狂妄，他唧咕了一个“可是”，心里未尝不要依从。随后他跌进一张软椅，宣布他不要决斗。

男爵道：

——嗯？怎么？

于是西伊婆婆妈妈乱说上来。他要用短铳，用一只手枪抵住彼此胸膛决斗。

——要不拿砒霜倒在一个杯子里头，用抽签决定。有时候这样办的；我读到过！

男爵自来就欠耐性，粗声粗气道：

——那些先生等着你的答复。这失礼的，说给你听！你用什么家伙？让我们看！剑好吗？

子爵点了一下头，表示赞同；时间地点定在明天，马姚门，正七点钟。

杜萨笛耶必须回去料理他的生意，罗染巴一个人去通知福赖代芮克。

整整一天没有消息给他；他简直耐不下去了。

他喊道：

——便宜了他！

他的举止还叫公民满意。

——他们要我们道歉，你信得过吗？这算不了什么，只要一句话！可是我给了他们一个没有面子！我应当这样做，不是吗？

福赖代芮克一边心想他应该另选一位证人，一边却道：

——自然啦。

随后，只有他一个人的时候，他高声向自己重复了好几遍：

"我要去决斗。家伙，我要去决斗！多可笑！"

他在屋子踱着，走过镜子，他瞥见他的面色苍白。

"难道我害怕吗？"

想起临到上场他会害怕，他感到一种可憎的焦虑。

"我要是叫人杀了，可是？我父亲就是这样死的。是的，我会叫人杀了的！"

忽然，他瞥见母亲，穿着黑袍；他的脑子里展开若干不连贯的意象。他忿恨自己懦怯。一种极度的勇敢，一种杀人的欲望擒住了他。便是来一队人马他也不会退缩。这阵激昂平静了，他欢欢喜喜觉得自己坚定了。为了排遣，他到歌剧院去看一出舞剧上演。他听着音乐，用望远镜了看舞女，在休息的时间喝一杯五味酒。不过，回到家里，看着他的书房、他的木器、他在这里也许是末一次了，他又心馁了。

他来到他的花园。星星熠耀着；他端详着它们。想起他要为一个女人决斗，他觉得自己伟大了、高贵了。他随即安安静静睡觉去了。

西伊不是这样。男爵走后，约瑟打算鼓起他的勇气，看见子爵还是沉沉的，就说：

——不过，我的好人，要是你愿意马虎了结，我去说也成。

西伊不敢回答"当然了"，可是他恨表兄不私下替他完成这个功德。

他希望福赖代芮克夜晚中风死掉，要不然起来一个暴动，第二天满是障碍东西堵住布洛涅树林所有的路口，要不然出来一件事，拦住一位证人到场；因为缺少证人决斗就可以取消的。他恨不得来一列快车把他随便救到什么地方都成。他悔不学医，服点儿什么东西，不妨害他的性命，叫人相信他死了。他简直愿意自己害一场重病。

为了多求指教、援救，他打发人去寻欧勒乃先生。这位大好人得到一封快信，说他一个女儿不大适意，回散东吉去了。西伊觉得这是噩兆。幸而他的教师外苏先生看他来了。于是他倾出一肚子委屈。

——怎么办，我的上帝！怎么办？

——我，要是你的话，伯爵先生，我到菜市收买一个卖力气的活活揍他一顿。

西伊道：

——他总会晓得是谁差遣的！

他不时发出一声呻吟；随后：

——可是，人有权利决斗吗？

——这是一种蛮性的遗风！你要怎么着！

学究出于殷勤，留下自己用饭。他的学生什么也不吃；用过饭，感到散步的需要。

走过一座教堂，他道：

——我们进去走走……看看怎么样？

外苏先生和他一样想法，甚至拿圣水献给他。

这时候是玛丽亚月，花覆着神坛，有人唱歌，风琴在响。不过，他没有法子祈祷，宗教的仪式让他想到丧事；他仿佛听见呢呢喃喃的 Des Profundis。①

---

① 玛丽亚月即五月。天主教特别崇敬圣母玛丽亚，有玛丽亚日（星期六），有玛丽亚月。

Des Profundis 是通常为死者祈祷的七忏悔诗之一的头两个字，意思是“由彼深渊”。用做名词，即指全诗而言。

——走吧！我觉得不舒服！

他们整夜用来斗牌。子爵为了驱除厄运，拼命输钱，外苏先生沾了光。最后，临到破晓，西伊支持不下去了，倒在绿毡上睡着了，直做不如意的梦。

不过，勇敢的本身假如就是有意统制懦弱，子爵是勇敢的，因为当着寻他来的证人，他精神抖擞，挺直了身子；虚荣让他明白：他一退缩就会毁的。高曼先生恭维他气色好。

然而，到了路上，马车的摇簸和晨阳的温热使他变得软弱无力。他的毅力又失去了。他简直不清楚他们在什么地方。

男爵故意增加他的恐惧开心，谈起“尸首”，和怎样偷偷地把“尸首”运进城来。约瑟应和着；两个人全觉得事情可笑，相信会平安了结的。

西伊的头搭在胸口；他慢慢抬起头，提醒他们没有带医生来。

男爵道：

——这用不着。

——那么，没有危险吗？

约瑟用一种庄严的声调回答道：

——但望如此！

车里没有一个人再说话了。

七点十分，他们到了马姚门前面。福赖代芮克和他的证人全在，三个人都穿着黑衣服。罗染巴不打领结，戴着一个硬鬃领，和一个小兵一样；他带着一个专门预备这类场合用的长提琴匣子。大家冷冷地点了点头。随后沿着马德里路，大家走进布洛涅树林，寻找一个适合的地点。

福赖代芮克走在杜萨笛耶和罗染巴中间。后者向他道：

——怎么样，还怕吗，你？你要是缺什么东西，别在上面操心，我懂得这个！害怕是天生来的。

随后，低声道：

——别抽烟了，越抽越糟糕！

福赖代芮克扔掉惹厌的雪茄，继续用坚定的步子走着。子爵落在后面，扶住他两位证人的胳膊。

稀零的行人从他们身旁走过。天是蓝的，他们有时候听见兔子蹦跳。在一条小径弯进的地方，一个穿丝布交织的料子的女人和一个穿工人衣服的男子谈话；在栗子树底下的大路，有些穿帆布上衣的听差在溜马。西伊想起那些快乐的日子，他骑着栗色马，戴着单眼镜，走向"喀莱实"的小门；这些回忆加重他的痛苦；一种难忍的干渴在烧烤他；苍蝇的嘶嘶和他的脉搏混在一起；他的脚陷进沙子；他觉得自有时间以来，他就在行走。

证人一边走，一边用眼睛搜索道路两旁。他们考虑到喀特朗十字架去，还是到巴嘉泰勒的墙底下。①最后，大家奔向右面，在一种排成梅花形样式的松树之间停住。

为了平分地面起见，他们选下这个地点。他们指定双方站立的地方。随后，罗染巴打开他的匣子。里面铺着一层红羊皮，上面放着四把可爱的剑，中间空，柄子嵌着金银细线。一道亮晶晶的阳光穿过树叶，落在上面；西伊觉得它们熠耀夺目，仿佛好些银蛇在一摊血里。

公民让大家看，长短一样；他自己拿起第三把，预备在必要的

---

① 喀特朗十字架是十八世纪石头堆成的金字塔。喀特朗是路易十五的猎户。巴嘉泰勒在布洛涅树林东部，是一个著名的园林，阿尔杜洼伯爵于一七七五年购得，限两月修筑，欢迎王后。其后复为他人所有，直到一九〇五年，才由政府收回，公开游览。

时候把决斗的人分开。高曼先生拿着一根手杖。静了下来。彼此望着。面孔全带着点儿畏慑或者惨忍的表情。

福赖代芮克脱下他的外衣和背心。约瑟帮西伊照样去掉；取下他的领巾，大家瞥见他的脖子挂着一枚圣章。这让罗染巴起了怜悯的微笑。

然后，高曼先生（为了再给福赖代芮克一个思索的时间）尽力寻事。他要求戴一只手套，用左手抓他对手的剑的权利；罗染巴因为心急，并不拒绝。最后男爵转向福赖代芮克道：

——一切看你了，先生！承认自己的过失，决不失面子。

杜萨笛耶做手势赞同。公民生了气。

——你以为我们到这儿拔鸭毛来的吗？奇怪！……留意！

双方面对面，他们的证人分在两边。他喊动手的记号道：

——好啦！

西伊的脸色变成可怕地惨白。他的剑尖颤颤索索，好像一条皮鞭。他的头往后一扬，他的胳膊一分，他朝天一倒，晕了过去。约瑟扶起他，一边拿一个鼻烟壶塞到他的鼻孔底下，一边用力摇动他。子爵重新睁开眼睛，随后像一个暴怒的人，忽然跳向他的剑。福赖代芮克握着他的剑；他等着他，眼睛定定的，手高高的。

——停住！停住！

路边一个声音喊着，同时传来马奔的响声；一辆“喀布芮奥莱”的顶篷挤折了树枝！一个男人斜在外边，摇着一条手帕，总在喊着：“停住，停住！”

高曼先生以为是巡警干涉，举起他的手杖。

——完了吧！子爵流血了！

西伊道：

——我？

说实话，他倒下去的时候，蹭破了左手的拇指。

公民接着道：

——不过那是跌伤的。

男爵假装没有听见。

阿尔鲁已经跳下“喀布芮奥莱”。

——我来得太迟了！没有！谢谢上帝！

他抱住福赖代芮克，摸着他，吻遍他的面孔。

——我晓得为什么；你要卫护你的老朋友！好，这，好！我再也不会忘记！你多好！啊！亲爱的孩子！

他端相他，流着泪，一边因为幸福在笑。男爵转向约瑟。

——我想，这家庭的小小团聚没有我们的份儿。完了，不是吗，先生们？——子爵，吊起你的胳膊；有了，这儿是我的围巾。

然后，做出一种支使的姿势：

——走吧！用不着记恨！理当如此！

两位战士无力地握了握手，子爵、高曼先生和约瑟向一边消失，福赖代芮克和他的朋友走向另一侧。

不远是马德里饭店，阿尔鲁提议到那边喝一杯啤酒。

罗染巴道：

——我们简直可以用午饭。

不过，杜萨笛耶没有余暇用午饭，他们只好在花园喝点儿凉东西。大家感到结局快乐之后的那种福祉。然而公民不高兴在重要关头，有人打断决斗。

阿尔鲁是从罗染巴的朋友，一个叫贡板的那儿晓得的；情不由己，他赶来拦阻决斗，以为自己是决斗的原因。他求福赖代芮克向他细说一遍。福赖代芮克被他情谊的表示感动，不好意思增加他的幻觉，便道：

——饶了我吧，我们不要再谈这个了！

阿尔鲁觉得这种缄默十分高雅。随后，和他平日一般轻忽，想到另外一件事：

——有什么新消息吗，公民？

他们开始谈起汇票、期票。为了更方便起见，他们甚至走开，到另外一张桌子唧哝。

福赖代芮克听到这些话：“你帮我签个名。——好！不过，你，自然啦……——我已经最后讲到三百！——好交易，真的！”总之，阿尔鲁和公民有许多事打交道，那是显然的。

福赖代芮克想提醒他，关于那笔一万五千法郎。不过他刚才那举动使人不便苛责，甚至最轻的苛责。再说，他觉得疲倦。地点不相宜。他把这留到另外一天。

阿尔鲁坐在一棵冬青的荫凉底下，快快活活地吸着烟。他拿眼睛望着一间一间茶座的门（全开向花园），说他从前常到这里来。

公民逗他道：

——不是一个人，还用说？

——妙极了！

——你多荒唐！一个有家的人！

阿尔鲁还口道：

——得了，你呢？

同时，带着一种宽容的微笑：

——我敢说这家伙在什么地方有一间房，招待小姑娘们。

公民仅仅耸耸眉，承认这是真的。于是，两位先生说出他们的嗜好：阿尔鲁如今欢喜少女、女工；罗染巴讨厌矫情的女人，特别推重实在。瓷器商人下的结论是，不要把女人看得太认真了。

“可是，他爱他的太太！”福赖代芮克回来这样想。他觉得他是一个不老实人。他恨他，恨这场决斗，好像他方才是为了他拿自己的性命冒险。

不过杜萨笛耶的忠心他是感激的；由于他的邀请，伙计不久就天天来看他一趟。

福赖代芮克借给他好些书：梯也尔、杜楼尔、巴朗特、拉马丁的《吉伦特派史》。[①]这个正直的伙计静心听他讲，接受他的见解，如同接受一位先生的见解。

他有一晚晌慌慌张张走来。

早晨，在马路上，有一个人不顾命跑，撞到他身上；认出他是赛耐喀的一个朋友，向他道：

——他方才被捕了，我要躲一躲！

没有比这更确实的了。杜萨笛耶打听了一天。赛耐喀下了牢，罪名是政治暗杀。

一个工头的儿子，生在里昂，因为先生是沙里耶的一个旧门生，一到巴黎，他就加入家庭社；他的行径是人晓得的；警察方面监视着他。一八三九年五月事件，他参加过斗争；从这时候起，他就闪在一旁，不过，热烈崇拜阿里保，他拿他对社会的怨恨和人民

---

① 梯也尔的《法兰西大革命史》，共十册，成书于一八二三年到一八二七年；他的《执政与帝国史》在一八四五年开始问世，共二十册，直到一八六二年方才完成。

杜楼尔（一七五五年——一八三五年）是大革命时代国约议会的议员，属于吉伦特派，最后放弃政治生涯，从事历史著述。主要著述有《信仰史》（一八二五年）、《巴黎史》（一八二一年——一八二二年）与《巴黎四郊史》（一八二五年——一八二七年）。

巴朗特（一七八二年——一八六六年）是法国当时一位大使，一八二四年开始发表他的杰作《布尔高涅历代公爵史》，共十二册，一八一八年完成。行文谨严，不参己见，被尊为纯叙事派的圭臬。

拉马丁的《吉伦特派史》，一八四七年三月二十日问世，六月十二日完成。

对君主政体的怨恨混在一起，每天早晨醒来希望革命发生，一旬月间改变了世界。最后，厌恶他的同志软弱，气忿他的梦想遭人反对，迟迟不能实现，对于国家觖望，他作为化学师，加入燃烧弹的阴谋；他带着火药，打算到孟马尔特试试，图谋建设共和国，不料被人查破了。①

杜萨笛耶同样醉心共和国，因为它(他以为)意味着解放和普遍的幸福。有一天，——十五岁的时候，——在特朗斯诺南街，当着一家杂货铺，他看见有些兵，血淋淋的刺刀，枪柄胶着头发；从那时候起，政府好像不公道的化身，招他怨恨。②他有点儿把凶手和宪兵看成一个东西；就他看来，一个侦探等于一个弑父的贼子。地上一切罪恶，他全天真烂漫地归罪于当道；他以一种必然的永久的恨，痛恨当道，这种恨占有他全部的心，敏化他的感受。赛耐喀的大话炫惑他。无论他有罪没有，他的图谋是否可恶，都没有关系！只要他是当道的牺牲者，就应当帮他。

——议员老爷们会判他罪，一定的！过后，就像一个徒刑的囚犯，一辆闷子车把他押到蒙·圣·米谢勒关起，政府在这儿把他弄

---

① 沙里耶(一七四七年——一七九三年)是大革命时代里昂革命党领袖，一七九一年在里昂市政府服务，一七九三年王党起事，不顾政府命令，判处死刑。

家庭社是当时一个秘密会社，由人权社分衍而成，主其事者为布朗基与巴尔贝斯等，一八三六年六月二十五日，发生阿里保暗杀事件，为政府解散。

阿里保(一八一〇年——一八三六年)是一个士兵，七月革命，曾参加巷战受伤。一八三六年六月二十五日，下午六时半，他乘路易·菲力普外出，行刺未中，被捕，判处死刑。

② 特朗斯诺南街事件是一八三四年四月十三日巴黎暴动之中最残忍的流血场面。为了援应里昂的暴动(四月九日——十二日)，共和党决定在巴黎举事，但是不到十四日早晨，就被军队平靖了。一位军官受了伤，舁过特朗斯诺南街，由门牌十二号的窗户放出一枪，又打伤了他。兵士跑进去，屠杀全楼人士，甚至妇孺也不放过。在路易·菲力普统治时代，这一事件是反对派指摘的口实。

死！奥斯汤变成疯子！司特邦自己弄死自己！送巴尔贝斯到狱里①，他们拖住他的腿，揪住他的头发！他们踩着他的身子，走一级楼梯，他的头就跳一下。多可恶！混账东西们！

愤怒的欷歔噎住他；他在屋里转来转去，仿佛一大阵痛苦擒住了他。

——可是总得做出点儿事才成！想想看！我呀，我不知道！我们想法子救出他来，嗯？就在他们把他运到卢森堡的时候，我们很可以从过廊扑向押解的军警！有上一打敢死的人，哪儿都走得通。

他的眼睛冒着火焰，福赖代芮克哆嗦了。

他觉得赛耐喀比他所想象的还要伟大。他想起他的痛苦、他严肃的生活；缺乏杜萨笛耶对他的热情，然而，人为一个观念而牺牲自己，激起了他的敬佩。他向自己道，当时他要助他一把，赛耐喀也许不致走这一步；两位朋友千方百计设法救他。

他们没法接近他。

福赖代芮克从报纸上探求他的命运，整整三星期在阅览室过掉。

有一天，几期的《福朗巴尔》落在他的手头。主要的论文篇篇用在摧毁一个著名的人物。接着是社会新闻、诽谤。再下去是讥讪奥带翁、喀尔邦塔司、养鱼法和偶尔遇见的死囚。一条商轮不见了，足足供给一年取笑的资料。在第三栏，一封艺术通讯用逸史或者顾问的形式，谈起裁缝的广告、夜会的清单、出让启事作品的分析，用同一的笔调对付一本诗集和一双鞋。唯一严肃的部分是小戏

---

① 蒙·圣·米谢勒是法国西岸一座礁石小岛，正当古埃隆河口，上有一著名的教堂。

奥斯汤于一八三四年四月里昂暴动之后被捕，在监狱里疯狂。

司特邦煽动革命，被捕下狱，判处无期徒刑，自杀而死。

园的批评，热烈地褒贬两三位经理；每逢谈起浮囊毕耳的装设，[①]或者代拉斯芒的一个女戏子，就援引艺术。

福赖代芮克正要把这丢下，眼睛碰到一篇文章，题做：《三男一女记》。这是他决斗的故事，用一种活泼轻快的文笔叙述。他不必费力就认出他自己，因为他时时被这句玩笑话点住："一个出身桑斯中学而缺乏感觉的年轻人。"[②]人家甚至把他写成一个可怜的乡下佬，一个想同尊官大人交好，名姓不见经传的骇子。至于子爵，扮了一个刮刮叫的角色，先是晚餐，自己强要加入，其后打赌，领走小姐，最后比剑，举措一如绅士。福赖代芮克的勇敢没有一笔抹杀，不过，文章写来叫人明白，一位中间人，保护者本人，忽然出面，恰是时候。最后用这句话结束，或许含了不少的恶意：

"从什么地方来的他们的情谊？问题！正如巴斯勒[③]所云，这儿他们要欺骗的到底是谁？"

没有丝毫疑惑，这是余扫乃对于福赖代芮克的一种报复，为了他不借五千法郎。

怎么办？他要是质问的话，浪子会绝口否认，他也得不到任何好处。最好是默受下去。再说，没有人读《勒·福朗巴尔》。

走出阅览室，他瞥见许多人聚在一个画商的铺子前面。大家在看一张女像，下面写着这行黑字："罗莎乃特·布隆小姐，属于劳

---

① 喀尔邦塔司是法国南部一个县邑。

浮囊毕耳剧院，在神庙马路，一八一六年建，专演哑剧或趣剧。一八三〇年，演员德毕路成名，文人多为他写戏，剧院因而著闻。

② "出身桑斯中学而缺乏感觉的年轻人"，是一句俏皮的嘲笑。桑斯是福赖代芮克中学求学所在，法文作 sens；而"感觉"在法文也同样拼写。意即"出身感觉中学而缺乏感觉的年轻人"。

③ 巴斯勒是法国十八世纪喜剧作家博马舍的《塞维勒的理发师》中的钢琴教师。他这句话见于第三幕第十一出。

让人福赖代芮克·毛漏先生。”

这正是她，——或者差不多是——正面，敞开胸，散开头发，手里拿着一个红绒钱袋，同时后面，一只孔雀把它的嘴伸向她的肩膀，拿它扇形的长大的羽翎盖住墙壁。

白勒南把这陈列出来，强迫福赖代芮克给钱，以为自己有名，全巴黎会激到他这边，替这幅无聊的画抱不平。

这是一种阴谋吗？难道是画家和记者勾在一起打击他吗？

他的决斗是什么也没有拦住。他变得可笑了，人人看不起他。

三天以后，六月底，北方的股票涨了十五法郎，前一月他买了两千，所以他如今赚了三万法郎。这场财运重新激起他的信心。他向自己道，他什么人也不需要，他的麻烦全由于他的畏怯、他的迟疑。他和女元帅起始就应当野蛮，从第一天起就应当拒绝余扫乃，不向白勒南让步；为了表示他没有什么事麻烦，他去看望党布罗斯夫人，选了一个她平常夜会的时间。

马地龙和他同时到，在前厅当中扭转身子，带着诧异，甚至不高兴看见他的神气：

——怎么，你到这儿，你？

——为什么不？

福赖代芮克一边思索这种晤谈的原因，一边走进客厅。

灯虽说放在犄角，光是黯弱的；因为三个窗户，大敞开，平行铺下三个方方的大黑影子。在画幅底下，好些盆架有人一样高，占住墙壁的空当；靠里一面镜子映出一把银茶壶和一把俄国烧水壶，升起一片呢喃的细声。可以听见地毯上薄底鞋的响声。

他辨出些黑礼服，一盏大罩子灯照亮的圆桌，七八位夏天装束的女人，再往远点儿，摇椅里的党布罗斯夫人。她穿着一件紫丁香塔夫绸袍，袖衩口，露出臌皱的纱衬袖，料子柔柔的颜色恰好配合她头发的情调；她的姿势有点儿向后仰，脚尖踩着一个垫子，——静静的，仿佛一件玲珑透剔的艺术品，一株细心培养的名葩。

党布罗斯先生和一个白头发的老人沿着客厅散步。这里那里，有些人坐在小睡椅的边沿谈话；有些人站着，在中央形成一个圈子。

他们谈着选举、修正、再修正、格朗旦先生的演说、白鲁洼先生的答辩。第三党显然太过分！中左派应该多想想自己的来源才是！内阁受到严重的打击！大家可以放心的是，继起组阁的人还没有。总之，目下和一八三四年的情况完全相似。①

福赖代芮克腻烦这些事，走到女人那边。马地龙靠近她们，站直了，帽子夹在胳膊底下，脸露出四分之三，十分整饬，活像赛物尔的瓷器。介乎一册《模拟》和一册《高塔年鉴》②，桌子上扔着一本《两世界杂志》，他拿起这本杂志，讥笑一位著名的诗人，说他参加圣·弗朗索洼的讲演，怜惜自己的喉咙，不时咽下一粒丸药；同时却又谈起音乐，做出轻飘飘的时髦模样。党布罗斯先生的侄女赛西勒小姐在绣一对袖花，她那灰蓝色的眼睛，偷偷望他；塌鼻孔的女教师约翰小姐，为了他放下她的彩绣；两个人全像在心里

---

① 白鲁洼或即 Benoist d'Azy，当时被推为立法院副主席。

第三党是一八三四年六月二十一日大选以后的一个副产物。全数在百名以上，没有一定的主张，然而具有决定的影响，基佐把他们说做：“踌躇的忠厚人，小小有所阴谋，虚荣而且自以为了不起，畏缩，没有力量，然而要索、取闹，”缺乏原则，缺乏计划，然而数目众多，不可轻视。

一八三四年四月一日，国务总理布罗伊公爵辞职，第三党从中操纵，路易·菲力普希图亲政，内阁时起时倒，经了十一个月的骚乱，路易·菲力普不得不再把布罗伊公爵请出，于一八三五年三月十二日组阁。

② 《高塔年鉴》在德国高塔地方出版，由一七六三年创始，用德法两国文字，调查外交官吏与名门谱系，详为报告。

喊道：

"他多美！"

党布罗斯夫人转向他。

——拿我的扇子给我，在这几子上，那边。你弄错了！那一个！

她站起来；他回来的时候，他们面对面，在客厅中央遇见；她朝他说了几句话，急急地，从她面孔的高傲的表情看来，不用说是责备；马地龙用力装出微笑的模样，随后混入严肃的男子聚会。党布罗斯夫人重新坐下，倚住她靠背椅的扶手，向福赖代芮克道：

——前天，我看见一个人，说到你，西伊先生；你认识他，不吗？

——是的……有点儿。

党布罗斯夫人忽然喊道：

——公爵夫人，啊！多福气！

她一直走到门边，去迎一位矮小的老太太，穿着一件灰褐色的塔夫绸袍，戴着一顶长带子编花帽。阿尔杜洼伯爵[①]亡命时的一个友伴的女儿，一个帝国元帅一八三〇年任为法兰西参议员的寡妇，她依附先朝也依附本朝，能够成就许多事。站着谈话的人们分开，然后继续讨论。

现在大家谈着灾祸，依着这些位先生，灾祸的形容全夸张过分。

马地龙反对道：

——不过，灾难有，我们总得承认！可是救济，不在乎科学，

---

① 阿尔杜洼伯爵是路易十六最小的兄弟的爵号，大革命时代，流亡在外。其后即位，即查理十世。

也不在乎当道。这是一个纯粹个别的问题。只要下层阶级有意解除自己的罪恶，他们会摆脱贫困的。人民越有道德，就越不穷！

依着党布罗斯先生，只有资本富裕才有好办法。所以唯一可能的方法是信托，“好比圣·西门一派人(我的上帝，他们也有好的地方！我们对待所有的人都要公道)所提议的，要大家信托，我说，那些能够增加公众财产的人们：只有他们能够推动进步。”不知不觉，大家谈到伟大的实业计划、铁路、煤。党布罗斯先生转向福赖代芮克，低声向他道：

——你没有来办我们的事。

福赖代芮克推说有病；然而，觉得借口太蠢：

——再者，我需要我的资本。

党布罗斯夫人端着一杯茶，走过他旁边道：

——为买一辆马车吗?

她端详了他一分钟，头在她的肩膊转了转。

她以为他是罗莎乃特的情人；暗语是明白的。福赖代芮克甚至觉得太太们全远远望着他，唧唧哝哝的。为了看明白她们想些什么，他重新走到她们那边。

在桌子的另一边，马地龙靠近赛西勒小姐，翻看一本画册。里面是些石印的西班牙服装。他高声读着注释：“塞维利亚的妇女，——巴伦西亚的花匠，——安达卢西亚的斗牛骑士；”他一直看到那页的底下，一口气继续道：

——雅克·阿尔鲁，发行人。——你一个朋友，嗯?

他的神气伤了福赖代芮克。后者答道：

——是的。

党布罗斯夫人接下去道：

——说真的，有一早晨，你来，……为了……一所房子，我想？是的，一所属于他太太的房子。（这意思是："她是你的情妇。"）

他一直红到耳梢；就在同时，党布罗斯先生走过来，添话道：

——你好像十分关心他们。

这么几个字解除了福赖代芮克的难堪。他的杌陧（他想，大家看出来）正要证实人家的疑心，党布罗斯先生更靠拢些，用一种严重的声调向他道：

——你们不搅在一起做生意，我想？

他不住地摇头否认，不明白劝他的资本家的用意所在。

他真想离开。他没有走，害怕人家以为他懦怯。一个听差撤掉茶杯；党布罗斯夫人和一位穿蓝礼服的外交官谈话；两位年轻女孩子拢近她们的额头，露出一枚戒指在看；别的女孩子，在靠背椅坐成一个半圆，轻轻摇动她们的白脸，上面滚着黑或金黄色的头发；其实没有一个人注意他。福赖代芮克扭转脚跟；他曲曲折折绕了许多路，差不多到了门边，走过一张几子，看见一份折成两半的报纸夹在一个中国瓶子和板壁中间。他抽出一点来，读到这几个字：《勒·福朗巴尔》。

谁拿来的？西伊！显然没有别人。管它呐！他们要相信，或许已经相信那篇文章。为什么这样死不放松？一种安静的嘲弄把他围住。他觉得自己好像遗失在一片沙漠里面。不过马地龙的声音起来了：

——说起阿尔鲁，在投掷燃烧弹的被告当中，我读到他一个雇员的名字，赛耐喀。是我们那位吗？

福赖代芮克道：

——就是他。

马地龙重复着，放高了声音喊道：

——怎么，我们的赛耐喀！我们的赛耐喀！

一听这话，大家向他问起那桩阴谋的案子；他的法院事务员的地位应该供给他一些消息。

他说他没有什么消息。再者，他不大清楚这个人，仅仅见过两三面，定而无疑是一个坏家伙。福赖代芮克生了气，嚷道：

——一点儿不对！他是一个顶老实的好人！

一位地主道：

——可是，先生，既然谋反，就不会老实！

大多数在场的男子至少侍奉过四个政府；为了保全他们的财产，给自己解除艰难、困苦，或者甚至仅仅由于卑鄙、权力之本能的膜拜，他们宁可出卖法兰西或者人类。他们同声宣布政治的罪恶不可饶恕。至于贫穷逼成的犯人，自然该当原谅！大家少不掉提出那个不朽的例子，一家之长从不朽的面包房偷了那块不朽的面包。

一位经理甚至嚷道：

——我呀，先生，我要是晓得我兄弟图谋不轨，我先告发他！

福赖代芮克提出人民有反抗的权利；他记起戴楼芮耶说给他听过的某些句子，他征引戴扫穆、布莱克斯通、英吉利的权利议案，和九一宪法的第二条。也就是根据这种权利，大家宣布拿破仑下野；一八三〇年大家重新加以承认，载在约法的卷首。①

---

① 戴扫穆（一八一七年——一八七七年）是法国的政论家，一八三六年创办《实业的欧洲》，时有文字见于其他报章。一八四八年，他创办《人民之精神》与《真正的共和国》，并自为主笔，反对第二帝国。布莱克斯通（一七二三年——一七八〇年）是英国的法学家，担任牛津大学讲座，著名作品有《英国法律诠释》。

“英吉利的权利议案”是一六八九年二月议会接受威廉三世登基的条款。同年十一月，正式规定为权利议案，承认臣民自由。 （转下页）

——再说，君王不遵守契约，公道就要大家推翻他。

一位县长太太喊道：

——这是大逆不道！

其他妇女全噤住声，惘惘然畏惧着，好像听到了子弹的声音。党布罗斯夫人坐在她的靠背椅摇摆着，微笑着，静静听他说话。

一位实业家，老秘密党，用力向他解说奥尔良一姓清白；自然呐，有些不该的地方……

——你说，怎么样？

——大家不应当说出来，亲爱的先生！你要晓得反对方面的一切吵闹多妨害生意！

福赖代芮克回道：

——我管不着什么生意不生意！

这些老头子的腐朽气苦了他；激于勇敢（有时候擒住最胆小的人），他攻击财政家、议员、政府、国王，为阿拉伯人辩护，说了许多浑话。有些人玩世不恭，鼓励他道："说呀！接着讲呀！"同时另外有些人呢喃道："家伙！多激昂！"最后，他觉得自己可以抽身而退了；他正要走，党布罗斯先生说起秘书的位置，向他道：

——事还没有结束呐！你可是快些才好！

同时党布罗斯夫人道：

（接上页）"九一宪法"，即一七八九年八月二十七日资产阶级革命时期立宪议会通过的《人权宣言》，加上历年法令，而于一七九一年完成的宪法。《人权宣言》，如吉乃所云，是"新时代的福音"。第二条的大意是："政治聚会之目的为保存法令以外之自然人权；此人权力自由、产业、安全与压迫之反抗。"

"约法"或"立宪约法"是一八一四年六月四日路易十八与议会相互限制的条例，承认大革命时代人民争取的利益，保障个人自由，信教自由（同时宣布天主教为国教），与言论自由（不得滥用）。一八三〇年七月革命，此"宪法典"重新由路易·菲力普与议会审定认可，废除检查制度，宣布教育自由。

——过两天来，不是吗?

福赖代芮克把他们的道别看做最后的侮弄。他决定不到这家去，再也不和这些人往来。他相信得罪了他们，不晓得人世具有多大多深的冷淡！那些女人特别惹他生气。没有一个女人支持他，就是垂青一下子也不肯。他恨她们，因为他没有感动她们。至于党布罗斯夫人，他觉得她同时有点儿疲倦，有点儿枯涩，就没有法子用一个公式形容。她有一个情人吗？是谁？是外交官还是另一位？也许是马地龙？不可能！然而，他对他感到一种妒忌，对她感到一种难以解说的怨恨。

和平时一样，杜萨笛耶那晚来等他。福赖代芮克的心鼓胀胀的；他全倾出来；他的苦楚虽说迷漠，不好懂，也惹那位好伙计忧郁；他甚至嫌自己孤零。杜萨笛耶迟疑了一下，提议到戴楼芮耶那边去。

福赖代芮克听见律师的名字，感到一种急于要看他的需要。他理智的寂寞是深沉的，杜萨笛耶做伴儿是不够的。他回答他随他安排好了。

自从他们决裂以来，戴楼芮耶同样觉得生命有了缺欠。看见对方先来要好，他没有什么刁难就依从了。

两个人搂了搂，随即开始谈些不相干的事。

戴楼芮耶的拘谨感动福赖代芮克；为了向他表示赔罪起见，他第二天把他一万五千法郎丢失的事告诉他，没有说起那一万五千法郎原先是规定好了给他的。好在律师并不疑惑。这场不幸证明他对阿尔鲁的成见有道理，立刻消解了他的怨气，不再提起前次的诺言。

福赖代芮克受了他缄默的骗，以为他忘掉了。过了几天，他问他有没有方法弄回他的资金。

他可以考究一下以前的抵押，攻击阿尔鲁拿抵押过的东西再来抵押，起诉他的太太本人。

福赖代芮克叫道：

——不！不！不起诉她！

禁不住前见习生逼问，他招出了实情。

戴楼芮耶相信他没有把实情完全告诉他，不用说，由于爱面子。这种信心的缺乏伤了他的感情。

不过，他们还是和往日一样友好，甚至他们觉得在一起十分快活，杜萨笛耶碍他们的眼。借口另有约会，他们渐渐甩掉他。有些人同别人在一起，使命只是中间人的作用；人家跳过他们，就和过桥一样，往前走远了。

福赖代芮克什么也不瞒他的老友。他同他说起煤矿的事、党布罗斯先生的提议。律师思索着。

——真也好笑！这位置必须一个精通法律的人才成！

福赖代芮克接下去道：

——不过你可以帮我忙。

——是的……可不……再好没有！一定的！

就在同一星期，他拿一封他母亲的信给他看。

毛漏太太责备自己错看了罗克先生，他的行为已经有了满意的解释。随后她谈起他的财产，和来日同路易丝结婚的可能。

戴楼芮耶道：

——这也许不怎么坏！

福赖代芮克说这不会实现；而且罗克老爹是一个老坏蛋。依照律师，这和结亲没有关系。

临到七月梢，北方的股票不知道怎么回事跌价了。福赖代芮克没有卖出他的股票；他一下子损失了六万法郎。他的收入大为减少。他必须节制他的开销，要不然谋一件事做，要不然娶一位阔太太。

听见这话，戴楼芮耶和他谈起罗克小姐。他自己可以看看去，没有什么不方便。福赖代芮克有点儿疲倦；外省和母亲的家宅会为他解闷的。他动身了。

在月光下面，他走上劳让的街巷；它们的面貌勾起他旧日的回忆。他感到一阵忧虑，和上远路的人回转家乡一样。

从前常来的客人全同母亲在一起：刚布兰先生、赫德辣先生、尚布芮永先生、勒布密一家老小，“那些欧皆姑娘”；另外，还有罗克老爹，同时，和毛漏太太面对面，当着一张牌桌，坐着路易丝小姐。她如今长成一位女人了。她站起来，叫唤了一声。大家乱做一团。她直直的，动也不动；放在桌子的四盏银烛台加深她面色的灰白。她重新斗牌，手哆嗦着。福赖代芮克的骄傲受够了委屈，这种情绪大为叫他高兴；他向自己道：“你要爱我的，你！”为了报复他在那边遭到的种种不快，他开始摆出巴黎公子的气派，报告些小型报纸常有的剧院新闻，上流社会的逸事，终于唬住了他的同乡。

第二天，毛漏太太谈起路易丝的好处；然后举出她要有的树林、田地。罗克先生的财产很大。

他替党布罗斯先生放款发了财；因为他借给那些能够拿出良好抵押做保证的人们，他从中找点儿额外或者回扣，自然也就不算什么。仗着监视勤，资本并不冒险。而且，临到扣押，罗克老爹从不迟疑；随后他再用低价买回抵押的财产；党布罗斯先生看见他的资本这样回来，觉得他的生意做得很好。

不过这种法外的交易要他对他的总管让步。他什么也不能够拒绝他。也就是由于他的再三推荐，他才好好招待福赖代芮克。

说实话，罗克老爹灵魂的深处孵着一颗野心。他希望女儿做伯爵夫人；要想做到这一步，不妨害孩子的幸福，他认识的年轻人还只有他这么一位。

由于党布罗斯先生的保护，人家会拿他先人的官衔给他的，因为毛漏太太是福望一个伯爵的女儿，而且又同香槟的世族有亲，例如拉外尔纳德、戴吹尼。至于毛漏一姓，靠近维勒洛夫·拉尔实外克的磨房有一块哥特碑，说起一个雅考布·毛漏在一五九六年重新加以翻盖;同时他的儿子(彼得·毛漏，路易十四的侍卫长)的坟，就在圣·尼古拉教堂里。

这许多应有的荣誉迷住了罗克先生，一个老听差的儿子。万一伯爵的帽子戴不上，他还有别的方法安慰自己；因为党布罗斯先生一升到参议院，福赖代芮克就可以做众议院议员，帮他生意上忙，替他弄些货物、特权。福赖代芮克本人也招他喜欢。总之，他要他做女婿，因为，他老早守住这个意思，如今越发增加了。

现在，他常去教堂；——他特别拿官衔的希望笼络毛漏太太。不过她总不肯给他一个肯定的回答。

所以，一星期之后，不经任何手续，福赖代芮克成了路易丝小姐的“未婚夫”；罗克老爹不大多心，有时候把他们留在一起。

五

戴楼芮耶从福赖代芮克那边拿走代理书的副本，还有一份给他全权条件的，完备的委任状；但是，走上他的五层楼，只有他一个人了，在他阴沉的小屋中，在他羊皮靠背椅里，看着点印花的公文，他起了恶心。

这些东西，三十二苏的饭馆、公共马车的旅行、他的穷苦、他的心血，样样让他厌倦。他重新拾起文件；旁边还有别的文件；这是煤矿公司的广告，上面写着矿名和各矿的容量。福赖代芮克为了征求他的意见，把这全留给他。

他想起一个主意：拜候党布罗斯先生，要求秘书的位置。自然要想弄到这个位置，总得购买若干股票。他明白他计划的疯狂，向自己道：

——噢！不！这不会好的。

于是他思索怎么样设法弄回那一万五千法郎。这样一笔款对福赖代芮克算不了什么！可是进了他的手，该多方便！这位前见习生忿恨别人财产大。

——他拿钱乱用。他是一个自私自利的人。哎！我才不在乎他那一万五千法郎呐！

为什么他借出去？为了阿尔鲁夫人美丽的眼睛。她是他的情妇！戴楼芮耶相信她是。“这又是钱的一种用处！”他一肚子怨毒思想。

随后，他想到福赖代芮克本人，后者对他具有一种差不多女性的魔力；想了想，他不得不赞美他，承认自己达不到那种胜利。

可是，意志不是事业的主要成分吗？既然有了意志可以战胜一切……

——啊！这会可笑的！

不过这种卖友的行径引起他的廉耻心。一分钟以后他道：

——得了！难道我还害怕吗？

阿尔鲁夫人（由于听说）在他的想象里渐渐栩栩如生。这种爱情的持久性仿佛一个问题在刺激他。他的有点儿作伪的严肃如今惹他腻烦。再者，上流社会的妇女（或者他以为那样）如同千万种未曾尝到乐趣的象征和缩影，弄得律师眼花缭乱。尽管穷，他却想望最晶莹的奢华的东西。

——到后，他要生气的话，那才活该！他待我太坏了，我才用不着拘泥！我原就不晓得她是他的情妇！他向我否认来的。所以我用不着顾忌！

这种作法的欲望再也没有离开他。这是他企图运用自己的力量作的一个试验；有一天他真忍不住了，忽然亲自搽亮他的靴子，买了一双白手套，作为福赖代芮克上了路；他以一种奇特的理智的演变（同时搀有报复、同情、模仿和大胆），自以为他就是福赖代芮克了。

他叫人通报“Docteur 戴楼芮耶”①。

阿尔鲁夫人吃了一惊，她就没有请医生。

——啊！真正对不起！我是法学博士。我来为了毛漏先生。

---

① Docteur 一字有两个意思，即“博士”与“医生”。戴楼芮耶炫耀自己是法学博士，阿尔鲁夫人错想到医生。

这个名字似乎让她不安。

前见习生想道："更好！她既然喜欢他，也会喜欢我的！"想到取一个情人而代之要比取一个丈夫而代之容易的世俗见解，他有了勇气。

他曾经有一次在王宫遇见她；他甚至可以说出日子。那样牢的记性把阿尔鲁夫人惊呆了。他用一个甜甜的声调继续道：

——你已然遭到……些困难……你的事！

她不回答；那么是真的了。

他开始谈谈东，道道西，她的住宅，工厂；随后，瞥见镜子沿边的纪念章：

——啊！家里的肖像，不用说？

他注意到一位老太太的肖像，阿尔鲁夫人的母亲。

——她的样子是一个出色的女人，一个南方的模型。

听说她是夏特勒人：

——夏特勒！好地方！

他誉扬它的礼拜堂和肉馅点心；随后，回到肖像，发现若干和阿尔鲁夫人相似的地方，间接谄媚了她几句。她并不见怪。他有了信心，说他久已认识阿尔鲁了。

——他是一个好孩子！他可尽毁坏自己！例如，这次抵押吧，想不到一疏忽……

她耸耸肩道：

——是的！我晓得。

这种不由自主的厌憎的表示引戴楼芮耶讲下去。

——他的陶土经营，你也许不晓得，差点儿一败涂地，甚至连他的名誉……

看见她皱起眉头，他停住了。

然后他泛泛而谈，同情那些可怜的女人，因财产由丈夫糟蹋……

——不过那是他的，先生；我呀，我什么也没有！

没有关系！她不知道……一个有经验的人能够帮许多忙。他献上自己的忠心，夸奖自己的才干；隔着他发亮的眼镜，他迎面望定她。

一种迷漠的麻木的感觉袭住她；但是她忽然道：

——谈正文好了，我求你！

他露出文件。

——这张是福赖代芮克的委任状。这样一份公文落在执达吏手里，只要一声吩咐，没有再简单的事了：二十四小时以内……（她无所表示，他只好改变作法。）其实，我呐，我就不懂有什么逼他要这笔款；因为，说实话，他一点儿用处也没有！

——怎么！毛漏先生一向的表示很好……

——噢！我承认！

戴楼芮耶先恭维他，随后，加以讥讪，渐渐把他说做忘性大、自私、吝啬。

——我相信他是你的朋友，先生？

——这挡不住我看出他的毛病。所以，他很少清楚……我怎么说好？同情……

阿尔鲁夫人翻着那本大簿子。她打断他的话，要他解释一个字。

他俯向她的肩膀，十分靠近，擦到她的面颊。她脸红了；一红不要紧，煽起戴楼芮耶的欲焰；他饿狼似的吻着她的手。

——你干什么，先生！

靠住墙，动也不动，她站直了，用她恼怒的大黑眼睛盯着他。

——听我讲！我爱你！

她笑了起来，一种尖尖的、绝人的、残忍的笑。戴楼芮耶感到一种掐死她的忿怒。他抑制自己；带着一种求饶的面孔：

——啊！你错了！我呀，我的作法不跟他一样……

——你说谁？

——福赖代芮克！

——哎！我给你说过了，毛漏先生没有叫我不安心过！

——噢！对不住！……对不住！

然后，用一种辛辣的声音，一字一字拖下去道：

——想必你关心他本人，一定欢欢喜喜听到……

她的脸色苍白了。前见习生接下去道：

——他要结婚了！

——他！

——一个月，顶迟了，跟罗克小姐，党布罗斯先生总管的女儿。他已经去了劳让，就为这个去的。

她拿手放在心口，好像猛然受了一下大打击；然而她立即揿铃。戴楼芮耶用不着等人撵他出去。她回转身，他已然不见了。

阿尔鲁夫人有点儿塞闷。她走近窗户呼吸。

在街的另一边，走道上，一个穿背心的打包的在钉一只箱子。有些马车过去。她关住窗户，过来坐下。邻居的高房截住太阳，房间冷凄凄的。孩子们出去了，四周没有一点动静。她仿佛处在一片无边无涯的荒凉之中。

——他要结婚了！真的！

一阵神经性的颤索。

——为什么我哆嗦？难道我爱他？

随即，忽然道：

——可不是，我爱他！……我爱他！

她好像堕进什么深渊，没有一个完结。钟在打三点。她静静听着钟声消逝。她坐在靠背椅的边沿，瞳仁定定的，总在微笑。

就在同一下午，同一时辰，福赖代芮克和路易丝小姐在岛梢罗克先生的花园散步。老加德林远远监视着他们；他们肩并肩走着，福赖代芮克道：

——你记得我从前把你带到乡下玩吗？

她回道：

——你那时候对我真好！你帮我拿沙子做点心，装满我的喷壶，给我摇秋千！

——你那些娃娃，有的叫做皇后，有的叫做侯爵夫人，如今都怎么样了？

——说真的，我不晓得她们怎么样了！

——还有你的小狗毛芮考？

——它淹死了，可怜的亲爱的！

——还有《吉诃德先生》，我们一块儿给上面的木刻着色，还在吗？

——我还留着哪！

他提起她第一次领圣餐的日子，她上晚课多乖，披着她的白面网，拿着她的大蜡烛，她们全围着合唱堂排成队，钟在响着。

不用说，这些回忆不大引动罗克小姐；她寻不出话回答；一分钟以后：

——坏东西！就没有一次给我写信，报告报告消息！

福赖代芮克说他工作繁多。

——你到底做些什么？

这句问话难住他，随后他说他在研究政治。

——啊！

她不问下去了，却说：

——你有事占心，可是我！……

于是，她向他叙述她生活的枯燥，没有人可看，一点快乐没有，一点消遣没有！她希望骑马。

——牧师以为这在一个女孩子不合礼；真无聊，礼的，礼的！从前，人家任着我的性儿做；如今，全不许！

——好在你父亲爱你！

——是的；不过……

她叹了一口气，意思是："这对于我的幸福还不够。"

随即，沉默下来。他们仅仅听见脚底下沙子铄铄的响声，水落下去的呢喃；因为塞纳河，来到劳让，分成两个叉子。一条推磨的支流在这地方倾出它富裕的水浪，往下连起原来的河道；走到桥头，往右手的岸上望去，是一所白房统辖的一片草陂。左手有些白杨在草地展开，天边在对面被弯曲的河道限住；河水和镜子一样平；好些大虫子在平静的水面跳动。成堆的苇子和灯心草，参参差差布在河边；各式各样的植物生长在这里，毛茛开着花，成簇的黄果向下垂着，纺锤形的鸡冠花挺立着，偶尔有些绿的花色。在一片弯曲的水滩，露出好些睡莲；一排掩藏狼阱的老柳树是岛这边花园的唯一防御工事。

在里面这边，四堵青石覆檐的墙包住菜圃，新翻出来的一畦一畦的地，仿佛棕色的钢板。成排的瓜罩在窄窄的苗床熠耀；朝鲜蓟、菜豆、菠菜、胡萝卜、西红柿，一畦一个样子，一直连到一片龙须菜，仿佛一座羽毛小树林。

在执政时代①，有这样一块地，人家就要说做"荒唐"。从那

① 执政时代是法国大革命末期的多头政体，由一七九五年十月二十七日始，至一七九九年十一月十九日止，为拿破仑推翻。

时候以来，树长得非常高大。铁线莲纠缠住一堆一堆的榛树，走道长满了苔，到处全是荆棘。草下面散着石膏像的碎片。走路的时候，脚一来就绊进残废的铁丝东西。亭榭只剩了楼下两间房，糊着破破烂烂的蓝纸。房子前面展开一座意大利式葡萄架：砖柱上面一排小木桩撑住一架葡萄。

他们来到葡萄架底下，阳光从枝叶大大小小的隙缝落下来，福赖代芮克一边同路易丝说话，一边望着她脸上的叶影。

她的红头发靠后插着一根针，针头是一个模仿碧玉的琉璃球；尽管她穿着丧服(她差劲的审美力是那样朴实)，却配上一双镶玫瑰色缎边的草鞋，式样俗气，不用说是从市集买来的。

他看在眼里，用反话恭维她。

她答道：

——你别取笑我了！

随后，端详一下他的全身，从他的灰毡帽一直看到他的丝袜：

——你真会打扮！

接着，她求他给她指点些书读。他说了几本；她道：

——噢！你真有学问！

还是很小的时候，她就有了那种小孩子的爱情，同时是宗教的纯洁，同时是需要的热切。他曾经是她的伴侣、她的兄长、他的师傅，使她精神愉快，让她心跳，不知不觉往她心里灌进一种潜在的不断的酩酊。随后，就在母亲刚刚去世，她陷入悲剧危机的时候，他离开她，两种觖望合成一个。因为他不在，她的回忆把他理想化了；他回来了，仿佛带着一道圆光，她就老老实实倾身投向这种邂逅的幸福。

在他的生命还是第一次，福赖代芮克觉得有人爱他；这种新颖的快乐，不外乎称心的情绪，洋溢在他的心上；他好不神气，张开两个胳膊，把头往后一扬。

当时天上飘过一大块云。

路易丝道：

——它往巴黎那边去的；你想跟它走，不吗?

——我！为什么?

——谁知道?

她用锐利的目光搜索他：

——也许你在那边有……(她寻找字)什么相好。

——哎！我没有什么相好!

——当真?

——当然，小姐，当真!

不到一年光景，这女孩子就起了非常的变化，使福赖代芮克惊奇。静了一分钟，他接下去道：

——我们应当叫名字，跟从前一样： 你愿意吗?

——不好。

——为什么?

——因为!

他追问下去。她低下头答道：

——我不敢!

他们来到花园尽头，里风的沙滩。福赖代芮克淘气，捡起一颗石子打水漂。她吩咐他坐下。他听话坐下；然后，望着水落：

——这像尼亚加拉！①

他谈起遥远的国度和长远的旅行。旅行的观念引动她的心。她

① 尼亚加拉是美国与加拿大之间的巨大瀑布。

什么也不会怕，狂风暴雨、狮子，全不怕。

他们彼此靠近了坐着，一手一手拾着面前的沙子，随后，一边说话，一边让沙子从他们的手缝溜下去；田野刮来的热风给他们带来一阵一阵薰衣草的馥香，水闸后面一只划子发出的柏油的芬芳。太阳照着瀑布；水流从矮墙边下流过大块青苔，活像在一片总在舒卷的银纱下掩映。一道长柱似的泡沫从墙脚淙淙地往上涌出。这又形成若干沸滚、漩涡、千万相反的激流，最后合成一幅清澈的布面。

路易丝呢喃她羡嫉鱼的生活。

——自自如如，在里面转来转去，觉得处处有人抚摸，一定适意极了。

她颤索着，显出一种妩媚的行动。

但是一个声音喊道：

——你在哪儿？

福赖代芮克道：

——你的娘姨叫你哪。

——好了！好了！

路易丝坐着不动。

他又道：

——她要生气了。

——随她去！再说……

罗克小姐做了一个手势，表示她握着她的把柄。

不过她站起来，说她头痛。他们走过一所放柴的大厂棚，她说：

——我们到里头“闪”起来，好不好？

他假装听不懂这个土字眼儿，甚至拿她的字音开玩笑。她的嘴角渐渐尖了，她咬住她的嘴唇；她赌气走开了。

福赖代芮克追上她，发誓他不是有意同她恶作剧，他很爱她。

——真的吗？

她嚷了起来，看着他，微笑照亮了她长着几颗雀斑的面孔。

当着她焕发的青春，不由自己做主，他的情感涌上心头；他接下去道：

——为什么我要向你撒谎？……你不相信……嗯？

他拿左胳膊围住她的腰。

她的喉咙涌出一声鸽子呢喃一样柔和的呼喊；她的头向后一仰，她晕过去了。他支住她。他真正的存心没有用了；当着这献身的处女，他害怕了。他扶着她缓缓走了几步。他温柔的语言停止了，高兴说的也就是些无关痛痒的事，他向她谈些劳让社会的人物。

她忽然推开他，用一种苦涩的声调道：

——你就没有勇气领我走！

他站住动也不动，透出一种惊骇的神气。她哭了，把头塞进他的胸怀：

——没有你我就活不下去！

他用力安慰她。她把两只手放在他的肩上，为了看他正脸看得清楚，同时她的绿眼珠，带着一种差不多野性的湿润，盯住他的眼珠道：

——你愿意做我丈夫吗？

福赖代芮克寻找回话道：

——可是……不用说……我还有不愿意的。

就在这时候，一株丁香后面露出罗克先生的便帽。

足足两天，他领着他的“小朋友”到周围浏览他的田产；福赖代芮克返回来，在母亲家里看到三封信。

第一封是党布罗斯先生的一个短笺，请他上星期二吃晚饭。为什么这样客气？难道人家早就原谅他的胡闹了吗？

第二封是罗莎乃特来的。她再三谢他为她不顾性命；福赖代芮克起初不明白她的意思；最后，绕了许多圈子，说起他的友谊，信托他的高雅由于急切的需要，日常生活发生问题，她说她跪下求他帮个小忙借她五百法郎。他决定马上拿钱给她。

第三封来自戴楼芮耶，谈到代理证书的事，但是又长又晦。律师还没有打定主意。他叫他不用心急："你来没有用的！"甚至奇奇怪怪，坚持这一点。

福赖代芮克胡猜乱想；他急于回到那边；这种控制他行为的妄想引起他的反感。

而且，他开始思念巴黎的林荫大道；他母亲那样逼他，罗克先生直在他四周盘旋，路易丝小姐极其爱他，再要住下去的话，他非宣布婚约不可。他需要思索，离远了他看事会格外看得清楚。

为了解释他的旅行，福赖代芮克捏造了一个故事；他走了，告诉大家，同时自以为他不久就会回来。

六

回到巴黎，他一点不感快乐；时候是八月底的黄昏，马路好像是空的，过往的行人带着一副苦脸。或远或近，有一个地沥青的锅在冒烟，许多房子的百叶窗全紧关闭着；他来到他的住宅；尘土蒙着幔帐；福赖代芮克坐下来一个人用晚饭，一种奇异的被遗弃的情绪袭住他；他不由想到罗克小姐。

他觉得结婚的观念不怎么荒唐。他们可以旅行，到意大利，到近东去！他瞥见她站在丘岗，了望一片风景，要不然在一座佛罗伦萨的画廊，靠住他的胳膊，停在油画前面。看着这好小把戏当着艺术和自然的伟观心花怒放，该是多大的喜悦！走出她的环境，用不了多少时间，她就会变成一个可爱的伴侣。再说，罗克先生的财产引动他。不过，他厌恶这种决心，把这看做示弱、自贱。

然而他下了决心（不管作法如何）改换他的生活，这就是说，他不再拿他的心浪费在些没有收获的热情上，甚至路易丝托他办的事，他也踌躇去做。她要他到雅克·阿尔鲁的铺子，给他买两个较大的彩色小黑人儿，要和特鲁瓦县长公署的那些黑人儿一样。她认识阿尔鲁出品的牌号，不肯要别家东西。他怕自己到了他们那边，重新勾起他的旧爱。

这些思索占了他整整一黄昏；他正要上床睡觉，进来了一个女人。

法提腊斯女士微笑道：

——是我。我为罗莎乃特来的。

难道她们和好如初了吗?

——我的上帝，可不是！我不是恶人，你晓得的。加以那可怜的孩子……话讲起来未免太长了。

总之，女元帅想见他，她从巴黎给他往劳让寄了一封信，等着一句回话；法提腊斯女士不晓得信的内容。听完了，福赖代芮克探问女元帅的情形。

她如今同一个十分阔绰的男子在一起，一个俄罗斯人，蔡尔鲁考夫亲王，去年夏天校场跑马看见她的。

——人家有三辆车、备好鞍鞊的马、穿制服的听差、英吉利式小厮、乡下房子、意大利包厢[1]，此外还有的是东西，说也说不清。你想想看，我的好朋友。

法提腊斯好像沾了这种转运的光，显得更加欣忭，十分快乐。她摘掉她的手套，浏览屋内的木器珍玩。她标价标得准极了，活像一个杂货商人。他要是早同她商量商量，还可以便宜许多；她恭维他有好欣赏力：

——啊！真别致，太好了！也就是你想得到。

随后，瞥见床头有一个门：

——你从这儿打发走那些姑娘，嗯?

她亲亲热热地，托起他的下巴。碰到她又瘦又软的长手，他颤索了。围着她的腕节是一圈花边，绿袍的上身滚着好些金线，好像

---

① 意大利通常做为意大利剧院，实则演出没有一定地址，仅仅可以称为意大利剧社。从十七世纪以来，意大利人组织剧团，常来巴黎演剧。一八〇一年之后，或在法瓦尔厅，或在奥带翁剧院，从一八四一年起，永久在望塔道尔厅演出，以迄于一八七六年消失。

一个轻骑兵。她的黑纱帽，四沿往下垂，遮住一点她的前额；她的眼睛在底下闪灼着；她的头带散出一种藿香[1]味道；放在一只小圆桌的卡索灯，仿佛一排台灯，从下面照亮她，特别显出她的牙床；——当着这个丑女人，身子和豹子一样摆动，福赖代芮克忽然感到一种巨大的渴求、一种兽性的欲望。

她从她的钱袋取出三张方纸，用一种甜蜜的声音向他道：

——你给我买下吧！

这是三张戴勒玛尔的戏票。

——怎么！他？

——当然！

法提腊斯女士不多解释，仅仅说了一句她比从前还要崇拜他。听她讲来，这个丑角定然列入“当代宗匠”之林了。他表演的不是张三或者李四，而是全法兰西的英灵，人民！他有“人道主义的精神；他了解艺术的神圣”！福赖代芮克不要听这些颂扬，便拿三张票钱给她。

——你用不着到那边谈这些话！——天真晚了，我的上帝！我得告辞了。啊！我险点儿忘记告诉你住址了：那是船娘·仓街，十四号。

在门限上，她说：

——再会，被爱的人儿！

福赖代芮克问自己道：“被谁爱？这人多怪气！”

他记起杜萨笛耶有一天谈到她，向他讲：“噢！她算不了一回事！”似乎暗示一些不大体面的逸事。

---

① 藿香是一种香料，储藏衣服使用，防止虫蛀。

第二天，他去看女元帅。她住在一所新房，向街凸出的窗帘可上可下。楼梯的平台靠墙全有一面镜子，窗户前面全有一排花盆架，沿着梯级全有一块布毡；从外进来，楼梯的清新令人精神一爽。

一个穿红背心的男仆过来开门。仿佛是在一个部长的过廊，前厅的凳子有一个女人两个男子在等待，不用说是供应的买卖人。往左，饭厅的门半敞着，可以瞥见碗橱里的空瓶、椅背上的饭巾；和饭厅平行的有一道游廊，一排金颜色的棍子撑住沿墙的一片玫瑰。下边院子有两个小厮，光着胳膊在搽一辆“朗斗”。他们的语声，夹杂着马刷子碰到一块石头的断续的响声，一直传到楼上。

仆人回来了。“小姐就出来接见先生；”他领他穿过第二间前厅，然后又穿过一间大厅，墙上挂着黄锦缎，在角落的地方，曲曲扭扭，盘向天花板，好像和挂灯的索一样的枝子结在一起。不用说，昨夜有宴会来的。几上还留着雪茄的灰烬。

最后，他走进一间内室一样的小屋，着色的玻璃窗映下黯澹的阳光。门上点缀着一排三个挖空的叶形木雕；在一排栏杆后面，三条紫褥叠成一张睡椅，上面搭着一个白金的土耳其水烟筒。壁炉上不是镜子，而是一座金字塔似的搁架，一层一层陈列的全是古玩：旧银表、波希米亚小喇叭、珠宝钩子、玉纽扣、珐琅器皿、奇形怪状的瓷人、一个法衣镀银的拜占庭[①]小姑娘；这一切衬着地毯的浅蓝、凳子的珠光、包着兽皮的墙壁的褐色情调，溶入一片金色晨曦中。角落有些小柱脚，上面摆着古铜瓶，一簇花一簇花地加重了四

① 拜占庭是古代君士坦丁的名字。罗马帝国自君士坦丁大帝始，迁都至比让司，而为东罗马帝国，亦即比让司帝国，迄一四五三年，亡于土耳其人。艺术搀有近东风格，富有宗教气息。

周的气氛。

罗莎乃特出来，穿着一件玫瑰色缎袄，一条白卡什米尔裤，戴着一条银圆项圈，一顶围着茉莉枝的红瓜皮帽。

福赖代芮克吓了一跳；随后拿银行支票递给她，说他带来了她“要的那东西”。

她看着他，十分惊奇；他手里拿着那张支票，始终不知道放在什么地方才好：

——你收下好啦！

她抢过支票，顺手往睡椅一扔：

——你真可爱。

她在拜勒茹租了一块地，每年这样付一次钱。她举止的随便伤了福赖代芮克。不过也好！总算报复了他已往的耻辱。

她道：

——坐下好啦！这儿，再近点儿。

然后，用一种严肃的声调道：

——我的亲爱的，我先得谢谢你拿你的性命冒险。

——噢！这算不了一回事！

——怎么，简直高贵得了不得！

女元帅向他表示一种窘人的感激；因为她一定以为他完全是为了阿尔鲁决斗的，阿尔鲁自以为如此，一定憋不住，说给她听的。

福赖代芮克心想：“她说不定在开我玩笑哪。”

他没有什么可讲的了，站起来，说他有一个约会。

——别走！停停！

他重新坐下，恭维她的服装。

她带着一种抑郁的神气回道：

——那位王爷爱我这样儿嘛！

随即指着水烟筒道：

——还得吸这类家伙。我们尝尝怎么样？你愿意吗？

火取来了；金属烟筒不好点着，她不耐烦，跺着脚。她随即倦了；腋下顶着一个垫子，身子有点儿曲扭，一个膝盖跧着，另一条腿伸直了，她动也不动躺在睡椅上。长长的红羊皮蛇在地上盘成好些环环，绕着她的胳膊。她拿琥珀的烟嘴对住她的嘴唇；她一边挤眼，一边隔着包住她的烟雾在望福赖代芮克。她往里吸一口，烟筒里的水就呼噜呼噜响一阵。她不时呢喃道：

——可怜的好孩子！可怜的宝宝！

他用力寻找一个称心的谈话题目；他想到法提腊斯。

他说，他觉得她十分文雅。

女元帅接下去道：

——敢情是！她走运，有了我！

他们的谈话非常受制约，她说到这里也就不好说下去了。

两个人全感到一种拘束、一种障碍。说实话，那场决斗扇起她的自尊心，她以为自己是决斗的原因。随后，看见他不跑来邀功，她十分纳闷；为了强他过来，她假装说她需要五百法郎。福赖代芮克怎么会连点儿柔情蜜意的酬谢都不要！这是一种她意想不到的高雅，心一动，她不由向他道：

——你愿意跟我们到海滨洗澡去吗？

——我们，谁呀？

——我跟我的人儿；我把你当做我的表哥，好像喜剧里的那种人。

——多谢之至！

——那么，好了，你找一个靠近我们的房子住。

想到自己要回避一个阔人，他觉得委屈。

——不成！不可能！

——随你的便！

罗莎乃特转过身子，眼皮之间有了泪水。福赖代芮克瞥见这个；为了表示关心她，他说他快活，看见她最后有了舒服日子。

她耸耸肩膀。究竟谁伤了她的心？难道真还有谁不爱她吗？

——噢！我呀，总有人爱的！

她接着道：

——问题在怎么一个爱法。

女元帅解开她的上衣，说是"热得喘不过气"；围住她的胸口，没有别的衣服，只有一件绸衬衫。她把头斜向他的肩膀，神情活似一个挑逗的婢媵。

一个不大细心的唯我主义者，不会想到子爵、高曼先生或者另外什么人哪猛然要来的。可是福赖代芮克受够了这同样眼色的骗，不肯再给自己招来一场羞辱。

她愿意知道他的交际、他的娱乐；她甚至打听他的经济情形，他要是缺钱的话，她愿意借给他。福赖代芮克受不住了，抓起帽子就走。

——我走了，我的亲爱的，希望你到海边快活；再见！

她睁大了眼睛；随后，枯声枯调道：

——再见！

他重新穿过黄客厅和第二间前厅。桌子上，介乎一个盛满了名片的瓶子和一个文具匣，有一个雕镂的小银盒。这是阿尔鲁夫人的东西！他当时感到一阵心软，同时觉得好像神圣遭受了亵渎诽谤。他恨不得伸过手去，打开小盒看看。他怕人瞥见，走开了。

福赖代芮克打定主意。他决不到阿尔鲁那边去。

他打发他的听差买那两个黑瓷人儿，把必要的话给他详细解说明白；当晚包扎好，寄往劳让去了。第二天，他去看戴楼芮耶，在维佳耶呐街和马路的拐角，就见阿尔鲁夫人面对面走了过来。

他们第一个动作是往后退；随后，他们的嘴唇露出同样的微笑，他们往前拢近。足有一分钟，两个人谁也不开口。

太阳围着他们，——她的圆脸蛋、她的长眉毛、她的黑花边围巾（衬出她肩膀的形态）、她的闪光紫灰绸袍、她帽子犄角的紫罗兰花捧，福赖代芮克觉得全部显出一种异乎寻常的华彩。她美丽的眼睛散出一片无涯的温馨；他结结巴巴胡乱道：

——阿尔鲁一向怎么样?

——好，我谢谢你!

——你的孩子们怎么样?

——他们好极了!

——啊！……啊！……天气好得很，不是吗?

——真的，再好没有了!

——你上街买东西?

——是的。

然后头慢慢一点：

——再会!

她没有向他伸手，没有说一个多情的字，甚至没有请他到她家里去，有什么关系！他把这次会面当做自己最美的奇遇；他一边走路，一边咀嚼着方才的甜蜜。

戴楼芮耶想不到看见他，立即藏起他的忿恨，——因为他对阿尔鲁夫人还一个劲儿抱着若干希望；他曾经写信给福赖代芮克，叫他停在那边，好让自己方便行事。

不过，他说到他拜访她，为了知道他们的契约是否夫妇共同负责：假如共同负责，就可以向女的起诉；“我对她提起你的婚事，她做了一个怪样子的脸。”

——看！你倒会编排！

——为了表示你需要你的资金，不得不这样讲！一个随便什么人，不会像她那样晕过去的。

福赖代芮克喊道：

——真的?

——啊！我的少爷，你的心就没有死！招了吧，我看！

一片浩荡的懦怯的心情袭住阿尔鲁夫人的情人。

——没有的话！……我告诉你！……我可以赌咒！

这些软弱的否认终于说服了戴楼芮耶。他向他道喜。他请他“往细里讲”。福赖代芮克偏偏不肯，甚至瞎编造也不高兴。

至于抵押，他叫他不用执行，等等再看。戴楼芮耶以为不然，甚至粗声粗气地责备他。

他比已往越发阴沉、怨毒、爱生气了。一年以内，财运不改的话，他就要乘船到美洲去，否则一枪拉倒。总之，他仿佛恼恨一切，议论激烈到福赖代芮克不由不说：

——你活像赛耐喀！

提起赛耐喀，戴楼芮耶告诉他，他已经出了圣·派拉吉[1]，不用说是因为预审提不出充足的证据，不便加以判决。

听见赛耐喀释放，杜萨笛耶一欢喜，要约大家“喝一杯五味酒”，他请福赖代芮克也来“喝一杯”，同时告诉他，他会和余扫乃碰头的。余扫乃对赛耐喀颇表好感。

---

① 圣·派拉吉是巴黎的著名监狱，一七九二年建，一八九九年废，收容的大都是思想犯。

说实话，《勒·福朗巴尔》新近同一家营业公司合作，广告上写着："葡萄园经管处。——广告公司。——债务清理社会服务所。"可是，浪子唯恐他的实业妨害他的文学的名声，约下数学家给他管账。地位虽说平常，然而不是它，赛耐喀就许饿死。福赖代芮克不愿意让杜萨笛耶难过，接收下他的邀请。

三天以前，杜萨笛耶亲自给他鸽子窝的红地板打蜡，拍净靠背椅，去掉壁炉的灰尘。壁炉上有一块钟乳，一个椰子，中间球形玻璃罩下，是一座玉钟。他嫌自己两个烛台和烛盘不敷用，又向门房借了两个灯台；这五道烛光照着长屉桌，上面铺了三条饭巾，为了把杏仁糕、饼干、布芮奥实和十二瓶啤酒摆的雅致些。对面，靠着黄纸裱糊的墙，是一个桃花心木的小书架，上面放着《拉尚保笛寓言》、《巴黎的秘密》、劳尔万的《拿破仑史》，①——在床头中央，镶着一个红木框，贝朗瑞的面孔在微笑！

客人（除去戴楼芮耶和赛耐喀）有：一个新近录取的药剂师，没有必需的资本开设铺面；一个同楼的青年、一个酒贩、一个建筑师、一个保险公司的雇员。罗染巴不能够来。大家感到美中不足。

由于杜萨笛耶的介绍大家晓得福赖代芮克在党布罗斯先生家里发的议论，所以他们表示深厚的同情来欢迎他。赛耐喀仅仅拿手伸给他，一副高傲的模样。

他靠住壁炉站直了。别人坐下，噙着烟斗，听他谈论普选，由

---

① 《拉尚保笛寓言》是法国诗人拉尚保笛（一八〇六年——一八七二年）的制作，一八三九年问世，题名《通俗寓言》，曾得国家学院奖金。他是民主党，一八四八年六月被捕，以贝朗瑞之力出狱。

劳尔万（一七六九年——一八五四年）是拿破仑的一个下属，一八一五年之后，从事著述。《拿破仑史》在一八二七年问世。

普选应当获有的民主政治的胜利，《福音》的原则的实施。而且，时间也就近了；改革派宴会在外省增多了；皮埃蒙特、那不勒斯、托斯卡纳①……

戴楼芮耶打断他的话道：

——是真的。不能够再这样下去了！

他开始描画一下时局。

我们牺牲荷兰，为了得到英吉利承认路易·菲力普；这有名的英吉利的同盟，感谢西班牙的婚姻，又丢掉了！关于瑞士，基佐先生跟在奥地利人后面，支持一八一五年的条约。普鲁士同它的

---

① 改革派宴会是反对党大团结的一个重要表示。改革派议员提议将选举费减低到一百法郎，不许官吏兼职议员，全被政府派否决，而一八四六年的大选，反对派又告失败，因之采取宴会方式，煽惑人民，要求合理的改革。一八四七年七月九日，举行第一次宴会，一千二百宾客之中有八十六位议员，唱《马赛曲》，由主持者演说，宣读主张，攻斥政府腐化。七月十八日，外省马贡举行宴会，献给《吉伦特派史》的作者拉马丁。他演说道："它要倾覆，这个王国，那是一定的；它要倾覆，不在它的血里，像八九年的王国，但是它要倾覆在它的陷阱里面！"接连不断，在外省纷纷举行的改革派宴会，约在七十左右，赴筵席的约有一万七千人。主持者最初属于帝系派、中左派，其后激烈派与社会党也来参加，十二月二十五日，在路昂举行末一次宴会，前者献酒给七月制度，后者反对，重新分裂。

皮埃蒙特是意大利西北部一带通称，当时统治者为萨尔代涅国王查理·阿尔贝尔（一七九八年——一八四九年），一八四七年十月三十日，受人民压迫，解散保守派内阁，宣布若干自由新政。

那不勒斯在罗马之南，当时统治者为西西里国王费狄南二世（一八一〇年——一八五九年），有名的暴君，一八四八年一月二十四日，接受人民要求，批准宪法，允许召集国会。

托斯卡纳是意大利中部佛罗伦萨一带通称，名义上虽有一大公爵统治，实际无日不在纷扰之中。

一八一五年以后，意大利分为八个小邦，直接间接，多在奥地利势力范围之下。所以意大利人民的要求是双重的，内政的解放和统一的独立。例如，查理·阿尔贝尔联络各邦，反抗奥地利，战败出亡。

Zollverein 在给我们准备麻烦。近东问题悬而不决。[1]

——因为君士旦丁大公爵送礼给欧马勒先生，[2]就相信俄罗斯，不成其为一个理由。至于内政，你从来没有见过那么多的愚昧、糊涂！他们连自己的多数也保持不住！总之，随便什么地方，依着成语，是一无所有！一无所有！一无所有！

律师把拳头放在屁股上，继续道：

——然而，当着惨重的失败，他们竟然宣布满意！

这句影射一次著名的选举的话，引起若干喝彩。杜萨笛耶打开一瓶啤酒；他不留神，沫子溅上帷帐；他装好烟斗，分开布芮奥实，献给客人，下了好几趟楼梯，看五味酒来了没有；大家渐渐兴奋了，对于当道感到同样的忿怒。忿怒是激烈的，原因没有别的，就为痛恨不公道；他们拿谩骂和正当的怨抑混杂在一起。

---

① “牺牲荷兰”实际是帮助比利时独立。一八一四年，维也纳会议决定把比利时并入荷兰，但是因为宗教不同（荷兰是新教，比利时是天主教），政治待遇不平等，一八三〇年八月二十五日，比利时人民开始暴动，成立自治政府，并于十月宣布独立，召集国会。俄普接受荷兰的请求，预备出兵干涉，法国因路易·菲力普方才登基，虽说赞同比利时革命，然而不便出头，于是挽出英国，在伦敦召集会议，暗示荷兰不以武力援助。其后，荷兰单独出兵，并未成功，而俄军因波兰革命，不能南下，酝酿结果，于一八三一年公认比利时独立。

瑞士原本是联邦制，但是从一八〇三年起，激烈派渐渐有了中央化的倾向。一八四五年，天主教的七州组织了一个同盟，拒绝执行联邦政府与宗教的命令。同时新教各州也在进行分化组织。奥地利主张履行一八一四年维也纳条约，基佐厌憎激烈派的新教，派了一位大使布洼驻扎瑞士，与奥地利的代表采取密切联络。一八四七年十一月，天主教派战败，取消同盟，接受联邦统治。当时基佐十分尴尬，一方面不愿奥地利出兵，一方面感到为英国愚弄（实际赞成新教），几乎没有方法收拾他的失败。

Zollverein 即“关卡联合”，参阅第四二页注①。

② 君士旦丁大公爵（一八二七年——一八九二年）是俄皇尼古拉斯一世的次子，晚年以思想自由，为父皇所恶。

欧马勒公爵（一八二二年——一八九七年）是路易·菲力普的第四子，征略阿尔及利亚，晚年从事著述，为有名的历史家。

药剂师哀怜我们的军舰。保险公司的掮客忍受不了苏元帅的两个卫兵。戴楼芮耶告发耶稣会教士，[①]他们新近公然来到里尔住。赛耐喀特别憎恨库幸先生；因为折衷主义论，教人从理性中得到确实性，发扬唯我主义，破坏团结。酒贩不懂这些东西，提高嗓子，说他遗漏了好些混账事。

——北线的王室专车要费八万法郎！[②]谁付这笔款？

那位雇员重复道：

——是呀，谁付这笔款？

---

① 苏（一七六九年——一八五一年）是拿破仑麾下一位名将军，复辟之后出亡，迄一八一九年重返祖国，于路易·菲力普时代，数次出任中枢要职。一八四〇年，他再度组阁，自任陆军部部长，府门经常驻兵二名，大招反对派的恶感。一八四七年九月，他退出内阁，交给外交部部长基佐（实际早已由基佐主持一切）组阁。

耶稣会教士是西班牙人罗瓦雅拉在一五三四年创立的教派，服从教皇，征取异教徒，组织类似军伍，不久便成为天主教最强盛的一派。他们在法国的仇敌是国会与大学，因为和国策冲突，曾经几次遭逢解散。在路易·菲力普时代，天主教不满意大学总揽教育大权，要求教育自由，教士有资格设立学校。但是，大学方面毫不退让，一八四四年，皆南教授刊行《耶稣会教士与大学》，指斥耶稣会教士企图奴化人民，而米实莱与吉乃联名刊印《耶稣会教士》，以为彼等要求实足以危害自由，他们的机械式理论只产生了一件作品，即“死之精神”。同时耶稣会教士反唇相讥，以为大学是异端的发祥地。一八四四年二月，政府向参议院提议，寺院可以办理中学，但须教师具有学士学位。哲学家库幸（大学教授）提出强硬抗议，以为摇动国本，使国家的统一奴役于不同的宗教信仰。不久，教育部部长更人，擅护教士，停止吉乃等讲授。政府表面不愿意得罪耶稣会，实际却更不愿意给自己招惹政治上的困难。基佐委托一位法学教授罗西，向教皇活动，得到解散耶稣会的目的。一八四五年七月，报纸宣布耶稣会即将解散，实际解散的进行是相当慢的。耶稣会教士相信自己还要卷土重来。

② 北线的王室专车是从巴黎到里勒的铁路。法国对于铁路最初并无信心，梯也尔把它叫做巴黎人的玩艺。缺乏铁，同时缺乏资本；政府交给商人经营，直到最后，效果太坏，这才收回国有。截到一八四八年为止，法国不过筑了一千多公里，而英国已然有了六千多公里。没有资本完成铁路计划，然而王室的专车非常讲究，自然引起人民的不满意。铁路商营之后，最大的流弊就是因之而起的投机，组织各色公司，买空卖空，以铁路为赌注，在交易所大做其黑心事业。而一般人所谈者，不仅在交易所，即报纸、国会、客厅，不仅平民，即王公官吏，无往而非投机竞争。

他愤愤的，好像有人从他的口袋掏走这笔钱。

大家接着咒骂交易所的财棍和官吏的腐败。依照赛耐喀，应当再追究下去，第一是那些王公，他们复活了摄政时代的风俗。

——最近，孟邦西耶公爵[①]的朋友从万森回来，不用说全喝醉了，唱着歌，扰乱圣·安东尼郊区的工人，你们难道没有看见?

药剂师道：

——大家还喊："打倒强盗！"我在那儿，我就喊来的！

——好极了！自从泰斯特、居毕耶尔的案子以来，民众到底醒了。[②]

杜萨笛耶道：

——我呐，这案子让我难受来的，因为这损害一个老兵的名誉！

赛耐喀继续道：

——你们可知道，有人在浦辣斯兰公爵夫人府邸发现……[③]

然而有人一脚踢开了门。余扫乃进来。

他一边坐在床上，一边道：

---

① 孟邦西耶公爵（一八二四年——一八九〇年）是路易·菲力普的第五子。

② 泰斯特（一七八〇年——一八五二年）是路易·菲力普时代的一个政治人物，历任各部部长，于一八四二年公共事业部任内收受某石盐矿贿金十万法郎，一八四七年为人告发，自杀未遂，七月十七日判处三年监禁，罚金九万四千法郎，削籍为民。

居毕耶尔将军（一七八六年——一八五三年）是当时参议员，曾两次为陆军部部长。泰斯特纳贿，由他做中间人，所以案发之后，判处罚金一万法郎，削籍为民。

③ 浦辣斯兰公爵（一八〇五年——一八四七年）是当时的参议员。一八二四年，他娶赛巴斯西雅尼元帅之女为妻，有子女十；十七年后，他爱上一位保姆。公爵夫人以离婚胁吓，保姆被遣去。一八四七年八月十七夜，公爵夫人死于三十刀伤。公爵被捕下狱，在公审前，于二十一日服毒自尽。民众议论纷纭，多以为公爵没有死，设法逃往英国。

——敬礼，先生们！

没有人谈起他那篇文章，他自己后悔，而且女元帅老实不客气地教训了他一顿。

他方才在仲马的剧院看《红屋骑士》，“觉得讨厌”。①

这种判断震惊民主党徒，——这出戏，以它的倾向，尤其是以它的陈设，鼓动他们的热情。他们提出抗议。赛耐喀为了结束辩论起见，问他这出戏对于民主政治是否有所效劳。

——是的……也许；不过，它的风格……

——那么，好了，戏是好戏，风格算得了什么？问题在观念！

不许福赖代芮克说话，他抢下去道：

——我方才讲关于浦辣斯兰那件事……

余扫乃打断他的话。

——啊！还不是那套儿老把戏！活活把我烦死！

戴楼芮耶回道：

——你算得了什么，有的是人！为了这事，封掉五家报馆！听我念念这个记录。

他取出他的记事簿，读道：

“自从共和国——最好的共和国建立以来，我们的报纸曾经受到一千二百二十九次检举，作家因而合计：坐了三千一百四十一年的牢狱，扣了七百十一万五百法郎的小小罚金。”——漂亮，不是吗？

全苦笑着。福赖代芮克和别人一样激昂，接下去道：

---

① 《红屋骑士》是大仲马一八四五年的历史小说。故事是路易十六王后拘囚在神庙，有红屋骑士者救之而失败。一八四七年八月三日，作者与马该改编为戏剧，在历史剧院上演。

——《和平民主政治报》[①]的副刊登了一部长篇小说，题目是《妇女的职权》，惹下一场官司。

余扫乃道：

——好！看吧！我们对于妇女的职权也快要禁止了！

戴楼芮耶喊道：

——可是，什么又没有禁止？在卢森堡公园吸烟禁止，给庇护九世[②]唱赞美诗也禁止！

一个沉重的声音唧哝道：

——排版工人的宴会也禁止！

这是建筑师的声音，直到现在静静的，床影子把他遮住。他接下去说，上星期判决了一个叫做卢皆的，罪名是凌辱国王。

余扫乃道：

——卢皆进了锅了。[③]

赛耐喀觉得这个玩笑极其不当，责备他回护“市政府的变戏法儿的，卖国贼杜穆芮耶的朋友”。[④]

---

① 《和平民主政治报》是空想社会主义者傅立叶派的机关报，由贡西戴郎主持，从一八四三年八月一日出到一八五一年十一月三十日。

② 庇护九世（一七九二年——一八七八年）于一八四六年当选为教皇，赞成维新，成为民主运动的偶像。不顾奥地利的反感，他宽恕政治流犯，改善新闻检查批准宪法实施。同时，他允许修筑铁路，介绍煤气灯，深得人民爱戴。但是，一八四八年革命的怒潮吓倒他的改革心情，他反对同奥地利作战，成为意大利统一的障碍。革命政府成立，他亡命外国，丧失政治权力。

③ 卢皆，人名，同时又为鱼名，中国所谓竹麦鱼（火盆）。所以余扫乃才有这句双关的玩笑话：“卢皆（竹麦鱼）进了锅（死）了。”

④ “市政府的变戏法儿的，卖国贼杜穆芮耶的朋友”，全指路易·菲力普而言。当时有一张流行的讽刺画，把路易·菲力普画做一个魔术士，说这样的话：“瞧，先生们，这儿是三颗肉豆蔻：第一颗叫做七月，第二颗叫做革命，第三颗叫做自由。我拿起左边的革命，放在右边；右边的，我放在左边。我有一个鬼法子，就是鬼也弄不清楚，我自己照样也不清楚：我把这全放进中庸的瓶子，加上一 （转下页）

——我？正相反！

他觉得路易·菲力普俗气，国民军、杂货铺商人、带穗儿的睡觉帽子！浪子把手放在胸口，模仿那些歇后语：——“永远以一种新的愉快……——波兰人的国籍不会消灭的……——我们伟大的工作要赓续下去的……——给我钱养活我的小家庭……”全笑坏了，说他好玩儿、开心、有的是才智；饮料店送来一大碗五味酒，大家的喜悦越发提高了。

酒精和蜡烛的火焰很快就烘热了房间；鸽子窝的亮光穿过院子，照亮对面一家瓦檐，衬出一个烟囱筒子，黑乌乌的竖在夜里。他们全同时提高喉咙说话；他们脱掉外衣；他们撞到木器，碰着杯子。

余扫乃喊道：

——弄几位命妇上来，妈的就越发有内尔塔、地方色彩、栾布兰提的味道了！②

药剂师一直在搅五味酒，拉开嗓子唱着：

“我的棚里有两条大牛，

（接上页）点不干涉的粉，我说来，不来，回来……全来了，先生们；自由和革命不见了，只有我手心有……”

杜穆芮耶（一七三九年——一八二三年）是法国大革命时代的政治家兼军人。在他的外交部部长任内（一七九二年），法国向奥地利宣战，同时由他率军迎战，大败普奥联军，占有比利时全境。他结好吉隆德派议员，同情王室，最后见疑于革命政府，亡命域外，死在英国。一七九三年，路易·菲力普在他的军队服务，通缉令有他的名字在内，他和杜穆芮耶一同逃往奥地利。

② 内尔塔是巴黎一个著名的十三世纪建筑，在塞纳河左岸，于一六六三年拆除。所谓“塔”者，实即内尔府南角高楼。大仲马和卡雅尔代用内尔塔作为他们五幕史剧的标题（一八三二年）。

两条大白牛……”

赛耐喀不爱嘈杂，拿手封住他的口；四邻听见杜萨笛耶的屋子破例喧嚣，莫明其妙，把脸全伸到玻璃窗口。

杜萨笛耶是快乐的，说这让他想起他们从前在拿破仑码头的聚会；现在有好几位缺席了，例如白勒南……

福赖代芮克道：

——不来也好。

戴楼芮耶打听马地龙：

——这位有趣的人物，他现在做什么？

福赖代芮克马上倾出他对于他的恶意，攻击他的才智、他的性格、他的虚伪的文雅、他的全部存在。这正是一个乡下人暴发的例子！新贵族，所谓资产阶级，比不上旧贵族。他坚持他的论点，同时民主政治派也赞成，——活像他曾经属于后者，而他们常和前者来往。大家十分欢喜他。药剂师甚至把他比做阿尔东·谢，因为他虽说是法兰西的参议员，却拥护民众的利益。①

散会的时间到了。大家分开的时候用力握手；杜萨笛耶动了情感，送福赖代芮克和戴楼芮耶回家。到了街上，律师透出思索的模样，沉静了一时道：

——你非常恨他，恨白勒南？

福赖代芮克并不掩饰他的怨恨。

---

① 阿尔东·谢伯爵（一八一〇年——一八七四年）是路易·菲力普时代的参议员，拥护基佐的政策，站在保守派方面，但是，临到一八四七年，他忽然转为左翼，支持共和党。

不过，画家已然从玻璃窗取回那张有名的油画。我们用不着为了一些小事翻脸！结一个仇人有什么好处？

——他也就是一阵子神经作用，一个人一没有钱，难免走这条路的。你不能够明白这个，你！

戴楼芮耶进了家，杜萨笛耶并不放松福赖代芮克；他甚至请他买下这张画像。说实话，白勒南看见恐吓不下他，没有办法，只得笼络他们，设法请他把画拿走。

戴楼芮耶重新提起，一定要他买。画家的要价还算合理。

——我敢说，也许，只要五百法郎……

福赖代芮克道：

——啊！给了好啦！好，这儿是。

当夜，画就送来了。他觉得比第一次看的时候还要恶心。涂抹的回数太多了，半色同影子像包了一层铅，和有光的地方一衬，显得发乌。有光的地方亮晶晶的，这里一块，那里一块，破坏了全盘的谐和。

既然是花钱买来的，福赖代芮克便冷嘲热骂了一场出气。戴楼芮耶相信他的话，赞同他的行为，因为他的野心总在组织一个秘密团体，自己好做首领；有些人寻开心，故意叫他们的朋友做些事，引他们不快活。

福赖代芮克没有到党布罗斯那边去。他缺乏资本。解释起来，不会完的；他拿不定主意。他也许对吧？现在没有一件生意可靠，煤矿公司还不一样；他必须放弃那种社会；最后，戴楼芮耶劝他不要冒这种险。由于恨，戴楼芮耶变得有道德了；再说，他更欢喜福赖代芮克庸庸碌碌的。这样他就和他平等了，和他的关系也就越发密切了。

罗克小姐委托的事完全没有做好。她的父亲写信给他，开好详确的说明，信尾同他取笑道："大有给你惹一场黑人病的危险。"①

福赖代芮克只好亲自到阿尔鲁的铺子去一趟。他走进铺面，没有看见一个人。商店要倒坍了，伙计们学着东家的样，做事马马虎虎的。

他顺着摆满了瓷器的长搁架（占着屋子中央的前后），来到紧底柜台前面，放重步子，叫人听见。

门帘掀开，露出阿尔鲁夫人。

——怎么，你在这儿！你！

她有点儿杌陧，结结巴巴道：

——是的。我在找……

瞥见她的手绢靠近书桌，他猜她到她丈夫铺子来查点账目，消解她的疑团。

她道：

——可是……你也许要买什么东西？

——不是什么要紧东西。

——这些伙计可恶极了！他们总不在铺子。

她用不着责备他们。正相反，他庆幸有这个环境。

她讥诮地看着他。

——怎么样，婚事？

——什么婚事？

——你的婚事！

——我？才没有的事！

她做了一个否定的手势。

① "黑人病"没有什么了不起的寓意，罗克因为烦劳福赖代芮克代买"两个黑瓷人儿"，所以卖弄一下他的才情，说一句俏皮话。

——说呀，我到底是什么时候有这种事？一个人梦想不到美好的东西，觖了望，就拿庸俗的东西排遣！

——可是，你的梦想不见得就都……坦白！

——你是什么意思？

——那次你在跑马厅跟……一些人散步！

他诅咒女元帅。他想起一件事。

——不过，是你自己，从前，求我去看看她，为了阿尔鲁的缘故！

她摇着头，回道：

——你可利用了来为自己消遣！

——我的上帝！我们忘了这些糊涂账吧！

——你就要结婚了，当然忘了对！

她憋住气，咬住她的嘴唇。

他忍不住喊道：

——不过，我再给你讲，没有那当子事！像我这样的人，以我理智的需要，我的习惯，你能够相信我会躲到外省，斗斗牌，看着泥瓦匠，蹬着木头鞋走路？请问，为了什么目的？人家给你讲，她有钱，是不是？啊！我才不在乎钱呐！我想望人世最美的、最多情的、最动心的、一种以人形出现的天堂，我想望到现在，临了我寻到这个理想，这个幻象大到我看不见一切……

他用两手捧住她的头，开始吻着她的眼皮，重复道：

——不！不！不！我决不会结婚！决不会！决不会的！

她动也不动，又惊，又喜，静静承受他的抚摩。

铺子的楼门开了。她惊了一跳；她伸出手，似乎叫他不要作声。步子近了。随后外面有人道：

——太太在里头吗？

——进来好啦！

阿尔鲁夫人的肘子拄着柜台，安安详详，用手指转着一管钢笔。司账先生掀开门帘。

福赖代芮克站起来。

——好，就这么说定当了。我走了。货回头有，是不是？我可以信得过，嗯？

她不回答。然而这种无声的同谋，仿佛是和人通奸的行为，烧红了她的脸。

第二天，他去看望她；她接见他。为了继续他的利益，福赖代芮克马上单刀直入，帮自己解释校场的邂逅。是机会叫他和那个女人凑在一起的。就算承认她好看（其实她并不好看），可是他正爱着别一个女人，她怎么能够打动他的心思？一分钟不用妄想！

——你清楚的，我早已对你讲过。

阿尔鲁夫人低下了头。

——我觉得你不该说。

——为什么？

——礼法再宽，现在也不容我再见你！

他坚持他的爱情纯洁。过去可以替他的未来保险；他立志不打搅她的存在，不苦苦求怜地烦她。

——不过，昨天，我的心不由我自己作主。

——我的朋友，我们再也不应当回想到那个时辰！

不过，两个可怜人把他们的忧郁全吐出来，又有什么坏处？

——因为你也不见其就快乐！噢！我晓得你，你白爱人，你白忠心，没有人答理你；我呐，你要我怎么样，我就怎么样！我决不会得罪你的！……我向你发誓。

他心情很沉重，他承受不住，不由自己跪了下去。

她急忙道：

——起来！我要你起来！

她厉声向他宣示，他要是不听话，他再也不会看见她了。

福赖代芮克接着道：

——啊！我不信你就这样心狠！这世上我有什么可做的？别人拼了命弄钱、弄名声、弄权力！我呢，我没有事，你是我唯一的心上事、我所有的财产、我生存和我思想的目的、中心。没有空气我活不下去，没有你我一样活不下去！难道你就不觉得我的灵魂升向你的灵魂，它们应该化在一起，我为你死掉？

阿尔鲁夫人的四肢开始哆嗦。

——噢！你走吧！我求求你！

她脸上凌乱的表情止住他。他往前走了一步。但是，她合起两手往后退。

——离开我！看上天的面子！饶了我！

福赖代芮克非常爱她，不忍再为难她，便出去了。

过了不久，他大生自己的气，说自己是一个蠢东西；二十四小时之后，他又来了。

太太不在家。他站在楼梯的尽头，又气又恨，不知道怎么样才好。阿尔鲁露面了，对他讲他太太当天早晨动身，住在他们在欧特伊租赁的一家乡下小房子。他们在圣·克路的房子已经没有了。

——这又是她的一个花样！也好，她总算安定了！我呐，自然也安定了！倒一举两得！我们今晚一块儿吃饭，怎么样？

福赖代芮克推说他有急事，奔向欧特伊去了。

阿尔鲁夫人喜欢得叫了一声。他的怨恨烟消云散了。

他决不谈起他的爱情。为了博得她更大的信任，他甚至表现出过分的拘谨；他问她可否再来，她回了一句："那还用说，"伸出她的手，差不多立刻又收回去了。

从此以后，福赖代芮克加多他的拜访。他许下车夫大量的小费。然而时常，他嫌马走得慢，下了车；随后喘着气爬上一辆公共马车；他打量着他面前的乘客，全不是到她那里去的，他蔑视他们！

他远远认出她的房子，一棵高大的忍冬从一侧盖住全幅的屋顶；这是一种瑞士式的小屋，油成红颜色，向外有一个阳台。花园有三棵栗子树，中间一座小阜有一根树身，撑着一个草亭。在墙头的青石底下，一棵没有搭好的粗大的葡萄，垂在各处，活像一根烂了的船索。栅栏上的铃铛，要用力才拉得动，拉动之后，便丁丁当当地响上半天；然后等上好久才有人出来应门。每次他全感到一种焦忧急虑，一种茫漠的恐怖。

随后，他听见女仆的拖鞋在沙子上响；要不然，就是阿尔鲁夫人自己出来。有一天，她蹲在草地前面，寻找紫罗兰，他一直走到她的背后。

她女儿的性子坏，只好送到一家修道院寄学。男孩子下午在学校。阿尔鲁同罗染巴，还有朋友贡板，在王宫用午饭，一用就用半天。没有什么不快的意外会惊动他们。

他们彼此清楚，谁也不该属于谁。这种默契保住他们不惹祸，让他们容易倾诉衷肠。

她对他讲起她从前在夏特勒她母亲家里的生活；她将近十二岁时候奉教虔诚；其后她对于音乐的热情，在她的小屋，一唱就唱到深夜；从她的小屋可以望见城墙。他告诉她他在中学校的忧郁，同时在他的诗的天空，怎样熠耀着一个女人的面孔，所以第一次他遇见她，他就把她当做一个熟人。

这些谈话惯常却只关涉到他们往来的年月。他让她想起好些无足轻重的枝节，某一时期衣服的颜色，某日有谁忽然来到，从前有一次她说了些什么；她一边惊异，一边回道：

——是的，我记起来了。

他们的爱好，他们的鉴别力全是一样的。时常这一个人听另一个人讲话，忽然喊道：

——我也是的！

而另一个人轮到末了也喊道：

——我也是的！

接着是无终无了地埋怨上天：

——为什么老天偏偏不肯成人之美哪！只要我们彼此遇见……

她叹息道：

——啊！假如我再年轻点儿多好！

——不！我再大一点点就成了。

他们给自己假设下一种完美爱情的生活，超越一切喜悦，蔑视一切忧患，生活丰富多彩，可以填满最大的寂寞，时间在一种不断的自相倾诉中流逝，孵化出一种辉耀高尚的东西，犹如天上眨眼星宿。

他们差不多总是站在露天的梯头；好些秋黄的树梢，仿佛乳头，参差不齐，在他们面前，一直排到苍白的天际；要不然，他们走到林道尽头的一间亭榭，里面的陈设只有一张灰帆布的安乐椅。玻璃上沾着好些黑渍；墙壁散出一种霉了的气味；——他们坐在这里，高高兴兴，谈着他们自己，别人，不管什么全谈。有时候，阳光穿过百叶窗，仿佛琴弦从天花板一直伸到花砖地；微尘旋转在这些晶莹的细杆中间。她觉得好玩，用手截断它们；——福赖代芮克柔柔地擒住她的手；他端详着她的静脉的纹理、皮肤的斑痣、手指的形式。对于他，她每个手指不是一件东西，差不多是一个人。

她把她的手套送给他，过一星期，又拿她的手帕送给他。她把他叫做“福赖代芮克”，他把她叫做“玛丽”，他膜拜这名字，以为这名字就为人在动情之中叹息用的，似乎有香烟缭绕，有玫瑰遍地。

他们事前定好他拜访的日子；好像偶然出来，她走在路口迎他。

她并不做什么来刺激他的爱情，所谓幸福越大，人越听其自然。整整一季，她只穿了一件棕色家常丝袍，滚着同样颜色的绒边，又宽又大，正好配合态度的柔荏和严肃的容貌。而且，她到了妇女的八月，同时是思维同时是温柔的季节，一切开始成熟，情感的力量和人生的经验揉在一起，视线映出一道更强的火焰，全部生命来在花开花谢之交，绚烂与美丽做成一片谐和。她从来没有像现在这样甜蜜、宽容。她觉得她的痛苦为她征服了一种权利——一种感情，相信自己不会失足，也就听凭自己酩酊下去。这如此良好，而且，如此新颖！介乎阿尔鲁的鄙俚和福赖代芮克的膜拜之间，是多大的一个深渊！

他唯恐因为一句话丢掉他相信得到的一切，以为人可以重新抓住一个机会，决难追回一件做坏了的事。他要她自相情愿，不要趁火打劫。虽说没有吃到口，但是他相信她爱他，就像已经尝到了甜头。再说，她的姣好勾起他的心的骚扰，比起他的官感的骚扰，要厉害许多。这是一种无边无涯的福祉，一种深沉的酩酊，他甚至因而忘掉还有更大的幸福的可能。但是，离开了她，他禁不住欲火焚炽。

不久，他们的对话有了长久的沉默。有时候，面对面，一种性感的羞涩让他们红了脸。一切掩饰他们爱情的预防反而揭露了爱情；爱情越变得热烈，他们的举止也就越多所拘忌。欺罔的结果，只是感觉加强。他们欢喜闻潮湿的叶子的气味，他们不堪东风的吹嘘，他们感到没有原因的烦激、悲伤的预兆；一阵脚步的响声，一阵板壁的嘎裂，引起他们的恐惧，就像他们犯了什么罪过；他们觉得有什么把他们推向一座深渊；一种狂风暴雨的气氛包住他们；万一福赖代芮克忍不住埋怨两句，她就自艾自怨了：

——是的！我不正经！我活像一个卖弄风骚的女人！你别再来了！

于是，他重复着同一的誓咒，——她每次快快活活地听着。

她回到巴黎和新年的纷乱暂时中断了他们的会晤。再来的时候他好像多了点儿勇往直前的神气。她不时出去有所吩咐，同时不顾他的吁求，接见所有看望她的客人。大家的谈话自然不免扯到莱奥塔德、基佐先生、教皇、巴勒莫的叛变，和令人不安的第十二区的宴会。①福赖代芮克谩骂当道，聊自宽慰；因为，他现在一肚子酸气，犹如戴楼芮耶，希望天下大乱。阿尔鲁夫人那方面，也变得沉郁了。

丈夫胡乱挥霍，养着厂里一个女工，那个叫做波尔多的女人。阿尔鲁夫人亲自讲给福赖代芮克听。“既然人家对她不忠心，”他想用这做一个论据。

---

① 莱奥塔德杀了一个女孩子，被判无期徒刑，许多人以为他冤枉。

巴勒莫是意大利西西里岛的首府。西西里的国王是著名的专制暴君费狄南二世。那不勒斯归他管辖。一八四八年一月六日，西西里叛变，接着那不勒斯要求宪法实施。在二月十日应允之前，他炮轰西西里各大城市，给自己争来一个绰号“崩巴”（即炮轰的意思）。西西里事变是意大利争取自由的导火线。

第十二区的宴会没有举行成功。反对党（国民军第十二支队若干军官）决定一八四八年一月十三日在巴黎第十二区（先贤祠一带地区）举行改革派宴会，没有得到警厅允准。二月七日，有人在众议院提出自由聚会问题，讨论延长了好几天。十二日表决，政府仅仅获到四十三票的多数。

她道：

——噢！我才不放在心上呐！

他觉得这句话大大加强了他们的情谊。阿尔鲁起了疑心没有？

——没有！现在还没有！

她对他讲，有一晚晌，他故意留下他们两个人谈话，然后回来闪在门后偷听，因为他们谈着些不相干的事，从那时候起，他完全放心过他的日子。

福赖代芮克又酸又苦道：

——他没有错，不是吗？

——是的，还用说！

她倒不如少冒险，不说这样一句话好。

有一天，在他惯常来访的时间，她不在家。他觉得这是一种叛逆的表示。

随后，看见他带来的花总摆在一个水杯里，他不高兴了。

——你倒要它们摆在哪儿？

——噢！别摆在这儿！其实，也好，它们在这儿比在你的心上总暖和多了。

过了些时，他埋怨她昨天晚晌去看意大利戏，没有预先告诉他。别人看见她，赞美她，也许爱上了她；福赖代芮克一味起疑心，不为别的，就为和她吵嘴，叫她难受；因为他开始恨她，恨她不分他点儿痛苦！

有一天下午（将近二月半），他看见她十分惊惶。欧皆说他喉咙疼。医生以为没有什么要紧，不过是重伤风，感冒罢了。看见孩子酩酊的模样，福赖代芮克吓了一跳。但是，他叫他的母亲放心，举了好几个同岁数的小孩子做例，说他们得了一样的病症，很快就治好了。

——真的?

——可不是，当然啦!

——噢! 你这人真好!

她拿起他的手。他握住她的手。

——噢! 放开手!

——你向安慰者献上你的手，握握又有什么关系! ……我同你说起别的事，你全相信，可是你不相信我……每逢我同你谈起我的爱情!

——我相信你，我可怜的朋友!

——那你为什么狐疑，倒像我是一个存心不良的混账东西! ……

——噢! 没有的话!

——我只要有点儿凭据就好了! ……

——什么凭据?

——随便什么人你都答应的凭据，你从前就答应过我。

他提醒她，有一次他们一道出去，在一个有雾的冬天的黄昏。如今这全遥远了! 难道有谁不许她当着人，挽着他的胳膊，她不畏缩，他无私心，四周又没有人啰唆他们?

她毅然道:

——好吧!

她的坚决口气倒先惊呆了福赖代芮克。可是他急忙接下去道:

——你愿意我在通晒街和费尔穆街的拐角地方等你吗?

阿尔鲁夫人结巴道:

——我的上帝! 我的朋友……

他不给她思索的时间，加话道:

——下礼拜二，怎么样?

——礼拜二？

——是的，二至三时！

——我一定来的！

她一害羞，转开她的脸。福赖代芮克拿嘴唇凑在她的后颈。

她道：

——噢！你不该这样做。你要叫我后悔的。

他走开了，晓得女人平常爱换主意，怕她也一样。随后，站在门限上，轻轻呢喃着，像是一切说定规了：

——礼拜二见！

她谨慎地、顺从地、低下她美丽的眼睛。

福赖代芮克有一个计划。

他希望因为雨或者太阳的关系，设法让她在一个门口避避；只要到了门口，她就可以进去憩憩。困难是在发现一所合适的房子。

于是他开始寻找房子，靠近通晒街的中间，他远远看见一个招牌上写着："房间出租，带有家具。"

伙计明白他的意思，立即把他领到底层上面去看一间卧室和一间有两个出口的浴室。福赖代芮克讲下住一个月，预先付下房钱。

随后他走进三家公司，购选最珍贵的香料；他弄来一块假编花料子，换掉那可怕的红布脚褥；他挑了一双蓝缎睡鞋；怕自己显得庸俗，他在购物时尽量克制；他带着他的货色回来；比那些搭神坛的人还要虔诚，他移动家具的地位，自己挂上帷帐，往壁炉添些木柴，给柜子上摆些紫罗兰；他恨不得把全屋铺上金子。他向自己道："明天，噢！明天！我不是在做梦。"在他的热狂希望之下，他觉得他的心一动一动跳跃；随后，全收拾完了，他把钥匙放进衣袋，倒像幸福睡在里面，会远远飞掉。

母亲来了一封信。

“为什么久不见回来？你的行为渐渐显得可笑了。我明白起初你对这个婚事多少有些犹疑；不过，仔细考虑一下子看！”

她把事说得明明白白：每年有四万五千法郎收入。何况，“人人谈起这事”；罗克先生等着一个确定的回答。至于那位小姐，她的处境十分尴尬。“她极其爱你。”

福赖代芮克没有看完，就把信扔开；他打开另外一封信，戴楼芮耶的一个便条。

“我的老朋友，

“‘梨’熟了。你有言在前，我们信托你。明天破晓在先贤祠前面聚会。从苏福牢咖啡馆进去。我必须在示威以前同你谈谈。”

“噢！我晓得他们的示威的。对不住之至！我有一个更称心的约会。”

第二天，从十一点钟起，福赖代芮克就出门了。他想最后检查一下他的预备；因为，谁知道，由一个什么机缘，她也许先到？走出通晒街，他听见玛德兰后边一片喧哗；他往前走；他瞥见空场紧底靠左有好些资产者和穿工人衣服的人。

说实话，报纸上发表了一篇通告，在这个地方召集改革派宴会所有的会员。内阁差不多立即贴出禁止集会的告示。昨天晚晌，国会的在野党派已然放弃参加的计划；然而，爱国的人们，不晓得首领有这种决议，全到聚会的地方来了，还随着一大群看热闹的。各学校的代表方才去过奥迪隆·巴罗家里。[①]如今又去了外交部；大家不清楚宴会举行不举行，政府执行它的恐吓与否，国民军是否出面。大家怨恨议员，犹如怨恨当道。群众越聚越多，空中忽然响起《马赛曲》的歌声。

原来是学生的行列到了。他们分成两行，开步走来，秩序井然，面色激忿，空着手，隔些时就喊：

——改革万岁！打倒基佐！

不用说，福赖代芮克的朋友也在里面。他们会瞥见他，拉走他的。他急忙逃进阿尔喀德街。

学生绕了两次玛德兰，向协和广场走去。广场上挤满了人；远远看去，堆积的群众活像一片摇曳的黑麦田。

就在同时，在教堂左边，兵士排成作战的阵势。

---

① 奥迪隆·巴罗（一七九一年——一八七三年）是反对派王系左翼的领袖，改革派宴会的发动者和主张演说者。

第十二区的宴会没有召集成功，但是，不顾政府的禁止，反对派（中左派，王系左翼与激烈派）联合起来，决定在玛德兰广场二号召集一次盛大的宴会，时日定在二月二十二日上午十时。决定虽说决定了，主持者们却犹疑了。特别是王系左翼，感觉群众的行动势将超过他们的企图，一发而不可收拾，获利者怕轮不到他们。他们发动宴会，不过用作对付政府的工具，逼走基佐，达到改革的目的而已。但是，通知已经发出，阻止的方法唯有利用警察的干涉，临时由领袖巴罗宣布迫于强力的压抑，只得解散。同时，为了免除任何意外起见，由《国家日报》的主笔马拉斯提草拟宴会程序，于二十一日在各报发表。政府方面（内政部部长）决定不禁止宴会，但是将以武力阻止群众参加游行。左派议员听从领袖梯也尔的劝告，以九十票对十七票，通过放弃参加宴会。执行会议因而宣告宴会改期。虽说激烈分子大感忿懑，然而大多数会社采纳改期的通知，特别是各秘密会社，唯恐遭遇武力解散的厄运，妨害本身的存在。仅仅共产社会主义者决定见机行事。

政府禁止、恐吓；领袖劝阻、回避；雨在下着：没有用，二月二十二日（星期二）上午九时左右，群众在预定的地点出现了。特别激昂的是学生，分队从先贤祠广场出发。所谓一八四八年的二月革命爆发了。

然而，一群一群人并不走动。便衣警察为了解散他们，不分青红皂白，抓住最倔强的带到分所。福赖代芮克虽说气愤，并不作声；人家会连他与别人一齐捉去，因而错失了阿尔鲁夫人的约会。

过了不久，警卫军的盔羽出现了。他们用刀面向四围敲打。一匹马倒了；大家跑过去救他；骑者一上马鞍，全逃开了。

这时一片寂静。湿着柏油路的细雨不再落了。云散了，西风轻轻把它们扫开。

福赖代芮克前看看，后看看，开始巡逻通晒街。

两点钟终于响了。

他向自己道："啊！现在她走出她的房子，她快到了；"一分钟以后："她到这儿还得一会儿工夫。"临到三点钟，他一直在用力安定自己。"不，她不会迟到的；忍忍好了！"

无事可为，他一一察看起那些难得的铺面：一家书局、一家鞍辔店、一家寿器铺。不久他认识了作品所有的名字，所有的马具，所有的布帛。商人看见他继续不断，走来走去，先是惊奇，随后害怕了，上住街门。

她一定出了岔子，她一定也在难受。然而再过一会儿会多么欢喜！——因为她就要来的，定而无疑！"她答应下我的！"然而，一种不可忍受的忧虑擒住他。

逼于一种可笑的行动，他重新走进旅馆，好像她会先在这里一样。就在同时，她也许到了街口。他奔到外面。没有人吗？他重新在走道溜达。

他端详石路的罅隙、檐溜的口、门上的挂灯号数。对于他，最细微的东西也变成伴侣，或者倒不如说是嘲笑的看客；他觉得房子端正的前脸残酷无情。脚冷到他难受。他觉得自己沉甸甸的，像要溶解了。他脚步的回响震撼他的脑磕。

一看他的表四点钟了，他仿佛感到一阵晕眩、一阵惊恐。他用力重复诗句，瞎做计算，臆造一段故事。不可能！阿尔鲁夫人的意象纠缠住他。他恨不得跑上前去迎住她。但是走哪一条路才不至于相错？

他走到一个信差前面，往他手里放了五个法郎，让他到天堂街雅克·阿尔鲁家去一趟，向看门的打听一下："太太在不在家？"然后他在费尔穆街和通晒街的拐角地方一站，好同时望着两下里。在远处紧底的马路，有成群的模糊的人影闪动。他有时候辨出一个轻骑兵的羽翎、一顶女人的帽子；他睁大了眼睛去看清她。一个褴褛的小孩子，捧着一头装在匣子里的土拨鼠，微笑着求他施舍。

穿天鹅绒上衣的人回来了。"看门的没有看见她出去。"谁留住她了？她要是病了的话，看门的会讲的。有人拜访吗？再容易对付不过了，不接见就成。他打着他的额头。

"啊！我真糊涂！还不是暴动的缘故！"这种自然的解释安慰住他。随后，忽然："可是她那一区是平静的。"一种可怕的疑心侵袭他。"她要是不来呢？她的答应只是一句骗我的话呢？不会的！不会的！"不用说，她来不了，是临时出了什么重要的岔子，一种意想不到的事变。既然如此，她应该通知一声才是。他打发旅馆的伙计到栾佛尔街他的住所，看一下他有没有什么信件。

任何信件没有带来。没有消息他倒心安了。

他从手心随意握着的钱币的数目、过往行人的面貌、马的颜色，强做种种的推测；兆头相反，他又不肯相信。他恨透了阿尔鲁夫人，唧唧哝哝地诅咒她。随后，心一弱，险些晕了过去；接着希望忽然一跃而起。她要来了。她在那边，他的背后。他回转身子：什么也没有！有一次，三十步远近，他瞥见一个同样身材的女人，穿着同样的袍子。他赶过去；原来不是她！五点钟到了！五点半钟！六点！煤气灯亮了。阿尔鲁夫人没有来。

就是前一晚晌，她梦见她在通晒街的走道停了好久。她在这里等着什么，她说不上来，然而重要的东西，不知道为什么，她怕被人瞥见。不过，一只该死的小狗，老在同她捣乱，咬住她的袍子的下摆。赶掉它，它又跑回来，总在汪汪，越吠越响。阿尔鲁夫人醒了。狗的吠声继续在响。她伸长耳朵。这来自儿子的寝室。她光着脚，奔了过去。原来是孩子在咳嗽。他的手滚烫，脸通红，声音奇怪地发哑。呼吸的艰难一分钟一分钟在增加。她伏在他的被褥上，察看他，一直看到天明。

临到八点钟，国民军的鼓声通知阿尔鲁先生，他的同志在等候他。他急忙穿好衣服，一边向外走，一边答应马上去请他们的医生高劳先生。临到十点钟，高劳先生不见来，阿尔鲁夫人差她的女用人去催。医生出门了，在乡下，替他的年轻人也有事出去了。

欧皆靠住长枕，头倒在一边，总是皱住眉，翕动鼻孔；可怜的小脸变得比他的床单子还要灰白；他的喉咙一往里吸气，就发出一阵丝丝的音响，越来越短、越干、越像金属的响声。他的咳嗽活像那些装在玩具狗里面的机械发出的声音。

阿尔鲁夫人惊惶了。她跑过去拉铃，一边叫救命，一边喊着：

——一个医生！一个医生！

十分钟之后，来了一位老先生，挽着白领结，留着整齐的灰髯。关于年轻病人的习惯、年龄和气质，他问了许多问题，随后查看一下他的喉咙，拿头贴住他的背听了听，开了一个药方子。老家伙安详的神情简直可憎。他有敛尸用的香料的气味。她倒想打他一顿。他说他晚晌再来。

不久，可怕的咳呛又开始了。有时候，孩子忽然直起身子。一阵抽搐震撼他胸脯的筋肉，同时一呼吸，他的肚子就陷下去，好像他跑来的，气也窒住了。随即，头向后，嘴大张开，他又倒了下去。阿尔鲁夫人用了无限的小心，叫他吞下药瓶里的东西，吐根糖浆，一种含有三硫化锑的药水。但是他推开调匙，弱声弱气地呻吟着。他的话可以说是吹出来的。

她不时重新读着药方子。上面的按语吓坏了她；说不定药剂师配错了药！她为她的无能为力觖望。高劳先生的学生来了。

他是一个姿态谦逊的年轻人，新出手，一点不隐藏他心里的想法。起初他踟蹰不决，唯恐连累自己，最后他吩咐用冰块压压。冰寻了许久才拿来。盛冰块的膀胱又裂了。内衣必须换掉。这一切乱杂引起一阵更可怕的新发作。

小孩子开始揪他颈项的布帛，好像他想抽掉那噎窒他的障碍，同时他搔着墙，抓住他的小床的幔帐，寻找一个帮他呼吸的助手。他的面色如今成了浅蓝，整个身子浸着冷汗，也显得瘦了。他发狂的眼睛，恐怖而又滞板，盯住他的母亲。他拿胳膊围住她的脖子，觖望地挂在上面；她一边压住她的呜咽，一边结结巴巴，说些慈爱的话。

——是的，我的爱，我的天使，我的宝贝！

随后，忽然来了若干时光的安静。

她去寻了些玩具、一个小丑、一堆图片，摆在他的床上，逗他开心。她甚至试着歌唱。

她开始唱一个从前她给他唱的歌，还是在他襁褓的时候，就坐在这同一的小毡椅，摇着他唱的。但是他的全身从头到脚打着冷战，活像风卷起了一个浪头；他的眼球向外突出；她以为他要死了，转过身子不忍看他。

过了一时，她鼓起勇气看他。他还活着。一点钟一点钟继续下去，沉重、阴郁、永长、无望；她按他咽气的进展计算分秒。他的胸脯一摇动，他就往前一扑，像要断成两截；最后，他呕出一团奇怪的东西，仿佛一个羊皮管子。是什么东西？她心想他吐出一节肠子。但是他的呼吸宽大了，匀整了。这种表面的适意比什么都让她害怕；高劳先生来的时候，她简直呆住了，胳膊下垂，眼睛定定的。依高劳先生，小孩子有救了。

她起先不明白，叫他把话重说一遍。这不是医生常有的一句安慰？医生走的时候平平静静的。对于她，好像收紧她的心的弦全松了。

——有救了！多想不到！

忽然，她的心头涌起福赖代芮克的意象，清楚而又严酷。这是上天一种警告。然而，天主，慈悲为怀，不肯一下子把她惩罚到底！她要一死儿爱下去的话，来日赎回自己，她得献上多大的牺牲！不用说，人家要为她侮辱她的儿子；阿尔鲁夫人瞥见他年轻轻的，和人决斗受了伤，用舁床抬回，眼看要死。她一步跳到小椅；她用她全副的力量，把她的灵魂投向上苍，把她初次的激情，她唯一的过失当做牺祭的牲畜献给上帝。

福赖代芮克回到家里。他倒在沙发里，连诅咒她的气力也没有。他渐渐似睡非睡地朦胧过去；他在梦魇之中听见雨落，一直以为他在那边，在走道。

第二天，最后一次不争气，他又打发了一个信差到阿尔鲁夫人那边。

不知道是那个萨瓦①人没有去，还是她有许多话，不是一句话解说的了，带回来的话仍是那一套。她太傲慢无礼了！他起了一阵骄傲的怒火。他发誓就是一点点想望他也不要了；好像一阵飓风卷走一树叶子，他的爱情消失了。他因而感到一阵舒适、一阵清心寡

① 萨瓦原来是一个公国，并入法国，在东南一带，邻接意大利。

欲的喜悦，随即是一种激烈的动作的需要；他在街上随意而行。

过来好些市郊的居民，荷着枪，挎着旧刀，还有些人戴着红帽，全唱着《马赛曲》或者《吉伦特歌》①。这里那里，就见一个国民军奔向他的区公所归队。远远响着鼓声。圣 · 马丁门那边开了火。街头是快活同好战的空气。福赖代芮克一直在走。这大城市的骚动使他欣快。

走到福拉司卡蒂②的高处，他瞥见女元帅的窗户；他起了一种疯狂的念头，一种青春的冲动。他穿过马路。

马车出入的门关了；女用人戴勒芬正在用炭往上写："枪械缴出"，急忙向他道：

——啊！小姐才叫可怜呐！小厮糟蹋她，今早打发走了。她以为到处要有抢劫！她怕得要死！糟糕的是，老爷也走了！

——什么老爷？

——亲王！

---

① 《吉伦特歌》是大仲马《红屋骑士》一剧的歌曲，由历史剧院音乐队队长法尔乃制谱，叠句借自《马赛曲》作者德 · 李勒的歌剧《罗朗在隆斯涯》。这在剧中是吉伦特派临死之时所唱的丧歌。风行一时，有爱国者为其增添最后二行。二月革命爆发，群众采用为战歌。其首节为：

用忧恐的大炮的声音，
法兰西呼唤她的儿女。
去呀，兵士说，拿起家伙！
她是我的母亲，我保护她。
　　为祖国而死，
是最美也最值得羡嫉的命运！

② 福拉司卡蒂是执政时代创立的一个娱乐场，在黎希留街的拐角，一八三七年拆毁。

福赖代芮克走进内室。女元帅出来了，穿着短裙，头发披在背上，乱糟糟的。

——啊！谢天谢地，你救我来了！这是第二回了！你从来不要报酬，你！

福赖代芮克用两手搂住她的身子，道：

——才不对呐！

女元帅又惊，又开心，结结巴巴道：

——怎么？你做什么？

他答道：

——我学时髦，我也改良了。

她由他把自己翻在睡椅上，在他的吻抱之下继续笑着。

他们下午靠住窗户看着街上的人民。随后他带她到普罗旺斯三兄弟馆子去用晚饭。晚饭长而精。雇不到车，他们步行回来。

听说换了一个新内阁，巴黎变了。人人欢喜；街上来来往往全是行人，每层楼的灯火和在大白天一样亮。兵士慢慢走回他们的营盘，疲倦、忧郁。行人向他们致敬，喊着："常备军万岁！"他们不回答，继续着。临到国民军，正好相反，那些军官因为兴奋脸也红了，挥着他们的刀，嚷着："改革万岁！"[①]两个情人每次听到这句话就笑。福赖代芮克讲些怪话，非常欣快。

---

① 二月二十二日的宴会在当夜九时渐渐被常备军弹压下去，临到第二天，政府决定召集巴黎的国民军，以为他们拥护政府，但是，国民军召集的结果，仅仅是给手无寸铁的民众添上十几队有组织的武装援军，他们的口号是"共和国万岁"、"打倒基佐"、"改革万岁"。路易·菲力普不再强硬了，下午二时半，噙着眼泪，他接受基佐内阁的总辞职，邀请他不欢迎的毛莱组阁。议员大不满意，因为不是他们，而是暴民，而是国民军推翻了基佐！但是，他们和路易·菲力普一样无能。毛莱在四点钟左右来到王宫，接受组阁的任命。消息传到街头，人人欢喜，以为"宴会"胜利，即此告一段落了。

他们从杜否街来到马路。好些人家挂着威尼斯灯，摆成火环的式样。下面熙熙攘攘，挤着一群人影；中间有些地方，熠耀着刺刀的白光。起来一阵浩大的喧哗。人群太挤了，一直回去不可能；他们走进考马丁街，就见他们背后，忽然发出一阵响声，仿佛有人咔嚓在撕一大幅绸子。修女马路开了枪。①

——啊！死了几个市民。

福赖代芮克说话的神情十分平静。也难怪他，就是最不酷虐的人，有时候看着人类毁灭，因为相隔太远，心就跳也不跳。

女元帅挽住他的胳膊，牙铄铄在响。她说她连二十步也走不了。于是，由于怨恨的一种微妙的作用，为了更好凌辱他灵魂之中的阿尔鲁夫人，他一直把她带到通晒街的旅馆，给另一位预备的房间。

花没有谢。编花料子铺在床上。他从衣橱取出那双小睡鞋。罗莎乃特觉得这些殷勤极其雅致。

将近一点钟，远处殷殷的响声惊醒了她；她看见他在呜咽，头埋在枕头里。

——你怎么了，亲肝肝？

福赖代芮克道：

——因为过分幸福。我想你想了好久！

---

① 修女马路正当歌剧院，介乎第二区与第九区之间。

毛莱组阁虽说表示人民胜利，工人和学生并不因而都满意。二月二十三日，将近黄昏，混乱之中，冲出一队行列，打着火把、旗帜，沿着各马路游行。兵士任凭他们通过。九时半左右，群众来到修女马路，和守卫外交部的兵士相遇。行列向前推拥着。兵士退后，上好各自的刺刀。就在口号和歌唱交响之中，忽然飞来一声枪响，打死一个兵士。兵士放出一排枪弹。伤亡了五六十人。群众截住一辆敞车，运了十六具尸首，喊着："拿起家伙！替他们报仇！"十点钟，这个严重的变化传到王宫。毛莱立即放弃组阁的计划。路易·菲力普不得不邀请政敌梯也尔和巴罗组阁。但是，太迟了，什么也满足不了忿怒的人民。二月二十四日，路易·菲力普正式宣布退位。

下卷

一

一阵枪声猛然把他从睡梦中惊醒；不顾罗莎乃特的恳求，福赖代芮克决意要出去看看。他走下爱丽舍林道，枪响的所在。走到圣·奥劳赖街的转角，好些穿工人衣服的人从他旁边过去，喊道：

——不对！别往那边去！到王宫去！

福赖代芮克随着他们。圣母升天道院的栅栏已经拔掉。再往前去，他看见街心有三堆铺路的石块，不用说，这是一种防堵的开始，随即是些瓶子碎片，成捆绊骑兵用的铁丝；忽然就见从一条小巷，冲出一个高大的年轻人，面色苍白，黑头发飘在肩膀，披着一件豌豆色褴褛似的衣服。他握着一枝兵士的长枪，蹬着睡鞋的尖梢跑，神气仿佛一个梦游人，轻捷犹如一只老虎。隔些时，听见一阵爆裂的声音。

昨天晚晌，看见货车装着修女大街的五具尸首，人民改了主张；就在副官一个一个来到杜伊勒里宫的时候，就在毛莱先生进行组织一个新内阁而不回来的时候，就在梯也尔打算另组织一个的时候，就在国王指摘、踌躇，然后把军权交给毕茹（为了防止他使用军权）的时候，仿佛只有一只胳膊在指挥，气势汹汹，叛变形成了。好些口如悬河的辩才在街角鼓动群众；有的在教堂把钟敲得响而又响；铅弹在铸，弹筒在滚；马路上的树木、小便所、街凳、栅栏、煤气灯，全拔掉，推倒了；一到早晨，巴黎遍地堆的是障碍物。抵抗并不持久；处处全有国民军居间调停；——所以赶到八点钟，有的用武力，有的自己投降，人民占据了五座营盘，几乎所有的区所，战略上最确实的要点。摇也没有摇，王国自己便迅速崩溃了；如今人民在攻打水楼的派出所，为了营救五十个囚犯（他们并不在这里）。①

福赖代芮克被迫在广场入口停住。广场挤着成群拿武器的人。几队兵士占住圣·多马街和福罗芒斗街。一堆巨大的障碍物堵住法勒洼街街口。上面摇曳的烟分成两半，有些人在上面跑动，大做其手势。他们不见了；枪声又响了。派出所不见有人，可是有枪回应；窗户有橡木窗板保护，上面穿了好些枪眼；这两层楼的建筑，它两旁的厢房，第一层楼的喷泉，中间的小门，在子弹击触之下，开始沾上许多白点子。它的三层台级是空的。

在福赖代芮克旁边，有一个人戴着一顶灰帽，编织的上衣挂着

---

① 毕茹（一七八四年——一八四九年）曾经随拿破仑作战，七月革命后，率军征取阿尔及利亚。一八四〇年受命为该地总督，复以战功晋封为公爵。一八四七年六月，他卸职回到巴黎。

路易·菲力普不大信任毕茹，但是，一八四八年二月革命，迫于臣下的请求，他任命他做巴黎的防军司令。毕茹另外调来四支军队，接应涣散的驻军。第一支开往市政府，虽说平安达到，实际四周的街巷全被群众割断，等于孤立无为。第四支队于清晨七时开到先贤祠。第二支队开往巴士底狱。毛病出在第三支队，不用武力弹压，而和乱民在防御物前大开谈判。军心动摇了，中途哗散，余下的在十点半开到校场聚齐。

同时，梯也尔进行组阁，粗具规模，以为毕茹不为人民欢迎，派遣拉冒里西耶充任国民军司令，偕同巴罗，到街头宣慰人民。人民的欢呼是："打倒梯也尔！打倒毕茹！"他们带回来的消息是：人民要求国王退位。就在这时候，离杜伊勒里宫二百米突远近，王宫那边起了剧烈的炮火。兵营在现今共和国广场的东北，共和国广场原先叫水楼广场。

这是清晨派在水楼的第十四连兵士和人民起了冲突。连长没有命令，不肯让出水楼给国民军。拉冒里西耶努力去阻止双方开火，结果马中枪死掉，他自己成了群众的俘虏。下午一时左右，群众攻入王宫，纵火焚烧里面的木器。路易·菲力普、王后和孟邦西耶公爵夫妇，逃出杜伊勒里宫，去了英国。

一个弹药袋，和一个包着一块丝纹交织的布头巾的女人在争吵。她向他道：

——可是你回来呀！回来呀！

丈夫答道：

——让我走好了！你一个人足可以看房子。公民，我请问你，这对吗？我没有一次错过我的责任，一八三〇年，三二年，三四年，三九年！今天，大家又在打仗！我也得打！——走开！

门房太太最后听从了他和他们旁边一个国民军的劝诫。后者年纪有四十岁，圆实的脸庞绕着一圈金黄胡须。他给他的枪装上子弹，一边放枪，一边和福赖代芮克谈话，在暴动之中的安详，好比一位园艺家在他的花园。一个穿粗麻布的小孩子哄着他，想弄到些铜爆帽，使用使用他的枪，"一位先生"送给他的一管挺好的短铳猎枪。

那位资产者道：

——到我背后拿去，躲开点儿！你这是玩命！

鼓敲着袭击的信号。尖锐的呼喊，胜利的欢呼起来了。一阵不断的浪头卷着群众时起时伏。福赖代芮克夹在两大堆人海中间，动也不动，一方面被魔住了，一方面也极其开心。倒下去的伤者、躺着的死人，全不像是真伤真死的模样。他觉得活像在看一出戏。

在浪涛中间，在人头上面，就见一个穿黑礼服的老头子，骑着一匹白马，跨着天鹅绒鞍鞯。他一只手握着一根绿树枝，另一只手握着一张纸，死劲儿在摇动。最后，没有法子叫人听他讲话，他觖了望，退回去了。[①]

---

① 这个老头子就是拉冒里西耶，临时任命的国民军司令。

常备军不见了，只剩下警卫军在防守派出所。一队不怕死的人们冲上台阶；他们倒下去，别人跟着又来了；门在铁柱子击撞之下摇撼着，回响着；守军并不让步。然而一辆塞满了草秣的“喀莱实”燃着了，仿佛一个巨大的火把，拉过来靠住墙。很快就有人抱了些柴火、谷秆、一桶火酒来。火沿着石头往上蹿；房子到处冒烟，仿佛一个硫磺山口；房顶平台的小柱中间，发出一种吱杂的响声，迸出好些大的火焰。王宫的第一层楼有了国民军。广场的窗户全有枪放；子弹嗞嗞在响；喷池炸裂了，泉水和血混在一起，地上一摊一摊全是；人滑在泥里，踩着衣服、军帽、兵器；福赖代芮克觉得脚底下有什么东西柔柔的；是一个穿灰大衣的军曹的手，脸朝下倒在水里。成队的市民潮涌而来，把战士向派出所推拥。枪声越来越密了。酒店开着做生意；大家不时进去吸一口烟，饮一杯啤酒，然后过去打仗。一条狗迷了路，吠着。这把大家逗笑了。

一个男子腰部中了一颗子弹，喘着气，全个身子倒在福赖代芮克的肩头。这一枪说不定是照准他放的，他气忿了；他正要挺身向前，一个国民军把他拦住。

——用不着去！国王方才出走了。啊！你要是不相信我的话，你自己看去好了！

一听这话，福赖代芮克平静下来。校场显出和平的模样。郎特府依然孤零零站在那里；后边的房屋、迎面卢佛宫的圆顶、右边的长木廊和伸展到河边小滩的荒漠地带，仿佛沉入灰色的空氛，遥远的呢喃好像和雾在这里溶成一片，——同时在校场的另一端，从云缝透下一道强光，照着杜伊勒里宫的正面，把它的全部窗户割成一方一方的白块。靠近凯旋门躺着一匹死马。栅栏后面，五六个人一群在谈话。宫门敞开；门限上的仆役由人进去。

下面有一间小厅，摆着好几碗牛奶咖啡。有些好奇的人一边说笑，一边坐下；有些人站着，其中有一个车夫。他两手抓起一个盛满了砂糖的坛子，向左向右不安地看了一眼，便饿狼似的吃了起来，鼻子也塞进坛口。大楼梯底下，有一个人把自己的名字写进一本簿子。福赖代芮克由后影认出他。

——嗐，余扫乃！

浪子回道：

——正是。我荐自个儿到宫里来的。好一出滑稽戏，不是吗？

——我们上去怎么样？

他们来到元帅厅。除去毕茹的肖像，在肚子上穿了一个洞，那些名将的肖像全都完好如初。他们拄着他们的刀，后面一座炮架，姿态可畏，同环境并不配合。一座大摆钟指着一点二十分。

忽然《马赛曲》响了起来。余扫乃和福赖代芮克倚住栏杆。原来是群众。他们奔向楼梯，仿佛让人晕眩的波涛，摇着光头、铜盔、红帽、枪刺和肩膀，浩浩荡荡，好些人消失在这越来越骚动的人群中，活像一条海潮倒灌的大河，在一种不可抗拒的冲动之下，发出一阵悠长的啸吼。到了上面，人群散开，歌声也就停了。

听见的只有皮鞋的践踏和声音的激荡。不足为害的群众只要看看就满足。然而，太挤了，不时有肘子撞坏一块窗玻璃；或者是从几子带下一个瓶子、一座小雕像，滚在地上。板壁挤得咔嚓在响。脸全是红的，上面的汗水大颗大颗在流；余扫乃发话道：

——这些英雄的气味可不好闻！

福赖代芮克接着道：

——啊！你也真啰嗦。

他们不由自主让人推进了一间大厅。一个红天鹅绒的华盖向上伸到天花板；下面宝座坐着一个黑胡子的无产者，衬衫半敞，快活模样，蠢得好似一只狒狒。有些人爬上御座，要坐坐他的位子。

余扫乃道：

——活见鬼！你瞧，现在是民为主了！

宝座被人举起，摇摇摆摆，穿过全厅。

——家伙！倒像船摆！国家在大风雨的海上簸荡！跳舞呐！跳舞呐！

群众把宝座拢近一个窗户，不顾别人非难，扔了下去。

看见它坠到花园，余扫乃道：

——可怜的老家伙！

群众过去，急急把它举起游街，游到巴士底，把它烧掉。

于是起来一阵狂欢，仿佛去掉宝座，露出一个无边无涯的幸福的未来；人民与其说是为了报复，不如说是为了证实他们的所有权，打碎、撕烂了玻璃和帘帏、烛盘、烛台、桌、椅、凳子、所有的家具，甚至画册，连采绣篮子，全打碎、撕烂了。既然胜利了，还不应当娱乐一下子？流氓嘲弄地用花边和开司米围巾胡乱打扮自己。金穟子绕着工人的衣袖，鸵羽帽装璜着铁匠的头，绶章变成妓女的腰带。人人满足着自己的要求；有人在跳舞，有人在喝酒。一个女人在王后的寝宫用头油抹亮她的发辫；两位先生在屏风后面耍牌过瘾；余扫乃指给福赖代芮克看一位先生，拄着阳台，吸着他的短烟斗；人们的狂热使喧嚣声越来越响，砸破的瓷器和水晶的碎块跳来跳去，像口琴的薄片一样响着。

随后，忿怒消沉下去，起来了一阵淫邪的好奇，搜寻所有的套间，所有的角落，打开所有的抽屉。囚犯把胳膊伸进公主们的被子里，没有地方发泄，在上面滚来滚去，聊自解嘲。有些人，面貌越发凶了，静静地逡巡，寻点儿什么东西偷；但是，群众太多了。从一排一排房间的门口望去，在镀金摆设之间，在一片浮尘之下，看见的只是黑压压的人。胸脯全在喘吁；热度越来越变得郁滞；两位朋友唯恐窒息，退了出去。

在前厅一堆衣服上，站着一个妓女，做出自由神像的姿势，——动也不动，眼睛圆圆睁开，惊人的样子。

他们在外走了三步，就见一队披着大衣的警卫军向他们走来，摘下警帽，一下就露出他们有点儿秃了的脑壳，低低向人民致敬。一看自己受人尊敬，这些褴褛的战胜者昂起了头。余扫乃和福赖代芮克未尝不因而感到一种愉快。

他们心热了，折回王宫。在福罗芒斗街前边，好些兵士的尸首堆在谷梗上。他们走过旁边，无动于衷，甚至觉得面不改色，倒是一种骄傲。

宫里挤满了人。内院燃着七堆火柴。从窗户抛下好些钢琴、几子、挂钟。好些水龙一直把水喷上了房顶。有些流氓打算用他们的刀割断管子。福赖代芮克请一个军工学校的学生加以阻止。那位学生不明白，活似一个骇人。民众占住酒窖，在四周的游廊，不顾命地喝酒。酒流成了河，湿着脚，无赖用瓶底喝着，一边谩骂，一边踉跄着。

余扫乃道：

——离开这儿吧，这些人恶心死我。

沿着奥尔良画廊，好些受伤的人们，盖着紫红帷幕，躺在地面的褥子上；本区做小生意的妇女给他们送来羹、布。

福赖代芮克道：

——管它呐！我呀，我觉得人民伟大。

一群忿怒的人，乱纷纷填满了宽大的走廊；有些人想跑到上层毁坏一切；台级上的国民军用力挽劝他们。最勇敢的是一个轻装兵，光着头，头发根根竖起，托枪的牛皮带子裂成了一块一块。他的衬衫和衣裤揉成了一团；他拼命在人群中间挣扎。余扫乃眼睛尖，远远认出阿尔鲁。

随后，为了呼吸得更自由些，他们来到杜伊勒里宫的花园。他们坐在一条凳子上，闭住眼皮，头晕脑涨，停了好几分钟没有力气说话。附近的行人拢过来。奥尔良公爵夫人被任命做摄政；①事情结束了；大家感到了迅速解决之后那种应有的适意。从宫堡的鸽楼出来好些仆役，撕烂他们的制服，扔在花园，表示叛离的意思。人民朝他们呼笑着。他们缩回身子。

树木中间急急忙忙走来一个高大的小伙子，肩膀挎着一管枪，引起福赖代芮克和余扫乃的注意。一个火药袋就腰兜住他的红布短裤，便帽底下的额头捆着一条毛巾。他转过头。原来是杜萨笛耶；他投进他们的胳膊，又喜悦，又疲倦，喘着气，别的话也说不出来：

——啊！多幸福，我可怜的老伙伴！

他整整站了四十八小时。他在拉丁区的防线工作，在朗毕斗街打仗，救了三个轻骑兵，和都鲁洼耶一连人冲进杜伊勒里宫，随即开到众议院，然后又开到市政府。

——我从那儿来的！一切顺利！人民胜利了！工人跟资产者在一起拥抱着！啊！我恨不得把我看见的告诉你们！那些人多勇敢！真叫美！

没有留意他们没带武器：

——我相信你们从那儿来的！有一时也够危险的，其实算不了

---

① 奥尔良公爵夫人是路易·菲力普的长媳。一八四二年七月，公爵死于旅途，留下幼子巴黎伯爵承继大业。路易·菲力普出亡，宣诏让位给他的长孙巴黎伯爵，而由公爵夫人摄政。二十四日下午一时半，公爵夫人带着两个孩子，来到议会。在议员纷扰之中，武装人民攻入议厅。公爵夫人逃出议厅，当天下午六时离开巴黎。

什么！

他颊上流着一滴血；看见两位朋友动问，他回道：

——噢！没有事！刺刀擦了一下！

——不过，你应当看看去。

——笑话！我这么结实！这有什么要紧？共和国宣布成立了！现在大家可以快乐了！方才有些新闻记者当着我讲，波兰和意大利就要解放了！没有帝王了，你明白！全地球自由了！全地球自由了！

他向天边扫了一眼，伸开胳膊，摆出一种胜利的姿态。但是，靠近水边，一长队的人在平台跑着。

——啊！家伙！我倒忘了！堡垒叫人占据了！我必须去一趟！再见！

他转回身，一边摇着他的枪，一边向他们喊道：

——共和国万岁！

从宫堡的烟囱，冒出一团一团巨大的黑烟，夹着些火星子。钟声远处响着，好像羊受了惊在呼唤。胜利者从左右各方放射他们的枪火。福赖代芮克虽说不好打仗，觉得自己高卢人的血也在沸腾。热心的群众就像磁石吸住了他。骚乱的空气充满火药气味，他痛痛快快一口一口吸了进去；然而，一种巨大的爱和普遍无二的同情占据了他，他颤索着仿佛人类的心全部在他的胸腔跳荡。

余扫乃打着呵欠道：

——现在，也许是去教育人民的时候了！

福赖代芮克随他来到交易所广场，他的通讯社；他着手给特卢瓦的日报写一篇事变的报告，用抒情的风格，写一篇漂亮文章，——他签上他的名字。随后，他们一同到一家酒店用晚饭。余扫乃有些郁郁不欢；革命的古怪花样超过了他的古怪花样。

用过咖啡，他们回到市政府打听消息，他憋不住又顽皮开了。他爬上障碍物，活像一只羚羊，用爱国志士的口吻，说说笑笑，向守兵还口。

在火把照耀之下，他们听见临时政府宣布成立。最后，临到半夜，福赖代芮克走回他的住所，活活累坏了。

他向帮他脱衣服的听差道：

——怎么样，你满意吗？

——是的，还用说，先生！可是，我不欢喜看老百姓跳舞！

第二天一醒来，福赖代芮克想到戴楼芮耶。他跑到他那边。这位律师到外省做委员，方才动了身。昨天晚晌，他设法见到赖德律·洛兰[①]，用法学院的名义同他纠缠，硬抢了一个位置，一个使命。不过，看门的人讲，他下星期应该有信来，通知他的地址。

然后，福赖代芮克去看女元帅。她酸溜溜地招待他，嫌他丢下了她不管。他再三告诉她回复了治安。听见这话，她的怨恨消散

---

① 群众拥入议会，打消摄政及其他一切王党的计划，合法的政府不复存在，于是应运而生的临时政府宣布成立。名单是在国家日报社预备好的，总共是六名，但是，在群众之前朗诵的时候，群众删去两名，另外添上三名，成为七名：一，拉马丁；二，阿拉戈，著名的天文学家；三，马利，律师；四，加尔涅-帕热斯，掮客出身的议员。后添的三名是：一，杜邦·德·累尔，大革命时代的议员；二，克雷米厄，律师出身的议员；最后即赖德律·洛兰。

赖德律·洛兰（一八〇七年——一八七四年）是律师出身，一八四一年当选为众议员，因他竞选的言辞激烈被法院判罪而名高一时。一八四三年八月，他创办《改革日报》，以政治改革为社会改革的初步，藉选举改革达到普选的目标。报社成为激烈分子（社会党，共和党等）的聚集地。临时政府宣布成立，他分到内政部部长的职责，当夜（二十四日）移到内政部居住，执行任务。

临时政府决定派出委员，代替外省的州长，县长。委员尽量从老共和党党员之中选拔，然而，人数不足，或者才干不足，大多数委员降格由新共和党党员（共和政府成立之后加入的投机分子）选拔。

了。如今一切平静，没有理由害怕；他吻着她；她宣布自己站在共和国这边，——好比巴黎的大主教老爷，已经这样做过，好比带着一种出乎神奇的热诚的迅速，也要这样做的，还有：在职的官吏、国务院、研究院、法兰西的元帅，尚加尼埃、德·法卢先生，所有的波拿巴派、所有的正统派和不少的奥尔良派。①

君主政体的倾覆这样轻快，最初的惊怖过去，资产者看见自己还活着，惊奇了。几个窃贼迅即处决，不经审判就枪毙掉，大家觉得十分公允。整整一个月，大家重复着拉马丁关于红旗的话："它

---

① 巴黎大主教为阿福尔（一七九三年——一八四八年），从一八四〇年起任职，临时政府成立不久，他下了一道谕，把"自由的精神"说成基督教真谛，教堂接受任何政体，无论是瑞士联邦，美洲民主政府。全法国的天主教表示同一见解。

同时在职的文武官吏，没有一个表示违抗。奥马尔公爵（阿尔及利亚的总督）宣布临时政府成立，按语是："我们不因而改变对法兰西的尽忠"，同他的三兄茹安维耳亲王驶离汛地。拜命剿平乱党的毕茹元帅，恨不能杀几千党人，也和其他将军一样，宣誓拥护共和。总之，一转瞬间，大大小小，全把自己说做共和国的顺民。

尚加尼埃（一七九三年——一八七七年）早年在阿尔及利亚军旅服务，一八四八年临时代摄总督职权，不久，被召回，充任巴黎卫戍司令。他在立法议会反对帝国派，态度介乎奥尔良派与正统派之间。第二帝国成立，他亡命国外。

德·法卢伯爵（一八一一年——一八八六年）是一个天主教的自由派议员，同时以著述当选为国家学会会员。路易·拿破仑当选为总统，他做了十个月的教育部部长，为天主教争到自由教育的权利。

波拿巴派即帝国派，主张恢复拿破仑的帝国，而以拿破仑后裔为法国君主。波拿巴为拿破仑的姓。拿破仑于一八二一年逝世，人民感于国事蜩螗，念念不忘他的功绩。王党和奥尔良派的反对派共和党，便把他当做偶像看待。一本小册子曾道："拿破仑入了土；但是波拿巴精神没有死：它化为共和党。"一八三二年七月，拿破仑的儿子罗马王（即拿破仑二世）在奥地利去世。他这一死，差不多给路易·菲力普除去了心腹大患。但是波拿巴一派并不死心，他们拥戴荷兰王路易·波拿巴的长子做合法的继承人。这就是拿破仑三世，路易·拿破仑，第二帝国的创造者。一八三一年，他参加共和党的阴谋，被逐出境；一八三六年十月，他运动第四炮兵团叛变，失败被捕，押往美洲。一八四〇年，他再度返国，煽惑叛变，失败被捕，判处无期徒刑，扮做石匠，逃往比利时。一八四八年，革命爆发，他返国等候他的机会。

只绕了一匝校场，然而三色旗，”等等；人人站在三色旗的影子底下，各党把三色看做自己的——自相决定只要本党到了最强的一天，就把另外的两色除掉。①

生意既然中断，人人因为不安，看热闹，挤在外面溜达。衣饰的随便缩小了社会阶层的差别，憎恨藏起，希望露出，群众极其和蔼可亲。脸上熠熠闪着那种争到一种权利的骄傲。大家露出一种狂欢节的欣快，迈着像去露营的步法；没有比巴黎在开始几天的面貌更动人了。

福赖代芮克挽着女元帅；他们一同在街头踱着。看见人人纽孔结着玫瑰章，家家窗户挂着旗帜，墙壁贴着各色传单，她开心了。看见路当中椅子搁着为受伤的募捐的筒子，她不时往里扔钱。随后她站在一些讽刺画前面，这些画把路易·菲力普画做点心师傅、江湖郎中、狗、蚂蟥。不过她有点儿害怕科西迪耶尔手下的人，他们

---

① 拉马丁关于红旗与三色旗的演说发生在二月二十五日。据说，一个国民军的年轻医生，在市政府二楼，绑扎一个受伤的同志。当时大厅只有两座红绒华盖，他用剪子把它们剪成碎片，扔在窗户外面。恰好底下广场聚了一群人，把红绒碎片拾起，嚷道：“拿去做旗子用！”群众用扫帚把子做旗杆，向空里放枪，庆祝红旗诞生。大家摇着临时的红旗，冲进市政府，要求采为共和国国旗。市政府只有三位委员，马利、加尔涅-帕热斯和拉马丁。他们分头去劝阻浮动的群众。看见说动不了冲上来的工人，拉马丁便道：“问题太严重，只有人民解决的了。”他分开人群，走下楼，在广场来了一大篇动人的演说。全词未曾保留，仅仅有几句话，由报纸在第二天披露，家传户诵，成为一时的口碑：“红旗不过拖在人民的血里，绕了一匝校场，三色旗却以祖国的名义，光荣和自由，绕了一匝世界。”拉马丁象征资产阶级的胜利，临时政府决定采用三色旗。

三色旗的使用始自一七八九年。为了表示国王和巴黎市的和好，议会决定将王室的白色与巴黎市的青红两色混成一旗。所以临时政府讨论国旗的时候，路易·勃朗赞成采用红旗，因为三色旗象征妥协，如今王室不复存在，红色正好表示统一。新事业需要新象征。然而，中产阶级对于红旗怀有恐惧，最后因为财政部部长强烈反对，仍然决定采用三色旗。工人失败了。

挎着刀，披着飘带。有时候，他们看见人家在栽一棵自由树。教士先生们争着来掌礼，赐福共和国，金线袖章的奴仆护卫着；群众觉得这非常合宜。①最常见到的景色是，不知道哪里来的代表，到市政府有所要求，——因为各行各业，全指望政府结束他们的贫困。有些人，说真的，自动到政府那面去贡献意见，或者去道贺，或者仅只小小拜访一次，看看机关里的人尽不尽职。

将近三月中旬，有一天穿过阿尔考勒桥，有事为罗莎乃特到拉丁区去，福赖代芮克看见一队人面对面走来，戴着怪样帽子，蓄着一把长胡须。一个以前画室里的模特儿，敲着鼓，领头在前面走，擎旗子的不是别人，正是白勒南。旗子迎着风，展开这样几个字："画家艺人"。

他做手势叫福赖代芮克等等他，五分钟过后，他果然露面了。他有的是时间，因为政府这时正在接见石匠。他和同行人来要求创立一个艺术之宫，一种交易所，大家在这里可以讨论美学问题；艺

---

① 玫瑰章是临时政府对于红旗让步的办法。拉马丁演说的第二天早晨（二十六日），市政府广场聚集了许多示威的群众，有人爬过大门，把红旗插在亨利四世雕像的手心。群众喝着彩。临时政府会议的结果，宣布采用三色旗，同时，纪念革命的群众运动，政府人员全在纽孔戴着红色的玫瑰章。

科西迪耶尔（一八〇八年——一八六一年）是一个激烈的革命党人，参加一八三四年四月的里昂暴动，失败被捕，一八三七年释出。二月革命爆发，他率领党徒，占据警察厅，组织各街的武装人民，被任命为警察厅厅长。

自由树通常多是一棵白杨，绕以缎带，由人民（往往是国民军）护送，在村镇游行，然后当着官长，植入土中。教士，甚至主教被请来参加典礼赐福。这是博爱的象征，表示宗教承认革命。

代表大致可以分成三类：第一类是国家的代表，波兰、爱尔兰、匈牙利、意大利、比利时、罗马尼亚、瑞士；第二类是无产阶级的代表，木匠、石匠、珠宝匠、泥水匠、裁缝、水伕、路工、煤气工人、化学物品工人、画家；第三类是资产阶级的代表，商人、交易所人员、新闻记者、农业研究会人员、老兵、大学生、中学生、各界的妇女。代表由一政府委员接见，谈话由《通报》刊载。

术工作者把他们的天才集在一起，伟大的作品会产生的。巴黎不久会有许多庞大的纪念碑；他会加以装饰的；他已然着手一个象征共和国的人物。来了一个同伴揪走他，因为家禽业的代表紧紧逼在他们后面。

人群有一个声音唧哝道：

——无聊！总是胡闹！没有一点像样的！

这是罗染巴。他不向福赖代芮克行礼，但是利用机会，倾出他的抑郁。

公民成天在街头流浪，摸摸他的髭须，转转他的眼睛，听了些惨澹的消息又广播出去；他只有两句话："留神，我们就要毁了！"或者是："但是，家伙！他们暗地里在掉换共和国呐！"他不满意一切，特别是我们没有收回我们天然的疆界。听见拉马丁的名字，他耸肩膀。他觉得赖德律·洛兰"不足以应付问题"，把厄尔的杜邦看做老傻瓜；把阿尔贝看做白痴；把路易·勃朗看做空想家；把布朗基看做十分危险的人物；临到福赖代芮克问他应该怎么样做的时候，他抓住他的胳膊，险点儿把他摇倒，回答道：

——占领莱茵河，我告诉你，占领莱茵河！听我的！①

---

① 法国天然的疆界，依照法国人的见解，北方应当是莱茵河。但是，一八一五年的维也纳会议，列强把法国缩到大革命以前的疆域，把比利时划归荷兰，挫损法国历来的国策。一八三〇年八月，比利时掀起革命，希望和同一宗教的法国联合，拥戴路易·菲力普的一位公子做国王。路易·菲力普不愿意因比利时而和列强开战，拒绝比利时的请求。一八三一年伦敦会议：法国正式承认比利时中立，以破坏一八一五年协定的代价，永远放弃天然疆界的国策。

拉马丁担任临时政府的外交部部长，但是，无兵无钱，一方面口惠而实不至，引起小国革命党人的怨恨，一方面招惹大国疑忌，得不到任何一国的联盟。

赖德律·洛兰不满意拉马丁的徘徊政策，利用内政部部长的职权，保护外国的革命党人，甚至设法资助他们回国起事。 （转下页）

他随即指控反动派。

反动派揭下了面具。内伊和徐赖宫堡的抢掠、巴提鸟勒的焚烧、里昂的骚乱、一切暴行、一切损失，如今全被人说难堪了，还不算赖德律·洛兰的通告，银行纸币的强制使用，公债下跌到六十法郎，临了，仿佛极度的不公正、仿佛最后的打击、仿佛加倍的恐怖，还来一个四十五生丁的税！——同时，在这一切之上，再加上社会主义！虽说这些理论，和耍骰子一样新颖，讨论了四十年，足够填满好些图书馆，却吓坏了资产者，就像掉下了一阵雹子似的陨石；②由于憎恨任何观念的光临（不因为别的，只因为它是一个观

（接上页） 杜邦是临时政府的主席，年高德劭，代表民主共和的传统。生于一七六七年，死于一八五五年，他这时已然八十二岁了。

阿尔贝（一八一五年——一八九五年）的真名实姓是马丁。他是一个机件工人，四季社的一个领袖，一八四〇年办过《工厂日报》。但是，一般人不大晓得他，所以《通报》宣布他的姓名，错拼成欧贝，他和路易·勃朗，另外还有马拉斯特和弗洛孔，是社会主义者在改革日报社推选的临时政府委员，然而他们来晚了一步，市政府已经有了一批国家日报社推选的委员，唯恐开罪工人，折衷的结果，后者承认他们做秘书。从二十六日起，他们要求平等待遇，同样使用委员名义。阿尔贝代表工人，然而，衣冠整饬，神情严冷，资产阶级并不相信他是工人。临到四月选举，为了表示他是工人，他不得不捧出工厂的证明书。

布朗基（一八〇五年——一八八一年）是四季社的主持人之一，发动一八三九年五月十二日的暴动，被捕下狱，直到二月革命，这才出狱来到巴黎。临时政府决定采用三色旗，正好他赶到巴黎，当即召集激烈分子，再度要求采用红旗。他同时创立共和中央社（Société républicaine centrale），自任主席（所以被人称为布朗基俱乐部），每晚八点钟开会（星期日除外），参加者必须经过严格的手续。他的一生完全用在社会革命，其中有三十七年在牢狱消磨。他著名的格言是“不爱上帝，不要主子”。

② 内伊在巴黎西北，邻近布洛涅树林。宫堡建于一七四〇年，路易·菲力普喜欢住在这里，二月二十五日群众冲入，放火烧毁，驻守的国民军未加干涉。

徐赖在巴黎布洛涅树林之西，附倚塞纳河。财阀路特希尔在这里有一座宫堡，同样遭受焚掠的命运。

巴提鸟勒是巴黎现今的第十七区。 （转下页）

念），人人忿怒；观念先受人厌恶，随后利用厌恶成了名，总把敌对的观念看来不如自己，不管它多么平庸。

因而，所有制为人尊敬，到了宗教的程度，和上帝混为一谈。

（接上页） “里昂的骚乱”起于工人捣毁修道院孤儿的纺织设备，以及其他相互竞争的工厂的机器。使用这些机器的往往都是英国人，工人强迫厂主迁散。类似这种行动，不分南北，各地都有。闹得最厉害的时候，连铁路桥梁也拆毁掉。然而，并未流血，“一切暴行”很快就平静了。

“赖德律·洛兰的通告”是关于国会选举的。赖德律·洛兰利用内政部部长的职权，前后发了三通公文，指示外省的委员如何进行选举。第一通公告是三月八日，最后一句是：“……选用干练而同情的人士，充任各市区的长官。……让他们献给我们一个能够了解完成人民的工作的国会。一言以蔽之，全是老共和党，不是革命以后的新共和党。”这最后一句话中伤了一切其他政党，特别是王系反对党，自以为有功于革命，不应当和奥尔良派一体看待。拉马丁便不是老共和党，虽说他始终反对路易·菲力普。第二通公告是三月九日，表扬临时政府的功绩，最后一句是：“共和国不虐待任何人，尊敬一切信仰，……它的严酷仅仅是对狡诈自私之徒而发，……他们的统治已然够长的了，现在是正人君子的统治开始的时候。”这末一句话指斥前朝的官吏。最著名的是第三通。也就是福楼拜这里所指的一通，颁自三月十二日，里面谈到委员的职权，他详细解释道：“什么是你们的职权？它们是没有限制的。你们是革命政府的代表，你们也是革命的。人民的胜利要求你们拟定他们的作品。……”公告在《通报》发表，特别是“没有限制的”，引起资产阶级的骚动。银行发生挤兑的现象，交易所的行市跌落了。但是临时政府其他人员事前并不知道这些通告，所以，临到保守派提出质问的时候，拉马丁代表政府完全否认了。通告唯一的功效是选举于无形之中分成两派，政府内部露出裂痕。

临时政府成立之后，当前的难关便是财政。加尔涅-帕热斯做财政部部长。因为人民提取存款，若干银行周转不灵，宣告倒闭。渐渐人心稳定，市面将上轨道的时候，交易所忽然起了谣言，法兰西银行要停止兑换一千和五百法郎票面的钞票。竞争兑换的结果，银行没有方法抵兑大量的票额。银行总裁请求政府干涉。三月十五日，财政部决定允许银行发行新钞，数目规定为三十五亿法郎，强制人民使用。

同时国库如洗，财政部决定将直接税的征收提高，三月十八日，下令改为每法郎征收四十五生丁。一法郎值一百生丁。

鹅图是希腊传来的一种游戏，盛行于十八世纪，以迄于今。图共六十三格，自外而内，居中最大的第六十三格为一巨鹅。每格有图，并附号码。掷骰数点，得六十三，即入鹅格，中的，为赢者。入井或狱者，让别人掷。入迷官者，改在最后。入旅舍者，停掷两次。入死格者，从头来起。

攻击财产近乎渎圣，差不多近乎食人的野蛮行径。虽说法制比什么时候都宽厚，九三年的魍魉[1]又出现了，一说起共和国这三个字，就像断头台的刀子在里面颤动；——这挡不住大家嫌它萎靡不振。法兰西觉得自己做不了主，开始惊惶失措，哭喊起来，好像一个瞎子失了手杖，一个小孩子失了保姆。

在所有的法兰西人当中，哆嗦得最厉害的是党布罗斯先生。事况的新发展威胁他的财产，而且更甚的是，他的经验不灵了。那样良好的制度，那样明达的国王！多不可能！地要崩了！从第二天起，他就辞退三个听差，卖了他的马，为了在街上走，给自己买了一顶软毡帽，甚至想把胡子留长了；他呆在家里，垂头丧气，苦苦地咀嚼着最违反他的观念的报纸，变得那样沉郁，就是关于弗洛孔[2]的烟斗的笑话，也没有力量引他微笑。

因为是前朝的柱石，他唯恐人民报复，毁坏他香槟省的产业。他忽然读到福赖代芮克赶夜写出的文章。他以为他年轻的朋友是一个十分有势力的人物，如果不能够帮他的忙，至少可以保护他；所以有一早晨，党布罗斯先生由马地龙奉陪，亲自来看候他。

他说，这次拜访的目的，只是为了看看他，聊聊天。一言以蔽之，他欢喜事变，由衷赞同“我们高贵的口号：自由、平等、博爱，心里一向就永远是一个共和党”。他在前朝投政府票，只是为了加快那不可避免的倾覆。他甚至生基佐先生的气，“他把我们陷到左右为难的境地，你得承认！”反之，他十分赞美拉马丁，他的

---

① “九三年的魍魉”指一七九三年大革命时代的激烈人物而言。

② 弗洛孔（一八〇〇年——一八六六年）曾经做过《改革日报》的主笔，在临时政府担任商业部部长。一八四九年，他在立法议会落选，到外省办报，第二帝国成立，流亡国外，死在瑞士。

行径是“庄严的，听我讲，特别是关于红旗”……

福赖代芮克道：

——是的！我知道。

然后，他宣布他对工人的同情。“因为说到临了，好歹我们全是工人！”为了表示自己公平，他甚至承认蒲鲁东[1]是有逻辑的。“噢！很有逻辑！家伙！”随后，好比一个大有才智之士，以游离的态度，他谈到画展，他在那里看到白勒南的油画。他觉得那张画自成一格，画得很好。

他说一句，马地龙来一句赞同的话撑持；他也以为应当“率然和共和国携手”，他谈起他种地的父亲，是庄稼汉，老百姓的朋友。他们说到国会不久大选和佛尔泰勒区的候选人。反对党的候选人没有指望。

党布罗斯先生道：

——你应该把他的位子拿过来才是！

福赖代芮克急忙说自己不可能。

——哎！为什么不？

因为由他本人的意见，他会得到过激派的选票，由他的门楣，得到保守派的选票。而且也许，银行家微笑着加一句道，靠着我一点点影响。

---

① 蒲鲁东（一八〇九年——一八六五年）是社会主义之中无政府派的大师，正如福楼拜（对于蒲鲁东并无好感，特别是他的文艺见解）所云，他的理论在法国当代的传统以外。一八四七年，他创办《人民代表日报》，时辍时续，改换报头，延长到一八五〇年。二月革命后，他当选为议员，受人排挤，被判徒刑三年。福楼拜曾说：大家谩骂他，实际一点也不了解他。著名的作品有《什么是财产》（一八四〇年），《经济矛盾原则》（一八四六年）等。他攻击财产私有，主张互助，以无政府（建设在个人自治之上）状态为最高政治理想。

福赖代芮克反对，说他不懂怎么样着手。没有比这再容易的了，只要想法叫京城一家俱乐部向欧布的爱国的人们推荐一下就成。天天有人来一套宣誓忠诚，他用不着，只要他就原则宣读一篇诚恳的说明便好。①

——弄好了给我看；我知道什么在那个地方相宜！我再对你说一遍，你会帮国家的大忙、我们人民的大忙、我自己的大忙。

在这样的时局，大家应当互助才是，只要福赖代芮克有什么需要，他，或者他的朋友……

——噢！感激之至，亲爱的先生！

——你也帮我，还用说！

毫无疑问银行家是一个好人。

福赖代芮克不由想到他的劝告；不久，仿佛一阵晕眩，他觉得眼花缭乱。

国民公会的伟大人物走过他的眼前。他觉得一片灿烂的曙光要升起来了。罗马、维也纳、柏林在叛变，奥地利人被赶出了维也纳；全欧洲在骚动。这是投入行动的时刻，或者加快行动的时刻了；随即，所谓议员要穿的衣服诱惑他。他已然看见自己穿着翻领的背心，披着一条三色带子；这种心痒、这种幻觉变得十分强烈，他最后透给杜萨笛耶知道。

---

① 临时政府成立，宣布思想集会自由，于是俱乐部应运而生。依照政府的调查，到三月为止，巴黎成立了一百四十五个俱乐部。赶到六月尾梢，俱乐部增多一倍。有的是同业的组合、有的是同区的组合、有的是同乡的组合，而最优秀的是同志的组合，例如布朗基俱乐部。生命长暂不一，有的开上几次会便流产，有的只做选举的准备。保守派把俱乐部看成洪水猛兽的发祥地，实际是既不决定政府的行动，也不左右选民的意见。这里仅仅提出要求，做初步的讨论，或者介绍社会主义者某领袖的言论，供给大家参考。这里是工人领受政治教育的所在。

这忠厚人的热心并不减低。

——当然，那还用说！干好了！

福赖代芮克不放心，和戴楼芮耶商量。这位委员在本省遭到的愚顽的反对增高他的自由主义。他立即给他覆了些热烈的鼓励。

但是，福赖代芮克需要更大的一群人赞同；有一天当着法提腊斯女士，他把事说给罗莎乃特听。

法提腊斯属于巴黎那类独身女子，每天晚晌，教过了书，或者设法卖掉小画样、可怜的稿子，回到她的屋子，裙子沾着泥，烧好夜饭，一个人吃，然后脚放在脚炉，借着龌龊的灯光，梦想着爱情、家庭、住宅、财产、一切缺乏的东西。所以，犹如许多别的人，她把革命看做报复的莅临；——她疯了一样在做社会主义的宣传。

依照法提腊斯，贫民解放有没有可能，全看妇女解放。她要一切职业容纳女性，重新考虑一下父权问题，另来一条法律，废除婚姻，或者最低限度，“对婚姻来一种更合理的规定”。那样一来，每个法兰西女子得嫁一个法兰西男子，或者过继一个老头子。奶妈产婆必须改做国家付薪的公务人员；必须有一个法院检查妇女的工作，妇女必须要有专为她们的出版社、为她们开设一所工艺学校、捍卫她们的一队国民军、一切的一切！政府既然否认她们的权利，她们就应当拿武力征服武力。一万女公民，拿着好枪，可以叫市政府打颤！

她觉得福赖代芮克做候选人有利于她的观念。她鼓舞他，把天边的荣誉指给他看。罗莎乃特高兴有一个男人在国会演说。

——再说，人家会给你一个好事做也说不定。

福赖代芮克，无往而不可的弱者，染上了疯狂的通病。他写了一篇演说辞，拿去给党布罗斯先生看。

听见大门开开的声音，窗子后面的一个帘子打开了一半；一个女的在这里出现了。他没有时间认清她是谁；但是，走进客厅，一张画止住他，白勒南的画，放在一张椅子上，不用说，是临时的陈设。

画的是耶稣基督，驾着一座火车头，穿过一片处女森林，象征共和国，或者进步，或者文化。福赖代芮克端详了一下，喊道：

——胡闹！

党布罗斯走来，正好听见这句话，以为不是指画而是指画上尊崇的主义讲，便接下去道：

——不是吗，嗯？

同时马地龙也来了。他们走进书房；福赖代芮克从衣袋取出一张纸，就见赛西勒小姐忽然进来，天真的样子问道：

——婶子在这儿吗？

银行家回道：

——你晓得不会在这儿的。也好！小姐，你随便好了。

——噢！谢谢！我走了。

她一出去，马地龙做出寻找手绢的样子。

——我把它忘记在大衣里面了，对不起！

党布罗斯先生道：

——拿去吧！

显然，这种把戏骗不了他，但是他仿佛暗暗赞许。为什么？不过，马地龙不久又出现了，福赖代芮克开始读起他的演说词。听到第二页，把侧重金钱的利益看做一种耻辱，银行家的脸抽搐了一下。随后，谈到改革，福赖代芮克要求贸易自由。

——怎么？……听我讲！

另一位没有听见，照样读了下去。他提议征收所得税、累进税、组织欧洲联邦、普及教育、放宽对美术的奖励。

——国家每年拿十万法郎供养德拉克洼或者雨果这样的人，有什么害处?

结尾是劝告上层阶级。

——什么也不要爱惜，噢，阔人们！行行好！行行好！

他停住了，站直了。他的两位坐着的听众不言语；马地龙睁大眼睛，党布罗斯先生的脸色是灰白的。最后，用苦笑掩饰他的情绪道：

——好极了，你的演说词！

他十分恭维它的形式，为了不必对于内容表示意见。

这无足为害的年轻人的狠毒吓住他，特别是，这种症象吓住他。马地龙用力安慰他。保守党不久会得势的，一定的；有些城市逐走临时政府的委员：大选举定在四月二十三日，时间有的是；总之，党布罗斯先生必须亲自到奥布省活动选举去；从这时候起，马地龙不再离开他了，变成他的秘书，像儿子一样服侍他。

福赖代芮克扬扬得意来到罗莎乃特的住所。戴勒玛尔在那里，告诉他，他“决然”做塞纳区选举的候选人。这位戏子有一篇“致人民”的告白，口气亲昵得了不得，自命了解人民，说是为了他们的福利，他把自己“钉上了艺术的十字架”，所以他是他们的神明下凡，他们的理想；——相信对群众真有巨大的影响，甚至提议，等他进了内阁做事，他独自平息一起暴动；至于他用的方法，他这样回答道：

——用不着怕！我把我的脑袋指给他们看！

为了折辱他，福赖代芮克叫他明白自己也是候选人。一看他未来的同僚想代表外省，戏子就说愿意帮忙，领他到各俱乐部走走。

他们访问所有的俱乐部，或者差不多所有的俱乐部，红的和蓝的，盛气的和平静的，严肃的和零乱的，神秘的和酩酊的，下令杀死帝王的俱乐部，揭发杂货铺舞弊的俱乐部；随便到了什么地方，房客诅咒房东，穿短褂的憎恶穿礼服的，阔人暗算穷人。有些以前受巡警迫害的人，要求赔偿；有些人呼吁银钱，好叫发明实施，要不然，提出什么平民宿舍的计划、各区市场的筹划、公众幸福的组织；——随后，这里那里，聪慧在这些愚騃的云层一闪，质问好似泥水迸溅一样飙急，一连串的粗话制定法律，一个不穿衬衫的学兵，赤裸的胸脯挂着一条刀带，嘴唇上开着雄辩之花。有时候，出现一位大人先生，姿态谦易的贵族，说着贫民的事，手也不洗，为了叫人看见是疙里疙瘩的。一位爱国志士认出他，于是一些德高望重的人糟践他；他走出来，一肚子恼怒。为了表示自己有见识，一个人应当永远讥笑律师，尽量使用这些词句："为大厦添砖加瓦，——社会问题，——工厂。"

戴勒玛尔看见机会便来两句，决不错过；实在没有话好说，他的本领就是拳头放在屁股，一只胳膊插进背心，俨然一立，忽然转过半个面孔，好叫他的头露给大家看。于是，彩声起来了，法提腊斯女士在大厅靠里的地方喝着彩。

福赖代芮克不敢冒险，虽说直想做演说家。他觉得这些人全太粗野，或者太像敌人。

杜萨笛耶为他打听，告诉他，在圣·雅各街，有一个俱乐部叫智慧俱乐部。那样一个名字该有希望。而且，他会带朋友捧场来的。

他带来他从前约在一起吃五味酒的朋友：账房先生、酒店推销员、建筑师；白勒南也来了，说不定余扫乃也要来；同时罗染巴和两位先生站在门前走道，第一位是他忠心的贡板，人有点儿矮粗，红眼睛，一脸的碎麻子；第二位，一种类猿的黑人种，头发极其稠密，他认识他仅仅因为他是"一位巴塞罗那[1]的爱国志士"。

---

① 巴塞罗那是西班牙东部濒临地中海的省会。

他们走过一个夹道，来到一间大屋，不用说，是细木匠做活的地方，墙还是新刷的，有石灰气味，四盏平行挂着的煤油灯发出一种不愉快的光亮。靠里一座台子，摆着一张写字台，上面有一个叫铃，下面一张桌子算做讲坛，一边有两个更低的桌子，给书记用。坐在凳子上的听众有老画匠、学监和没有东西出版的文人。夹在一行一行油领的大衣中间，隔些地方就看见一个女人的帽子，或者一个工人的粗布褂子。大厅紧底简直挤满了工人，不用说，没有工作，来到这里看看，或者是演说者介绍来给自己喝彩的。

福赖代芮克小心将事，坐在杜萨笛耶和罗染巴当中。罗染巴不等坐下，就把两手放在他的手杖上，下巴倚着他的两手，闭住眼皮，同时在大厅的另一极端，戴勒玛尔站直了，俯视大会。

赛耐喀在主席的写字台出现了。

那位忠厚的伙计心想这一惊会让福赖代芮克欢喜。事实却恰得其反。

群众对主席表示一种尊敬。他属于那些二月二十五日企图立即成立劳工组织的人之一；第二天，在普辣道，他宣称他赞同攻打市政府；当时每位候选人全给自己找了一个模特儿，有的照抄圣·雨斯提，有的照抄丹东，有的照抄马拉，他呐，他用心学布朗基，布朗基模仿罗伯斯庇尔。①他的黑手套，刷子似的头发给了他一种严

---

① 一八四八年二月二十五日，巴黎市政府来了一批工人请愿，要求组织劳工、保障劳工权利、工人因病应得的最低额的家庭赡养，等等。临时政府当即发表宣言，保障工人工作的权利。

普辣道画廊在巴黎现今的第十区，邻近圣·德尼街。另有一普辣道舞厅，创于一八〇七年，在老城司法院对面，甚为有名。所谓攻打市政府，即指布朗基领导的第二次红旗运动，参阅第三九一页注①。

丹东（一七五九年——一七九四年）、马拉（一七四三年——一七九三年）与罗伯斯庇尔（一七五八年——一七九四年）同是法国大革命时代人民的领袖。

酷的面容，十分相宜。

会议开始，他读一遍《人和公民的权利宣言》、一种老一套的宣誓。随后，一个有力的声音唱起贝朗瑞的《人民的回忆》。[①]

另外有声音起来了：

——不！不！别唱这个！

爱国志士开始在紧底呼喊道：

——唱《便帽》！[②]

他们一同唱起那首流行的诗：

当着我的便帽，脱帽，
当着工人，跪倒！

主席说了一句话，听众静默了。一位书记着手清理信札。

——有些青年宣布，他们每晚在先贤祠前面烧一份《国会

---

① 《人和公民的权利宣言》，共十七条，一七八九年八月二十七日由立宪议会通过。

《人民的回忆》收在一八二八年的诗集，所谓“回忆”，即惓念拿破仑之谓，风行一时，大有助于拿破仑的崇拜：

“他的光荣要在茅屋
长久被人谈起。
五十年别人的故事
不要再想叫陋舍认识。……”

② 《便帽》，未详。有巴席雅勒者，于一八四八年九月，刊行一社会主义小册子，书名《都晒老爹的便帽》，罚谖一千法郎，判处六月徒刑。“便帽”当为工人的象征。

报》，他们要求所有的爱国志士照样做。①

群众回道：

——好的！赞成！

——公民约翰·雅克·朗格洛勒，排活版的，住在道芬街，提议立碑纪念热月殉难的人。②

——米晒勒·艾法芮斯提·乃包穆塞·万桑，前任教授，希望欧洲民主政治采用统一的语言。可以用一种古代语言，例如改良的拉丁文。

建筑师喊道：

——不！不要拉丁文！

一位学监还口道：

——为什么不成？

这两位先生辩论起来，其他人也参加了，你一言，我一语，人人为了炫耀自己，不久，辩论变得十分惹人厌了，走了许多人。

但是，一个小老头子，额头高得出奇，靠下戴着一副绿眼镜，要求发言，有火急的事报告。

这是一篇赋税分配的报告。一串串的数字，简直没有一个完结！不耐烦的心情起初用唧哝表示，接着用谈话表示；他满不在乎。随后，大家发出一片嘘声；赛耐喀叱责公众；演说者机器似的继续读着。临到后来，不得不揪他的肘子叫他停住。这位好好先生

---

① 《国会报》是巴黎正统派的报纸，创于一八四八年二月二十九日。议论往往反对临时政府的政策，同年六月勒令停刊，八月七日复活。正统派不以王党名义出现，宣布接受共和国，保全宗教与社会的治安，在西部各省从事竞选。工人学生非常厌恶他们的活动。

② 热月九日（即一七九四年七月二十七日），罗伯斯庇尔和他的同党为国约议会推翻，恐怖时代宣告结束。所谓殉难者，即指罗伯斯庇尔，圣·雨斯提以及其他二十名同党而言，次日同死于断头台。

做出梦醒的样子，安详地取下他的眼镜：

——对不住！公民！对不住！我退席！千万原谅！

诵读的失败让福赖代芮克不安了。衣袋里搁着他的演说词，但是，即席发言似乎更妥当些。

最后，主席宣布讨论重要的事项，选举问题。他们用不着讨论共和国的大花名册。不过，犹如任何俱乐部，智慧俱乐部也有权利开一个名单，“市政府那些大老爷们不欢喜也罢”，公民们图谋得到大众的委托，可以说明他们的资格。

杜萨笛耶道：

——来吧，是时候了！

一个穿长黑袍的男子，鬈鬈头发，容色匆遽，已经举起了手。他结结巴巴说他叫做杜克赖斗，教士，研究农学，一本题为《肥料》书的作者。他们叫他到一个园艺的场合去演讲。

接着是一位穿工人衣服的爱国志士走上讲坛。他是一个贫民，宽肩膀，一张甜甜的大脸，长长的黑头发。带着一种差不多热狂的视线，他扫了全会一眼，头向后一仰，最后，伸开胳膊道：

——你们拒绝了杜克赖斗，噢，弟兄们！你们做的对，可是并非因为不敬重宗教，因为我们全是虔诚的。

好几位用心听着，张大嘴，带着初次入教的模样，神往的姿态。

——这也不是因为他是教士，因为我们，我们也是教士，工人是教士，好比社会主义的创建人，我们大家的主子：耶稣·基督！

现在是宣告上帝统治的时刻了！福音一直通向一七八九年！奴隶废除之后，就轮到无产阶级的废除。从前是憎恨的时期，如今要开始爱的时期了。

——基督教是新建筑的钥匙和基石……

酒店推销员喊道：

——你在拿我们开心吗？谁见过这样一个吃教饭的！

这次打断引起听众的恶感。全场人差不多全站在凳子上，伸出拳头，叫嚣道："不信神！贵族！坏蛋！"主席手里的铃声一直在响，同时再三呼唤："秩序！秩序！"但是他不害怕，因为来之前喝过三杯咖啡来劲了，他在人群中间挣扎着。

——怎么，我！一个贵族？去你们的！

临了，得到允许解说，他宣布和教士没有法子在一起和平相处，方才大家既然在谈经济，顶好的办法是取消教堂、圣爵，最后，一切仪式。

有人反对，说他扯远了。

——是的！我扯远了！不过，一条船遭了风浪……

不等比喻完结，有人回答他道：

——同意！不过，一下子全毁掉，好比一个不分好坏的泥水匠……

——你侮辱泥水匠！

一位一身石灰的公民喊了起来。一死儿以为人家挑逗他，他咒骂着，要打架，抓住他的凳子。三个人还不够把他推到门外。

同时，那位工人始终站在讲坛上。两位书记叫他下来。他说他们妨害他的权利。

——你拦不住我喊：永远爱我们亲爱的法兰西！永远也爱共和国！

贡板于是喊道：

——公民！公民！

因为他一再重复"公民"，会场上安静了些，他把两只仿佛残废了的红手拄着讲坛，身子往前一挺，挤扎眼睛道：

——我以为应当再叫小牛的头长得大些。

大家全沉默了，以为自己听错了话。

——是的！小牛的头！

忽然，三百个笑声爆发了。天花板颤索着。当着所有这些喜笑颜开的怪脸，贡板缩回身子。他带着一种忿怒的声调继续道：

——怎么！你们不认识小牛的头？

会场上像重病发作，一片混乱。大家支住两胁。有人甚至倒在地上，凳子底下。贡板受不住了，逃到罗染巴旁边，打算把他拉走。

公民道：

——不！我待到底！

这句回答使福赖代芮克下定决心演讲；他正在左右寻找他的朋友撑持他，就见白勒南已经在他前面上了讲坛。画家傲然向群众道：

——说到选举，我倒想知道知道，哪儿是艺术的候选人？我呐，我画了一张画……

一个瘦人，两颊透着红斑，粗声粗气道：

——我们用不着画不画的！

白勒南嫌人打断了他的演说。

然而，另一位带着一种悲剧的声调道：

——难道政府还不早就应当下令废除奸淫跟穷苦吗？

这句话立刻给他招来人民的好感，他大声指斥都市的腐恶。

——耻辱！资产者走出金屋，就应当抓住他们，唾他们的脸！至少，政府不要放纵荒淫！但是，关卡的雇员对待我们的女儿跟我们的姊妹，不规不矩……

远处一个声音嚷道：

——好玩儿的来了！

——滚出去！

——他们抽我们的税，供自己荒唐作乐！所以，戏子的高薪厚俸……

戴勒玛尔喊道：

——听我说！

他跳上讲坛，拨开别人，摆好架式；他说他憎恶那样空洞的控诉，讲到戏剧家的文化使命。剧院既然是国家教育的中心，他投票赞同剧院的改革；第一，不要经理，不要特权！

——对！是特权就不要！

戏子的动作激起了群众；破坏性的建议加多了。

——不要学会！不要研究院！

——不要教会！

——不要学位！

——打倒大学的学位！

赛耐喀道：

——留下学位让大选叫人民（唯一真正的法官）讨论好了！

而且，最有用的不是这个。先要超过阔人的最高生活水平！他描述他们在他们的镀金的天花板底下，从头到脚是罪恶，同时穷人，在他们的破屋子里饿得抽搐，却培养所有的道德。拍掌喝彩的声音大极了，他不得不停住。一直有好几分钟，他闭住眼皮，头往后一仰，好像在他掀起的怒浪之上摇摆。

随后，他以一种专横的姿态谈论，句子霸道犹如法律。国家应该据有银行和保险。废除遗产。给工人设立一笔社会资金。将来有许多步骤应当采用。就现在而论，这些够了；然后，回到选举问题：

——我们要的是纯洁的公民，完全的新人！有谁自告奋勇吗？

福赖代芮克站起来。他的朋友激起一片嗡嗡的称赞。但是赛耐喀摆出一副富吉耶·旦维尔[①]的面孔，开始问他的名姓、履历、生活和品行。

福赖代芮克简略地回答他，咬住自己的嘴唇。赛耐喀问，有没有人觉得他的候选资格有问题。

——没有！没有！

可是他，他觉得有问题。大家斜过身子，伸出耳朵。这位请求的公民从前答应一笔款给一个民主机关，一家报馆，事后没有付出。而且，二月二十二日，虽说收到通知，他没有来到约好的地点，先贤祠广场。

杜萨笛耶喊道：

——我发誓，他从杜伊勒里宫来的！

——你能够发誓，说你看见他在先贤祠吗？

杜萨笛耶低下头。福赖代芮克不作声；他的朋友全在难过，不安地望着他。

赛耐喀继续道：

——至少，你认识一位爱国同志给我们保证你的操守吗？

杜萨笛耶道：

——我保证！

——噢！这不够！再来一位！

---

① 富吉耶·旦维尔（一七四六年——一七九五年）是一个行为失检的律师，大革命爆发，以戴穆南的亲友资格，加入激烈派活动，一七九三年三月，得罗伯斯庇尔的荐举，被任命为革命法庭的检察官，把他的恩友送上断头台，如戴穆南、丹东、罗伯斯庇尔等，犹如把他的仇敌送上断头台，永远面不改色，轻快如故。最后，他自己死在断头台上。

福赖代芮克转向白勒南。画家拼命做手势，意思是：“啊！我亲爱的，他们方才拒绝了我！家伙！你要怎么着？”

于是，福赖代芮克用肘子推推罗染巴。

——是的！是时候了，我上去！

罗染巴跨上高台，指着随在他后面的西班牙人道：

——公民，允许我给你们介绍一位巴塞罗那志士！

那位志士行了一个大礼，机器人一样滚动他的银眼睛，手放在胸口：

——Ciudadanos！ mucho aprecio el honor que me dispensais，y si grande es vuestra bondad mayor es vuestro atencion.

福赖代芮克喊道：

——我要求发言！

——Desde que se proclamo la constitucion de Cadiz，ese pacto fundamental de las libertades espanolas，hasta la ultima revolucion，nuestra patria cuenta numerosos y heroicos martires.

福赖代芮克又用了一次力，叫人听他讲话：

——可是，公民们……

西班牙人继续着：

——El martes proximo tenora lugar en la iglesia de la Magdelena un servi cio funebre.

——简直可笑！谁也听不懂！

这句话惹恼了群众。

——滚出去！滚出去！

福赖代芮克问道：

——谁？我？

赛耐喀庄严地道：

——正是阁下！出去！

他站起来出去；伊比利亚人的声音追着他：

—— Y todos los espanoles descarian ver alli reunidas las deputaciones de los clubs y de la milica nacional. Une oracion funebre en honor de la libertad espanola y del mundo entero, sera prononciado por un miembro del clero de Paris en la sala Bonne-Nouvelle. Honor al pueblo frances, que llamaria yo el primero pueblo del mundo, sino fuese ciudadano de otra nacion！①

福赖代芮克奔往院子，一肚子气闷。一个粗人拿拳头对着他，吠道：

——贵族！

他责备自已忠心，总之，一点不想人家对于他的控诉是正当的。做候选人，多不幸的念头！但是他们多无知，多愚蠢！拿他同这些人比，他们的荒谬减轻他自尊心的伤痛。

他随即感到看见罗莎乃特的需要。经过那样多的丑陋、虚夸，她的姣好的身子也许是一种休息。她知道他当夜应该到俱乐部提出候选的资格。但是，他进来了，她连问他一声也不问。

---

① 巴塞罗那志士的演说用的是西班牙语。第一节是："公民们！我极其敬重你们献给我的光荣，你们的心已经那样好，你们的招待还要周到。"

第二节是："自从加的斯宪法，西班牙自由的基本公约，公布以来，到最近革命为止，我们国家便有了许多英勇殉难的人。"（加的斯在西班牙西南角，为一重要港口。西班牙人受法国大革命影响，企图以立宪政体代替君主专制。一八一二年三月十七日，在加的斯宣布宪法。西班牙国王并不遵守，流血事件因而不时发生。）

第三节是："下星期二，在玛德兰教堂，要举行一个追悼仪式。"

第四节是："西班牙人全盼望看到各俱乐部和国民军的代表在那儿聚合。一篇纪念西班牙和全世界的自由的悼词，将由巴黎教士会一位会员，在佳音厅宣读。我虽说是另一个国家的公民，我愿意把法兰西人民称为世界第一人民，向他们致敬！"（佳音厅在佳音马路，离普辣道画廊不远。伊比利亚是西班牙的古名。）

她靠近火边坐着，拆一件袍子的夹里。他想不到她会操这种劳。

——瞧？你干什么？

她涩涩地道：

——你看见的。我缝补我的衣服！都是你的共和国。

——为什么是我的共和国？

——是我的，这么说？

她开始责备他做成两个月以来法兰西发生的一切事变，革命是他搞起来的，人民破产由于他，阔人离开巴黎也由于他，她不久会死在慈善医院的。

——你放心谈革命，你，有的是进款！可是，这样下去的话，你也不会有长久的，你的进款。

福赖代芮克道：

——这是可能的，顶忠心的永远被人误解；要不是仗着你自己有良心的话，你跟那些浑蛋在一起搅混，你会厌恶自己献身的！

罗莎乃特看着他，聚起了眉。

——嗯？什么？什么献身？看起来，先生没有成功？更好！这对你以后捐钱给爱国的事业，倒是一个教训。噢！别撒谎！我晓得你给了他们三百法郎，因为它要人养活的，你的共和国！好了，跟它寻开心去，我的好人！①

在这一片胡言乱语之下，福赖代芮克从他的失望跌到一个更沉

---

① 人民知道临时政府收支不抵以后，共和党人，特别是工人，一腔热血，把他们的积蓄送到市政府，献给财政当局。政府组织了一个爱国献金委员会，办理人民的义举。一个工人写道："我全部的财产只有五百法郎储蓄，我求你给我写上四百。"印染工人虽说失业，聚敛了二千法郎。

重的幻灭。

他缩到屋子靠里。她走向他来。

——我们看看！理论一下子！在一个国家，好比在一个家庭，必须有一个主子；不然的话，人人漫天开价，骗你一个不知情。头一桩，人人知道赖德律·洛兰背了一身债！至于拉马丁，你怎么能够叫一个诗人懂得政治呢？啊！你白摇头，白以为你比别人多才多智，这可是真的！不过，你总爱瞎争论；人家就不能够跟你分辨一句！就拿福尔尼耶·风旦来说吧，在圣·罗实有工厂：你知道他缺什么？八万法郎！还有高麦，对面打包的家伙也是一个共和党，他拿钳子把他女人的头敲碎了，喝了许多苦艾酒，眼看就要送进疯人院了。全都像他，共和党！一个打了二五折的共和国！啊，是的！你去夸好了！

福赖代芮克走掉。这女孩子说了一套下流话，一下子暴露她的愚蠢，惹他厌恶。他甚至觉得自己又有点儿变成爱国志士了。

罗莎乃特的坏脾气只是在增加。法提腊斯女士的热衷让她烦激。自以为负有使命，法提腊斯女士发了狂，一来就讲解、宣喻，比罗莎乃特来得还要凶，提出许多论据来压她。

有一天，她来了，生着余扫乃的气，他方才在妇女俱乐部胡言乱语了一阵。罗莎乃特赞成这种言行，甚至宣布她要穿上男人衣服，去“告诉她们全体应当做的事，鞭打她们一顿”。就在同时，福赖代芮克进来。

——你陪我去，不吗？

她们当着他吵闹，一个充资产者，一个充哲学家。

依照罗莎乃特，妇女生下来完全为了爱情，或者为了教育儿女，为了管理家事。

根据法提腊斯女士，女人应当在政府里有位置。从前，高卢女人制定法律，昂格劳·萨克逊女人也是这样，胡龙人的太太参加国务会议。[①]开拓文明事业人人有份。妇女必须都来参加，最后用博爱代替自私，用集会代替个人主义，用伟大的文化代替割据。

——得了，好！你懂得文化了，现在！

——为什么不？再说，这有关人类，人类的未来！

——管管你自个儿的事吧！

——我的事我知道！

她们气了。福赖代芮克从中调解。法提腊斯越来越兴奋，甚至主张共产主义。

罗莎乃特道：

——瞎白！那怎么会实现？

另一位引证艾赛教士、摩拉维亚信士、巴拉圭的耶稣会教士、奥弗涅省蒂埃附近的班贡一姓；[②]因为指手画脚，她的表链搅进她

---

① 高卢女人据谓属于贤妻良母型，忠实勇敢，随着丈夫去打仗。或谓在不列颠岛的高卢女人，犹如西藏女人，每有十或十二男子。纪元五世纪，昂格劳·萨克逊北方民族（两民族）相继侵入不列颠，征服高卢人，迄一〇六六年，又为诺曼底人所亡。

胡龙人聚居在北美加拿大的翁塔芮要州，是最开化的红人。人民自由，无法律拘束，有罪出以劝诫方式，组织类似共和国，有若干执政者，通常多由妇系子嗣承继，但亦有由选举而秉政者。

② 艾赛教士是犹太教的一派，大都避居山野，过着一种共同的隐士生活。每区有一间屋子，供给教士在规定的时间聚会。据费劳记述："没有一个人有一所房子，绝对是自己的私产，而同时不属于别人的；因为，不说他们共同住在一起，房子是公开给所有信念相同的过客的。他们中间有一所储藏室；他们的消费，犹如他们的衣食，全是一样的。他们不保留各自的工钱，拿来放在一起使用。他们照料他们的病人，尊敬他们的老人。"

摩拉维亚信士是波希米亚一带宗教改革者胡斯（一三六九年——一四一五年）的信徒的一派，创于一四五七年，拒绝教会条例，信奉《福音》，不为教会所容，组织协会，营一种共同生活。一五四八年，复见逐于波希米亚，避入摩拉维尔。

巴拉圭是南美洲一个小国，介乎巴西与阿根廷之间，十六世纪为西班牙略取，一六〇八年菲力普三世命令耶稣会教士组织政府，统治土著，进行和平侵略，一七六七年瓦解。

的琉璃镯子，上面垂着一个小金羊。

忽然，罗莎乃特的脸色惨白了。

法提腊斯女士继续解她的饰物。

罗莎乃特道：

——别苦费力气了，现在，我认识你的政治意见了。

法提腊斯的脸红红的仿佛一位童女，问道：

——什么?

——噢！噢！你明白我！

福赖代芮克不明白。她们中间，显然发生了什么比社会主义还要重大、还要切己的事。

法提腊斯不输气，站直了回道：

——就算是。我亲爱的，这也是借来的，一债还一债！

——家伙，我不否认我的债！几千法郎，算得了什么！我至少是借的；我没有偷人家的！

法提腊斯女士装做要笑。

——噢！我可以把手投在火里发誓。

——小心吧！你的手够干的了，会烧着的。

老姑娘向她伸出她的右手，举直了，正好冲着她的脸：

——不过，你有的是朋友觉得它合他们的意哪！

——好些安达卢西亚人，我想？就像响板?

——叫化子！

女元帅深深行了一礼：

——没有人更销魂的了！

法提腊斯女士没有还口。汗珠挂在她的太阳穴。她的眼睛盯着地毡。她喘着气。最后，她走到门口，用力摔着门响：

——再会！有你好看的！

罗莎乃特道：

——听便！

她控制不住自己了。她倒在睡椅上，浑身发颤，唧唧哝哝地骂着，流下了泪。是法提腊斯的威胁苦恼她？哎，不是！她才不在乎呐！那么，也许哪位欠她钱？这是金羊，一件礼物；在她哭的中间，戴勒玛尔的名字滑出了口。原来，她爱那戏子！

福赖代芮克问自己道："那么，她为什么要我？他怎么又来了呢？谁叫她不放我的？这一切是什么意思？"

罗莎乃特的零星呜咽继续着。她始终侧着身，倚住睡椅边沿，右颐放在两手当中，——就像一个非常娇弱、无知觉而又伤心的人，他走近她，柔柔地吻着她的额头。

于是她给了他些恩爱的凭证；那位王爷才走，他们就要自由了。不过，她眼前觉得……艰窘。"你那一天自己看见的，我用我的旧夹里。"如今马车没有了！这还不够；木器店恐吓她，要拿回卧室和客厅的家具。她不知道怎么办才好。

福赖代芮克很想回答："你不用焦心！我会付的！"不过，这位小姐能够撒谎的。经验教够了他。他仅仅安慰了她两句。

罗莎乃特的恐惧不是假的；她必须退还家具，放弃都奥街舒适的房间。她另换了一所房子，在普瓦索尼埃尔马路，第四层楼。她往日内间的摆设足够给三间屋子一种雅致的气氛。她有中国帘子，阳台上一个天幔，客厅一条还是全新的旧地毯，玫瑰缎的圆凳。买这些东西，福赖代芮克很帮了些忙；他感到一个新婚男子的喜悦，自己终于有了一所房子；一个女人；他十分喜欢这个地方，差不多夜夜到那边睡觉。

有一早晨，走出前室，他瞥见三层楼的楼梯中间，一个上楼的国民军的军帽。他到什么地方去？福赖代芮克等着。那个人总在上，头有点儿低；他举起了眼睛。这是阿尔鲁老爷。情形是明白的。他们同时涨红了脸，同样感觉难堪。

阿尔鲁第一个想出方法打破难关。

——她身子好了点儿，不是真的吗？

好像罗莎乃特病了，他来问问病情的。

福赖代芮克利用这个开端。

——是的，的确是！至少，她的女用人这样告诉我的。

打算叫他明白，人家没有接见他。

随后，他们面对面站着，全没有主意，彼此端详着。问题在两个人谁也不走。这次还是阿尔鲁出来解决了问题。

——啊，得了！我回头再来！你到那儿去，我奉陪！

到了街上，他同平时一样谈话自然。不用说，他没有妒忌的性格，或则是大好人，他不爱生气。

再说，他有国家在心。他如今不再脱制服了。三月二十九日，他曾经防护新闻报馆。暴民侵入国会的时候，他表示了自己勇敢；后来他列席了为亚眠省国民军举行的宴会。①

---

① 新闻报是一种政治文艺的日报，创于一八三六年，主编为日拉丹，以廉价著称。在普选之前，日拉丹提出这样一个问题：假如议员不宣布共和国，临时政府将如何。因而引起俱乐部社会主义者的攻击。国民军于革命告成之后，即以维持治安为目标，转而右倾，弹压一切左翼行动。

"暴民侵入国会"发生于五月十五日。四月二十三日，普选揭晓，稳健派的共和党胜利，极招社会主义者不满，借口援救波兰，召集群众向国会请愿。但是，侵入议场之后，经了三小时的扰攘，临到四点半钟，撇开波兰问题不谈，群众之中有人跳上讲台，推开主席，宣布解散国会，改组临时政府，委员定为巴尔贝斯、路易·勃朗、赖德律·洛兰、弗洛孔、科西迪耶尔、阿尔伯。然后，群众分成两队，由巴尔贝斯与阿尔伯领头，一直奔往市政府，准备宣布新临时政府成立。同时，国民军得到紧急聚集的口令，从阒无一人的国会赶到市政府，把为首的乱党拘捕，封了三个俱乐部，强迫科西迪耶尔辞职，交出中立的警察厅。从此以后，共和党同保守党合作，反对社会党，而国会也就和巴黎人民脱了联系。

余扫乃自始在帮他做事，比任何人都更加利用他的酒、他的雪茄；但是，天性不晓得尊敬是什么，他喜欢驳他，讥笑告示不大正确的格式、卢森堡讲演、维苏威女人、提罗尔男人，[①]一切，甚至农业车，不用牛而用马曳，还有丑陋的少女护卫。阿尔鲁，正相反，帮当道辩护，梦想融合各党。但是，他的商业不大景气。他多少有点儿不安。

他不曾为福赖代芮克和女元帅的关系悲伤；因为这种发现让他有权（在他的良心上）取消他在那位王爷走了之后二次许给她的赡养费。他推托事务棘手，唉声叹气。罗莎乃特是宽大的。于是，阿尔鲁先生把自己看做她心上的情人，——这提高他的自尊心，让他年轻了。相信福赖代芮克会给女元帅钱，他自以为"要了他个漂亮"，简直藏起来不露面，万一碰在一起，就把空地方全留给他。

---

① 卢森堡讲演是卢森堡劳工委员会的一种工作。二月二十八日，有两千左右工人，来到市政府请愿，要求临时政府设立一进步部，专司劳工事宜，然而因为和公共工作部职权冲突，决定设立一委员会，由路易·勃朗与阿尔贝分任正副主席，会址设在卢森堡宫。三月一日举行第一次会议，有二百工人代表参加，将工作时间一律减短一小时，巴黎为十小时，外省为十一小时。同时议决废除包工制。三月十七日，路易·勃朗召集了二百余资方代表，参加委员会，平等工作。但是，委员会没有钱进行实际改革事宜。路易·勃朗把开会叫做"一种当着饿殍讨论饥饿的讲演"。唯一的方法是劝解。讲演次数最多的是路易·勃朗，演辞大都在通报发表。然而有时太理想了些，空言无补，反而引起临时政府的担心。因为临时政府没有方法实施。

维苏威女人是些品行失检的妇女，在一八四八年组织了一个政治团体活动，被人这样称呼。有孟泰孟者，作诗讥笑道：

"我是维苏威女人，
把首饰给我！
愿人人都来
弄皱我的裙子！"

提罗尔男人是二月革命之后一个政治团体的社员的称呼。提罗尔自阿尔卑斯山起，分而为三，归东德、奥地利与意大利管辖。以音乐、跳舞著名。

这种平分伤了福赖代芮克；他觉得情敌的礼貌是一种过分延长的嘲弄。但是，翻脸的话，他就要为自己取消了一切回向那位的机会，再说，这是唯一听人谈到她的方法。依照惯例，或者，也许出于恶意，瓷器商谈话，故意提起她，甚至问他为什么不再看她去。

福赖代芮克搜尽了借口，只好说他拜望了几趟阿尔鲁夫人，没有遇见。阿尔鲁临了相信了，因为他时常当着她热情地问到他们朋友的不来；她总是回说错过他的拜访；结局，这两种谎话不唯不矛盾，反而相为印证。

年轻人的温柔，还有玩之掌上的愉悦，让阿尔鲁越发疼他。他把亲昵做到不能够再亲昵的地步，不是由于蔑视，而是由于信任。有一天，阿尔鲁写信给他，说有急事要到外省去二十四小时；求他替他站岗。福赖代芮克不敢拒绝他，来到校场营地。

他必须忍受那些国民军的谈吐！除去一位炼制商人，拼命喝酒的滑稽先生，他觉得大家比他的子弹囊还蠢。主要的谈话是用剑带换掉枪带。有些人忿恨国家工厂①。有的说："我们到哪儿去？"听

---

① 国家工厂是临时政府应允保障劳工权利的结果。这在表面上是路易·勃朗的另一胜利（还有一个是劳工委员会）。按照他的见解，失业的工人应当以类聚合，而由国家付给必需的资本。但是，公共劳工部部长马利实施这个计划，却别有用意。他要把国家工厂办失败了，给大家笑骂社会主义者一个机会。凡是失业的工人，国家工厂一律容纳，不问他们个别的技艺，依照军旅的方式分开，派去修筑车站、马路。工资是每天二法郎。然而，人多工少，政府便将工人分做两类，上工者二法郎，休息者一法郎半，最后减到一法郎，每人每周有三日上工，最后减到二日。这不是工厂，而是变相的施舍。不劳而获一法郎半，外省的农民也一窝蜂拥到巴黎。工厂的监督是一位和路易·勃朗不相干的中央学校的毕业生托马斯。八月二十五日，路易·勃朗向国会宣布道："事实是……国家工厂……不仅不是我组织的，而且是组织了为难我的……我从来……没有走进一家国家工厂。"六月十五日，国会发动停办国家工厂的议论（每天消费十五万法郎）。六月二十一日，政府下令，凡十八岁到二十五岁的工人入伍，此外的工人遣往外省，从事垦殖。六月事变因而酿成。

到这问话的人，好像站在渊边，张大眼睛回答："我们往哪儿去？"于是，一个更胆大的喊道："这不会久的！得有个结局才是！"同样的词句重复到黄昏，福赖代芮克快腻烦死了。

临到十一点钟，看见阿尔鲁露面，他大吃一惊。阿尔鲁马上告诉他，他的事完了，跑来替换他的站岗任务。

他没有事。这是一种捏造，为了一个人同罗莎乃特过二十四小时。但是，尊贵的阿尔鲁过于自信，最后疲倦了，他觉得疚心。他特地赶来谢谢福赖代芮克，邀他用夜饭。

——多谢之至！我不饿！我要的只是我的床！

——这样一说，更应该一块儿用饭了，快点儿！你多不挂劲！现在没有人回去的！太晚了！会危险的！

福赖代芮克最后还是依从了。谁也想不到同伍的弟兄喜欢阿尔鲁，尤其是那位炼制商人。全爱他；他心肠好到抱憾余扫乃不在。但是他需要闭一分钟眼睛，不会长的。

他没有去掉枪带，在营盘的床上躺直了，向福赖代芮克道：

——靠近我一点。

他甚至不顾规章制度，拿着他的枪，害怕有事发生。随后，结结巴巴道："我的心肝！我的小天使！"不久就睡着了。

说话的人全住了口；营地渐渐变得异常宁静。福赖代芮克让跳蚤咬得睡不着，看着他的四周。墙是用黄颜色刷的，中腰嵌着一块长木板，背囊在上面形成一排小瘤，同时靠底下，铅色的枪一管挨一管竖着；国民军发出打呼的声音，他们的肚子在阴影里看不清楚。一个空瓶子和好些碟子盖着火炉。三把草椅围着桌子，上面摊着一副牌。凳子中间一个鼓，挂带垂在底下。门边来的热风吹着煤油灯冒烟。阿尔鲁睡着，两只胳膊摊开；他的枪的位置是枪柄靠下，有点儿歪斜，铳口正好对着他的腋下。福赖代芮克看到之后，害怕起来。

——不！我错了！没有什么可怕的！可是万一他死了……

马上，若干无穷无尽的画幅展开。他瞥见自己同“她”，夜晚，坐在一辆驿车上；随后，夏天有一夜，靠近河边，在家里灯光底下，在他们的家里。他甚至想到日常的开销，奴仆的支配，思索着，已然感到他的幸福；——实现的话，只要枪机一翘就成！脚的拇指尖一推，枪就放了，说起来是走火，也就算了！

福赖代芮克往开里发展这个观念，就像一位剧作家在计划。忽然，他觉得这离实施不远了，他就要动手了，他一心盼着；于是，他大为恐怖。在这种焦忧急虑之中，他感到一种愉快，而且往下越陷越深，带着惊惧，觉得他的良心的杌陧在消灭；在他梦想的炽热之中，人世不复存在；他感到自己不过是胸口有一种不堪忍受的压抑罢了。

炼制商人醒了，道：

——我们喝白葡萄酒？

阿尔鲁跳到地上，喝过酒，他打算解除福赖代芮克巡哨的职务。

随后他带他到沙尔特街巴尔里饭馆用饭；因为他需要滋补滋补，他给自己叫了两盘肉、一只海蟹、一份甘蔗酒摊鸡蛋、一道生菜，等等，都浇上了一八一九年的索泰尔纳的白葡萄酒，搀着一八四二年的布尔哥尼的红葡萄酒，不算上果点时的香槟酒，和别的烧酒。

福赖代芮克决不违反他的意思。他不大舒服，好像另一位能够从他的面孔发现他的思想的痕迹。

两个肘子靠着桌沿，头向前低低垂着，阿尔鲁的眼睛盯牢他，向他讲起他的心事。

他打算租下北方铁路所有沿线的坡地种番薯，或者在马路上组织一个奇异的马队，扮演“当代的名流”。他把所有的窗户出租掉，平均三法郎一个人，可以收一笔大利。总之，他想一个人一下子发一笔大财。不过，他讲道德，非难过度、放纵，说起他“可怜的父亲”，他还讲，在他每晚把灵魂献给上帝以前，他先要检查一下他的良心。

——来一点儿橘皮酒，嗯?

——随你高兴。

至于共和国，凡事会调理好的；总之，他觉得他是地球上最快乐的人；说说忘了自己，他夸赞罗莎乃特的好处，甚至拿来和他的太太比较。那另是一回事了！人就想象不出那样美的大腿。

——祝你健康!

福赖代芮克和他碰杯。他因为随和，酒有点儿喝过了度；再说，强烈的阳光炫惑他的眼睛；他们一同回到维维纳街，彼此的肩章亲热地碰着。

回到家，福赖代芮克一直睡到七点钟。随后，他到女元帅那边。她同一个男子出去了。也许同阿尔鲁？他不知道怎么办才好，继续在马路散步，但是人太拥挤，他走不过圣·马丁门。

穷苦把一大群工人抛向街头；不用说，他们每天晚晌来到这里站班，等一个记号。虽说法律禁止聚集，“这些觖望的俱乐部”，以一种惊人的情形在增加；天天有许多资产者到那边去，或是表示不示弱，或是由于时髦。

忽然，福赖代芮克瞥见三步以外的党布罗斯先生和马地龙；他转过头去，因为党布罗斯先生设法帮自己弄成了代表，他憎恶他。但是资本家拦住他。

——一句话，亲爱的先生！我有话向你解释。

——我没有要你解释。

——我求你！听我讲。

这一点不是他的过失。人家求他做，可以说是强迫他做。马地龙立即证实他的话：有些劳让代表亲自到他那边去来的。

——再说，我一看自己可以自由了，那时……

走道过来一群人挤开党布罗斯先生。过一分钟，他又出现了，向马地龙道：

——你真帮了我的忙，你！你将来用不着懊悔的……

三个人全拿背靠着一家铺子，说话好舒坦些。

不时有人喊着："拿破仑万岁！巴尔贝斯万岁！打倒马利！"数不清的群众提高了嗓音说话；——所有这些声音，让房屋隔住又反射过来，仿佛一个港口的一阵阵的波涛声。①有些时间，声音静了；然后，《马赛曲》起来了。在若干车门底下，有些神秘模样的人拿剑杖送人。有时候，过来两个人，一前一后，挤挤眼，赶快分开了。走道站满成群看热闹的人；马路上密密的一群在骚动。成队的警察走出小巷，才一混进去，就不见了。好些小红旗，这里那

---

① 六月四日，路易·拿破仑（本人在伦敦）有四区选为议员。托马斯把他荐给他的工人。于是波拿巴派的骚动和工人的骚动混在一起，每天黄昏，失业的工人聚在圣·德尼门与圣·马丁门之间的各条马路，喊着："我们要有的！——有什么？——社会民主的共和国。"有的人改用这句话答复："拿破仑！"

巴尔贝斯于五月十五日暴动之后被捕，判处徒刑，监禁在万塞。

马利（一七九五年——一八七〇年）是临时政府的公共劳工部部长。政府决定封闭国家工厂，强迫少壮工人入伍，一切交由马利执行。六月二十二日，工人在先贤祠聚齐，推举代表，同政府交涉。马利的答复是："工人要是不愿意离开的话，我们会用武力把他们从巴黎打发走的。"听了这话，工人为之哗然，说马利不把他们当人看。政府下令逮捕工人代表，然而不晓得他们的名姓。第二天一清早，工人在巴士底狱聚齐，跪下向大革命时代的先烈致敬，然后喊着："自由，要不然死！"散开奔往巴黎各区，揭起反抗的旗帜。

里，仿佛火焰；车夫在他们高高的位子大做手势，随后，折回去。这是一种移动，一种十分滑稽的景象。

马地龙道：

——赛西勒小姐会喜欢看这个的！

党布罗斯先生接着微笑道：

——我太太，你清楚，不爱我侄女跟我们来的。

没有人认出他是谁。三个月以来，他就喊着："共和国万岁！"甚至他投票放逐奥尔良一族。①但是让步应该有一个完结。他表示忿怒，衣袋里放着一根短棒。

马地龙也有一根。官吏不再是终身职了，他退出法院，他比党布罗斯先生做的还要激烈。

银行家特别憎恨拉马丁（因为他支持赖德律·洛兰），此外还有比耶尔·勒卢、蒲鲁东、孔西代朗、拉梅耐、所有头脑发热的人、所有社会主义者。②

——因为临到了头，他们要什么？肉税跟拘禁已经废掉；如今，政府考虑一种抵押银行的计划；往日，是国家银行！现在预算上有五百万给工人！但是，幸而一切上了轨道，多谢法卢先生！再

---

① 一八四八年五月二十六日，国会通过放逐奥尔良一族。第二天，通过废除放逐波拿巴一族的法令。

② 孔西代朗（一八〇八年——一八九三年）是傅立叶的信徒，二月革命后，当选为国会议员。

拉梅耐（一七八二年——一八五四年）是十九世纪著名的宗教改革者，前半生努力于宗教和政治的分离，主张天主教自由，不为政治所羁缚。后半生努力于宗教与民主的接近，达到基督社会主义。早年为拿破仑所放，晚年为教皇所逐，一生颠沛，门徒叛弃，而信念不为之稍衰。一八三〇年九月，创办《未来日报》，报头刊"上帝与自由"，一八四八年二月革命后，当选为国会议员，创办《立宪人民日报》，至死没有和教皇妥协。著作如《宗教冷澹论》（一八一八年——一八二四年）与《信仰者言铭录》（一八三四年），影响极深。

会吧！让他们滚蛋吧！①

这倒是真的，不知道怎样喂养国家工厂的十三万工人，公共工程部当天下了一道命令，要所有十八岁到二十岁之间的公民服兵役，否则遣出外省，从事耕种。

这种嬗变引起他们的忿怒，他们相信人家要毁灭共和国。远远离开京城的生活，仿佛一种流放，让他们痛苦；他们看见自己在荒原里发烧死掉。而且，许多人习于细工，把农业看做一种堕落；总之，这是一种饵，一种嘲弄，所有期许的正式否认。他们抵抗的话，人家要用武力；这怕是事实，他们准备预防。

临到九点钟，巴士底狱和沙特莱狱附近聚集的群众冲到马路。从圣·德尼门到圣·马丁门，这只是一个庞大的骚动，一团的深蓝，几乎漆黑的一团。那些朦胧的人影，为不公道所激荡，全是炽热的瞳孔，灰白的颜色，饿瘦了的脸。但是，云聚上来；暴风雨的天煽热群众之间的电流，没有主意，围着自己打漩，形成一种波涛的巨大起落。它的深处似乎蕴有一种不可测度的力量，仿佛一种元素的能力。随即，大家喊着："灯！灯！"有些窗户没有点灯；石子照准玻璃扔过去。党布罗斯先生觉得还是走开为是。两个年轻人陪他回去。

他预料大祸要来了；人民又一次要侵入议会；说到这事，他讲，不是一个国民军出力，五月十五日他就死了。

——可不是，他是你的朋友，我倒忘记了！你的朋友，做瓷器

① 二月革命后，法卢当选为议员，主张彻查国家工厂，被推为调查委员。国家工厂因为开销浩大（每天要十五万法郎），无法支持，要求国会批准拨款三百万法郎。六月十四日，法卢发表演说，指责管理人潦草从事，坐听工人闲散。十九日，法卢提议一次付与国家工厂一百万法郎。国会没有决定关闭国家工厂，然而也不给政府维持国家工厂的可能。

的，雅克·阿尔鲁！

暴民掐住他的喉咙；这位好公民把他夺下来，救到一旁。所以，从那一天起，就有了一种关系。

——改天一定要一块儿吃一顿饭，你常常看见他，告诉他我非常爱他。他是一个大好人，受人家诽谤，按着我的说法；他有的是才智，家伙！多多替我致意！晚安！……

福赖代芮克离开党布罗斯先生，回到女元帅那边；带着一种极其郁悒的神情，他说，她应当在他和阿尔鲁之间选择一下。她柔柔地回答，她一点不明白这种“瞎三瞎四的话”，不爱阿尔鲁，决不想同他要好。福赖代芮克很想丢开巴黎。她不反对这种念头，第二天，他们动身到枫丹白露去了。

他们住的旅馆，和别的旅馆不同的地方，就是他的庭院当中有一道泉水潺湲。房间的门开向一道走廊，仿佛在寺院里面。旅馆开给他们的房间是宽大的，摆着上好的木器，墙上挂着印花布，因为旅客稀少，静静的。沿着房屋，没有事的资产者走来走去；随后，太阳落了，在他们的窗户底下，好些小孩子在街上做竞走的游戏；——对于他们，这种继巴黎骚乱之后的安静，引起他们一种惊奇，一种慰藉。

一清早，他们出去瞻望宫堡。走进栅栏，他们瞥见宫堡的整个正面，五座尖顶的阁，立在院子紧底的马掌形的楼梯，左右贴着两座较低的建筑。石道的苔藓远远和砖的褐色混成一片；整个宫堡是铁锈了的颜色，仿佛一身旧铠甲，呈出一种王室的肃穆，一种军人的、忧郁的庄严。

最后，一个听差带了一串钥匙出现了。他先领他们看王后们的内殿、教皇的礼拜堂、弗朗索瓦一世的画廊、皇帝在上面签字退位的桃花心木小桌和旧牡鹿画廊，如今分做两间，一间是克利丝提娜差人暗杀毛纳耳代斯基的地方。[1]罗莎乃特用心听着这个故事；随后，转向福赖代芮克道：

——不用说，是由于妒忌？你可小心点儿！

接着，他们穿过国务会议厅、卫兵室、宝殿、路易十三的客厅。高大的窗户，没有帘子，撒下一道白光；灰尘微微弄黯了窗闩的扶手、小几的铜脚；宽大的布幅覆着各处的座椅；门上可以看见路易十五猎获的禽兽；这里那里，垂着一些挂毯，上面绣的是奥林匹斯诸神，浦西色[2]，或者亚力山大的战争。

走过那些镜子，罗莎乃特停一分钟，理平她的发辫。

穿过望楼的院子和圣·萨杜尔南小教堂，他们来到礼堂。[3]

天花板的绚烂和壁画的富丽缭乱他们的眼睛。天花板分成八格，用金银砌高，比一颗宝石的刻镂还要精细；壁画从庞大的壁炉（上面有新月和箭筒环绕着法兰西国徽）一直画到另一端礼堂一样宽的音乐

---

① 教皇是庇护七世（一七四二年——一八二三年），一八〇〇年即位为教皇，一八〇四年来到巴黎，为拿破仑加冕。但是，没有几年，法国军队攻入罗马，把他送到法国南部，一八一二年改在枫丹白露软禁，直到一八一四年拿破仑失败，他才重返罗马。

礼拜堂应该是三位一体小教堂，建于一五二九年，原为圣·路易的礼拜堂。

皇帝即拿破仑。他用了将近一千二百万法郎重修枫丹白露宫殿。一八一四年四月五日，拿破仑在红厅签字，宣布退位。其后红厅即改称退位室。

克利丝提娜（一六二六年——一六八九年）是瑞典的女王，一六三二年即位，聪明，美丽，所受教育如男子，其后厌恶王位所与之拘束，于一六五四年让位，倾室而往南欧，改奉天主教。一六五七年十一月十日，寓居枫丹白露，以残酷的手段，在牡鹿画廊，绞死侍臣毛纳耳代斯基。迄今在暗杀的地点，陈列着死者的剑甲。毛纳耳代斯基是意大利一个侯爵，相传有卫队长桑提耐利者，亦意大利人，是女王的新宠，为侯爵所忌，因仿其字体，写信诽谤女王，招致祸败。

② 浦西色是希腊神话里的一个少女，为爱神所爱，于夜间隐形而来，天明即去。维纳斯加以阻挠，一双爱侣经过若干艰险，终归于好。

③ 圣·萨杜尔南小教堂是路易七世（一一一九年——一一八〇年）所建，文艺复兴时期重修，枫丹白露最古的遗迹。

台。十个弧形窗户大敞开，阳光照着画幅发亮，碧空把穹隆的绀蓝续到无边无涯；树林的雾似的顶梢充满天空，从深处好像传来一片罢猎的象角的回声，还有神话的舞剧，在绿叶下，聚集了好些扮做女仙林神的贵女贵男，——一个科学厚实、热情激昂、艺术豪华的时代，理想是把人世带进一种赫斯珀里德斯的梦，让帝王的情妇和星宿混淆。在这些著名的情妇之中，那最美的给自己在右墙留下像貌，扮做猎神狄亚娜，甚至还扮做地狱的狄亚娜，不用说，好让人留意她的权力一直超越到坟墓以外。①所有这些符志证实她的光荣；这里依然留下她点儿什么东西，一种模糊的声音，一种越放越长的光束。

一种难以解说的回到过去的肉欲擒住福赖代芮克。为了排遣他的欲望，他多情地端详罗莎乃特，问她愿不愿意做这个女人。

——什么女人?

——狄亚娜·德·浦洼提耶!

他重复道：

——狄亚娜·德·浦洼提耶，亨利二世的情妇。②

她仅仅来了一小声："啊！"就完了。

她的喑哑清清楚楚证明她一无所知，一无所懂，于是出于殷勤，他向她道：

---

① 赫斯珀里德斯是希腊神话中黄昏的三位女儿，宅居在西方一座花园，看守一棵金苹果树，一条百头的龙帮着她们护卫。

狄亚娜是罗马的猎神，不嫁，又是月神。她著名的神庙在阿芮齐阿，一座森林里面，采了一条金枝，便可以通行无阻，直下地狱。同时，地狱的女神海卡特，三头三身，也和狄亚娜混为一个。

② 狄亚娜·德·浦洼提耶（一四九九年——一五六六年）十三岁结婚，三十二岁守寡，见爱于亨利二世（一五一九年——一五五九年）为太子时，一五四七年亨利二世即位，封为法朗提怒洼公爵夫人，声势烜赫，左右一切。她给亨利二世（弗朗索瓦一世的儿子）建议，继续修缮枫丹白露宫囿。

——你也许无聊？

——不，不，正相反！

罗莎乃特仰着下颌，一种十分迷漠的视线向四周浏览，放出这句话：

——这叫人想起好些往事！

她的脸上露出一种力量，一种尊敬的意愿；这种严肃的神情越发衬得她姣好，福赖代芮克饶恕她了。

鲤鱼塘尤其让她开心。足足一刻钟，她往水里扔着面包碎屑，看鱼跳跃。

福赖代芮克靠近她，坐在菩提树底下。他想起所有住过这里的人物，查理五世、瓦卢瓦王室、亨利四世、彼得大帝、卢梭和“包厢里哭泣的美人们”，伏尔泰、拿破仑、庇护七世、路易·菲力普；[①]他

---

① 查理五世（一五〇〇年——一五五八年）是西班牙国王兼日耳曼皇帝，弗朗索瓦一世最大的仇敌。一五三八年，他和弗朗索瓦一世签订和平条约，次年，行经法国，前往剿平荷兰的叛乱。

瓦卢瓦王室始于一三二八年登基的菲力普六世，终于亨利三世（一五五一年——一五八九年）。

修建枫丹白露宫殿，在弗朗索瓦一世之后，就要算亨利四世。他在这里用了二百四十多万法郎（在当时是一个很大的数目），从一五九三年一直修到一六〇九年。

俄皇彼得一世于一七一七年来游法国，驻跸枫丹白露。

一七五二年十月十八日，宫囿附设的剧场第一次上演卢梭的《乡村的巫士》，观众为国王与宫廷内外臣妇，卢梭在《忏悔录》第八卷追记道：“从第一场起（真还具有一种动人的质朴），我就听见包厢里面起了一阵当时演这一类戏还没有听过的惊异赞美。……我听见我四周一片妇女的耳语，我觉得她们天使一般美丽，互相低声在说：这可爱，这销魂；没有一点声音不动人心。引动那么多可爱的女人们的快乐把我感动到流泪了；临到第一次对唱，看见不是我一个人哭，我的眼泪再也忍不住了。”

路易·菲力普修缮枫丹白露宫囿，用了三百五十万法郎。一八三七年五月三十日，太子奥尔良公爵在这里举行盛大的婚典。一八四六年四月十六日，路易·菲力普在花园遇刺，侥幸逃免。

觉得这些乱哄哄的死者围着他，碰着他；虽说他觉得他们具有诱惑，但是，形象这样纷淆，也就够他头昏脑涨的了。

他们最后来到花园。

这是一个大直角形，一眼望尽宽大的黄色走道。方方的草畦、一垄垄黄杨、金字塔似的水松、低洼的碧草和窄长的花坛，中间稀零的花仿佛灰地的斑点。花园尽头展开一座公园，中间流过一道长渠。

王宫本身有一种特殊的忧郁，不用说，由于面积太大，主客稀少，由于军乐喧天之后，这里想不到有多沉静，由于王宫的奢华不变，朝代易逝，令人感到悲哀和惆怅——甚至天真的头脑，也感到这种世纪的气息、悲哀、阴惨，仿佛木乃伊的一种馥郁。罗莎乃特大打呵欠。他们转回旅馆。

用过午饭，人家给他们叫来一辆敞车。他们从一个圆路交口走出枫丹白露，随后缓缓走上一条沙路，进了一个小松树林。树越来越大了；车夫不时说着："这儿是暹罗兄弟、法拉孟、帝王花，……"[①]没有忘记任何有名的风景，有时候甚至停住，让他们欣赏欣赏。

他们走进福朗沙尔大树群。车像一个冰床在草地上滑；看不见的鸽子呢喃着；忽然，出现了一个咖啡馆的伙计；他们下到一座花园的栅栏前面，里头有些圆桌。随后，绕过左边一座荒凉的道院的墙垣，他们走上大石头，不久就到了谷底。

谷的一侧盖着交错的沙石和桧树，同时另一侧，地面差不多是

---

① 这些都是风景的名称。不过用暹罗兄弟，都是当时的把戏。这是一对连在一起的兄弟，巡游欧美赚钱，一八七四年死在美国。

法拉孟是即将枯死的、传说中的老树。

光的，向谷底倾斜而下，一条小径穿过一片绿色的灌木丛，形成一道灰白的线；往远处可以瞥见一个平顶圆锥形的尖端，后面有一座电信台。

半点钟以后，他们重新下车，去爬阿斯普尔孟[①]的山峰。

小道曲曲折折，两旁短粗的松树，上面是巉岩的石头；森林的这个角落有什么东西出不来气，带一点儿犷野和幽静的味道。人想到隐士，角中间顶着一个火十字的大牡鹿的伴侣，带着严父的微笑，跪在洞前迎接法兰西的贤君。温煦的空气里洋溢着一种树脂的气味，树根贴着地面，像静脉一样纵横交叉。罗莎乃特在上面踬来踬去，觖了望，直想哭。

但是，走到山顶，她又欢喜了，发现一片杈桠底下，有一个出售雕花的木制品的酒馆。她喝了一瓶柠檬水，买了一根冬青手杖；她望也不望一眼山头四外的风景，就跟着一个在前头打着火把的顽童，进了强盗洞。

他们的马车在下 · 布乃欧等他们。

一个穿蓝短褂的画家，膝头放着颜色盒，在一棵橡树脚边工作。他仰起头，看着他们过去。

在沙伊的半坡，忽然飘来一阵雨点，他们拉起车篷。差不多一霎眼，雨住了；回到镇市，就见街上的石道在阳光下面熠耀。

有些新来的旅客，告诉他们，一场可怕的战争染红了巴黎。罗莎乃特和她的情人并不吃惊。随后，人散了，旅馆又平静了，煤气灯熄灭，他们偕着庭院泉水的呢喃入睡。

第二天，他们去看狼谷、仙女塘、长石、马尔劳特；第三天，

---

① 作者笔误为阿斯普尔孟（Aspremants），实际是阿普尔孟（Apremants）。

他们随车夫的意思游玩，也不问他们去什么地方，甚至往往忽略了著名的风景。

他们坐在旧“朗斗”里面，车子像沙发一样低，盖着一个褪了色的条纹布篷，他们觉得十分称心！沟渠充满荆棘，从他的眼下不断地缓缓而过。白光仿佛箭，穿过高大的蕨类植物；有时候，一条荒径好像直线，在他们面前出现；有些草软软地挺在这里那里。十字路口中央，一个十字架伸开四只胳膊；有些地方，柱子倾斜着，和死树一样；有些蜿蜒在树叶底下的羊肠小道，叫人直想随着走下去；就在同时，马转了弯，走进一条小路，陷在泥泞里面；往远里看，苔藓长在深深的车辙的边沿。

他们以为离开了人群，只有他们自己。但是，忽然之间，过来一个禁止狩猎的警察，荷着枪，或者一队衣服褴褛的妇女，背上拖着长长的柴草。

马车一停，就是一片寂静；仅仅听见辕架中马的嘘息，和幽微的、重复的鸟声。

有些地方，光照亮树林的外圈，里面是灰暗的；要不就是，靠前一片朦胧，远远展开淡紫的云汽，一片白光。正午的日光，笔直落在宽广的绿野上，把它们溅开，把银滴挂在树枝的尖端，把草地划成一堆一堆的碧玉，把金斑挥在一层落叶上；人仰起头，从树顶中间，望见天空。有些树顶高得不得了，呈出主教或者皇帝的尊严，或者顶碰顶，用它们的长柱做成凯旋门；有的从根斜起，好像将倒的圆柱。

这群垂直的粗线露出一丝空隙。于是，大片的绿浪，仿佛不整齐的阳纹，一直滚向谷底，峰峦向前迈来，虎视金黄色的原野，而原野渐渐消失在一片迷蒙的灰白中。

站在一个高地方，你挨近我，我挨近你，吸着风，他们觉得一种更自由的生命的骄傲，带着一种过剩的精力，一种没有原因的欢悦，沁入他们的灵魂。

各式各样的树木形成一种幻景。山毛榉光滑的白皮，交杂着它们的冠冕；槐树软软地弯着它们海青的杈桠；在成丛的榆树当中，竖起古铜般的冬青；接着是一排瘦弱的枫树，斜成悲悼的姿态；松树有琴管一样对称，不断地摇摆，仿佛在歌唱。疙里疙瘩的巨橡抽搐着，在地面铺开，搂在一起，身子结结实实，犹如半身雕像，用赤裸的胳膊扔出觖望的呼吁，忿怒的恐吓，仿佛一群提坦①，生了气，动也不动。池塘的上空翱翔着一种更重的气氛，一种寒热病似的疲倦。水面让一簇一簇的荆棘割成种种花纹；狼到这里喝水，岸边的苔藓是硫磺色，好像让巫婆的脚印烧过一样，蛙不断的喧嚣回应着盘旋的乌鸦的呼唤。随后，他们穿过单调的空地，这里那里，种着一棵新剪的小树。一种铁声，繁密的敲打可以听到：一队石工在山腰凿打石头，石头越来越多，终于挡住了全部的风景，石头像房子一样方正，花砖一样平坦，互相支着、跨着、混着，仿佛什么古城的奇异的难以辨识的废墟。然而也就是它们的狂乱，令人想起火山、洪水、不见经传的灾患。福赖代芮克说它们从开天辟地以来就在这里，一直要停到世界末日；罗莎乃特转过头，说“这会叫她发疯的”，便走过去掐石楠。它们的小堇花，一堆靠近一堆地压着，形成不整齐的薄片，下面松散的土，仿佛在云母石闪烁的沙砾的边沿挂着黑流苏。

有一天，他们来到一座全是沙砾的小山的中腰。沙面没有人走，形成对称的波纹；这里那里，好像山角横在一座干枯的海床，

---

① 提坦是希腊神话里的十二位巨神，全是“天”与“地”的儿子，反抗宙斯，为后者殛毙。

凸起好些兽形的石头，伸出头的乌龟、爬动的海豹、海马和狗熊。什么人也没有。什么声音也没有。阳光打着沙砾发亮；——忽然，在光的颤动之中，走兽似乎动了起来。他们急忙回来，害怕晕眩，差不多恐惧了。

森林的严肃气氛感染了他们；他们好几个钟点沉默着，任凭弹簧摇摆自己，就像一种平静的酩酊麻痹住他们。胳膊放在她的腰底下，同时鸟在唧唣，他听着她说话，差不多就只一眼，他看到她帽子上的黑葡萄、槐子、面网的襞褶和螺旋式的浮云；他斜向她的时候，她皮肤的清新和树林的馥郁混做一片。他们觉得一切好玩；好像希有的东西，他们指给彼此来看挂在小树丛的蜘蛛网，石头中间盛满了水的窟窿，树枝上一个松鼠，追着他们的两个蝴蝶的飞翔；要不就是，二十步以外树底下，安安详详走来一只牝鹿，高贵而又温柔的神情，旁边带着它的小鹿。罗莎乃特为了抱它，直想跑过去。

有一回，她真害怕了，一个男子忽然走来，让她看一个盒子里面的三条蝮蛇。她急忙跑来，贴着福赖代芮克；——她软弱，他强到可以保护她，他觉得快乐。

那天晚晌，他们在塞纳河边一家客店用饭。桌子靠近窗户，罗莎乃特面对着他；他端详着她的玲珑的小白鼻子，上翘的嘴唇，清澄的眼睛，蓬松的栗色发辫，标致的圆蛋脸。生丝袍贴着她有点儿下垂的肩膀；两只手伸出朴素的袖口，和雕出来的一样，斟着酒，在台布上向前摸索。端上来的菜是伸着四肢的一只子鸡，白粘土果盘盛着的酒糟鳗鱼，走味的酒，太硬的面包，缺口的刀子。这一切增加快乐、幻觉。他们差不多以为自己在意大利旅行，在蜜月之中。

离开以前，他们沿堤散了散步。

柔柔的蓝天，顶一样圆，倚着天边参差不齐的树林。对面草地尽头，一个乡村有一座钟楼；左边往远里去，一家的屋顶仿佛河上一个红斑；河弯弯曲曲，躺在地面，好像动也不动。但是，灯心草倾侧着，水轻轻摇着岸边撑鱼网的竿子；那边有一个捕鱼的柳条筐，两三条旧船。靠近客店，一个戴草帽的女孩子在抽一座井里的水桶；——每次水桶上来，福赖代芮克听着链子铄铄的声音，有一种说不出的快乐。

他觉得他的幸福十分自然，涵在他的生命和这个女人的身子里面，他相信自己会快乐到死。一种需要逼他对她说些温柔的语言。她用可爱的话回答，轻轻拍着他的肩膀，想不到的甜蜜魔住他。他最后发现她有一种崭新的美丽：它也许是周遭事物的反映，要不就是，它们的隐秘的可能性让它开花放蕾。

躺在田野中间，他把头枕着她的膝盖，躺在她的小伞底下；——要不就是，俯伏在草里，他们面对面，互相望着，你饮着我，我饮着你，终于得到了满足，然后眼皮半闭，不再言语了。

有时候，他们听见老远老远的鼓声。这是村中召集的信号，赶去保护巴黎。

带着一种蔑视的怜悯，福赖代芮克道：

——啊！瞧！暴动！

他觉得这一切骚乱，和他们的爱情及永生的自然比，实在是黯无颜色。

他们不管什么都谈，他们完全知道的事，他们不关心的人，万千无聊的琐碎事。她的女仆和她的理发师，她说给他听。有一天，她不留神说出她的岁数二十九岁；她老了。

有好几次，不经心，她把自己的身世告诉他。她做过“一家铺子的女招待”，到英吉利旅行过一趟，想做女戏子，下过一番工夫；一桩一桩全不连接，没有法子拼成一副面目。有一天，他们背着一块牧场，坐在枫树底下，她说得比较详细。下边，挨着道旁，一个小姑娘，在尘土里面赤着脚，牵着一条母牛吃草。看见他们，她过来求施舍；她一只手握着褴褛的短裙，一只手搔着满头的黑头发，仿佛路易十四时代的一条假辫，整个头是棕颜色，中间照耀着一对又好又大的眼睛。

福赖代芮克道：

——她以后会长得好看的。

罗莎乃特接下去道：

——只要她没有母亲，就有机会了！

——嗯？怎么样？

——可不是；我，不是母亲……

她叹了口气，开始说起她的儿时。她的父母是土红十字的织工。她跟父亲做学徒。这可怜的好人白辛苦，太太骂他，把一切卖掉来喝酒。罗莎乃特看见他们的屋子，沿窗排列的纺机，放在炉子上的锅，漆成桃花心木的床，迎面一个衣橱，和她一直睡到十五岁的幽暗的壁龛。最后来了一位先生，一个胖子，黄杨颜色的脸，信士的举止，穿着黑衣服。母亲和他在一起谈话，结局，三天以后……罗莎乃特收住口，然后，带着一种淫荡和苦辣的视线，说道：

——就这么解决了！

接着，回答福赖代芮克的手势道：

——他是结了婚的（所以他害怕在自己家里坏了事），我叫人牵到一个饭店的房间，人家告诉我，我会快活的，我要收到一件漂亮礼物。

“走到门口，第一个兜我注意的东西，就是一个镀银烛台，桌子放着两份刀叉。天花板上一面镜子映着它们，墙上的蓝缎幔子把全屋衬成一个放床地方。我吃了一惊。你明白，一个没见过世面的可怜虫！别瞧我眼花缭乱，我还真怕。我想走开。可是我待了下来。

“那儿只有一个座椅，就是靠着桌子的一张睡椅。我坐上去，它就软软陷了下去；地毡里的暖气设备的出口给我送来一片热气，我坐在那儿什么也没有动用。伙计站着，劝我吃东西。他立即给我斟了一大杯酒；我的头发涨，我想开开窗户，他告诉我：‘不，小姐，不许开窗户的。’他离开了我。桌上摆了一堆我不认识的东西。我觉得没有一样好东西。临了，我选了一罐蜜饯，我一直在等着。我不晓得什么事阻碍他不来。时候很晚了，至少有半夜了，我疲倦到支不下去了；我推开一个枕头，要放倒身子，我手边碰到一种画册，一本簿子；是春宫……我伏在上面睡熟了，他走进来。”

她低下头，透出思维的模样。

四周的树叶嗞嗞地响着，一棵高大的毛地黄在一堆草里摇曳，光在草上浪一样流着；母牛不见了，但是啃草的声音很快就一时一时打破了沉静。

罗莎乃特看着地上的一点，离她三步远，定定地，鼻孔翕动着，想着什么。福赖代芮克握住她的手。

——你受够了罪，可怜的亲爱的！

她道：

——是的，你想不出我多受罪！……甚至想一死拉倒；人家又把我搭救了。

——怎么来的？

——啊！别往上面想了！……我爱你，我快活！亲亲我。

她一根一根拿掉那些勾住袍子下摆的白术枝子。

福赖代芮克特别思索她没有说出的话。她怎样一步一步脱离忧患的？她是从哪一个情人那儿得到教育的？他第一次到她那里去的时候，她做什么来的？她临尾的口供止住了问话。他仅仅问她，她怎么样认识阿尔鲁的。

——由法提腊斯。

——有一次，在王宫，跟他们俩在一起，我看见的不是你吗？

他提出准确的日子。罗莎乃特吃力在想。

——是的，对的！那时候……我不快活！

可是阿尔鲁的表示很好。福赖代芮克不否认；不过，他们的朋友是一个滑稽人，有的是毛病；他用心一一举出来。她全承认。

——管它哪！……反正人爱他，这骆驼！

福赖代芮克道：

——现在还爱？

她脸红了，一半带笑，一半生气。

——没有的话！那是老话了。我什么也不瞒你。就算是真的，轮到他，又是一回事了！再说，你欺侮的那个人儿，我也不觉得你待她好。

——我欺负的那个人儿？

罗莎乃特托住他的下颌。

——还用说！

学着奶妈的声调挑逗道：

——老是不乖！跟他老婆有两手儿！

——我！瞎白！

罗莎乃特微笑着。她的微笑伤了他，他以为这是不关心的证据。但是她带着一种求他撒谎的视线，柔柔地说下去道：

——当真？

——自然！

福赖代芮克用他的名誉发誓，他从来没有在阿尔鲁夫人身上转过念头，因为他爱另一位。

——那么是谁？

——你呀，我的美人儿！

——啊！别拿我开心！你招我生气！

他看还是编一个故事，装一番热情稳当。他捏造了一些添枝加叶的情节。而且，这个人曾经让他十分痛苦。

罗莎乃特道：

——你的运气可也真坏！

——噢！噢！也许吧！

意思是说，他交过几次好运，目的要人看重他，好比罗莎乃特，不肯说出她所有的情人，要他加倍敬重她；——因为，临到最亲昵的心腹话，由于虚伪的羞耻、雅致、怜悯，人总有些拘束的。你就别人或者就自己，发现了些渊谷，或者泥淖，阻止你追寻下去；而且，你感觉你不会为人了解；正确的表白又那样艰难；完全的结合自然也就少而又少。

可怜的女元帅没有认识过更好的男子。她时常，端详着福赖代芮克，眼泪夺眶而出，随后，她仰起眼睛，或者投向天边，仿佛她瞥到什么宏大的晨阳，无边无涯的幸福的远景。最后，有一天，她宣布，她希望做一回弥撒，“好给他们的爱情添福”。

那么，为什么从前她拒绝他，拒绝了那么许久？她自己也不大清楚。他好几次提起他的问话；她把他搂在怀里，回道：

——因为我怕太爱你，我亲爱的！

星期天早晨，在一张报纸刊载的受伤的名单中，福赖代芮克读到杜萨笛耶的名字。他喊了一声，拿报纸给罗莎乃特看，说他马上就要动身。①

---

① 星期天是六月二十五日，内战最激烈的一天。

——做什么去？

——为了看他，照料他呀！

——你不会叫我一个人留下，我想？

——跟我一块儿去。

——啊！我去加入那种蛮打蛮闹！谢谢！

——可是，我不能够……

——达，达，达！倒像医院少看护！再说，那家伙，他管你什么事？人人为的自己！

这种自私论调惹他忿恨；他责备自己没有同别人一样都在那边。对国家的忧患那样不关心，未免小气，资产气。他的爱情压在他身上，忽然像一种罪恶。他们噘了一个钟头嘴。

随后，她求他等等，不要就冒大险去。

——万一人家杀了你！

——哎！我要尽的不过是我的责任！

罗莎乃特跳了起来。第一，他的责任是爱她；不用说，他不再恋她了！他连常识也没有！多了不得的念头，我的上帝！

福赖代芮克捺铃要账单。但是，回到巴黎并不容易。勒卢洼运输公司的马车方才动身，勒贡特公司的四轮马车不打算走，布尔包耐的公共马车要来也得夜深，还许客满了人了；谁也说不定准。他费了许多时间打听，最后他想到乘驿车。福赖代芮克没有护照，驿站站长拒绝供给马匹。临了，他雇了一辆"喀莱实"（就是领他们游山玩水的那辆），将近五点钟，他们来到莫滦的贸易旅馆前面。

菜市摆着一束一束武器。县长禁止国民军往巴黎开发。不属他这一县的人可以继续他们的路程。大家叫唤着。客店里乱哄哄一片。

罗莎乃特怕得不得了，说她不再走了，重新求他停住。店东夫妇一同帮她说话。一位吃饭的先生搀进话，说战争不久就要结束了；再者，人应当尽自己的责任。听了这话，女元帅加倍呜咽。福赖代芮克急死了。他把钱包留给她，急忙吻吻她，走掉了。

来到高尔拜伊车站，人家告诉他，乱党每隔一段距离就截断了铁轨，车夫不肯再往远里带他；说他的马"乏了"。

幸而由于他的保护，福赖代芮克得到一辆坏马车，为了六十法郎的价码，不算小账，答应把他一直领到意大利车站的栅栏。但是，离栅栏一百步远，领路的人请他下来，回身走了。福赖代芮克在路上走着，忽然看见一个哨兵横起枪刺。四个人抓住他喊道：

——又是一个！小心！搜搜他！强盗！坏蛋！

他差不多吓呆了，随人把他带到栅栏的哨所。这在十字路口，正好是高布兰马路、医院马路、高德福洼街和穆福达尔街的交口。

在四条路的梢头，四道石头防线做成庞大的坡面；火把这里那里闪灼着；虽说尘土往上升，他看出有常备军和国民军，全是乌黑面孔，衣冠不整，怒容满面。他们方才夺到这个地方，枪毙了几个人；他们的怒火还没有熄灭。福赖代芮克说他从枫丹白露来，救一个住在拜勒风街的受了伤的同志；起初没有人相信他；他们检验他的手，甚至于闻闻他的耳朵，弄明白他没有火药味道。

因为重复同一的话，他最后说服了一位队长，队长命令两个枪手把他解到植物园哨所。

他们走下医院马路。吹过来一阵强风，把他吹得有了生气。

随后他们由马市转弯。右手的植物园形成黑压压一大片；同时，左手，慈悲医院整个正面，个个窗户点着灯，火灾一样辉煌，好些影子在玻璃上闪来闪去。

押送福赖代芮克的两个人走了。另一个人一直把他陪到工艺学校。

圣·维克道街整个是阴沉沉的，没有一盏煤气灯，没有一家有灯火。每隔十分钟，就听见：

——哨兵！留神！

呼喊声在寂静之中好像一块石子落进深渊发出的回音久久不息。

有时候，沉重的脚步声拢近了。这是一队少说也有一百人的巡逻队；从这堆模糊的人影发出一片耳语和铁的暧昧的响声；带着一种和着节拍的摇曳，他们走远了，溶进了黑暗。

在交口的中心，有一个骑着马的龙骑兵，动也不动。不时驰过一个公文驿使，随即又开始了沉静。炮车在石道远远走动，发出沉闷的、可畏的轰隆轰隆的声音；听着这一切和平日不同的响声，心紧了起来。它们仿佛简直扩大了深沉的，完全的沉静，——一种黑暗的沉静。有些穿白色工人衣服的人走近兵士，说一句话，鬼怪一样消失了。

工艺学校哨所挤满了人。好些女人阻住门限，要求去看她们的儿子或者她们的丈夫。他们叫她们到先贤祠，去那边改成存放尸首的地方。他们不听福赖代芮克的理由。他执意要讲，发誓，说他的朋友杜萨笛耶等着他，就要死了。他们最后派了一位连长，把他领到圣·雅克街的坡头，第十二区的区所。

先贤祠广场挤满了兵士，躺在草上。天亮了。露宿营房的灯火熄了。

叛变在这地带留下一些可怕的痕迹。街上的地，从这一头到那一头，全是高低不平。荒凉的障碍物上，堆着马车、煤气管、货车轮子；有些地方，积着一些小黑水滩，想必是血流成的。房屋中满了枪弹，灰脱了，露出它们的木材。有些百叶窗，和烂布一样，悬在一枚钉子上。台阶倾圮了，门向空里开着。房屋的内部和它们破碎的壁纸，全露出来了；有时候，里面还存着精致的摆设。福赖代芮克看到一只挂钟、一根鹦鹉杖、一些画幅。

走进区所，就见国民军正在不休不憩地谈论这些人的死：布赖阿、乃格芮耶、沙包乃勒代表和巴黎大主教。[①]他们讲，奥马尔公爵在布劳涅上了岸，巴尔贝斯逃出了万塞，炮兵从布尔吉开来了，外省的救兵聚齐了。将近三点钟，有人带来好消息；暴动方面的议和代表在国会主席的府邸。

于是，全快活了；看见自己还有十二法郎，福赖代芮克要了十二瓶酒，希望借着这个加快他的释放。忽然，大家相信听见一排枪声。酒不喝了；大家用怀疑的眼睛望着不识者；他也许是亨利五世。[②]

不愿意负任何责任，他们把他送到第九区的区所；这方面允许他出去，然而不得在早晨九点钟以前。

他一直奔往伏尔泰码头。靠住一个开着的窗户，一个穿衬衫的老头子仰起眼睛在哭。塞纳河平平静静地流着。天整个是蓝的；鸟

---

① 布赖阿（一七九〇年——一八四八年）是法国的将军。六月二十五日，巴黎人民起义的第三天，他来到意大利广场，站在群众中间，请他们投降；他们把他扣住不放。过了两小时，听见有人喊：“军队来了！”群众把他和他的副官全杀了。

乃格芮耶（一七八八年——一八四八年）是法国的将军，和另一位将军杜维维耶，率领政府军攻剿群众，六月二十五日，在巴士底狱广场重伤而死。

沙包乃勒是国会议员，六月二十五日，在巴士底狱广场被杀。

六月二十五日下午四时巴黎大主教阿福尔，来到圣·安东关厢，拿着十字架，以宗教的名义，请求双方停战，但是，背后飞来一颗子弹，正好把他打死。枪弹是政府军发的。但是，一般人以为是群众打的，加上布赖阿将军被杀，引起全国的反感，毁掉对工人的任何同情。

六月二十六日上午，政府军攻入工人最后的堡垒（圣·安东关厢），结束这三日的内战。

② 亨利五世即尚保尔伯爵。

在杜伊勒里宫的树木里面歌唱。

福赖代芮克穿过校场的时候，就见一个舁床抬过去。哨兵马上举起武器，军官把手放在军帽边道："给不幸的勇士敬礼！"这句话差不多变成必不可少的了；喊它的人总像很被感动。一群狂怒的人护送着舁床，呼喊道：

——我们要替你报仇的！我们要替你报仇的！

马车在马路上行来行去，有些女人在门前拆旧衣服。暴动失败了，要不也是差不多失败了；一张方才贴出的卡芬雅克[①]的宣言说明一切。维维耶纳街的高处，出现了一队志愿兵。于是，中产者发出热情的呼声；他们举起帽子，拍手，跳舞，想吻他们，请他们喝酒，——从阳台落下贵妇扔下的花。

最后，临到十点钟，炮声隆隆攻打圣·安东关厢的时候，福赖代芮克到了杜萨笛耶那边。他在他的鸽子窝看到他，仰天躺着，睡熟了。从里间走出一个女人，脚步轻轻的，是法提腊斯女士。

她把福赖代芮克引到一旁，告诉他杜萨笛耶怎么受了伤。

星期六，站在拉法耶特街的一堆障碍物上，一个野孩子裹了一条三色旗，向国民军喊道："你们放射你们的兄弟！"他们往前走的时候，杜萨笛耶已经放下他的枪，推开别人，跳上障碍物，一脚踢倒反叛者，夺下他的旗。人们在破烂东西底下寻见他，大腿扎了一块铜。伤口必须剪开，取出子弹。法提腊斯当天晚晌来，从这时候起，没有离开他。

---

① 卡芬雅克（一八〇二年——一八五七年）将军是著名民主党领袖高德福洼·卡芬雅克的兄弟。一八四八年，他正做阿尔及利亚总督，二月革命爆发，他受命为陆军部部长。六月事件发生，国会推选他做行政首领，指挥军队和工人作战。二十六日清晨，工人派遣代表，要求卡芬雅克允许不追究。卡芬雅克坚持无条件地投降。战争开始，军队完成最后的占领。政府宣言："秩序战胜了骚乱。共和国万岁！……"

一切关于洗扎的手续，她做来明快，帮他喝水，侦伺他的微小欲望，来来往往，比一只蝇子还轻，眼睛柔柔地端详着他。

有两个星期，福赖代芮克每天早晨过来看他；有一天，他谈起法提腊斯的忠心，杜萨笛耶耸耸肩膀。

——才不然！是出于私心！

——你相信？

他回答了一句："我拿稳了是！"不肯再往细里解释。

她殷勤到了极点，甚至带报纸给他看，上面恭维他的美行。这些敬礼仿佛惹他厌烦。他甚至把他良心上的杌陧告诉福赖代芮克。

他也许应该加入另一方面，和工人在一起；因为，说到临了，人家答应了他们一堆东西，没有兑现。他们的胜利者憎恨共和国；再说，大家待他们太狠了！他们有错儿，那不用说，可是，不见其全是他们的错儿；这位好人想到这个念头就难受，觉得他或许在同正义作战。①

赛耐喀关在水边的平台底下，一点没有这种愁苦的心情。②

---

① 所谓六月事件，从二十三日到二十六日，起于一种没有领袖，没有目标的政治叛变。当时很少人了解这次内战的意义，因为，实际，很少人了解工人。有的人看见中间搀杂着波拿巴派，甚至正统派，便以为这是一种复辟的阴谋，有的人，例如马利（造成这次内战的上层分子），又以为是一种狂乱的热情："这不是共和国同共和国作战；这是野蛮胆敢抬头，反抗文化。"拉马丁不把这看做内战，而看做奴战。路易·勃朗说对了些："大家寻找原因，只有一个，就是贫苦。"一位帮杀害布赖阿将军的凶手辩护的律师把阶级的敌对看做叛乱最大的原因："社会问题是我们'四八'革命的根源。这些问题仅仅对于两类人存在：读书的人们和受苦的人们；前者了解，后者感受，而不大了解。至于社会上不曾研究或者不曾受苦的那些人，就不晓得，所以就否认……无论哪一方面，全相信自己在同仇敌作战……在惩罚一种罪恶。"

② 政府军拘禁了一万一千俘虏，还不算此后陆续拘捕的工人，又有四千多人。监狱容不下，把他们押在堡垒。最后，杜伊勒里宫贴近塞纳河边的地下室也堆满了囚犯。他们拥到风眼吸气，巡哨便往里放枪。

他们九百个人，堆在龌龊东西里面，乱七八糟，火药和凝了的血把他们变成黑人，他们发烧，打冷战，气闷得直在喊叫；他们中间死了的那些人，也没有人搬开。有时候，听见忽然一片爆裂的声音，他们以为人家要把他们全枪毙掉；于是，奔过去贴住墙，不久又倒在各自的地方，痛苦让他们手足无措，觉得自己活在一种梦魇，一种悲伤的幻觉之中。挂在穹隆的灯活像一滴血；地窖发放出来好些东西，形成绿的、黄的小火焰翱翔着。因害怕传染病，组织了一个委员会。走上第一级，主席往后一退，被排泄物和尸首吓了回去。囚犯一靠近风眼，阻止他们摇动栅栏的国民军，就随手拿枪刺往人群里面乱戳。

他们通常是没有怜悯心的。没有打仗的人们直想表白一番。这是一种畏惧的泛滥。大家同时报复了报纸、俱乐部、结队、学说、三个月以来一切气闷的仇恨；虽说胜利了，平等（仿佛为了惩罚它的保护者、讥笑它的仇敌）在胜利之中露面了，一种畜牲的平等，和流血的卑污同一水准；因为对利益的偏执和对需要的热狂，两者是等同的贵族荒淫无耻，睡帽不比红帽少所丑陋。仿佛来在自然的大倾覆之后，公众的理智混乱了。若干才智之士为之一生痴骏。

罗克老爹变得非常勇敢，差不多在瞎干。二十六日随劳让人来到巴黎，不和他们同时回去，他加入驻扎在杜伊勒里宫的国民军；他十分满意在水边的平台前面站岗。至少，在这里，他制伏了他们，这群强盗！他拿他们的失败和卑贱开心，高兴了就骂他们一顿。①

---

① 外省的国民军开到巴黎，特别憎恨工人。资产者因为二月革命丧失了差不多一半收入。农民因为四十五生丁的直接税怨恨临时政府。他们尤其害怕均分土地的可能。这全是社会主义者捣的鬼。法国的社会分成了两个敌垒，一边是工人，一边是商农。六月事件摧毁了工人的希望，资产阶级得了势，走向反动，不久变成拿破仑三世（一个渔人得利的投机者）的支持者。

他们中间有一个年轻孩子，金黄长头发，拿脸贴住栅栏讨面包。罗克先生叫他们少说话。但是年轻人用一种悲惨的声音重复道：

——面包！

——难道我有，我！

其他囚犯在风眼露了面，胡须乱蓬蓬，瞳仁仿佛火焰，一边往前拥挤，一边嚷道：

——面包！

看见他的权威不中用，罗克老爹生了气。为了让他们害怕，他拿枪瞄准他们；后浪推前浪，年轻人被大家一直顶到穹隆，头向后，又喊了一次：

——面包！

罗克老爹一松枪机，道：

——好！这儿是！

起了一大阵叫嚣，随后，什么声音也没有了。在木桶旁边，停着一堆白东西。

随后，罗克回到自己的住宅；因为他在圣·马丁街有一所房子，留给自己歇脚用；暴动给房子正面留下的损坏，十分惹他生气。重新看见他的房屋，他觉得自己未免夸张它的损害。他方才的行径平了他的气，好像得到一笔赔偿。

女儿给他开门。她立即告诉他，他出外太久了，她很不放心；她怕他遇到不幸，受了伤。

孝心的证明感动了罗克老爹。他奇怪她没有带加德林就上路。

路易丝回道：

——我打发她做活儿去了。

她问候他的健康，东一句，西一句，说了许多事；随后，不关心的神气，问他有没有偶尔遇见福赖代芮克。

——没有！简直没有！

她就是为他上的这趟远门。

有人在走廊走动。

——啊，对不住……

她不见了。

加德林没有找到福赖代芮克。他有好些天不在家，他的好朋友，戴楼芮耶先生，如今住在外省。

路易丝又出现了，战战索索说不出话。她靠住桌椅。

父亲喊道：

——你怎么了？到底怎么的了？

她做手势，说没有什么，用力挣扎一下，恢复了原状。

对面的饭铺送来饭汤。但是罗克老爹受到太强的刺激。“那不会穿过去的”，临到用水果的时候，他晕了一阵。家人急忙寻来一个医生，开了一剂药。随后，上了床，罗克先生要被窝尽量往多里盖，好让自己出汗。 他大叹其气。

——谢谢，我的好加德林！——亲亲你可怜的父亲，我的小鸡鸡！啊！这些革命！

女儿责备他不应该为她病倒下来，他答道：

——是的！你说的对！不过我架不住！我太容易感动了！

二

党布罗斯夫人在她的内室，坐在她的侄女和约翰小姐中间，听罗克先生叙说他作战的疲倦。

她咬着自己的嘴唇，好像难受的样子。

——噢！没有什么！一会儿就过去的！

然后，带着一种和悦的神情，道：

——我们回头约了您的一位熟识用饭，毛漏先生。

路易丝颤索着。

——此外也就是几位熟朋友，里面有一位是阿勒福赖德·德·西伊。

她赞扬他的仪态，他的面貌，特别是他的品行。

党布罗斯夫人的话没有什么了不得的虚伪；子爵梦想联姻。他把这话告诉马地龙，说他相信赛西娜小姐喜欢他，她的长辈会接受的。

他冒险说出他的心事，是因为他必须打听明白嫁妆。实际，马地龙疑心赛西娜是党布罗斯先生的私生女；要是冒险求婚的话，自己也许失之过分。这种大胆的行径具有危险；所以马地龙的作法，截到现在，始终不曾连累自己；再说，他不知道怎么样摔脱这位婶子。西伊的话使他下了决心；他过去探听银行家的口气，后者看不出什么不方便，预先告诉党布罗斯夫人知道。

西伊出现了。她站起来，道：

——你忘掉我们了……赛西娜，Shake hands[1]！

就在同时，福赖代芮克进来。

罗克老爹喊道：

——啊！到底！我到底找到你啦！这星期，我跟路易丝到你那边去了三次！

福赖代芮克有意回避他们。他说他这些天全在护理一个受伤的同志。而且，很久以来，一堆事纠缠住他；他搜索一些借口。幸而客人来了：先是保罗·德·格赖孟维勒，在跳舞会邂逅的外交官；接着是福米升，那位实业家，有一晚晌，他的保守党的热衷引起他的厌恶；随着他们的，是老孟特伊·朗杜阿公爵夫人。

但是前厅起了两个声音。

一个说：

——我相信一定是。

另一个回答道：

——亲爱的美丽的夫人！亲爱的美丽的夫人！求你了，别张惶！

这是德·劳郎古尔先生，一个老花花公子，样子像冷霜制成的木乃伊，和德·拉尔西卢洼夫人，路易·菲力普的一位县长太太。她非常恐惶，因为就在方才，她听见一架风琴奏出波兰舞曲，叛党的一个暗号。许多资产者同样胡思乱想；他们相信坟地有人就要焚毁圣·日耳曼关厢；地窖发出奇怪的响声；靠窗户过往一些可疑的东西。

人人竭力叫德·拉尔西卢洼夫人放心，治安恢复了。没有什么

---

① Shake hands 是英文，握手的意思。

可怕的了。“卡芬雅克救了我们！”仿佛反叛的恐怖还不够多，他们往过分里说。社会主义者方面有两万三千囚犯，——不会再少了！

他们简直相信食物下了毒，志愿兵夹在两块板中间锯掉，好些旌旗的标语要求抢劫，放火。

前任县长太太加话道：

——还有更坏的事呐！

党布罗斯夫人觉得有伤廉耻，拿眼睛瞥了一下三位年轻姑娘，暗示道：

——啊！亲爱的！

党布罗斯先生和马地龙走出他的书房。她转过头，回答向前走来的白勒南的敬礼。带着一种不安的神情，画家打量墙壁。银行家把他揪到一旁，让他明白他目前不得不暂时收起他的革命画。

白勒南在智慧俱乐部的失败改变了他的见解，所以他说：

——那还用说！

党布罗斯先生极有礼貌地说他会请他画些别的画的。

——可是，对不起！……——啊！亲爱的朋友！多么幸福！

阿尔鲁和阿尔鲁夫人来在福赖代芮克面前。

他感到头晕眼花。罗莎乃特赞美兵士，整整烦了他一下午；看到阿尔鲁夫人，他旧情醒了。

听差进来向太太宣称，饭预备好了。她用眼睛吩咐子爵拿起赛西娜的胳膊，低声向马地龙道：“坏东西！”大家走进饭厅。

在一棵菠萝蜜的绿叶底下，在台布的中央，展开一条鳊鱼，嘴脸伸向一盘四分之一的麅，尾巴触着一丛龙虾。老萨克司的瓷篮里面，和金字塔一样，高高堆着无花果，巨大的樱桃，梨和葡萄（巴黎培养的鲜货）；一簇一簇的花和明亮的银器混淆在一起；白丝帘当窗垂下，给屋子添上一片柔光；两座盛着冰屑的泉眼使屋子弄清凉了；穿短裤的听差伺应着。经过几天动荡不安日子，这一切仿佛恰到好处。从前唯恐丢掉的东西，现在又回来享受；劳郎古尔道出了大家的心情：

——啊！希望共和党先生们允许我们吃饭！

罗克老爹卖弄聪明道：

——别瞧他们讲究博爱！

这两位贵宾坐在党布罗斯夫人的左右两侧，对面是她的丈夫，一旁是德·拉尔西卢洼夫人，紧邻着外交家，另一旁是老公爵夫人，挨近她的是福米升。接着是画家、瓷器商、路易丝小姐；多谢马地龙要同赛西娜靠近，占了他的座位，福赖代芮克坐到阿尔鲁夫人旁边。

她穿着一件黑色的又轻又薄羊毛呢的袍子，腕子套着一个金圈，发里有什么红东西，像他第一天在她家用饭的模样，头髻盘着一枝马尾藻。他禁不住向她道：

——我们可真很久没有见面了！

她冷冷回道：

——啊！

他往声音里放进一点甜蜜，减轻问话的无礼：

——你有时候也想到我吗？

——我为什么要想？

这句话伤了福赖代芮克。

——你也许对，说到最后。

但是，很快就后悔了，他发誓，说他活着没有一天不受她的记忆蹂躏。

——先生，我完全不相信。

——可是，你知道我爱你！

阿尔鲁夫人不回答。

——你知道我爱你。

她总不言语。

福赖代芮克向自己道："得了，别瞎打主意了！"

他抬起眼睛，瞥见桌子另一端的罗克小姐。

她以为穿一身绿显得娇媚，可是这反而把她的红头发衬得十分刺目。她腰带的扣子太高了，她的花领缩短她的颈项，不用说，这种缺乏高雅的打扮助成福赖代芮克冰冷的对待。她好奇地老远端详着他，阿尔鲁在她旁边白献殷勤，得不到她三句话，最后，放下讨她欢喜的心思，静静听人谈论。现在大家在谈卢森堡的菠萝蜜果酱。

依照福米升，路易·勃朗在圣·道米尼格街有一座房产，不肯租给工人。

劳郎古尔道：

——我呀，我觉得滑稽的是，赖德律·洛兰在王室的园囿打猎！

西伊添加道：

——他欠一个金银细工两万法郎！人家甚至讲……

党布罗斯夫人拦住他：

——啊！热心谈政治，多没有味儿！一个年轻人，算了吧！你还是关心关心你的邻居好！

接着，那些一本正经的人攻击起报纸来了。

阿尔鲁帮报馆辩护；福赖代芮克也加入了，把报馆说做商业机关，和别的商业机关没有什么两样。报馆的作家大都属于一些蠢蛋，信口开河的东西；他说他清楚他们，用讥讽话驳斥朋友的宽厚情绪。阿尔鲁夫人没有想到这是对她的一种报复。

然而，子爵煞费苦心争取赛西娜小姐。起初，他炫耀艺术家的欣赏力，挑剔小水晶瓶的形式和刀上的雕刻。随后，他谈起他的马厩、他的裁缝和他的衬衫匠；最后，他来到宗教这一章，想法子叫她明白，他履行他所有的责任。

马地龙的作法高明多了。他不断地看着她，以一种单调的方式恭维她的鸟似的面孔，庸俗的金黄头发，太短的手。在这一阵甜情蜜意之下，年轻丑女孩子的心花开了。

人人提高声音，谁也听不见别人的话。罗克先生要“一只铁胳膊”治理法兰西。劳郎古尔甚至以为政治的断头台不应当废止。这些坏蛋全该集体杀掉！

福米升道：

——他们简直是懦夫。我就不曾看见有人在防御物后面卖命作战！

党布罗斯先生转向福赖代芮克道：

——倒说，给我们讲讲杜萨笛耶！

这位好伙计如今成了一位英雄，犹如萨莱斯、约翰逊兄弟、百基耶女人，等等。①

福赖代芮克不等人求，说起朋友的故事；他自己因而添了一道圆光。

大家自然而然谈起种种不同的勇敢行为。依照外交家，冒死并不困难，看看决斗的人就知道了。

马地龙道：

——这事可以向子爵请教的。

---

① 萨莱斯、约翰逊兄弟、百基耶女人，全是当时内战的英雄，常为演辞民歌所颂扬。

子爵的脸变得十分红。

客人看着他；路易丝比别人还纳闷，呢喃道：

——什么事?

阿尔鲁低声道：

——他在福赖代芮克面前栽过斤斗。

劳郎古尔立即问道：

——你晓得吗，小姐?

他把她的回答告诉党布罗斯夫人；她斜出一点身子，开始看着福赖代芮克。

马地龙用不着赛西娜问他。告诉她，这件事关系着一个坏女人。年轻的女孩子稍稍往座椅里缩了缩，像是为了逃避和这荒唐鬼接触。

谈话重新开始。波尔多的名酒转着，大家兴致上来；白勒南怨恨革命，因为西班牙美术馆确然无望了。以画家的资格而言，这最使他难受。听见这话，罗克先生问道：

——你不就是一张极其有名的画的作者吗?

——也许是！哪一张?

——画的是一位夫人，穿着一身……家伙！……有点儿……随便，拿着一个皮包，后面有一只孔雀。

这回是福赖代芮克涨紫了脸。白勒南装做没有听见。

——这一定是你画的！因为你的名字写在下边，框子上面有一行字，证明这是毛漏先生的东西。

有一天，罗克老爹和女儿在他家里等他，看到女元帅的画像。这位乡下佬简直把这当做“一张哥特画”。

白勒南粗暴地道：

——不对！这是一个女人的画像。

马地龙添话道：

——一个好好儿活着的女人！不对吗，西伊？

——哎！我不清楚。

——我以为你认识她。不过，你既然为这难受，千万原谅！

西伊低下眼睛，他的杌陧证明他和这张画像有关，他扮了一个可怜的角色。至于福赖代芮克，模特儿自然是他的情妇。在座的人立即起了这种猜测，面孔表示得明白清楚。

阿尔鲁夫人向自己道："他多会撒谎！"

路易丝思索道："那么是为了她，他撇下我的！"

福赖代芮克心想这两个故事会毁坏他的；到了花园，他责备马地龙不该说给大家知道。

赛西娜的爱人冲着他的鼻子笑了起来。

——哎！才不然呐！这会帮你忙的！向前去吧！

他这是什么意思？再说，为什么来一下这种和他习惯相反的好意？他没有解释，走向靠里妇女坐着的地方。男人全站着，白勒南在他们当中发表他的意见。对于艺术最相宜的，是一个开明的君主专制。他厌恶现代，"单就国民军来看就够了"，他思恋中古世纪，路易十四；罗克先生恭维他的见解，甚至承认他对艺术家的一切偏见全因而消灭了。但是，差不多立刻他就被福米升的声音引去了。阿尔鲁用力证明这里有两种社会主义，一种好的和一种坏的。实业家看不出有什么不同。听到产业这个字，他就冒火。

——这是大自然定好的一种法则！孩子们要有玩具；一切民族，一切走兽和我的见解一样；就是狮子，要是能够说话，也会自称东家的！所以，我呐，先生们，我用一万五千法郎的资本起家！整整三十年，你们晓得，我照例早晨四点钟起床！我费了五百小鬼的气力去成家立业！可是，有人要来对我讲，我不是自己产业的主子，我的钱不是我的钱，总之，产业是偷窃！

——不过，蒲鲁东……

——好了，别提你的蒲鲁东吧！他要是在这儿的话，我相信我会掐死他的！

他会掐死他的。特别是喝过了酒，福米升失了本性；他的中风的脸像一颗榴弹要炸。

余扫乃轻手轻脚从草地走来道：

——好呀，阿尔鲁。

他给党布罗斯先生送来一本题做《水蛇》的小册子的第一页；浪子维护一个反动的俱乐部的利益，银行家就这样把他介绍给他的客人。

余扫乃引逗他们开心，起初硬说，油商雇了三百九十二个野孩子，每天黄昏叫喊："油灯！"随后，嘲弄八九年的原则、黑奴解放、左翼演说家；他甚至表演了一下"防御物上的浦吕道穆"，也许因为这些资产者有好饭吃，让他起了一种天真烂漫的妒忌心。①他的谐趣不大招惹他们欢喜。他们的面孔拉长了。

而且，这不是取笑的时辰；劳郎古尔一边这样说，一边提起阿福尔大主教和布赖阿将军的死难。他们的死难总在大家的口头；而且，因之有所发挥。罗克先生以为大主教的死难是"世上顶高贵的事了"；福米升把光荣给了军人；他们没有哀悼这两场屠杀，一心

---

① 浦吕道穆是毛尼耶（一八〇五年——一八七七年）创造的著名的典型。他是资产者的活化身，庸俗无识，自足自豪，嘴上挂着些响亮的词藻，不合逻辑，缺乏意义。一八三〇年，毛尼耶开始描画他的人物，大量产生于路易·菲力普时代。开头为一雇员，工于书法，最后付以资产阶级特征，于一八五二年十一月二十三日，在奥带翁上演他的杰作五幕喜剧，《浦吕道穆先生盛衰记》。一八五七年，他的《浦吕道穆日记》问世。余扫乃当着资产者表演资产者的形象，当然"他们的面孔拉长了"。

在讨论那场伤害应当激起最强烈的忿怒。接着是第二个比较，拉莫里西埃和卡芬雅克。党布罗斯先生颂扬卡芬雅克，劳郎古尔颂扬拉莫里西埃。[1]除去阿尔鲁，这群人中间没有一位看见过他们办事。然而，谈到他们的工作，大家的批评并不因而少所坚定。福赖代芮克拒绝发表意见，说他没有拿枪作战。外交家和党布罗斯先生对他点头赞许。总之，曾经和暴动作战，就是曾经保护过共和国。结局虽说良好，共和国得以趋于稳定。现在，扫除了战败者，他们希望扫除胜利者。

才一走进花园，党布罗斯夫人便把西伊邀在一边，责备他笨拙；看见马地龙，她打发开他，然后问她未来的侄婿所以取笑子爵的原因。

——没有取笑。

——这一切好像统统为了毛漏先生的光荣！是什么目的呢？

——没有什么目的。福赖代芮克是一个可爱的孩子。我很喜欢他。

——我也喜欢他！请他过来！你去找他来！

经过两三句泛泛的应酬，她开始轻轻贬抑她的客人，把他放在他们之上。他也没有错过机会，稍稍讥笑一下别的妇女，这是一种恭维她的聪明办法。但是，她不时离开他，这是她见客的夜晚，好些贵妇来了；随后，她回到自己的位子，座椅的安排，事出偶然，恰好让人听不见他们说话。

---

① 拉莫里西埃（一八〇六年——一八六五年）和卡芬雅克一样，曾经在阿尔及利亚立有战功，一八四八年回到巴黎，六月事变发生，伙同卡芬雅克血腥镇压工人。

叛乱剿平之后，卡芬雅克向国会交卸职权，国会宣布他有功祖国，推他为国务会议主席。他选拉莫里西埃任陆军部部长。他担负了六个月的内阁责任，直到十二月二十日，同路易·拿破仑竞选总统，失败下野。

她的谈吐欣快、严肃、忧郁而合理。她不大关心日常的生活；人世别有一种情绪，不像那样飘忽。她埋怨诗人歪拗真理，然后她举起眼睛望着天，问他一颗星星的名字。

树木中间放着两三个中国灯笼；风吹动它们，有色的光线在她的白袍上颤索。她和平常一样，坐在她的靠椅。微微向后一仰，前面摆着一个杌子；人瞥见一只青缎鞋的尖端；党布罗斯夫人不时高声说出一句话，有时甚至发出一声大笑。

这些娇媚的姿态没有影响马地龙，他一心一意只在赛西娜身上；然而，引起那和阿尔鲁夫人谈话的小罗克的注意。在这些妇女中间，她觉得她是唯一举止不傲慢的人。她过来坐在她旁边；然后，忍不住一种倾诉衷曲的需要：

——福赖代芮克·毛漏说话不坏，不是吗？

——你认识他吗？

——噢！很熟哪！我们是邻居，我顶小的时候他就陪我玩。

阿尔鲁夫人久久地看着她，意思是："你不爱他，我想？"

——那么，你常常看见他了？

——噢！不！也就是他回家的时候。现在他有十个月没有回家了！可是他约好了不再失信的。

——我的孩子，不要太相信男人的约会。

——可是他没有骗我，我！

——还不跟别人一样！

路易丝打起寒颤："难道，她，他偶然也答应她什么来的吗？"她的脸因为疑惧和憎恨痉挛了。

阿尔鲁夫人差不多害怕了；她恨不得收回自己的话。接着，两个人全不言语。

福赖代芮克坐在对面一张折椅，她们打量他，一个是从眼角瞥过来，文文雅雅的，一个是张着嘴，满不在乎，看到后来，党布罗斯夫人不得不向他道：

——你转过去，好叫她看个够！

——谁？

——还有谁，罗克先生的女儿！

她拿这位外省姑娘的爱情取笑他。他不承认，用力在笑。

——谁能够相信！我倒要请教！那样丑的姑娘！

然而，虚荣满足，他感到一种巨大的快乐。他想起另一夜晚，他从这里出来，心中充满屈辱；他的呼吸宽适了；他觉得自己到了他真正的环境，差不多到了他的国度，好像这一切，连党布罗斯府邸在内，归他所有。妇女形成一个半圆听他谈论；为了炫耀起见，他说他赞成恢复离婚，简而易举，甚至双方分手，重新合好，听从双方意愿，不加限制。她们叫唤起来；有的呢喃耳语着；马兜铃掩住的墙脚的阴影里，发出碎小的语声。大家仿佛一群愉快的母鸡在唧唣；他发挥他的理论，带着意识到胜利而产生的那种自信。一个听差端着一盘冰走进凉棚。先生们拢过去。他们谈着逮捕。

于是，福赖代芮克报复子爵，要他相信：他是正统派，政府也许要加以控诉。西伊驳他，说他自己就没有离开屋子；他的对方说是由于机运不好，举了许多例证；党布罗斯先生和德·格赖孟维勒先生觉得有趣。随后，他们称道福赖代芮克，同时，他没有把才能用在防卫治安，他们引为遗憾；他们的握手是亲热的；他今后可以信托他们。最后，大家要散了，子爵低低在赛西娜前面弯下腰：

——小姐，我非常荣幸地祝你晚安。

她涩涩地回道：

——晚安！

但是，她给马地龙送了一个微笑。

罗克老爹为了继续他和阿尔鲁的讨论，提议送他和他的夫人回去，因为他们同路的。路易丝和福赖代芮克在前面走。她抓住他的胳膊；等她离大家远了些：

——啊！总算完了！总算完了！这一夜我受够了罪！那些女人多可恶！神气多高傲！

他打算回护她们。

——再说，一年没有回来，你一进门就该同我说话才是！

福赖代芮克欣喜抓住她这点儿小岔，逃避她其他的质问：

——还没有一年。

——就算没有一年！反正我觉得时间长，就是了！可是，你那神气，当着这顿可憎的晚餐，人家还以为你嫌我丢脸！啊！我明白，我没有什么惹人喜欢的地方，不跟她们一样。

福赖代芮克道：

——你误会了。

——真的！你对我起誓，你不爱她们中间谁吗？

他发誓。

——你就爱我一个人吗？

——还用说！

听了这句保证，她快活起来。她简直愿意在街上迷路，一块儿散一夜步。

——我在那边好不痛苦！大家一说话就是防御物，防御物的！我看见你仰天倒下去，一身血！你母亲害风湿，躺在床上。她什么也不知道。我只有不开口为是！我忍不下去了！所以，我就带加德林来了。

她告诉他她怎么动身，一路情况，她怎么和父亲撒谎。

——他两天之内带我回去。明天晚晌你来，仿佛偶然的样子，利用机会向我求婚。

福赖代芮克从来没有像现在那样不想结婚。再说，他觉得罗克小姐是一个十分可笑的小东西。和党布罗斯夫人那样的女人一比，多大的区别！还有一个未来给他留着哪！他今天对于这个有了把握；所以，决定这种重要问题，现在不是由着性子乱搞的时候。他如今应当脚踏实地才对，——何况他重新见到阿尔鲁夫人。然而路易丝的坦白窘住了他。他回道：

——你曾经仔细考虑这种作法来吗？

——怎么！

又是气忿，又是意外，她嚷嚷起来。

他说，在目前，结婚是一种疯狂。

——难道你不要我了吗？

——你简直不明白我！

他叽里咕噜，乱七八糟，扯了一大片话，让她明白有重要的考虑妨碍他结婚，他事情多到无从结束，甚至他的财产也受影响（路易丝用一句话就干脆驳掉了），最后，政治的情况不宜结婚。所以，最合理的办法还是忍耐些时。不用说，事情还会好起来的，至少，他这样希望；临了，他寻不出理由了，他装做忽然想起两点钟以来他就应当到杜萨笛耶那边去。

随后，他向大家道别，钻进欧特维勒街，围着吉穆纳斯剧场绕了一匝，重新来到马路，奔上罗莎乃特的四层楼。

走到圣·德尼街的入口，阿尔鲁夫妇和罗克父女分了手。他们走回家，什么话也没有；他，瞎扯到没有法子再扯；她呐，感到十分疲茶；她甚至靠着他的肩膀。这一夜晚，他是唯一表露诚挚情绪的人。她觉得自己对他充满了宽容。然而，他有一点怨恨福赖代芮克。

——谈到那幅画像的时候，你看见他的脸没有？我不是告诉你他是她的情人来的吗？你那时候直不相信我！

——噢！是的，我错了！

阿尔鲁胜利了，心满意足，还要说下去。

——我甚至打赌，他方才丢开我们，就为到她那儿去的！他如今在她那儿，准的！他在那边过夜！

阿尔鲁夫人把风帽拉得低低的。

——你在哆嗦！

她回道：

——是因为我冷。

父亲一睡熟，路易丝就走进加德林的屋子，摇她的肩膀道：

——起来！……快！快些呀！去给我找一辆马车来。

加德林回答，这时候早没有马车了。

——那么，你自己带我去，好吗？

——到哪儿去？

——到福赖代芮克那儿去！

——没有的话！什么事？

是为了同他谈话。她等不下去了。她要立刻见他。

——看你想的！半夜像这样去看人！再说，现在他睡着了！

——我会叫醒他的！

——可是，这对一个女孩子不合适的！

——我不是一个女孩子！我是他太太！我爱他！走吧，披上你的围巾。

加德林站在床边，思维着。

她最后道：

——不！我不要去！

——好啦，待着吧！我哪，我一个人去！

路易丝像一条水蛇溜下楼梯。加德林后面赶了上去，在走道追上她。加德林的劝阻没有用；只好跟她走，一边扣好她的上衣。她觉得路十分长。她埋怨她的老腿。

——那不提，我呀，我没有你的心事推着走，小姐！

她随即心软了。

——可怜的孩子！你瞧，这也就只有你的加豆[①]！

她不时犯疑心。

——啊！你会叫我干出什么漂亮事来！万一你父亲醒了可糟啦！老天爷！只要没有祸殃就好！

走到大千剧院[②]前面，一队巡逻的国民军止住她们。路易丝立即说，她同她的女用人到乐佛尔街寻一个医生去。他们放她们过去。

到了玛德兰的转角，她们又碰见一队巡逻队，路易丝用同样的解释回答，有一位公民还口道：

——我的小猫，害的病有九个月吗？

队长喊道：

——古吉保！别在行列里瞎说八道！——小姐们，请吧！

不管命令不命令，警句还继续着：

——好好儿开心呀！

——替我问候医生呀！

——小心狼呀！

---

① 加豆（Catau）即加德林（Catherine）的亲昵的简称。

② 大千剧院为孟唐席耶建于一七九〇年，在孟马尔特马路，上演小乐剧，极受巴黎仕女欢迎。

加德林高声指点道：

——他们就爱胡闹。全是年轻人！

最后，她们到了福赖代芮克的住宅。路易丝使劲儿拉了几次铃。门开了一条缝，门房回答她的问话道：

——不在家！

——可是他应该睡了？

——我告诉你不在家！差不多有三个月他不在家里睡觉了！

门房的小玻璃窗干脆关上了，好像一把断头台的刀。她们呆在穹隆的阴影里。一个怒声向她们呼道：

——滚出去！

门重新开开；她们走出来。

路易丝支不住了，坐在一根界石上；头藏在手心，她拼命地大哭起来。天亮了，有些货车过去。

加德林搀住她走回去，吻着她，从她的世故经验找出种种的话来安慰她。不应该为情人这样毁坏身子。要是这一位失约的话，她会找到别的情人的！

三

罗莎乃特对于义勇军的热狂一冷，她变得比从前还要可爱，福赖代芮克不知不觉养成住在她那边的习惯。

一天最好的时光，是他们在阳台的早晨。穿着细麻紧身衣，赤脚登着拖鞋，她围着他走来走去，揩干净她的黄雀笼子，给她的金鱼添水，用一把火铲调理盛满土的匣子。里面长起一排旱金莲点缀墙壁。随后，肘子靠住栏杆，他们一同望着车、行人；他们晒太阳，计划消夜。他顶多也就是两小时不在家；然后，他们到任何一家剧院，坐在前排；罗莎乃特握着一大捧花，听着音乐，同时福赖代芮克俯向她的耳朵，给她讲些开心的或者多情的故事。别的时候，他们雇了一辆“喀莱实”，到布洛涅树林游玩；他们老晚才回去，一直散步散到午夜。最后，他们由凯旋门和大林道回来，吸着空气，头上顶着星星，同时，所有的煤气灯远远排了下去，活像两串明亮的珍珠。

到他们应当出门的时候，总是福赖代芮克等着她；她用极长的时间安排帽子绕着她下颌的两条带子；当着她有镜子的衣橱，她向自己微微笑着。然后，她把胳膊伸在他的胳膊上，拉他靠近自己：

——我们这样才叫好，两个人边靠边的！啊！可怜的心肝，我会吃掉你的！

他现在是她的东西，她的产业。她的脸上因而不断发出一道光辉，同时她的举止似乎更慵逸了，形体也更圆了；他不明白怎么一回事，只觉得她变了。

有一天，她当做一桩极其要紧的新闻告诉他，阿尔鲁老爷给他厂里一个旧女工开了一家布庄；他天天晚晌到那边去，“拼命花钱，单说上星期吧，他还送了她一副红木家具”。

福赖代芮克道：

——你怎么知道的？

——噢！我拿稳了的！

戴勒芬按着她的吩咐，打听出来的。她这样关心他，可见她很爱阿尔鲁！他仅仅回了她一句：

——这碍你什么事？

罗莎乃特听见这句问话，做出吃惊的样子。

——还不是那家伙欠我钱！看他养着些女叫化子，不可憎吗？

然后，带着一种胜利的憎恨的表情：

——而且，她根本没有把他放在心上！她另外还有三个男人。也好！让她吃他吃到末一个铜钱，我才高兴呐！

这也是真的，阿尔鲁上了年纪，有老人做爱的宽大，听那波尔多女人榨取。

他的制造厂停顿了；他全盘的事业是黯澹的；后来，为了争些起色，他最初想到设立一个歌唱咖啡馆，只唱一些爱国作品；部长答应他一笔津贴，这个地方会同时变成一个宣传的中心，同时变成一条生财的大道。当权的人换了，这不可能了。如今，他梦想设立一个军帽厂。他没有资本开办。

他在家里并不快乐。阿尔鲁夫人对他不怎么甜蜜，有时候甚至有点儿粗声粗气的。玛尔特总站在父亲这边。这增加龃龉，家变得不可忍受了。他时常一早出去，为了解闷起见，一天全在奔波里面打发掉，然后在一家乡下的酒馆用晚饭，随自己胡思乱想。

长久不和福赖代芮克来往，他觉得如有所失。所以有一天下午，他过去求他和从前一样来看他，得到他的应允。

福赖代芮克不敢回到阿尔鲁夫人那边。他觉得自己好像出卖了她。然而这种行径是懦怯的。借口没有。怎么样也得看她去！所以，有一晚晌，他动身去了。

雨在下着，他方才走进茹福卢瓦夹道，就见店铺的灯光底下，朝他走来一个戴便帽的矮小的粗大的男子。福赖代芮克一下子就认出是贡板，那位演说家，他的提议在俱乐部曾经引起那么多的笑声。他倚着一个人的胳膊，那个人戴着一顶轻步兵团的红帽，上嘴唇极其长，肤色有橘子一样黄，颚床盖着一撮小胡须，睁着大眼睛，一脸赞美的神情端详他。

不用说，贡板觉得骄傲，因为他说：

——我给你介绍这小伙子！他是我的朋友，一个做靴子的，一个爱国志士！我们去用点儿东西？

福赖代芮克谢绝了他，他马上攻击拉斗的提议，一种贵族的把戏。[①]要了结的话，必须重来一下“九三”！然后，他打听罗染巴和若干人的消息，全有名气，例如马斯兰、桑松、勒高尔吕、马赖沙，还有一个叫做戴楼芮耶的，新近在特罗瓦因为截留轻骑兵的枪

① 一八四八年十二月二十日，路易·拿破仑竞选总统，宣告胜利。二月革命的国家日报派稳健分子下野，由保守派组阁。路易·拿破仑不作声，听一切人议论，因为他才回国，和任何人全不熟识，甚至同他的总理奥迪隆·巴罗也是新交。他尊重梯也尔，因为仗着他的帮助，他才当选。新阁厌憎国会，推出一位政府派议员，叫做拉斗（一八〇〇年——一八八七年）的，于一八四九年一月八日提议解散国会（称为立宪议会），改选立法议会。议论纷纭之中，一月二十九日，提议终得通过。三月十九日，立宪议会解散，三月二十八日，立法议会宣告成立。

械被株连到。

这在福赖代芮克全是新闻。贡板知道的也就是那一点点。他离开他道：

——回头见，不是吗？因为你是那里面的。

——什么里面的？

——小牛的头里面的？

——什么小牛的头？

贡板打了一下他的肚子，道：

——啊！活装蒜！

这两位恐怖人物钻进一家咖啡馆。

十分钟以后，福赖代芮克不再想到戴楼芮耶。他站在天堂街的走道，当着一所房子；他望着二楼帘帏后面的灯光。

最后，他上了楼梯。

——阿尔鲁在家吗？

女仆回道：

——不在家！你进来好了。

然后急急开开一扇门：

——太太，是毛漏先生。

她站起来，脸比她的花领还要苍白。她哆嗦着。

——什么风……引你拜访……这样意外？

——什么也没有！跟老朋友欢叙欢叙！

然后，一边坐下，一边道：

——好阿尔鲁怎么样？

——好得很！他出去了。

——啊！我明白！老习惯，晚晌出去走动走动；寻点儿开心！

——为什么不？操了一天心，头需要休息休息！

她夸丈夫是一个干家。这种誉扬刺激福赖代芮克；他指着她膝头一块带蓝縫子的黑布道：

——你那儿做什么？

——给我女儿收拾一件袄。

——倒说，我没有看见她，她在哪儿？

阿尔鲁夫人回道：

——在一家寄宿学校。

眼泪来到她的眼里；她忍住眼泪，快快地推她的针。他怕窘，从她旁边的桌子拿起一份《插画》。

——卡姆的速写很好玩儿，是不是？①

——是的。

然后，他们又没有话说了。

忽然一阵狂风撼动玻璃窗。

福赖代芮克道：

——鬼天气！

——说真的，冒着这可怕的雨来，你太好了！

——噢！我，我才不放在心上！我不像那类人，一看见雨，不用说，就不赴约会了！

她天真烂漫地道：

——什么约会？

——你不记得吗？

她打了一个寒颤，低下头。

---

① 《插画》是一八四三年创刊的周刊画报。

卡姆的真名实姓是阿麦代·德·挪亚（一八一九年——一八七九年），是法国著名的漫画家。《旧约·创世记》有挪亚者次子名卡姆，是他笔名的来历。

他轻轻把手放在她的胳膊上。

——我告诉你，你当时好不叫我难过！

声音里面含着一种悲痛，她回道：

——我担心我的孩子！

她告诉他小欧皆的病，当日的一切焦忧急虑。

——谢谢！谢谢！我不再疑心了！我永远爱你！

——不对！这不是真的！

——为什么？

她冷冷地看着他。

——你忘了另一位！你领着看跑马的那位！你有她的画像的那个女人，你的情妇。

福赖代芮克喊道：

——好了，是的！我不否认！我是一个无赖！听我讲！

他和她在一起，是由于觖望，和自杀一样。而且，为了在她身上报复他的羞辱，他十分让她不快乐来的。“什么样的惩罚！你不明白吗？”

阿尔鲁夫人转过美丽的面孔，向他伸出手；他们闭住眼睛，陷入一种温柔而悠长的摇摆似的酩酊。然后，面对面，两个人靠近了，你端详着我，我端详着你。

——你能够相信我会不再爱你吗？

她用一种充满柔情蜜意的低声回道：

——不！别瞧我那样想，我心里觉得那不可能，我们中间的障碍有一天会消除的！

——我也是！我需要再看见你，死也值得！

她接着道：

——有一回，在王宫，我从你的身旁走过！

——真的？

他告诉她在党布罗斯家里重新遇见她的幸福。

——可是那晚走出来，我多恨你！

——可怜的孩子！

——我的生活是那样忧郁！

——我还不是一样！……人全要死的，我要是做妻做妈忍受一切，就是苦也罢，焦心也罢，委屈也罢，我也不会抱怨的；可怕的是，我的孤独，没有一个人……

——可是我在，有我呐！

——噢！是的！

一种发乎深情的唏嘘在激荡她。她的胳膊摊开了；他们站住搂在一起，长长吻着。

地板上咔嚓起了响声。一个女人站在他们旁边，罗莎乃特。阿尔鲁夫人认出她；眼睛睁得圆圆的，她观察她，充满惊奇和愤怒。最后罗莎乃特向她道：

——我来找阿尔鲁先生说话，有事。

——他不在家，你看得出来。

女元帅接着道：

——啊！是真的！你的女用人对！真是对不住！

然后，转向福赖代芮克道：

——你在这儿，你？

阿尔鲁夫人红了脸。这种亲昵，当着她表示，好像一记巴掌打着她的脸。

——他不在家，我告诉你！

于是，女元帅望望这里，望望那里，安安静静道：

——我们回去吧？我下边有马车。

他假装没有听见。

——好，来呀！

阿尔鲁夫人道：

——啊！是的！这是一个机会！去吧！去吧！

他们走出去。她倚住栏杆再看他们一眼，一种碎心的尖锐的笑声，从楼梯的高处，落在他们身上。福赖代芮克把罗莎乃特推进马车，坐在她的对面，一路没有吐出一个字。

名誉又扫了地。这气苦了他，还是他自己招来的。他同时感到压人的羞愧，同时感到福祉的错失；眼看他要抓住它了，它变成不可挽回地不可能了！——全是这东西，这女孩子，这臭货的不是。他真想扼死她；他窒息着。回到家，他把帽子扔到一件木器上，揪下他的领带。

——啊！说吧，你方才做的什么好事！

她傲然在他面前一站。

——你说，事后又怎么样？有什么不好？

——什么！你暗地里跟着我？

——那是我的错？为什么你到正经女人家去寻开心？

——管它哪！我不要你侮辱她们。

——我怎么侮辱她们来的？

他没有话回答；带着一种更憎恶的声调道：

——可不是，另一回，在校场……

——啊！别拿你的旧相识给我们添麻烦吧！

——混账！

他举起拳头。

——别杀我！我有孕啦！

福赖代芮克往后一退。

——瞎扯！

——你看看我！

她拿过一个烛台，指着她的脸道：

——你看得出吧？

她的皮肤奇怪地虚肿，上面有好些小黄点子。福赖代芮克不否认这个事实。他过去打开窗户，乱走了几步，然后一屁股跌进一张靠背椅。

这件事是一种灾殃，第一，延迟了他们决裂，——再说，弄翻了他所有的计划。而且，做父亲的观念，他觉得可笑，没有接受的可能。但是为什么？假如，不是女元帅，而是……？他的梦想变的那样深沉，他起了一种幻觉。他看见那边，地毡上，壁炉前，站着一个小女孩子。她有点儿像阿尔鲁夫人和他自己；——棕色，白色皮肤，黑眼睛，长长的眉，鬈鬈的头发扎着一条玫瑰色带子！（噢！他要多爱她！）他好像听见她的声音："爸爸！爸爸！"

罗莎乃特换掉衣服，走到他旁边，看见他眼帘挂着一颗眼泪，重重地吻着他的额头。他一边站起，一边道：

——家伙！别弄死他，这小东西！

听见这话，她的话多了起来。这会是一个男孩子，当然！名字就叫福赖代芮克。现在就得开始给他做衣服了；——看见她这样快乐，他起了怜悯。他如今一点不感到恼怒，他只要知道她方才行径的来由。

原因是，就在当天，法提腊斯女士给她送来一张很久就兑不了现的票据；她只好跑到阿尔鲁那边去讨现款。

福赖代芮克道：

——我会给你的！

——到那边去拿属于我的钱，再提出一千法郎还人家，没有比这再简单的了。

——这就是欠她的总数吗?

她回道：

——自然啦!

第二天下午九点钟（门房指定的时间），福赖代芮克去看法提腊斯女士。

他在前厅撞着堆积的家具。幸而有人声和乐声给他指路。他打开一扇门，正好赶上一个宴会。戴勒玛尔，直直的，站在一位戴眼镜的小姐弹着的钢琴前面，大祭司一样尊严，朗诵一首关于娼妓的人道诗；他的重浊的声音在谐着琴键的起伏滚动。一排女人靠着墙壁，大都穿着深色衣服，没有领子，也没有套袖。这里那里，椅子上坐着五六个人，全是思想家。一只靠背软椅，坐着一位从前写寓言的作家，如今成了一堆荒墟；——两盏灯的辛烈的气息和巧克力（盛满了聚在牌桌的碗）的馥郁混成一片。

法提腊斯女士站在壁炉一角，一条东方的肩巾围着她的腰腹。杜萨笛耶在对面另一边；他的地位让他的神情有点儿杌陧。而且，这种艺术的场合吓住他。

法提腊斯和戴勒玛尔断绝关系了吗?也许没有。不过，她似乎关心这好伙计；听见福赖代芮克要同她讲一句话，她向他做手势，叫他同他们到她的寝室。点清了一千法郎，她还要利息。

杜萨笛耶道：

——这犯不上要了!

——闭住你的嘴!

一个那样勇敢的男子，如今这样懦怯，倒让福赖代芮克觉得开心，好像是他自己懦怯的一个辩护。他拿走票据，永远不提阿尔鲁夫人那边不名誉的行为。但是，从这时候起，他觉得女元帅的缺点全露出来了。

她有一种不可救药的恶劣的欣赏力，一种不可思解的慵懒，一种野蛮人的愚昧，甚至把戴罗吉医生看成十分有名的人物；她以招待他为荣，他和他的夫人，因为他们是“成婚的人”。带着一种学究的神情，她指教伊尔玛女士对付生活，后者是一个生就小喉咙的可怜的小把戏，保护人是一位“很过得去”的先生，从前在税关充雇员，打牌精明得很；罗莎乃特把他唤做“我的大球球”。福赖代芮克照样受不下去她蠢话的重复。例如：“奶油蛋糕！到沙由去！你就不会知道，”等等；而且，她早晨执意用一副白手套揩她的陈设！他特别厌恶她对待女仆的模样，——工钱时常拖着不付，甚至借钱给她用。算账的日子，她们吵闹得和两个女鱼贩子一样，随后搂在一起又和好了。他们的谈话是沉闷的。党布罗斯夫人的夜会又开始了，他觉得舒畅。

这一位至少还逗他开心！她晓得社会的阴谋，大使的更替，女裁缝的名姓；万一有平凡的话滑出来，因为口吻那样适合，她的词句可以解做恭敬，或者嘲弄。你看她坐在二十个谈天的男女中间，没有忘记任何人，她得到她所想往的回答，避开崄巇的回答！极其简单的事，一经她讲，就像成了什么机密；她一点点微笑也引人沉思；总之，她的娇媚是复杂的，不可形容的，犹如她经常使用的美妙的香水。和她在一起，福赖代芮克每回感到像发现什么东西一样愉快；然而，每次重逢，他总觉得她和前次一样开朗，仿佛清澄的水在映射。但是，为什么她待她的外甥女那样冷淡？她甚至有时候怪样儿扫她一眼。

只要提起婚姻问题，她就拿“亲爱的孩子”的健康做理由，反对党布罗斯先生，马上把她带到巴拉吕克温泉①。回来，她又有了新借口：那年轻男子没有地位，这场热恋似乎还不严重，等等并不冒险。马地龙回答他能够等的。他的行径是崇高的。他夸扬福赖代芮克。他做的还多：他教他讨党布罗斯夫人欢心的方法，甚至让他明白他由外甥女那边晓得舅妈的感情。

至于党布罗斯先生，不仅不表示妒忌，反而处处照护他的年轻朋友，和他商量种种事，甚至关切他的未来，有一天，谈起罗克老爹，他带着一种狡黠的样子，在他耳边道：

——你的作法对。

赛西娜、约翰、仆役、门房，这一家人，没有一个人不对他和颜悦色的。他丢下罗莎乃特，天天晚晌到这边来。罗莎乃特未来的母性让她越发严肃了，甚至有点儿忧郁，好像有什么挂虑在愁苦她。随他问，她只回答一句：

——你弄错了！我好得很！

她从前签署的五张支票在作祟；第一次是福赖代芮克付的，她不敢向他提起，重新回到阿尔鲁那边想办法。他立下一张字据，答应把他在朗格道克②各城市煤气灯（一种不可思议的事业！）的利益三分之一给她，不过，请她不要在股东会议以前使用那张字据；会议却一星期一星期推延。

然而，女元帅需要钱用。她宁死不肯向福赖代芮克要。她不要他出钱。这会败坏他们的爱情的。不错，他贴补家里开销；不过，自从他常去党布罗斯那边以后，一辆按月租下的小马车，和一些不可少的别的牺牲，让他没有多余的钱再供他的情妇使用。他有两三

① 巴拉吕克在法国南部埃罗州，濒临地中海，有温泉。

② 朗格道克是往日法国南部一带通称，一二七一年并入法国，分为八州。

次不按平常的时间回家，相信看见几个男人的脊背在门边消失；她时常出去，不愿意说出她去的地方。福赖代芮克不想追究底细。他有一天会决定的。他梦想着另一种生活，更有趣，也更贵族。这种想法使他对党布罗斯府邸不咎既往了。

这座府邸在浦洼地耶街中心。他在这里遇见伟大的MA、深沉的C、雄辩的Z、博大的Y、中左派的老高调、右派的勇士、维护中庸之说的守旧派、喜剧里的永生的大好人。他们可憎的语言、他们的委琐、他们的怨毒、他们的恶意把他惊呆了，——这些人往日全投票拥戴宪法，如今却用尽了力量来毁坏它；——他们十分激动，扔下宣言、小册子、小传；余扫乃做的福米升的传是一篇杰作。劳郎古尔经管乡间的宣传，格赖孟维勒先生煽惑教士，马地龙聚起中产子弟。人人依着各自的情况活动，甚至西伊也在忙碌。他如今把心用在严肃的事，整天坐着“喀布芮奥莱”，为党奔走。

仿佛一个风雨表，党布罗斯先生时时在表示党方最近的变化。只要谈起拉马丁，他一定会引证这句老百姓的话：“够了，那样的诗！”就他看来，卡芬雅克只是一个卖国贼。他赞美了三个月的总统开始贬价了（觉得他缺乏“必要的气力”）；因为他总得要一个救主，所以自从工艺学校事件以来，他的感谢就属于尚卡尔尼耶了[①]：“谢谢天，尚卡尔尼耶……让我们希望尚卡尔尼耶……噢！只

---

① 一八四八年五月十五日，群众拥入国会，拉马丁企图说服他们，但是他们中间有人喊道：“够了，那样的诗！”

立宪议会决定选举总统，拉马丁主张由人民直接选举，当选者须在二百万票以上。他反对由国会选举，害怕卡芬雅克（行政首领）当选。他希望他的演说才具战胜他的政敌。稳和派共和党支持卡芬雅克，然而内部意见不一致，六月事件之后未曾入阁的若干议员，说他故意听任工人叛变，加强他的权位，同时雇用官员筹备他当选总统。一八四八年十一月二十五日，卡芬雅克要求议会解释，说他对于六月 （转下页）

要尚卡尔尼耶在，什么也不用怕……”

大家特别誉扬梯也尔先生，尤其是他反对社会主义的卷帙，他在这里是思想家，同时也是作家。比耶尔·勒卢在议会引了几段哲人的文字，惹得大家哄堂而笑。他们嘲笑法朗司泰尔派的末流。他们去捧《观念市场》；他们拿作者和阿里斯托芬比。[①]福赖代芮克也去和别人一样。

（接上页） 事变仅仅执行命令而已。他问道：“我是卖国贼吗？”议会以五〇三票宣布他有功祖国，结束这场纠纷。选举的结果是，拉马丁惨败，得票不足八千；卡芬雅克得票一百四十四万张；而路易·拿破仑得保守派之助，借先祖的遗荫，竟然得票五百四十三万张。

立法议会于一八四九年五月二十八日成立，推举一个奥尔良派做主席，内阁大致没有更动。路易·拿破仑和大家缺乏联系，安分做他的总统，等待复辟的更好的机会。议会从起始便分成两大派别，保守和山岳，相为对峙。山岳派本身便是矛盾，其中一小支是社会民主党，反对政府，说它和宪法抵触。

凑巧在这时候，政府决定进兵罗马，恢复教皇职权，和革命党作战，给了反对派一个攻击的口实。六月十一日，赖德律·洛兰在议会演说，指摘政府违背宪法，向罗马共和国宣战。议会否决社会民主党的不信任提议。于是发生了六月十三日工艺学校的事变。当天报纸发表民主党的宣告：“共和国的总统和内阁违反宪法。议会一部分议员投票，表示和他们同谋，同样违反宪法。国民军起来……军队上的兄弟们记住自己是公民，第一个责任是保护宪法。”十一点钟，示威的人们在水楼聚齐，由赖德律·洛兰和三四十名议员领队，穿越马路，喊着“宪法万岁！共和国万岁”打算前往议会示威。他们并不预备叛变，但是，骑兵冲散他们的行列，为了自卫起见，他们临时在圣·马丁关厢堆积了些障碍物，然而不久也就失败了。至于赖德律·洛兰和其他议员被包围在工艺学校，在性命一息的时辰，得以逃出重围。赖德律·洛兰隐匿了三个星期，然后出亡英国，直到第二帝国崩溃，这才回来。

工艺学校在巴黎第十区圣·马丁街，有一著名的工艺馆，为一七九四年国约议会所设。

二月革命以后，每次暴动几乎全由尚卡尔尼耶将军平复。他是右派的希望，以铁腕见称。但是，路易·拿破仑不放心他，在复辟前，先去掉他的军权。

① 梯也尔在当时（一八四九年）发表《论共产主义》，驳斥社会学说。

《观念市场》是当时流行的一出喜剧，讥讽共和党员，在渥德维耳剧院上演。

阿里斯托芬是古希腊最大的喜剧作家，约当纪元前五世纪末叶。

政治的浮言滥语和饮食的美肴盛馔麻木了他的品德。他觉得这些人物平庸，然而他以认识他们为荣，内心也希望着资产者的敬重。有党布罗斯夫人那样一个情妇，他会成名的。

他开始一切他应当进攻的手续。

他追寻她散步和她邂逅的可能，不放过到她剧院包厢寒暄的机会；知道她去教堂的时间，他站在一根柱子后面，做出一种忧郁的姿态。为了指示奇异东西，打听音乐会，借书或者借杂志，短笺便不断在交换。夜里拜访不算，他有时候将近黄昏了还去一次；走过大门、院子、前厅、两间客厅，他的欢悦一级一级加高；最后，他来到她的内室，坟一样谨密，卧室一样温馨，各式各样的东西，这里也是，那里也是，人来人去全要碰着家具的毡绒：小屉台、屏风、漆碗漆盘、贝碗贝盘、象牙碗、象牙盘、孔雀石碗、孔雀石盘、用不着的无聊小玩意儿，时常是重复的。也有简单的玩意儿：三颗艾特达的石子做镇尺使，一顶弗里西亚[①]帽子挂在一扇中国屏风上；然而这一切，彼此全很和谐；你甚至会感到全部是高贵的：这也许由于天花板高敞，门帘阔绰，镀金凳腿上有长丝结飘摆。

她差不多总坐在一个双人椅子上，靠着点缀在窗口的花架。他坐在一个有轮的大圆凳的边沿，向她说着他想到的最正确的恭维；她端详着他，头微微侧向一边，嘴微笑着。

他给她读若干页的诗歌，放进他的全灵魂，为了感动她，为了叫她赞美。她往往用一句诽谤或者一句实际的观察止住他；他们的言谈不断堕入永生的爱情问题！他们研究发生爱情的机缘，妇女是否更比男子感受敏锐，他们在这上面的差异又是什么。福赖代芮克

① 弗里西亚是荷兰临近北海的一省。

努力表示他的意见，同时避免粗鄙和俗滥。这变成一种斗争，有时候称心，有时候无聊。

他在她旁边，感不到那种把他带往阿尔鲁夫人那边的全生命的酩酊，也感不到罗莎乃特让他起头遭遇的心乱如麻的快活。但是，好像当着一件反常的东西，弄不到手，他贪想弄到手，因为她高贵，因为她阔绰，因为她信教，便以为她情感雅致，和花边一样精细，皮上印着符箓，腐败之中还有羞耻。

他利用旧情。好像由于她的灵感他告诉她往日阿尔鲁夫人让他感到的一切感受，他的消沉、他的杞虑、他的梦想。她接受这个，犹如一个老于此道的女子，不正式拒绝，未尝丝毫让步；他没有达到勾引的目的，好似马地龙没有达到结婚的目的。为了打击侄女的情人，她索性就说他贪图钱财，甚至求她丈夫试他一试。于是党布罗斯先生向年轻人宣言，赛西娜是一家贫苦父母的遗孤，没有任何“指望”，没有嫁资。

马地龙不相信这是实情，也许要求太急，不好反口，也许由于一种痴騃的固执（天才的表征），回说他的家产，一年有一万五千法郎收入，就够他们用了。银行家感动了，想不到他这样不在乎钱财。他答应给他谋一个税官做；一八五〇年五月，马地龙娶了赛西娜小姐。没有举行跳舞会。新夫妇当晚去了意大利。第二天，福赖代芮克来拜望党布罗斯夫人。他觉得她比平常苍白多了。他说了两三件不关重要的事，她全酸酸地驳掉了。说实话，人人自私。

然而，也有忠心的，就拿他来说吧……

——啊，得了！跟别人一样！

她的眼皮是红的；她哭着。然后，用力微笑：

——原谅我！是我错！是我偶尔起了忧郁的念头！

他一点不明白。

他思索道："管它哪！反正她不像我所想的那样坚强。"

她捺铃要一杯水，喝了一口，吩咐拿走，接着就抱怨人家不好好伺候她。为了哄她开心，他荐自己做听差，说他有本领递菜，揩家具，通报姓名，总之，做得了一个随身侍役，否则最好，做一名外勤，虽说这已经过了时。他真愿意戴一顶鸡毛帽子，站在她的马车后面。

——胳膊抱着一只小狗，一步一步随着你，我该多庄严！

党布罗斯夫人道：

——你倒快活！

他接下去道：

——事看得那么认真，不是傻子吗？你不添造，人世已经够苦的了。没有事值得人为它痛苦。

党布罗斯夫人举起眉，做出大致赞同的模样。

这种情感的平等给福赖代芮克添了更多的胆量。他往日的错误如今成为他的明敏。他继续道：

——我们的祖先生活过得好多了。为什么不听从推动我们的冲动？说到临了，爱情本身算不了什么要紧事。

——可是这不道德，你这些话！

她重新坐向双人小椅子。他靠住她的脚，坐在椅沿。

——你看不出我在撒谎！因为，要讨女人欢喜，不摆出小丑不在乎的神气，就得装出悲剧的激昂！你要是光对她们说，你爱她们，她们会看不起你的！我呐，我觉得她们取乐的那些夸大的比喻，是真正爱情的一种亵渎；闹到后来，人简直不知道怎么表示爱情了，特别是当着那些……有……富有才智的女子。

她端详着他，半合着眼皮。他放低声音，斜向她的面孔。

——是的！你叫我害怕！我得罪你，也许？……对不住！……

我不要说那种话的！这不是我的错！你那样美！

党布罗斯夫人闭住眼睛，他惊于他的胜利的轻易。花园柔柔颤索的大树停住了。好些不动的云，仿佛一条一条红长绦带，浮在天空，人世仿佛来到一种普遍的休止。于是若干相似的黄昏，同样的沉静，混混沌沌回到他的心头。全在什么地方？……

他跪下去，握住她的手，向她宣誓一种永生的爱情。随后，他要走了，她用手招回他，低低向他道：

——回来用晚饭！就我们俩！

走下楼梯，福赖代芮克觉得他变成了另一个人，暖室馨郁的温度围住他，他决然进了贵族奸淫和上层阴谋的高等社会。想在这里保持首屈一指的地位，有这样一个女子就够了。贪图权势，急于行动，她嫁了一个庸庸碌碌的男子，还奇迹一样在侍奉着，不用说，她如今希望有一个性格强烈的人加以领导？现在没有什么不可能的了！他觉得自己驰骋二百英里路，一连工作几夜不疲倦；他的心洋溢着骄傲。

在走道，当着他，一个披着一件旧大衣的人，低着头走路，神情那样苦闷，福赖代芮克扭回身子想看看他。那个人仰起脸。原来是戴楼芮耶。他迟疑一下。福赖代芮克跳过去，搂住他的脖子。

——啊！我可怜的老伙伴！怎么！是你！

他把他揪回家，一路问了他许多话。

赖德律·洛兰的前任委员先讲起他受到的磨难。他向保守党宣传博爱，向社会主义者宣传尊重法律，当局一方面朝他放枪，一方面拿绳子要吊他。过了六月，不问皂白，他被人撤职了。他参加一个阴谋，在特洼伊截获的军火阴谋，缺乏证据，人家把他放了。随后，执行委员会派他到伦敦去，在一次宴会中间，他和弟兄们起了冲突，挨了几记耳光。回到巴黎……

——你为什么不到我这边来？

——你总不在家！你那看门的模样怪神秘的，叫我不知道怎么想才好；再说，我不愿意像一个失败者那样露面。

他叩过共和政府的大门，荐举自己用笔、语言、行为侍奉它；处处遭人拒绝；人家不相信他；他卖掉他的表、他的书、他的内衣。

——倒不如跟赛耐喀一同关在去美丽岛的囚船等死好些①！

福赖代芮克正在整理他的领巾，样子不怎么十分受这消息感动。

——啊！他叫人流放出去了，赛耐喀那家伙？

戴楼芮耶羡嫉的样子，一面望着四壁，一面回道：

——人人没有你的机会！

福赖代芮克不注意他的语言道：

——原谅我，我在外头用饭。底下人会打发你吃饭的；你想要什么，就要什么好了！你索性睡我的床好了。

当着这样真诚的友情，戴楼芮耶的酸辣消失了。

——你的床？不过……这会妨碍你的！

——没有的话！我另外有床！

律师笑道：

——啊！好得很。你到底在什么地方用饭？

——在党布罗斯夫人那边。

——是……偶然……还是……？

福赖代芮克带着一种微笑，证实这个假定道：

---

① 美丽岛在大西洋。因六月事变而被捕的工人，除押往阿尔及利亚的一批，释放了一批之外，还有四千人等待判决。无狱可容，便扫数运往美丽岛的堡垒监禁。

——你太好奇了。

随后，看了看钟，他重新坐下。

——都是那样子！用不着觖望，人民的老卫士！

——饶了我！请别人来吧！

律师憎恨工人，因为他在本省（一个产煤的区域）受够了他们的气。一个煤井有一个煤井的临时政府，一个一个向他下令。

——而且，他们的行径处处可爱：在里昂，在里尔，在勒阿弗尔，在巴黎！因为，跟制造商人学样儿，想排斥外国的出品，这些先生们要求驱逐英吉利、德意志、比利时跟萨勿洼的工人！说到他们的领悟，有什么用，他们复辟时代著名的公会？一八三〇年，他们加入国民军，连统治它的常识也没有！“四八”事变的前一天，各工团出头露面的时候，它们不就有了旗帜吗？它们甚至要求自己有人民代表，只替它们说话！就像甜萝卜的代表只关心甜萝卜！——啊！我可看够了这些家伙，一时匍匐在罗伯斯庇尔的断头台前面，一时匍匐在皇帝的靴子前面，路易·菲力普的雨伞前面，谁往喉咙里头扔面包，就永远忠实于谁的囚囊！大家总在嚷嚷塔莱朗[①]和米辣保纳贿；可是，下层的脚夫为了五十文会出卖国家，要是人家答应从他的运费抽他三法郎的税！啊！怎样的错误！我们真应该从欧罗巴的四角落放火才是！

福赖代芮克回道：

——缺的就是火星子！你们只是些小资产者，你们中间顶好的也不过是学究！至于工人，他们可以抱怨；因为，就让你从王室经

① 塔莱朗（一七五四年——一八三八年）是法国的外交家。他一生最大的贡献是拿破仑失败之后，他在维也纳施展手腕，挽回列强瓜分祖国的命运。他缺乏的是节操和廉洁。

费提出一百万，用最卑下的谄媚，把这一百万赏给他们，你应他们的也不过是一些空话！簿子在东家手里，支薪的（甚至当着法律）是他主子的下属，因为他的话就没有人相信。总之，我觉得共和国老了。谁知道？要想实现进步，也许得经过贵族，或者经过独裁？发起总是从上面来的！人民是鱼肉，不管多自命不凡！

戴楼芮耶道：

——你的话也许对。

依照福赖代芮克，大多数公民指望的只是安定（他从党布罗斯府邸学了不少），机会全是保守派的。然而，这一派又缺乏新人。

——要是你参加的话，我敢说……

他没有说完。戴楼芮耶明白，两手放在额头；随后，忽然道：

——可是你呢？什么又拦着你？你为什么不做议员？

因为选举两次，所以欧布空下了一个候补的位子。党布罗斯先生，重新被选在立法议会，属于另一区。

——你要我帮忙吗？

他认识许多开酒店的、办学校的、医生、公证人、见习生和他们的东家。

——再说，你要农夫信什么就信什么，随你摆布。

福赖代芮克觉得他的野心又燃起来了。

戴楼芮耶添话道：

——你应该给我在巴黎找一个位子。

——噢！有党布罗斯先生，这不会难的。

律师接下去道：

——我们方才在谈煤矿，倒说他的大公司怎么样了？我需要的正是这类事！——而且，我一边儿保持独立，对他们会有用的。

福赖代芮克答应三天以内领他去看银行家。

他同党布罗斯夫人一道用晚餐，十分畅快。她迎着挂灯的光辉，高过一篮子的花，坐在桌子的另一边，在他对面微笑着；窗户开着，他们望见星星。他们极少说话，不用说，不相信自己；可是，听差一转过身子，他们就从唇梢给彼此飞一个吻。他说起他想竞选的意思。她赞成，甚至答应叫党布罗斯先生出力帮忙。

晚晌，来了几位朋友给她道喜，表示怜惜：没有侄女在，她一定是难受得不得了。再说，新婚的年轻人出去旅行旅行，极其应该；往后，小孩子一来就麻烦了！可能，意大利并不像人想的那样美好。好在他们还在幻觉时期！再说，蜜月美化一切！最后两位留的是德·格赖孟维耳先生和福赖代芮克。外交家不想走。最后，半夜了，他站起来。党布罗斯夫人示意福赖代芮克同他一起走，看见他服从，表示感激，她捺了捺他的手，比任何一次温馨。

看见他回来，女元帅欢喜地叫了起来。她等他等了五小时。他推说为戴楼芮耶不得不跑一趟。他的脸透出一种胜利的神情，一种圆光，照得罗莎乃特眼花缭乱。

——这也许因为你穿了一件相宜的黑礼服；不过，我从来没有觉得你这样美过！你美极了！

她的心激荡了，她暗暗向自己发誓，再也不跟别人了，不管有什么事发生，就是吃苦吃死也情愿！

她湿润的媚眼迸出那样强烈的一种激情，福赖代芮克不由把她拉在他的膝头，一边赞美他的邪恶，一边向自己道：“我多混账！”

四

戴楼芮耶拜见的时候，党布罗斯先生正在思索恢复他的伟大的煤矿事业。但是，把所有的公司融而为一，被人误解；大家说他垄断，就像这类事业不需要浩大的资本！

戴楼芮耶完全认识问题，事前特意读了一遍高拜的著作和《矿业日报》里面沙浦①先生的论文。他指出一八一〇年的法律为权益人规定下一种不得交换的权利。再说，计划不妨加上民主的色彩：阻碍煤矿联合，简直是谋害集会结社的原则。

党布罗斯先生交给他若干文件，编成一篇说明。至于酬谢他的工作的方式，他含含糊糊，笼统应了几句。

戴楼芮耶回到福赖代芮克那边，把会议的情形讲给他知道。而且，出去的时候，他在楼梯底下看见党布罗斯夫人。

——我给你道喜，家伙！

随后他们谈起选举。有些事还得从长计议。

三天以后，戴楼芮耶又去了，带着一页写给报纸的文字，一封亲密的书信，由党布罗斯具名，赞成他们的朋友的候选资格。有一个保守派支持，有一个红党誉扬，一定成功。资本家怎么会签这样一张东西？原来是律师，不怕难为情，亲自拿给党布罗斯夫人过目，夫人觉得很不错，自告奋勇担任此外一切事情。

这种作法出乎福赖代芮克的意外。但是，他赞成；随后，戴楼芮耶要去会见罗克先生，福赖代芮克把他和路易丝的关系告诉了他。

——随你同他们讲好了，就说我还没有决定；我会安排的；她还年轻，尽好等的！

戴楼芮耶去了；福赖代芮克把自己看成一个十分了不起的人。而且，他感到一种满足，一种深沉的满足。他占有一个阔女人的欢悦，没有受到任何反面的挫折；情感和环境是谐和的。他的生命如今处处有了甜蜜。

最优美的甜蜜，也许是端详党布罗斯夫人，在她的客厅，在好几个人中间。她仪态的端正让他想到别的姿态；她一边用一种冷的声调应酬，他一边记起她结结巴巴的情话；她的道德为人尊重，仿佛自己也受到一种尊敬，不胜暗自欣喜；他有时候简直想嚷道："可是我比你们更认识她！她是我的！"

他们的关系不久成了一种合宜的、公认的事。整个冬天，党布罗斯夫人带着福赖代芮克出入上等社会。

他差不多总来在她之前；他看着她进来，裸着臂，握着扇子；发里镶着珍珠。她站在门限（门楣仿佛一个画框围着她），轻轻透出一点迟疑，闪着眼皮，看他在不在这里。她用她的马车送他回去；雨打着套窗；影子似的行人在泥泞里面走动；彼此搂得紧紧的，朦朦胧胧，他们望着这一切，带着一种平静的蔑视。他以种种借口，在她的房间多留一小时。

党布罗斯夫人所以依从，特别是由于无聊。然而，这最后一次

---

① 高拜（一七三七年——一七八年）是法国的史家兼矿学家，矿学著述有《法国古代矿学家》（一七七九年）与《山之构成》（一七八二年）。

《矿业日报》在巴黎出版，创自一七九五年，一八一五年停刊。

沙浦在《矿业日报》印行期间，还是个电报发明者。

尝试，却也不应当放过。她希望一种伟大的爱情，开始对他做出种种谄谀、娇媚。

她送花给他；她为他做了一把花毡椅；她给了他一个雪茄盒、一份文具、上千的日用小摆设，因为他没有一件事分心，时时刻刻想着她。这些逢迎的举动起初他以为可爱，不久视同当然。

她坐了一辆街车，在一个夹道的入口打发掉，从另一端出来；然后，她顺墙溜过去，脸上蒙着两层面网，来到福赖代芮克守候的街头，急忙抓住他的胳膊，要他把她领进他的住宅。他的两个听差散步去了，门房买东西去了；她的眼睛往四外瞥着；没有什么可怕的！她呻吟了一声，仿佛一位逐客重新见到他的祖国。机会给了他们勇气。他们的幽会增多了。甚至有一晚晌，一身跳舞会的打扮，她忽然出现了。这种意外的访问富有危险的可能性；他责备她不小心；其实，她不惹他喜欢。她敞开的紧上衣把她的瘦胸脯露得太多。

于是，他看出是什么东西骗了自己，他的官能的幻灭。他不因而少假装一些伟大的热烈；然而，要想感到热烈，他必须唤起罗莎乃特或者阿尔鲁夫人的意象。

这种情感的瘦损给他的头脑留下完全的自由，他比往常更贪图在上等社会弄到一个高位置。他有这样一个阶梯，少说也得利用利用。

将近一月中旬，有一早晨，赛耐喀走进他的书房；看见他吃惊叫唤，回说他是戴楼芮耶的秘书。他还给他带来一封信。信上有好消息，责备他冷落；他应当到那边去一趟。

未来的议员说他后天动身。

关于候补，赛耐喀不表示意见。他谈他和国家大事。

国事虽说可悲，却也令人欢喜，因为大家在朝着共产主义走。

第一，行政自动向这方面来，因为政府统治的事每天越来越多。至于产业，一八四八年的宪法虽说荏弱，可也没有轻轻放过；而今后，国家以公用的名义，可以予取予求，只要它认为相宜。赛耐喀说他站在权力这边；从他的议论，福赖代芮克听到他自己说给戴楼芮耶的夸张的言词。这位共和党甚至指斥群众力不胜任。

——罗伯斯庇尔，为了保障少数人的权利，把路易十六带到国约议会前面，救了人民。目的可以使事件本身正当。独裁有时候是不可免的。只要暴君做好事，专制万岁！

他们的讨论延长了许久，临走的时候，赛耐喀讲（这大约是他拜访的目的），戴楼芮耶对于党布罗斯先生的沉默十分焦急。

然而党布罗斯先生在生病。福赖代芮克天天看到他，他的密友资格允许他在一旁料理。

尚加米涅将军的免职极其震动资本家。①当晚他起了大热，胸口感到窒闷，睡眠不可能。放血的结果，立即舒适了。干痰不见，呼吸变得更平静了；一星期以后，他喝着粥道：

——啊！好多了！可是，我险点儿上了一趟远路！

党布罗斯夫人嚷着，用这句话表示她不会做未亡人：

——要走一起走！

---

① 尚加米涅将军免职，不仅别人想不到，就是他自己也出乎意外。他是巴黎的卫戍司令，有大多数议员支持他。总统路易·拿破仑名义上是全国陆军总司令，然而丝毫不为尚加米涅尊重。他住在杜伊勒里王宫，公开地取笑路易·拿破仑，甚至同人讲，他只等议长一道命令，便可以把总统送进牢狱。一八五一年一月二日，内阁承总统意旨，决定尚加米涅免职，陆军部部长不愿签字，于是立即更换部长，由新部长负责下令。尚加米涅并不反抗，但是，议会哗然了，一月八日，多数党的首领晋见总统，长篇大论地指斥。路易·拿破仑仅仅回答："一个夸口要把我送到牢狱的司令，你们倒要我留职吗？"最后，议会不复提起尚加米涅，通过不信任内阁。内阁虽说辞职，然而，"客厅骚动，街头平静"，总统胜利了。

他不回答，向她和她的情人投出一种奇怪的微笑，意思是忍让、宽纵、嘲弄，甚至类似一种打趣，一种几乎欣快的暗示。

福赖代芮克要去劳让，党布罗斯夫人反对；他依着病情的变化，来回解系他的行囊。

忽然，党布罗斯先生吐出许多血来。请教“科学之王”，他们想不出什么新办法。他的腿浮肿了，虚弱在加重。他几次表示要见一下赛西娜的欲望，她和丈夫在法兰西的另一端，后者做税官做了一个月了。他特意吩咐通知她来。党布罗斯夫人写了三封信，拿给他看。

她连女修士也不相信，一分钟不离开他，睡觉都取消了。门房留名问候的亲友，打听到她，无不加以赞扬；过往行人，当着街窗下的大量谷梗，深表敬意。

二月十二日，五点钟，开始可怕的吐血。看守的医生说危险了。大家急忙去寻教士。

党布罗斯先生忏悔的时候，夫人好奇地远远望着他。忏悔之后，年轻的医生贴了一张起泡药膏，等待变化。

家具遮住灯光，屋子有的地方亮，有的地方黑。福赖代芮克和党布罗斯夫人，在床脚旁边，端详着垂死的人。教士和医生在窗口低声谈话；女修士跪着，呢呢喃喃祈祷。

最后，起了一声哮喘。手冷了，脸开始苍白。有时候，他忽然发出一声巨大的呼吸；呼吸渐渐少了；滑出两三句模糊的话；他吐了一小口气，同时旋转眼睛，头往旁落在枕头上。

大家静了一分钟。

党布罗斯夫人走近；她不费力，尽责任似的简单，闭拢他的眼皮。

然后她伸开两臂，扭着身子，好像忍不住一种抑制的觖望的抽搐，走出房间，扶着医生和女修士。一刻钟以后，福赖代芮克走进她的寝室。

屋子洋溢着一种形容不来的气味，是由充塞着房间的精致摆设发出来的。床中间铺着一件黑袍，和玫瑰色的床罩正好对比。

党布罗斯夫人站在壁炉的角落。他心想她没有强烈的悲痛，但相信她也该有点儿难受；他以一种忧忧的声音道：

——你难受吗?

——我？不，一点儿不。

转过身子，她瞥见袍子，检点着；随后，她叫他不要拘束。

——你想抽烟，抽烟好了！你是在我的屋子！

然后，大叹一口气：

——啊！圣母！去了一块石头！

感叹惊住了福赖代芮克。他吻着她的手道：

——总之，我们自由了！

这种暗示他们爱情不费功夫的隐语仿佛伤了党布罗斯夫人。

——嗐！你不知道我帮了他多少忙，我多熬着心过日子！

——怎么样?

——可不是！过了五年日子，给家里带来一个女孩子！身旁总放着这私生孩子，能够叫人放心吗？没有我的话，不用说，谁说不会牵着他做点儿什么糊涂事?

于是，她解说她的事。他们在夫妇财产分理制度之下结婚。她的祖产是三十万法郎。假如她后死的话，党布罗斯先生在他们的契约写好给她一万五千法郎年金和这所府第。然而，过了不久，他立下一个遗嘱，把他全份的财产给她；就她目前尽可能知道的，她估计有三百多万。

福赖代芮克睁大眼睛。

——值得人操心，是不是？而且，是我做成的！我保护的是我的财产；赛西娜会不公道，抢了我的。

福赖代芮克道：

——为什么她不来看她父亲？

听见这问话，党布罗斯夫人看了他一眼；随后，带着一种干涩的声调道：

——我怎么晓得！还用问，没有心肝！噢！我晓得她！所以她不用妄想我一文钱！

她并不麻烦，至少她结婚以后还好。

党布罗斯夫人冷笑道：

——啊！她的婚事！

这个蠢东西又妒忌、又自私、又虚伪，她恨自己待她太好。"她父亲的毛病她全有！"她诽谤丈夫越来越厉害。谁的欺诈也没有像她那样深沉，而且铁心肠石头一样无情，"一个坏人，一个坏人！"

最有德行的人也难免过失。党布罗斯夫人恨过了分，方才就犯了一次过失。福赖代芮克坐在她对面一张靠背椅，思维着，起了反感。

她站起来，轻轻坐在他的膝头。

——只有你好！我爱的也就是你！

看着他，她的心软了，一种神经的反射给她的眼帘带来了泪水；她唧哝道：

——你愿意娶我吗？

他起初以为没有听懂。想到她的富裕，他呆住了。 她提高声音重复道：

——你愿意娶我吗？

最后，他微笑道：

——你还不相信吗?

随后，他难为情了，要向死者表示一种抵补，他荐举自己守夜。不过，这种虔诚的情感又让他惭愧，他带着一种自如的声调接着道：

——这也许更合礼些。

她道：

——是的，也许是，为了那些听差。

床完全从床位移出来了。女修士在床脚；床头站着一位教士，又是一位，一个瘦高个子，神气活像一个宗教狂的西班牙人。床儿覆着一块白布，上面燃着三支烛台。

福赖代芮克取过一把椅子，望着死人。

他的面孔有麦秸一样黄；嘴角浮着一点血色的泡沫。一条丝巾围着脑磕，一件编织的背心，胸口放着一个银十字，在他相交的胳膊之间。

完了，这充满动荡的存在！他多少次走进公事房，排列数目字，筹划商业，听取报告！多少谎骗、微笑、巴结！因为他欢迎过拿破仑、哥萨克骑兵、路易十八、一八三〇年、工人、一切制度，如此爱慕权势，他花钱出卖自己。

然而他留下佛尔泰勒的田产，彼卡狄的三所制造厂，姚纳的克朗塞森林，奥尔良附近一所田庄，数目巨大的动产。

福赖代芮克这样清算了一遍他的财产；然而，全要归他所有！他先想到“人们的议论”，然后母亲一件礼物、他的未来的车马、家里一个老车夫（他要他来做门房）。自然，仆人的制服不会再一样了。他用大厅做书房。去掉三堵墙，二楼添一个画廊，没有什么困难。下面设一个土耳其浴厅，也许有方法。至于党布罗斯先生的公事房，不起快感，做什么用好呢？

教士擤鼻涕，或者女修士弄火炉，骤然吵断这些想象。但是现实证实他的想象；尸首永远摆在那里。它的眼帘重新睁开；瞳仁虽说淹在胶床的黑暗之中，有一种暧昧的，不可忍受的表情。福赖代芮克觉得在这里看见了什么，好像一种裁判加在身上；他差不多感到一种懊恼，因为他从来没有什么可埋怨这人的，正相反，他……“去他的！一个老坏蛋！”为了坚定自己起见，他凑近端详他，暗自向他喊道：

“嗐，怎么样？难道是我杀了你？”

然而，教士读着他的经文；女修士动也不动，打着盹；三支烛台的芯子越发长了。

足有两小时，他们听见货车走向菜场，轰隆轰隆，沉声闷气地在响。窗户玻璃透了白，过去一辆马车，接着是一群母驴在街道踢达踢达走动，铁锤的敲打，沿街的叫卖，喇叭的鸣响；一切溶入苏醒的巴黎的喧嚣。

福赖代芮克四处奔跑。他先到警署报告有人死；随后，等法医写好了证明状，他回到警署声明家族选定的坟茔，和殡仪处接头。

雇员列出一个计划和一个程序，前者指示殡葬的种种等级，后者装饰的全部节目。还是要一辆带廊的柩车，还是要一辆盖羽巾的柩车，马梳辫子，听差带翎，要姓名的第一字母还是要徽章，用不用丧灯，一个人捧着功勋，多少车辆？福赖代芮克是慷慨的；党布罗斯夫人主张不要节省。

随后，他来到教堂。

司理丧事的教士先指责利用殡仪发财；例如经管功勋的职员，便真正没有用处；倒不如多用些蜡烛！他们决定用吟诵弥撒，外配音乐。福赖代芮克在商量好的条款后面签了字，声明偿付一切开销的连带义务。

他接着到市政府去买地皮。两米长，一米宽，值价五百法郎。租期是五十年，还是永久？

福赖代芮克道：

——噢！永久！

他按部就班认真做去，给自己添了好些苦恼。在府第的天井，一个石匠等着他给他看工料估价，同希腊式，埃及式，回教式墓冢的图样；但是家里的建筑师和太太已经商量妥帖；过廊的桌子，陈列着各式各样的广告，关于洗涤席褥，清除房间，种种涂抹香料的手续。

用过晚饭，他回到裁缝那边去订仆役的丧服；他最后还得跑一趟脚，因为他订手套订成了海狸的，应该是粗丝的才对。

第二天十点钟他来的时候，大厅挤满了人，碰在一起，一副忧郁的模样，差不多全是：

——我，一个月以前我还看见他来的！我的上帝！命里注定的！人人如此！

——是的；不过，想法子往后推，越晚越好！

然后，大家满足了，发出一阵微小的笑声，甚至于谈些和时地完全不宜的题目。最后，司仪来了，穿着法兰西式的黑礼服、短裤，披着大衣，扎着臂纱，挎着剑，挟着三角帽，一边致敬，一边说着礼俗的语言："先生们，请方便。"大家出发了。

这是玛德兰广场的花市日子。天气晴和；微风徐徐摇着帆布帐幕，顺着边缘吹鼓悬在教堂门口的宽大的黑幅。党布罗斯先生的族徽占了一方块天鹅绒，重复三次。它是：全黑，金色左臂，握拳，银色手套。上面有伯爵冠和这句箴铭："路路皆通"。

沉重的棺柩一直抬上台阶。大家一同进来。

六个礼拜堂、半圆的龛殿、椅子，全挂着黑幅。合唱厅末端的灵台和它高大的蜡烛，形成唯一黄光的中心。在两角落的烛台，有酒精的火焰燃烧。

最有身份的人们坐在祭坛那边，此外坐在教堂的正厅；祈祷开始了。

除去若干人，大家完全不知道宗教的礼节，司仪不时要向他们做记号，起来，跪下，重新坐下。风琴同两只大胡琴和声音交替在响；在静默的时间，听见祭坛的教士呢呢喃喃祈祷；随后，音乐和歌唱重新起来。

从三个圆顶投下一道无色的日光；但是，开着的大门沿着地面送进一片汪洋的白光，映着人人的裸头；在空里，教堂一半高的地方，飘着一个影子，影子中间插过栋梁凸角和柱头花叶的雕金的折光。

福赖代芮克为了解闷起见，静静听着 Dies irae①；他端详着来宾，用力望着那些画着玛德兰一生的太高的画幅。幸而白勒南过来坐在旁边，立即就浮雕发了一大篇议论。钟响了。大家走出教堂。

下垂的毡幅和高高的鸟羽装潢着柩车，驾着四匹黑马缓缓走向拉谢斯公墓②。马的鬃毛结成辫子，头上戴着羽冠，宽大的绣银马衣一直包到它们的蹄子。车夫登着马靴，戴着一顶三角帽，上面垂着一块长纱。四位人物执绋：一位众议院会计员，一位欧布参议会会员，一位煤矿代表，——和福米升，作为朋友。后面随着死者的

---

① Dies irae 是罗马追悼死者所唱的拉丁散文祈祷四篇之一，是开首，也是题目。意思是“怒之日”，即“最后审判之日”。

② 拉谢斯公墓在巴黎第二十区，是京城最大最丰赡的墓场。得名于路易十四的耶稣会牧师拉谢斯（一六二四年——一七〇九年），因为原来是他的田园，一八〇四年改为公墓，更就山势扩展，占地一百十亩。

“喀莱实”和十二辆丧车。接着是来宾，塞满马路中央。

过往行人停住步看热闹；好些女人抱着孩子站在椅子上；咖啡馆消遣的人站在窗口，手里拿着一根台球杆。

路是长的；一般的仪态——犹如宴会大典，大家起初拘谨，随即有说有笑，——不久就懈怠了。大家谈的只是议会拒绝付给总统一笔年金。皮斯卡陶里先生的作为太酸刻了，蒙塔朗贝尔，“真好，和平常一样”，还有尚保勒先生、皮都先生、克乐东先生，总之，全委员会也许应该依照刚旦·包沙尔先生和杜福尔先生的建议才是。①

这些谈话一直继续到罗改特街，两旁是店铺，看见的只有色琉璃项圈，和一盘图画金字的黑圆板，——店铺活像充满了钟乳石的山洞和瓷器栈房。但是，当着茔地的栅栏，马上人人静了。

坟在树木中间竖着，折了的柱子、金字塔、庙宇、石门、方尖碑、古铜门的伊特鲁立亚窟穴。有些坟冢，可以看见些陪葬的内室似的房间，还有些朴素的扶手椅和可以折叠的凳子。蜘蛛网好像破

---

① 一八五一年二月十日，财政部部长要求议会给总统增加一百八十万法郎年俸，议会以三九六票对二九四票否决。总统因而当众售去他的车马，废除夜宴，向西班牙大使借了五十万法郎，五年到期，羞辱议会。

皮斯卡陶里（一七九九年——一八七〇年）是路易·菲力普时代的参议员，西班牙大使。一八四九年，当选为立法议会议员，他是奥尔良派，反对路易·拿破仑。

蒙塔朗贝尔（一八一〇年——一八七一年）是天主教的自由派，参加《未来日报》，主张教育自由。二月革命爆发，他当选为议员，帮助路易·拿破仑，直到后者没收奥尔良产业，他才变成第二帝国的反对者。一八五一年，他当选为国家学会会员，著述多偏于宗教。

尚保勒在路易·菲力普时代是王系左翼的议员，并且是《世纪》的主笔。一八四九年，他当选为立法议会议员，反对路易·拿破仑。

皮都与克乐东全是立法议会议员，反对路易·拿破仑。

刚旦·包沙尔与杜福尔全是立法议会议员，赞助路易·拿破仑。

布挂在祭瓶的小链；灰尘盖着十字架和一束一束的缎带。介乎小柱之间，一个一个坟头全顶着些不凋的花冠、烛台、瓶子、花、凸着金字的黑盘、石膏小像：童男童女，或者一根铜丝吊在空里的小天使：好几位天使的头上还顶着一块锌皮。金银交杂的、黑的、白的、天青的琉璃大索从碑顶一直盘到石地，蜿蜒而下，仿佛蟒蛇。太阳照在上面，让它们在黑木十字架之间熠熠发亮；——柩车在大道（像市街一样铺着石头）向前走动，车轴不时咔嚓在响。有些女人跪着，袍子拖在草里，轻轻向死者叙着离情。从水松碧绿的枝叶泛出小团的灰白烟雾。这是抛留的祭品，烧了的剩余。

党布罗斯先生的墓穴在马女艾耳和邦雅曼·孔斯当附近。①从这个地方起，一个陡直的山坡斜向下去。绿树的尖梢在脚底下；再往远去，先是汽机的烟筒，然后是全城在望。

别人致词的时候，福赖代芮克浏览风景。

第一篇演说用的是众议院名义；第二篇是欧布参议会名义；第三篇是索恩·卢瓦尔的煤矿公司名义；第四篇是荣纳农业学会名义；另外还有一篇，用的是一个慈善机关名义。最后，人散了，一位不识者出来读第六篇演说词，是亚眠的古物学会名义。

大家利用这个机会来指斥社会主义，党布罗斯先生便是牺牲者。纷乱的景象和他对治安的尽忠缩短了他的年月。大家颂扬他的明慧，他的正直，他的慷慨，甚至他做人民代表的缄默，因为，他如若不是演说家，相反，他却具有那些坚定的品德，一千倍可贵，

---

① 马女艾耳（一七七五年——一八二七年）是路易十八复辟时代的议员，反对西班牙战争，举行公债，不为右翼所容，一八二三年三月二日决议逐出议会。第二天，他仍然出席，为宪兵拖出，左翼议员随之而去者有六十二人。他的墓冢在公墓第二十八区。孔斯当的墓冢在第二十九区，遥遥相望。

等等……夹杂着必有的语句：“早亡，——永生遗憾，——另一国度，——永别，或者不如说，再见！”

土混着石子，扔进墓穴；社会不再有人谈起他了。

走出茔地，大家还随便谈了他两句；语言之间，并不忌讳。余扫乃要在报上报告殡葬，重新拿起一篇一篇的演说词取闹；——因为，说到临了，老实头党布罗斯是前朝最著名的一个“外快”家。仪式行得太久，这群资产者便利用丧车去办私事；大家幸喜有机会揩油。

福赖代芮克疲倦了，回了家。

第二天他来到党布罗斯府邸，人家告诉他，太太在下面公事房做事。纸夹子、抽屉乱七八糟全打开了，账簿左右扔的都是；一卷纸题着：“死账”，滚在地上；他险些摔在上面；他顺手把它拾起。党布罗斯夫人埋在大沙发椅里面，看不见本人。

——哎，怎么啦？你到底在什么地方？怎么的了？

她一下子跳了起来。

——怎么的了？我毁了，毁了！你明白吗？

公证人阿道夫·朗格卢洼先生，把她邀到他的事务所，交给他一份遗嘱，是她的丈夫在他们婚前写的。他把一切遗给赛西娜；另一份遗嘱不见了。福赖代芮克的脸色十分苍白。不用说，她没有好好寻找？

党布罗斯夫人拿手指着房间道：

——可是你看呀！

两只保险箱用锤头敲开，敞着一半；她颠倒书桌，搜索壁橱，摔荡草垫，最后，忽然尖叫一声，她奔向一个角落；她方才瞥见一个带铜锁的小匣；她打开它，什么也没有！

——啊！混账东西！我那么用心服侍了他一场！

随后，她哭泣起来。

福赖代芮克道：

——也许在别的地方吧?

——没有的话！就在这儿！在这保险箱里头。我最近还看见来的。一定是烧掉了！我相信是烧掉了！

有一天，病才开始，党布罗斯先生下楼签字。

——一定是那时候，他下的这狠心！

她重新跌进一张椅子，五内俱摧。一位死了孩子的母亲，靠着一个空了的摇篮，也不比党布罗斯夫人当着张开嘴的保险箱更其悲惨。最后，她的痛苦——不管动机卑鄙也罢——仿佛十分深，他用力安慰她，对她讲，反正她不会一贫如洗。

——还不是一贫如洗，我不能够献给你一笔大财产！

她现在只有三万法郎年金，不算府第，府第大约值一万八千到两万法郎的光景。

对于福赖代芮克，虽说已经是富饶了，他并不因之少感到一种欺罔。永别了，他的梦想，他应该过的一切豪华生活！荣誉强迫他娶党布罗斯夫人。他思索了一分钟；随后，带着一种温柔的神情：

——反正我有你的人在！

她投进他的胳膊；他搂住她，贴着自己的胸脯，带有柔情蜜意，里面杂着一点自我赞美。党布罗斯夫人不流泪了，仰起脸，辉耀着一腔幸福，拿起他的手：

——啊！我从来没有疑心过你！我信得过你！

年轻人把这看做一种高贵的举动，她事先拿稳了他，并不招他欢喜。

随后，她把他领进她的寝室，开始计划一切。福赖代芮克如今应当想到上进。她甚至给了他好些关于候选的可贵的劝告。

第一点是知道两三句政治经济的名词。他必须弄一种专门学识，例如养马场的种马，写若干关于地方问题的论文，总有几个邮务办事处烟草专卖所听他支使，在小地方尽量给人方便。在这上面，党布罗斯先生的作法是一个真正典范。例如，有一次在乡间，当着一个修理旧鞋的小铺，他停住他的坐满了朋友的敞车，给他的宾客买了十二双鞋，自己却买了一双可怕的靴子——他甚至逞英雄足足穿了两星期。这故事把他们逗快活了。她还说了些别的，文雅、青春和机智卷土重来了。

她赞成他立即到劳让旅行一趟的意思。他们的分别是温柔的；随后，站在门限，她又呢喃了一次道：

——你爱我，不是吗？

他回道：

——永远爱你！

一个信差在他家里等他，拿着一张铅笔字的条子，告诉他：罗莎乃特就要分娩。几天以来，他事情一多，再也没有往这方面想。她住在沙姚一家专科医院。

福赖代芮克叫来一辆街车，出发了。

在马尔博夫街的转角，他读到一块木板上的大字："产科疗养院，阿莱桑坠夫人设立，一等产婆，产科专校毕业，著作多种"，等等。然后，在街的中段，一个小小旁门重复着招牌（少了产科两字）："阿莱桑坠疗养院"，还有她全部的履历。

福赖代芮克叩了一下门环。

一个喜剧丫环姿态的仆妇把他请进客厅。客厅点缀着一张桃花心木桌子，石榴绒沙发椅，一具上面是地球的挂钟。

院长差不多马上就出来了。一个四十岁棕色头发的高大女子，瘦腰，美好的眼睛，上流社会的举止。她告诉福赖代芮克母亲分娩平安，把他带到她的房间。

罗莎乃特微微笑将起来，说不出来地幸福；她指着床旁的一个小摇篮，好像沉在窒息的爱流之下，低声道：

——一个男孩子，瞧！瞧！

他掀开帷幔，在布幅中间，瞥见一个什么发黄的红东西，一脸皱纹，有怪气味，哭着。

——亲亲他！

为了掩饰他的厌恶，他回道：

——可是我怕碰坏了他。

——不会的！不会的！

于是，他拿唇梢吻了一下他的小孩子。

——他多像你！

她用她的两只弱胳膊，把自己挂在他的颈项，露出一种他从来没有见过的纯真的感情。

他想起党布罗斯夫人。他把自己骂做一个怪物，这可怜人以赤裸裸的天性爱着，受着苦，他却把她出卖了。好几天，他陪她做伴一直到黄昏。

在这僻静的医院，她觉得自己快乐；正面的窗板甚至常久关着；她的房间，挂着明爽的波斯画布，开向一所大花园；阿莱桑坠夫人用心照料她；阿莱桑坠夫人唯一的缺陷是把若干著名的医生当做熟人引证；她的同僚差不多全是外省小姐，没有人来看望她们，平日十分无聊，罗莎乃特看出大家妒忌她，带着骄傲，说给福赖代芮克知道。然而，谈话必须放低声音；隔板是薄的，人人准备好了窃听，虽说钢琴不断吵闹。

最后，接到戴楼芮耶一封信，他要动身去劳让了。

两个新候选人出现了，一个是保守党，一个是红党；第三个人，无论是哪一党，得不到机会。这是福赖代芮克的过失；他放过了大好的时辰，他应当早些来，活动活动才是。“人家甚至在农产改进会也没有看见你！”律师责备他和报纸没有任何关联。“啊！从前你照我的话办多好！我们自己有一份报纸多好！”他坚持这一点。而且，许多看党布罗斯先生面子，要投他票的人，现在要丢下他不管了。戴楼芮耶就是这些人之中的一个。没有什么可以向资本家指望的了，他扔下他的被保护者。

福赖代芮克拿他的信给党布罗斯夫人看。

她道：

——那么，你没有去劳让？

——为什么？

——因为我前三天看见戴楼芮耶来的。

听到她的丈夫的死讯，律师带了好些关于煤矿的材料，把自己当做干才荐给她使用。福赖代芮克觉得纳闷；他的朋友在那边做什么？

党布罗斯夫人想知道他们分手以来他怎样使用时间。

他回道：

——我病了。

——至少，你应该先通知我一声。

——噢！这有什么好通知的；再说，我有一堆事，约会、拜访。

从这时候起，他过着一种双料生活，教徒似的在女元帅那边睡眠，下午在党布罗斯夫人那边消遣，闹到后来，一天之中，他难得一小时自由。

小孩子放在乡间，在昂狄伊。每星期去看他一趟。

奶妈的房屋在村子的高处，在一个井似的阴沉小院的紧底，地上扔着草，几只母鸡散开了，车棚下面一辆菜车。罗莎乃特先是疯了似的吻她的孩子；接着一阵痴狂，来来去去，试着挤母山羊的奶，吃粗面包，吸肥料的气味，打算拿点儿包进她的手绢。

随后，他们尽情散步；她走进培养树秧的园子，掐下挂在墙外的紫丁香枝子，冲着拖车的驴喊着："吁，驴子！"站住从栅栏瞭望里面美丽的花园；要不然，奶妈抱着孩子，把他放到一棵胡桃树的阴影；然后两个女人胡谈乱扯，一聊就聊几小时。

福赖代芮克靠近她们，瞭望着坡头一畦一畦的葡萄，这里那里一棵树的枝叶，发灰的带子似的尘土小道，碧草里显出红白斑点的房舍；有时候，在铺满树叶的山脚，就地摊开一辆火车头的烟，仿佛鸵鸟一根巨大的羽翎，轻细的尖梢向外飞去。

然后，他的眼睛落向他的儿子。他想象他长成一个年轻人，他也许要他做自己的伴侣；不过，他也许是一个傻瓜，不用说，一定不成器。他的诞生的不合法会永远压抑他的；倒不如不生的好，福赖代芮克唧哝着："可怜的孩子！"一种不可思议的忧郁涨满他的心。

时常，他们错过末一趟车。于是，党布罗斯夫人责备他不守时间。他捏造一件事给她听。

他还得给罗莎乃特编造一篇谎话。她不明白他每天黄昏怎么消磨掉的；打发人去寻他，他总不在家！有一天，他在家了，他们差不多同时出现。他打发走女元帅，藏起党布罗斯夫人，说他的母亲要到了。

他不久觉得这些谎话好玩了；他向这一位重复他适才向另一位立下的誓，给她们送两束相同的花，同时给她们写信，然后，给两人来一番比较；——然而，总有一个第三者和他的思绪一同涌出。不能够占有她，正好解释他的负心；给负心再添上交错，越发提高他的快感；不管是两人中间哪一位，他越骗得厉害，她越爱他，倒像她们的爱情相互激扬，双方竞争之下，全要他忘掉对方。

有一天，党布罗斯夫人向他道：

——看看我多信得过你！

她打开一张纸，有人警告她，毛漏先生和某罗丝·布隆同居。

——难道，是看赛马的那位小姐？

他接下去道：

——瞎扯！给我看看。

信没有署名，用正楷写的。党布罗斯夫人起初还容忍这个情妇，可以包庇他们的奸淫。但是，她的激情越来越强，她要求决裂；依照福赖代芮克，老早决裂了；听完他的辩护，她一边闪动眼睑（里面熠耀着一种纱底下刀尖似的视线），一边回道：

——哎，那么，另一位呢？

——哪一位？

——瓷器商女人！

他不屑地耸耸肩膀。她不坚持了。

但是，一个月以后，他们正在谈着荣誉和忠直，他正在吹嘘自己（出之以一种偶然的姿态，怕人疑心），她向他道：

——是真的，你做人正直，你再也没有去过。

福赖代芮克想到女元帅，结结巴巴道：

——去什么地方？

——阿尔鲁夫人那边。

他求她告诉他，她从什么地方得到情报。从她的女裁缝助手，罗染巴太太。

原来她清楚他的生活，他却一点不晓得她的生活！

不过，他在她的梳妆室发现一位有长髭的先生的小影：这是否人家从前告诉他的一个闹不清的自杀故事里的那位先生？可是，就没有任何方法多知道一点儿！而且，有什么用？女人的心好比那些私下用的摆设，有的是抽屉，一个套一个；自讨苦吃，弄断指甲，你到底找到了些枯花，尘屑——否则，空空如也！而且，他或许害怕知道得太多。

她让他拒绝她不能够和他一同去的邀请，把他扣在身边，唯恐丢掉他；每天的聚会虽说越来越长，他们之间忽然起了深渊，关于若干琐事，欣赏一个人、一件艺术品。

她弹钢琴有一种特殊样式，正确、枯涩。她的灵魂论（党布罗斯夫人相信灵魂移居星宿）挡不住她用心看管她的钱箱。她待侍仆高傲：当着褴褛的穷人，她的眼睛是干的。一种质直的自私心显露在她日常的语句："这关我什么？我会那么傻！难道我需要？"和行为上千百不可分析的、可憎的小节目。她会闪在门背后窃听；她会对她的忏悔教士撒谎。由于统治别人的心情，她要福赖代芮克星期日陪她上教堂。他服从，捧着书。

遗产的丧失使她变了许多。这些痛苦的征记，别人以为是由于党布罗斯先生的去世，引起大家的同情；和从前一样，她接见众多宾客。自从福赖代芮克竞选失败以来，她希望为他们两个人谋到一个驻在德意志的外交职务；所以，第一件要做的事是依附趋时的议论。

有人怀念帝国，有人怀念奥尔良，有人怀念尚保尔伯爵；然而人人同意地方分权急不容缓，好些方案提了出来，例如：把巴黎割成一堆马路，在中间安置若干村庄，把政府机关迁到凡尔赛，把学校设在布尔吉，废除图书馆，一切信托师长；同时大家颂扬乡野，不识字的自然要比别人常识多！憎恨在繁殖着：憎恨初等小学教员、酒商、哲学班、历史课程、小说、红背心、长胡须、一切独立的状态、一切个人的表示；因为必须“扶起权威原则”；只要权威在，随它以谁的名义，随它从什么地方来，只要是力，是权威就好！保守党现在仿佛谈论赛耐喀。福赖代芮克简直不懂是怎么一回事；他在他的老情妇那边听到同一语言，由同一人说！

娼妓的客厅（从这时起开始显示其重要性）是一个中立场合，各色的反对党在这里相会。余扫乃从事于嘲弄同代的名流（对于恢复“治安”[①]有用），引动罗莎乃特举行夜会，和另一位一样；他会为她的夜会写些报告的；起初他带来一位严肃的人，福米升；随后，出现了劳朗古尔，德·格赖孟维勒先生，前任县长拉尔西卢洼老爷，还有西伊，如今是农学家，一口的下·布洛达涅土话，比往常还要信奉基督。

除此之外，来的还有女元帅的旧情人，例如高曼男爵、玉米雅克伯爵和一些别人；他们举止的随便伤害福赖代芮克的情感。

为了表示自己是主人，他提高日常的开销。于是，他用了一个小厮，搬了一次家，来了一份新家具，让他的婚姻在表面配合他的财产，这些支出是有用的。财产因而大为削减；——罗莎乃特一点不懂他的作法！

不属于资产阶级，她反而崇拜家庭生活，平静的小小人家。不过，她也高兴自己有一个“在家”的日子；谈到她的同伴，说：

---

① “治安”是六月事件之后的一个流行名词。一八四八年七月十六日，若干共和党不满意卡芬雅克，发表宣言，由四位临时政府委员具名，不仅以消除紊乱为能事，进一步要求建设“神圣的原则”，阻止紊乱发生；他们再三提出“财政治安”，“经济治安”，“行政治安”，“社会治安”，尤其着眼在“精神治安”。“治安”这个名词由共和党提出；而为反对党所利用，成为反对共和国的口号。其后立法议会成立，有所谓治安派者，以梯也尔为领袖，佐助路易·拿破仑夺得总统权位，排除二月革命的民主努力。

"那些女人！"想做"一位上流夫人"，相信自己就是一位上流夫人。她求他不要再在客厅吸烟，设法让他吃素，学学好样。

她终于没有做好她的角色，因为她变得沉默了，甚至在睡觉以前，总透着一点忧郁，活像一家咖啡馆门口种着柏树。

他发现她忧郁的原因了：她想着结婚，——她也要结婚！福赖代芮克好不气闷。再说，他想起她那次去阿尔鲁夫人家里，而且，他恨她往日长期的抵抗。

他并不因而少打听谁是她的情人。她全否认。一种妒忌在侵袭他。看见她从前受到的礼物，现在受到的礼物，他就生气；她的存在的本质越苦恼他，一种辛辣的兽性的性感也就越把他牵引向她，短暂的幻象马上又溶成了憎恨。

她的谈吐、她的声音、她的微笑，全不招他欢喜，特别是她的视线，这永远澄明而糊涂的妇人的眼睛。他有时候觉得十分厌倦，简直看着她死，不会动心。但是，怎么样翻脸？她的甜蜜令他觖望。

戴楼芮耶又出现了，解释他在劳让居留的原因，说他想在那边设一个代言人事务所。福赖代芮克看见他快活；他总算得一个人呀！他把他拉进他们的生活。

律师时时在他们这里用晚饭，他们起了争论，总是站在罗莎乃特那边，有一次，福赖代芮克受不住了，向他道：

——哎！她逗你开心，你跟她睡好了！

他十分盼望来一个机会把他同她分开。

将近六月中旬，她接到一份公文，执达史阿达纳斯·荀特罗命令她还清克莱芒丝·法提腊斯的欠款四千法郎；不然的话，他明天要来执行扣押。

这是真的，从前四张她具名的支票，只有一张付过现款；——

当时她可以有钱，其后挪去做了别的使用。

她跑到阿尔鲁那边。他如今住在圣·日耳曼关厢，门房不知道是什么街。她拜望了好几个朋友，全不在家，失望而归。她不想拿话告诉福赖代芮克，害怕这桩新事妨碍她的婚姻。

第二天早晨，阿达纳斯·荀特罗老爷来了，带着两个助理，一个是灰白肤色，獐头鼠目，透出十足贪羡的神情，一个脖子围着硬领，鞋底绷着紧带，食指戴着一个黑塔夫绸的指套；——两个人龌龊到不堪入目，油腻颈项，外衣的袖管太短。

他们的长官正相反，一个美男子，开始先请她原谅他的尴尬的任务，一边张望着房间，“家伙！有的是漂亮摆设！”他添上一句道：“还不算不能够扣押的东西。”他做了一个手势，两个助理消失了。

于是，他的恭维越发多了。谁能够相信一位小姐，这样……漂亮，会没有一位真朋实友！法院拍卖是一种真正不幸！没有人会翻身的。他设法恐吓她；随后，看见她畏惧了，他忽然换上一副仁慈的声调。说他了解社会，他和那些贵妇全有来往；他一边说着她们的姓名，一边研究墙上的装潢。这是阿尔鲁那家伙的旧画、宋巴斯的素描、毕里欧的水彩、狄提梅尔的三帧风景。罗莎乃特显然不知道它们的价钱。荀特罗老爷转向她道：

——好！为了向你表示我是一个好孩子，我们做一件事：把狄提梅尔那些画让给我！我偿还一切。就这么说妥了，怎么样？

就在这时候，福赖代芮克进来，头上戴着帽子，一副粗野的神气。戴勒芬在前厅已经说给他知道，他方才看到那两个讼棍。荀特罗老爷恢复他的尊严；门开着，他向外嚷道：

——喂，先生们，写呀！在第二间房，我们看到：一张橡木桌，有两只翅膀，两只碗橱……

福赖代芮克打断他，问有没有方法阻止扣押。

——噢！有的是！谁买的这些家具？

——我。

——好得很，写一份追索呈文就成；你眼前还有时光做。

苟特罗匆忙弄完他的清单，记录上注明布隆小姐听审，便告辞了。

福赖代芮克没有一句责备。他端详着讼棍的鞋在地毯留下的泥印；然后，向自己道：

“必须弄钱才对！”

女元帅道：

——啊！我的上帝，我多蠢！

她在一个抽屉搜索着，拿出一封信，急忙奔往朗格道克气灯公司，去拿她的股票过户。

一点钟以后她回来了。股权已经卖给另一个人了！伙计一边研究她的文件，阿尔鲁的字据，一边答她道：“这份证书一点说明不了你是所有者，公司不认识这个。”总之，他打发掉她，她气得说不出话来；福赖代芮克应当立即寻找阿尔鲁，问问到底是怎么一回事。

不过，阿尔鲁也许以为他来是间接地要索他丢掉的一万五千法郎押款；而且，向一个曾经是他的情妇的情人催索欠款，他觉得是一种卑鄙的行径。他选了一个中间办法，到党布罗斯府上抄下罗染巴夫人的住址，派一个信差去她那边，因而晓得了公民如今常去的咖啡馆。

这是巴士底广场一个小咖啡馆，他一天全在那边，在紧里的右犄角，动也不动，好像他做成了房屋的一部分。

喝完半杯咖啡，经过一串的糖烧酒、橘子酒、热葡萄酒，甚至兑水葡萄酒，他回到啤酒；每隔半小时，嘴边落下这句话：“报克！”把他的语言减到不能再减的地步。福赖代芮克问他是否有时候看见阿尔鲁。

——没有！

——哎，为什么？

——一个蠢蛋！

政治或许把他们分开，福赖代芮克以为打听贡板总该好了。

罗染巴道：

——畜牲！

——怎么啦？

——他小牛的头！

——啊！告诉我什么是小牛的头？

罗染巴起了一种怜愍的微笑。

——瞎胡闹！

静了一大阵，福赖代芮克重新道：

——那么，他换了住的地方？

——谁？

——阿尔鲁！

——是的：福勒吕街！

——多少号。

——我会跟耶稣会教士来往！

——怎么，耶稣会教士！

公民气汹汹的，回道：

——我让他认识了一个爱国者，这混猪拿人家的钱开了一座念珠店！

——不会的！

——你去看好了！

没有再真的了；阿尔鲁害了一场病，皈依了宗教；其实，“他自来就有一个宗教底子”，所以（合着经商的头脑和他生性的朴实），为了做成他的福祉和他的财产，他改行做宗教买卖。

福赖代芮克不费力就寻到他的铺面，招牌上写着：“哥特艺术——信仰复兴——教堂摆设——着色雕像——博士[①]乳香”等等，等等。

在玻璃窗两角，竖着两座木像，洒了一身金，朱砂和天青；一个是施洗者圣约翰，披着他的羊皮，一个是圣·热内维耶如[②]，围裙撒着玫瑰，胳膊底下一个纺锤；此外有些石膏群像；一位尼姑在教一个小姑娘，一位母亲跪在一张小床旁边，三个中学生当着圣坛。最标致的是一件木板房似的东西，表示马槽的内部，有驴、牛，和放在草上，真草上的婴儿耶稣。架子从上到下，摆着一打的圆章、各式的念珠、蚌形的圣盘、教会名人的肖像，其中引人注目的有阿福尔主教和我们的圣父，两位全在微笑。

阿尔鲁垂着头，在柜台打盹。他老得不像话了，围住太阳穴还起了一圈红肉痣，太阳射着的金十字架的反光正好落在上面。

当着这式微的景象，福赖代芮克忧郁了。但是，忠于女元帅，他强自抑制，往前走去；在铺子紧底，阿尔鲁夫人出现了；于是，

---

① 博士见于《新约·马太福音》第二章记载：“当希律王的时候，耶稣生在犹太的伯利恒。有几个博士从东方来到耶路撒冷，说，‘那生下来作犹太人之王的在那里，我们在东方看见他的星，特来拜他。’……在东方所看见的那星，忽然在他们前头行，直行到小孩子的地方，就在上头停住了。他们看见那星，就大大的欢喜。进了房子，看见小孩子和他母亲马利亚，就俯伏拜那小孩子，揭开宝盒，拿黄金乳香没药为礼物献给他。”（美华圣经会译文）

② 圣·热内维耶如（四二〇年——五一二年）是巴黎的护圣。阿提拉率领匈奴军马侵略欧洲，她安慰人心，预言巴黎不受灾害。

他转身溜掉。

他回来道：

——我没有找到他。

他白说他马上给他勒·阿弗尔的公证人写信要钱，罗莎乃特生了气；她没有见过一个人这样弱、这样柔；她苦到不堪再苦，别人却美食盛馔。

福赖代芮克想着可怜的阿尔鲁夫人，为自己画出她家庭生活的伤心的庸俗。他坐在书桌前，不耐烦再听罗莎乃特尖尖的声音不断：

——啊！看老天爷的面子，静静吧！

——你倒要卫护他们吗？

他嚷道：

——哎，是的！请问你哪儿来的这口怨气？

——可是你，你为什么不要他们还钱？你怕叫你的旧人儿难受，敢说不是！

他简直想拿挂钟砸她；他找不出话。他不言语。罗莎乃特一边在屋里走动，一边接下去道：

——我要控告他，控告你的阿尔鲁。噢！我用不着你！（然后，闭紧嘴唇）——我会请教别人的。

三天之后，戴勒芬匆匆进来。

——小姐，小姐，外边有一个人，拿着一锅浆糊，才叫怕人。

罗莎乃特走进厨房，看见一个流氓，麻子脸，瘫了一只胳膊，醉了个四分之三，结结巴巴地唠叨。

他是荀特罗老爷的贴报人。反对扣押的呈文驳回了，拍卖自然而然接着来了。

为了他上楼艰难，他先要一小杯酒喝；——随后，他请求再赏一点东西，就是戏票，以为小姐是一个戏子。接着足有好几分钟，他挤动眼睛，谁也不明白什么意思；最后，他宣布道，给他四十苏，他可以撕掉已经贴在下边门口的告示的犄角。罗莎乃特看见上面写着她的姓名，一种例外的酷刻，十足表达法提腊斯的憎恨。

从前她是容易感动的，甚至，有一次心情难受，她写信给贝朗瑞，求他指示。但是，在生活的狂风暴雨之下，她激怒了，一时教授钢琴，一时主持宴会，一时合办时装杂志，一时转租房间，一时在轻浮妇女的社会兜售花边，——她和她们的关系成就了许多人，阿尔鲁就是一个。她从前曾经在一家商店做事。

她在这里发付女工的薪饷；每个女工有两份账簿，一份总在她手里。杜萨笛耶出于好意，保存着一个叫做奥尔当丝·巴丝兰的女工的账簿，有一天来到账房，正巧赶着法提腊斯女士拿着这个女工的账目也来。一共是一千六百八十二法郎，账房先生照数付掉。但是前一天，杜萨笛耶在巴丝兰的账上只写下一千零八十二法郎。他寻了一个借口把账簿重新要回来；随后，企图掩盖窃盗的故事，他告诉巴丝兰，说他把账簿丢掉了。女工老老实实把他的谎话说给法提腊斯女士知道；后者要弄清楚明白，带着一种漠不在意的神情，过来同这老实伙计谈起。他仅仅回答："我把它烧了"；没有多说一句话。过了不久，她离开商店，不相信账簿销毁，以为杜萨笛耶还留着它。

听见他受了伤，她跑到他家，存心把账簿取回。随后，经过仔细搜查，什么也没有发现，她不由起了敬重的心情，不久爱上了这孩子，那样忠诚、那样柔顺、那样英勇，而且那样强壮！在她的年纪，有这样好运气是意想不到的。带着一种饕餮的食欲，她扑了上去，——她放弃了文学、社会主义、"慰藉的理论和仁厚的乌托邦"，她所讲的"妇女解放"的学程，一切，连戴勒玛尔也割爱了；总之，她向杜萨笛耶建议，用婚姻把他们挽在一起。

她虽然是他的情妇，他一点也不爱她。再说，他没有忘记她的窃盗。而且她太阔。他拒绝了。于是她一边哭，一边把她的梦想告诉他：两个人合开一家缝织厂。她有必需的流动资本，下星期还有四千法郎增加；她说起她对女元帅的控诉。

杜萨笛耶为他的朋友难受。他想起在警局送他的雪茄匣，拿破仑码头的夜晚，许多快乐的谈论，许多借到的书籍，福赖代芮克万千的恩情。他求法提腊斯撤销控诉。

她嘲笑他老实，对罗莎乃特表示一种不知所以的厌憎，甚至她希望发财就为来日用她的马车把她碾死。

这黑暗的深仇吓倒杜萨笛耶；等他弄准确了拍卖的日期，他出去了。第二天早晨，带着一副尴尬面孔，他走进福赖代芮克的住宅。

——我有事求你饶恕。

——饶恕什么？

——你一定把我看做一个忘恩负义的人，我是她的……

他结巴着。“噢！我不会再看到她了，我不会做她的同谋的！”看见福赖代芮克愣里愣怔望着他，他问道：“不是三天之内，人家要拍卖你情妇的家具吗？”

——谁告诉你的？

——她自个儿，法提腊斯！可是，害怕得罪你，我……

——没有的事，亲爱的朋友！

——啊！真的，你这样好！

畏畏缩缩，他的手向他伸出一个小皮夹。

这是四千法郎，他所有的积蓄。

——怎么！啊！不！……不！……

眼边挂着一颗眼泪，杜萨笛耶回道：

——我知道我会伤你的心的。

福赖代芮克握住他的手；这好孩子带着一种悲痛的声音接着道：

——收下好了！让我快活一次吧！我触望到了极点！难道一切真还没有完结吗？——革命来的时候，我曾经相信大家会幸福的。你记得那时候多美！大家呼吸多舒适！但是，如今，我们比从前还要遭殃。

眼睛盯着地，他道：

——现在，他们杀掉我们的共和国，就像他们杀掉另一个，罗马共和国！可怜的威尼斯！可怜的波兰，可怜的匈牙利！多可憎！大家先把自由树砍倒，随后限制选举权，封闭俱乐部，重新树立检查制度，把教育交给教士去做，眼看“宗教审判”也要来了。为什么不？有些保守党盼望高加索骑兵到我们这儿来！报纸反对死刑就科罚，巴黎上满枪刺，十六州宣布戒严；——大赦又一次被驳了！①

---

① 一八五一年一月，路易·拿破仑决定撤换巴黎卫戍司令，反抗立法议会，将心腹安插在军警要冲，进行复辟。一月十日，梯也尔在议会演说，宣称：“帝国成熟了！”

罗马共和国是一八四八年革命的一环。一八四八年十一月，罗马革命爆发，教皇出亡；次年三月共和国宣告成立，推出三执政主持；四月，法国军队开抵意大利，要求共和国自动解散，共和国没有应允。六月，罗马沦陷，共和国瓦解。

威尼斯同样在一八四八年反抗奥地利的统治，宣布圣·马可共和国成立。和奥地利苦战了五个月，次年八月二十四日，共和国瓦解。

波兰于一八三一年进行革命，宣布独立，终为俄普所败。其后，俄奥普三国统治益严，人民党全陷入黑暗苦境。

匈牙利于一八四九年四月十四日发生革命，建立共和国，于八月为俄匈军队消灭。

（转下页）

他用两手捧住他的额头；然后，分开胳膊，仿佛受着绝大的苦楚：

——然而，只要有人试就好。只要大家有诚意，未尝不可以互相了解！然而不！工人比资产者好不了多少，你看！最近在艾尔驳夫，他们拒绝帮忙救火。有些混账家伙把巴尔贝斯看做贵族！为了取笑人民，他们索性任命纳斗②做主席，一个石匠，我请你评评！就没有方法挽救！就没有救药！人人跟我们作对！——我呀，我从来没有做过坏事；可是，这像有一块重东西，压着我的胸口。长此以往，我会发疯的。我倒情愿人家杀了我。我告诉你，我不需要我的钱！你以后还我好了，家伙！我借给你的。

福赖代芮克迫于窘急，临了收下他的四千法郎。这样一来，在法提腊斯方面，他们无需再顾虑了。

但是，罗莎乃特控告阿尔鲁，不久败诉了，一赌气还想上诉。

戴楼芮耶用尽力量叫她明白，阿尔鲁的应许不能够成为馈赠，也不能够成为正常的让渡；她简直不听，以为法律不公道；欺负她是一个女人，男子们连成了一气！不过，临到末尾，她依了他的

（接上页） 一八五〇年初，警察厅厅长下令拔掉自由树。五月三十一日，议会规定选举人须在该区居住三年，并须具有税单证明。六月六日，议会通过延长一八四九年六月十九日封闭俱乐部的法令。七月二十七日，议会通过法律，禁止报纸侮辱总统，诱惑士兵，为判刑者募捐。六月十八日，教育部部长法鹿提议，取消大学包办中小学教育制度，小学可自由设立，中学教师不必一定具有大学文凭。

“宗教审判”是天主教对付叛教者与异教徒的特殊法庭，自中世纪以来，南欧各国全有。特别是西班牙，这种严酷的惩治直到十九世纪还存在。

当时有罗米由者，刊印一《红妖》小册子，讲道：“这个律师商人的社会正在咽气，要想幸幸福福再起来的话，救命恩人只有兵士。只有大炮解决得了我们世纪的问题，哪怕是从俄罗斯来，也解决不了。”高加索骑兵即指此而言。

② 纳斗（一八一五年——一八九八年）是克罗司州的一个石匠，一八三〇年来到巴黎，受喀拜思想熏染，加入社会运动，当选为立法议会议员，坐在山岳党席次。

话做。

他在这家过得漫不介意，有好几次，带着赛耐喀来用晚饭。福赖代芮克不喜欢一个人这样随便；他出钱给他用，甚至叫他的裁缝做衣服给他穿，律师拿他的旧大衣送给社会主义者，他拿什么过活，没有人知道。

可是，他倒情愿服侍罗莎乃特。有一天，她拿陶土公司（阿尔鲁为了这桩企业曾经被扣罚过三万法郎）一打股票给他看，他向她道：

——不过，这违法的！这一下子好了！

她有权请法院传他还清她的债务。她先要证明他有偿付公司全数债额的连带责任，因为他曾经声明过，个别债当做全体债处理，最后，证明他曾经私下挪借公司的票据。

——这一切坐实他犯欺诈破产的罪名，商律五百八十六和五百八十七条；这一下子我们可把他发送了，信不信由你，我的小人儿。

罗莎乃特跳起来，搂住他的脖子。第二天他把她介绍给他的老东家，自己不能够过问诉讼，因为他有事要去劳让；需要他的时候，赛耐喀可以写信去。

他设立事务所的交涉是一个借口。他在罗克先生家里消磨他的时间，起初他不仅恭维他们的朋友，简直尽可能地模仿举止语言；——这让他得到路易丝的信任，同时肆口诋毁赖德律·洛兰，又得到她的父亲的信任。

福赖代芮克之所以不来，因为他在和上等社会来往，戴楼芮耶一点一点透给他们知道，他爱着什么人，他有一个孩子，他养着一个女人。

路易丝的觖望是深切的，毛漏太太的忿怒也不轻。她看见儿子旋向一片朦胧的渊底，他伤害她信奉的礼法，她觉得像是自己做下了一件不名誉的事。但是，她的容色忽然改换了。遇见有人问到福赖代芮克，她带着一种讥诈的神情回道：

——他好，很好。

她知道了他和党布罗斯夫人的婚事。

婚期规定下了；他甚至正在设法让罗莎乃特好歹咽下这件事去。

将近中秋，她赢了她的陶土股票的官司，福赖代芮克在门口遇见赛耐喀知道的，他从法庭出来。

大家公认阿尔鲁先生预闻一切欺诈案件；前任教员透出非常喜悦的神情，福赖代芮克拦住他，请他不必进去，说他会把这消息通知罗莎乃特的。他一脸气忿走进来。

——好啦，现在你称心了！

可是，她没有注意这些话：

——你看呀！

她指给他看他的孩子，躺在火炉旁边的一个摇篮。早晨她到他寄养的人家，看见他情形不好，把他带回巴黎。

他的四肢瘦削得不得了，嘴唇罩着一层白点子，口内好像一片凝结的牛奶。

——医生怎么说？

——啊！医生！他硬说上路加重了他的……我说也说不上来，一个什么“以特”的名字……总之，他害鹅口疮。你知道这个吗？①

福赖代芮克不迟疑，回了一句：“当然，”接着就说，这没有什么。

① “以特”是“炎”的意思。此地当是口腔炎。

但是，到了黄昏，小孩子虚弱的面貌，这些发霉似的浅白的斑点的进展，惊住了他。仿佛生命已然丢开这可怜的小身体，只留下一种东西供给成长。他的手是冷的；现在他不能够再喝东西了；门房随便从荐头店领了一个新奶妈，她直在说：

——我觉得他要坏，要坏！

罗莎乃特站了整整一夜。

早晨，她去找福赖代芮克。

——你来看看。他不动弹了。

真的，他死了。她抱起他，摇着，搂着，用最甜蜜的名字唤着，吻着，呜咽着，转来转去，急疯了，抓着自己的头发，叫喊着；——然后，倒在睡椅的边沿，张着嘴，眼睛定定的，流下一片眼泪。随后，她昏迷过去，房里，一切平静了。家具颠倒着。两三块饭巾拖在地上。六点钟响了。蜡烛熄了。

望着这一切，福赖代芮克差不多相信他在做梦。他痛苦的心收紧了。他觉得这个死亡只是一种开始，后面还隐着一个更大的灾殃就要出现。

罗莎乃特忽然柔声道：

——我们好好儿保存他，不吗？

她想用香料装殓。但有许多理由反对她这样做。依照福赖代芮克，最大的理由是，孩子这样小，用香料装殓不行。还是画一个像比较好些。她采用这个意见。他写了一个条子给白勒南，戴勒芬跑去送信。

白勒南立刻就来了，打算拿这次热心销毁一切关于他的行为的记忆。他先道：

——可怜的小天使！啊！我的上帝，多不幸！

可是，渐渐（艺术家的身份在他的心头占了上风），他宣称这褐色眼睛，这青灰面孔，没有法子摆布，这是一件真正的静物，必须大才分才成；他呢喃道：

——噢！不方便，不方便！

罗莎乃特反对道：

——只要像就好。

——哎！我才不在乎像不像！打倒现实主义！画的是精神！随我做好了！我尽力揣摸他应该是什么样子。

他思维着，左手托住前额，肘子拄着右手；随后忽然道：

——啊！有了！来一张铅笔画吧！半明半黑，着上色，靠边的地方，差不多平平地抹过去，就可以弄出一个美丽的形体。

他打发女仆去取他的画匣；随后，脚底下踩着一张椅子，旁边靠着一张，他开始一大笔一大笔地往上扔，安安静静，就像他照着模型在画。他恭维高赖吉的小圣约翰、外拉斯盖的玫瑰公主、赖劳滋的乳色肤肉、劳伦斯的高雅，特别是坐在格劳夫人膝上的长头发孩子。

——再说，谁找得到比这些蛤蟆更可爱的东西！崇高的类型（拉斐尔用他的圣母证实了这话），也许就是一个母亲同一个小孩子？①

---

① 高赖吉的小圣约翰最著名者有两帧，一幅在西班牙的马德里博物馆保存，题旨是《圣母，圣子与圣·约翰》。一幅在意大利巴玛的圣约翰教堂，是绘在门窗上（一五二一年——一五二三年）的壁画。

外拉斯盖的玫瑰公主当系他著名的杰作《保姆》里面的西班牙公主画像（一六五八年），现由马德里博物馆保存。

赖劳滋（一七二三年——一七九二年）是英国十八世纪的画家，一七六八年当选为王家学会第一任主席，以画像见称，特别是他的儿童，肤色柔嫩，极为世人所爱。

劳伦斯（一七六九年——一八三〇年）是英国的画家，以画像见称。他画了若干母亲携抱儿女的肖像，《格劳伯爵夫人》便是最著名的一帧。

拉斐尔（一四八三年——一五二〇年）是意大利文艺复兴时期的大画家，罗马派的领袖。他留下的圣母画像最多，美好可爱，极为一般人士推崇。

罗莎乃特窒噎得难受，走出去了；白勒南马上就说：

——喂，阿尔鲁！……你知道出了什么事吗？

——真的？什么事？

——其实，这家伙也应该这样了结！

——到底怎么一回事？

——他现在也许……对不住！

画家站起举高小尸首的头。

福赖代芮克道：

——你方才说……

白勒南一边挤眼睛，测量它的大小，一边道：

——我方才说，我们的朋友阿尔鲁，现在也许叫人收押了！

随后，一种满意的声调：

——你看看！对不对？

——是的，好极了！可是阿尔鲁？

白勒南放下他的铅笔。

——就我明白的来讲，有一个什么米鸟，罗染巴的熟朋友，控告他；罗染巴那家伙算得一个硬脑壳，嗯？真叫蠢！你想有一天……

——哎！我没有问罗染巴！

——可不是。好啦，阿尔鲁，昨天黄昏，必须弄到一万二千法郎，不然的话他就吹啦。

福赖代芮克道：

——噢，也许言过其实。

——一点也不！我觉得这怪严重的，非常严重！

就在这时候，罗莎乃特又出来了，眼底下红红的，胭脂像铅皮一样发亮。她走到画旁看着。白勒南暗示她在，叫他不要作声。但是，福赖代芮克却不在心：

——不过，我真还不能够相信……

画家道：

——我再告诉你，昨天下午七点钟，我在雅高布街遇见他的。他带着他的护照，防备万一，他说他到勒·阿弗尔上船，他跟他一家大小。

——怎么！同他太太一起走?

——还用说！他做惯了家长，不会一个人过活的。

——你拿得稳吗?

——家伙！你要他到什么地方弄那一万二千法郎去?

福赖代芮克在屋里转了两三个圈子。他喘吁着，咬着嘴唇，随后抓起他的帽子。

罗莎乃特道：

——你到哪儿去?

他不回答，走掉了。

五

设法弄一万二千法郎，要不然，他就再也不会看见阿尔鲁夫人；直到如今，他还留着一种不可克服的希望。难道她不是他的心，他生命的本质？好几分钟，焦忧急虑，他在走道蹒跚着，同时庆幸自己不复在另一个人身边。

什么地方弄钱去？立刻把钱弄到手，不管出什么代价，福赖代芮克自己清楚有多困难。只有一个人可以帮忙，党布罗斯夫人。她总在她的书桌上放几张银行钞票。他到她那边去；硬声硬气道：

——你有一万二千法郎借我吗？

——做什么用？

这是另一个朋友的秘密。她要知道。他不肯说。两个人全拗着不肯让步。最后，她说，在不知道做什么用以前，一个钱也不给。福赖代芮克的脸红极了。他有一个朋友吞没了一笔款，今天就得补足。

——你叫他什么？他的名字？让我们看，他的名字？

——杜萨笛耶！

他跪下来，求她千万不要张扬出去。

党布罗斯夫人接着道：

——你把我当做什么了？人家倒以为你是犯人呐。收起你悲剧的模样吧！得啦，这儿是！希望他拿到手走运！

他奔向阿尔鲁那边。商人不在他的铺子。但是他总住在天堂街，因为他有两份儿家。

到了天堂街，门房发誓，说阿尔鲁从昨天起就不在家；至于太太，他什么也不敢说；箭一样奔上楼梯，福赖代芮克拿耳朵贴住锁眼。最后，有人开开门。太太和老爷一同走了。女仆不晓得他们什么时候会回来；她的薪资已经开发了；她自己就要走。

忽然，门咔嚓响了一声。

——可是有人？

——噢！没有人，先生！那是风。

听了这话，他退出来。无论如何，走得这样急，有些不可解。

罗染巴是米鸟的熟朋友，也许能够解释？福赖代芮克叫车把他带到孟马尔特，皇帝街。

他的房子贴着一个小花园，花园有一个铁皮封住的栅栏门关住。一个三级的台阶，使白色的正墙显得高了；从走道过，望见楼下的两间屋，第一间是一个客厅，家具到处挂着袍子；第二间是罗染巴太太的女工做活的地方。

她们全相信老爷有大事，有大来往，他完全是一个不平常的人。他走过过廊，帽子沿边向上翻着，严肃的长脸，绿外衣，她们停住活看他，而且，他十有九总同她们说一句鼓励的话，一种礼貌上的招呼——随后，她们回到各自家中，觉得并不满意，因为她们把他当做理想。

不过，没有人像罗染巴太太那样爱他，一个矮小的聪明人，用她的手艺养活他。

毛漏先生说出他的姓名，她马上过来接见他，因为早就从听差那边知道他和党布罗斯夫人的关系。她丈夫“眼看就要回来”；福赖代芮克一边随她走，一边赞美房间的布置和许多帷幔。随后，他等了几分钟，在一间办公室似的屋子，公民隐退思索的地方。

他的款待不像往常那样冷酷。

他讲起阿尔鲁的故事。米鸟，一个爱国者，在《世纪报》有一百股，前瓷器商引诱他，劝他站在民主立场，必须换掉报馆的经理和编辑；他借口在下次股东会议让他的意见得势，向他要了五十股，说他拿它们让给可靠的朋友，他们会投票赞同他的；这样一来，米鸟不负任何责任，用不着同任何人翻脸；随后，他得到胜利，会给他在行政方面弄一个好位置，少说也有五六千法郎进项。股票交过去了。可是阿尔鲁，马上就把它们卖掉了；他拿这笔钱，和一个经营宗教什物的商人合伙做生意。于是，米鸟索钱，阿尔鲁搪塞；最后，爱国者警告，要以诈财起诉，假如他不归还股票，或者票面的数目：五万法郎。

福赖代芮克透出觖望的神情。

公民道：

——还没有完。米鸟是一个大好人，自动减去了四分之三。阿尔鲁又应下给他，自然又是耍他。总之，前天早晨，米鸟限他在二十四小时内付他一万二千法郎，其余欠款加以保留。

福赖代芮克道：

——可是我有呀！

公民慢慢转过身子：

——瞎扯！

——真的！钱在我的口袋。我带了来。

——看你这个劲儿，你！傻家伙，你真还有！不过，不济事；诉呈递进去了，阿尔鲁走了。

——一个人？

——不！同他女人。有人在去勒·阿弗尔的车站遇见他们。

福赖代芮克的脸白得不得了。罗染巴太太以为他要晕过去。他忍住了，甚至提起力量对这事问了两三句话。罗染巴想着这事就难受，这一切损害民主政体。阿尔鲁自来没有操守，没有次序。

——一个真正的直脑壳！一支蜡两头儿点，乱花钱！女人毁了他！我不可怜他，我可怜他太太！

因为公民赞美端正的妇女，极其敬重阿尔鲁夫人。“她心里一定苦得不得了！”

福赖代芮克感谢他这种同情；好像他帮了他什么忙，他热烈地握着他的手。

罗莎乃特看见他道：

——你把必要的手续全办了吗?

他回道，他没有勇气去做，他在街头信步溜达，乱寻排遣。

八点钟，他们来到饭厅；但是，面对面，他们静静的，隔一时叹一口长气，把菜原盘回掉。福赖代芮克喝着烧酒。他觉得自己整个坍了，碾碎了，消灭了，什么也不觉得，只感到一种极端的疲茶。

罗莎乃特去拿画看。红、黄、绿、靛，一块一块，鲜亮刺眼，挤成一个奇丑，差不多可笑的东西。

而且，如今，那个小尸首也辨识不清了。嘴唇的浅紫颜色越发显得皮肤雪白；鼻孔更细了，眼睛更陷下去了；头靠着一个蓝塔夫绸枕头，介乎茶花、秋玫瑰和紫罗兰的花瓣之间；这是女仆的一个意思；她们两个人虔诚地布置成这个样子。壁炉蒙着一块花边布，上面摆着镀银烛台，中间有成把的圣柳隔开；墙角两个瓶子，焚着伊斯兰内室的香饼；这一切，加上摇篮，形成一种神坛；福赖代芮克想起他在党布罗斯先生旁边的守夜。

大约每隔一刻钟，罗莎乃特打开帐幕，端详一下她的孩子。她瞥见他，再有几个月，就开始走路了，随后在中学，在院子做竞走的游戏；随后二十岁，就是年轻人了；她给自己造出来的许多意象，简直让她觉得她像丢了许多儿子，——过度的痛苦更增加了她的母性。

福赖代芮克，动也不动，坐在另一只软椅，想着阿尔鲁夫人。

她在火车里，不用说，脸贴着一辆车厢的窗玻璃，望着乡野在她后面往巴黎那边消逝，要不然，站在一只汽船的甲板，像他第一次遇见她的情形；然而这只船，却渺渺茫茫，驶向一个她不再出来的国度。随后，他看见她在客店的一间屋，行李倚在地上，褴褛的墙纸，门迎着风颤索。此后呢？她做什么去？也许当女教师、女书僮、女仆？她要忍受一切穷苦的摆布。不知道她的命运，他非常痛苦。他应该反对她逃亡，要不然，随她一同走。他不是她真正的丈夫吗？想着他再也不会寻到她，完全完了，她是难以挽回地丢了，他觉得他的全部生命撕裂了。他从早晨聚拢的眼泪，如今泛溢出来。

罗莎乃特瞥见他流泪。

——啊！你跟我一样也哭了！你难受吗？

——是的！是的！我难受！……

他抱住她，贴着自己的心；两个人搂得紧紧的，呜咽着。

党布罗斯夫人也在哭，躺在床上，脸向下，手托着头。

奥兰蒲·罗染巴，黄昏来给她试她第一件有颜色的袍子，讲起福赖代芮克的拜访，甚至说到他准备好了一万二千法郎给阿尔鲁用。

那么，这笔款，她借给他的这笔款，是阻挡另一个人动身，好给自己留下一个情妇用的！

起初，她大生其气；她决意把他当做一个底下人赶出去。一大片眼泪安静住她。顶好是锁在心头，什么也不说。

第二天，福赖代芮克带回一万二千法郎。

她求他留下给他的朋友作为万一之用；关于那位先生，她问了许多问题。究竟谁逼得他那样毁坏信用呢？不用说，一个女人！女人带你犯一切罪恶。

这种嘲弄的声调使福赖代芮克十分窘。听她诽谤，他感到深深的疚心。他安心的是党布罗斯夫人不可能晓得实情。

她却一死儿追究；因为，第三天，她还在打听他的小伙伴，随后，转到另一个人，转到戴楼芮耶。

——这人精明可靠吗？

福赖代芮克夸他。

——随便哪一早晨，你请他来一趟：我想请教他一桩事。

她找出一捆纸张，里面有阿尔鲁完全拒绝支付的支票，上面还有阿尔鲁夫人签的字。有一次，为了这些东西，福赖代芮克来看党布罗斯先生，赶着他用午饭；资本家虽说不情愿追索旧欠，他却让商会公断所不仅宣布阿尔鲁违法，而且宣布他的太太违法。她不知道，丈夫也觉得不必通知她。

这是一件武器，这个！党布罗斯夫人相信是。不过，她的公证人或许劝她放弃；她宁可找一个没有名望的人；她想起这高大的魔鬼，一副无耻相，曾经向她献上他的报效。

福赖代芮克天真烂漫，找了他来。

律师看见自己和那样一位尊贵的夫人发生关系，高兴极了。

他奔了去。

她先告诉他，承继权属于她的侄女，所以更须清理她担保的那些票款，好让马地龙夫妇明白她的交代如何有条有理。

戴楼芮耶明白这里头有事瞒着；他一边检点支票，一边梦想着。阿尔鲁夫人亲手写的名字，又把她的全副形态和他所受的侮蔑摆在他的眼前。既然是报复亲自送上门来，为什么不干呢？

于是，他劝党布罗斯夫人把承继之中收不回来的票款卖给拍卖所。随便一个什么人私下买了去，执行控诉。他担任供应这样一位先生。

将近十一月尾梢，福赖代芮克走过阿尔鲁夫人住的那条街，抬起眼睛望她的窗户，看见门上贴着一张告示，大字写着：

> 出卖全堂高贵家具，内有厨房铜器、面布桌巾、衬衫、花边、围裙、长裤、法兰西印度开司米、艾拉尔①钢琴、两只文艺复兴时期橡木箱、威尼斯镜、中国日本瓷器。

福赖代芮克向自己道："这是他们的家具！"门房证实他的猜疑。

至于强制出卖的人，他不知道。但是主持估价的白泰勒谋律师，或许他会加以说明。

起初，公务员不肯说出诉请拍卖的债主，福赖代芮克坚持要他说。这是一个做代理生意的，叫做赛耐喀的先生；白泰勒谋律师表示殷勤，甚至把他的报纸《小揭示》也借给他。

来到罗莎乃特那边，福赖代芮克摊开报纸，扔在桌子上。

——念念看！

罗莎乃特道：

——哎，什么事？

她的面孔十分安娴，引起他的反感。

---

① 艾拉尔（一七五二年——一八三一年）是法国的乐器制造家，创设钢琴厂。

——啊！别装傻啦！

——我不明白。

——是你要拍卖阿尔鲁太太的家具来的？

她重读一遍广告。

——她的名字在哪儿？

——哎！那是她的家具！你比我还清楚！

罗莎乃特耸肩道：

——这跟我有什么关系？

——跟你有什么关系？你报仇，干脆说了吧！这是你起诉的结果！难道你糟蹋她，没有糟蹋到她的家里！你呀，一个不值钱的姑娘。人家顶神圣，顶可爱，顶好的女子！为什么你一死儿毁坏人家？

——你弄错了，我告诉你！

——说得好听！活像你从前没有拿赛耐喀作挡风墙似的！

——简直胡闹！

于是，他的脾气发作了。

——你扯谎！你扯谎，混账东西！你吃她的醋！你手里头有她丈夫一个违法的判词！赛耐喀早就忙着你的事！他恨阿尔鲁，你们俩的怨恨凑在一块儿。你打赢你陶土官司的时候，我看见他喜欢来的。这个，你也否认吗？

——我向你发誓……

——噢！我认识你的誓！

福赖代芮克提起她的情人，说出他们的名字，一个一个加以形容。罗莎乃特的脸苍白了，往后退着。

——你吃惊啦！因为我闭着眼睛，你以为我是瞎子。我看够了，今天！受了你这类女人出卖，人不死的。她们太混账了的时候，人就走开；惩罚她们，等于贬低自己！

她绞着自己的胳膊。

——我的上帝，到底是什么把他变成这种样子？

——不是别人，是你自己！

罗莎乃特哭着道：

——这全为了阿尔鲁太太！……

他冷酷地接下去道：

——我从来爱的只有她！

听见这句凌辱的话，她的眼泪停住了。

——这证明你有好眼力！一个中年女人，甘草颜色，宽腰，地窖风眼一样的大眼睛，水一样空！你既然喜欢她，你跟她去好了！

——我等的就是这个！谢谢！

罗莎乃特动也不动站着，这些怪样的作法把她惊呆了。她甚至听门重新关住；然后，她一跳跳到前厅揪住他，用胳膊把他围住：

——可是你疯了！你疯了！可笑之至！我爱你！

她哀求他道：

——我的上帝，看看我们小孩子的面子！

福赖代芮克道：

——你招认这是你干的事！

她依然说她不知情。

——你不愿意招认？

——不！

——好啦，别了！永别了！

——听我讲！

福赖代芮克转回身子。

——你要是清楚我的话，你就会知道，我的决心没有法子挽回！

——噢！噢！你要回到我这儿来！

——决不！

他使力砰的一下关上了门。

罗莎乃特写信给戴楼芮耶，说她立刻要他来。

五天之后，有一黄昏，他来了；她说完她的决裂，他道：

——原来是这个！倒好！

她起先以为他可以帮她拉回福赖代芮克；可是，现在，全完了。她由他的门房晓得他同党布罗斯夫人不久结婚的消息。

戴楼芮耶责备了她一顿，样子简直是奇怪地欣快、滑稽；因为时间过分晚，他请她允许他在软椅上过一夜。随后，第二天早晨，他又动身往劳让去，告诉她他不知道什么时候他们再可以会面；过不了许久，他的生活也许要起一个大变动。

他回来两小时以后，劳让和闹了革命一样。有人说，福赖代芮克就要娶党布罗斯夫人了。最后，三位欧皆姑娘憋不住了，赶到毛漏太太那边。她带着骄傲证实了这个消息。罗克老爹一听说，就病倒了。路易丝把自己关在屋里。谣传她简直疯了。

然而，福赖代芮克藏不住他的忧郁。党布罗斯夫人加意体恤他，不用说，为了排遣他的忧郁。每天下午，她带他坐着她的马车去散心；有一次，他们走过交易所广场，她动了念头到拍卖所玩玩。

这是十二月一日，正是阿尔鲁夫人的家具应当拍卖的那天。他记起这日子，表示厌恶，说他受不了这个地方的人群和嘈杂。她只想过一眼。“顾白”停住。他只得随她进去。

在院子，他们看见些没有脸盆的脸盆架子、软椅的木框、旧篮子、瓷器破片、空瓶子、席褥；有些人，穿工人衣服的、穿脏外衣的、全身灰尘、龌龊面孔，有的人肩膀上搭着帆布口袋，分成一团一团在谈话，或者乱哄哄地叫嚷。

福赖代芮克说再往前便不好走了。

——啊，得啦！

他们上了楼梯。

在右面第一间厅房，有些位先生手里拿着一本目录，观看画幅；在另一间，有人售卖收藏的中国武器；党布罗斯夫人要下楼。她检点门上的号码，一直把他带到过廊紧底，走向一间挤满了人的屋子。

他立即认出工艺社的两个架子，她做活的桌子，她全堂的家具！它们按着高低，堆在紧里，从地板到窗户，积成一个大斜坡；其他各边，沿墙挂着毡子和帷帐。底下放着一些台阶，上面坐着一些打盹的蠢老头子。左手，立着一个柜台似的东西，主持估价的那位先生，挽着白领结，轻轻挥着一个小锤子。一个年轻人靠近他写字；再往下去，介乎外勤和票勾子，站着一个壮实的快活伙计，叫喊要卖的家具。三个伙计把家具运到一张桌子，紧靠桌子，坐着一排古董商和卖旧货的女人。成群的男女在他们后面转来转去。

福赖代芮克进去的时候，围裙、围巾、手帕，甚至衬衫，大家递来递去，递回原来的地方；有时候，扔远了，空里忽然飘过一片白光。随后，拍卖她的衣服，接着，一顶她的帽子，羽翎折了，垂下来，接着，她的皮毛衣服，三双高跟鞋；——他杂乱地从这些遗物重新寻见她四肢的形态；他觉得这种分散是一种残暴的行径，好像他看见乌鸦啸啄她的尸首。他厌恶这充满嘘息的厅房的气氛。党布罗斯夫人把她的鼻烟壶献给他；她说，她很开心。

卧室的家具摆出来了。

白泰勒谋宣布了一个价目。叫喊的人马上提高了嗓子重复着；三个伙计安安闲闲等着锤子敲，然后把东西搬到邻近的一间屋。就是这样，一件一件消失了，撒遍茶花的大蓝地毯（她的小脚轻轻拂着向他走来），靠背小彩绣椅（就剩下他们两个人的时候，和她面对面，他总坐在里面）；壁炉的两个屏风（上面的象牙让她的手摸得越发柔滑了）；一个绒针插，上面还插满了针。活像她的心一块一块随着这些东西离去了；大厅里同一声音，同一手势的单调把他坠入疲倦，勾起他一种悲伤的麻痹，一种瓦解。

他的耳边发出绸缎窸窣的响声；罗莎乃特挨着他。

她由福赖代芮克那里知道了拍卖的事。她的痛苦过去了，她起了买便宜货的念头。她走来看看，穿着珠扣子白缎背心、一件滚花边袍子、戴着一副窄手套，胜利的神情。

他气得脸也白了。她看着陪伴他的女人。

党布罗斯夫人认出她是谁；足有一分钟辰光，她们从头到脚，彼此仔细打量，寻找毛病、缺点，——一个也许羡嫉对方的少艾，一个气忿她的情敌的雅致，阔阅人家的朴素。

最后，党布罗斯夫人把头扭开，发出一种不可言喻的傲慢的微笑。

叫喊的人掀开一架钢琴，——她的钢琴！他站直了，用右手捺一遍琴，宣布乐器卖一千二百法郎，然后减到一千，八百，七百。

党布罗斯夫人用一种轻飘飘的声调，取笑这架破琴。

古董商前面摆了一只小盒，上面有圆浮雕、银犄角、银关门，正是他第一次在实洼涩勒街晚餐看到的，其后去了罗莎乃特那边，又回到阿尔鲁夫人这里；在他们谈话的时候，他的眼睛时常遇到它；它和他最珍爱的回忆连在一起，他的灵魂正溶在温柔的心情中，忽然党布罗斯夫人道：

——好呀！我要买它。

他接下去道：

——可是这并不怎么希奇。

她觉得正相反，十分可爱；叫喊的人誉扬它的精致：

——一件文艺复兴时期的宝贝！八百法郎，各位！差不多全是银的！抹上一点揩白粉，就亮了！

看见她往人群里挤，福赖代芮克道：

——多奇怪的念头！

——你生气吗？

——不！不过，买这玩意儿有什么用？

——谁知道？也许往里放情书！

她的视线把话衬得十分清楚。

——正其如此，才不应该掠夺死人的秘密。

——我不相信她死得那样干净。

她清清楚楚嚷道：

——八百八十法郎！

福赖代芮克唧哝道：

——你这样做不好。

她笑了。

——不过，亲爱的朋友，这是我头一回央求你。

——不过，那你就不是一个可爱的丈夫了，你知道吗？

有人又提高了价目，她扬起手：

——九百法郎！

白泰勒谋律师重复道：

——九百法郎！

叫喊的人一边拿眼睛看着人群，一边头猛然一摇，直着嗓子呼道：

——九百十，……十五……二十……三十！

福赖代芮克道：

——你做给我看，我的太太是通理性的。

他轻轻把她揪向门口。

主持估价的人继续着：

——来呀，来呀，各位，九百三十！九百三十，有人要吗？

党布罗斯夫人走到门限，站住了；高声道：

——一千法郎！

人群起了一阵骚动，一阵沉静。

——一千法郎，各位，一千法郎！没有人再给价了吗？看清楚了吗？一千法郎！——卖掉了！

象牙锤子落下来。

她递过她的名片，盒子交给她。她把它丢进她的手笼。

福赖代芮克觉得自己的心冰冷。

党布罗斯夫人没有放开他的胳膊；她的马车在街上等着；直到街上，她还不敢正面看他。

她跳进马车，活像一个贼溜掉；坐好了，她转向福赖代芮克。他手里拿着帽子。

——你不上来吗？

——不，党布罗斯太太！

他冷冷地点点头，关上车门，随即挥手让车夫出发。

起初，他感到一种欢悦和重新获得独立的心情。为阿尔鲁夫人复仇，因她而牺牲了一份财产，他觉得骄傲；接着，他惊于他的作为，一阵无限的酸痛压着他的腰背。

第二天早晨，用人告诉他新闻。戒严令下了，议会解散了，一部分人民代表在马萨司。一心只顾自己，他不关心公众的事。①

他写信给商店，取消好些同他婚姻有关的定货，现在他觉得这仿佛一种下流的投机事业；他憎恶党布罗斯夫人，因为他几乎为了她的缘故，陷于卑鄙的行为。他忘记女元帅，简直连阿尔鲁夫人也不关心，——只想到自己，自己一个人，——徘徊在他倾圮的梦想，病了，充满了痛苦和失望；他憎恨他一再受苦的人为的环境，想望着草的清新，外省的平静，一种同天真伴侣在故乡消磨的梦寐生涯。星期三黄昏，他终于出来了。②

马路站着成群的民众。不时一队巡逻队驱散他们；巡逻队过去了，他们又集在一起。大家漫谈着，向军队喊着玩笑咒骂的话，此外也就没有什么。

福赖代芮克问一个工人道：

---

① 这是一八五一年十二月二日的政变。路易·拿破仑并不像最初一般人所想的那样无能。他和议会仅仅在一点上一致，就是取缔民主运动。然而，同床异梦，议会有的是正统派，有的是奥尔良派，意见分歧，然而欢迎复辟，反对总统，却是真的。议会始终同他为难，尽量否决他的议案。路易·拿破仑企图再度当选，然而达到目的，他必须获得普选，因为他的总统是普选到手的。他要求议会恢复普选的法令（借此讨好农民、工人），一八五一年十一月四日，议会予以否决。他要求将三年居住的选民资格减为一年。议会依然否决。十二月一日夜晚，他在总统府举行盛大的宴会，同时秘密调动军队，进行政变。第二天清晨，他下令解散议会，恢复普选法令，要求人民裁判他同议会的是非。

右派议员决定抵抗。议场为军队把守，不能进去开会，于是议员聚了三百人左右，将近十一点钟，来到第十区（现在是第六区）的公所临时开会，通过总统违法，行政职权交由议会代理。路易·拿破仑派来军队，把他们驱出公所，押在奥尔塞码头的兵营，临到黄昏，用囚车把他们运到马萨司监狱（在第十二区，塞纳河右岸）。总统胜利了。

② 星期三是十二月三日。右派失败了，但是，共和党议员开会，决定唤起人民武装，保护宪法。星期三早晨九点钟，有些山岳党议员偕同若干朋友，一边喊着口号，一边推翻几辆车，作为象征的障碍物。然而，工人无动于衷，虽说议员被军队打死了一名，也不肯挺身出来。

——怎么！不打吗？

穿工人衣服的答他道：

——为先生老爷们死，我们还不那么蠢！他们自个儿安排拉倒！

一位先生望着关厢的工人，唧哝道：

——全是流氓，社会主义者！这一次能够把他们收拾干净才好！

福赖代芮克简直不懂大家会有这么多的怨毒和痴骙。他对巴黎的厌恶越发大了；第三天，他乘第一趟车去了劳让。

房屋不久消失了，郊野越展越广。一个人坐在车厢，脚放在凳子上，他咀嚼着最近的事故，他过去的一生。他记起路易丝。

“她从前爱我，这孩子！我不应该放过这个幸福……得啦！别往这上面想了！”

随后，过了五分钟：

“可是，谁知道？……往后，为什么不？”

他的梦想，犹如他的眼睛，沉入迷蒙的天际。

“她是天真的，一个乡下女人，差不多一个野蛮人，然而那样善良！”

他越走向劳让，她越离他近。穿过苏尔旦牧场，他望见她和从前一样，在白杨树底下，在池边割着芦苇；车到了；他下了车。

随后，他用肘子拄着桥，再看一眼他们往日在一个太阳天散步的小岛和花园；——旅途的晕眩，清爽的空气，他新近情绪激动之余的虚弱，让他感到一种兴奋。他向自己道：

“她也许出来了；我就要遇见她了！”

圣·楼朗的钟响了；教堂前面空场上聚了一群穷人，一辆“喀莱实”本乡唯一的“喀莱实”（结婚用的），忽然便见门洞底下，涌出一群挽白领结的资产者，中间走出一对新婚男女。

他相信自己进了幻境。然而不！的确是她，路易丝！——蒙着一幅白纱，从她的红头发一直垂到脚跟；另一个的确是他，戴楼芮耶！——穿着一件银绣蓝礼服，一身县长服色。到底是为什么？

福赖代芮克藏在一家房舍的角落，让这一群人过去。

惭愧、失败、覆没，他折回车站，重新来到巴黎。

他的车夫说，障碍物从水楼一直布到吉穆纳斯剧场，只好取道圣·马丁关厢。来到普罗旺斯街，福赖代芮克下了车往马路去。

五点钟，一阵细雨下着。好些资产者占着歌剧院那边的走道。对面的房屋关着。窗口没有人。在全条马路中间，龙骑兵贴住他们的马，亮着刀，风也似的奔驰；雾里的煤气灯随着风扭动，光照着他们的头盔的鬣毛和他们后边掀起的宽大的白色披风。群众望着他们，缄默、畏慌。①

在骑兵的枪炮之间，忽然走出成队的警察，把人民驱回街巷。

但是，在陶尔陶尼②台阶，站着一个人——杜萨笛耶，——他的高大的身材，远远就看得出来，和古希腊石像柱一样，一动不动。

---

① 十二月四日，情势似乎严重了。一千二百左右的共和派工人，从圣·马丁关厢的公所抢了些武器，立起许多障碍物。政府立刻呈出十分紧张的神情。军警向各处出发，冲散马路上看热闹的人群和障碍物上的工人。马路上的人民，赶在走道，喊着："共和国万岁！"忽然，精神失常的兵士听见枪响，于是，一排子弹横扫出去，足有十分钟，打死了好些无辜的妇孺游人。就是这样，结束了共和国的存在同政变。第二帝国宣告成立，拿破仑三世即位。

一位外国人感述道："一八三〇年，是资产阶级胜利，一八四八年是人民，一八五一年十二月四日是军队。"

② 陶尔陶尼是巴黎一个有名的咖啡馆，为文人政治家聚会的地方，在意大利马路与泰布街的拐角，主事者为一意大利人陶尔陶尼，精于调味。

一个领头的警察，三角帽子遮住眼睛，用剑威胁他。

于是，另一位，往前走一步，开始喊着：

——共和国万岁！

他仰天倒下去，胳膊交成十字。

群众起了一片恐怖的嗥叫。警察拿眼睛在他身上打量了一匝；福赖代芮克张着口，认出是赛耐喀。

六

他旅行。

在商船上的忧郁，帐下寒冷的醒寤，对名胜古迹的陶醉，恩爱中断后的辛辣，他全尝到了。

他回来。

他出入社会，又有了别的爱情。但是初恋的不断的回忆让他觉得别的爱情乏味；而且，欲望的炽热，甚至感觉的绚烂消失了。他在精神方面的野心同样减小。好些年过去了，他撑持着他的理智的闲散和心情的慵逸。

将近一八六七年三月末梢，黄昏时辰，他独自在他的书房，进来一个女人。

——阿尔鲁夫人！

——福赖代芮克！

她握住他的手，慢慢把他拉向窗户，一边端详他，一边重复道：

——是他！当真是他！

在黄昏的黯澹里，他仅仅看见影住她的脸的黑花边小网之下的眼睛。

她把一个石榴绒小夹放在壁炉的边沿，坐下来。两个人全没有法子说话，你向我微笑，我向你微笑。

最后，关于她和她的丈夫，他问了许多话。

他们住在布洛达涅僻远的地方，为了节省过日子，还他们的债。阿尔鲁差不多总在病，如今仿佛一个老头子。女儿嫁给一个波尔多人家，儿子在莫斯塔加内姆[①]驻防。然后她仰起头：

——可是我又见到你！我真快乐！

他不免告诉她，听见他们的不幸，他跑到他们那边。

——我知道！

——怎么？

她看见他在院子里，便藏起来了。

——为什么？

于是，声音颤颤索索，说一个字停半天：

——我害怕！是的……怕你……怕我！

这个泄漏好像给了他一种销魂似的激荡。他的心一下一下跳动。她接下去道：

——原谅我没有早些来。

她指着绣金棕榈叶的石榴色小夹：

——我这完全是为你绣的。里面是白勒维耳田地担保的那笔款。

福赖代芮克谢过她的礼物，怪她给自己尽添麻烦。

——不！我不是为这来的！我特意来看你一趟，然后我就回去…… 回到那边。

她向他说起她居住的地方。

这是一所低房子，只有一层楼，带着一个花园，栽满了老大的黄杨树，还有两条平行的栗子林道，一直通到山顶，站在山顶望见海。

——我去坐在那儿，一条凳子上，我叫做福赖代芮克凳。

---

① 莫斯塔加内姆在阿尔及利亚，濒临地中海。

随后，她贪婪地观看家具、摆设、画幅，好把它们装进她的记忆。女元帅的画像有一半被幔帐挡住。但是，上面的金颜色和白颜色，在暗里发亮，引起她的注意。

——我认识这女人，好像是？

福赖代芮克道：

——没有的事，这是一张意大利老画。

她说，她愿意挽着他的胳膊在街里转转。

他们出去。

商铺的灯光，隔些时，照亮她的苍白的侧面；随后，影子重新把她包住；他们走在马车、人群和喧嚣之中，一心想着他们自己，什么也没有听见，好像走在乡下的落叶上。

他们互相说起他们已往的年月、《工艺》时期的晚餐、阿尔鲁的癖好、他抽他硬领尖、往他髭上挤膏的姿势，以及其他更亲密、更深奥的掌故。第一次听她唱歌，他怎样心怡神往！生日那天，在圣·克路，她多美！他提醒她欧特伊的小花园、剧院的夜晚、有一次在马路邂逅、往日的仆役、她的黑女人。

他的记忆让她惊奇。但是，她向他道：

——有时候，我想起你的话来，就像远远一道回声，就像风带来了一座钟的声音；读到书里爱情的段落，我觉得你就在那儿。

福赖代芮克道：

——凡是书里人以为夸张的地方，你全叫我感到。我明白维特不嫌绿蒂的牛油面包。[1]

---

① 维特第一次看见绿蒂的时候，她正在分割面包给她的弟妹："她手里有一块面包，正在给孩子们割抹面包牛油，大小全比例好了，带着最温文尔雅的姿态。"（参阅《少年维特之烦恼》的第十一封信）

——可怜的亲爱的朋友！

她叹息着；沉默了许久，然后道：

——管它呐，我们要永远相爱。

——可是，谁不属谁！

她接下去道：

——这样也许更好。

——不！不！我们该多幸福！

——噢！我相信，带着你那样的爱情！

分离了那么长久，他照样支持下去，一定够苦的！

福赖代芮克问她从前怎么发现他爱她来的。

——有一晚晌，你吻我手套跟套袖之间的腕子。我向自己道："他爱我……他爱我。"不过，我不敢往明白里追问。你的拘谨样子非常可爱，我把这当做一种心向往之的持久的礼赞享受。

他无所遗憾了。他往日的痛苦有了代价。

走回来，阿尔鲁夫人摘掉她的帽子。灯放在一只几子上，照着她的白头发。这简直像当胸一击。

为了把这种失望的感觉瞒住她，他坐在她膝盖旁边的地上，握着她的手，开始向她说些柔情蜜意的语言。

——你的形态，你最小的动作，我全觉得在世上会有一种超乎人类的重要。我的心好像尘土，在你的步子后边飞扬。你对于我的作用，好比一片月光，在一个夏天的夜晚，一切是香，是柔柔的影子，是白，是无限；对于我，你的名字含有灵同肉的快乐，我重复着你的名字，想用我的嘴唇吻你的名字。我不往以外想了。我所想的阿尔鲁夫人，就是你日常的模样，带着她的两个孩子，温柔、严肃、耀眼似的美丽，而且那样善良！这个形象消灭了此外一切的形象。我用得着往那上面想！因为我心里永远留着你声音的音乐和你眼睛的光辉！

她心怡神往地接受这些献给已然不复是她的女子的膜拜。福赖代芮克被自己的话酩酊住，临了相信他所说的一切。阿尔鲁夫人，冲着光，斜着向他。他觉得她的嘘息柔柔拂动他的前额，隔着她的衣服，他感到她全身体和他模糊地接触。他们的手握紧了；她的鞋尖在她的袍子底下向前伸了伸，差不多要晕的样子，他向她道：

——对着你的脚，我心乱了。

她害羞站起来。然后，动也不动，仿佛梦行人，用奇怪的音调说：

——在我这年纪！他！福赖代芮克！……从来没有人像我这样为人爱过！不，不！年轻有什么用？我才不放在心上哪！我看不起她们，到这儿来的那些女人！

他讨她欢喜道：

——噢！我这儿很少有女人来的！

她的容色焕发了，她想知道他结婚不结婚。

他发誓不。

——当真？为什么？

福赖代芮克把她搂在胳膊里道：

——因为你。

她停在他的胳膊，身子向后，口半开着，眼睛举高了。忽然，她推开他，带着一种觖望的神情；他求她回答他，她低下头道：

——我真还愿意叫你快乐。

福赖代芮克疑惑阿尔鲁夫人是献身来的；他重新激起一阵欲望，比以前还要强烈、热狂、兴奋。然而，他感到一种表白不出的心情，一种厌恶，仿佛一种通奸的恐怖。另外还有一种畏惧拦阻他，唯恐事后厌腻。而且，要多为难！——一方面由于谨慎，一方面不想减损他的理想，他移开脚跟，去揉卷一根纸烟。

她端详他，非常心折。

——你真体贴入微！就没有人赶得上你！就没有人赶得上你！

十一点钟响了。

她道：

——已经十一点了！再有一刻钟，我要走了。

她重新坐下；但是她看着挂钟，他继续抽着烟踱步。两个人全寻不出话说。在分手的时候，有一时，被爱的人已然不复和我们在一起了。

最后，钟针过了二十五分，她慢慢拿起她缚有带子的帽子。

——再会，我的朋友，我亲爱的朋友！我不会再看见你了！这是我做女人的最后一次。我的灵魂不会离开你的。愿上天拿一切福分给你！

她吻着他的前额，仿佛一位母亲。

但是她好像寻找什么东西，问他有没有剪子。

她取下她的篦子；她的白头发全散下来。

她发狠从根剪下一股长长的头发。

——留着吧！再见！

她出去了以后，福赖代芮克打开他的窗户。阿尔鲁夫人在走道招呼一辆过路的街车往前来。她坐了上去。马车不见了。

他们就这样了结了。

七

今年入冬的光景，福赖代芮克同戴楼芮耶围着炉火谈话。他们又和好了，他们的性情注定了他们永远相聚相爱。

一位扼要地解释一下他和党布罗斯夫人的决裂。她嫁了一个英吉利人。

一位不提起他怎样娶到罗克小姐，只说他的女人，有一天和一个歌人私奔了。为了洗刷一下他的笑话，他热衷政治，热衷过了度，连累到他的县长位置。人家免了他的职。其后，他在阿尔及利亚做殖民长官，一位帕夏的秘书，一家报馆的经理，广告掮客，最后受雇在一家实业公司的调解科。

至于福赖代芮克，花掉三分之二财产，过着小资产阶级的日子。

然后，他们互相打听他们朋友的消息。

马地龙如今做参议员。

余扫乃得到一个高位置，管理所有的剧院和新闻事业。

西伊，笃信宗教，八个孩子的父亲，住在祖先的堡子。

白勒南，热衷于傅立叶学说、学顺势疗法[①]、贩卖活动桌、从事哥特艺术与人道主义绘画，临了变成摄影家；巴黎家家墙垣，全好看见他穿着黑礼服，一个小身子，一颗大头。

福赖代芮克问道：

——你的知己赛耐喀呢？

——不见了！我不知道他哪儿去了！可是你，你的伟大的激情，阿尔鲁太太呢?

——她应该跟她骑兵中尉的儿子在罗马。

——她丈夫呢?

——去年死啦。

律师道：

——真的！

然后，打着他的额头：

——倒说前一天，我在一家铺子，遇到那位女元帅，手里牵着她认养的一个小男孩子。她是一个什么吴坠先生的寡妇，如今胖极了，才叫肥大。真是没落！她从前腰身那么细。

戴楼芮耶不隐瞒他曾经利用她的觖望，亲自证实过一回。

——再说，是你答应我做的。

这招认是他保守缄默（关于他对于阿尔鲁夫人的企图）的一种补偿。福赖代芮克会饶恕他的，因为他那次企图并没有成功。

虽说这种发现有点儿让他苦恼，他装做好笑的模样；提起女元帅，他想起法提腊斯。

戴楼芮耶始终没有看见她，就是其他和阿尔鲁来往的人，他也没有看见；不过，他却完全记起罗染巴。

——他还活着吗?

——就多一口气！每天黄昏，一次不欠，他把自己从格辣蒙街拖到孟马尔特街，拖到咖啡馆前面，软软的，弯成两截，干瘪了，一个活鬼！

---

① 顺势疗法是德国医学界提倡的一种治病方法，即“以病治病，以毒攻毒”。

——好，贡板呢?

福赖代芮克欢呼了一声，求临时政府的前任代表给他解释一下小牛的头的秘密。

——这是英吉利的一个进口货。为了取笑王党庆祝一月三十日的礼节，有些独立党创了一个年会，在宴席上吃小牛的头，然后用小牛的头盖盛红葡萄酒喝，举起来庆贺斯图亚特一姓的灭绝。[①]热月以后，有些恐怖党组织了一个同样的兄弟会，这证明胡闹到了什么程度。

——我觉得你不大热心政治了?

律师道：

——年龄的影响。

他们扼述各自的生平。

两个人全失败了，一个梦想爱情，一个梦想权势。什么理由失败呢?

福赖代芮克道：

——或许是不走直线的缘故。

——关于你，也许是。我呐，正相反，我的错误由于过分正直，还不算万千次要的事，可这比什么都要命。我呀逻辑太多，你呀感情太重。

随后，他们斥责机运、环境、他们所生的时代。

福赖代芮克道：

——我们从前以为要做的，全没有做。记得在桑斯，你想写一

① 一月三十日是一六四九年英王查理一世死于断头台的一天。他和国会作战，失败被捕，以“暴君、叛逆、凶手”的罪名定谳。斯图亚特是查理一世的姓。王党拥戴斯图亚特。独立党拥戴国会的领袖克伦威尔。

部哲学批评史，我呐，想写一部关于劳让的中世纪的伟大小说，题材是我从弗鲁瓦萨尔里面找到的：布洛卡·德·费耐唐吉大人和特卢瓦主教攻击欧斯塔实·德·昂布洛西古尔大人。你记得吗？

他们掘发他们的青春，掘一句，就互相说：

——你记得吗？

他们重新看到中学的院子、小教堂、会客室、楼梯底下的讲武堂、学监和学生的面貌，一个叫做昂皆马尔的凡尔赛人，用旧靴子裁剪绑鞋底的带子，米尔巴勒先生和他的红髯，工艺画和绘画的两位教员，法卢和徐立赖，永久在争吵，那个波兰人，哥白尼的同乡，纸夹里面带着他的行星系统，一个游行的天文家，讲演的报酬是饭厅一顿饭，——散步的时候，一场狂饱狂醉，他们初次吸的烟斗、奖金的颁给、假期的愉悦。

是在一八三七年的假期，他们去逛那位土耳其女人的家。

大家这样称呼一个真名字叫做曹拉伊德·土尔克的女人；许多人相信她是一个伊斯兰教徒，一个土耳其女人，这加强城堞后边她的河边住宅的诗意；甚至在盛夏，她的房子四周也有荫凉，窗口摆着一盆木犀草，近旁有一瓶金鱼，一看就晓得是她的房子。好些姑娘穿着白衫，脸庞抹着脂粉，垂着长耳环，看见人过就拍玻璃，到了黄昏，站在门口，用一个嘶哑的嗓子轻轻哼着。

这堕落的场合给全县散出一片奇怪的名声。大家绕着弯子说它：“你知道的那个地方，——一条什么街，——桥头底下。”四周的农妇替她们的丈夫担心，太太们为它们的女仆害怕，因为县长大人的女厨子被人发现是从那儿来的；不用说，这是每个少年私下的诱惑。

所以，一个星期天下午三点钟，做晚祷的时候，福赖代芮克和戴楼芮耶，预先烫好头发，从毛漏太太的花园采了些花，然后走出通田野的门，在葡萄中间兜了个大圈子，来到钓鱼台，溜进土耳其女人的房子，手里一直握着他们的大花棒。

福赖代芮克献上他的花棒，像一个爱人献给他的未婚妻。但是，天气的炎热、不为人知的杞忧、一种内心的不安，甚至一眼看见许多妇女随他挑选的快乐，十分感动他，脸变得极其苍白，呆住不往前走，一句话不说。女人全笑了，看着他的杌陧开心；他以为她们在取笑他，便逃了出来；因为福赖代芮克有钱，戴楼芮耶不得不随着他走。

有人看见他们出来。这个故事三年以后还没有为人忘记。

他们絮絮叨叨，把它说了个没完，这位补足另一位的回忆；等到说完了，福赖代芮克道：

——那是我们顶好的时辰！

戴楼芮耶道：

——是的，也许是吧？那是我们顶好的时辰！

图书在版编目(CIP)数据

情感教育/(法)福楼拜(Gustave Flaubert)著;
李健吾译.—上海:上海译文出版社,2017.9 (2023.5重印)
(福楼拜小说集)
ISBN 978-7-5327-7445-6

Ⅰ.①情… Ⅱ.①福… ②李… Ⅲ.①长篇小说—法
国—近代 Ⅳ.①I565.44

中国版本图书馆CIP数据核字(2017)第069913号

GUSTAVE FLAUBERT
L'éducation sentimentale

情感教育

L'éducation sentimentale

GUSTAVE FLAUBERT
居斯塔夫·福楼拜 著
李健吾 译

出版统筹 赵武平
责任编辑 周 冉
装帧设计 董茹嘉

上海译文出版社有限公司出版、发行
网址: www.yiwen.com.cn
201101 上海市闵行区号景路159弄B座
江阴市机关印刷服务有限公司印刷

开本890×1240 1/32 印张18.25 插页6 字数333,000
2017年9月第1版 2023年5月第2次印刷

ISBN 978-7-5327-7445-6/I·4541
定价: 75.00元